茅盾研究年鉴

2020—2021

赵思运　蔺春华　主编

中国社会科学出版社

图书在版编目（CIP）数据

茅盾研究年鉴．2020－2021／赵思运，蔺春华主编．—北京：中国社会科学出版社，2023．4

ISBN 978－7－5227－1799－9

Ⅰ．①茅… Ⅱ．①赵…②蔺… Ⅲ．①茅盾（1896－1981）—文学研究—2020－2021—年鉴②茅盾（1896－1981）—人物研究—2020－2021—年鉴 Ⅳ．①I206．7－54②K825．6－54

中国国家版本馆 CIP 数据核字（2023）第 064993 号

出 版 人　赵剑英
责任编辑　王鸣迪
责任校对　韩海超
责任印制　张雪娇

出　　版　中国社会科学出版社
社　　址　北京鼓楼西大街甲 158 号
邮　　编　100720
网　　址　http://www.csspw.cn
发 行 部　010－84083685
门 市 部　010－84029450
经　　销　新华书店及其他书店

印刷装订　北京君升印刷有限公司
版　　次　2023 年 4 月第 1 版
印　　次　2023 年 4 月第 1 次印刷

开　　本　650×960　1/16
印　　张　38．75
插　　页　2
字　　数　575 千字
定　　价　208．00 元

凡购买中国社会科学出版社图书，如有质量问题请与本社营销中心联系调换
电话：010－84083683

茅盾研究年鉴组委会

学术支持机构

中国茅盾研究会

浙江传媒学院文学院

浙江传媒学院茅盾研究中心

浙江省桐乡市文化和广电旅游体育局

顾　　问（按音序排列）

李文冰　潘红霞　钱振纲　施如玉　孙丽园　王嘉良

吴秀明　徐小洲　杨立平　杨　扬　姚　争　俞奕凌

张邦卫　张　梁　张直心　钟桂松

主　　任

朱文斌　李新荣

执行主任

黄义枢　褚万根

主　　编

赵思运　蔺春华

本卷编务（按音序排列）

陈东龙　高思恒　李湘湘　史　倩

目　录

一　年度学者

二　年度新锐学者

三　著作推介

四　学术论衡

五 域外视野

六 史料新考

七　茅盾研究事辑

八　论文索引

一　年度学者

年度学者：陈思广

入选理由

20 世纪 80 年代以来，中国现代文学学科的文学化和历史化作为一对范畴，逐渐在学理层面获得了平衡性观照：一方面，文学的“文学性”得到彰显；另一方面，文学的“历史化”趋势越来越凸显，史料学、文献学、版本学等研究视角和方法拓展了现代文学研究空间。陈思广教授深耕中国现代长篇小说领域，在长达 20 余年的光阴中，沉浸在史料和版本研究之中，取得了令人瞩目的成果。其长篇论著《〈子夜〉的版本流变与修改述论》是一个方向性和标志性的成果。文章完整地呈现《子夜》3 大版系及版本流变的主要格局，对于《子夜》4 类性质不同的修改——审美性修改、精确化修改、称名修改和外来语修改，做了扎实的文本考证，并对茅盾的修改行为进行精准研判，认为茅盾对《子夜》进行全方位细致、认真且严谨的修改，主要目的是使作品的艺术性更臻完善，兼及表述的“合适宜”与语境的通行化，虽有遗憾但得远大于失。尤其是文章的第一部分《〈子夜〉的版系、流变、印频及印数》，乃是学界第一次将现代文学史上一部名著的版系、流变、印频与印数考证得流传有序并精确统计到个位数的成功尝试。

《〈子夜〉的版本流变与修改述论》史料扎实，观点可信，对当前版本史料学研究具有方法论的启示意义，特授予陈思广教授“2020—2021 年度学者”称号。

（执笔人：赵思运）

代表作：

《〈子夜〉的版本流变与修改述论》(一～八)

原载《现代中文学刊》2020（01、02、03、04、05），2021（01、02、05）

《子夜》的版系、流变、印频及印数

陈思广*

摘　要　《子夜》自1933年1月由开明书店出版至今，主要有3个版系：一是1933年1月至1951年12月的开明书店版系；二是1952年9月至今的人民文学出版社版系；三是1982年7月至今的其他版系。这3个版系出版的《子夜》呈现《子夜》出版的主要格局。《子夜》经开明到人文社截至2019年6月单行本的总印数为2505300册，可知全部总印数为2542000册。考虑其他版系的印数，自1933年至今，保守估计《子夜》单行本的总印数应不低于270万册。这个数字或可有些许遗漏，但当无大误。

关键词　《子夜》；版系；流变；印频；印数

《子夜》毫无疑问是茅盾最重要的一部长篇小说，也是迄今为止茅盾印刷版次最频、印刷量最大、修改处最多的一部长篇小说。也正因此，《子夜》自1933年1月出版以来，一共印行了多少版，发行了多少册等，一直是一笔糊涂账。本文笔者将对《子夜》单行本的版次关系、印刷册数以及修改问题作详细的梳理，力图给出一个明白账。需要说明的是，因《子夜》先由开明书店出版，之后主要交由人民文学出版社出版并标示印数，故笔者在这里只能以开明版系与人文社版系为基础，在流传有序的前提下，整理出《子夜》已知的印刷频次与印数，给出具体的结果。不当之处敬请方家批评指正。

---

* 作者单位：四川大学文学与新闻学院。

自1933年1月《子夜》由开明书店出版至今，其主要有3个版系：一是1933年1月至1951年12月的开明版系，二是1952年9月至今的人文社版系，三是1982年7月至今的其他版系。这3个版系出版的《子夜》呈现《子夜》出版的主要格局①。

（1）开明版系。1933年1月，茅盾的《子夜》由开明书店初版。之后的版次关系依次如下：1933年2月，再版；1933年4月，精装本初版；1933年6月，三版；1934年6月，四版；1935年2月，五版；1935年9月，六版；1936年9月，七版；1939年2月，七版（重复原因不详）；1939年6月，八版；1939年9月，九版；1939年12月，桂一版；1940年4月，十一版；1941年3月，十二版；1942年8月，湘一版；1943年2月，湘二版；1945年10月，东南一版；1946年4月，十六版；1946年11月，十七版；1947年4月，十八版；1948年1月，十九版；1948年8月，二十版；1948年12月，二十一版；1949年3月，二十二版；1950年8月，二十三版；1951年3月，二十四版，1—5000册；1951年8月，二十五版，5001—8000册；1951年12月，二十六版，8001—12000册。之后，《子夜》转为人民文学出版社出版。目前学界普遍以1951年12月开明书店印行的第二十六版作为《子夜》在开明的最后印行版次，并因之认为《子夜》在开明总共印行了26次，是不对的。因为开明书店实际上印了一个精装本初版和两个第七版，所以，《子夜》由开明书店总印行数应该是28版次。当然，这28版并不全都是完整版，其中，1934年6月至1936年9月出版的第四至第七版是删节版。但第四版略异，即：存在着少量的全本与少量的撕去部分页码的删节本，而第五至第七版完全相同，即删去了第四章第96—125页和第十五章第450—482页，共63页，为完整的删节本。

（2）人文社版系。1952年9月，人民文学出版社根据开明纸型重印《子夜》第一版（应为第一次印刷），1—5500册；1953年2月北京

---

① 以外文或少数民族文字出版的《子夜》以及收入《茅盾选集》《茅盾文集》《茅盾全集》的《子夜》未计算在内。

第二版（也为第二次印刷），5501—25500册；1953年8月第三次印刷，25501—37500册；1953年11月上海第四次印刷，37501—47500册。1954年3月，人民文学出版社编辑部决定重印《子夜》，茅盾根据当时的情形将《子夜》修订后交付人民文学出版社出版。于是，1954年4月，人民文学出版社出版了经茅盾修订后的《子夜》，其由北京第五次印刷，47501—62500册。这一版虽然标注第五次印刷，印数也与第四版相接，但却是《子夜》的修订版，内容也有不少的改动，是名副其实的第二版。在书扉页的背面，这一版还特印有如下文字：

本书重版说明

本书最初出版于一九三三年一月，一九五二年九月，由本社根据开明书店纸型重印。现经作者修订，重排出版。

人民文学出版社编辑部

一九五四年三月

之后，1954年4月修订版的《子夜》又印行了10次，共计221500册。即：1954年5月北京第六次印刷，62501—67500册；1954年6月北京第七次印刷，67501—77500册；1955年2月北京第八次印刷，77501—83500册；1955年5月北京第九次印刷，83501—89500册；1955年10月北京第十次印刷，89501—91500册；1956年4月北京第11次印刷，91501—101500册；1956年8月北京第12次印刷①，101501—111500册；1957年2月北京第13次印刷，111501—131500册；1957年7月北京第14次印刷，131501—171500册；1958年4月北京第15次印刷，171501—221500册。之后，由于《汉字简化方案》的实施，茅盾又将《子夜》做了修订，也就是所说的修订3版，于1960年4月由人文社印行。这也是目前最主要的通行本。具体版次如下：1960年4月第3版，北京第16次印刷，221501—226500册；1961年11月北京第17次印刷，226501—

① 印刷次数开始使用阿拉伯数字。

236500册；1962年6月北京第18次印刷，236501—246500册；1963年6月上海第19次印刷，246501—266500册。随后，《子夜》停印，直到1977年12月才由北京第20次印刷，但无印数。其间，陕西、上海也各印了1次，亦无印数，① 即：1978年4月陕西省第一次印刷，1978年10月上海第一次印刷。之后的版次依次是：1982年1月北京第21次印刷，466501—631500册；1986年12月北京第22次印刷，631501—650600册；1988年11月湖北第23次印刷，650601—673890册；1990年7月北京第24次印刷，673891—706890册；1991年11月北京第25次印刷，706891—748140册；1992年7月辽宁第26次印刷，748141—784590册；1994年4月辽宁第27次印刷，784591—814590册；1996年11月北京第28次印刷，814591—834590册；1999年9月北京第29次印刷，834591—839590册；1999年12月北京第30次印刷，839591—844590册；2000年11月河北第31次印刷，844591—854590册。其间，1983年8月，《子夜》由北京第1次印刷，1—96000册；1990年8月北京第2次印刷，96001—102100册；1992年12月北京第3次印刷，102101—114210册。1994年11月，收入世界文学名著文库，1994年11月北京第1次印刷，1—10000册（平），1—30000册（精）。1997年12月，收入中国现代长篇小说丛书，1997年12月北京第1次印刷，1—20000册。2000年5月，收入中学生课外文学名著必读丛书，2000年5月北京第1次印刷，1—20000册；2000年7月北京第2次印刷，20001—50000册；2000年7月北京第3次印刷，50001—70000册；2000年8月北京第4次印刷，70001—120000册；2000年10月北京第5次印刷，120001—140000册；2000年10月北京第6次印刷，140001—170000册；2000年11月北京第7次印刷，170001—210000册；2001年3月北京第8次印刷，210001—230000册；2001年7月北京第9次印刷，230001—250000册；2001年9月北京第10次印刷，250001—260000

---

① 但据第21次印刷数推算，北京、陕西、上海三地的印刷总数当为200000册。

册；2001 年 12 月北京第 11 次印刷，260001—280000 册；2002 年 3 月北京第 12 次印刷，280001—300000 册；2002 年 6 月北京第 13 次印刷，300001—310000 册；2002 年 8 月北京第 14 次印刷，310001—330000 册；2002 年 10 月北京第 15 次印刷，330001—350000 册；2003 年 3 月北京第 16 次印刷，350001—360000 册；2003 年 4 月北京第 17 次印刷，360001—372500 册。2000 年 7 月，收入百年百种优秀中国文学图书，2000 年 7 月北京第 1 次印刷，1—10000 册；2001 年 6 月北京第 2 次印刷，10001—13000 册；2002 年 4 月北京第 3 次印刷，13001—18000 册。2002 年 1 月，收入大学生必读丛书，2002 年 1 月第 1 次印刷，1—10000 册。2003 年 5 月，收入语文新课标必读丛书，2003 年 5 月第 1 次印刷，1—50000 册；2003 年 6 月第 2 次印刷，50001—70000 册；2003 年 7 月第 3 次印刷，70001—100000 册；2004 年 2 月第 4 次印刷，100001—110000 册。2004 年 3 月，收入中国文库，2004 年 3 月第 1 次印刷，1—15000 册（平）；2004 年 7 月第 1 次印刷，1—500 册（精）。2006 年 6 月，收入语文新课标丛书修订版，2006 年 6 月第 1 次印刷，1—20000 册。2008 年 6 月，收入语文新课标丛书增订版，2008 年 6 月第 1 次印刷，1—30000 册；2008 年 12 月第 2 次印刷，30001—70000 册；2009 年 5 月第 3 次印刷，70001—90000 册；2009 年 10 月第 4 次印刷，90001—100000 册；2009 年 12 月第 5 次印刷，100001—110000 册；2010 年 3 月第 6 次印刷，110001—140000 册；2011 年 1 月第 7 次印刷，140001—145000 册；2011 年 4 月第 8 次印刷，145001—150000 册；2011 年 6 月第 9 次印刷，150001—155000 册；2011 年 8 月第 10 次印刷，155001—165000 册；2011 年 10 月第 11 次印刷，165001—190000 册；2012 年 6 月第 12 次印刷，190001—200000 册；2012 年 8 月第 13 次印刷，200001—210000 册；2012 年 10 月第 14 次印刷，210001—230000 册；2013 年 6 月第 15 次印刷，230001—235000 册；2013 年 8 月第 16 次印刷，235001—240000 册；2013 年 9 月第 17 次印刷，240001—255000 册；2013 年 12 月第 18 次印刷，255001—315000 册；2014 年 1 月第 19 次印刷，315001—345000 册；2014 年 8 月第 20 次印刷，

345001—355000 册；2014 年 8 月第 21 次印刷，355001—365000 册；2014 年 12 月第 22 次印刷，365001—380000 册；2015 年 3 月第 23 次印刷，380001—400000 册；2015 年 6 月第 24 次印刷，400001—440000 册；2015 年 11 月第 25 次印刷，440001—450000 册；2016 年 1 月第 26 次印刷，450001—460000 册；2016 年 6 月第 27 次印刷，460001—475000 册；2016 年 7 月第 28 次印刷，475001—485000 册；2016 年 12 月第 29 次印刷，485001—505000 册；2017 年 3 月第 30 次印刷，505001—525000 册；2017 年 7 月第 31 次印刷，525001—530000 册；2017 年 12 月第 32 次印刷，530001—538000 册。2008 年 11 月，收入中国现代长篇小说藏本，2008 年 11 月第 1 次印刷，1—10000 册；2009 年 7 月第 2 次印刷，10001—15000 册；2010 年 1 月第 3 次印刷，15001—25000 册；2010 年 3 月第 4 次印刷，25001—30000 册；2010 年 9 月第 5 次印刷，30001—35000 册；2011 年 3 月第 6 次印刷，35001—40000 册；2011 年 4 月第 7 次印刷，40001—50000 册；2011 年 7 月第 8 次印刷，50001—60000 册；2011 年 10 月第 9 次印刷，60001—70000 册；2011 年 12 月第 10 次印刷，70001—75000 册；2012 年 4 月第 11 次印刷，75001—85000 册；2012 年 6 月第 12 次印刷，85001—95000 册；2012 年 8 月第 13 次印刷，95001—105000 册；2012 年 10 月第 14 次印刷，105001—110000 册；2013 年 1 月第 15 次印刷，110001—117000 册；2013 年 6 月第 16 次印刷，117001—122000 册；2013 年 9 月第 17 次印刷，122001—128000 册；2014 年 1 月第 18 次印刷，128001—134000 册；2014 年 5 月第 19 次印刷，134001—139000 册；2014 年 8 月第 20 次印刷，139001—144000 册；2014 年 9 月第 21 次印刷，144001—150000 册；2015 年 1 月第 22 次印刷，150001—156000 册；2015 年 3 月第 23 次印刷，156001—166000 册；2015 年 9 月第 24 次印刷，166001—171000 册；2015 年 11 月第 25 次印刷，171001—176000 册；2016 年 4 月第 26 次印刷，176001—181000 册；2016 年 9 月第 27 次印刷，181001—186000 册；2017 年 2 月第 28 次印刷，186001—191000 册。2018 年 4 月，收入教育部统编《语文》推荐阅读丛书，2018 年 4 月第 1 次印

刷，1—30000 册；2018 年 7 月第 2 次印刷，30001—50000 册；2019 年 1 月第 3 次印刷，50001—60000 册；2019 年 6 月第 4 次印刷，60001—80000 册。此外，《子夜》（插图本）人民文学出版社 2006 年 6 月第一次印刷，1—20000 册；2016 年 10 月第 1 次印刷，1—10000 册；2017 年 7 月第 2 次印刷，10001—15000 册；2018 年 3 月第 3 次印刷，15001—23000 册；2018 年 9 月第 4 次印刷，23001—31000 册。2018 年 4 月第一次印刷，1—30000 册；2019 年 6 月第 1 次印刷，1—10000 册。

（3）其他版系。其他版系主要指人民文学出版社以外的出版社。这些出版社借各种名目出版《子夜》多种，但由于大多没有标明印数，因此具体数目不详。但由于它们也占用了一定的市场份额，故记录在案亦无妨。无印数有名头的如："现当代文学经典文库"，长江文艺出版社 2010 年 9 月第一版，2010 年 9 月第一次印刷。"教育部推荐学生必读丛书"，时代文艺出版社 2010 年 1 月第一版，2010 年 1 月第一次印刷。"读名著学语文丛书"，中国对外翻译出版公司 2010 年 4 月第一版，2010 年 4 月第一次印刷。"成长必读权威定本"，湖南文艺出版社 2011 年 7 月第一版，2011 年 7 月第一次印刷。"茅盾珍档手迹"系列丛书，浙江大学出版社 2011 年 6 月第一版，2011 年 6 月第一次印刷。"典藏一生我的世界文学名著"，延边教育出版社 2012 年 12 月第一版，2012 年 12 月第一次印刷。"名师一加一导读方案"，吉林出版集团 2012 年 5 月第一版，2012 年 5 月第一次印刷。"小经典"，中国工人出版社 2013 年 12 月第一版，2013 年 12 月第一次印刷。"名校班主任推荐 · 世界经典文学名著金库"，华夏出版社 2013 年 3 月第一版，2013 年 3 月第一次印刷。"现当代长篇小说经典"，长江文艺出版社 2014 年 7 月第一版，2014 年 7 月第一次印刷。"中小学生必读丛书"，北京联合出版公司 2016 年 8 月第一版，2016 年 8 月第一次印刷。"世界文学文库"，北京燕山出版社 2018 年 2 月第一版，2018 年 2 月第一次印刷（无印数）等。无印数亦无名头的如：万卷出版公司 2016 年 7 月第一版，2016 年 7 月第一次印刷。北京燕山出版社 2017 年 1 月第一版，2017 年 1 月第一次印刷。江苏文艺出版社2018年2月第一版，2018年2月第一次印刷。南京译林出版社2015年11月第一版，2015年11月第一次印刷。江苏科学技术出版社2016年8月第一版，2016年8月第一次印刷。有印数的如："中国现代文学百家"，华夏出版社1997年1月北京第1次印刷，1—10000册（之后印刷4次，无印数）。中宣部等推荐，叶浅予绘，中国青年出版社2012年12月北京第1版，河北第一次印刷，1—8000册；2013年8月北京第2版，2013年8月河北第一次印刷，1—5000册。"经典阅读"，团结出版社2015年1月第一版，2015年1月第一次印刷，1—6000册。天津人民出版社2017年9月第一版，2017年9月第一次印刷，1—8000册等。

以上，即是笔者对《子夜》版系、流变及印刷频次与印数的基本梳理。据此可知，《子夜》经开明到人文社截至2019年6月单行本的印数为2505300册，① 可知全部总印数为2542000册。考虑其他版系的印数，自1933年至今，保守估计《子夜》单行本的总印数应不低于270万册。这个数字或可有些许遗漏，但当无大误。

［此文为连载长文《〈子夜〉的版本流变与修改述论》第一部分，刊于《现代中文学刊》2020年第1期。文章以现名收录到《茅盾研究》第17辑《经典形成的历史》（中国茅盾研究会编，杨扬主编），华东师范大学出版社2021年5月版。］

① 据茅盾本人在《我走过的道路》中回忆，《子夜》初版3000册，以后每次重印各5000册。［见茅盾著，钟桂松主编《茅盾全集》（第35卷），黄山书社2014年版，第573页。］因这仅是本人之说，未见他人旁证，也未见实证，故本文未采信此说。

年度学者：吕周聚

入选理由

吕周聚教授的《人性视野中的〈子夜〉新论》从人性的角度，将文学置于人学这一根基上思考《子夜》的艺术成就，从而纠正茅盾本人以及学界过分强调《子夜》的政治色彩的偏向。无限追逐金钱的贪欲、性的压抑与放纵、革命与性的交融，这 3 个方面展示了《子夜》中现代大都市的清明上河图式的人性图谱。从人性的角度而言，《子夜》上承并开拓了“五四”新文学的人学精神。

吕周聚教授的另一篇文章《如何文学？怎样革命？——论茅盾的革命文学观》的分析虽然以文本为主，但不局限于文本，而是尽可能地将文本历史语境化：一方面，论文将茅盾的革命、创作与评论有机结合起来进行分析，揭示出这种内在的三位一体式的逻辑结构奠定了茅盾革命文学观的合理性；另一方面，又重视在与创造社等人的对话中分析这些文本，对话所体现的异同则显示了提倡革命文学的历史趋势。论文全面而系统地揭示了革命文学观的内涵，显示了茅盾革命文学观的先锋性、系统性和合理性。

吕周聚教授的茅盾研究，注重与当下学界的对话，以厚实的学养进行文本细读，以敏锐的意识将文本历史语境化，继而提升到理论的高度，得出可信的结论，丰富和深化了茅盾研究，特授予吕周聚教授“2020—2021 年度学者”称号。

（执笔人：文贵良）

代表作：

《人性视野中的〈子夜〉新论》

原载《首都师范大学学报（社会科学版）》2020（01）

人性视野中的《子夜》新论*

吕周聚**

摘　要　以往的研究者受茅盾对《子夜》言说的影响，更多的是从政治角度切入来分析作品的思想主题，强调作品与当时社会政治之间的关系，从而有意无意地忽视了作品中所蕴含的丰富思想意蕴。从人性的角度切入解读这部作品，给我们提供了一个认识这部作品的新的视角，由此出发，我们可以发现导致吴荪甫最后失败的直接原因并不是赵伯韬的压迫和捣乱，而是吴荪甫自身赌徒的性格，其连襟杜竹斋在最后关键时刻的背叛成了压垮他的最后一根稻草，而这无不与贪婪的人性密切相关；同时，我们也会看到作品中所蕴藏的丰富的人性意蕴，金钱对人性的异化、性的压抑与放纵、革命与性的交融是作品的重要内容；从人性的角度出发，我们也可以看到作品中人物形象的丰富性与复杂性。

关键词　《子夜》；人性；异化；革命；性

在中国现代文学史上，茅盾的《子夜》是一部非常重要且有影响的作品。从 1932 年完成以来，它就受到广泛关注与好评，再版多次，被译为英、法、德、俄、日等十几种文字，在中国现代文学史教科书中被视为茅盾的代表作而予以高度评价。然而，到了改革开放的新时期之后，茅盾及其《子夜》却一度受到质疑与批判，蓝棣之基

* 本文为国家社科基金项目“百年中国文学思潮中的美国因素研究”(19BZW097) 的阶段性成果。

** 作者单位：青岛大学文学院。

本否定了《子夜》作为文学作品的审美价值，只肯定它的社会文献价值，认为《子夜》缺乏时空的超越意识，缺乏深厚的哲理内涵以及对于人性、生命和宇宙意识的透视，只是一部“高级形式的社会文件”[①]。王一川编选二十世纪中国小说大师，他选了九位大师，直接将茅盾排除在外，认为“其高位的获得很大程度上依赖于学术偏见：似乎‘现实主义’‘史诗式’作品就高于其它。”[②] 在王一川看来，《子夜》欠缺小说味，概念痕迹过重，主题先行，缺少审美价值。此外，王晓明、徐循华等人的文章也对《子夜》中所存在的问题进行了批判[③]。这些文章的共同之处是认为茅盾及其《子夜》具有概念化、政治化的倾向，缺少复杂的思想意蕴，缺少审美价值。他们的这些观点是不无道理的，的确指出了《子夜》中所存在的问题，为人们重新认识评价茅盾及其《子夜》提供了一个新的视角，为重写中国现代文学史提供了一个案例。然而，《子夜》是否就真的一无是处？是否除了政治之外就没有其他的思想意蕴？这需要通过文本细读来寻找答案。

茅盾是中国共产党的第一批党员，是著名的社会活动家，《子夜》历来被视为左翼文学的扛鼎之作。由此来看，《子夜》具有鲜明的政治色彩也是可以理解的。《子夜》于1933年1月出版后，“从各方面所发出的批评，即使是素来偏重保守思想的文学刊物也对于它表示着相当的敬意，以为是这一年里文坛上的重要创作收获。”[④] 这固然说明《子夜》出版后所获得的好评，但仔细一想，又会发现新的问题：20世纪30年代是左翼文学蓬勃发展的时期，但当时中国处于国民党的统治之下，对左翼文学采取高压政策，采取严厉的新闻出版检查

---

① 蓝棣之：《一份高级形式的社会文件——重读〈子夜〉》，《上海文论》1989年第3期。

② 王一川：《我选二十世纪中国小说大师》，《文学自由谈》1994年第4期。

③ 王晓明：《一个引人沉思的矛盾——论茅盾的小说创作》，《中国现代文学研究丛刊》1988年第1期；徐循华：《诱惑与困境——重读〈子夜〉》，《中国现代文学研究丛刊》1989年第1期。

④ 淑明：《子夜》，《文学季刊》1934年1月1日。

制度，1931 年秘密枪杀了左联五烈士，许多左翼刊物及左翼作家作品无法正常出版发行，《子夜》能够在这样的环境中得以顺利出版，且得到“偏重保守思想”的文学刊物的敬意，并在短时间内出版 4 版，难道是国民党政府及其新闻检查制度对《子夜》大开绿灯？事实并非如此。如果仔细阅读文本，我们会发现，《子夜》中固然涉及了当时的农民革命和工人运动，但全书 19 章，只有第四、九、十三、十四、十五、十六章涉及革命的内容，且这些只是作为全书的背景出现的，并非全书的主体，作品中并没有体现鲜明的政治思想①。虽然 1934 年 2 月《子夜》因“鼓吹阶级斗争”的罪名而被“严行查禁”，经过出版商的据理力争，最后被归入“应行删改”一类，删掉第四、十五章，继续出版②。那么，后来人们所讨论的《子夜》的深刻的思想主题来自何处？实际上，中国现代文学史教科书中的内容及大量关于《子夜》思想主题的分析皆来自茅盾自己对《子夜》的说明与阐释。

我们从茅盾所发表的关于《子夜》的文章中可以发现，茅盾对《子夜》的言说前后并不一致。在 1933 年开明书店版《子夜》的后记中，作者交代了写作《子夜》的大致经过，也介绍了自己写作《子夜》的企图，即“大规模地描写中国社会现象”，作者原定的计划比写成的要大许多，但其在写作过程中割弃了许多内容，作品成为现在的样子——“偏重于都市生活的描写”③。到 1939 年，茅盾在

---

① 茅盾对此也有明确的说明：“因为当时检查的太厉害，假使把革命者方面的活动写得太明显或者是强调起来，就不能出版。为了使这本书能公开的出版，有些地方则不得不用暗示和侧面的衬托了。不过读者在字里行间也可以看出革命者的活动来。”［茅盾：《〈子夜〉是怎样写成的》，原载 1939 年 6 月 1 日《新疆日报》副刊《绿洲》，见孙中田、查国华编《茅盾研究资料（上）》，知识产权出版社 2010 年版，第 426 页。］

② 检查结论：“二十万言长篇创作，描写帝国主义者以重量资本操纵我国金融之情形。第 97—124 页讥刺本党，应删去。十五章描写工潮，应删改。”见晦庵（唐弢）《〈子夜〉翻印版》，孙中田、查国华编《茅盾研究资料（下）》，知识产权出版社 2010 年版，第 627 页。

③ 茅盾：《后记》，载《茅盾全集》第 3 卷，人民文学出版社 1984 年版，第 553—554 页。

《新疆日报》副刊《绿洲》上发表《〈子夜〉是怎样写成的》一文，对《子夜》的写作意图和思想主题作出了明确的说明与阐释，当时正值中国社会性质论战激烈的时候，“我那时打算用小说的形式写出以下三个方面：（一）民族工业在帝国主义经济侵略的压迫下，在世界经济恐慌的影响下，在农村破产的环境下，为要自保，使用更加残酷的手段加紧对工人阶级的剥削；（二）因此引起了工人阶级的经济的政治的斗争；（三）当时的南北大战，农村经济破产以及农民暴动又加深了民族工业的恐慌。”作者要用小说的形式来参与当时关于中国社会性质问题的论战，作品中涉及了许多问题，“但我所要回答的，只是一个问题，即是回答了托派：中国并没有走向资本主义发展的道路，中国在帝国主义的压迫下，是更加殖民地化了。”① 结合作品来看茅盾的这两次言说我们可以发现，1933 年开明书店版《后记》中的说明是与作品文本相一致的，而 1939 年发表的《〈子夜〉是怎样写成的》则与作品本身有了较大的出入，原来在作品中只是作为背景出现的民族工业与工人阶级的矛盾、工人阶级的经济的政治的斗争、农村经济破产及农民暴动与民族工业的矛盾被作者强化成了作品的主题，而作品的主线即围绕着金钱所展开的人性冲突则成了背景。作者从阶级斗争的角度来说明、阐释《子夜》的思想，这无疑提高了《子夜》的政治水平和政治影响力，也成为后来人们解读、评价《子夜》的主要依据。后来的研究者以作家对自己作品创作情况的说明作为研究的依据并非完全不可以，但关键要看作者所说的与作品本身及当时的创作语境是否相吻合。中国现代文学史上存在着一种特殊的现象，即部分作家自觉地提高自己的政治觉悟，对作品进行多次修改以使其符合当时的政治需求，这种现象在 1949 年后发展到了极致，茅盾对《子夜》的不同言说即属于这种情况。茅盾后来对《子夜》的说明与阐释，赋予或强化了《子夜》鲜明的政治色彩，引导着读者与研究者去对《子夜》进行政治解读。今天，如果我们摆脱茅盾

---

① 茅盾：《〈子夜〉是怎样写成的》，载孙中田、查国华编《茅盾研究资料（上）》，知识产权出版社 2010 年版，第 425 页。

对《子夜》的说明与阐释，从文本细读的角度来重读《子夜》，则会有新的感受与发现。

以往人们常以政治标准来衡量作家作品，以阶级理论来分析作家作品，自然就会突出强化作家作品的政治色彩。实际上，文学是人学，我们从人学、人性的角度来重新解读《子夜》，会有一些新的发现与思考。

一 金钱对人性的异化

《子夜》主要描写上海的都市生活，叙述在上海这个现代化大都市里人们围绕着金钱而展开的种种钩心斗角，金钱成为人们追逐的目标，也成为贯穿作品的一条主线。围绕着金钱，人与人之间尔虞我诈，上演了一幕幕严肃而又荒唐的滑稽剧，呈现了复杂的人性面相，表现了金钱对人性的异化。

《子夜》以民族资本家吴荪甫和买办资本家赵伯韬之间的明争暗斗为主线来结构全篇，以往我们更多的是从国家、民族的角度切入来分析这两个人物及其冲突，将其视为中国和美国的代名词，因此他们之间的矛盾冲突也就成了中国和美国的冲突，赵伯韬对吴荪甫的打压成为吴荪甫失败的原因，正是在这一层面上，吴荪甫被人们（作者）视为爱国的民族资本家，其最后的结局也带有一种悲壮性。这种观点是作者在《〈子夜〉是怎样写成的》中阐释出来的，或者说是研究者根据茅盾的这种言说阐释出来的。但通过文本细读我们可以发现，作品中所呈现的与人们所阐释出来的并不一致。

作者竭力要把吴荪甫塑造成一个负有特殊历史使命的民族资本家形象，但这一形象并非完全通过吴荪甫的言行塑造出来，而是作者通过一些议论、形容词诸如“气度不凡”“大刀阔斧”“足智多谋”等赋予吴荪甫这一特征，这导致这一人物难免带有概念化的特点。吴荪甫的性格带有多重性，作为资本家，对金钱的追求才是其性格的本质。吴荪甫对发展民族工业有着远大的雄心壮志，但这种雄心壮志的实现需要大量金钱资本的支持，因此挣钱成为其活着的重要目标。而对金钱的无限追求，不仅表现其人性的贪婪与凶残，而且成为导致其倾家荡产的直接原因。

在20世纪30年代的上海，像吴荪甫这样的有钱人面临着办实业（开工厂）还是办银行（公债）的选择，但无论是办实业还是办银行都是做生意，做生意都是以赚钱为最终目的，“曾经游历欧美的吴荪甫自然也不是什么‘在商言商’的旧人物，但他无论如何是企业家，他虽然用一只眼睛望着政治，那另一只眼睛，却总是朝着企业上的利害关系，而且是永不倦怠地注视着。”① 为了把生意做大做强，吴荪甫将生意从他的老家双桥镇搬到了上海，他与孙吉人有着发展民族工业的共识，对未来充满了美好的理想，他心狠手辣、不择手段地吞并朱吟秋等人的8家工厂，上演了一幕尔虞我诈、大鱼吃小鱼的惨剧，表现吴荪甫贪得无厌的性格，连吴少奶奶都说他这个人“真毒”；他成立益中信托公司，涉足公债市场，与赵伯韬在公债市场上围绕“多头”与“空头”进行厮杀，表现其赌徒的性格特征。当受南北战争影响产品卖不出去、工厂资金周转不开、公债市场赔钱时，他陷入困境之中，便设法将双桥镇的资金归拢到上海，加剧了对农民的压榨；通过取消星期日加工、延长工作时间一小时、扣“存工”、工钱打九折等手段榨取工人的血汗钱，引起工人的罢工；为了打探赵伯韬在公债市场上的信息，他设法收买刘玉英、韩孟翔、陆匡时等为他提供情报。作品中详细描写吴荪甫与赵伯韬的斗法，许多人将吴、赵之间的斗法视为你死我活的关系，实际上赵伯韬曾经与吴荪甫合作过，且获得了双赢的结果，但后来赵伯韬再找吴荪甫合作时，吴都以各种借口予以拒绝。实业与银行、民族资本与买办资本是否可以合作，这究竟是个政治问题，还是个经济问题？作品中并没有给出明确的答案。当吴荪甫的益中信托公司资金周转不开陷入绝境时，赵伯韬提出以介绍一个银团放款300万给益中公司、要求以益中公司全部财产做担保为条件与吴荪甫合作，吴荪甫面临两种选择：不是投降老赵，就

---

① 茅盾：《子夜》，载《茅盾全集》第3卷，人民文学出版社1984年版，第126页。

是益中公司破产，而这都不是他所愿意的。他苦思冥想，终于想出一个新的办法：把8个工厂顶出去，筹措60万资金，再与赵伯韬斗一斗；最后，他和王和甫、孙吉人商量每人再筹措50万资金背水一战，已经无钱周转的吴荪甫将自己的工厂、住房、土地一起做抵押来与赵伯韬决一死战，然而在最后的决战时刻，他收买的刘玉英、韩孟翔、陆匡时等人背叛了他，给他提供假消息；他的连襟杜竹斋是银行家，被吴荪甫视为同伙，吴荪甫千方百计地拉拢他，把自己与赵伯韬斗法的秘密告诉他，建立攻守同盟，希望他能一块做"空头"，至少希望他能保持中立，但在关键时刻，杜竹斋也背叛了他，杜竹斋乘他们压低了价钱就扒进，这样他就背弃了吴荪甫的同盟，成了赵伯韬的同伙，成为压垮吴荪甫的最后一根稻草！在杜竹斋那儿，金钱要比亲情和盟约重要得多，为了金钱，他什么都可以抛弃，其唯利是图、见利忘义的本性暴露无遗！

除了吴荪甫之外，其他的资本家们也都是逐利的高手，他们追逐金钱就如同苍蝇见了血一般疯狂。作为买办资本家的代表，赵伯韬对金钱简直就是明抢。他依靠自己庞大的资产、精明的算计和丰富的人脉关系，将吴荪甫们玩弄于股掌之间，以最小的付出获取最大的利益。吴荪甫要廉价吞并朱吟秋的丝厂、攫取其大批茧子来赶缫抛售的期丝，赵伯韬横插一杠子，愿意押款给朱吟秋，以此掐住吴荪甫的要害，要求在益中公司中安插自己的亲信尚仲礼做总经理，作为日后的利益回报。他在公债市场上呼风唤雨，通过"多头"与"空头"的转换赚取大量的金钱。如果说吴荪甫还有一些发展中国民族工业的想法，那么赵伯韬则纯粹是在做追逐金钱的游戏。冯云卿原来是乡下的土财主，因为乡下农民暴动躲到上海城里，他不愿坐吃山空，便将自己带来的钱财投入了公债市场，无奈在公债市场上赔的多赚的少。他看着赵伯韬赚大钱而眼红，便心生一计，让自己漂亮的女儿去接近赵伯韬，以此得到赵伯韬在公债市场上交易的动向，自己跟着赚钱，但自己的女儿光顾着享受与赵伯韬的"交往"，而忘了父亲交给她的重要使命，最后冯云卿只能偷鸡不成蚀把米，做了赔本的买卖。作为寡妇，刘玉英在家里无依无靠，但她能充分利用自己富有诱惑性的姿色和肉体，往来于赵伯韬和吴荪甫之间，赚取金钱。这些人为了金钱，无所不用其极，都成了金钱的奴隶。

金钱如同一只无形的魔掌，笼罩统治着当时整个的上海社会。20世纪30年代，中国处于军阀混战之中，连年的战争严重地影响了百姓的生活，吴荪甫们的工厂也受到极大的影响，物价上涨，产品卖不出去，公债市场的行情与战争的动态密切相关。于是，吴荪甫们为了“轧空头”，便通过各种关系花钱贿赂西北军打败仗，花30万让西北军后退30里，使中央军暂时获得胜利，以此获得公债市场交易的利好。由此来看，金钱的力量无孔不入，军方、政界的高层人士也都成了金钱的奴隶，只不过他们捞取金钱的手段更加隐蔽、更加高明，也更加残忍，为了金钱，他们可以置国家、百姓利益于不顾，他们的灵魂和人性已被金钱所腐蚀变形。

作者借范博文之口发表议论，控诉金钱的罪恶，“因为了金钱，双桥镇就闹匪祸了；因为了金钱，资本家在田园里造起工厂来，黑烟蔽天，损坏了美丽的大自然；更因为了金钱，农民离开了可爱的乡村，拥挤到都市里来住龌龊的鸽子笼，把人的性灵汩没！”① 人类发明金钱（货币），本来是用它代替原始的物物交换为人类的生活提供方便服务的，但随着人类社会的发展，金钱在社会交往中的作用越来越大，成为人们社会地位、经济地位的象征。人们疯狂地追逐金钱，这样金钱就从原来的仆人变成了主人，而奉金钱为圭臬的人们则从主人变成了仆人。在金钱的异化之下，吴荪甫、赵伯韬、冯云卿、刘玉英等人的性格扭曲变形，人性贪婪、残忍的一面得到了淋漓尽致的表现。

二　性的压抑与放纵

何谓“人性”？自古以来，对这一问题就有不同的回答。孔子认

---

① 茅盾：《子夜》，载《茅盾全集》第3卷，人民文学出版社1984年版，第173—174页。

为，“饮食男女，人之大欲存焉。”① 周作人认为，“神性与兽性，合起来便只是人性”②。由此可见，无论是古代还是现代都将人的动物性欲望（“男女”）视为人性的组成部分，其区别在于古代儒家思想对于性采取压抑禁锢的政策，而现代思想则承认性的存在的合理性与合法性。作为一部以现代都市生活为表现对象的作品，《子夜》中大量地涉及人的性欲问题，性的压抑与放纵成为展现复杂人性的重要表现，也成为作品的重要内容。

作品一开始写吴老太爷因躲避战乱而来到上海，没想刚到上海就一命呜呼。作品借范博文之口说出导致吴老太爷暴亡的原因：“他那二十多年足不窥户的生活简直是不折不扣的坟墓生活！他那书斋，依我看来，就是一座坟！今天突然到了上海，看见的，听到的，嗅到的，哪一样不带有强烈的太强烈的刺激性？依他那样的身体，又上了年纪，若不患脑充血，那就当真是怪事一桩！”③ 表面上来看，范博文的分析不无道理，以往研究者也正是由此出发将吴老太爷的突然死亡视为都市文明与乡村文明冲突的结果，将吴老太爷视为一遇到现代文明便灰飞烟灭的“封建僵尸”，这种观点强调吴老太爷的隐喻意义，固然有一定道理。但如果进一步思考则会发现问题：吴老太爷到上海后看到的是什么？听到的是什么？嗅到的又是什么？他所受到的强烈刺激究竟是什么？由此出发，我们可以发现受到强烈的性刺激才是导致吴老太爷暴亡的直接原因。吴老太爷早年丧妻，多年来一直靠诵读《太上感应篇》度日，即使到上海坐在飞驰的汽车中，仍然在心里专念着文昌帝君的“万恶淫为首，百善孝为先”，这种禁欲主义思想成为其道德信仰。他坐在汽车里，听着二小姐和四小姐的谈话，他的眼光本能地瞥到二小姐芙芳的身上，第一次看清楚了二小姐的装束：“二小姐已经完全是夏装；淡蓝色的薄纱紧裹着她的壮健的身

① （春秋时代）孔子：《礼记·礼运》，见杨天宇撰《礼记译注（上）》，上海古籍出版社 2006 年版，第 275 页。

② 周作人：《人的文学》，《新青年》1918 年第 5 卷第 6 号。

③ 茅盾：《子夜》，载《茅盾全集》第 3 卷，人民文学出版社 1984 年版，第 23—24 页。

体，一对丰满的乳房很显明地突出来，袖口缩在臂弯以上，露出雪白的半只臂膊。一种说不出的厌恶，突然塞满了吴老太爷的心胸，他赶快转过脸去，不提防扑进他视野的，又是一位半裸体似的只穿着亮纱坎肩，连肌肤都看得分明的时装少妇，高坐在一辆黄包车上，翘起了赤裸裸的一只白腿，简直好像没有穿裤子。'万恶淫为首'！这句话像鼓槌一般打得吴老太爷全身发抖。然而还不止此。吴老太爷眼珠一转，又瞥见了他的宝贝阿萱正张大了嘴巴，出神地贪看那位半裸体的娇艳少妇呢！老太爷的心卜地一下狂跳，就像爆裂了似的再也不动，喉间是火辣辣地，好像塞进了一大把的辣椒。"① 半裸的女性身体对多年不近女色的吴老太爷是个强烈的刺激，而被他视为金童玉女的阿萱和四小姐对女人时髦装束的欣赏更令他失望与愤怒，他脆弱的心脏受到了沉重的打击。然而事情还没完，汽车继续往前开，"冲开了各色各样车辆的海，冲开了红红绿绿的耀着肉光的男人女人的海，向前进！机械的骚音，汽车的臭屁，和女人身上的香气，霓虹电管的赤光，——一切梦魇似的都市的精怪，毫无怜悯地压到吴老太爷朽弱的心灵上，直到他只有目眩，只有耳鸣，只有头晕！直到他的刺激过度的神经像要爆裂似地发痛，直到他的狂跳不歇的心脏不能再跳动！"② 男人女人的肉光、机械的骚音、女人的香气无不具有强烈的性刺激，对于奉行"万恶淫为首"的吴老太爷来说，既是精神上的沉重打击，又是肉体上的强烈冲击，致使吴老太爷血压升高，心脏一度停止了跳动。到了吴府，妖艳的吴少奶奶和二小姐搀扶吴老太爷下汽车，有着披肩的长发、滑腻的臂膊、妖艳的笑容和扑面的香气的她们，在吴老太爷眼里"简直是夜叉，是鬼！"到了客厅里，他见到的是群魔乱舞，"粉红色的吴少奶奶，苹果绿色的一位女郎，淡黄色的又一女郎，都在那里疯狂地跳，跳！她们身上的轻绡掩不住全身肌肉的轮

① 茅盾：《子夜》，载《茅盾全集》第 3 卷，人民文学出版社 1984 年版，第 12—13 页。

② 茅盾：《子夜》，载《茅盾全集》第 3 卷，人民文学出版社 1984 年版，第 13 页。

廓，高耸的乳峰，嫩红的乳头，腋下的细毛！无数的高耸的乳峰，颤动着，颤动着的乳峰，在满屋子里飞舞了！……突然吴老太爷又看见这一切颤动着飞舞着的乳房像乱箭一般射到他胸前，堆积起来，堆积起来，重压着，重压着，压在他胸脯上，压在那部摆在他膝头的《太上感应篇》上，于是他又听得狂荡的艳笑，房屋摇摇欲倒。"① 反复出现的富有诱惑的女性的躯体、高耸的乳房一次又一次地刺激着禁欲多年的吴老太爷，长久的性压抑突然受到强烈的性刺激，导致吴老太爷的精神和肉体受到双重的冲击，最终他脑充血突然死亡。

同样，吴荪甫身上也体现出这种性压抑与性放纵的问题。吴荪甫是一个见过世面的人物，每天忙于自己的事业，将自己的时间精力都投入事业中去，对男女之事并不感兴趣，虽然有漂亮的妻子，但他很少与妻子亲热；他身边不乏徐曼丽、刘玉英等漂亮的女人，但面对这些女人的色相诱惑时他仍能把持自己，借作品中的话来说，"他向来不是见美色而颠倒的人！"当工人罢工、工厂陷入困境时，他产生了一种强烈的暴躁情绪，他疯狂地在书房里绕圈子，眼睛全红了，咬着牙齿，只想找什么人来发泄一下，正在这时，捧着燕窝的王妈走进了书房，他被王妈那只又白又肥、指节上有小小的涡儿的手所吸引，"包围着吴荪甫全身的那股狂暴的破坏的火焰突然升到了白热化。他那一对像要滴出血来的眼睛霍地抬起来，钉住了王妈的脸。……他陡的站起来了，直向他的破坏对象扑去。"② 王妈配合着吴荪甫进行了你情我愿的交往活动。作品中所描写的吴荪甫的这种野蛮冲动看似突兀，实际上却是其长期性压抑的必然结果。

赵伯韬是个好色之徒，成为众所周知的秘密，作品借何慎庵之口道出这个秘密："外边人称赞老赵对于此道之精，有过这么两句话：是宝石，他一上眼就知道真假，是女人，他一上身就知道是不是原生

① 茅盾：《子夜》，载《茅盾全集》第 3 卷，人民文学出版社 1984 年版，第 17 页。

② 茅盾：《子夜》，载《茅盾全集》第 3 卷，人民文学出版社 1984 年版，第 427 页。

货！他就爱玩个原生货。只要是大姑娘，他是一概收用，不分皂白。他在某某饭店包月的房间，就专门办的这桩公事。他常到某某屋顶花园巡阅，也为的是要物色人才！”① 他对送上门来的冯眉卿照单全收，而对守寡的刘玉英也照收不误，因为“她不是人，她是会迷人的妖精！”他在华安大厦的精致客房里穿着浴衣当着李玉亭的面与刚从浴室出来的刘玉英调情，他不无自豪地对李玉亭说，“人家说我姓赵的爱玩，不错，我喜欢这调门儿。”② 他过着花天酒地的生活，放纵欲望，追逐肉体的享受。而交际花徐曼丽、刘玉英也放纵欲望，周旋于男性之间，用自己的肉体换取自己想要的东西。

吴公馆中的其他人也都放纵自己的欲望，少奶奶林佩瑶与雷参谋之间保持着暧昧的关系，林佩珊在玩着自己的爱情游戏，范博文被林佩珊那性感的身体所诱惑，“她那十六岁少女时代正当发育的体格显得异常圆匀，一对小馒头式的乳房隐伏在白色印度绸的衬裙内，却有小半部分露出在衬裙上端，将寸半阔的网状花边挺起，好像绷得紧紧似的。”③ 林佩珊充分利用自己的姿色，周旋于范博文与杜新箨之间。杜新箨渴望今朝有酒今朝醉的生活，要沉醉在美酒里，销魂在温软的拥抱里，他们向往几个白俄亡命贵族新辟的游乐园林丽娃丽妲村，“那里有美酒，有音乐，有旧俄罗斯的公主郡主贵嫔名媛奔走趋承；那里有大树的绿荫如幔，芳草如茵！那里有一湾绿水，有游艇！——嗳，雪白的胸脯，雪白的腿，我想起了色奈河边的快乐，我想起了法兰西女郎如火一般的热情！”④ 丽娃丽妲村成了杜新箨们的理想国，追逐肉体的放纵享乐成了他们的共同特点。

---

① 茅盾：《子夜》，载《茅盾全集》第3卷，人民文学出版社1984年版，第218页。

② 茅盾：《子夜》，载《茅盾全集》第3卷，人民文学出版社1984年版，第263页。

③ 茅盾：《子夜》，载《茅盾全集》第3卷，人民文学出版社1984年版，第151页。

④ 茅盾：《子夜》，载《茅盾全集》第3卷，人民文学出版社1984年版，第261页。

三 革命与性的交融

20 世纪 30 年代的左翼小说中出现了一种“革命加恋爱”的叙述模式，写青年男女参加革命，在革命中相识相恋，当个人的情感与革命的需要之间产生冲突时，便牺牲个人情感服从革命需要，体现鲜明的政治色彩。“革命加恋爱”的叙述模式固然有一定的想象成分，但它也有一定的现实基础。青年男女把革命的激情与旺盛的力必多融为一体也是正常的，从人性的角度来看，革命与恋爱并非对立的两面，二者是可以兼顾的。

茅盾曾经参加过大革命运动，对革命运动有着非常深刻的体验，他以自己的经历为题材，写出了著名的《蚀》三部曲，其主要内容便是“革命加恋爱”，表现青年男女尤其是时代女性在革命中的幻灭、动摇和追求。《子夜》在一定程度上传承了《蚀》三部曲的这一特点，但二者又有一定的差异。《子夜》虽然也写到了革命——农民暴动和工人罢工，但在作品中革命只是作为一个背景出现，并非作品的主体，这也是这部作品在有着严格审查制度的当时能够顺利出版并能在短时间内发行 4 版的原因。作者在《子夜》中写革命时，延续了其早期作品《蚀》三部曲“革命加恋爱”的模式，在描写革命的同时，也关注表现青年人的性的需求，表现革命与性之间的密切关系。

弗洛伊德认为，性欲（力必多）是一种巨大的能量，当它受到压抑时，会以不同的方式发泄出来，若经过适当的引导它会升华为一种发明创造的动力。受到压抑的性欲也会转化为一种革命的动力，这在四小姐蕙芳身上有着具体的表现。四小姐自幼在吴老太爷身边长大，备受束缚与压抑，到上海后，她少女的春心苏醒了，不仅对时髦的穿着打扮感兴趣，而且对异性也产生了强烈的欲望。她被风流倜傥的范博文所吸引，但无奈范博文只对林佩珊感兴趣；她性格内向，无法向她倾心的异性表白，只能在梦中与范博文幽会。她压抑自己的欲望，将自己关在屋子里，读《太上感应篇》，要求回到乡下过清心寡欲的日子，但内心那种强烈的欲望骚动不已，根本无法压抑下去。她在压抑欲望与放纵欲望之间徘徊，陷入性的苦闷之中。周围的人都不理解她，她为此而苦闷不已，只有张素素窥破了她心中的秘密，指出其苦闷“光景大部分就是性的苦闷”。四小姐处于苦闷彷徨之中，找不到出路，张素素给她指出了出路：大胆地反抗吴荪甫，追求自由，要求进学校读书。从此，四小姐将被压抑的力必多转化成反叛家庭的革命动力，她给吴荪甫留下一张字条，离开吴府，搬到女青年会寄宿舍，要求进学校读书，从一位传统的闺阁小姐变成了一位“时代女性”。

吴府中活跃着一群年轻人，他们正处在青春年华，力必多旺盛，为了打发时光，他们玩着暧昧的情感游戏，他们也关注社会问题，但大多止步于空洞的想象与议论之中。张素素因为腻烦了平凡生活而跟着吴芝生、柏青一起参加“纪念五卅节”游行，她本来只是来看热闹，寻求刺激，但在柯仲谋的激将之下，她也加入游行的队伍中。当大队的巡捕对游行的群众进行镇压、大街上人群四散乱跑时，“慌乱中有人抓住了张素素的手，带她穿过了马路。这是吴芝生，脸色虽然很难看，嘴角上却还带着微笑。”① 吴芝生如同英雄救美人一般，在张素素即将被巡捕抓住时将她救了出来，他们的游行至此也就结束了。他们心惊胆战，匆匆忙忙跑进了大三元酒楼的2楼，开始与范博文、林佩珊等人高谈阔论，成为革命的旁观者。张素素与吴芝生参加游行更像是作秀，除了寻求刺激之外，更多的是秀他们之间暧昧的情感。

蔡真和玛金是共产党的地下工作者，她们领导各厂的工人罢工，但她们对待革命的态度和方式有所不同，这也是当时党内不同思想路线斗争的表现。在罢工失败后，她们陷入焦虑之中，受到压抑的力必多浮出了水面，在等待老克来开会的过程中，蔡真一会儿轻轻地咬着玛金的领脖，一会儿抱住了陈月娥，通过亲昵的动作，表现暧昧的姐妹之爱。克佐甫和苏伦来参加会议讨论继续罢工问题，并为此展开了激烈的争论，玛金主张暂缓继续罢工，而克佐甫则主张继续罢工，克佐甫认为玛金是右倾主义、取消主义，而玛金则认为克佐甫是“左

① 茅盾：《子夜》，载《茅盾全集》第3卷，人民文学出版社1984年版，第247页。

倾”盲动主义。会议结束后，其他人都走了，只剩下玛金和苏伦，玛金机灵柔和的眼光落在苏伦的脸上，在平日的敬重之外，又添上了几分亲热的感情。玛金躺在床上与苏伦聊天，苏伦说阿英和蔡真因忙于“两边的工作”即“性的要求和革命的要求，同时紧张”而瘦了下来，通过苏伦的嘴介绍玛金与黎八之间的暧昧关系，通过他的自言自语牵出他与小黄之间的男女关系，小黄到上海后就对他倒戈，这让苏伦陷入难过之中，他需要一个人来安慰他，鼓励他，他试图在玛金身上找到他所需要的爱情，遭到了玛金的拒绝。苏伦、玛金等人通过暧昧的行为来表现他们之间的异性之恋，革命的激情与旺盛的力必多互相交融，上演了一幕“革命加恋爱”的好戏。

非常有意思的是，作者也描写了国民党的革命。曾家驹是地主的儿子，整天不务正业，通过各种关系加入了国民党，混入革命队伍内部，从地痞变成了“党老爷”。他经常逛私娼，与父亲的情人阿金私通。农民暴动之后，曾家成为革命的对象，曾家驹趁着混乱逃走，从一个牺牲的战士的颈间解下革命的标志红布条给自己戴上，捞得了战士的手枪，假扮成革命者。在逃亡的路上，他闯入一户人家，欲强暴青年妇人而被认出，最后枪杀了她。曾家驹参加革命的动机不纯，他的革命与其泛滥的性欲相辅相成。

《子夜》中描写各种不同的革命，无论是蕙芳的家庭革命，还是张素素的游行革命；无论是蔡真和玛金的政治革命，还是曾家驹的投机革命，无不与性联系在一起。革命与性的交融，成为《子夜》描写革命的一大特点，这与20世纪30年代左翼文学中的“革命的浪漫谛克”是一脉相通的①。

综上所述，作为20世纪30年代产生的作品，作为左翼文学的扛

---

① 开明版《子夜》封面是叶圣陶先生篆文“子夜”两字，扉页由王伯祥先生题签，底版小方块用斜行英文 *The Twilight*：*A Romance of China in 1930* 连续反复地组成，这个底版是茅盾先生自己设计的。【见晦庵（唐弢）《〈子夜〉翻印版》，载孙中田、查国华编《茅盾研究资料（下）》，知识产权出版社2010年版，第627—628页。】英文题目译成中文，即《子夜：1930年代中国的浪漫故事》，这个英文题目更好地说明了茅盾对1930年代中国的理解与看法。

鼎之作，《子夜》无疑是一部具有鲜明政治色彩的作品，但由于当时社会政治环境的限制，加之作者本身生活经历的限制，作者在作品中并没有正面描写无产阶级革命，革命在作品中只是作为一个背景出现，作者的政治思想只能以含蓄的方式来予以表现，这是作者后来反复强调《子夜》的革命思想主题的一个重要原因。作者对《子夜》主题的言说与作品本身有一定的出入，这种言说对研究者产生了很大的影响。易言之，后来的研究者受到作者的言说的影响，更多的是从政治的角度切入来分析作品的思想主题，强调作品与当时社会政治之间的关系，控诉以赵伯韬为代表的美国资本对中国民族资本的压迫，从而有意无意地忽视了作品中所蕴含的丰富思想意蕴。从人性的角度切入解读这部作品，给我们提供了一个认识这部作品的新的视角，由此出发，我们可以发现导致吴荪甫最后失败的直接原因并不是赵伯韬的压迫和捣乱，而是吴荪甫自身赌徒的性格，其连襟杜竹斋在最后关键时刻的背叛成了压垮他的最后一根稻草，而这无不与贪婪的人性密切相关；同时，我们也会看到作品中所蕴藏的丰富的人性意蕴，金钱对人性的异化、性的压抑与放纵、革命与性的交融是作品的重要内容；从人性的角度出发，我们也可以看到作品中人物形象的丰富性与复杂性。

［原刊《首都师范大学学报（社会科学版）》2020 年第 1 期］

年度学者：王卫平

入选理由

王卫平教授的《茅盾长篇小说“未完成”原因新探》等论文灌注着很强的创新意识和问题意识，或从茅盾研究的重要现象入手，或对因循的成见予以反拨，或揭示茅盾久被忽视的“另一面”。论文文献史料扎实，回归历史语境，立足文本细读，为茅盾研究提供了新思路、新见解。《茅盾长篇小说“未完成”原因新探》一文深入探究茅盾诸多长篇小说“未完成”这一重要现象，挖掘其背后的主客观原因。20 世纪三四十年代动荡的时局导致作家迁徙流转，这对长篇小说创作十分不利。而茅盾的写作计划又过于庞大，生活经验、生活积累、生命体验不足，对核心情节、完整的故事、典型的创造也缺乏细致的考量，这无不使得长篇小说很难完成。《新世纪以来茅盾研究著作评析》一文以大量的成果梳理指出新世纪以来茅盾研究在史料发掘、文献整理方面成绩斐然，普及读本、学术专著扎实推进，作品、年鉴、书系、学术史的出版各方面均有突破，这一时段是沉稳扎实的时段，是视野开阔、多方透视、多元发展的时段，而非“研究下滑”“跌入低谷”“相对沉寂”的时段。《〈子夜〉及茅盾短篇小说的讽刺形象和讽刺艺术》呈现多面茅盾不为人注意的“讽刺幽默”的一面。

鉴于在茅盾研究领域做出的卓异贡献，特授予王卫平教授“2020—2021 年度学者”称号。

（执笔人：李跃力）

代表作：

《茅盾长篇小说“未完成”原因新探》

原载《现代中国文化与文学》2021（03）

茅盾长篇小说“未完成”原因新探

王卫平*

茅盾在长篇小说创作方面，在取得巨大成就的同时，也留下了诸多遗憾。其中，和最初的写作构想相比，“没写完”“不完整”是最突出的一个遗憾。这一点早已引起了研究者的注意。比如，20 世纪 80 年代初，松伟的《茅盾未完成的三部长篇》，以“补白”的形式，出现在《茅盾研究》第 1 辑中。它以不到 400 字的语段，简略指出茅盾未完成的 3 部长篇小说是《第一阶段的故事》《霜叶红似二月花》《锻炼》。其原因是“战争和时局的动乱使作家不可能一气呵成”，再加上“茅盾的创作计划和美学思想是以史诗性的‘宏’为目标的”，遂“使茅公雄图未竟”①。90 年代末，邱文治在《茅盾小说创作中的矛盾》中指出，茅盾小说的网状结构类型过于繁杂，网撒得太大，成为他多部作品难以完成的原因之一②。21 世纪之初，秦弓在其专著中提到“茅盾是一位文化视野开阔、学养深厚的作家，也是悟性很高、表现力很强的作家，可是为什么他的小说中留下了那么多半部之作与那么多生涩的作品呢？社会的动荡固然是个重要原因，但过分强调的社会功利追求与先入为主的既定理念也难辞其咎”③。

---

* 作者单位：辽宁师范大学文学院。

① 松伟：《茅盾未完成的三部长篇》，载《茅盾研究》（第 1 辑），文化艺术出版社 1984 年版，第 104 页。

② 邱文治：《茅盾小说创作中的矛盾》，《天津师范大学学报（哲学社会科学版）》1999 年第 3 期。

③ 秦弓：《荆棘上的生命——20 世纪三四十年代中国小说叙事》，春风文艺出版社 2002 年版，第 43 页。

近些年，对这一问题的探讨走向了深化。首先是高亚茹的硕士学位论文《茅盾未完成长篇小说研究》①，其次是在此基础上的赵学勇、高亚茹的《茅盾“未完成”长篇小说探析》②，再次是陈思广、任思雨的《革命的“断裂”与茅盾的“矛盾”言说——茅盾长篇小说〈虹〉之未完成探因》③。后者从个人与集体、出路与绝路、现实与审美3组矛盾中探寻《虹》的未完成之因，令人耳目一新。而赵学勇、高亚茹的文章认为，茅盾长篇小说未完成的原因“首先与茅盾现实主义的创作方法和小说主题之间的裂隙有着密不可分的关系，突出体现在时代女性形象的塑造上”；其次是因为“叙事生成性的缺乏”；再次是因为作家独立思考的缺失；最后是一些细节性的原因，如底气不足等。这几点原因当然可以自成一说，但似乎缺乏说服力。比如，文中说“《虹》的未完成，体现了茅盾对革命中女性解放的浪漫想象和客观写实的写作手法之间不可调和的矛盾”。这样的观点就很可疑，似乎对女性形象的浪漫想象只能用主观想象（浪漫主义）的写法，而不能用客观写实的手法，这显然是过于绝对的看法。再如，文中一方面说“从茅盾创作的基本情节构思上说，《虹》是很成功的例子”，另一方面又说“它成为一个无法完成的残篇”。这不是自相矛盾吗？文中列举的从梅行素到赵慧明等时代女性的例证，在阐释中也有套用“身体叙事”“性别意识”之嫌。总之，读完这篇文章，人们在获得启发的同时，也感觉其对茅盾长篇小说“未完成”原因的探讨“意犹未尽”，促使我们进一步去思考这一问题。

---

① 高亚茹：《茅盾未完成长篇小说研究》，陕西师范大学2016年硕士学位论文。

② 赵学勇、高亚茹：《茅盾“未完成”长篇小说探析》，《华中师范大学学报（哲学社会科学版）》2017年第3期。

③ 陈思广、任思雨：《革命的“断裂”与茅盾的“矛盾”言说——茅盾长篇小说〈虹〉之未完成探因》，《天津社会科学》2021年第2期。

一 表现：完整与残缺

茅盾长篇小说“未完成”现象可以分为两类：第一类是仅仅有写作的想法，并进行了一定的酝酿、构想，并没有付诸实施；第二类是已经写了，但没有按原计划写完。第一类并没有写出来，是不算数的。正如老舍所说，“写出来才算数，创作是不敢‘预约’的”①。第二类又可分为两种情况：一种是写出来的作品相对完整，但没有按原计划完成，而是打了折扣；另一种是写出来的作品不完整，是“半部”之作，也可以说是残缺之作。

《虹》是茅盾的第一部长篇小说，按照茅盾的设想，原是“欲为中国近十年之壮剧，留一印痕”，后“因移居搁笔，尔后人事倥偬，遂不能复续”②。“近十年之壮剧”是指从“五四”运动到大革命失败以后。现存的十章，描写了时代女性梅行素从“五四”到“五卅”的革命历程。按照原计划，《虹》除了写梅女士参加“五卅”运动，还要写她参加 1927 年的大革命，在经历种种锻炼和考验后，最终完成思想的转变。《虹》的后半篇虽然没有续成，但小说的结尾写到 1925 年梅女士投身于“五卅”的洪流，相对还算完整。

茅盾的第二部长篇小说《子夜》是他的代表作，也是中国现代文学中的优秀长篇小说之一，在国内外产生了重大影响。但这部 19 章、30 多万字的作品与茅盾当初“大规模地描写中国社会现象的企图”相比，只是完成了都市生活的描写。农村的经济情形、小市镇居民的意识形态以及“新儒林”原本都在茅盾的总体构想中，但因上海战事，因天热损害了茅盾的健康，他只能割弃而仓促成书。据茅盾写于 1930 年年末的《〈子夜〉创作的构想、提要和大纲》，他最初的构想是：都市部分拟写《棉纱》《证券》《标金》。茅盾当时拟了 3

① 老舍：《我怎样写短篇小说》，原载 1936 年 1 月 1 日《宇宙风》第 8 期。

② 茅盾：《虹·跋》，载《茅盾全集》（第二卷），黄山书社 2014 年版，第 297 页。

个题目——《夕阳》《燎原》《野火》，最后决定以“夕阳”为题在《小说月报》上连载。出单行本时，茅盾把《夕阳》改为《子夜》。总之，正如茅盾晚年在回忆录中所说，“《子夜》的最初计划，还是雄心勃勃的，虽然不再是城市——农村交响曲，却仍旧想使1930年动荡的中国得一全面的表现”①。和这一庞大的创作计划相比，现存的《子夜》无疑是“未完成”的，但它确是茅盾长篇创作中相对最完整、最丰富的一部力作。虽然《子夜》的结尾有些匆忙，写主人公吴荪甫在事业接连失利后，决定到牯岭避暑就戛然而止，有点虎头蛇尾，但《子夜》作为都市生活的叙事已基本完成，从故事情节的发生、发展到高潮、结局，从两大阶级人物的展现到都市其他形形色色人物的刻画都已囊括其中，可以说，是一部都市人生的长卷。我们不能因为茅盾最初的写作计划没有完全实现，就把《子夜》说得一无是处。

茅盾的第三部长篇小说是《第一阶段的故事》，故事以1937年的抗战为背景，叙写抗战初期上海的生活场景以及人物活动。按照茅盾的说法，最初是香港《立报》副刊《言林》的编辑“鼓动我试写一个‘通俗形式’的长篇。经过短促的构思，我便每天写一些，以应《言林》逐日的需要。这样一面写一面就发表”②。当时香港的各报副刊都有一个“传统的作风”，即追求通俗性。茅盾当时的想法是“形式上可以尽量从俗，内容上切不能让步”③。在内容上，茅盾认为不能不写抗战，不能不写上海战争，然而“我得坦白自承：写到一半时，我已经完全明白，我是写失败了。失败在内容，也在形式。内容失败在哪里？在于书中只写了上海战争的若干形形色色，而这些又只是一个个画面似的，而全书则缺乏结构；在于书中虽亦提到过若干问题，而这些问题是既未深入，且发展得不够的；最后，在于书中的

① 茅盾：《回忆录·〈子夜〉写作的前前后后》，载《茅盾全集》（第三十五卷），黄山书社2014年版，第556页。

② 茅盾：《〈第一阶段的故事〉后记》，载《茅盾全集》（第四卷），黄山书社2014年版，第526页。

③ 茅盾：《〈第一阶段的故事〉后记》，载《茅盾全集》（第四卷），黄山书社2014年版，第527页。

人物几乎全是‘没有下落’的”，“至于形式方面的失败，更为显著，这里也不必多说”①。应该说，茅盾自己的“坦白自承”是完全符合作品实际的。

除了内容和形式上的失败，《第一阶段的故事》还有一个“篇幅”上的失败，即作品没有写完，是典型的“半部”“残篇”之作，是不完整的作品。和前两部长篇一样，茅盾对这部小说的构思也是雄心勃勃的，打算呈现更广阔的画面和最典型的人物，而且，不以上海战争的结束为收场，还要写大会战前的武汉，两者各占一半。但是，当前者写到一半时，茅盾预感到了失败，便有点意兴阑珊。生活经验的不足，以及远赴新疆的安排，都使他难以再写下去，武汉的描写终成“设想”，留下了一部“未完成”的残缺之作。即使单从现存的前半部，即对上海的描写来看，它也是不完整的。

茅盾的第四部长篇小说是《腐蚀》，写于 1941 年夏，连载于香港的《大众生活》，是边写边发表的。《腐蚀》是完整的作品还是残缺的作品呢？答案应该是前者。这是茅盾唯一一部“超额完成”写作计划的长篇小说。所谓“超额完成”，是指在原定的写作计划上再生枝节，增加内容和篇幅。茅盾原来计划写到小昭被害就结束。但是，突然有两个意外要求：一是读者要求给赵惠明一条自新之路；二是期刊考虑装订合订本和衔接下一部长篇小说连载的方便，要求茅盾“拖”几期。从这个意义上说，《腐蚀》“超额完成”了作者的写作计划。那么，《腐蚀》的内容是不是完整的呢？作为日记体的长篇小说，作者写出了主人公赵惠明离家—回家的人生轨迹，展现了她被腐蚀—堕落—犯罪—悔恨—自新的道路。这也是时代女性人生道路的一种类型。赵学勇、高亚茹的文章中说“茅盾对时代女性形象建构的一系列转变”，“在茅盾的作品中并没有完成。最终，对女性命运的

① 茅盾：《〈第一阶段的故事〉后记》，载《茅盾全集》（第四卷），黄山书社 2014 年版，第 527 页。

书写，似乎成了茅盾写作生涯的一块心病”①。这显然有点主观臆断，脱离了茅盾的文本。或者说，这是用现在描写女性道路的主张来要求过去的茅盾。作为一个批评家，不应该要求作家应该如何写、用什么方法写，而只能分析作家写得怎样，为什么这么写。

茅盾的第五部长篇小说是《霜叶红似二月花》，1942 年写于桂林。这部长篇小说分为 3 个部分：前 9 章连载于《文艺阵地》，展现五四运动前一年江南某县城内两派缙绅的暗斗，为第一部分；后 5 章连载于重庆《时事新报》的《青光》栏目，临时取名为《秋潦》，集中写农民与轮船公司老板王伯申的斗争，为第二部分；第三部分是写于 1974 年的续稿，发表于 1996 年第 3 期《收获》，仅仅是第 15 章到第 18 章的故事梗概和片段。3 个部分合在一起，仍属残篇。茅盾曾回忆其写作构想道：“全书的规模比较大，预计分三部分，第一部写‘五四’前后，第二部写北伐战争，第三部写大革命失败以后。但是写了十五万字，只完成了第一部，还没有沾着大革命的边，我就离开桂林去了重庆，不料到了重庆，环境变化，竟未能继续写下去。从现在出版的《霜叶红似二月花》中只能看到‘五四’前后江南城乡新旧势力错综复杂的斗争，还看不出我原来的写作意图，霜叶还没有红，围绕男主人公钱良材的故事刚刚展开，女主人公张婉卿的性格还有待发展，而另一位女主人公张今觉则尚未登场。”② 我们从茅盾 1974 年写的续稿的附件之一“部分人物表”中可以看出，茅盾意图表现多个家族的先生、太太、小姐的复杂生活和情感纠葛。这样庞大的计划是难以完成的。

茅盾的第六部长篇小说，也是最后一部长篇小说，是《锻炼》，连载于 1948 年香港的《文汇报》。《锻炼》是茅盾拟写的五部连贯的长篇小说的第一部。“这五部连贯的小说，企图把从抗战开始至‘惨

① 赵学勇、高亚茹：《茅盾“未完成”长篇小说探析》，《华中师范大学学报（哲学社会科学版）》2017 年第 3 期。

② 茅盾：《回忆录·桂林春秋》，载《茅盾全集》（第三十六卷），黄山书社 2014 年版，第 517—518 页。

胜’前后的八年中的重大政治、经济、民主与反民主、特务活动与反特斗争等等，作个全面的描写。”① 可是，刚写完第一部，茅盾就被征调北上，筹备政治协商会议去了，不得不中断此书的写作计划。1979 年，茅盾整理旧稿，将发表于 1943 年的中篇小说《走上岗位》的第 5、6 章做了修改，移作《锻炼》的第 14、15 章。现存的《锻炼》是否完整呢？小说主要描写抗战初期上海一家工厂在迁移过程中发生的矛盾和斗争，作品中的几条线索虽有所展开，但远没有收束，人物形象也不丰满，只是充斥着大量的生活现象。因此，《锻炼》不是相对完整的作品，而是残缺的作品。

二 原因：客观与主观

从以上的论述可见，茅盾留下的 6 部长篇小说，3 部相对完整（《虹》《子夜》《腐蚀》），3 部残缺不全（《第一阶段的故事》《霜叶红似二月花》《锻炼》）。比照最初的写作计划，6 部中有 5 部“未完成”，这是值得反思的。我们不禁要问：为什么茅盾一而再、再而三地犯同样的错误？为什么茅盾要不断重复自己的写作缺憾？这是一种“宿命”吗？其实，从以上我们对茅盾长篇小说的创作构想和作品实际的比对中，从茅盾的长篇小说所呈现的完整、相对完整和不完整的分类描述中，我们已约略看出了问题的症结所在，无非受客观和主观两方面因素的制约。对此，我们应该回到原初的创作现场，回到创作的基本问题，设身处地去分析原因，而不能标榜出新、过度阐释，更不能把简单的问题复杂化。首先是客观原因。茅盾所处的创作环境是 20 世纪三四十年代，在这个时局动荡、战乱频仍的时代，很多作家不得不随时局的变化而辗转迁徙，甚至颠沛流离。这对于长篇小说的创作是极为不利的。没有一个安稳的外部环境，甚至没有一个宁静的书斋，想要长时间写作谈何容易。而长篇小说是一种极具“难度”

① 茅盾：《锻炼·小序》，载《茅盾全集》（第七卷），黄山书社 2014 年版，第 380 页。

的文体，它首先需要充足的时间和长久的耐力。这对茅盾来说就很难保证。《虹》写于茅盾亡命日本的1929年，他刚写了4个月，就不得不迁居，写作的思绪被打断，很难衔接。再加上茅盾彼时是以卖文为生，尚未从容接续，就已分心别处。因为“国内的朋友索稿也急如星火。故在写长篇《虹》的时候，已经整理旧稿应付国内之需求，这就是《近代文学面面观》（一九二九年五月）和《六个欧洲文学家》（一九二九年六月）两本书”①。在《子夜》的写作过程中，茅盾也曾因病、因事（冯雪峰让他担任“左联”的行政书记，他只好把《子夜》的写作暂时搁下，专注于“左联”的日常工作）、因上海战事、因天气炎热而被打断，草草收场，仓促成书。《第一阶段的故事》的“未完成”，除了生活经验的不足等主观上的原因外，也有向他约稿的编辑空了离开《立报》、茅盾自己要远赴新疆教书等客观原因。在新疆，茅盾在极端复杂、严峻、危险的环境下求生存，后来机智脱险。在这样的外部环境下，创作已彻底“束之高阁”了。而《霜叶红似二月花》尚未完成，茅盾又从桂林赶赴重庆，接受新的任务。《锻炼》的第一部刚写完，茅盾和包括沈钧儒、李济深、郭沫若等在内的香港民主人士、文化人就接到通知，其中要求他们分批秘密进入东北解放区，然后转赴北平筹建新政协。由此可见，茅盾的长篇小说写作就是在这样颠沛流离的生活中进行的。对于导致其创作“未完成”的这些客观原因，我们不能视而不见。

其次是主观原因。如果一股脑地将原因都推给“客观”，而忽略“主观”，是站不住脚的，也是一种推卸责任的表现。因为同时代的其他作家如巴金等也处在动荡的外部环境中，但其长篇小说创作并没有像茅盾那样“虎头蛇尾”。这一点也正是我们今天反思的意义所在。笔者认为主观原因至少有三。

第一，茅盾的写作计划过于宏大，总想大规模地描写中国社会，追求全景的设计、全面的描写，非多卷本不足以承载。这种雄心勃勃

---

① 茅盾：《回忆录·亡命生活》，载《茅盾全集》（第三十五卷），黄山书社2014年版，第473页。

的、庞大的写作构想本身就是脱离现实、脱离实际的，是不可能完成的。茅盾的经验、思想、体力、耐力以及客观环境都不足以支撑他完成这一写作“宏愿”。客观和主观的制约，使他不可能像曹雪芹写《红楼梦》那样“批阅十载，增删五次”，这是不言而喻的。我们看到，茅盾的6部长篇小说有5部都是因为写作的野心过大而遭搁浅。《虹》要写“十年之壮剧”；《子夜》要“大规模地描写中国社会现实”；《第一阶段的故事》要写上海战争、武汉会战；《霜叶红似二月花》要写3部长篇小说；《锻炼》要写5部长篇小说。唯有写《腐蚀》时，茅盾没有那么雄心勃勃，没有庞大的写作计划，只想吸引香港的读者，再加上日记体形式的巧妙采用，省去了结构上的烦恼，而香港半山寓所“那里环境丨分幽静，有利丁我每周交出八千字的文稿”。所以，“《腐蚀》动手之后，写得十分顺利，可以说是一气呵成”①。

第二，生活经验、生活积累、生命体验的不足，都难以促成鸿篇巨制，写作时必然捉襟见肘，草草收兵，留下遗憾。茅盾并非没有文学才能，也并非没有驾驭长篇小说的能力。这一点从《子夜》的叙事、写人以及经营繁而不乱的宏伟结构已经得到证明。但是，“巧妇难为无米之炊”，没有生活，没有经验，没有积累，怎么去写？这就牵扯到“文学源于生活”这一传统的、被有些人认为过时的命题。20世纪90年代以来的新潮小说就不认同“文学源于生活”的经典信条，也不承认“短篇小说靠技巧，长篇小说靠生活”的基本文学经验。一些人认为小说主要靠想象和虚构，这种想象和虚构与实际的现实生活无关。阎连科甚至提出“神实主义”，探求一种“不存在”的真实，和传统的现实主义抗衡。这种潮流不仅影响了相当一部分作家，也影响了批评家。一些人羞于提“文学源于生活”，回避“写小说需要积累”，认为这些都是“老掉牙”的问题。其实，从根本上说，“文学源于生活”是普遍的真理，是亘古不变的规律。茅盾在创

① 茅盾：《回忆录·战斗的一九四一年》，载《茅盾全集》（第三十六卷），黄山书社2014年版，第469、470页。

作长篇小说的当时以及其后的总结反思中，不止一次提到了生活经验、生活积累不足的问题。比如，关于《子夜》，茅盾说："当我提笔要根据分章大纲写成小说时，就感到规模还是太大，非有一两年时间的详细调查，有些描写便无从下手"，"而且关于军事行动的描写，即使作了调查也未必能写好，因为我没有在部队中工作（即使是政治工作）的经验。于是就有再次缩小计划的考虑，彻底收起那勃勃雄心"①。在写《第一阶段的故事》的时候，茅盾就深切地感受到，生活经验的不足使他在写作中愈来愈胆怯、愈来愈烦恼，以至意兴阑珊。1957 年，茅盾在《〈第一阶段的故事〉新版的后记》中说："我曾经一再打算写抗日战争的小说，可是每次都是'虎头蛇尾'；人事牵掣，没有足够的时间，是其一因，但尤为重要的，是我的生活经验还不足以写那么大的题目。这种失败的经验，也就是我的写作经验。"②

既然茅盾已经意识到了生活经验与积累的不足是写长篇小说的大忌，是注定要导致失败的，那么，茅盾为什么还要一再坚持宏大叙事，从而不断地犯同样的错误呢？这与茅盾的文学观有关。自"五四"以来，茅盾就主张文学为人生，要反映人生、书写人生，于是，"反映—再现"的现实主义文学观就成了茅盾一贯的追求。而且，他认为非"全景化"不足以表现生活的"宽广度"，不足以具有"史诗"的气魄。这就显现了他的单一和狭窄，因为文学把握生活的方式，除了"反映—再现"，还有"表现—重构"。从沈从文到莫言所构筑的小说世界，都是从忆念中想象出来的，尽管它来自现实世界，但又不等同于现实世界，而是另一个世界。沈从文笔下的湘西、莫言笔下的高密，都不是原始的湘西和真实的高密，而是想象的湘西和高密，是艺术的营造。比较而言，茅盾不太认同这种文学观，他始终把

① 茅盾：《回忆录·〈子夜〉写作的前前后后》，载《茅盾全集》（第三十五卷），黄山书社 2014 年版，第 556—557 页。

② 茅盾：《〈第一阶段的故事〉新版的后记》，载《茅盾全集》（第四卷），黄山书社 2014 年版，第 530 页。

史诗性、宽广度作为衡量长篇小说艺术成就的唯一标准。这样就会过于看重小说反映生活的宽度和广度，而相对忽视了小说中情感的浓度、精神的密度，导致他的政治思维、意识形态思维常常压制了他的文学思维和文学想象。于是，其长篇小说创作“大而全”的追求就“屡战屡败”了。

从根本上说，长篇小说创作是离不开创作者的生活经验、生活积累和生命体验的，创作者的经验越鲜活，积累越丰富，体验越深刻，就越容易写好长篇小说。我们看到，聪明的作家，其创作往往从“自我”选材，写自己的经历，写自己家族的经历，写自己所在的阶层和生活圈子的经历，因为这是创作者体验、积累最为深厚之所在。现代的几位长篇小说大家巴金、老舍、李劼人、钱锺书都写自己或自己最熟悉的生活，其作品都与自己的经历息息相关。当代成功的长篇小说，从“十七年”的革命历史小说、农村题材小说、工业题材小说到新时期、新世纪的长篇小说（作者如王蒙、莫言、贾平凹等），都是写作家自己经历的生活。唯独茅盾长篇小说的选材与他自己的生活无关。他的6部长篇小说都不是取材于自己经历的生活，可以说选材都是他不熟悉的，有的仅靠临时的观察、了解，仰仗着他较强的分析能力、概括能力以及深厚的学养和艺术的手腕，才避免了流于蒋光慈式的“公式化”“概念化”。写自己不熟悉的生活终难成行，更难以拉长。再加上“反映—再现”的现实主义文学观，使他不善于“表现—重构”生活。所以，过于庞大的创作构想必然进行不下去，只能半途而废。

第三，从茅盾长篇小说的创作设想和具体的艺术构思来看，他总是先有一个宏大的创作设想，有一个明确的理念，然后才有人物，而对于长篇小说创作所必需的核心的情节、完整的故事、典型的创造却始终缺乏细致的考量。他的多数长篇小说往往都是没有核心情节和中心冲突的，他也不太善于讲故事。即使有中心冲突的作品，如《子夜》，也往往节外生枝，枝外生花，其目的无不是使自己的作品“全”和“满”，只有这样才符合他“宽而广”“大而全”的追求。我们看到，茅盾在谈自己的创作构思时，常常出现的话语是辛亥革命、五四运动、五卅运动、大革命、抗战、“近十年之壮剧”、“大规模地描写中国社会现象”、“重大政治、经济、民主与反民主、特务活动与反特斗争”、“若干形形色色”、“一个个画面”，等等。这些只是历史的事件和生活的现象。关于用什么故事、什么情节、什么人物来反映“时代的壮剧”，来打动读者的心灵，他却缺乏缜密的构思。匆忙上阵，必然会越写越概念，越写越枯竭，越写越难以深入，越写越缺乏信心，最终难以完成。

三　启示：共性与个性

茅盾长篇小说的“未完成”现象，在中国现当代长篇小说的创作中是共性的还是个案，是普遍性的存在还是特殊性的存在？确切地说，它既是共性的也是个案，既具有普遍性也具有特殊性。说它是共性的，是因为长篇小说的创作无疑是作家经验、才能、思想、技术以及体力、耐力的综合反映。不管是哪个方面出了问题，都会出现倾斜，留下遗憾。从晚清的曾朴、梁启超到现代的茅盾、老舍，以至当代赵本夫的“地母”四部曲、赵德发的“土地”三部曲，都存在未最终完成的现象。俄国大文豪果戈理的《死魂灵》原计划创作 3 部，由于后期创造力衰退和思想的局限，他被迫焚毁了自己创作的第 2 部，第 3 部则未及动笔。另一俄国大文豪陀思妥耶夫斯基的《卡拉马佐夫兄弟》，原计划写两部，由于作家意外逝世，第 2 部未及完成。无独有偶的是，和茅盾处于同一时代的另一位长篇小说大家老舍，也有多部作品尚未完成。据张桂兴的考证，包括已有写作的打算、已经有所酝酿、已写出部分文字、已发表若干章节这 4 种情况在内，老舍未完成的作品有 20 多部[①]。其中，属于长篇小说的就有 13 部，除去只是酝酿而没有写出的 4 部，还有 9 部“未完成”之作。可见，“未完成”现象是普遍存在的。说它是个案，是因为没有第 2

① 张桂兴：《老舍的未完成之作考》，《老舍资料考释》（修订本），中国国际广播出版社 2000 年版，第 323 页。

个中外作家的“未完成”与茅盾的情形相同。老舍的《大概如此》《二拳师》都是因为自己不满意而主动放弃、重新开篇的。《选民》的未完成是因为被老舍遗忘了，也可以说是主动放弃了。《小人物自述》《蜕》《民主世界》《正红旗下》是因为不合时宜，或由于政治高压，不能再写下去了。只有《天书代存》是因为“找不出功夫来写”，与茅盾的“未完成”有些相似；《病夫》《蜕》是因为发表的刊物停刊，与茅盾的《第一阶段的故事》有点接近。然而，更多的还是相异。可见，茅盾长篇小说“未完成”现象又有它的特殊性。

必须承认，茅盾长篇小说的“未完成”现象是创作的缺憾，是文学的伤疤。未完成的作品与那些完成的作品相比，并不具有同样的文学史价值和意义。它留给后人的，更多的是创作的教训和有益的启示。

首先，它警示后来者要营造良好的创作环境。我们看到，茅盾长篇小说创作的“未完成”，总是有客观的原因，受客观条件、创作环境的制约。这不是茅盾在推卸责任，也不是茅盾为自己写不完长篇小说找借口，为自己开脱，而是客观实情。战乱、动荡、迁徙、经济窘迫、卖文为生等原因常常使他难以安静下来从容构思、写作和修改，写作往往是急就章，写完就算，或因形势骤变而不得不搁笔。再加上茅盾的特殊地位、特殊身份，使他总要承担繁忙的政治工作、文化工作、文艺工作而不能潜心创作。1949 年以前，他颠沛流离，辗转迁徙，每到一地，既要迎接新的工作，又要受到当地编辑、记者的冲击，约稿、演讲、会议不断，往往应接不暇。1949 年以后，他身居要职，行政工作更加繁忙，更加无暇创作。《霜叶红似二月花》的续写也只能草草收场，无法进行下去。我们欣喜地看到，从中华人民共和国成立之后的新阶段到改革开放的新时期，从新世纪到有中国特色社会主义的新时代，作家的生活条件和创作环境越来越好，作家已彻底摆脱了卖文为生的压力，可以心无旁骛地潜心创作，所以，长篇小说空前繁荣，业内产生了大量思想性、艺术性、审美性俱佳的优秀作品，像茅盾那样“未完成”的现象已十分少见。相反，气势恢宏的史诗作品、博大精深的鸿篇巨制屡见不鲜。小说的“长度”更有历史性的突破。现代长篇小说中篇幅最长的是老舍约百万字的《四世同堂》，而且仅此一部。当代小说洋洋100万字、200万字已不在话下，属“家常便饭”。张炜的《你在高原》已突破400万字，成为创纪录的长篇小说。没有一个良好的创作环境和非凡的毅力，这样的巨制是难以完成的。

其次，长篇小说创作要有生活积累，要遵循创作规律，不能违背创作规律。小说家写小说仰仗什么？当然是作家的才能、技术、思想、生活积累、生命体验以及体力、耐力等因素。如今，按时髦的观点，一些人往往把小说更多地看成“虚构的故事、臆造的故事、虚拟的生活”，突出作家的想象、编织和虚构，而忽视、轻视了生活积累、生命体验。他们忘记了小说是生活的表现、生命的书写。当年茅盾为了写小说而去交易所观察、了解，柳青为了写小说而去农村体验生活，都被新潮作家、新生代作家看成多余的、落伍的，因为他们常常是在大都市面壁虚构。在这一点上，我们应该回到基础，回到初心，回到原点上，重温伟大的作家、批评家的教诲。别林斯基认为“长篇小说更适合于诗情地表现生活”①，劳伦斯也认为“长篇小说是生活的书”②。冈察洛夫谈创作经验道：“我只能写我体验过的东西，我思考过和感觉过的东西，我爱过的东西，我清楚地看见过和知道的东西，总而言之，我写我自己的生活和与之长在一起的东西。”③ 冈察洛夫在这里所说的，在中外无数作家的创作经验里都得到了验证：作家只能写自己的生活，写自己熟悉的生活，写自己体验过的生活。和茅盾同时代的长篇小说家巴金对封建大家庭的描写为什么能出神入

① ［俄］别林斯基：《论俄国中篇小说和果戈理君的中篇小说》（1835年），童庆炳、马新国主编：《文学理论学习参考资料（上）》，北京师范大学出版社2005年版，第578页。

② ［英］劳伦斯：《乡土精神》，童庆炳、马新国主编：《文学理论学习参考资料（上）》，北京师范大学出版社2005年版，第589页。

③ ［俄］冈察洛夫：《迟做总比不做好》，北京师范大学中文系文艺理论教研室编：《文学理论学习参考资料（上）》，春风文艺出版社1981年版，第228页。

化？老舍对北平市民的书写为什么能游刃有余？就是因为那是他们自己的生活，是他们熟悉的生活。正如巴金所说，“我熟悉我所描写的人物和生活，因为我在那样的家庭里度过了我最初的十九年的岁月，那些人都是我当时朝夕相见的，也是我所爱过和我所恨过的”①。1964年，老舍应《人民文学》之约，拟写一部反映三轮车工人生活的剧本，来表现建国15年的变化。戏剧界的朋友也劝他写这样一部新的《骆驼祥子》。为此，老舍访问了不少三轮工人。但是，老舍终因生活积累不足，并没有写成。那么，小说《骆驼祥子》为什么能写成功呢？老舍说：“那就是因为我小时候是一个穷苦的人民，这个街坊呀，邻居呀，亲戚呀，有许多是拉车的，所以，不用我花什么调查访问哪，我就可以把那个书写出来了。现在，三轮工人的生活不一样了”，对于他们的生活，“我还不是那么熟悉”②。老舍这一正一反的例子是非常有说服力的。小说《骆驼祥子》是因为有生活积累，遵循了艺术创作的规律，所以成功了。拟写的剧本——新的《骆驼祥子》为什么没有写出来？因为生活积累不足，违背了艺术创作的规律，所以流产了。茅盾对于其长篇小说所描写的生活，不像巴金、老舍对所描写的生活那么熟悉，我们一比较就鉴别出来了。

强调生活积累对于长篇小说创作的重要性，并说它是创作规律的体现，是不是轻视、限制、扼杀了作家的想象、编织和虚构呢？非也！没有想象、编织、虚构，就没有小说。但小说家的想象和虚构不是凭空的，也不是任意的，总要有所依凭。即使是寓言小说、幻想小说、穿越小说等纯虚构的故事，也都要依凭创作者已有的生活积累。鲁迅说：“作者写出创作来，对于其中的事情，虽然不必亲历过，最好是经历过”，“天才们无论怎样说大话，归根结蒂，还是不能凭空

① 巴金：《和读者谈谈〈家〉》，《巴金论创作》，上海文艺出版社1983年版，第212页。

② 张桂兴：《老舍的未完成之作考》，《老舍资料考释》（修订本），中国国际广播出版社2000年版，第333页。

创造"[1]。茅盾的长篇小说创作中的故事、人物往往都不是作者经历过的，甚至是不熟悉的，所以，其生活积累是不够的。作者在这种情况下就仓促上阵，必然捉襟见肘。

再次，长篇小说的创作构想要切合实际，量力而行，不能贪大求全、好大喜功。我们看到，茅盾的长篇小说创作往往"野心"很大，构想宏伟，而完成它的主客观条件并不具备，更不成熟，所以，每每留下半部、残篇。问题的复杂性在于：茅盾的长篇小说创作屡屡出现这样的问题，他不断重蹈覆辙，是因为他的创作才能不行，创作底气不足吗？或者说是他"江郎才尽"，才思枯竭了吗？都不是。如果真的是因为才能不行、底气不足，他在创作构想时就不会雄心勃勃，而且屡屡如此。在这点上，茅盾与戏剧家曹禺有些类似。曹禺 1940 年创作完《北京人》后，在长达半个多世纪的时间里，再也没有写出不朽的戏剧。原因当然很复杂，但有一点是确定无疑的，也是很重要的，就是曹禺不缺戏剧才能，缺的是新的生活体验、生命体验。茅盾在生活体验、生命体验都不足的情况下，每每构想鸿篇巨制，同样不是因为才能的问题。那么，茅盾构思长篇小说为什么总是贪大求全呢？这与其政治家的情结、批评家的出身、社会科学家式的思维以及善于理性分析的思维品质密切相关，同时，也与他受到巴尔扎克、左拉、托尔斯泰等 19 世纪现实主义作家的对社会的整体观察、百科全书式的描写、时代和革命的一面镜子式的展现等观念的深刻影响有关。

和茅盾同时代、同样写长篇小说的巴金，其创作意图就不像茅盾那么理性，那么高远。巴金是抱着情感宣泄、倾吐爱憎的目的来写小说的，用他自己的话说，就是"让在我心上燃烧的火喷出来，于是我写了小说"，"我过去的爱和恨，悲哀和欢乐，受苦和同情，希望

---

① 鲁迅：《叶紫作〈丰收〉序》，载《鲁迅全集》（第 6 卷），人民文学出版社 2005 年版，第 227 页。

和挣扎，一齐来到我的笔端，我写得很快”[①]。《春》是巴金突击完成的；《秋》是一气呵成的；《火》的第一部是断断续续写的，第二部花了不到两个月的时间一气呵成。老舍于 1934 年同赵家璧商定，写一部长篇小说《二拳师》，并已写成了五六千字，但后来看到类似的短篇小说已发表，觉得不出奇了，就不写了。后来，老舍将《二拳师》的部分情节改写成了短篇小说《断魂枪》，这部短篇小说成为经典。所以，老舍说，材料受了损失，而艺术占了便宜，5000 字也许比 10 万字更好；文艺并非肥猪，块儿越大越好[②]。

综上，我们结合巴金、老舍、曹禺等现代作家的创作实例，又联系当代文学、当代作家，重新探讨了茅盾长篇小说“未完成”的表现、原因以及留给后人的教训和启示。这种教训和启示，也许正是本文的意义所在、价值所在。

（原刊《现代中国文化与文学》2021 年第 3 辑）

① 巴金：《文学生活五十年》，载《巴金论创作》，上海文艺出版社 1983 年版，第 7、9 页。

② 张桂兴：《老舍的未完成之作考》，载《老舍资料考释》（修订本），中国国际广播出版社 2000 年版，第 325 页。

二　年度新锐学者

年度新锐学者：李延佳

入选理由

李延佳的博士论文《现实、主义与艺术——茅盾小说中的自我、创造性及其困境研究》，重新梳理、考订相关文献史料，重新考察、理解现实主义知识谱系、观念要义，重新辨识彼时社会、文化和政治语境，全面、深入发掘茅盾小说的复杂性、含混性和鲜活性，深刻把握并阐释了茅盾小说自我诉求、理念表达、政治实践、审美理想等诸多元素的交融与断裂。论著撷取“现实”“主义”“艺术”3个象征性关键词作为内在逻辑线索，辩证地把握主观经验与客观事实的复杂微妙关联，通过内在心理与外部世界的互渗、艺术风格与政治经济的互动、文献史料与文本细读的互补、断面研究与纵贯研究的结合等学术路径，富有创新性地解读、阐释了茅盾现实主义小说创作的本土化和独创性特征。尤为可贵的是，论文直面并深刻分析了茅盾小说创作的局限、障碍与困境，在小说复杂的风貌和驳杂的品格中深入把握并创新性地阐释了茅盾小说审美创造力此消彼长的成因及影响。

《现实、主义与艺术——茅盾小说中的自我、创造性及其困境研究》以其学术视野的开阔性、学术目标的挑战性、研究过程的扎实性和研究结果的创新性，为茅盾研究的深化与拓展提供了重要学术样本，也为重新理解与阐释现实主义文学中国化的复杂性、多样性，提供了重要启示。特授予李延佳博士“2020—2021年度新锐学者”称号。

（执笔人：贾振勇）

代表作：

《现实、主义与艺术——茅盾小说中的自我、创造性及其困境研究》

（山东师范大学中国现当代文学专业博士学位论文，2021，指导教师：贾振勇）

现实、主义与艺术

——茅盾小说中的自我、创造性及其困境研究（摘要）

李延佳*

现实主义在中国现代文学发展主潮中举足轻重。谈及中国现代文学的传统，普实克提出了抒情与史诗并列的观点，即现代文学已经初步建立了现实主义文学传统，尤其是史诗性传统，并由此肯定了茅盾小说创作的“史诗性”品格。普实克既关注到茅盾在小说中力图展现中国的政治、经济以及社会思想在不同阶段的急剧变化，也暗含了茅盾对巴尔扎克以“编年史”方式再现法国社会图景的借鉴。安敏成则将茅盾这种心仪的艺术追求视为出现在中国现代文学中的崭新的因素，那么，茅盾现实主义小说的“崭新”之处是什么呢？如果可以简言之，那么这个崭新之处就是概念本身的每个词素，即鲜明体现在现实、主义和小说（也就是艺术）3 个名词上面。茅盾现实主义小说的创作，显然来自现实的刺激与影响；但如何来自现实又凭借“社会科学”塑造现实，是理解阐释茅盾小说成败得失的基础。至于现实与主义的关系，茅盾现实主义小说令人深思且具有典型性的，令人质疑批判又充满巨大张力的，就是小说创作和政治取向之间的复杂关系与纠葛，这进一步导致了茅盾小说在审美与政治复杂关系中的复杂面貌，导致了政治理念与小说艺术创造性之间的矛盾、含混与张力。

茅盾小说的现实主义特色，正是主要在社会现实、主义诉求和艺

* 作者单位：山东师范大学文学院。

术创造三者之间，形成了复杂的风貌与驳杂的品格：既统一又矛盾、既相互支撑又相互掣肘、既带来史诗性描写的可能又压抑了创造力的自然生长，既导致了审美价值受损又带来审美空间的某种释放。所以，本文从现实、主义和艺术 3 个支点去理解茅盾现实主义小说，以自我、创造性及其困境作为分析与阐释的具体切入点，以点带面也就是选择茅盾那些重要的和有影响的作品作为具体研究对象，借助于文本解读尤其是文本细读，来窥探茅盾小说创作的独特性、创造性当然也包括其局限性和弊端，从而力图为更加全面、系统、准确地理解和阐发茅盾小说的文学史位置和艺术贡献，奠定坚实的学术基础。

本论文共分为 5 章。引言部分一方面梳理了自 20 世纪 20 年代末至今的有关茅盾现实主义小说的研究成果，并集中从真实再现现实和典型性两个方面呈现了国内外的研究成果在茅盾研究领域的开拓性和启发性。另一方面，通过梳理不同时期现实主义概念的流变，对现实主义真实再现、典型性和客观性特征的概括，以及对文艺创作本质的强调，申明了此次研究的重要性和创新性，即我们不能由于那些将茅盾视为政治宣传家的判断，放弃对其作品的审美价值的阐释；我们也不能由于现实主义文学对客观性的尊崇，便抛却对作家的主观情感、政治理念以及审美创造力的发掘，而应以一种包容的态度接受作品本身是一个开放的系统，重新探索茅盾现实主义中被遮蔽的、在艺术自我与政治自我相互交织中生发的理念表达、理想追求以及审美价值。

第一章重点展现了茅盾早期对西方现实主义（写实主义）的译介、接受和改造的复杂过程。尽管本章讨论的时间段仅限于 1919 年至 1922 年，却参照时间线索依次呈现了茅盾在这期间表露的认同与反对，坚定与游移等多种态度，并力图挖掘这些复杂态度背后隐藏的思想倾向和价值立场。由主张并提倡写实文学和新浪漫派文学，到后期转向大力提倡自然主义文学，茅盾自我的现实主义文学观念日渐形成，即在艺术技巧方面主张借鉴自然主义描写手法之长，在内容方面，注重汲取俄国文学作品和弱小民族文学作品中与自身价值追求相契合的精神财富。这种形式/内容分离的文学观念自有其偏狭之处，却也反映了茅盾对于创建新文学的审慎态度和急迫心情。

第二章以《蚀》三部曲为研究对象，展现了茅盾在创作初期对“自我”问题的深刻关注。大革命失败后，由牯岭返回上海的茅盾在孤寂的环境中创作了《蚀》三部曲，这为茅盾立足于中国文坛发挥了重要作用，也是茅盾自我的艺术才情集中爆发的阶段。在《幻灭》中，茅盾展现了时代女性的独特魅力，这既是茅盾对原型人物细致观察的结果，也充分展现茅盾卓越的选取、整合素材的艺术功力。在对诸多原型人物特征的把握、提炼和描述中，茅盾形成了自己独特的审美追求，并在对性爱场景的描摹中有效实现了对古典性爱叙事的批判和突破。《动摇》是茅盾为现实主义创作注入理性因素的开端。借助对胡国光、方罗兰、孙舞阳 3 个主要人物的塑造，茅盾一方面表现自己对 20 世纪 20 年代中国县级地区的农民协会运动、商民运动、妇女解放运动以及革命“极左”问题的关注与思考；另一方面也没有忽略在艺术方面丰富人物的个性特征，比如茅盾本人的游移心态在方罗兰身上的投射，比如茅盾对孙舞阳的外貌呈现接续了在塑造静女士时欲要表达的审美理想等。在《追求》中，茅盾再次将书写重点转向“问题化”的人生，对青年知识分子的虚无感和荒诞人生的描摹，让茅盾的书写呈现以人的精神气质为切入点勾画现代现象的先锋性，达成一种对现代性的切近。然而，对现实主义作家社会职责感的坚守，以及对科学的推崇，又使他不可能真正步入审美现代性批判的阵营，因此他对现代性的切近是迟疑的。

第三章以《野蔷薇》《虹》和《宿莽》中的历史小说为研究对象。完成《蚀》三部曲后，茅盾尝试走出以自我情感为主导的创作倾向，转向对现实问题更加具体、深入的关注与探讨。在《野蔷薇》中，茅盾将自我的“现实感”辐射进虚构世界，借助内心独白和意识流等心理描写技巧，描摹了娴娴、环小姐等人细微、丰富且曲折的内心活动，并借以表现她们由对自我世界的构筑出发，达成对现实的认知，对各种应对现实方式的选择。革命文学论争中对中国社会形势的分析，对马克思主义的强调促动着茅盾在《虹》中尝试融入辩证唯物论的部分观点。茅盾对梅女士从四川到上海成长历程的讲述，实际呈现了不同经济形态下社会思想和地域文化的差异。而梅女士由征服环境到适应环境的理念转变过程，则包孕着茅盾对五四启蒙策略、“国民会议”运动等问题的主观审视和反思。在《豹子头林冲》《石碣》《大泽乡》3部历史小说中，现实的阶级意识成为统一的主题，反映出茅盾欲要描绘无产阶级革命运动中新生力量的强烈愿望。同时，对传统叙事完整性的颠覆，对小说中反抗精神的张扬，又使茅盾在对历史小说技术性的更新中，实现了对现实主义创作更有益的开拓。

第四章以《子夜》和《农村三部曲》为研究对象，茅盾在此阶段的创作中为自己开拓了更广阔的疆域。在对都市与农村视景富有野心的勾画中，茅盾完成了其现实主义艺术风格的建构，使之在中国文坛上独树一帜。在《子夜》的经济叙事中，茅盾有效地呈现民族工业深受帝国主义压榨、民国政府压制的典型困境，在权力和风险相互交织的上海都市图景中，他同样描绘了民族资本家吴荪甫典型的冒险心理，刻画出冯云卿等看似边缘化人物的典型性及其悲剧命运。在《子夜》的罢工运动叙事部分，由大纲到成文的过程，彰显了茅盾竭力超越观念束缚的审美追求，对屠维岳机警特征的描摹使茅盾由资本家的剥削问题转向对企业管理问题的思考；对克佐甫形象平凡化的强调突显了茅盾对普罗文学中具有英雄气概的共产党人形象的挑战；在对玛金等女性形象的塑造中，茅盾在表现她们相异的政治观点的同时，更重点刻画了她们的活力和魅力。在删减和完善之间，写实和虚构之间，茅盾为使作品走向永恒倾注了大量的努力。在《农村三部曲》中，茅盾通过对收蚕、“抢大户”风潮等“仪式”的再现，客观展现了乡村凝聚力日渐衰落的过程及其蕴含的新生机，在主观与客观相互交织的叙事中，审美情感的渗入使得老通宝和多多头等本就典型化的人物更具真实性和感染力。

第五章着重探讨了茅盾在20世纪40年代的文学创作。辗转奔波的状态使茅盾在这一阶段的创作呈现主题多样化的特征，他在雕琢现实主义艺术的同时，不忘在动乱的战时环境中继续拓宽现实主义的表现空间。在《腐蚀》中，茅盾注重借鉴早期在译介现实主义文学作品时汲取的养分，沿用了现实主义的批判精神，在小说中揭露了国民党政府与日汪勾结，准备妥协投降的阴谋。对日记体形式的运用，对人物情感世界的细致描摹，以及对神秘惊惧艺术风格的大胆尝试，均显见出茅盾在现实主义创作中勇于创新的不懈追求。战时逃难体验强化了茅盾对战争形势、个体生存问题的思考，丰富了他对个体生命力的感知。在《霜叶红似二月花》中，在塑造钱良材等人的性格方面，茅盾注重发掘本民族的文化积淀，将人物的坚强意志与现实中的民族主义情绪关联起来。在描写赵守义与王伯申的冲突时，茅盾表现对民生问题的关注，对无序状态的忧惧和思考。《清明前后》可以看作茅盾现实主义小说挫败的戏剧镜像。对戏剧艺术的陌生，被小说创作中思维定式的拘囿，使茅盾在移植相应技术时只能产生雷同的艺术效果，比如对民族资本家动摇性、矛盾性、幻想性特征的概括；比如，希冀在短篇幅的戏剧作品中继续构筑宏大场面、设置诸多故事线索；再比如，对象征艺术手法的运用等。戏剧创作的尝试虽然表现茅盾勇于探索的精神，但审美性的匮乏也让《清明前后》逐渐沉入文学史底层。

结语部分从创作主体独特的审美追求、知识分子独立的判断立场以及自我价值实现 3 个方面对茅盾的“自我”问题进行了提炼和概括，并强调：在很大程度上，正是由于这些因素的氤氲共生，导致了茅盾现实主义艺术的丰富、驳杂、含混却充满建构力量的独特性、创造力，当然也包含了因建构力量过于强大而导致的艺术失衡。

年度新锐学者：连正

入选理由

在“鲁郭茅”三大家中，虽然茅盾旅日时间最短，其作品在日本影响却很大，他一度与鲁迅相提并论；1986 年日本学者筱田一士将《子夜》评为“20 世纪十大小说”之一，与《追忆似水年华》《百年孤独》等并列。但迄今为止中国学界对于茅盾作品在日本译介传播、日本学者对茅盾作品的研究情况，了解还不是太多，相关研究还有待进一步拓展加深。连正的博士论文《茅盾小说在日本的译介与研究》是这方面的第一本研究专著，该选题具有重要学术价值和意义。

该博士论文共 5 章，20 余万字，大致以茅盾作品在日本被译介的时间为序，分别介绍和评析了《蚀》《子夜》《虹》《腐蚀》《霜叶红似二月花》及茅盾短篇小说在日本的译介与研究情况。作者曾留学日本多年，日语功底扎实，掌握资料丰富。论文在梳理茅盾小说在日本的译介研究的同时，还从比较文学研究的范式出发，以国内、英语世界国家及俄罗斯等国的茅盾研究为参照，进行对比，阐释其异同；还分析了茅盾作品对日本作家小说创作的影响，进而论述了日本茅盾研究的特点及其特殊意义与价值。该论文运用的大量一手资料拓展了本领域研究的深度和广度，确保了其结论的准确性。

《茅盾小说在日本的译介与研究》通过“他者”的视角全面彰显了茅盾小说在异国文化体系中的价值及世界影响。特授予连正博士“2020—2021 年度新锐学者”称号。

（执笔人：阎浩岗）

代表作：

《茅盾小说在日本的译介与研究》

（河北大学中国现当代文学专业博士学位论文，2021，指导教师：阎浩岗）

茅盾小说在日本的译介与研究（摘要）

连　正*

1935 年小田岳夫对《幻灭》的摘译是茅盾中长篇小说在日本译介的滥觞之作。1936 年他再将《动摇》和《追求》合译，以《忧愁的中国：大过渡期》为书名由东京第一书房出版发行，这是茅盾作品的首部日译单行本。《大过渡期》出版后引发日本批评家的不同评价，日本学者以局外人角度，从文学本身出发所提出的观点对中国国内茅盾研究界有一定参考价值，而这些评价又与战前日本社会文化背景分不开。二战后日本学者进一步推进深化了对《蚀》的研究。日本学者的研究成果使我们认识到：总览社会全局、记录时代风云的宏大叙事与刻画人情风俗、发掘人性幽微的私人化叙事各有其存在价值、各有其特定读者群体，也都可以引发域外读者兴趣、产生国际影响。日本学者看重茅盾，还因他的西欧式现实主义给正在探索东西方结合之路的日本文学界以启发和示范。1940 年武田泰淳翻译了《虹》，这是继《大过渡期》之后又一部茅盾中长篇小说的日译单行本。武田泰淳只翻译了《虹》的前 7 章，在译本的“解题”中对“虹”的象征意义、文体及人物性格作出了解说；他解析了茅盾在创作《虹》之时深受柏格森哲学体系中的“延绵性”思想影响的特质。《虹》日译本生成前后，井上红梅、藤井冠次等单纯从文学角度更加准确地将茅盾作品置于世界文学体系中予以阐释，其研究成果虽为数不多，却细致入微，观点独特，

* 作者单位：河北大学文学院。

并具有一定前瞻性。《虹》对译者武田泰淳的战后短篇小说《圣女侠女》的创作产生了深刻影响，两部作品在叙事背景、人物描写、女性主义等方面存在明显的互文性，这充分体现了《虹》在异国文化体系中特殊的文学价值和意义。

《子夜》是日本学界译介与研究的重要中国现代作品之一。迄今为止，其日文译本共计 6 个版本。1936 年 4 月竹内好发表的《茅盾论》一文是最早系统评价《子夜》的文献。竹内好通过对《子夜》以反话的“恶文”评价方式抨击了因循守旧的支那学派和旧汉学派。在竹内好的意识里，茅盾是在东方文化体系中建立“新文学”范式的奠基者之一。他意图用反语的方式告诫那些因循守旧的中国文学研究者：在如何处理本民族传统文学与西方文学相结合问题上，茅盾为 20 世纪 30 年代日本文坛提供了范式和借鉴，其影响和价值不容忽视更不能贬低。1938 年增田涉以“上海的深夜”为题目欲将《子夜》完整翻译，译文中除译者“解说”外还附有刘岘版画作品《子夜之图》图片共 10 幅，比起作品本身，他更意欲通过翻译大规模描写中国社会的《子夜》，以文字图片的直观方式向日本读者介绍战争状态下的上海，但因战争及读者评价不高等原因，该译本实际只完成了前两章。二战后《子夜》迎来了翻译的高潮期，1951 年尾坂德司首次将其完整翻译发表，之后小野忍和高田昭二于 1962 年和 1970 年分上下册完成了合译，竹内好更是于 1963 年和 1970 年两次完整翻译了《子夜》，1974 年筑摩书房出版的《筑摩世界文学大系》第 78 卷中再度收录并发表了竹内好 1970 年版的译本。译者从现实主义、创作主题等视角出发对该作品予以了积极性评介。战后《子夜》在日本的研究呈现视野和方法多元化与文本经典化的逐步递进性特点。《子夜》的译介评价成为茅盾小说在日本“经典化”历程最为典型的例证。

《蚀》《虹》《子夜》日译单行本的出现推动了茅盾战时长篇小说在日本的译介。1947 年小野忍在《随笔中国》杂志中发表的《茅盾文学——（其一）关于〈腐蚀〉》一文成为《腐蚀》在日传播的滥觞之作。1951 年小野忍对菊池租《腐蚀》的译稿进行了修改补充，

1954 年 6 月发表出版了首部《腐蚀》日译单行本，1961 年他再次修改并出版发行了单行本；1978 年市川宏再度将《腐蚀》完整翻译发表。从 20 世纪 60 年代至 90 年代，日本学者从文体结构、意识流手法、叙事风格等方面对《腐蚀》的文本展开了阐释与研究，其观点在中日学界产生了对话与争鸣之关系，体现了在异国文化体系中茅盾努力发掘人性的复杂性、尊重艺术规律的现实主义作家之精神。《腐蚀》对堀田善卫在 1951 年创作的短篇小说《齿轮》产生了深刻影响。两部作品在故事背景、人物性格、心理描写等方面具有明显互文性，充分体现了《腐蚀》在战后初期日本学界及评论界所产生的巨大影响力。1949 年 9 月，竹内好首次为日本读者简介了《霜叶红似二月花》的故事梗概，之后相继出现了 3 个日译版本，即 1958 年版奥野信太郎译、1962 年版竹内好译和 1980 年版立间祥介译。在 20 世纪五六十年代，日本研究者渴望通过阅读《霜叶红似二月花》中描写的挣扎于“五四”历史转型期的个体生命与民族思想文化纠葛审视反思日本战败后所面临的民族精神困境及在西方政治话语主导下所形成的文化断层。80 年代《霜叶红似二月花》再译并被译者给予高度评价，其原因与新时期之后在以国内学界为主导的批评语境中对带有《红楼梦》式古典文学风格的《霜叶红似二月花》经典化的全面推进不无关系。另外，“全球化”的世界格局致使日本无论在创作还是理论研究方面均呈现多元态势，日本文艺思潮再次陷入东西方文化激烈碰撞之中。对于西方文学文化的接受，日本批评界深刻认识到：接受并不等于近代式盲目的“拿来”与“互动”，“本土意识”也并非战时保守式的故步自封，而是要各取所长，形成平等对话关系。此背景之下，在日本人看来带有《儒林外史》风格的《子夜》与具有《红楼梦》文体风格和民族艺术色彩的《霜叶红似二月花》，这两部描写中国传统与现代的长篇史诗巨作自然在 80 年代受到了日本学界及读者的强烈关注。

除长篇小说外，茅盾短篇小说在日本也被大量翻译与研究。短篇小说《水藻行》创作完成于 1936 年 2 月 26 日，1937 年 5 月 1 日发表在日本《改造》杂志第 19 卷第 5 期的首页，这是茅盾创作生涯中唯一一篇在国外发表的小说作品，在中日文学交流史中有着重要的意义。经梳考史料，笔者与导师发现，《水藻行》实为山上正义所译，而并非鲁迅译或鹿地亘及胡风合译。对于日本大型杂志社《改造》来说，能得到中国文坛巨匠茅盾的赐稿可谓求之不得。社长山本实彦在作品刊登之前便开始运作宣传，4 月底便出现了小田岳夫、本多显彰等评论家发表的数篇报刊评论。5 月 1 日杂志社登载之后又相继出现数篇评论。这些评论足以证明《水藻行》在战前中日文学文化交流史上体现了不容忽视的非凡意义。《春蚕》《秋收》《林家铺子》《小巫》等作品战前战后在日本均被翻译发表，其中《春蚕》共 4 个译本，《林家铺子》共 3 个译本，是茅盾短篇小说中日译版本较多的两部作品。日本研究者及读者通过这些作品直接了解到了 30 年代中国农村经济情况和挣扎于帝国主义统治下的中国农民形象。战前，竹内好将《春蚕》置于中国农民文学整体框架中阐释其特有文学价值的评论彰显出 30 年代日本学者对于中国现代文学理解把握的整体性与全面性。战后"农村三部曲"和《林家铺子》进一步被研究阐释。日本学者更加关注于茅盾作为"作家"的意识在文本中的体现，探究茅盾作为"作家"的个体生命体验和思想内质，关于故事情节是否符合历史事实自然不被纳入研究重点。由此，"农村三部曲"与《子夜》同样是作为"纯文学"而并非作为了解中国经济社会的"高级社会文件"被接受与解读的。日本学者正是敏锐地认识到茅盾农村叙事小说中"独特的艺术价值"和"超越政治立场的文献价值"，才采取了与国内较为不同的研究方法和视角，进而得出了更为独特的观点和阅读感受。

总体来说，茅盾小说在日本的译介与研究，无论是研究视野、研究与翻译方法，还是结论观点都应引起我国茅盾研究界的关注与借鉴。随着中日文学文化交流的日益加深，对异质文化的深刻认识与理解，展开彼此间的交流，化解双方文化与思维上的隔阂已然成为两国不容回避的重要议题。研究茅盾文学在异质文化的译介与研究有助于从"他者"的视角反观审视自我文化与文学中被遮蔽与忽视的价值与意义，同时窥视日本学者以"他者"的视野对中国现代文学研究中所存在的缺陷与不足，探究在异质文化语境中如何消解彼此在文学研究领域中产生的误解与偏差，这对于我们未来进一步研究茅盾不无裨益。

年度新锐学者：翟月琴

入选理由

格雷戈里夫人是20世纪初爱尔兰著名的剧作家，茅盾对她剧本的翻译是茅盾早期文艺翻译活动的重要方面。翟月琴的《格雷戈里夫人戏剧在中国的接受——以茅盾的译介为中心》以鲜明的问题意识，通过对茅盾的早期译介活动的深入研究，提出了自己的看法：茅盾是在“民族解放主义”这一基础上，赋予译作以新的文化内涵；他强调“为人生”的文学，突显新浪漫主义戏剧中“写实的”民族历史剧；茅盾辩证地看待悲、喜剧的关系，不迎合观众的趣味，而强调引导观众到民族解放的思路上来。茅盾早年对格雷戈里夫人剧作的翻译，侧重于民族解放的精神价值，与鲁迅等鼓吹对弱小民族文学的翻译，有相似的文化逻辑。

翟月琴毕业于华东师范大学中文系中国现当代文学博士专业；在上海戏剧学院博士后流动站工作后留校任教。她致力于茅盾研究近10年，撰写和发表多篇论文。特授予翟月琴博士“2020—2021年度新锐学者”称号。

（执笔人：杨扬）

代表作：

《格雷戈里夫人戏剧在中国的接受——以茅盾的译介为中心》

原载《中国比较文学》2021（04），人大复印资料《舞台艺术（戏剧戏曲）》2022年第2期全文转载

格雷戈里夫人戏剧在中国的接受*

——以茅盾的译介为中心

翟月琴**

摘　要　爱尔兰剧作家格雷戈里夫人的《月亮上升》作为中国抗战时期演出次数最多的改译本话剧，总被贴上民族国家主义与政治意识形态的标签。茅盾的译介凭借对新旧文学的敏感，触及语言文化、女性独立等民族解放主义话题；本着“为人生”的文学观念，颇认同新浪漫主义戏剧中“写实的”一派；区别看待悲剧与喜剧，与评论界普遍视格雷戈里夫人喜剧为“不发趣的”悲喜剧截然有别。以茅盾译介为中心，分析格雷戈里夫人戏剧在中国现代戏剧史上的评介、改译与演出，有利于深入理解中国现代戏剧从爱尔兰民族文学精神汲取资源，为本土戏剧探寻“理想的实在”的文化选择与审美诉求。

关键词　茅盾；格雷戈里夫人；戏剧；译介

引　言

格雷戈里夫人（Isabella Augusta，Lady Gregory，1852—1932）乃爱尔兰剧作家兼阿贝剧院的管理者，是爱尔兰戏剧运动灵魂人物叶芝

---

*　本文为上海戏剧学院地方高水平大学建设项目、国家社会科学基金重大项目“中国话剧接受史”（编号：18ZDA260）、上海市哲学社会科学一般项目“上海早期演剧评论——以民鸣社为例”（编号：2020BWY026）的阶段性成果。

**　作者简介：翟月琴，博士，上海戏剧学院戏文系副教授。研究方向：中国话剧史论、现代汉诗。

的工作伙伴与一生挚友。作为叶芝《胡里痕的凯瑟琳》和《汤锅》等剧的合作者，她被认为是“一个被遗忘了的爱尔兰文艺复兴时期的女作家”[①]。自1903年创作第一部剧作《二十五》之后，她在1907—1923年创作了37部剧作，算是相当高产的剧作者，超过了叶芝、辛格和萧伯纳3人剧作总量。在中国现代翻译英语戏剧当中，格雷戈里夫人的剧作《监狱之前》（*The Gaol Gate*，或译为《狱门》《牢狱之门》）是爱尔兰戏剧在中国的第一部改译本，《月亮上升》（*The Rising of the Moon*）是中国演出次数最多的改译本[②]。

早在1921年第12卷第7期的《小说月报》上，茅盾（署名沈雁冰）撰文“海外文坛消息”，就曾介绍过葛雷古夫人（即格雷戈里夫人）[③] 的小说《兰纳的生活与成功》（沈雁冰1921）。20世纪20年代，茅盾相继翻译了格雷戈里夫人的戏剧《月方升》《市虎》《海青赫佛》《旅行人》《乌鸦》《狱门》[④]，这些在他翻译的爱尔兰及其他国家的戏剧当中数量最多，超过了萧伯纳、叶芝、梅特林克的戏剧的数量，也超过了契诃夫小说的数量，与斯特林堡戏剧和小说的总数持平[⑤]。他还从Ernest A. Boyd的《爱尔兰的文艺复兴》（*Ireland's Literary Renaissance*）和《现代爱尔兰剧曲》（*The Contemporary Drama of*

---

① 约翰·格罗斯：《一个被遗忘了的爱尔兰文艺复兴时期的女作家——评〈格雷戈里夫人传〉》，丁信善译，《文化译丛》1986年第6期。

② 安凌：《重写与归化：英语戏剧在现代中国的改译和演出（1907—1949）》，暨南大学出版社2015年版，第145页。

③ 茅盾曾译为格勒高莱夫人、加勒高莱夫人、葛雷古等。她另被其他译者译为格蕾克瑞、格烈歌梨、格雷歌甲、格雷哥利等。

④ 其中，《月方升》刊于《时事新报》副刊《学灯》1919年10月10日；《市虎》刊于《东方杂志》1920年9月10日；《海青赫佛》刊于《新青年》1921年9月1日；《旅行人》刊于《民国日报》副刊《妇女评论》1922年3月1日；《乌鸦》连载于《妇女评论》1922年3月29日，4月5日、12日、19日，6月7日；《狱门》连载于《民国日报》副刊《妇女评论》1922年11月1日、8日。

⑤ 根据《茅盾译文全集》（知识产权出版社，2013年）统计，茅盾翻译格雷戈里夫人戏剧5部、叶芝戏剧1部、萧伯纳戏剧1部、斯特林堡戏剧1部和小说4部、梅特林克戏剧2部、契诃夫小说4部。

Ireland）两书中获得材料，撰文《近代文学的反流——爱尔兰的新文学》《海外文坛消息：爱尔兰文坛现象之一斑》等介绍格雷戈里夫人的剧作。

茅盾视她为新浪漫主义剧作家，并认为，叶芝的戏剧不若格雷戈里夫人艺术水准高，“彼与格勒高莱夫人较，虽夫人为后辈，而夫人之戏实胜于夏脱”[①]。因为与叶芝的神秘主义不同，格雷戈里夫人更贴近现实，表现手法相对写实，因此，含《市虎》在内的三部作品，在茅盾看来，算是寻找到一种“理想的实在”：“处处表现民族精神，剧中人说的确是爱尔兰话，思想也确是爱尔兰精神”[②]。鉴于此，以爱尔兰民族精神为指引和导向，格雷戈里夫人戏剧在中国的接受更具体地落实于“民族解放主义”观念统摄下的“写实的”和“不发趣的”两种美学路向。就目前的研究情况来看，除了《月亮上升》之外，格雷戈里夫人其他戏剧的译介乃是被研究者忽略的一环。即便据格雷戈里夫人《月亮上升》改编的国防剧《三江好》引起学界关注，重点讨论的还是民族国家主义与政治意识形态框架下的格雷戈里夫人乃至爱尔兰戏剧的接受情况。然而，在接受过程中，究竟格雷戈里夫人戏剧如何与本土的民族解放主义产生关联，又呈现怎样的美学特征，还有待进一步发现。本文以茅盾的译介作为讨论中心，辩证分析格雷戈里夫人戏剧的评介、改译与演出活动，可见其戏剧在接受过程中不单是中华民族面临危机时的政治宣传工具，更体现现代话剧在探寻“理想的实在”之路上的美学追求。

一 “民族解放主义”的政治意图

茅盾认为，爱尔兰文学的可取之处，首先在于民族解放主义。爱

---

① 雁冰：《近代戏剧家传·夏脱（William Butler Yeats）》，《学生杂志》1919 年第 12 期。“夏脱”即叶芝早期中译名之一。

② 雁冰：《近代文学的反流——爱尔兰的新文学》，《东方杂志》1920 年第 7 期。

尔兰文人很少聪慧过人，但探寻国民性的努力却是值得学习的。他曾解释道，爱尔兰的民族精神源自民众，取材于广泛的社会生活，“爱尔兰文人大都是从爱尔兰民众社会内抽取他的理想”，“爱尔兰的国民性是理想的实在（Ideal Enlitz）”①。其中，“夏脱”的哲理讽刺剧本、“葛雷谷夫人”② 的民族历史剧本和“山音基”③ 的现代农民生活剧本，依次代表爱尔兰新文学的3个支流，各占一座高峰。茅盾最推崇现代农民生活剧，认为神秘主义的哲理讽刺剧、民族历史剧脱离现实、不注重史事；不描写生活、不关心人物性格。

就民族历史剧本来看，茅盾评介了格雷戈里夫人的5部剧作，从不同侧面审度“民族解放运动”所面临的内外矛盾，赞扬了其彰显出的坚定不移、积极主动、独立自主的精神。茅盾从民族的内忧外患出发，逐一介绍了剧情：如《德福尔齐拉》和《金谷拉》讲述帝王家族之争的故事，后者是一部“爱尔兰人因内讧而引外宾——引狼入室”的剧作。《白草帽》（*The White Cockade*）和《卡拿忿司》（*The Caravans*）是2部讽刺懦夫的剧作，其中《白草帽》里的爱尔兰王哲姆士无心恋战，只想逃跑，大将却非尔特内心觉得爱尔兰王失了信仰、输了高尚的地位，不但没有气馁，反而保持战斗力继续迎战。另外，针对《葛兰尼阿》（*Grania*）一剧，茅盾特别提到两点：一是区别于青年得胜的惯例，该剧一反常态，让老年人获胜；二是葛兰尼阿这位女子，能够遵循个人的意志，不受外在社会现实和其他人的影响，过自己的生活④。值得一提的是，针对此剧，田汉意见相

---

① 沈雁冰：《海外文坛消息：（四十九）爱尔兰文坛现状之一斑》，《小说月报》1921年第5期。

② 葛雷谷夫人即格雷戈里夫人。

③ 山音基（John Millington Synge，1871—1909），茅盾还翻译为赛音齐，又被其他译者翻译为约翰·沁孤、约翰·辛格，爱尔兰伟大的剧作家，爱尔兰文学复兴运动的领导人，代表剧作有《骑马下海的人》（*Riders to the Sea*）、《西方世界的花花公子》（*Playboy of the Western World*）等。

④ 雁冰：《近代文学的反流——爱尔兰的新文学》，《东方杂志》1920年第7期。

左："在《格累尼亚》（*Grania*）中所写的也是女人心理的肤浅。"[①]因为爱尔兰女王格累尼亚与阿尔云王芬因订了婚，又爱上他的侍臣多密德。虽然多密德不愿背叛阿尔云王，但是对格累尼亚却有非分之想。两人恋爱后，格累尼亚反而冷淡起来，在假扮乞丐的芬因劝导下，多密德决心为王奔赴战场。之后，格累尼亚又委身于芬因。对于过分宣扬女性自由，在田汉看来过犹不及，他认为她们不是主张平等、自由，只是"寻找官能满足"和"生活刺激"[②] 的女士。

茅盾译介自有其文化选择。他擅长"女性形象"的塑造，倡导妇女独立自主性，并对新旧文学格外敏感。这些都是格雷戈里夫人戏剧在中国接受过程中未能得到重视的内容。首先，女性形象的塑造，多见于茅盾译介、创作的文学作品中，如夏志清所认为的，茅盾有"阴柔的南方气"，"善于描写女人"[③]。20 世纪 20 年代，茅盾对妇女问题就颇为关注。他为《妇女杂志》撰稿，发表了大量有关妇女问题的时评和理论译介，并最早将"Feminism"译为中文（"女子主义"）[④]，这些文章意味着"有五年之久的提倡贤妻良母主义的《妇女杂志》，在时代洪流的冲击下，也不得不改弦易辙了"[⑤]。其次，就新旧文学的敏感性而言，茅盾站在新文学的立场上，"当'新'字戴上'革命''新纪元'或'现代性'的光环时，与之相对的'旧'字是含贬义而遭到排斥的"[⑥]，茅盾所译叶芝剧作《沙漏》的结尾是令青年人得救，倒是符合他的新文学观念，而格雷戈里夫人的《格累尼亚》结局让老年人得胜利，看上去与茅盾的文学观念有出入。

---

① 田汉：《爱尔兰近代剧概论》，载《田汉全集》第 14 卷，花山文艺出版社 2000 年版，第 266 页。

② 田汉：《银色的梦》，《银星》1927 年第 8 期。

③ 夏志清：《中国现代小说史》，浙江人民出版社 2016 年版，第 183 页。

④ 杨联芬：《新文化运动与"女性主义"之诞生》，《文艺研究》2019 年第 5 期。

⑤ 茅盾、韦韬：《革新〈小说月报〉的前后》，载《茅盾回忆录（上）》，华文出版社 2013 年版，第 137 页。

⑥ 陈建华：《紫罗兰的魅影：周瘦鹃与上海文学文化，1911—1949》，上海文艺出版社 2019 年版，第 71 页。

事实上，新旧的边界毕竟是模糊的，没有“旧”的历史积淀，何来“新”文学？格雷戈里夫人所追求的正是“古老的理想主义”，“爱尔兰并不像它所表现的那样，是一个滑稽可笑和容易感情用事的国家，而是一个古老的理想主义的国家。”[①] 从民族历史文化中汲取传统资源，在她眼中，是凝聚当下爱尔兰民众的精神力量。

格雷戈里夫人戏剧的译介，隐含的是中华民族试图为本土的“理想主义”精神寻找一种“实在”的表达。无论是《月方升》中的队长和警察、《市虎》中的县官和警察，还是《海青赫佛》中的加藤队长、《狱门》中的守狱门人，法令的执行者与市民阶层构成矛盾双方，展开两种力量的博弈。《月方升》剧情简单，可在中国的演出情况值得关注。该剧讲述的是在一个月初升的夜晚，三位警察张贴告示，表明政府悬赏 100 磅抓捕一位越狱者。此时一位唱着小调的穷苦人即抓捕对象上场，与队长聊及生活中的平常事，最终令队长背弃所谓的法律、放弃 100 磅的悬赏金，而站在百姓的一边，放走了他。该剧触及爱尔兰民族运动的精神内核，几首爱尔兰民族之歌又格外鼓舞人心，曾直接引导了 1916 年的复活节起义[②]。与《狱门》《旅行人》此类道德剧的不完满结局不同，《月方升》以穷苦人得救结束全剧。被压迫阶级战胜压迫阶级，鼓舞人心。

该剧的演出，突显了“民族解放”的政治意图。抗战之前，《月亮上升》作为鼓舞被压迫阶级的戏剧受到欢迎。譬如 1932 年第 59 期的《文艺新闻》刊文《预报了暴风雨的海鸥：月亮上升；工厂夜景》指出，尽管演出不尽如人意，但“反抗压迫阶级的意义还算可取。在悠扬的歌声中：‘还有那个信号听着，唱起那进行的曲子罢！同时肩上你的刀枪，在那月亮上升的时候’。和最后的几句话：‘那时候被压迫的

---

① Lady Gregory, *Our Irish Theatre a Chapter of Autobiography*, London and New York: G. P. Putnam's Sons, 1914, p. 9. 原文：We will show that Ireland is not the home of buffoonery and of easy sentiment, as it has been represented, but the home of an ancient idealism。文中所引译文，凡未说明者均为笔者自译。

② 安凌：《重写与归化：英语戏剧在现代中国的改译和演出（1907—1949）》，暨南大学出版社 2015 年版，第 154 页。

民众升了上去，压迫阶级倒了下来，黑暗消灭，月亮上升!’也很博得观众的同情情感。总之这一次公演在引起观众热烈情绪一点上是使我们很欢愉的。当然我们要前进的扩大我们的戏剧运动。”①

抗战时期的改译和演剧活动，更能说明格雷戈里夫人戏剧纳入“民族解放主义”运动被广泛接受。1930 年，陈鲤庭改译格雷戈里夫人的《月亮上升》。该剧经过不断改编，成为格雷戈里夫人剧作在中国演出次数最多的剧目，其中一个改译版本《三江好》与另两部改译剧《放下你的鞭子》和《最后一计》，合称为“好一计鞭子”。1934 年，为了宣传抗日救亡，戏剧研究委员会组织排演的《月亮上升》是陈治策根据爱尔兰“格蕾克瑞夫人的原著改编，原剧为描写爱尔兰民族独立运动的剧本，陈先生改为描写九一八后关外志士努力收回江山的情况”②。同样由舒强、何茵、吕复、王逸根据《月亮上升》改编的《三江好》亦被搬上舞台，将爱尔兰民族独立运动置换为中国的抗日战争，在情节上增加了警长得知自己的父母、妻子惨遭日本人杀害，弟妹投身义勇军被关在牢里后，由家恨引发国仇，不再愚昧地盲从上级的抓捕命令，打死预出卖三江好的同伴，放走了三江好，带着另一个同伴一起参加了东北义勇军。另外，1937 年，香港仿林、梅芳、养中、青华、英文书院等几所中学学生成立的“丁丑剧社”，自筹经费，由黄烽、毛畏等领导，成员吸收了各校学生及引渡人开办的丝绸行职工，演出《三江好》等剧，宣传抗日救国思想③；1938 年 2 月 13 日，民众剧场首先成立于龙泉县，随后于遂昌、云和、青田相继成立。在 1941 年解散前，剧场曾演出

① 《预报了暴风雨的海鸥：月亮上升；工厂夜景》，《文艺新闻》1932 年第 59 期。

② 定县通讯:《“月亮上升”改编上演：戏剧研究委员会近期又排演新剧本》，《民间（北平）》1934 年第 3 期。

③ 中国人民抗日战争纪念馆：《港澳同胞与祖国抗日战争》，团结出版社 2015 年版，第 78 页。

过包括《三江好》在内的多个剧目[①]。

二 追求“写实的”民族历史剧

茅盾谈到过，爱尔兰文学的另一可取之处，还在于写实派之外，另辟路径。即便如此，这并不意味着茅盾全盘接受这“另辟路径”。具体而言，爱尔兰象征主义诗人叶芝的神秘主义剧作，他就并不欣赏[②]。依茅盾之见，叶芝追求的是空洞的理想，在内涵思想上与神秘派戏剧相近，格外重视主观心像，类似宗教或是艺术的迷狂状态，产生幻觉，带有神秘气息。[③] 茅盾以为，爱尔兰文学另辟的神秘派、象征派和表现派都受到自然主义的洗礼。可见他谈的是艺术流派，没有区分出“写实的”与“象征的”两种艺术手法。对于这些年“理想些”的中国文学而言，如果不提倡自然主义，新文学又会回到原路[④]。

因此，在他看来，文学虽有写实与表象之分，但目的只有一个，就是“表现人生”。1921 年 1 月 4 日文学研究会成立，一开始便主张翻译西洋文学，“中国现代文学一直要到接受西洋现代文学的精神与作风之后，才可能成熟，因此对于 19 世纪与 20 世纪西洋文学的接受和翻译，一直占据了《小说月报》的极大篇幅”，而“在 1921—1928 年这阶段，《小说月报》的确培养出了几个重要的短篇小说作家，同时也建立了一个写实的传统”[⑤]。文学研究会承担“表现人生指导人生”的社会责任，提出“重思想内容，不重形式”的论点，与当时的“顽固派”即以小型刊物《礼拜六》为代表的鸳鸯蝴蝶派文人作

---

① 王星贵主编：《丽水地区革命、进步文化史料汇编 1919—1949》，浙江省新闻出版局 1992 年版，第 174 页。

② 夏脱：《沙漏》，雁冰译，《东方杂志》1920 年第 6 期。

③ 关于茅盾对于叶芝戏剧的译介，笔者曾撰文《探寻“理想的实在”：茅盾与叶芝戏剧的译介》，该文刊于《文化艺术研究》2019 年第 4 期。

④ 沈雁冰：《海外文坛消息：（九十）爱尔兰文坛之现状》，《小说月报》1921 年第 8 期。

⑤ 夏志清：《中国现代小说史》，浙江人民出版社 2016 年版，第 64—65 页。

斗争。鸳鸯蝴蝶派文人被冠以“封建思想和买办意识的混血儿”的标签，其“落后”“反动”的旧观念、旧文学遭到批判，“在新旧文学之争的文学场域中给周瘦鹃定位，离不开茅盾。因为两人在争论的舞台上始终是最瞩目的一对”①，就像茅盾在晚年所说的“《小说月报》的半革新从1920年1月出版那期开始，亦即《小说月报》第十一卷开始。这说明：十年之久的一个顽固派堡垒终于打开缺口而决定了它的最终结局”②。茅盾作为文学研究会的发起人之一，深受五四新思潮的影响，将走出旧文学的禁锢、为新文学的发展拓出开阔天地视为首要任务。此外，他观照古今中外文学流派及其发展史之经纬，逐渐确立了文学观或者说是“为人生”的观念，即忠实反映现实生活、体现人生的本来面目、揭露全社会的病根。文学的实质乃是展示纷繁复杂的社会生活，文学进化的核心要素就是为人生提供现实的指导。③ 与之相关的是，到了20世纪40年代，他再回望20年来文学的发展状况，唯美主义、象征主义等旗号不久便在文坛烟消云散，唯有现实主义紧跟时代步伐，依然焕发着新的生命力④。

格雷戈里夫人重视写实，正与茅盾所倡导的“为人生”的文学观念相应和。格雷戈里夫人描写“爱尔兰民族的简易生活，这是盛行于十七世纪的，现在却仍旧有些”，“他的剧本都是忠实的努力的结果，就是实力观察之后，然后惨淡经营的做去，不是出于一时的灵机。他的著作都是严冷而灰滞，不像山音基的那样漂亮，也不像夏脱的富于诗意”⑤。茅盾不赞赏神秘主义戏剧，就叶芝的戏剧而言，仅认为他的《有钱的保罗》（*Paul Rutlledge*）一剧情节虽不过如此，在

---

① 陈建华：《紫罗兰的魅影：周瘦鹃与上海文学文化，1911—1949》，上海文艺出版社2019年版，第72页。

② 茅盾、韦韬：《革新〈小说月报〉的前后》，载《茅盾回忆录（上）》，华文出版社2013年版，第137页。

③ 冰：《新旧文学平议之评议》，《小说月报》1920年第1期。

④ 茅盾：《现实主义的道路——杂谈二十年来的中国文学》，载《茅盾全集》第22卷，人民文学出版社1993年版，第172页。

⑤ 雁冰：《近代文学的反流——爱尔兰的新文学》，《东方杂志》1920年第7期。

爱尔兰文学中还是算最好的，其原因就在于，“全篇写保罗独找灵魂的生活，起初在浮浪的外界自由中找，后来在个人信仰的内界自由中找，便更确切些。此等剧本，只有诗人的写实家，方写得出来”①。当是“诗人的写实家”，才能写得出像《有钱的保罗》这样的戏剧。尽管“诗人”与“写实家”看上去是辩证统一的合体，实乃明示诗人与戏剧人的差别。他一是强调叶芝是诗家，戏剧创作不若诗；二是从艺术流派的立场出发，强调由“浮浪”到“确切些”尤其重要。根本而言，茅盾推崇的是“写实”，或者说是“写实的”艺术流派。

比较而言，茅盾显然欣赏格雷戈里夫人戏剧的剧情简单、题旨指向明确、表达率直，无论是外部环境还是内在心理情境的营造，乃至舞台设计形式和剧情结局方面，都不像梅特林克的《青年》或者《盲人》象征着多重意蕴，评论者各自揣测、各有一套看法。如果说，叶芝是理论上的写实派，剧作多是理想与幻觉，缺乏实在的材料；那么，格雷戈里夫人是实践中的写实派，是“实力观察”后的“惨淡经营”。确然，“葛雷古夫人的著作的泉源，是出于爱尔兰历史古来的传说和近代惊心动魄的事，所以可分为两类：出于前者的一类是神庄意幻的，出于后者的一类便微带些喜剧的气味了。但两者都是无论何时有历史的价值”②。说起“神庄意幻”，倒是与叶芝玄幻、迷离的神秘主义截然不同，“在写喜剧上显出一种特殊的风格，神秘的精神”③。当然不局限于喜剧，格雷戈里夫人戏剧体现的是另一种神秘。就像《月方升》里，那个“人”到底是谁，与越狱者是什么关系？《市虎》里，“被杀的”夹克司密司是被谁杀的？《旅行人》里，出现在母亲和小孩家的旅行人是谁？《狱门》里，两位妇人想要在监狱探望的人怎么样了？作者巧设情节，由此展开“误会”，引起些许

---

① 雁冰：《近代文学的反流——爱尔兰的新文学》，《东方杂志》1920年第7期。

② 雁冰：《近代文学的反流——爱尔兰的新文学》，《东方杂志》1920年第7期。

③ 徐名骥：《英吉利文学》，商务印书馆1934年版，第93页。

悬疑效果，推动读者、观众去主动猜想剧情。总体看来，她是从爱尔兰民众的现实生活出发，结合剧情内外的实际情况，完成一部“写实的”戏剧。

三 沦为“不发趣的”悲喜剧

尽管格雷戈里夫人与叶芝在“理想”的追求上相仿，但在艺术上，茅盾也指出，两者都不若山音基善于设置情节、调动气氛、安排角色。山音基的农民生活剧都是讽刺剧，格雷戈里夫人和叶芝也涉及该题材，风格却分为“发趣的”和“不发趣的”两种，后者如格雷戈里夫人的《狱门》和《麦克邓拿的妻》[①]。

茅盾在评介爱尔兰新文学的3个支流时，有意做悲喜剧的分类：第一，哲理讽刺剧本是神秘主义的剧本；第二，民族历史剧本是来自传说中的英雄事迹和近世史事的喜剧；第三，现代农民生活剧喜剧为多，悲剧少见。在茅盾看来，格雷戈里夫人写得最好的还是喜剧。为了调节阿贝剧院剧目的口味，格雷戈里夫人创作过诸如《谣传》(*Spreading the News*)、《乌鸦》(*Jackdaw*)、《满月》(*The Full Moon*)、《上衣》(*The Coat*)、《幻象》(*The Image*)、《养育院之一室》(*The Workhouse Ward*) 等喜剧[②]。有论者以为，格雷戈里夫人有两类作品，“一是带着严重色彩的作品，如《狱门》(*The Gaol Gate*)、《月之方升》(*The Rising of the Moon*) 和《格莱尼亚》(*Grania*) 等。一是轻

---

① 雁冰：《近代文学的反流——爱尔兰的新文学》，《东方杂志》1920年第7期。

② 格雷戈里夫人的戏剧集《新喜剧》(*New Comedies*, London and New York: G. P. Putnam's Sons, 1914) 收录了《满月》、《上衣》、《床边妖怪》(*The Bogie Men*)、《戴默的金子》(*Damervs Gold*)、《麦克唐纳的妻子》(*Mc Donough's Wife*)。提到格雷戈里夫人的戏剧作品，田汉曾评论，《满月》“这个剧本在格烈歌梨的作品中不算是评判很好的，但总算写了一种难写的题材”，《养育院之一室》“写两个老人朝夕吵架，一分开又觉得寂寞，住在一道还是吵架，这实在是很好的性格戏剧”，首先在题材上肯定格雷戈里夫人另辟蹊径、迎难而上的努力，其次又强调性格戏剧写得极妙，是成功的喜剧作品。

灵的笑剧，如《市虎》（*Spreading the News*）、《海青赫佛》（*Hyacinth Halvey*）、《想象》（*The Image*）、《旅行人》（*The Travelling Man*）”[①]。此处《月之方升》被纳入“严重色彩的作品”，可茅盾对《月方升》的评价是“虽为涉及政治之剧，而实仍为喜剧”[②]。茅盾翻译《乌鸦》、《传布新闻》（即《市虎》）和《海青赫佛》《月方升》等喜剧，并认为“她的著作大半描写乡人生活与心理，运用 Gaelic 土语入文，诙谐生动，宜于演，不宜于读”[③]。显然，茅盾已意识到文化差异所造成的“诙谐生动”是难以理解的。

那么，格雷戈里夫人的喜剧为何“带有严重色彩”，是否真的“宜于演”呢？《月亮上升》的演出在调动观众情绪、营造现场演出氛围上，常被评论为略显“沉闷”，类似“不发趣的”一说。比如 1936 年 4 月 18、19 日，中华东京国际戏剧协进会演出《月亮上升》《婴儿杀戮》和《夜明》3 种剧目，地点为筑地小剧场，“‘筑地’据说是日本新剧的殿堂，它完全排除大剧场那种营业的臭味，在商业主义的空气下，只有‘筑地’能保持着它光辉的独立性”。“《月亮上升》谁都知道是全世界获得了最高荣誉的爱尔兰作家格雷歌甲夫人的杰作，这个作品是永远不会失去时代性，虽千万回上演，敢说都是有意义的。”[④] 演出者石井流饰流浪人，逸肖饰警察，吴剑声导演，观众含日本人在内达 1000 余人。3 出戏剧的舞台装置、布景和灯光算是令人满意，遗憾的是，《月亮上升》的演出效果为“在沉闷中进展”，不如《夜明》最能调动观众情绪。

如何调动气氛而不显得沉闷，还得看格雷戈里夫人原作的处理方式。参照贴近原作的茅盾译文，首先我们不妨先看看《月方升》的布景设计，“海港口的埠口旁边。有几支柱和锁链。一个大桶。三个

---

① 徐名骥：《英吉利文学》，商务印书馆 1934 年版，第 93—94 页。

② 雁冰：《近代戏剧家传（续）》，《学生杂志》1919 年第 12 期。

③ 葛雷谷夫人：《海青赫佛》，沈雁冰译，《新青年》1921 年第 9 卷第 5 期。

④ 若流：《中华东京国际戏剧协进会：第二回公演记》，《中华》1936 年第 42 期。

警察进场。月夜。”[①] 除了月夜气氛的营造，全剧的道具寥寥。尤其是“大桶”的摆放，不单是表示人物所处的方位，更体现了人物之间的亲疏关系。在与队长的对话中，从人“手拍那桶”拉家常，到人和队长都“坐上那桶”谈心事，再到队长高度警惕地“从桶上跳了下来”，直到队长选择放走那人后，“人从桶后出来，和队长对立互视”。透过道具“大桶”的运用，队长与人的关系有张有弛。更何况人唱着的小调越来越响，队长对人的态度从排斥、放松到紧张，而后选择放弃，倒是不乏调动观众兴趣的表现力。其次，灯光也颇为重要，在结尾时围绕到底留不留灯，引起了队长冲着警察 B 发火道：“你们两个都给我走，你们人和你们的灯！”警察 B 将灯光乱射，忽而射到大桶上，忽而射到队长身上，是有些悬疑效果的。从开头在桶上张贴告示，至结尾时警察 B 将灯留在桶上，似乎预示着队长与人身份地位的逆转，“将来也许我能够照样报答你一次，倘然那时小的升了起来大的跌了下去……倘然我们都变了地位，（摇了摇手，不见了）在月亮方升的时候”[②]，结局具有象征意义。然而，这里的“月亮方升的时候”只是一种预设，不一定需要配合相关的“写实”布景。正是这种预设，所谓的黑暗与光明，在《月方升》之中具有辩证意义，并非明确指向一方一定得胜。因此，除了剧本改编之外，在剧场将人物的心理动作与道具、灯光较好地相结合，对于调动现场气氛格外重要，这是演出过程中打破“沉闷”的有效方式。再次，最重要的是，在《三江好》的演出中，到底能不能拿捏到位，取决于导演、演员对人物心理动作的把握。1938 年 12 月 11 日，武汉合唱

---

① 葛雷古夫人：《月方升》，沈雁冰译，载《茅盾译文全集》第 6 卷，知识版权出版社 2013 年版，第 26 页。原文：Slide of quay in a seaport town. Some posts and chains. A large barrel. Enter three policemen. Moonlight. （Lady Gregory 1914，p. 7）。

② 葛雷古夫人：《月方升》，沈雁冰译，载《茅盾译文全集》第 6 卷，知识版权出版社 2013 年版，第 26 页。原文：You did me a good turn to – night，and I'm obliged to you. Maybe I'll be able to do as much for you when the small rise up and the big fall down…when we all change places at the Rising（waves his hand and disappears）of the Moon. （Lady Gregory 1914，p. 91）。

团抵达新加坡，1 月 15 日在新加坡巡演之后，又去马来西亚等地演出。就 1939 年 1 月 26 日在新加坡大世界演出的《三江好》而言，朱绪认为，该演出表面上看起来“气氛沉闷”，但能够调动观众的情绪，而静寂的月夜、河畔的景色尤其动人。虽然表演差强人意，但导演适当加入一些动作，反而对于占据全剧三分之二的警与人的对话处理在效果上有所提升。[①]

格雷戈里夫人的戏剧重视情境，但情境的营造似乎与悲喜剧的观念关系不大，并不妨碍演出“发趣”。茅盾辩证地看待悲、喜剧的关系，深知剧本或是演出“气氛沉闷”不一定是悲剧。而这点通常被论者误解。余上沅参与的“国剧运动”，同样受到爱尔兰文艺复兴运动的启发。他从“写意”的路向思考中国本土戏剧的传统，曾在评论格雷戈里夫人 7 个短剧[②]时，指出她注重情境而不善于聚焦且引申，通常是“选定一个情境，只用两三个角色的对话表演下去；也不顾引申情境，使之聚成焦点；只要把人生的方面描写透彻之后，她便微笑着说‘够了罢’，便按铃闭幕。但她的幻象常是诗的，多风趣的；她利用她天赋的直觉，她用笔极其灵活而且从容。”[③] 不难看出，余上沅以“情境论”讨论格雷戈里夫人的《月亮上升》，试图理解她创造的“幻象”之诗意。只是到底剧作风趣与否，风趣的原因何在，其表述颇为含糊。从抗战时期的演出来看，或是舞台布景设计得压抑，或是情节推进得沉闷，或是现场气氛调动得不够，由此引发的情

---

① 朱绪:《“三江好”演出的检讨》，方修编：《马华新文学大系（九）》，吉隆坡：星洲世界书局有限公司 1971 年版，第 350 页。

② 余上沅提到的 7 篇杰作分别是《人言成虎》（*Spreading the News*，一译《道听途说》)、《哈尔飞》（*Hyactinth Halvey*)、《月升》（*The Rising of the Moon*，一译《月亮上升》)、《斑鸠》（*Jackdaw*)、《工厂守》（*The Workhouse Ward*)、《旅中人》（*The Travelling Man*)、《狱门》（*The Gaol Gate*)。他说，“除了第六、七两篇外，前五篇都是比较滑稽的”。显然，《月升》并不滑稽。值得一提的是，与余上沅的判断不同，从国外的一些视频资料来看，*The Rising of the Moon* 的短剧演出同样令观众发笑，内里的文化隔阂和差异可想而知。

③ 余上沅：《爱尔兰文艺复兴运动中之女杰》，载《余上沅戏剧论文集》，长江文艺出版社 1986 年版，第 109 页。

绪不高，则不利于坚定通往胜利的信心。茅盾曾署名“横”，撰写了3篇批判徐懋庸“国防文艺”的文章，分别是《中国文艺的前途是衰亡么》、《悲观与乐观》和《论奴隶文学》。他没有截然否定“国防文艺”口号，只是认为无论是否赞成“国防文艺”都不会导致中国文艺的灭亡，提倡“国防文艺”也是可以的，但需要给予正确的解释。他的解释更倾向于“国防文艺”是“顺应时代潮流”，是“鼓励抗战情绪的文学”，是“咏赞民族自救的文学”：“正犹如唯有坚信抗敌必得民族的最后解放的‘歌手’，这才[①]他的歌声能激昂慷慨雄壮热烈而能推动民众的抗敌情绪，同时他也必须深信他的发自赤忱的作品真正有力量！失败的心理，悲观的情绪，在‘国防文艺’中是绝对的危害”[②]。茅盾也说：“国防文艺”不是狭隘的民族主义，也不应限制作家的创作自由和个性。被列入“国防文艺”的《三江好》，从“不发趣的”剧本到调动观众情绪的舞台演出，其转换方式是特定历史时期格雷戈里夫人戏剧在中国改译与演出过程中反复被评论的话题，其中暗含了“左翼作家联盟”解散后围绕“国防文艺”这一抗日救国口号产生的文学分歧，最终因为“鼓动情绪”的抗日诉求而达成“一致”。[③]

结　语

茅盾最初翻译格雷戈里夫人戏剧，凭借对新旧文学之敏感，涉及语言文化、女性独立、民族解放等话题；本着“为人生”的观念，由爱尔兰文学精神为中国新旧交替之际的文学发展探寻“理想的实在”。就格雷戈里夫人戏剧在中国的接受情况来看，其当然与政治诉求不无关系，且最终以“写实的”民族历史剧和“不发趣”的悲喜

---

① 原文如此。

② 横（沈雁冰）：《悲观与乐观》，《文学》1936年第4期。

③ 参见《“左联”的解散与两个口号的论争》，茅盾、韦韬著：《茅盾回忆录（中）》，华文出版社2013年版，第150—186页。

剧为美学旨归。这些都使得被“叶芝”这位伟大的男性作家光芒遮蔽了的爱尔兰戏剧女杰，在异国的土地上更是被蒙上了一层“政治意识形态”的阴影。在她笔下，带有爱尔兰民族风情的诙谐、逗趣，显然已经不是我们能够看到的面向了。这大概也是格雷戈里夫人背后的爱尔兰民族文化，包括语言、习俗和历史，很难为中国作者所真正理解的原因。此外，受到格雷戈里夫人戏剧影响的中国现代话剧创作，还缺乏深入的讨论。如李健吾的话剧《十三年》，以抓捕者与被捕者的关系巧构剧作，揭开抓捕者黄天利与被捕者尚慧13年前的关系。或许受到尚慧对同伴欧明的爱的感召，或许还存有一丝对尚慧的爱意，黄天利选择捆绑住自己，放走尚慧。他不是英雄，只是不愿做一条狗，想要活得像个人。李健吾说：“这出小戏比不上Gregory（格留戈里）夫人的《月亮上升》，她有单纯，质朴，一个字，诗。我这里是散文，是烦琐。《月亮上升》的主调是爱国心。《十三年》不然，他含着英雄主义，然而英雄主义建在个人的哀怨上面。”① 从中可见，李健吾亦视《月亮上升》的主调为爱国主义，缺乏更深层次的理解，但他巧妙借用其戏剧结构，去表现一个“人”的生存价值。不论爱尔兰戏剧的评介、改译还是演出，在中国都呈现另一种政治意图、文化选择与美学诉求。戏剧人试图为中国戏剧摸索一条“理想的实在”路，可能写实、可能沉闷，皆勾勒出政治与美学缠绕中的戏剧艺术景观。其中，有关写实与表象、悲剧与喜剧的关系，仍是讨论当下戏剧艺术研究的重要议题，值得学界进一步探究。

[原刊《中国比较文学》2021年第4期，人大复印资料
《舞台艺术（戏剧戏曲）》2022年第2期全文转载]

---

① 李健吾：《〈十三年〉跋》，《李健吾文集》（戏剧卷2），北岳文艺出版社2016年版，第84页。

三　著作推介

周娇燕著：《英语世界的茅盾研究》

周娇燕著《英语世界的茅盾研究》，2020 年 10 月由中国社会科学出版社出版。该书系英语世界中国文学的译介与研究丛书之一，16K，284 页。

该书以英语世界的茅盾研究为研究对象，在文本细读的基础上对英语世界茅盾作品的译介、研究成果进行细致系统的梳理和研究，评介从西方文化的视域所解读的茅盾及其作品的译介及研究情况，以期能为国内的茅盾研究乃至现当代文学研究提供参考和借鉴。

作者简介：周娇燕，1988 年 4 月生，女，汉族，湖南涟源人。四川大学文学博士，现为湖南女子学院教师。主要研究中国现当代文学、比较文学和世界文学。主持或参与省、部级课题多项，发表论文 10 余篇，独著或合编专著、教材 4 部。

目录：

第一节 斯诺编译的短篇小说集《活的中国》

一 《自杀》的翻译

二 《泥泞》的翻译

第二节 沙博理选译的《春蚕集》

一 文化上的“异化”

二 语言上的“归化”及错译

第三节 英译小说集《小巫》

一 戴乃迭的翻译

二 西蒙·约翰斯通的翻译

第四节 许孟雄的英译本《子夜》

第五节 曾小萍的英译本《虹》

第三章 英语世界中的茅盾生平研究

第一节 茅盾先生笔名考

第二节 茅盾传略

第三节 茅盾和我

第四章 英语世界中的茅盾小说主题思想之研究

第一节 夏志清的研究：茅盾小说中的革命与爱国

第二节 夏济安的研究：关于《子夜》

第三节 陈幼石的研究：茅盾小说中的政治隐喻与革命主题

一 《牯岭之秋》与茅盾小说中政治隐喻的运用

二 《野蔷薇》：革命责任的心理研究

第四节 王德威的研究：茅盾小说中的历史观和政治学

一 茅盾小说的历史建构与虚构

二 茅盾小说的革命情境与情节

第五节 吉安娜·郭琼茹（音）的研究：《虹》里的女性困境

第六节 卢敏华的研究：茅盾作品中的民族主义与女性身体

第七节 刘剑梅的研究：茅盾作品中的革命与情爱

第五章 英语世界中的茅盾小说艺术特色研究

第一节 普实克的研究：茅盾小说的史诗性与抒情性

一 茅盾对现实的捕捉和传达

二　茅盾与传统小说

三　茅盾与外国文学

四　茅盾小说的时代特征

第二节　约翰·博宁豪森的研究：茅盾早期小说里的现实主义立场和风格

一　茅盾早期小说中的中心矛盾

二　对《创造》的文本分析

三　茅盾早期小说中的现代主义元素

四　《三人行》：一个政治寓言

李友云著：《百年巨匠·茅盾》

李友云著《百年巨匠·茅盾》，2021 年 3 月由文物出版社出版。该书共 12 章 10 万余字，照片 110 余幅，全景式呈现了一代文豪茅盾先生波澜壮阔的一生。

茅盾经历晚清、中华民国和中华人民共和国 3 个历史时期，曾亲历新文化运动、建党、大革命、抗日战争、解放战争以及共和国历史上的众多大事件，又横跨文学、出版、翻译和政治诸多领域。故而他的一生经历之复杂，阅历之丰富，世所罕有。他精彩的人生，吸引了无数文学爱好者和研究者的目光，为他立论作传者向来不乏其人。

《百年巨匠·茅盾》博采众长，在结合大量前人研究著作和回忆录等文献的基础上，深入挖掘史料，将茅盾一生的行迹履历与他的文学创作和革命活动相结合，将茅盾一家的光辉事迹和他个人的奋斗历程做了详细介绍。该书以茅盾的行动轨迹为线索，追踪茅盾一生 80 余年的脚步，对茅盾的文学作品的诞生背景、写作意图都做出了翔实的考察。

作者简介：李友云，男，湖北天门人，1993 年毕业于重庆大学，1995 年获“诗神杯”全国诗歌大赛二等奖，2004 年浙江大学现当代文学硕士，2014 年浙江大学美学博士，现任教于浙江越秀外国语学院，从事艺术与文化传播研究。

目录：

立志·植材
游学湖嘉杭
在北大预科
第三章 安身
工作
婚姻
第四章 新锐
《小说月报》改革
文学研究会树旗
第五章 社运
共产主义小组活动
“五卅”与商务罢工
投身大革命
第六章 隐身
蛰伏
流亡
第七章 享誉
《子夜》诞生·创作高峰
“左联”盛事·鲁茅携手
第八章 流离
逃难·何去何从
香港·文艺阵地
新疆·死里逃生
第九章 再征
延安行
从重庆到香港
撤离香港
桂林休整
重庆三年
第十章 憧憬

中国茅盾研究会编，杨扬主编：《茅盾研究》第 16 辑《经典作家的方方面面》

中国茅盾研究会编，杨扬主编《茅盾研究》第 16 辑《经典作家的方方面面》，2021 年 5 月由华东师范大学出版社出版。《茅盾研究》系中国茅盾研究会会刊，常态化连续出版，加强学术成果的交流，凝聚学会力量。

编者简介：杨扬，现任上海戏剧学院副院长，教授，博导。中国茅盾研究会会长，上海市作家协会兼职副主席，上海市文化基金会专家委员会委员，中国小说学会理事，中国文艺理论学会理事。出版《海派文学》《现代作家自叙》《中国当代社会思潮》。

目录：

李 芸)

关于茅盾"雨天杂写"系列杂文的史料问题 (刘铁群)

施蛰存与茅盾、孔另境的交往与交情 (杨迎平)

茅盾在新疆时的创作补遗与文艺讲话 (景李斌)

茅盾与《呐喊》《烽火》杂志相关史实辨正 (杨华丽)

三十年来首度发现茅盾抗战时期小说佚作

——被遗忘的《十月狂想曲》论略 (邓龙建 凌孟华)

抗战时期茅盾佚文考述 (金传胜)

新版《茅盾全集》编辑回顾

——钟桂松主编与我的99封邮件 (高 杨)

《子夜》:都市空间的"现代性"想象 (张 玲)

百年中国儿童文学演进史中的茅盾 (王泉根)

从《大系》的编选看鲁迅、茅盾的文学观的异同 (黄 轶)

论茅盾对传统资源的现代性改造

——以《水浒传》为中心 (钟海波)

茅盾与《文艺阵地》:抗战文艺空间的建构 (王鹏飞)

探寻"理想的实在":茅盾与叶芝戏剧的译介 (翟月琴)

茅盾的妇女解放理论 (李 玲)

世界大同视野形态下的妇女解放路径

——茅盾妇女论再认识 (雷 超)

时代女性与茅盾小说的身体叙事 (刘 涛)

《蚀》的"情绪迷醉"与茅盾的"自我出走" (俞敏华)

文学场域视阈下茅盾与太阳社、创造社间的革命文学论争 (田 丰)

茅盾农村题材短篇小说创作动因探析 (肖 迪)

中国茅盾研究会编，杨扬主编：《茅盾研究》第 17 辑《经典形成的历史》

中国茅盾研究会编，杨扬主编《茅盾研究》第 17 辑《经典形成的历史》，2021 年 5 月由华东师范大学出版社出版。内容涉及茅盾创作综论、小说研究、文艺思想研究、生平与思想研究、编辑与出版研究等领域，充分展现了新时代茅盾研究的学术成就，也反映出国内学者在茅盾研究的广度、深度上进一步拓展的发展趋势。《茅盾研究》系中国茅盾研究会会刊，常态化连续出版，加强学术成果的交流，凝聚学会力量。

编者简介：杨扬，现任上海戏剧学院副院长，教授，博导。中国茅盾研究会会长，上海市作家协会兼职副主席，上海市文化基金会专家委员会委员，中国小说学会理事，中国文艺理论学会理事。出版《海派文学》《现代作家自叙》《中国当代社会思潮》。

目录：

桐乡市档案馆编:《茅盾手迹——我走过的道路（1896—1926)》

桐乡市档案馆编《茅盾手迹——我走过的道路（1896—1926)》(全三册)，2021年5月由商务印书馆出版。这是茅盾回忆录手稿首次出版面世。桐乡市档案馆馆藏的茅盾回忆录手稿，连同其他1000余件珍贵茅盾档案，是由茅盾儿子韦韬于2007年捐赠的。茅盾回忆录手稿，是茅盾回忆录《我走过的道路》写作的初稿。这些整理的手稿，是茅盾回忆录整体中的有机部分，其中还有茅盾在韦韬、陈小曼根据茅盾口述录音和查找资料以后整理的手稿，弥足珍贵。茅盾回忆录《我走过的道路》从幼年开始记述，至一九四八年冬，共36章。此次出版的《我走过的道路》手稿，为手稿的一八九六年至一九二六年部分，自第一章《我的家庭与亲人》至第十一章《中山舰事件前后》，分上、中、下三册整理出版。为展现手稿本来面貌，手稿全部采用原大印刷。钟桂松作序《茅盾回忆录诞生记》。

北塔著：《“信”者“信史”也——茅盾书信研究》

北塔著《“信”者“信史”也——茅盾书信研究》，2021 年 5 月由云南人民出版社出版发行。这是关于茅盾书信研究的第一部专著，系诗人翻译家、中国现代文学馆研究员北塔主持的中国作家协会重点扶持项目“茅盾书信研究”结项成果。该书以北塔在中国传记文学领域权威的《传记文学》杂志开设的茅盾书信研究专栏里的文章为基础，精选了茅盾与蔡元培、钱锺书、巴金、周作人、俞平伯、赵朴初、施蛰存、戈宝权等中国现代文化名人的通信，进行深入细致的考证研究和文化解读。前有自序《信言亦美》。中国茅盾研究会原副会长钟桂松在序中说：“北塔先生的《“信”者“信史”也——茅盾书信研究》是一部研究十分扎实的学术著作。这部著作，以它别具一格的选题和旁征博引、纵横捭阖的解读，填补了茅盾研究的空白，是茅盾研究史上有学术高度，有历史厚度，有根有据，可读可赏的著作。”

作者简介：北塔，中国现代文学馆研究员，中国茅盾研究会理事，世界诗人大会常务副秘书长，中国外国文学研究会莎士比亚研究分会秘书长，河北师范大学等高校客座教授，曾受邀赴美国、荷兰等 20 余国参加各类文学、学术活动。已出版诗集《滚石有苔——石头诗选》《巨蟒紧抱街衢——北京诗选》，学术专著《照亮自身的深渊——北塔诗学文选》和译著《八堂课》等约 30 种，有作品曾被译成英文、德文、蒙古文等 10 余种外文。曾在国内外多次获奖。

目录：

茅盾存世最早的一封信，大谈“五四”时期大话题：妇女解放问题、家庭制度、恋爱与婚姻

——1919 年 11 月 16 日致郭虞裳函解读

“少取讽刺体的及主观浓的作品”

——1920 年 12 月 31 日致周作人函解读

对“被损害的民族文学”的接受：茅盾与鲁迅的观念和心态有所不同

——1921 年 7 月 5 日致周作人函解读

继续讨论“被损害的民族文学”兼论转译之不妨

——1921 年 7 月 30 日致周作人函解读

“这些普遍的毛病惟有自然主义可以疗之”

——1921 年 8 月 3 日致周作人函解读

刘半农翻译勃洛克《十二个》翻译未遂，茅盾为鲁迅的创作优先论高呼

——1921 年 8 月 11 日致周作人函解读

陈独秀之被捕与出狱、周作人并未实质参与《新时代丛书》、茅盾第一次请辞《小说月报》主编始末

——1921 年 10 月 12 日致周作人函解读

《小说月报》之改名、英美之翻译出版俄国文学

——1922 年 1 月 10 日致朱湘函解读

茅公何以“非”宗教？

——1922 年 4 月 6 日致张闻天函解读

茅盾是英文版中国小说集《草鞋脚》最初最主要的参与编选者

——1934 年 7 月 14 日茅盾、鲁迅联名致伊罗生函解读

为编《新文学大系》向郑振铎借书并约稿，用化名保己护友

——1934 年 12 月 10 日致郑振铎函解读

关于鲁迅身后事茅盾请示蔡元培并替内弟向蔡元培求序

——1936 年 11 月 23 日致蔡元培函解读

茅盾对鲁迅夫人尊重有加 华罗琛女士及其中国丈夫何许人也？

——1937年4月13日致许广平函解读

为编辑抗战文艺刊物《文艺阵地》请求戈宝权“尽力赞助”

——1938年3月14日致戈宝权函解读

新中国最初引进印度电影始于沈部长的请示报告

——1954年10月20日致周恩来函解读

茅盾与捷克汉学家们的交谊

——1959年10月25日致普实克函解读

为中国、波兰之间的文学交流殚精竭虑、身体力行

——1960年10月12日致巴金函解读

红学界关于曹雪芹卒年“大论战”的一个侧影

——1963年3月25日致俞平伯函解读

“文怀沙为人浮薄，我们都避之。”

——1977年7月1日致王德厚函解读

“内行见了是要笑掉牙齿的”《满江红》及姚雪垠和碧野认真的写作态度

——1977年9月6日致臧克家函解读

施蛰存赠茅盾《金石百咏》油印本、茅盾自评书法

——1979年1月22日致施蛰存函解读

钱锺书给茅盾写信引介美籍华人学者

——1979年7月20日致钱锺书函解读

茅盾为黄慕兰平反而用笔“奔走”——发起写联名信上书邓颖超

——1980年1月24日致黄慕兰函解读

茅盾与赵朴初之间的诗交

——1980年2月10日致赵朴初函解读

小资产阶级的社会地位到底是稳固还是失掉?

——1980年8月3日、13日致冯乃超的两封函解读

赵思运、蔺春华主编：《茅盾研究年鉴2018—2019》

赵思运、蔺春华主编《茅盾研究年鉴2018—2019》，2021年5月由中国社会科学出版社出版。全书50多万字，16K，568页。

《茅盾研究年鉴2018—2019》系浙江传媒学院茅盾研究中心与浙江省桐乡市文化和广电旅游体育局联袂主持的大型系列文献之一。该年鉴全面呈现了茅盾研究领域的最新成果，凸显出最活跃的茅盾研究队伍的弘毅身影，精心遴选出茅盾研究领域的重要论著、论文，以及期刊、报纸、学位论文的要目索引，梳理了2018—2019年茅盾研究大事记，为文史专家和文学爱好者提供了重要资料，以便更好地传承茅盾精神。

编者简介：

赵思运，华东师范大学文学博士，浙江传媒学院文学院教授，浙江传媒学院茅盾研究中心主任，中国茅盾研究会副会长，主持国家社科基金项目、教育部人文社会科学研究规划基金项目、浙江文化艺术发展基金资助项目等多项课题。主编《茅盾研究年鉴》。

蔺春华，兰州大学文学博士，浙江传媒学院文学院教授，浙江传媒学院茅盾研究中心副主任，主持国家社科基金项目、教育部人文社会科学研究规划基金项目、浙江省社会科学规划项目等多项课题。主编《茅盾研究年鉴》。

目录：

宋炳辉、陈竞宇：接受途径、译介策略与文化价值倾向

——论茅盾对外国文学的选择与中国文学建构

杨联芬：新文化运动与“女性主义”之诞生

王卫平：立足现实　关注当下

——论茅盾经典现实主义的当代意义

蔺春华：“十七年”文学生态的隐性叙述

——以《茅盾日记（1953—1966）》为例

廖久明：略谈郭沫若对鲁迅、茅盾的不同态度

——以郭沫若的《戏论鲁迅茅盾联》发表后的情况为例

冷　川：《暴风雨》的本事、重组与象征

吕银飞：革命文学语境中的启蒙异声

——以《石碣》《豹子头林冲》《石秀》为中心

康　斌：“再整合”中的文化重镇

——以1966年前后的茅盾批判为中心

冯　波：“乡土茅盾”的“矛盾乡土”：基于三十年代译介的观察

罗维斯：躁动的社会阶层与绵延的再造文明之梦

——《子夜》新论

李延佳：审美与政治的共鸣、冲突

——由《清明前后》的修改及演出看茅盾艺术创造的动力与局限

史新玉：《春蚕》与左翼电影人的意识形态宣传策略

陈志华：“文苑踏青”的重要收获

——评翟德耀先生的近作《茅盾论》

刘　涛：时代女性与茅盾小说

赵思运：茅盾旧体诗词（1949—1976）探幽

［日］铃木将久著，孙若圣、景梦如译：中华人民共和国建国前后的茅盾

第五篇　史料新考

钟桂松：茅盾史料二则

李标晶主编：《茅盾年谱》

李标晶主编《茅盾年谱》，2021 年 7 月由浙江大学出版社出版。该书系“浙江省文化工程”重大项目“浙江现代文学名家年谱”系列作品之一种。

《茅盾年谱》以谱牒学为学术方法，对茅盾一生的生活、工作及创作进行了全面而详细的记录，反映其文学思想及影响力。该书共由 3 部分组成。第一部分为家世简表、谱主照片等有关材料；第二部分为年谱正文和少量插图，图片配发在正文相应部位，以便形成文图互证；第三部分为谱主的后世影响，主要包括正文未及的谱主身份、价值的确切定位及相关悼念、纪念活动以及谱主的全集出版、著作外译、谱主研究会的成立、重要研究成果等，均予以择要展示。

主编简介：李标晶（1941—），天津人，杭州师范大学教授，著有《茅盾文体论初探》《茅盾智语》《茅盾传》《茅盾文艺思想论稿》《中国现代文学名著创作始末》《中国现代文学史问题新解》《儿童文学引论》《儿童文学原理》《中国现代散文诗艺术论》《比较文学与中国现代文学》《中国现代文学名著创作探源》《20 世纪中国散文诗论》《通俗文学概论》等。主编《简明茅盾词典》《简明郭沫若词典》《中国现代文学史新编》《中国现代作家文体论》《中国现代文学流派》《电影艺术欣赏》《中国传统文化概论》《艺术欣赏引论》《中国传统建筑文化读本》等。

叶子铭、沈卫威著：《茅盾传》

叶子铭、沈卫威合著的《茅盾传》于 2021 年 12 月内部印行，作为纪念和学术交流使用。16K，477 页。全书共 13 章，后附沈卫威的纪念文章《纪念我的老师》、叶子铭先生的夫人汤淑敏女士撰写的《后记》。据《后记》（2021. 10. 31）介绍，汤淑敏女士在 2021 年 6 月，先后发现叶子铭与弟子沈卫威合著的《茅盾传》旧稿约三章、全部修改稿（中间有缺页）及打印好的校样，共 12 章。沈卫威补写了第十三章。该书最后附了该书的叶子铭手迹影印，计 143 页。

沈卫威在《纪念我的老师》（2021. 12. 25）里写道："这个稿本的写作是由叶老师指导，我起草第一稿。稿成后交给研究生院的办公室主任陈阶智老师，他负责找人打印，然后由叶老师在打印稿上修改，再打出第二稿。现存叶老师修改的第二稿，到第十一章中断。第十二章未修改，第十三章丢失，（我现在补充简短一章，使之相对完整）。""我大约是 1989 年 2 月动笔，1990 年四五月间写出初稿，叶老师让陈阶智老师到我住的研究生宿舍取走，送出打印，打印稿直接给他，他在打印稿上修改。我转向写作博士论文。他集中大半年时间修改。我回忆叶老师停止修改的大致时间应该是 1990 年底或 1991 年初。"

目录：

第一节 志在鸿鹄
第二节 苦其心志
第三章 初试锋芒
第一节 立足“商务”
第二节 包办婚姻
第三节 执《小说月报》之牛耳
第四章 峥嵘岁月
第一节 早期共产党员
第二节 商务内部的斗争
第三节 与友军开战
第四节 倒戈商务
第五章 风口浪尖
第一节 广州春潮
第二节 武汉夏日
第三节 牯岭秋色
第六章 转向与创造
第一节 幻灭、迷惘中的新追求
第二节 旅日之恋
第七章 丰收季节
第一节 复活的政治激情
第二节 通过文学参与政治
第三节 夹缝中求生存
第八章 多事之秋
第一节 神圣的友情
第二节 人事倥偬
第九章 抗战岁月
第一节 文艺阵地
第二节 西域之行
第三节 从延安到重庆
第四节 香港蒙难走桂林

四　学术论衡

茅盾：闯出广阔而深邃的现实主义道路

杨　扬

文学史对于茅盾的文学成就的论述，与1945年6月中共在重庆举行祝贺茅盾先生50岁寿辰和从事创作25周年纪念活动有关。当时，中共重庆机关报《新华日报》连续编发为茅盾祝寿的专刊，发表了由廖沫沙起草，周恩来、王若飞修改并审定的社论《中国文艺工作者的路程》，以及王若飞代表中共的祝贺文章《中国文化界的光荣，中国知识分子的光荣——祝茅盾先生五十寿日》。这两篇文章频繁出现“路程”、“历程”和“道路”这样的概念。特别是王若飞的文章，明确提出“茅盾先生为中国的新文艺探索出一条现实主义的道路”。

新中国成立后，现代文学研究者非常重视茅盾的现实主义道路问题，20世纪50年代茅盾研究领域最有影响的两部专著——邵伯周先生的《茅盾的文学道路》和叶子铭先生的《论茅盾四十年的文学道路》，都不约而同地将茅盾的文学成就和文学史定位，与“道路”概念联系起来。樊骏先生在1960年第2期《文学评论》杂志上发表专题论文《两本关于茅盾文学道路的著作》。茅盾本人似乎也认同这种概括，在晚年出版文学回忆录时，将书名定为《我走过的道路》。所以，将茅盾的文学业绩和社会实践，与“道路”问题形象地联系起来，具有特殊的历史渊源和特定的历史内涵。

1. 呼吁文学创作者在广阔的社会天地中，感受和体验普通百姓的生活

茅盾的文学道路，与倡导“为人生而艺术”的现实主义结伴而

生。这样的现实主义文学与向壁编造、矫揉造作、粉饰太平的虚假文学形成对照。五四时期，茅盾与郑振铎等发起“文学研究会”，他们强调“血与泪的文学”，目的是要文学创作者正视社会现实，将文学与社会现实生活的关系重新建立在一种批判的基础上，也就是要彻底打开创作者的社会视野，拆除创作者与当代社会生活之间的壁障，让文学创作者在广阔的社会天地中，感受和体验普通百姓的生活，反对附庸风雅、吟风弄月；强调以写实手法，而不是向壁虚构的编造手法来进行文学创作。茅盾的这种意识，顺应了五四新文学潮流的时代需求，来自他的文学实践和社会实践，具有强烈的在场感。

1921 年他主编《小说月报》时，大量的投稿都是无病呻吟的滥情之作，不管社会痛痒而完全沉浸于个人世界。对于这样的文学创作，茅盾极其不满，他写下《春季创作坛漫评》《评四五六月的创作》《一年来的感想与明年的计划》等文章，予以批评。他倡导写实主义和自然主义，希望以此来改变这种文学现状。

与此同时，从 1920 年开始，茅盾与陈独秀等人结识，参加上海马克思主义小组的活动。1921 年中国共产党成立时，茅盾是 50 多位最早的党员之一。而且，在茅盾的影响下，弟弟沈泽民和他的同班同学张闻天也加入中国共产党，成为中共最早的核心成员和领导者。1925 年至 1927 年，茅盾到广州、武汉参加国共合作，从事实际政治活动，担任宣传要职。这是茅盾的“职业革命家”时期。他接触到大革命风暴裹挟下中国社会的方方面面。1927 年大革命失败，茅盾又回到文学领域。现实的丰富历练，拓展了茅盾的文学视野和社会生活经验，也提升了他的思考力、社会辨别力和把握现实的能力。在文学创作上，这时期茅盾有轰动文坛的“蚀”三部曲，理论研究上有《鲁迅论》《徐志摩论》《冰心论》和《丁玲论》等一系列作家作品论。创作实践与理论建构的双重并举，多方面推进中国新文学的探索道路，奠定茅盾在新文学实践中的地位。

美国哥伦比亚大学教授夏志清在《中国现代小说史》中，对茅盾的文学才能、创作成就予以高度肯定，认为茅盾的创作没有一般青年作家的“肤浅”痕迹。这是因为茅盾有着非凡的文学修养功底和识见。

捷克汉学家普实克认为茅盾的现实主义创作经验，有力地充实和推进了中国现代文学审美范畴中的“叙事”范畴。如果说，现代中国文学在审美范畴上，可以区分为“抒情”与“叙事”两个方面的话，茅盾的文学创作和理论建构与“叙事”联系得更为紧密。而且，这种联系是具有世界意义的，因为黑格尔在对“抒情”与“叙事”的论述上，是偏向将现代世界与“叙事”范畴相联系的。也就是说，随着古希腊所代表的人类文明的“抒情”时代，在近代遭遇工业革命的历史变革之后，“叙事”的时代开始了。在这一点上，茅盾的文学创作经验和理论建构正好与中国社会的现代化历史进程是同步的，也呼应了世界文学的变革步伐。

2. 在描绘人物关系时，进行广泛的社会调查和文学思考，触及关键

在茅盾同时代的作家、批评家中，像鲁迅、瞿秋白等，对茅盾的创作经验也是非常关注的。在致曹靖华的信中，鲁迅肯定茅盾《子夜》的现实主义成就。瞿秋白在《子夜》出版后，连续发表了《〈子夜〉与国货年》和《读〈子夜〉》，对茅盾的现实主义文学创作予以积极评价。这些评价，不只是声气相通的文学援助，更重要的是对中国文学某些探索性尝试的鼓励和肯定。

当时，以现代都市生活为背景，表达左翼思想情感的作品并不少见。茅盾的《子夜》的不同在于，作品传达的不只是一般的、个人的感触和感受。如果说，巴尔扎克曾经许诺要做一个时代的“书记员”，那么，《子夜》可以被视为20世纪30年代前后中国社会变动的现实主义画卷和长篇史诗。其中各式各样的现代性格的人物以群像的方式，出现在小说舞台上。像银行家、实业家、军阀、政客、大学教授、交际花、医生、包工头、纺织工人和逃亡地主等，都是时代背景下中国都市里的特殊人物。他们以群体的方式，大规模地出现于作品系列中，这在以往作家作品中是不曾有过的。

而且，在描绘人物关系时，茅盾的文学表现不是浮光掠影的，不是印象式的，而是进行了广泛的社会调查和文学思考，极具特色，触

及关键。这里以《子夜》对上海都市生活的把握为例。如何来揭示都市生活的灵魂，这一直是现代中国文学面临的重要问题。20世纪以来，中国文学表现乡村生活，诞生了一批杰出的作家作品，而对于都市生活的表现，相对要弱得多。茅盾的《子夜》是少数几部在表现城市生活上获得成功的作品，它对于都市生活核心内容的揭示，是准确、有力的。

在《子夜》中，他不仅表现20世纪30年代在旧上海，金融资本与实业资本的冲突，也表现当时金融资本、实业资本与中国政治、中国乡土经济的冲突。这样的表现在中国现代小说世界中独树一帜。茅盾或许不一定完全懂得当时金融交易的秘密，但当金融资本与实业资本出现冲突时，他看到当时实业资本的不堪一击。对于当时金融资本的运作规则，茅盾看到它与政治权势纠缠的一面，清楚地揭示出在那个时代，没有一个金融巨鳄可以脱离政治力量的庇护，以及当时的政治权势要想在军阀混战的中国乱局中获得胜算，也需要财团和金融巨鳄的支持。这样的都市生活，在茅盾《子夜》之前，从来没有人表现过，而后来的作家作品中也很难寻觅到这样的表现力度。

之所以有这样的独特性，可能与茅盾的经历有关，也与他的博学多见有关。因为很少有现代作家能像茅盾那样，从踏上文学之路开始，就有着深厚而独到的生活积累，这使得他提笔书写相关的人物、故事时，很多细节和场景自然而然地浮现。

另外，茅盾的文学知识的渊博众所周知。20世纪40年代文坛曾经传言，茅盾熟记《红楼梦》，朋友宴席上随便抽取一章，他都能背诵下来。而他对外国文学的阅读，也是数量惊人。批评家李健吾在《忆西谛》中就记录过茅盾早年认真研读西方文学批评史原著，对西方文学思潮的演进历史非常熟悉。另外，据统计，单单是《茅盾全集》收录的译文，就涉及40多个国家的200多部作品，这从一个侧面揭示了茅盾的文学积累之深厚。所以，广阔而深邃的现实主义道路，在茅盾的文学世界中不是简单的模仿，而是他多方面人生探索和无数知识的长期积累、融会的结果。

3. 深入持久地激励着一代又一代的中国作家潜心于长篇小说创作

20 世纪二三十年代以来，茅盾的文学创作和理论建构一直在中国文坛发挥实际影响，不断有作家、评论家赞同他的观点，自觉接受他的思想影响。特别是 1949 年之后，茅盾一直担任中国作家协会主席之职，创办《文艺报》《人民文学》等重要文学报刊，对新中国文学产生过深刻的影响，同时他发表的批评文章就有 100 多万字。像创作过《李自成》的姚雪垠和写作《创业史》的柳青，在创作思想上，都服膺于茅盾的现实主义。

另外，像 20 世纪 50 年代成长起来的茹志鹃、陆文夫等一批实力派作家，都得到过茅盾的大力推荐。茹志鹃在总结自己的创作经验时，曾说："我读茅盾先生的《春蚕》，我在这里看到的，仅仅是养蚕人的忧患辛勤和希望？是老通宝的忧恨、迷信、无情？是那河湾后面驰出来的轮船？还是那大门关得紧洞洞的茧厂？……我想，我看到帝国主义吸血的针尖，怎样伸入中国的每根静脉里，我看到那个时代的忧患。我不知道这是以小见大的手法，还是以大见大的手法，总之，我觉得一个数千言的短篇，竟能包含这样多、这样深的社会内容，这是我所羡慕，我想追求的。"

20 世纪 60 年代，茅盾助推"中间人物"论，小说创作中产生一批独具性格特征的"中间人物"。他们与当时文坛流行的"英雄人物"形成鲜明的对照。从后来文学史的影响看，类似茹志鹃、陆文夫笔下的"中间人物"以及柳青《创业史》中带有"中间人物"性格特征的梁三老汉等小说形象，都经得住时间考验，至今还为读者所喜爱。这又从创作经验上证明了茅盾的创作影响。

1981 年 3 月 14 日，茅盾在逝世前，写信给中国作协书记处，将自己的一生稿费积蓄捐赠给中国作协，希望建立一个长篇小说奖励基金。中国作协接受建议，设立以他命名的长篇小说奖。茅盾文学奖从 1982 年第一届评选开始，至今已经举办 10 届。40 年来，中国社会经历翻天覆地的历史变迁，文学价值也相应发生沧桑巨变，但茅盾的文学影响以"茅盾文学奖"这一特殊方式，潜移默化、深入持久地激励着一代又一代的中国作家潜心于长篇小说创作，贡献出不少优秀的长篇作品。

对于茅盾文学观念的深入研究和探讨，深深地吸引着当下的文学研究者。1983 年成立的中国茅盾研究会，会员遍及海内外。在新世纪，会员们不断有新的作为，不仅出版了 60 卷的“茅盾研究八十年书系”，而且也编选完成和出版了 43 卷本《茅盾全集》。上述现象说明，茅盾至今拥有着文学影响力和社会影响力，他的创作是我们不断推进中国文学发展的重要历史资源和价值参照。

（原刊《光明日报》2021 年 9 月 1 日 14 版）

风景与茅盾的战时中国形象建构

李永东

摘　要　风景的书写，包含了茅盾重构中国政治地图的意愿。风景在他的重庆和延安想象中与其说是背景、环境，不如说是城市形象本身。他使用乡土与都市两套话语构设重庆与延安的风景，“把政治寓于风景之中”，由地方风景的书写引向对民族精神、延安形象或战时政治的想象。对中国政治地理的叙述，茅盾经常富有弹性地使用地域空间概念，重庆或延安形象因此成了众多地理空间叠加的结果。在政治地理的比较视野下，国都重庆的中心价值被消解，以延安为中心的战时中国形象得以建构。

关键词　风景；茅盾；重庆；延安；抗战；政治地理

全面抗战时期，茅盾辗转流徙于殖民地香港、新疆迪化、延安边区、国都重庆等地，其中，在重庆生活3年有余，在延安停留了5个月。茅盾对战时中国的政治格局和社会愿景的思考，主要在重庆与延安的双向叙事中展开，重庆与延安形成了“对照、补充关系”①。重庆与延安形象的构设常常以风景来加以装饰，风景成了茅盾构设战时中国形象不可或缺的存在。茅盾对风景的处理方式，与大后方一般作家不同，不是作为生命信仰、自然崇拜或“乡间的美”而存在，② 而

---

① 黄万华：《史述和史论：战时中国文学研究》，山东大学出版社2005年版，第497页。

② 范智红：《世变缘常：四十年代小说论》，人民文学出版社2002年版，第13—16页。

是被充分地意识形态化了。他的重庆想象，善于由风景的书写引向对重庆社会的批判，或者以特殊的修辞把风景政治化。例如，由风景写真照片“有关国防”的讨论，影射当局严苛、荒唐的新闻检查制度。① 他的延安想象，同样频繁地以风景的书写来“补助”事件和人物的背景，增强地方色彩和美感。② 风景在战时中国形象建构中的功用，表明风景的再现“事关国内政治，民族或阶级观念”。③ 本文使用的“风景”概念，涵括了自然景色、乡村风光、地理气候之意，把山石、河流、树林、田园、高原、峡谷、月光、黄沙、浓雾、寒暑等皆看作“风景”。

风景的书写，在茅盾的重庆和延安想象中与其说是背景、环境，不如说是城市（地方）形象本身。风景的书写，影响了茅盾的战时中国形象建构，从中可以洞悉茅盾想象战时中国的姿态和策略。

一　风景政治中的乡土延安与都市重庆

中国文化对“风景”的发现和赋意，要比西方早得多。在中国古典诗词中，关于情志与风景的沟通早已形成本土的美学传统。中国文艺从来就不把风景看作游离于思想情感之外的对象，而是认为“一切景语皆情语”（王国维《人间词话》）。到了中国现代文学中，风景的书写进入了一个更加繁复的表意系统，郁达夫、鲁迅、老舍、师陀等作家在理论或实践上，皆有不俗的表现。茅盾亦是写风景的高手。

茅盾不是为了写风景而写风景，而是“把政治寓于风景之中”④。

---

① 茅盾：《弁言》，载《茅盾全集》第12卷，人民文学出版社1986年版，第22—23页。

② 郁达夫：《小说论》，载《郁达夫全集》第10卷，浙江大学出版社2007年版，第161—163页。

③ ［美］W. J. T. 米切尔：《帝国的风景》，载W. J. T. 米切尔编《风景与权力》，杨丽、万信琼译，译林出版社2014年版，第9页。

④ 茅盾：《茅盾全集》第35卷，人民文学出版社1997年版，第396页。

在他的作品中，风景联系着特定的地方和人物，“一片风景就是一个空间，或者是一个地方的景色”①，风景与地方、人物关联后暗示出：“在某种地方与社会便非发生某种事实不可”②。茅盾正是利用风景的地方色彩构设政治寓言。他总是由地方风景的书写，引向对民族精神、延安形象或党国政治的想象，以此建构以延安为中心的战时中国地图。

风景中的国都重庆，茅盾从未将其当作民族国家的象征来书写，他反而在《雾中偶记》《“雾重庆”拾零》等作品中把重庆当作民众、战士、民族解放、寒冷中国的对立面加以批判，由此把战时国都贬低为失道寡助的“地方性”城市。而风景中的延安，则在叙述中由“地方”升格为民族的象征。《风景谈》《白杨礼赞》《大地山河》都是写西北、延安的风景，由地方风景引申出对民族精神的礼赞。延安风景的书写隐含了这样的意味：西北黄土高原、延安边区代表了战时中国，是民族抗战的希望所在。通过“把政治寓于风景之中”，茅盾确立了延安在战时中国的中心地位，构设了代表民族国家的延安形象。

《风景谈》（1941）描绘了6幅风景剪影，分别为沙漠驼队、高原晚归、生产归来、石洞避雨、桃林小憩、山峰号兵。在风景剪影中，人是风景的灵魂，自然无论死寂、荒凉，还是优美、清冽，风景都因人的进入而变得富有生气，人的高贵精神主宰着自然，赋予风景以灵魂。散文先写甘肃边界的戈壁风景，再写黄土高原的风景，然后落脚于延安的风景，由远及近，图穷匕见。6幅风景中的后4幅属于延安的风景，构设了怡然自乐、朝气蓬勃、精神强健的延安形象。风景中有其乐融融的农民家庭，有乐观和谐的青年群体，更有刚毅有力的民族战士。最后一幅风景图把延安形象上升到“民族精神化身”③

---

① ［美］W. J. T. 米切尔：《再版序言：空间、地方及风景》，载W. J. T. 米切尔编《风景与权力》，杨丽、万信琼译，译林出版社2014年版，第4页。

② 老舍：《景物的描写》，载《老舍全集》第16卷，人民文学出版社2008年版，第208页。

③ 茅盾：《风景谈》，《文艺阵地》1941年1月第6卷第1期。

的高度，定格为严肃、刚毅的战斗者形象。至此，由风景到延安人到民族抗战精神的逻辑推演得以完成，战时延安形象跃然纸上。

风景中的战时延安形象是乡土的、牧歌的、崇高的。在延安，来自都市的青年人经历了乡土化的过程，他们原有的身份趣味在农业生产中被修改，生成崭新的集体劳动者身份。《风景谈》中的延安风景具有凝聚民族、创造新人的功能。“生产归来”的风景剪影中所描绘的说七八种方言的一队人，表明了延安对全国青年的吸引力。这些青年有画画的、搞雕刻的、拉提琴的、写文章的，他们在延安被改造成了普通的劳动者，手上起了老茧。风景与人相互映射，共同构设了延安边区的精神写照。《开荒》（1941）以风景的描写起兴，进而描写延安的新青年对黄土高原的改造。黄土高原上“说各种方言的，各种家庭出身的，经过各种社会生活的青年男女，在那里‘开荒’”①。与土地相联系的生产劳动，使得个体变得无差别，变成生产集体。他们不仅从事生产的“开荒”，也从事精神的“开荒”——“扫除文盲，实行民主，破除迷信，发展文艺，提倡科学”②。乡村劳作对都市青年的集体改造，以及五四精神对乡土延安的启蒙，形成了延安独特的地方品格。“以历史性或者自然性的因素为出发点”，茅盾对黄土高原“进行了政治性的加工、塑造”③。自然的神话与人的神话相结合，构设出黄土高原/延安的神奇形象。

《记“鲁迅艺术文学院”》（1941）的精神格调与《风景谈》类似，同样把鲁艺师生的生产场景、闲暇生活当作“一首美妙的牧歌”④。牧歌情调少不了风景的铺陈，自然风光、农作物、牛羊牲畜

---

① 茅盾：《开荒》，载《茅盾全集》第12卷，人民文学出版社1986年版，第122页。

② 茅盾：《开荒》，载《茅盾全集》第12卷，人民文学出版社1986年版，第122页。

③ ［法］亨利·列斐伏尔：《对空间政治的反思》，载薛毅主编《西方都市文化研究读本》第3卷，广西师范大学出版社2008年版，第53页。

④ 茅盾：《记“鲁迅艺术文学院”（上）》，《学习》1941年10月第5卷第2期。

为鲁艺生活场景中不可或缺的元素。人与景相配合，营构出静谧安详，或悠然自得，或活泼喜悦的氛围，以及生命的自足状态。延安“美妙的牧歌”和“诗意的画面”①，建立在身份抹平的基础上。作者对鲁艺人的书写，反复强调所有人“一律的灰布制服”，无论他们之前是大都市名媛，还是京沪名校毕业生，甚至从前的商人，于今都是“灰布制服，草鞋，爬山，吃小米饭的‘鲁艺’学生”②，都被改造成了具有“相同意识形态的人群”③，延安也就成了兄弟般平等的大家庭。“民族与民族主义只在人被定义为平等、作为兄弟的社会里，才盛行起来。”④ 延安平均化的朴素具有正义的意味，汇聚成一种集体意志，符合革命的要求和抗战的精神，也符合中国人的“大同梦”。“重新分配财富”或“强行分配贫困”⑤，是一种革命策略。“延安是穷的，‘鲁艺’也是穷的”⑥，然而，由于朴素、贫穷的延安生活被赋予牧歌的诗意情调，因此没有丝毫的气馁与抱怨，反而激发出昂扬向上的地方精神，并由地方精神扩大为抗战中国的民族精神。

茅盾关于黄土高原/延安的风景描写，有时突出其牧歌与诗意，有时则突出其崇高。根据康德的观点，大漠、黄土高原、森林、峡谷这样的风景能够激起崇高的观念，《开荒》《大地山河》的风景描写属于此类。“大地的面貌，也就是风景，也是人类的作品”⑦，风景的

---

① 茅盾：《记“鲁迅艺术文学院”（下）》，《学习》1941年11月，第5卷第4期。

② 茅盾：《记“鲁迅艺术文学院”（上）》，《学习》1941年10月，第5卷第2期。

③ ［日］前田哲男：《从重庆通往伦敦、东京、广岛的道路：二战时期的战略大轰炸》，王希亮译，重庆出版社2015年版，第11页。

④ ［法］吉尔·德拉诺瓦：《民族与民族主义》，郑文彬等译，生活·读书·新知三联书店2005年版，第11页。

⑤ ［美］威尔·杜兰特、阿里尔·杜兰特：《历史的教训》，倪玉平、张闶译，四川人民出版社2015年版，第92页。

⑥ 茅盾：《记“鲁迅艺术文学院”（上）》，《学习》1941年10月，第5卷第2期。

⑦ ［法］亨利·列斐伏尔：《对空间政治的反思》，载薛毅主编《西方都市文化研究读本》第3卷，广西师范大学出版社2008年版，第55页。

崇高是因为我们内部和思想的样式“把崇高性带进自然的表象里去”①，也就是说，茅盾通过风景的描写，塑造了黄土高原/延安的崇高形象。

延安风景所呈现的两种风格，即诗意和荒凉，各有其深意。“背景的风景及天候，和作中人物事件的作用，有调和与反衬的两种”②。当茅盾以风景来“美化”延安，营造牧歌诗意的地方氛围时，风景与延安人事是一种调和关系，调和后的延安是一片乐土，对全国各地的青年有着召唤和安抚的功能。当茅盾书写延安荒凉的自然环境时，风景与延安人事形成了反衬关系，由此突显了延安坚韧有力的形象，表明延安是战时中国的希望之所在。诗意与荒凉的风景在作品中相互配合，共同构设了茅盾心中的延安形象。

以风景的书写来替地方宣传，在1930年代即已见端倪。③ 全面抗战时期茅盾对延安地方风景的书写，则不是为了激发旅游消费，而是寄寓着独属边区根据地的民族国家观念，这种观念不仅植根于地缘共同体，亦“植根于相互扶助的感情，进而植根于需要这种相互扶助之社会现实”④。茅盾笔下的延安风景由此获得了政治表达功能，提供了理想社会的愿景。

延安形象是自然的、乡村的、生产的、牧歌的、乐观的、平等的、艺术的、战斗的，其风景元素内含延安的凝聚力、认同感和抗战精神。与此对照，都市的、摩登的、繁华的、享乐的、苟安的重庆“风景”，就成了罪恶的代名词。

《雾中偶记》（1941）的风景描写是为了隐喻作者对“皖南

---

① ［德］康德：《判断力批判》上卷，宗白华译，商务印书馆1964年版，第85页。

② 郁达夫：《小说论》，载《郁达夫全集》第10卷，浙江大学出版社2007年版，第164页。

③ 吴晓东：《郁达夫与中国现代“风景的发现”》，《中国现代文学研究丛刊》2012年第10期。

④ ［日］柄谷行人：《中文版作者序》，载《日本现代文学的起源》，赵京华译，生活·读书·新知三联书店2003年版，第6页。

事变”的态度。对于国共摩擦事件，文章借“雾重庆”来隐喻，但散文开头既不谈雾，也不直接谈重庆，而是先把地域加以模糊化，写“奇寒”“天要变了”。天气的寒冷与变化，是自然气候，散文随后把它转换为北方军民的苦难叙述——老百姓和战士受冻挨饿。全国都是寒冷的，唯独“重庆是‘温暖’的”，“不见枯草，芭蕉还是这么绿，而且绿的太惨”①。由此，“温暖”重庆被置于寒冷中国的对立面。进而作者由天气的寒冷、温暖转向“雾季”。这是又一次借风景转向政治叙事：“在雾季，重庆是活跃的，因为轰炸的威胁少了，是活动的万花筒：奸商、小偷、大盗、汉奸、狞笑、恶眼、悲愤、无耻、奇冤、一切，而且还有沉默。”② 由此，邪恶的重庆形象得以建构，语句中夹杂的“汉奸”“奇冤”等语词隐约指向当局制造的“皖南事变”③。后文联系话剧《雾重庆》，进一步暴露当局的反动面目，“舞台转暗，袁慕容的戏快完，家棣一定要上台”④，借剧情隐喻国民党政府将完蛋，抗日民众将主宰历史。散文最后一段，风景与政治融合一体：夜深，鼠猖獗，雾加浓致不辨皂白，浓雾之后是朗天化日，血债将偿，“我们的”（非重庆的）民族解放斗争不达目的不止。

《“雾重庆”拾零》（1941）写雾重庆，却从大轰炸谈起，由残留的炸痕想象大轰炸的厉害，但作者并没有遵循一般的写作思路，把重庆大轰炸朝着谴责日寇暴行和赞叹重庆人“愈炸愈强”的抗战意志的方向进行阐释，而是以类比的方式，由大轰炸的“厉害”超过想象，引出“‘雾重庆’也比我所预料的更活跃，更乌烟瘴气，而且

---

① 茅盾：《雾中偶记》，载《茅盾全集》第12卷，人民文学出版社1986年版，第19页。

② 茅盾：《雾中偶记》，载《茅盾全集》第12卷，人民文学出版社1986年版，第19—20页。

③ “皖南事变”后，周恩来在《新华日报》的头版发表题词：“为江南死国难者志哀”和“千古奇冤，江南一叶，同室操戈，相煎何急!?”。

④ 茅盾：《雾中偶记》，载《茅盾全集》第12卷，人民文学出版社1986年版，第21页。

更莫名其妙”①，进而转向对“乌烟瘴气”的重庆的丑恶的书写。在茅盾的笔下，重庆的天气总是阴沉沉、灰蒙蒙、晦暗不明的，如果偶尔有好天气，也不应当。《腐蚀》（1941）中赵惠明第一天的日记，写到九月十五的“天气这样好，也没有警报”，赵惠明怀疑这天的天气为什么这么好，她憎恨这样的好天气，因为她来重庆之前经历的九月十五是“阴暗而可怕的”②。

二 20世纪30—40年代：作为左翼文坛作家与批评家的茅盾

风景与城市形象有着对应关系，茅盾使用都市与乡土两套话语构设重庆与延安的风景，分别赋予其不同的政治寓意。但是，茅盾并不满足于对重庆与延安分而论之。《如是我见我闻》系列散文，潜藏着茅盾以风景来隐喻战时中国的叙述野心，他把风景上升到政治地理学的高度，对重庆与延安的战时形象进行了正邪比较，构设了战时中国的政治地图。政治地理学是一门基于地理特点关于区域政治关系的学问，可以用来讨论国家之间的地缘政治关系，也可用来描述国家内部各区域所形成的政治格局。③《如是我见我闻》的政治地理学体现在对大后方各个区域的叙述中，“自然地理特征转化成象征符码”④，以之隐喻战时中国的政治格局，消解国都重庆的中心价值，赋予延安以民族国家的象征意义。

《如是我见我闻》记录了茅盾在大后方的旅途见闻和主观感想。

---

① 茅盾：《“雾重庆”拾零》，载《茅盾全集》第12卷，人民文学出版社1986年版，第65页。

② 茅盾：《腐蚀》，载《茅盾全集》第5卷，人民文学出版社1984年版，第6页。

③ 王恩涌等编著：《政治地理学：时空中的政治格局》，高等教育出版社1998年版，第271页。

④ 张全之：《重庆：中国现代文学的“异乡”》，《重庆师范大学学报》2012年第1期。

茅盾离开新疆后，辗转兰州、西安、延安、重庆、成都、贵阳等地，《如是我见我闻》就是茅盾1940年5月至1941年3月流徙之旅的零碎记述，发表于1941年香港《华商报》副刊《灯塔》，包括《弁言》共18篇。作者在《弁言》中写道，这些“七零八落的记述”，“毫无连贯”，所做观察并没有戴着有色眼镜，“意在存真”①。“没有戴眼镜”“意在存真”一说，玩的是障眼法。在《弁言》的开头，茅盾就以春秋笔法，指出当局的检查员裁定“风景”的摄取“有关国防”，表明了他的政治化书写姿态。七零八落的记述“只有太天真的孩子才会当一件事去鉴赏猜详”②，也暗示了茅盾的地方性书写，有其深意所在。

简捷地说，茅盾的地方性书写，属于政治地理学的写法。涉及大后方多个城镇的“七零八落的记述”，看似“毫无连贯”，实在有其内在逻辑。首先，茅盾是一路写下来，各篇的先后次序大致按照他在大后方的游历路线排列。其次，所有篇章内含区分的逻辑，构设了两个形象系列：一个是以延安为中心的边区，代表战时中国的希望；另一个是以重庆为中心的国统区，属于繁华景象装饰的黑暗地带。表面看来，《如是我见我闻》系列散文并没有盯着重庆或延安写，专写重庆的只有《“雾重庆”拾零》一文，专写延安的一篇都没有。不过，如果我们打开战时中国地图，就会发现，茅盾的书写带有明显的地方（党派）立场，以之对大后方两类地理空间进行区分，并加以意识形态化。

茅盾对地理空间的限定，经常富有弹性地使用地名概念，如北方、西北、西京等范围大小不等的指称不时出现。茅盾使用这些地域名词是经过慎重考虑的，其中的使用逻辑值得推敲。抓住延安（共产党）与重庆（国民党）这两个政治核心，就能洞悉系列散文中地

---

① 茅盾：《弁言》，载《茅盾全集》第12卷，人民文学出版社1986年版，第23页。

② 茅盾：《弁言》，载《茅盾全集》第12卷，人民文学出版社1986年版，第23页。

理空间的聚合原则。黄土高原、西北、北方等地理空间指称，在《如是我见我闻》中可以看作延安的同位语；西南、某镇、后方等地理空间指称，则可以看作重庆的同位语。也就是说，同一政治归属的地理空间之间有着借代的关系，在表意上可以相互替代。北方、西北、黄土高原这些地理名词，不是普泛意义上的空间指称，而是特指。北方并不是泛指秦岭—淮河一线以北的包括西北大后方和华北、东北沦陷区的中国北部地区，它其实与西北、黄土高原、陕甘宁边区、延安是同质的地理空间，我们从系列散文的上下文语境以及互文关系中可以推断出。并且，茅盾也有意识地强化地理空间的复指关系。《某镇》不指出写何地，开头就说“反正在四川境内，这样的镇很多，我们就称它为某镇罢”①。结尾又写道：“这个随时势而繁荣的小镇，别的虽比不上重庆之类的大都市，但物价之昂贵却毫不落后。”② 文章的首尾语句使得“某镇”与重庆构成了同位语，写某镇，写四川境内“一般”的镇，也就是写重庆。《最漂亮的生意》一文，叙述因公路运输而“创造”出诸多繁华市镇这一现象后，随即信手拈出“一个标本”，“地点，离重庆约十余公里”③。散文前面所提到的“国府特许”“雄视西南”等表述，进一步巩固了此地与重庆的类同关系。地理空间的聚合关系，也可借同心圆来解释，两个同心圆的圆心分别是重庆和延安，往外延展，则是西南与西北之类的地理空间。茅盾对大后方的书写，根据他的“意图”和“注意的中心”④，形成了以重庆和延安为表述重心的空间关系模式。重庆或延安形象为众多地理空间叠加的结果，所涉及的城市空间、自然风景和人事，都

---

① 茅盾：《某镇》，载《茅盾全集》第12卷，人民文学出版社1986年版，第57页。

② 茅盾：《某镇》，载《茅盾全集》第12卷，人民文学出版社1986年版，第60页。

③ 茅盾：《最漂亮的生意》，载《茅盾全集》第12卷，人民文学出版社1986年版，第74页。

④ ［英］迈克·克朗：《文化地理学》，杨淑华等译，南京大学出版社2003年版，第141页。

充斥着政治意识形态的加工和塑造。

在《如是我见我闻》中，与延安边区、八路军相关的风景、道路、人事，都呈现生机勃勃、团结奋进、井然有序的气象。《白杨礼赞》《秦岭之夜》这两篇作品都把延安精神置于风景、气候中来表现。通常认为，《白杨礼赞》是通过白杨树来象征北方农民，象征“我们民族解放斗争中所不可缺的朴质，坚强，力求上进的精神”①。令人疑惑的是，为什么白杨树只象征北方农民，而不是象征不分南北的中国农民呢？其实，这里的北方不是泛指的、中性意义的地理空间，而是特殊的政治空间。首先，我们需要对文中的白杨树进行地理定位。《白杨礼赞》是顺着前一篇《风雪华家岭》的路线写下来的，根据茅盾从兰州坐汽车去西安的路线，他走的是西兰公路，过了华家岭，翻过六盘山，就进入了文中所描写的黄土高原，接近陕甘宁边区的地带。作者大概是以西北黄土高原来模糊指称陕甘宁边区。其次，白杨树的象征意义所指涉的区域空间值得探究。文中的白杨树是指西北的白杨树，但是白杨树所象征的地域空间及其精神主体，除了北方农民，还有“敌后”“华北平原”守卫家乡的哨兵与浴血奋战的士兵。打开战时中国地图，我们当明白茅盾应是以“敌后”哨兵、“华北平原”士兵来模糊指称抗日根据地的八路军、游击队。白杨树的地域归属与象征空间，不断以北方、西北、黄土高原、敌后、华北平原等指称出现，这种空间指称似乎有些混乱，而其真意就在混乱中透露出来。茅盾说“《白杨礼赞》非取材于一地或一时”②。其实，取材于何地何时不是最重要的，最重要的是白杨树所象征的地域范围。说到底，茅盾借自然地理风貌暗示政治空间，建构的是以延安为中心的抗战中国形象。散文最初使用的精神主体是“农民”“哨兵”，到文后则升格为“民众”“民族”，由此，地方取代了民族国家，生产出“延安的抗战中国”形象。

---

① 茅盾：《白杨礼赞》，《文艺阵地》1941年3月第6卷第3期。

② 茅盾：《致柳尚彭》，载《茅盾全集》第38卷，人民文学出版社1997年版，第333页。

茅盾对重庆与延安的构想，倾向于两相比较，文本间或文本内的对比关系有效地实现了政治地理的隐喻。在《白杨礼赞》中，作为风景的树木与地域结合后，构设出了延安的政治地理隐喻，文末“贵族化的楠木”则把国统区置于民众、敌后根据地以及民族解放战争的对立面。对比是《如是我见我闻》构设延安与重庆形象的重要策略。公路、军人、司机、城镇的书写，都被置于政治地理的比较视野下。

《风雪华家岭》政治地理的构设主要体现在开头的公路叙述。所叙及的公路名为“西兰公路”，这条公路1938年前还是有名的“稀烂公路”，1940年则已“实在不错”。其功劳，归于“西北公路局的‘德政’”。茅盾为什么开头就歌颂一条公路呢？西兰公路是西北公路的一段，抗战军兴，西北公路为国际要冲，“接济神圣抗战的大动脉”①，由苏联运输过来的军需品，“对于中国伟大的独立战争之成败，关系颇巨”②。所谓公路“德政”，与其说表达了对“沈局长”的敬意，不如说是为了向苏联盟友致敬。这里顺便插一句，茅盾在回忆录中把西北公路局局长的名号写错了，他在回忆录中多次提到的“沈局长”，应该是指宋希尚。宋希尚曾毕业于河海工程专门学校，与茅盾的弟弟沈泽民是同学，1938—1942年担任西北公路运输管理局局长。③

关于西北公路的政治解读可能显得过于主观，如果注意到茅盾对西北公路和西南公路的比较，就会发现，公路的政治地理隐喻是存在的。西北公路与西南公路，都是战时中国的重要运输通道，却被赋予

① 中国旅行社研究室：《西北公路》，《旅行杂志》第18卷第1期，1944年。

② George A. Fitch著，亮臣译：《西北公路》，《国际间》1940年第9期。

③ 参考宋希尚《抗战以来之西北公路》，《抗战与交通》第33期，1940年2月；刘绍唐主编《民国人物小传》第6册，上海三联书店2015年版，第67—68页；李佳佳《西北公路局研究（1935—1949）》，西北师范大学，硕士学位论文，2014年，第12页；茅盾《茅盾全集》第35卷，人民文学出版社1997年版，第247、339—342页。

了不同的政治意义。西北公路不仅是“援华公路要道”[1]，也是延安方面与苏联进行联络的重要通道，在公路经过的重要城市兰州、西安，中共都设立了八路军办事处。西北公路局管理严格，照章办事，其司机也守规矩，“颇知自爱自重，言谈行举都是受过点教育的派头”[2]。茅盾笔下的西南公路则是另一番模样，以重庆为起点的西南公路上尘土飞扬，运输公司俨然是党国机关的缩影。运输公司带有“半官”性质，管理员为国民党党员，每天不忘对司机进行“训话”，大部分司机也“加入了三青团”。[3] 到了晚上，运输公司则是另一番模样，上上下下沉迷于赌钱、买笑。同样是国民政府修筑、管理的公路，因邻近空间、联络城市的区别，茅盾便赋予西北公路与西南公路以不同的色彩，以公路来喻示重庆的恶政。

大后方的军人在《如是我见我闻》中，并不是作为无差别的“国民革命军”被叙及，而是被区分为延安的军人和党国的军人，其精神风貌与个人境遇隐喻了延安政权、重庆当局的性质。先于《如是我见我闻》发表的《风景谈》一文，把延安山峰上的号兵和荷枪战士当作“民族的精神化身”来塑造。[4]《如是我见我闻》系列散文之一的《白杨礼赞》，以黄土高原上“坚强不屈与挺拔”的白杨树，隐喻活跃在边区和敌后的抗日将士。以上两文都侧重对延安方面的军人进行精神塑像，暗示了延安方面坚定的抗战意志。相关的篇章还有《秦岭之夜》。茅盾由延安经秦岭到重庆，乘坐的是八路军的军车。《秦岭之夜》不是为了写秦岭的风光与气候，也不是单纯记述汽车抛锚与修理事件，而是为了表现八路军不畏严寒，团结合作，纪律严明，活泼快乐的精神风貌，是献给八路军的颂歌。

茅盾对战时军人的书写，主要由人与环境的关系入手。这样的叙

---

① 陈翰笙：《西北公路的新意义》，《上海周报》第3卷第5期，1941年。

② 茅盾：《司机生活片段》，载《茅盾全集》第12卷，人民文学出版社1986年版，第75页。

③ 茅盾：《司机生活片段》，载《茅盾全集》第12卷，人民文学出版社1986年版，第76页。

④ 茅盾：《风景谈》，《文艺阵地》1941年1月，第6卷第1期。

述角度便于建构政治地理的隐喻。延安军人形象的建构主要借助恶劣的自然环境来完成，侧重精神塑像。军人精神与延安精神、民族精神、抗战精神相通约。为党国效力的军人，茅盾则侧重从个人境遇来刻画，由军人境遇来揭示党国统治和国都重庆的病症。《“雾重庆”拾零》中供职于重庆军事机关的某上校，奉公守法，却生存艰难，到了断炊的地步，妻子抱怨“如此不如为娼”。贫困使得老母悬梁自尽，妻子不知去向，上校拔出“成功成仁”之剑，自杀身亡。《司机生活片段》《“如何优待征属”》两文，构成了这样一个表意逻辑，国统区抗日军人的眷属，生活艰难，得不到政府的有效“优待”，“征属少妇们之‘优待’也还只能让司机先生之类的去‘负责’罢了”①。一位下级军官对于这种现象感到心灰意冷，他想，他寄回家的那点钱，真不够家里的开销，他不敢保证妻子不走上卖笑之路。在国统区，战士在“火线上拼命”，他们的女人在后方被“有办法”的人玩弄，这让他们感到“寒心”。

后方跑运输的司机与前线的党国军人，在生活中几乎不会产生交集，茅盾通过“征属”问题，巧妙地把司机与军人拉扯在一起，使后方生活与前线抗战发生了实质性的联系，由此编织了延安与重庆两相对照的政治寓言。在重庆，“半官”运输公司的司机每个月总也有千把元的“进账”，每天要抽两包老刀牌香烟，生活奢靡，至少养着两个老婆，有两个家，“重庆一个，贵阳一个”。② 茅盾刻意把这些司机与“卖笑生活的女子”捆绑在一起叙述，《“如何优待征属”》《司机生活片段》《最漂亮的生意》皆采用这一套路。茅盾以之作为解构重庆抗战形象的杀手锏，不惜反复使用。在《最漂亮的生意》中，离重庆十余里的乡间，因运输公司的油水厚，蓦地创造出了一个繁华市镇，镇上一切的“物质设备”都是为了满足运输公司从业人员的

---

① 茅盾：《“如何优待征属”》，载《茅盾全集》第 12 卷，人民文学出版社 1986 年版，第 83 页。

② 茅盾：《司机生活片段》，载《茅盾全集》第 12 卷，人民文学出版社 1986 年版，第 76—77 页。

享乐。司机的荒淫生活与“征属”的艰难生活有着内在关联。公路旁的“卖笑生活的女子”来历复杂，“有的是从敌人的炮火下逃得了性命，千里流亡，被生活的鞭子赶上了这条路的；也有的未尝流亡，丈夫或哥哥正在前线流血，她们在后方却不得不牺牲皮肉从那些‘为抗战服务’的幸运儿手里乞取一点衣食的资料”[①]。卖笑女的身世，对党国统治与重庆社会构成了巨大的讽刺和无声的控诉。与之相对，“西北的优待抗属条例中有组织代耕队种种办法”[②]，为“征属”的生活提供了切实的保障。需要补充的是，《如是我见我闻》之后创作的《腐蚀》《船上》等小说中的重庆军人和警察，已成为恶鬼横行的重庆社会的一部分。以此可见，军人形象不过是茅盾根据写作意图调用的叙事资源，是映照党国和重庆罪恶的一面镜了。

在茅盾所构设的大后方的政治地理关系中，延安的面孔是乡土的、生产的、贫穷的，以重庆为中心的国统区的面孔则是城市的、消费的、繁荣的。茅盾频繁使用“繁荣”一词来形容国统区城镇的状况，把“繁荣”当作罪恶来书写。在《如是我见我闻》的系列散文中，兰州、西京、宝鸡、某镇、重庆、贵阳，无一例外日渐繁荣，其繁荣不是生产的繁荣，而是消费的繁荣。繁荣的表征为林立的旅馆、饭店、茶馆以及隐秘的淫窟，点缀其间的是时髦的装束、丰足的洋货、昂贵的消费品，城市之物的消耗者为官吏、投机商、太太们、司机，以及各类“有办法”的人物。茅盾之所以把重庆等城市的“繁荣”归入战时之恶，乃在于“繁荣”的背后是官吏的横征暴敛，是乡村的颓败和民众的疾苦，是“征属”的屈辱生活。在重庆，小小暴发户成为“繁荣”雾重庆的一分子，而原来的“中产阶级”却落到典卖衣物的可怜境地，奉公守法的上校一家靠借贷度日，终至走上绝路（《“雾重庆”拾零》）。在宝鸡，农民所遭遇的盘剥敲诈，“成就了新市区的豪华奢侈，

① 茅盾：《最漂亮的生意》，载《茅盾全集》第12卷，人民文学出版社1986年版，第74—75页。

② 茅盾：《“如何优待征属”》，载《茅盾全集》第12卷，人民文学出版社1986年版，第81页。

他们给宝鸡赢得了‘繁荣’”[①]。在《如是我见我闻》系列散文中，“繁荣”的表意功能朝着多个维度扩散，道德审判、阶级情绪、民族观念，皆可由“繁荣”一词生发。抗战时期茅盾的文化趣味倾向民族特色，在所写到的西南城市中，他唯独对“民族形式”的大都会——成都，表达了些许好感。而茅盾对大后方城镇的“上海气派”[②]“苏浙沪气味”[③]“都市生活的派头”[④]，则流露出厌恨的情绪。

洋货、旅馆、酒店等城市之物所构成的“繁荣”景观，之所以具有意识形态的性质，是因为“消费也有自己的地理学”[⑤]，“商品是无数地理区域的重合”[⑥]，物质文化表明了消费者如何“安排与世界的关系”[⑦]。丰足的“洋货”是官商勾结的结果，“洋货”的走私与消费意味着对“洋货”来源地（敌占区、殖民城市）的变相支持，是一种“变相的资敌行为”[⑧]，伤害了战时的民族主义情感，也有损民族实业的发展。“繁荣”的景观与洋货的消费，也对民族共同体起到了分裂的作用，因为消费模式意味着“归属社会群体的方式，以及表现自己特征的方式”[⑨]。如果说“繁荣”的景观与洋货的消费把

---

① 茅盾：《“战时景气”的宠儿——宝鸡》，载《茅盾全集》第12卷，人民文学出版社1986年版，第51页。

② 茅盾：《兰州杂碎》，载《茅盾全集》第12卷，人民文学出版社1986年版，第27页。

③ 茅盾：《贵阳巡礼》，载《茅盾全集》第12卷，人民文学出版社1986年版，第85页。

④ 茅盾：《最漂亮的生意》，载《茅盾全集》第12卷，人民文学出版社1986年版，第74页。

⑤ ［英］迈克·克朗：《文化地理学》，杨淑华等译，南京大学出版社2003年版，第153页。

⑥ ［英］迈克·克朗：《文化地理学》，杨淑华等译，南京大学出版社2003年版，第168页。

⑦ ［英］迈克·克朗：《文化地理学》，杨淑华等译，南京大学出版社2003年版，第174页。

⑧ 茅盾：《茅盾全集》第35卷，人民文学出版社1997年版，第340页。

⑨ ［英］迈克·克朗：《文化地理学》，杨淑华等译，南京大学出版社2003年版，第174页。

重庆分裂成了两个世界，那么，朴素贫穷的生活和一律的“灰布制服”，则把延安塑造成了民主平等的统一世界。当然，“繁荣”的阐释中所包含何种政治意识形态，关键在于“眼光”和“立场”，茅盾在“繁荣”中看到了不平等和罪恶，而老舍关注的是敌机在重庆肆虐后，“众市民随炸随修，楼房日日新。市容美观、街宽房俊，更显出坚决抗战大无畏精神”①。

“‘风景’中情绪的‘反映’和想象性投射可被解读为意识形态的梦工场”②。茅盾的战时中国书写，以隐喻象征来实现风景、地理的政治化。在风景的书写中，延安在战时中国的地位得以升华，而重庆则被降格，延安、重庆在中国政治地图中的中心、边缘身份被改写，最终建构了以延安为中心的战时中国形象。

风景、地理的政治隐喻的建构，可以脱离社会现实的拘囿，不必拘泥于生活的真实。政治意图的实现，只需抽象的观念和眼花缭乱的修辞相配合，就能达到。也就是说，茅盾笔下的风景中国、政治中国，首先是作为一种修辞效果而存在。尽管茅盾的战时中国想象为延安立场所操纵，其形象过于扁平化，但风景、地理政治的引入，无疑增加了其作品的思想张力和艺术表现力。

（原刊《天津社会科学》2020 年第 4 期）

① 老舍：《陪都赞》，载《老舍全集》第 13 卷，人民文学出版社 2008 年版，第 23 页。

② ［美］W. J. T. 米切尔：《帝国的风景》，载 W. J. T. 米切尔编《风景与权力》，杨丽、万信琼译，译林出版社 2014 年版，第 9 页。

百年中国儿童文学演进史中的茅盾

王泉根*

摘　要　茅盾不仅是中国现代文学的先驱与巨匠，也是中国现代儿童文学的先驱与卓越的创建者。考察百年中国儿童文学演进史，可以发现茅盾在中国儿童文学的重要历史节点都曾作出过独特且有重大影响的工作与贡献。这是茅盾研究不应被忽视的课题。

关键词　茅盾研究；中国儿童文学；演进史；儿童文学理论

"鲁郭茅、巴老曹"，茅盾（1896—1981）在百年中国现代文学中的巨大贡献，经过历史的洗礼，放射出更加耀眼的光芒。实际上，茅盾不仅是中国现代文学的先驱与巨匠，也是中国现代儿童文学的先驱与卓越的创建者，在百年中国儿童文学演进发展的重要历史节点，他以其"本性酷爱童话"的赤子之心与卓越的创作成就以及敏锐犀利的批评家眼光，对中国儿童文学作出了独特且有重大影响的工作与贡献。由于研究界多将兴趣投注于茅盾在现代文学的作为，因而为茅盾在儿童文学方面的工作留下了研究空间。本文选取百年中国儿童文学史上的 4 个历史节点，试就茅盾在儿童文学方面的工作与成就，作一梳理与探讨。

---

* 作者简介：王泉根（1949—），浙江上虞人，陕西师范大学人文社会科学高等研究院特聘研究员，北京师范大学文学院教授，博士生导师，主要研究方向：中国现当代文学与儿童文学。

一 20 世纪 20 年代：作为文学研究会干将与商务印书馆编辑的茅盾

20 世纪 20 年代初是文学研究会的全盛时期，青年茅盾（沈雁冰）是发起人与干将，同时也是上海商务印书馆的一位资深编辑，是百年中国儿童文学演进史上最早从事童话创作的拓荒者之一。

1916 年，21 岁的茅盾从北京大学预科毕业，来到上海商务印书馆编译所工作。在这里，他遇到了“中国编辑儿童读物的第一人”孙毓修①。茅盾的才华深受孙毓修赏识，他主动邀请茅盾一起编辑《童话》。从 1918 年下半年起至 1920 年，茅盾接连写了 27 篇童话，辑为 17 册，并且它们以沈德鸿的真名先后由商务印书馆出版。茅盾的童话创作是他从事文学活动的最早尝试，同时明显地记录了中国艺术童话萌芽时期的基本风貌。

早期的“童话”含义较广，大凡寓有幻想色彩供孩子们阅读的叙事类作品，都属于“童话”范畴。“五四”前后，童话几乎就是“儿童文学”的同义词，两者没有严格的界限。后来，学界逐步把童话与民间故事、传说、儿童小说等文体区分开来，单指那些具有丰富的想象、强烈的夸张，带有神奇的幻想色彩的叙事作品。茅盾在商务印书馆编辑的《童话》，正是早期意义上的“童话”。当时的童话与整个儿童读物的编写情况一样，主要是模仿外国童话与改编古代传统读物，几乎没有作家独创之作。

茅盾的童话实践，未能脱离时代的影响。他的 27 篇童话主要都是根据外国与古代的东西加工改写而成。从题材内容看，这些大致可分 3 类。第一类是根据外国童话、寓言或民间故事加以改写，计 12 篇，如《蛙公主》出自《格林童话 · 青蛙王子》，《怪花园》出自《法国童话 · 美妞与怪兽》；第二类是根据中国古典读物改编的，如《大槐国》出自《唐人传奇 · 南柯太守传》，《牧羊郎官》出自《史

① 茅盾：《关于“儿童文学”》，《文学》1935 年第 2 期。

记·平准书》；第三类是茅盾的个人创作，有《书呆子》与《寻快乐》两篇。此外，尚有《一段麻》《风雪云》《学由瓜得》《平和会议》《蜂蜗之争》《鸡鳖之争》《金盏花与松树》《以镜为鉴》8篇目前还不能确定出处。有研究者认为，他个人创作的前3篇也是“直接取材于现实生活创作的”①。

茅盾的童话充分体现了中国现代儿童文学初创时期破土萌生的民族艺术童话的特色，以新的形式与新的内容给《童话》丛书注入了新鲜血液。茅盾童话比较注重小读者的欣赏情趣，他笔下的童话“儿童化”特色大为增强。他的作品无论是改制或创作，大多描写儿童生活或儿童喜爱的动物王国，人物形象以儿童为主。纯粹描写成人生活的故事只有《大槐国》《千匹绢》等出自古典读物的5篇，但其中不乏丰富的幻想色彩与曲折的故事情节。将儿童形象与幻想世界直接带入童话领域，这是童话艺术的一大进步，与晚清时期大多描写成人生活和充满说教的“儿童读物”相比，无疑是一种突破。

茅盾的童话善于通过拟人与对比手法，来增强作品的艺术感染力，以丰富小读者的视读经验。在《寻快乐》中，作者将钱财、勤俭、玩耍、经验这些抽象概念，全都赋予了人的性格、人的行动，鲜明的个性，给人以深刻的印象。如对钱财的描写：“钱财这人，最无恒心，今天和张三相好，明天便和李四相好。加之世人没有不喜欢他，他的交往极多，更不能常在一人身边。”寥寥数语，妙趣横生，巧妙地写出了钱币在人群中广泛的流动性，读之使人忍俊不禁。

茅盾童话为儿童读物的改编提供了新鲜经验。对于古典读物的改编，茅盾着眼于思想性，努力选取那些有益于小读者思想品行教育的材料，发掘其中的精华。这些作品都是以古人的高风亮节来陶冶儿童，宣扬“报效国家”（《牧羊郎官》）、舍己为人（《树中饿》）、知恩图报（《千匹绢》）等传统美德。这与当时有的所谓“儿童读物”改编者只图故事热闹、不注重思想意义的状况（如中华书局出版的儿童《小小说》100种，有《劈罗真人》《僧道斗法》《莲花化身》

① 范奇龙：《茅盾童话选》，四川少年儿童出版社1987年版，第4页。

等）形成鲜明的对比。

对于外国读物，茅盾也不是一味照搬，而是大胆地对原作进行加工改制，使作品对中国儿童产生富有时代特征的教育意义。如《驴大哥》的原材料是格林童话《布勒门镇上的音乐家》（现译为《不来梅的音乐家》），故事叙述驴、狗、猫、鸡因不能讨得主人喜欢，就一起逃到布勒门去当音乐家。它们在一幢房子里遇到正在偷盗食物的强盗，于是全体奏乐：驴叫、猫喊、狗吠、鸡鸣。强盗被吓跑了，偶然的成功使4位音乐家得到了1座住房。经过改写，人物与内容基本没变，但作者却注入了完全崭新的主题：驴、狗、猫、鸡在患难中互相同情、互相帮助，由原来被损害的弱小者地位，变成“能自立、能用力气换饭吃”的独立自主者。显然，这与“五四”时期提倡的自强不息的时代精神是一致的，同时也表现了青年茅盾同情被损害者与弱小者的思想倾向。从百年中国儿童文学演进史考察，茅盾的27篇童话，正是我们认识和研究早期童话基本风貌的宝贵文献，它记录了现代儿童文学的拓荒者探索童话创作的深深脚印，其开创之功是不可磨灭的。

中国的传统寓言，历史悠久，丰富多彩。但是，古代寓言并非为儿童创作的。先秦寓言常是哲学家、思想家阐明自己观点的例证和材料，或是“纵横家”游说人主、战胜论敌的一种论辩手法；先秦以后的历代寓言主要是作者用来针砭时弊、宣泄怨愤的。把寓言引入儿童文学园地，这是“五四”前后的事。1917年，茅盾从27种先秦诸子、两汉经史子部等典籍中，博览广搜，沙里淘金，编写了百年中国儿童文学演进史上第一部专供少年儿童阅读的寓言集——《中国寓言初编》，这是寓言这种古老文体第一次走进儿童文学园地。

现代儿童文学的初创时期，正是茅盾在商务印书馆担任编辑的时期，他与同样是商务印书馆编译所编辑且一起担纲文学研究会重任的郑振铎都十分重视神话的开发及对儿童阅读的价值。从1924年9月至1925年4月，茅盾在由郑振铎主编、商务印书馆出版的《儿童世界》杂志上，接连发表了他翻译的10篇希腊神话与6篇北欧神话。其中10篇希腊神话于1925年8月由商务印书馆结集为《希腊神话》

（儿童世界丛刊）出版，后又被收入商务印书馆 1933 年 12 月出版的“小学生文库”第一集，1944 年在重庆重印出版。

茅盾不但翻译了 10 篇希腊神话故事，而且对每篇译作都作了精要的点评，帮助小读者理解外国神话的特点、风格与含义。如对《洪水》的点评：“总而言之，到这时候，愈强暴愈凶恶的人们，就愈得势，善良和平的人民就愈受人欺负。都是一样的人类，这时候就分出阶级来。地上处处有战争，时时有流血，空气里都布满了杀声、哭声、叹息声，这时候，人类的生活简直痛苦极了，不但比不上黄金时代、白银时代，就与黄铜时代比起来，也有天渊之别，所以叫作黑铁时代。”① 这是希腊神话故事与北欧神话故事第一次作为儿童文学读本走进中国儿童的阅读世界，而且是通过当时影响最大的《儿童世界》杂志这一平台。

茅盾还在 20 年代出版过两部神话学研究的专著，一是《中国神话研究 ABC》（初版时署名“玄珠”），于 1929 年 1 月由世界书局初版，系“ABC 丛书”之一，分上、下册。二是《神话杂论》，于 1929 年 6 月初版，此书系作者研究中西神话的散篇论文集。茅盾的神话研究，既是中西比较文学研究的早期探索与成果，同时也鲜明反映出他对中国文化所持有的民族立场：当他在欧洲神话世界巡视了一番之后，再反观故国，比对辨析，就自信满满地认定“五千年文明古国之中华民族不可能没有神话”。这种充满文化自信的表达，在西风劲吹的 20 世纪 20 年代显得尤其醒目。

二　20 世纪 30—40 年代：作为左翼文坛作家与批评家的茅盾

茅盾在 1932 年完成长篇小说《子夜》之后，又腾出时间和精力来关注儿童文学，这一阶段是茅盾继 20 年代初投入儿童文学的第二个重要时期。从 1932 年到 1936 年，茅盾先后发表了《连环图画小

① 茅盾译：《洪水》，《儿童世界》1924 年 12 月第 3 期。

说》(1932)、《孩子们要求新鲜》、《论儿童读物》、《对于〈小学生文库〉的意见》(1933)、《关于“儿童文学”》、《读安徒生》(1935)、《书报述评·几本儿童杂志》、《再谈儿童文学——评凌叔华的儿童小说集〈小哥儿俩〉》、《儿童文学在苏联》(1936)等15篇儿童文学文论，以一个“战斗的批评家”的姿态自觉地站在儿童文学前沿。这些文章的内容可分为3类：一是探讨中国儿童文学的理论建设与发展方向，二是批评国内流行的儿童书刊，三是介绍外国儿童文学尤其是苏联儿童文学的新景象。

1935年发表的《关于“儿童文学”》是一篇最早探讨现代儿童文学发展史的文章，在百年中国儿童文学演进史上具有重要学术价值。茅盾以亲历者、创建者的身份与卓杰的文学史识，第一次从“史”的角度勾勒和总结了儿童文学30年的发展轨迹与基本面貌。茅盾把这30年分为3个10年：第一个10年是中国现代儿童文学的起步阶段，其特点是以“改译”外国儿童文学作为中心内容；第二个10年是五四文学促进儿童文学发展的时期，这一时期的儿童文学得到了全社会的普遍重视，译介外国儿童文学仍是主要内容，但已由以前的“改译”转为“直译”；第三个10年有两大特点：一是作家原创儿童文学作品大幅提升，二是科学文艺被引入儿童文学园地。向外国儿童文学学习，这是促进中国现代儿童文学发生、发展的一个重要因素。

茅盾在《关于“儿童文学”》一文中提出了许多儿童文学史的精辟见解：“‘儿童文学’这名称，始于‘五四’时代。”“‘五四’时代的儿童文学是把‘儿童文学’和‘儿童问题’联系起来看的，这观念很对。记得是一九二二年，《新青年》那时的主编陈仲甫先生(引者按：即陈独秀)在私人的谈话中表示过这样的意见。他不很赞成‘儿童文学运动’的人们仅仅直译格林童话和安徒生童话，而忘记了‘儿童文学’应该是‘儿童问题’之一。”“‘五四’时代的儿童文学运动，大体说来，就是把从前孙毓修先生(他是中国编辑儿童读物的第一人)所已经‘改编’(Retold)过的或者他未曾用过的西洋的现成‘童话’再来一次所谓‘直译’。我们有真正翻译的西洋

‘童话’是从那时候起的。”① 茅盾的这些观点已成为考察现代中国儿童文学发生期状况的重要论断，为后起的研究者一再引用。

20 世纪 30 年代决定文学基本面貌的是以“左联”为核心的无产阶级文学运动及其文学实践和民主主义、自由主义作家的文学。20 世纪 30 年代是百年中国儿童文学演进史上的一个重要阶段，面对新的社会斗争和文学思潮，作为现代文学重要一翼的儿童文学应当采取何种态势？作为左翼文坛重要作家的茅盾在《关于“儿童文学”》《再谈儿童文学——评凌叔华的儿童小说集〈小哥儿俩〉》《论儿童读物》等文论中，从“怎样的精神食粮才能适合于儿童的健康发展”的高度出发，系统阐明了儿童文学的使命、功能、特征，提出了建立新型儿童文学的理论设想。

茅盾提出儿童文学“要能给儿童认识人生”的价值，他赞成苏联儿童文学作家马尔夏克（1887—1964）的观点，认为儿童文学“是教训儿童的”，“给儿童们‘找到生活之路’的、帮助儿童们选择职业的、发展儿童们的趣味和志向的”。这种新儿童文学“必须是很有价值的文艺的作品”，它应当注重对儿童进行思想、认识和审美教育，“要能给儿童认识人生”，“构成了他将来做一个怎样的人的观念”，引导儿童“到生活之路去”②；“我是主张儿童文学应该有教训意味。儿童文学不但要满足儿童的求知欲，满足儿童好奇好活动的心情，不但要启发儿童的想象力、思考力，并且应当助长儿童本性上的美质——天真纯洁，爱护动物，憎恨强暴与同情弱小，爱美爱真。”③ 儿童文学应如何把握教育性与艺术性？茅盾认为：“儿童读物即使是‘教训’的，也应当有浓厚的文艺性；至于‘故事’‘戏剧’等完全属于儿童文学范围内的作品，自然更应当注重在激发儿童的文艺趣味，刺激儿童的想象力了。儿童文学当然不能不有‘教训’的目的，——事实上，无论那一部门的儿童文学都含有‘教训’，广义的

① 茅盾：《关于“儿童文学”》，《文学》1935 年第 2 期。
② 茅盾：《关于“儿童文学”》，《文学》1935 年第 2 期。
③ 茅盾：《再谈儿童文学》，《文学》1936 年第 1 期。

或狭义的；但是这‘教训’应当包含在艺术的形象中，而且亦只有如此，这儿童文学是儿童的‘文学’，而不是‘故事化’的‘格言’或‘劝善文’。”①

把儿童读物作为社会问题来看待，强调儿童文学必须直面现实、契合时代精神，这是茅盾儿童文学观的一个重要方面，也是他一直倡导的现实主义文学理想的具体显现。由此出发，茅盾一直关注儿童读物的质量及其对小读者的影响。1935 年，茅盾在细读了当时全国 6 家主要儿童杂志的最新二期的全部作品后，在他主持的《文学》杂志“书报述评”专栏内发表了《几本儿童杂志》一文。茅盾从每篇作品的实际出发，以对儿童的影响和儿童的接受能力、阅读兴味为标准，运用思想和艺术相统一的批评原则，具体评析了这 6 家儿童杂志的办刊宗旨、作品质量、各自的特点以及存在的问题，并就提高刊物质量与建设儿童文学提出了自己的见解。茅盾呼吁儿童文学工作者应按照少年儿童的“脾胃”为他们提供“够丰富的多方面的知识”“培养他们的文艺的趣味”，用以提高鉴赏能力，抵制“有毒的旧小说”的侵害。②

茅盾以一个“战斗的批评家”的姿态，曾多次尖锐地批评了 30 年代儿童读物存在的弊端：低幼读物粗制滥造，缺乏创意；高层次读物依赖翻译，文字欧化，沉闷难懂，这就给那些格调低下的迷信、通俗读物提供了可乘之机。③ 儿童文学的内容“千万请少用些舶来品的王子，公主，仙人，魔杖，——或者用什么国货的吕纯阳的点石成金的指头，和什么吃了女贞子会遍体长毛，身轻如燕，吃了黄精会终年不饿长生不老”之类的热昏的胡话，而应当“吹进了现代的新空气，使成为我们现代合用的新东西”。④ 他热切地呼吁儿童文学必须扩大作品的题材范围，从“宇宙的起源”“人类怎样征服自然”到“地球

① 茅盾：《几本儿童杂志》，《文学》1935 年第 3 期。

② 茅盾：《几本儿童杂志》，《文学》1935 年第 3 期。

③ 茅盾：《给他们看什么好呢?》，《申报》（副刊《自由谈》）1933 年 5 月 11 日，署名“玄”。

④ 茅盾：《关于“儿童文学”》，《文学》1935 年第 2 期。

上各种人民生活状况”以及“太平天国，义和团，鸦片战争”等，都应纳入儿童文学的创作范畴，拓宽小读者的阅读经验和思维空间。[①]

很显然，茅盾提出的新型儿童文学已经是社会主义儿童文学的雏形，在理论上把20年代文学研究会坚持的帮助儿童“认识人生”的儿童文学观向前推进了一大步，这些意见，对于推进30年代儿童文学，追踪时代潮流，引导少年儿童直面社会人生有着重要意义，也是促进新型儿童文学建设的理论蓝图。

正是基于这样的认识，茅盾的儿童文学创作十分注重题材的选择和对小读者精神生命的提升。1936年茅盾接连写了《少年印刷工》《大鼻子的故事》《儿子开会去了》等作品，它们成为30年代儿童小说创作中不可多得的佳作。茅盾将这些小说的背景都置于1937年抗日战争全面爆发的前夕，而其上限则伸展到“一·二八”上海事变。战争使大批儿童失去家园和父母，也使大批儿童失去读书的机会与小康生活，前者的典型是少年印刷工赵元生，后者的典型是上海滩流浪儿大鼻子。

随着时代进展，我国对外国儿童文学的译介由“五四”前后以欧洲为主，逐渐转变到30年代以苏联为主。努力汲取苏联儿童文学的新精神，这对于30年代中国儿童文学无疑是必要与正确的。茅盾对苏联儿童文学一直满怀热忱，1936年他写了《儿童文学在苏联》[②]的长文，旨在向中国文坛传播有关苏联儿童文学建设的最新进展与变化。文章着重介绍了苏联举国上下重视儿童教育与儿童文学的情况，苏联儿童文学的出版现状，苏联作家协会“儿童文学大会”所做的工作，儿童文学界重视“神幻故事”的编写译介，动员作家为孩子们写作，建立起作家与小读者的密切联系，儿童剧院与儿童剧的发展等。茅盾动情地写道：“世界各国儿童读物之销数恐怕没有比苏联再

---

① 茅盾：《论儿童读物》，《申报》（副刊《自由谈》），1933年6月17日，署名“珠”。

② 茅盾：《儿童文学在苏联》，《文学》1936年7月第1期。

大的了。这自然一方面因为苏联的儿童普遍的享有阅读的权利，（别国只有少数的有钱人家的儿童才可以‘享用’这些‘奢侈品’）而另一方面也因为苏联的儿童是‘很不寻常的读者’。他们是罕有的勤奋，他们极要读得多。”苏联作家协会号召“苏联的最好的作家应得同时为了成人也为了儿童而写作。应得有讨论儿童文学的特殊的集会，应得建立儿童读物作者与儿童读者之间的经常的联系”。

茅盾此文写得热情洋溢，他借用苏联著名作家马尔夏克的话“苏联儿童的此等需要，就反映着社会主义文化的成长以及社会主义的巨大成功”，表达了茅盾对创造中国儿童新生活与新儿童文学的憧憬和期望。

1946 年茅盾翻译了苏联著名儿童文学作家卡泰耶夫（1897—1986）的中篇儿童小说《团的儿子》，这是苏联儿童小说的代表作之一，曾获 1945 年斯大林文艺奖。这部小说从正面反映苏联反德国法西斯的卫国战争，塑造了 12 岁的男孩凡尼亚在残酷的战争中从流浪儿成长为红军小战士的动人经历。茅盾的这部译作，列入“中苏文化协会文学丛书”，1946 年 10 月由万叶书店出版，引起了热烈反响。茅盾在“译后记”中结合《团的儿子》，提出了儿童文学的文艺性与政治性的关系问题：“《团的儿子》是一部新型的儿童文学，是配合了苏联反法西斯战争的政治要求的一部卓越的儿童文学。向来有一种‘理论’，以为儿童文学是应当远离政治的，但在苏联，这种‘理论’早已破产了，而《团的儿子》则是最新的又一例证。”茅盾认为中国作家应当借鉴苏联作家的经验，也拿起笔来，写一写“象《团的儿子》那样的凡尼亚型的孩子”，因为中国在抗日战争的烽火岁月中，“明明有过‘孩子剧团’‘新安旅行团’，八路军的‘小鬼’——这些现实的但又具有‘传奇色彩’的适合于儿童心理的‘小书’题材”。他确信，“不久的将来，一定会有中国的《团的儿子》产生的，因为既有此活生生的现实，迟早必将反映到文艺。”①

① 茅盾：《团的儿子》，载孔珠海编《茅盾和儿童文学》，少年儿童出版社 1984 年版，第 441—443 页。

1946年年底至1947年4月，茅盾应苏联对外文化协会的邀请，前往苏联访问。在访苏期间，他特别关注苏联的儿童教育与儿童文学，参观访问了苏联儿童真理报社和儿童宫，与苏联著名儿童文学家马尔夏克会面交谈。苏联之行使茅盾对苏联儿童文学有了更深入的直观了解，回国以后，他接连写了《儿童诗人马尔夏克》《莫斯科的儿童团》《马尔夏克谈儿童文学》《儿童宫》《儿童真理报》《苏联的儿童真理报》等访谈与散文。20世纪30—40年代，像茅盾那样对苏联儿童文学进行持续翻译介绍的作家是不多见的，茅盾希望中国儿童文学能从苏联那里得到新的精神与借鉴，因为他认为“苏维埃的儿童文学是世界上从未有过的全新的儿童文学”①。

三　20世纪50—60年代：作为中国作家协会主席与文化部部长的茅盾

20世纪50年代初，毛泽东主席批示了一份高度重视儿童文学的文件，促使中国作家协会、团中央、文化部以及出版部门，齐抓共管儿童文学。作为中国作家协会主席的茅盾在1956年作协理事会所作的报告《培养新生力量，扩大文学队伍》中高度评价这支“青年创作者”群体，他们多数来自“工厂、农村、部队、学校、机关”，他们是不同于上一代作家的直接扎根于社会基层、生活在第一线的新生文学力量。新中国培养的第一代杰出儿童文学作家，正是在这一时期快速出道、起飞的。

1956年的“六一”儿童节，中国第一座专门为少年儿童演出的剧院——中国儿童剧院，在北京成立。茅盾以文化部部长的身份，在中国儿童剧院成立大会上作了热情洋溢的讲话。他要求文艺界与戏剧界都来重视儿童戏剧的工作，“和少年儿童交朋友”“同时培养出新的儿童剧的作家”。茅盾批评那种认为搞儿童戏剧当不了莎士比亚的

---

① 茅盾：《马尔夏克谈儿童文学》，载孔珠海编《茅盾和儿童文学》，少年儿童出版社1984年版，第461页。

观点。实际上，“在世界文学领域里却出现过安徒生这样杰出的大师，苏联文学中也曾有过马卡连柯和盖达尔这样光辉的名字”。茅盾认为“从事儿童戏剧，要有丰富的学识，高尚的品德，要像教育家那样懂得各种各样的孩子的心灵，而且还必须是艺术家”。因为“儿童文艺比任何种类的文艺更要求艺术性和技巧”，“要把丰富的生活内容和深刻的真理，通过最浅显易懂的有趣的形式表现出来”，“如果没有敏锐的艺术感觉，没有纯真的‘童心’，就不能做到这一点”![①] 本色其人，斑斓其文。茅盾的这篇报告，闪耀着一位经典作家与作协领导对新中国儿童文化与儿童文学的美学期待与担当，同时反映出20世纪50年代儿童文学欣欣向荣的早春气象。

1960年文坛对著名儿童文学作家陈伯吹“童心论”的批判，使得儿童文学的“成人化”现象愈演愈烈。这一状况引起了茅盾的高度关注与忧虑。1961年3月，茅盾“向文化部出版局借阅了六〇年全年和六一年五月以前出版的少年儿童文学作品和读物”，同时还阅读了有关1960年批判陈伯吹“童心论”的大部分争辩论文。茅盾在此调研基础上，于1961年6月写成长达18000多字的《六零年少年儿童文学漫谈》，文章首刊于《上海文学》1961年第8期。茅盾在该文一开头就直截了当地指出，“1960年是少年儿童文学理论斗争最热烈的一年”，但也是“创作歉收的一年”。茅盾尖锐地批评说，这些作品“绝大部分可以用下列的五句话来概括：政治挂了帅，艺术脱了班，故事公式化，人物概念化，文字干巴巴”。造成当时儿童文学这种局面的原因固然是多方面的，如儿童诗“大都‘脱胎’于1958、1959年盛极一时”的由“豪言壮语”堆砌的“新民歌”，但主要原因，则“牵连到1960年所进行的少年儿童文学理论的争论”，即批判陈伯吹的“童心论”，“这一场大辩论（几乎所有的中央级和省级的文学刊物都加入了），有人称之为少年儿童文学的两条道路的斗争”。《六零年少年儿童文学漫谈》一文既有切中肯綮的宏观评述，

---

① 茅盾：《祝中国儿童剧院成立——在中国儿童剧院成立大会上的讲话》，《戏剧报》1956年第7期。

又有对具体作品的细致分析；既体现了茅盾直面现实、敢于揭露矛盾的理论勇气与清醒目光，同时又有他曾经长时期地参与过儿童文学创作的丰富经验与对儿童世界深入理解的真知灼见，因而是充分说理的、艺术的、真诚的批评。

20 世纪 60 年代儿童文学的发展动态一直牵动着茅盾的心。1963 年 10 月，《儿童文学》在北京创刊，这是新中国继上海《少年文艺》（1953 年创刊）以后的第二本纯儿童文学期刊。该刊由叶圣陶、冰心、张天翼、严文井等组成编委会，金近负责主编，中国少年儿童出版社出版。1964 年 4 月，茅盾在细读了已出版的《儿童文学》第一至三期以后，兴奋地写下了《读〈儿童文学〉》一文，对该刊的内容和变革大加点赞："我松了口气，对自己说：这至少可以满足孩子们部分的如饥如渴的需要了。"茅盾称赞《儿童文学》"品种多，可以满足不同年龄的儿童和青少年的需要"，"丰富多彩，有教育意义而又符合儿童的兴趣"。所谓品种多，既指题材内容丰富，包括"一是进行革命传统教育，二是进行阶级和阶级斗争教育，三是国际时事（同时也是无产阶级国际主义教育）和科学知识"，又指文体种类齐全，涉及小说、散文、童话、儿歌、儿童戏剧等。茅盾又对《儿童文学》提出了 3 方面的办刊建议："在题材、体裁、风格等方面，尽量多种多样"，增加"描写新时代儿童的风貌，启发少年儿童们树雄心、立壮志的作品"，"扩大儿童眼界（包括历史、地理、自然科学的知识），诱发儿童想象力"，"这样，我们的儿童文学就能在培养共产主义接班人这个伟大、神圣的事业中，更好地尽其应尽的一份力量"。①

茅盾对儿童文学的关心、扶持可谓用心良苦，对存在的偏差、问题既严肃批评又循循善诱。他见到发展、成绩，就喜上眉梢，既加以肯定，又提出要求。作为位居中国作家协会主席与文化部部长的茅盾，他对中国儿童文学事业付出的心力，着实令人敬佩。

---

① 茅盾：《读〈儿童文学〉》，《人民日报》1964 年 5 月 20 日。

四 20世纪70年代：作为世界文学巨匠的茅盾

20世纪70年代后期，政府职能部门和中国作家协会采取了许多重要举措，努力再造儿童文学的繁荣局面。1978年12月1日至20日，中国少年儿童出版社《儿童文学》编辑部与《中国少年报》在北京联合举办“儿童文学创作学习会”，茅盾、冰心、张天翼、严文井、冯牧等19位作家向来自全国23个省、自治区、直辖市的47位青年作者作了有关儿童文学的谈话与报告。12月17日，82岁的茅盾会见全体学员，作了语重心长的谈话，文章以“中国儿童文学是大有希望的”为题，刊发于1979年3月26日的《人民日报》。这是百年中国儿童文学演进史上，一位先驱者、开拓者与终生关注儿童文学的巨匠和世纪老人，对建设中国儿童文学发出的肺腑之言与真知灼见。

茅盾认为，儿童文学有着自己独特的艺术规律，不是谁想写就能写好的，因为“儿童文学最难写。试看自古至今，全世界有名的作家有多少，其中儿童文学作家却只寥寥可数的几个”。但儿童文学无论对于社会、民族还是对于未来又非常重要，应如何繁荣儿童文学？茅盾回顾历史，面对现实，提出了吸纳世纪初商务印书馆编制童话的合理做法、重视儿童喜爱的科学文艺与动物文学创作等观点，同时认为需要“解放思想”，对于过去“作茧自缚”的儿童文学教育性问题以及过去批评过的“童心论”都应“以争鸣的方法进一步深入探索”。茅盾敏锐地看到了束缚儿童文学发展的症结所在，呼吁“儿童文学的理论建设也要来个百家争鸣”。

茅盾在1979年又接连发表了《对于儿童诗的期望》① 与《少儿文学的春天到来了——为儿童文学创作座谈会作》，对进一步繁荣儿童诗创作与儿童文学提出了自己的意见，茅盾确信“少儿文学的题材是广大无限的，只要能解放思想，博览广搜，坚持百花齐放、百家

---

① 茅盾：《对于儿童诗的期望》，《人民日报》1979年5月28日。

争鸣的方针，我国少儿文学的新时代必将到来，在世界的少儿文学中占一席地”。[①] 这些文章洋溢着一个世纪以来茅盾毕生关心与重视儿童文学建设的满腔热忱和高瞻远瞩，同时也预示着一个生机勃勃的儿童文学新局面的到来。百年中国儿童文学演进史，充分证明了茅盾当年的预言：中国儿童文学是大有希望的。这大有希望的前景与硕果离不开茅盾在百年中国儿童文学演进史中所作出的独特而卓越的贡献，茅盾在中国儿童文学史中应当居有重要的地位。

（原刊《江淮论坛》2020 年第 6 期）

① 茅盾：《少儿文学的春天到来了——为儿童文学创作座谈会作》，《文汇报》1979 年 12 月 12 日。

茅盾早期创作与女性主义

杨联芬

摘　要　茅盾是中国首位翻译“Feminism”并使之获得中文命名的作家，女性主义观念在其早期妇女问题论述与文学创作中，集中在对两性关系与道德的关注与讨论上。他推崇妇女主体意识，赞美女性气质，致力于建构平等的两性关系。他以解放的身体塑造“解放的妇女”，体现了女性主义的身体政治学，颠覆了传统性别权力关系，解构了男权中心的道德秩序。由于女性主义精神的灌注，他的早期小说在“革命”与“文学”两方面，都做出了超越性贡献。

关键词　茅盾；女性主义；早期创作

茅盾是中国首位译介“女性主义”理论概念，并在早期创作中体现女性主义精神的新文学作家。不过，在“女性主义”长期被误认为1980年代才由西方引进、主要体现欧美白人中产阶级女性诉求的“认识装置”中，将茅盾作为女性主义者讨论，似乎有损其崇高形象。他在五四时期的女性主义译介与社会批评，一直是在“妇女解放”概念下被阐释的。“妇女解放”曾经是Feminism的一种译法，但由于20世纪中国的特殊历史语境，“女性主义”译名在20—40年代昙花一现后，“妇女解放”作为女性主义的唯一能指，却主要指向政党政治中的阶级和民族解放，无法呈现Feminism的核心含义，因而茅盾早期创作中的女性主义，难免有所误读或遮蔽。

茅盾在介入新文化运动时便宣称“我是极力主张妇女解放的一人”,[①] 他虽不曾承认自己是女性主义者，甚至表示过对女性主义不满,[②] 但这并不影响我们从女性主义角度考察他。毕竟，他是五四时期对西方女性主义理论最早译介和努力传播的学者，女性主义不但影响了他的女性观，也潜在地影响了他的早期小说创作。[③]

有关茅盾妇女论述和女性形象的研究，几十年来已汗牛充栋。不过，他与“女性主义”的话题，则一直付之阙如。本文拟通过爬梳史料，细读文本，从“女性主义”维度观照茅盾早期文化批评与文学创作，并在前人研究基础上，讨论其女性主义观念对文学叙事的独特贡献，并就教于方家。

一　茅盾与“女性主义”

“Feminism”一词来自法文，19 世纪 90 年代进入英语,[④]“五四”时期进入中文，被译为“女子主义”“妇女主义”“女性主义”和“女权主义”等，而最早的翻译者，是茅盾。[⑤]

茅盾对女性主义的关注和译介，有其偶然性。1919 年 11 月，受五四新思潮影响，商务印书馆编译所的两份杂志《小说月报》和

---

① 佩韦:《解放的妇女与妇女的解放》,《妇女杂志》第 5 卷第 11 号，1919 年 11 月。

② 冰:《所谓女性主义的两极端派》,《民国日报》副刊《妇女评论》第 13 期，1921 年 10 月 26 日。

③ 这里所谓茅盾的“早期创作”，指大革命失败他开始小说创作至他从日本“散心”回沪，即 1927—1929 年的创作，主要包括《蚀》三部曲，短篇小说集《野蔷薇》，长篇小说《虹》。而这些小说，在观念、立场、趣味和形象塑造上，体现了一种整体风格。

④ 该词最初是贬义词，被攻击女权运动的人所用，此情形持续至 1960 年代。玛格丽特·沃特斯《女权主义简史》“绪论”，朱刚、麻晓蓉译，外语教学与研究出版社 2008 年版。

⑤ 详情见拙作《新文化运动与“女性主义”之诞生》,《文艺研究》2019 年第 5 期。

《妇女杂志》决定革新，主编王蕴章请英文部青年编辑沈德鸿主持《小说月报》“小说新潮栏”，并为《妇女杂志》撰稿，不久馆方又要他接任主编。[①] 尽管茅盾最终未接受《妇女杂志》主编一职，但仍承担了该刊撰稿任务。自1920年第6卷第1期开始，《妇女杂志》在茅盾的帮助下“改弦易辙”，把“极力介绍”“西洋提倡女子解放”的“著作”和“专论”作为重要使命，[②] 专设“名著”栏刊发西方女性主义理论原著。此后，《妇女杂志》几乎每期都有他的文章，有时同一期以不同署名发好几篇，并动员其弟沈泽民也加入翻译和撰稿。尽管茅盾在此前已零星发表过妇女问题时评，但商务印书馆这一工作调整，使他在主持《小说月报》和从事文学批评之外，把相当的精力用于妇女评论，而《妇女杂志》也迎来其最具影响力的时期。从1922年至1925年，在章锡琛任主编时期，《妇女杂志》先后设置过“恋爱自由与自由恋爱”讨论专栏和若干专号，如“离婚问题号”“妇女运动号”“家庭问题号”“娼妓问题号”“新性道德号”等，这些均为社会热点问题，影响甚大，该刊也成为新文化运动时期新道德的思想重镇。[③] 因主持《小说月报》和文学评论的巨量工作，茅盾后来在《妇女杂志》发表的女性主义理论翻译，数量不如章锡琛和周建人，但他对西方女性主义历史与理论的熟悉，[④] 不但使其妇女论述

---

① 茅盾：《茅盾回忆录》，孙中田、查国华编《茅盾研究资料（上）》，中国社会科学出版社1983年版，第214—215页。“茅盾”本是他迟至1927年发表小说才开始使用的笔名，但鉴于文学史叙述的通例，本文均略去本名，通以“茅盾”指称。同时，茅盾早期所用“佩韦”“四珍”等笔名，这里亦不再注释。

② 《本杂志今后之方针》，载《妇女杂志》第5卷第12号，1919年12月。

③ 《妇女杂志》因思想前卫而在当时的受欢迎程度，也可从发行量获知。11卷5号“编辑余谈”说，该杂志当年（1925年）销量大增，加印千份仍供不应求。另可参见章锡琛《从商人到商人》，《二十世纪中国著名编辑出版家研究资料汇辑》第2辑，河南大学出版社2005年版，第426页。

④ 茅盾在妇女论述中，常常顺手拈来西方女性主义和社会学理论，如玛丽·沃尔斯同克拉夫特（Mary Wollstonecraft）的“A Vindication of the Rights of Woman”，瓦特（L. F. Ward）的Pure Sociology，等等，如数家珍。

往往高屋建瓴，而且在新文坛发挥了意见领袖作用，并且他与同仁发起成立“妇女问题研究会”。[①] “女性主义”这一西方理论概念，就是这个时期由他率先译介而进入中国的。

1920 年 2 月，茅盾在批评商务印书馆另一份女性杂志《新妇女》时，指责主编者完全不懂“女子主义”,[②] 这大概是女性主义概念在国内媒体的首次亮相。因无人知晓“女子主义”这个新名词，他随后专门撰文解释：“女子主义”乃世界妇女运动专有名词“Feminism”的翻译[③]。当时中国的新文坛，讨论妇女问题的人很多，但了解西方女性主义历史和理论的人极少,[④] 茅盾认为讨论女性问题“不可不知西洋女子主义的起源、分派、趋势、现在和将来”;[⑤]“我们若不先去研究了女子主义的根原，冒昧就把现代几个‘妇女问题’的学者底主张在中国提倡，很是不对”。[⑥] 他在做妇女问题时评的同时，致力于翻译和传播西方女性主义知识与理论。

1920 年 4 月至 6 月，《妇女杂志》“名著”栏连载了茅盾与其弟沈泽民合译的美国女性主义者海尔夫人的专著《妇女所要

---

① “妇女问题研究会”成立于 1922 年，发起人除茅盾，还有李宗武、周作人、吴觉农、章锡琛、夏丏尊、杨贤江、周建人、胡愈之等。见《妇女问题研究会宣言》,《妇女问题研究会简章》，载《妇女杂志》1922 年第 8 卷第 8 号，《时事新报·学灯》1922 年 7 月 29 日第 4 版。

② 佩韦:《评〈新妇女〉》,《妇女杂志》第 6 卷第 2 号，1920 年 2 月。

③ 佩韦:《世界两大系的妇人运动和中国的妇人运动》,《东方杂志》第 17 卷第 3 号，1920 年 2 月。

④ 茅盾对这一现状的不满，在很多文章都有表述，如《我们该怎样预备了去谈妇女解放问题》《家庭改制的研究》等。

⑤ 雁冰:《我们该怎样预备了去谈妇女解放问题》,《妇女杂志》第 6 卷第 3 号，1920 年 3 月。这是茅盾为该期《妇女杂志》撰写的社论。

⑥ 佩韦:《妇女要的是什么》,《民国日报·妇女评论》第 2 期，1921 年 8 月 10 日。

求的是什么：女性主义运动释义》，[①] 以“女子的觉悟”为题分两期发表。[②] 这是中国新文化史上最早有关女性主义理论的翻译论著，也是女性主义的入门知识，对女性主义的起源、历史、派别与意义等，都有清晰的论述。在这里，女性主义被定义为人类文明进步的历史链条中的一环，即世界民主化进程的一个新阶段，指出：人类历史通过几百年的持续努力，先后摧毁了皇权和贵族特权，现在还剩一个“性的权力”（Sex Authority），女性主义的目的，便是解除这一权力，“移除阻碍女子底体格、心理、道德及经济发展底人为的梏桎”，摧毁导致两性长期不平等的社会制度。“所以凡是民主主义很有基础的国家，女子主义运动也就很发达；反之，专制主义强盛的国家，女子主义也就缩退。”[③] 该文介绍了欧美女性主义的历史，指出18世纪的妇女运动，主要由少数知识女性领导，但却与人类进步的总步伐一致，其价值“和人类伟大的思想所谓‘德谟克拉西’者，不相上下”；[④] 19世纪以来的妇女运动，属于女性主义的第二步，不再是少数知识女性的实践，而是“我们大家有分的”跨越阶级的更为普遍的社会运动，“是一个进化的运动”，“是一个生长物，不是一个死建筑”。[⑤] 沈泽民翻译的部分［《女子的觉悟（续）》］把feminism译为“妇女主义”。在《妇女杂志》6卷9号上，茅盾翻译的该书第六章，

---

① Beatrice Forbes - Robertson Hale, *What Women Want: An Interpretation of the Feminist Movement*, New York: Frederick A. Stokes Company Publishers, 1914. 该书是一部解释女性主义、讨论妇女问题的入门书，也是迄今笔者所查到的英文文献中较早以正面态度阐述女性主义的专著。该书对女性主义的历史、理论概念、社会运动及这一观念在文学艺术和日常生活中的运用进行系统解释，并讨论了男女平等的理念应如何合理应用于实践。

② 雁冰：《女子的觉悟》，《妇女杂志》第6卷第4号，1920年4月；沈泽民：《女子的觉悟（续）》，《妇女杂志》第6卷第5号，1920年5月。海尔夫人原书由三部分构成，沈氏兄弟这篇文章，是该书第一部分前四章的翻译，这也是该书集中阐释女性主义理论与历史的部分。

③ 雁冰：《女子的觉悟》，《妇女杂志》第6卷第4号，1920年4月。

④ 雁冰：《女子的觉悟》，《妇女杂志》第6卷第4号，1920年4月。

⑤ 沈泽民：《女子的觉悟（续）》，《妇女杂志》第6卷第5号，1920年5月。

亦用“妇女主义”，以“妇女运动的造成”为题发表。

按五四时期的认识，女性主义和社会主义分别是一战后西方社会思潮中最激进、影响最大的两支，也是新文化阵营最关注的“社会改造”思潮中最主要的两派。但由于“妇女问题是社会改造中的一部（分）”,[①] 而社会主义具有彻底改制的特性，因此茅盾明确表示过女性主义不是完美的理论，中国女性解放很难按西洋模式进行；而社会主义纲举目张，可从根底解决包括妇女问题在内的诸多社会不公问题，因此是最佳选项。[②] 尽管如此，茅盾在五四时期的妇女与性别论述，却很少涉及社会主义最重视的经济问题，也鲜有对社会主义妇女理论的详细论说。对于五四时期颇受新文坛关注的社会主义妇女理论大家倍倍尔（August Bebel，1840—1913）和加本特（Edward Carpenter，1844—1929），茅盾也只是点到为止，没有对他们的理论进行专门论述和译介。他译介所偏重的，还是女性主义，介绍和讨论最多的，是女性主义最基本的问题——女性主体地位和两性之间的关系与道德。他除了译介女性主义史论，还译介了爱伦凯的恋爱与婚姻理论,[③] 纪尔曼的妇女与经济理论,[④] 帕特里克·葛底斯、亚瑟·汤姆逊的性道德理论等。[⑤] 社会主义的妇女解放方案，尽管理想，但在当时中国缺乏实践条件。如男女“同工同酬”，需有工业化环境和妇女就业机会，而当时中国产业极端落后，连男性工人都极少；“公厨”与“儿童公育”，也不具备社会主义原则下的现实操作性。相反，家庭问题、两性关系问题，仍然是妇女所面临的最基本问题，并有现实改变可能。茅盾作为共产党人，自然崇尚社会主义，且在不少文章中

---

① 雁冰：《我们该怎样预备了去谈妇女解放问题》，载《妇女杂志》第6卷第3号，1920年3月。

② 沈雁冰：《家庭改制的研究》，《民铎》第2卷第4号，1921年。

③ 爱伦凯的名著《恋爱与结婚》，最早的翻译便是茅盾的《爱情与结婚》《爱伦凯的母性论》，它们分别发表于《妇女杂志》和《东方杂志》。

④ 茅盾对纪尔曼的译介，散见于论文中，如《家庭改制的研究》等。

⑤ 佩韦：《两性间的道德关系》，《妇女杂志》第6卷第7号，1920年7月。这是对 Patrick Geddes 和 Jean Arthur Thomson 专著《两性论》（*Sex*）第9章的翻译。

都强调其赞同“公厨”和“儿童公育”；但在学术研究和文学创作中，他一向秉持理性的和现实的态度，因而并不激进。1927 年大革命失败后创作的《蚀》三部曲，被革命文学家指责为“所表现的大都是下沉的革命的小布尔乔亚对革命的幻灭与动摇”，[①] 但他回应时坚持认为自己的创作完全从现实经验出发，是现实主义；至于阶级革命，他直率指出，当时“中国革命的前途还不能全然抛开小资产阶级”。[②] 同样，他聚焦两性道德，也源于现实中妇女问题的解决途径，首先是男女同校、社交公开和婚姻革命。

茅盾对 Feminism 一词的翻译，先后使用过“女子主义”、“妇女主义”和“女性主义”。在现有文献中，“女性主义”中文译名首次出现在 1921 年发表的《所谓女性主义的两极端派》中。在这篇文章中，他详细介绍了西方女性主义在当时最引人注目的“两个极端派”：

> 女性主义的大群中有完全相反的两派，这两派的主张各走一偏，所以被主张中和的女性主义者呼为“极端派”。女性主义全体的议论或主张，我是不满意的，那些自称为中和性的女性主义者对于家庭、工作、参政等等问题的建议或主张，我更不满意，因此不想在这里讲起他们。但是这两个极端派的主张，我却觉得很可以介绍给中国，大家来讨论；中国的妇女正在觉醒的路上，妇女问题的实现恐怕即在最近的将来，就中国古来传统的旧教说，与目今受了世界经济潮流而生的新趋势而言，将来中国的妇女问题显然就要碰到第一个极难解决的问题，就要走到第一条极难决定“何去何从”的三叉路口：这问题，这三叉路口，就是西洋女性主义者中间的两个极端派相争持的焦点![③]

① 钱杏邨：《茅盾与现实》，载孙中田、查国华编《茅盾研究资料（中）》，中国社会科学出版社 1983 年版，第 101 页。

② 茅盾：《从牯岭到东京》，《小说月报》第 19 卷第 10 号，1929 年。

③ 冰：《所谓女性主义的两极端派》，《民国日报·妇女评论》第 13 期，1921 年 10 月 26 日。

茅盾论及的这两派，分别以美国女性主义者纪尔曼（C. P. Gilman）和瑞典女性主义者爱伦凯（Ellen Key）为代表。纪尔曼认为妇女解放的首要条件是经济独立，因此主张家庭简单化，儿童公育化。这些观点接近社会主义，但纪尔曼与社会主义的区别是：社会主义将所有资源归于国家，而纪尔曼的公厨与公育，都以个体自愿为原则，是个体间的互助合作。茅盾在《妇女解放问题的建设方面》一文中阐述自己的观点时，对于公厨与公育的赞同，既是社会主义的，但也可以见到纪尔曼的影响——他主张各家聚拢的互助合作，并认为妇女的家庭劳动也是职业，不能被排除在“劳动”之外。① 女性主义另一派代表人物爱伦凯，则并不认为经济独立比受教育更应先行。她的主张具有女性和儿童本位特征，她赞美女性气质，尊崇母爱，反对儿童公育，反对不加区别地鼓励妇女离家工作。爱伦凯的母性论并未为中国新文化所接受（茅盾认为容易与传统贤母良妻主义混同），但她的恋爱论，却成为五四时期最流行的理论，对新道德的建构产生了巨大影响，而茅盾，便是爱伦凯理论进入中国的第一个译介者。

1920 年 3 月，《妇女杂志》第 6 卷第 3 号“名著”栏，刊登了茅盾译介爱伦凯的《爱情与结婚》，这是爱伦凯名著《恋爱与结婚》在中国的第一个译本。茅盾注明该文是对爱伦凯这部著作的“提译”；不久，他在《东方杂志》又发表《爱伦凯的母性论》，这仍是该书内容的补译。爱伦凯以生命进化的逻辑论述人类两性道德的演进，认为爱情应当是现代婚姻及两性道德的核心元素，因此提倡“恋爱自由”；又以恋爱为婚姻的标准，则无爱情的夫妻，应该离婚，故提倡“离婚自由”。1920 年代初，经茅盾和新文化同人在《妇女杂志》的大量译介，爱伦凯的恋爱与结婚理论在中国广为传播，“现在凡是谈论妇女问题的，没一个不在这伟大的女思想家思想支配之下”；②

① 佩韦：《妇女解放问题的建设方面》，《妇女杂志》第 6 卷第 1 号，1920 年 1 月。

② 吴觉农：《爱伦凯的自由离婚论》，《妇女杂志》第 8 卷第 4 号，1922 年 4 月。

"'不论怎样的结婚，要有恋爱才可算得道德。倘没有恋爱，即使经过法律上的结婚手续，也是不道德的。'爱伦凯女士这句话，现代已公认为结婚的唯一原则了。"①

检视茅盾1920年代有关恋爱与离婚问题的论述，爱伦凯理论的影响非常明显。以恋爱论为例，他说："恋爱是男女间的一种关系底说明。异性间如果发生了性的关系，常常要起所谓道德的问题。在那时，我们所有的一种衡量彼两性关系之究属道德不道德的天平秤，就是恋爱。我活着可以简单说一句，两性结合而以恋爱为基的，那就是合于道德的行为，反之，就是不合于道德的"；"两性的自由结合若是根据了真恋爱而来的自然的动作，便是合理的"，那么"一个人有过两三回的恋爱，如果都是由真恋爱自动的，算不得什么一回事。在女子方面，算不得不名誉的，有伤贞洁的。中国对于贞洁的观念，几乎以为是女子的专用品，而且以'只与一个男子接触'为贞洁的解释，实在是因为不重视恋爱的缘故。"② 这差不多是爱伦凯观点的重复，对传统中国道德而言，可谓石破天惊。而这样的观念，在五四以后成为新文化的主流论述，导致中国1922年左右，在"恋爱自由"观念主导下，形成了"离婚自由"的社会浪潮。可以说，西方理论对中国社会层面影响最大的，是女性主义对中国传统家族制度和婚姻制度的颠覆，以及对新道德的建构。新道德在两性关系领域的实践之迅猛，今天看仍是奇迹。1919年新文化媒体还在进行"男女同校""社交公开"的呼吁和倡导，到1920年代中期大革命开始时，短短几年间，恋爱和革命已使上海的大学校园安放不下平静的书桌（《幻灭》）。由于革命的推进，"自由恋爱"在都市和革命展开的城市狂飙突进，茅盾早期几乎所有小说，都是通过对这个时期"自由恋爱"现象的描写，展开对时代政治事件叙述的。

---

① 记者：《恋爱结婚成功史——周颂久先生夏韫玉女士结婚的经过》，《妇女杂志》第8卷第3号，1922年3月。

② 冰：《恋爱与贞洁》，《民国日报·妇女评论》第35期，1922年4月5日。

二 新性道德与“解放的妇女”

如前所述，茅盾的妇女问题研究和批评，主要聚焦于两性关系与新性道德建构上，其所关涉，主要是以城市受教育青年为主的人群。

五四运动后，随着大学男女同校呼声的高涨，男女社交公开也成为舆论焦点。社交公开对于妇女解放的意义不言自明，是她们突破“女禁”、进入社会公共空间的必由之路。同时，男女社交能“增进男女人格”,① “陶冶正当恋爱，改良婚姻及家庭制度”,② 因而为青年学生所推崇。但由于传统积习深厚，社交公开实行之初，不免问题多多。不少男子“在旧道德思想的灰水里浸得太久了”，将社交公开“误用”为“红粉销愁”“蛾眉破寂”,③ 带着旧式社交的态度与女学生交往。女性则由于刚从闺阁教育进入社会（男性世界），“能力薄弱，没有学识和经验”,④ 且“易受人诱惑”,⑤ 一旦遇人不淑，则身名俱毁。

1920 年至 1921 年，茅盾在《民国日报》副刊《觉悟》、《妇女评论》等报刊连发数文，检讨和引导社交公开。他批评现实中太多的“非驴非马的社交”，分析畸形社交“何以会发生”，与青年读者讨论“应当如何防止与纠正”，以及“怎样的社交是我们理想中认为正当的社交”。⑥ 在这些文字中，我们可以见到茅盾对于男性和女性，

---

① 杨潮声：《男女社交公开》，《新青年》第 6 卷第 4 号，1919 年 4 月。

② 陈友琴：《女子教育之革新》，《解放与改造》第 1 卷第 5 号，1919 年 11 月。

③ 雁冰：《社交公开问题管见》，《妇女杂志》第 6 卷第 2 号，1920 年 2 月。

④ 曙梅：《社交公开后妇女底觉悟》，《新妇女》第 1 卷第 2 号，1920 年 1 月。

⑤ 雁冰：《社交公开问题管见》，《妇女杂志》第 6 卷第 2 号，1920 年 2 月。

⑥ 冰：《再论男女社交问题》，《民国日报 · 妇女评论》第 9 期，1921 年 9 月 28 日。

在主体责任方面一视同仁，并不将女性置于“天然”的弱者地位，他把不能正当社交的男女青年都称为“不觉悟”者：不觉悟的男子如“‘走马’的才子名士”，“天天说男女社交公开，却将游乐场茶馆酒店来做公开的场所；戴了一副‘求偶’的眼镜去和女子社交公开”。[①] 不觉悟的女子，“现在社交场中，只有两种式子的人：一是以社交为享乐的”，“一类是明白社交正义的，而这一类的人中的女子一定是对男性有敌视之意的，伊们觉得男性都是不道德的，都是狼，而自己呢，都是羊。”[②]

茅盾一开始谈妇女问题，就强调妇女解放不光是权利（right），也是责任（duty）；妇女解放不能“专责成男子”，应是女子的主体建构。[③] 这一立场，在他开始翻译女性主义理论之前便已显露，[④] 但在致力于女性主义理论译介和妇女问题批评之后，更加突出。他认为两性平等是建立在“人”的价值基础上，“现代的女性当自觉是一个人，是一个和男子一般的一个人。不但男子能做的事要去做，男子未做的不能做的事，也要去做”。他认为剪发、易装等，都是女性解放的细枝末节，属于个人选择，没有太大的讨论意义；但“女性的自觉”，即从“异样”的“非人的”状态自觉，达到具有主体人格的“真人”，才是妇女解放的目标。[⑤] 故此，“欲求妇女的解放，先求有解放的妇女”；而“解放的妇女”，首先要有“高

---

① 雁冰：《社交公开问题管见》，《妇女杂志》第6卷第2号，1920年2月。

② 佩韦：《这是哪一种的觉悟》，《妇女评论》第13期，1921年10月26日。

③ 佩韦：《解放的妇女与妇女的解放》，《妇女杂志》第5卷第11号，1919年11月。

④ 冰：《对于黄蔼女士讨论小组织问题一文的意见》，原载《时事新报·学灯》1919年7月25日，见《茅盾全集》第14卷，黄山书社2012年版，第52—58页。

⑤ 冰：《女性的自觉》，《民国日报·妇女评论》第1期，1921年8月3日。

贵的人格和理想”,[1] 即具有主体性的个人。

五四时期讨论恋爱自由时，学界存在灵肉二元说，“享乐”派看重“肉”，“恋爱神圣”派偏重“灵”，二派曾有激烈争论。[2] 但即便折中派主张灵肉统一，其对精神和肉体也并非等量齐观，而是认为精神高于肉体。下面一段论述，颇具代表性——

> 我以为男女之间，有灵的关系，而兼有肉的关系的，固然是恋爱；但是只有灵的关系，而没有肉的关系，佢们的恋爱已终成立。反之，只有肉的关系，而没有灵的关系，就绝不能算得恋爱。所以肉的关系，决不是恋爱底要素。不过，灵的关系极深的时候，往往容易发生肉的关系罢了。
>
> 所以肉的关系，在恋爱公式中的位置，不过是积分式上的未定常数项，有时等于零也未可知。未定常数项等于零，依然是积分式。但决无只有未定常数项而没有变数之函数，可称为积分式的。这就是恋爱只有灵兼肉的，或纯灵的，没有纯肉的，最好的比喻了。[3]

重精神而轻身体，体现了人类理性中心的思维常态。茅盾也将“肉体”归为“享乐”，经常批判“享乐主义”。而“享乐主义者”，无非丧失了“精神”（茅盾称为“少年中国”精神），而屈服于“肉欲”、陷于恋爱中的青年。茅盾对女性陷入享乐主义的原因分析，颇有意思，他归纳有三：一是经济压迫，二是歆慕繁华，三就是受到“万恶的青年的性的引诱”。[4] 他说，“现在已解放旧思想的束缚，而不幸遇见上列三项的女子，大概总不免失了把持力，经过了暂时的梦

---

① 佩韦：《解放的妇女与妇女的解放》，《妇女杂志》第5卷第11号，1919年11月。

② 关于恋爱的“灵肉”二元问题的讨论，在《民国日报》副刊《觉悟》、《妇女评论》最热烈和持久。

③ 西冷：《我底恋爱观》，《觉悟》1921年7月17日。

④ 佩韦：《享乐主义的青年》，《妇女评论》第19期，1921年12月7日。

境也似的虚幻的辉燦光耀，而结果到享乐主义，在都市的上海与杭州与北京，我见过这样的人，也不少了。"[①] 这里，茅盾将"物质"（经济的压迫或诱惑，性的快感），视为与"精神"对立的引人堕落的东西，可见在精神与身体二元中，他肯定精神；在两性社交中，他排斥性欲为上，并认为享乐就是"颓废"，这一观点也影响到他弟弟沈泽民。[②]

然而，几年后茅盾开始创作小说，面对具有享乐主义倾向的慧女士、孙舞阳等时，他的态度似乎变得暧昧起来。陈建华认为大革命后茅盾对于颓废的态度转向，与现代主义有关；而孙舞阳等浪漫女性的塑造，则受到苏俄柯伦泰"杯水主义"影响。[③] 此说很有道理，不过，茅盾的现实主义也起了作用，身体自由所导致的性解放，正是20世纪20年代中期大革命的连带产物，以致形成"革命加恋爱"的文化景观。

"革命加恋爱"在左翼文学史上曾背恶名，随蒋光慈受到清算。其实，且不说革命加恋爱小说多以当时革命青年的真实生活经验为依据，仅就概念而言，在"革命加恋爱"成为左翼文学"公式"和"滥调"之前，它已是革命阵营的一种普遍现象，也可以说是一个文化症候。在郑超麟回忆录中，有《恋爱与革命》一章，记录了革命阵营20世纪20年代普遍的自由恋爱现象。[④] 杨之华曾因反感放纵肉体的"恋爱"而引起阵营内部一场笔墨官司；[⑤] 茅盾《幻灭》中静

---

① 佩韦：《享乐主义的青年》，《妇女评论》第19期，1921年12月7日。

② 沈雁冰：《五四运动与青年们底思想》，《觉悟》1922年5月11日。沈泽民：《现在的男女社交为什么这样?》，《妇女评论》第7期，1921年9月14日。

③ 参见陈建华专著《"革命"的现代性》和《革命与形式》中有关茅盾小说"时代女性"与"时间"的论述。

④ 《郑超麟回忆录·自序》，载《史事与回忆——郑超麟晚年文选》第一卷，香港天地图书公司1998年版。《郑超麟回忆录》写于1945年，八十年代党内曾油印《郑超麟1945年回忆录》做党史研究的内部参考资料。

⑤ 1922年7月26日，杨之华在《民国日报》副刊《妇女评论》发表《社交和恋爱》批评不尊重女性的"恋爱"行为，引起对号入座式的攻讦，其后二人分别在《民国日报》副刊和《时事新报》副刊回应和批评。

女士身边的女性都在恋爱，而周围男同事则“近乎疯狂的见了单身女性就要恋爱”。[①] 连对《蚀》三部曲十分不满的革命文学家钱杏邨，也承认“各章的革命党人的恋爱行动，无往而不是一九二七年的普遍的现象。”[②]

大革命开始后，“自由恋爱”伴随革命进程如火如荼燃烧，“把恋爱当饭吃”（《幻灭》）的性解放现象流行于革命阵营，以致“恋爱”对革命在事实上“已经成了极大的问题，非马上解决不可”。[③] 1926 年北伐前夕，广州《民国日报》在副刊特辟“恋爱与革命”专栏，持续两三个月连篇累牍刊文讨论恋爱与革命，引导青年节制性欲，摆正革命与恋爱的关系。北伐进入武汉后，武汉中央军事政治学校组织全校师生展开恋爱与革命大讨论，“去浪漫化”成为规训原则，而“打破恋爱梦”竟成为歌词写入校歌。[④] 茅盾晚年所写的回忆录，也呈现了 1927 年武汉“革命加恋爱”的生动氛围：“同我的宿舍隔街相对，也有一间房夜夜灯火通明。那里住着三位单身女同志，其中一位是汉口市妇女部长黄慕兰，一位是海外部任职的范志超。她们都结过婚，黄慕兰已离婚，范志超的丈夫（朱季恂）死了。她们都是工作有魄力，交际广，活动能力很强的女同志，而且长得也漂亮，所以在武汉三镇很出名。一些单身男子就天天晚上往她们的宿舍里跑，而且赖着不走……”[⑤] 可以说，1926—1927 年高潮时期的大革命，将五四提倡的“社交公开”和“恋爱自由”推向了浪漫的极致，而茅盾早期小说的“革命加恋爱”描写，也正源于对这一历史真实的记录。

1922 年，已是共产党员的茅盾，在引导青年如何克服“享乐主

① 茅盾《幻灭》第 10 章，载《蚀》，开明书店 1930 年初版，第 91 页。

② 钱杏邨：《茅盾与现实》，载孙中田、查国华编《茅盾研究资料（中）》，中国社会科学出版社 1983 年版，第 114 页。

③ 洪瑞钊：《革命与恋爱》，上海民智书局 1928 年版，第 3 页。

④ 谢冰莹：《一个女兵的自传》，上海良友图书公司 1926 年版，第 165 页。

⑤ 《茅盾回忆录·一九二七年大革命》，载孙中田、查国华编《茅盾研究资料（上）》，中国社会科学出版社 1983 年版，第 368 页。

义”（恋爱）导致的“苦闷”时，按社会主义理论给年轻人开出信仰马克思主义的药方，“要抱定一个相当的主义，把彼牢牢的信仰着，尽我一生的精力向这目标，一直往前的跑着”。[①] 革命不但振奋精神，也解放了身体。“革命与恋爱供给20年代末期中国小说家的，不只是原始素材而已；更重要的，革命与恋爱根本是20年代末期中国小说叙事之所以存在的理由。”[②] 同时，面对大革命失败的创伤，“他们必须一而再、再而三地‘布局’下去，直到他们心目中的浪漫欲望与革命理想连成一气”。[③]

大革命落潮后，茅盾本人也经历了一段浪漫的婚外情。他本人处理恋爱问题并没有比同时代其他男子更高明，但他对待女性，却与许多男性（如他的入党介绍人李汉俊）态度不同。大革命前后他接触到若干“时代女性”，她们成为他文学想象的资源，他对她们的经历充满好奇，也对她们的坚强和独立充满敬佩。他崇拜女性身体，也赞赏女性的主体精神。这固然与个人气质有关，但也不能排除早期接受的女性主义观念发挥了潜在影响。他曾这样说：

> 有人说，文学和美术是女性性近的东西。冤哉！女性何以不近于哲学科学，何以见得女性就不能做群众运动，就不能实实在在做事？以为文学和美术是优美的，属于女性所能范围内的，这种见解，只是科学未发达前男人们底偏见罢了！[④]

女性主义的立场，使他“发现并创造了”现代文学史上不曾有

① 沈雁冰：《五四运动与青年们底思想》，《民国日报》副刊《觉悟》，1922年5月11日。

② 王德威：《历史与怪兽：历史·暴力·叙事》（增订本），台北麦田出版社2011年版，第87页。

③ 王德威：《历史与怪兽：历史·暴力·叙事》（增订本），台北麦田出版社2011年版，第88页。

④ 冰：《女性的自觉》，《民国日报·妇女评论》第1期，1921年8月3日。

过的强悍而妩媚的“解放的妇女”群像。①

三 “女体”与主体

茅盾在为叶绍钧长篇小说所写的《读〈倪焕之〉》中，透露了他选择“恋爱”和“时代女性”做对象，是要通过“都市中青年们的心的跳动”，表现“伟大的时代”的初衷。由此，“女性的身体符号”，成为“揭出一时代心理冲突的叙事焦点。”② 女性身体成为都市符号，大抵与城市文化的消费性有关，而女性在相当长的时间之中，是被视为消费对象的。清末民初的“海上花”，见证了上海洋场的崛起，只是她们的身体代表的是“传统”。进入二三十年代后，上海成为全球化大都市，现代主义文学有了施展空间，穿梭于舞厅、影院、跑马场、夜总会的女性身体，不再是他人的消费对象，而是消费主体，成为繁华都市的“时间的不感症者”③ ——这是何其“现代”的景象。然而繁华的泡沫之下，是生命本真的丧失。穆时英《白金的女体塑像》中，一位24岁的美少妇，因失眠、贫血、胃口呆滞，来诊所“照太阳灯”。苍白的女体，是都市物质膨胀、“性欲亢奋”生活方式的结果。当女子在太阳灯下时，“白桦似的肢体在紫外线光底下慢慢儿的红起来，一朵枯了的花在太阳光里边又活了回来似地”，医生对这冷艳的身体产生了冲动和幻想，构成一幅混合着科技崇拜、女性崇拜和死亡气息的怪诞意境。④ 穆时英对都市现代性的态度比较暧昧，不过，“白金的女体塑像”这一异化的审美意象，仍然表达了否定的意味。而在沈从文那里，无须借助隐喻，都市的异化与

---

① 黄子平：《革命·历史·叙述》，北京大学出版社2019年版，第56页。

② 黄子平：《革命·历史·叙述》，北京大学出版社2019年版，第56、57页。

③ 参见刘呐鸥《两个时间的不感症者》、穆时英《夜总会里的五个人》等作品。

④ 穆时英：《白金的女体塑像》，载严家炎编《新感觉派小说选》，人民文学出版社1985年版，第265页。

乏味就在光天化日之下："都市中人是全为一个都市教育与都市趣味所同化，一切女子的灵魂，皆从一个模子里印就，一切男子的灵魂，又皆从另一模子中印出……一切皆显得又庸俗又平凡"，女主人公"厌倦了那些成为公式的男子，与已成为公式的爱情"。[①] 在沈从文评价都市的语言中，脸色"苍白"、"神经衰弱"、肺痨等，是最常见的符号。

如果说穆时英笔下苍白病态的女体，是都市文化消费性的隐喻，那么茅盾创造出的元气淋漓的女体，是否隐含一种新兴的阳刚的现代文化——革命——在都市崛起？从茅盾对都市的态度不难看出，他的趣味不是现代派的，也不认同沈从文的"反现代"。他早期小说对都市的处理，很少作为日常景象写实，而往往将它作为历史风暴的写意式背景，都市在他笔下，是新潮澎湃的校园，是街头政治的广场。哪怕1930年以后以现实主义描写都市生活的《子夜》，其细节所呈现的，仍然主要是经济和政治生活中的权力与身体交易，而非普通市民的日常。然而，这并不妨碍他以女性身体作为表现革命的符号，借助都市的消费欲望，将革命文学成功"打入了文学市场"。[②] 正如陈建华所说，"孙舞阳，章秋柳，梅行素等'时代女性'，一个个在革命的洪流中，举手投足，顾盼生姿，尤其是她们在性方面的自由而开放，当然要使林倩玉（周瘦鹃小说人物——引者注）一类女子相形失色。"[③]

茅盾笔下这些自由开放的女性，用"新女性"这样的新名词已难以涵括，故另用"时代女性"来命名。[④] 稍早几年，文学中的新女性形象，还是庐隐、冯沅君式的"困在爱情追求和恋母情结的心灵

---

① 沈从文：《如蕤》，载《沈从文全集》第7卷，北岳文艺出版社2002年版，第337页。

② 陈建华：《紫罗兰的魅影：周瘦鹃与上海文学文化：1911—1949》，上海文艺出版社2019年版，第112页。

③ 陈建华：《紫罗兰的魅影：周瘦鹃与上海文学文化：1911—1949》，上海文艺出版社2019年版，第112页。

④ "时代女性"出自茅盾1933年的《几句旧话》。见曹安娜《〈蚀〉和〈虹〉中的"时代女性"》，全国茅盾研究学会编：《茅盾研究论文选集》下册，湖南人民出版社1983年版，第424页。

矛盾中艰难成长的青春少女”,[①] 纠结于传统伦理和个人自由之间难以调和的冲突。茅盾小说中的时代女性，完全超越了五四那代人。她们斩断了与传统的联系，“无父无母”,[②] 毫无挂碍地融入时代洪流，不管遇到多少挫折，都“用战士的精神往前冲”,[③] 其勇敢无畏，让须眉失色，却呈现了进步主义的理念。“她们的过去是模糊的，仿佛生活在激情的历史里，逸出了马克思主义的政治经济学分析范畴”,[④] 同时也逸出了中国文学的女性形象谱系。可以说，茅盾小说一方面是新文学“从文学革命到革命文学”的一个标本，另一方面也是中国文学女性叙事在美学上的一个转折。

茅盾曾将他的时代女性形象分为两类：静女士、方太太是一类，慧女士、孙舞阳、章秋柳是另一类。[⑤] 这一区分并不完全“科学”，静女士的人格成长，很可能像梅行素（尽管她们的故事时间恰好相反），而方太太很难成为时代女性。如果我们忽略这些时代女性形象的“成长”过程，将她们作为“类”来看,[⑥] 那么，她们完全是文学史上不曾有过的另类女性形象——个个激情四射，进步勇敢，妩媚风流。她们在小说中最吸引人的，往往首先是健美而香艳的身体。如《动摇》中的孙舞阳：

> 孙舞阳穿了一身淡绿色的衫裙；那衫子大概是夹的，所以很

---

① 李玲：《现代中国文学的性别意识》，人民文学出版社 2002 年版，第 68 页。

② 李玲：《现代中国文学的性别意识》，人民文学出版社 2002 年版，第 68 页。

③ 茅盾：《虹》，人民文学出版社 1983 年版，第 186 页。

④ 陈建华：《“革命”的现代性：中国革命话语考论》，上海古籍出版社 2000 年版，第 310 页。

⑤ 茅盾：《从牯岭到东京》，《小说月报》第 19 卷第 10 号，1929 年 10 月。

⑥ 如果将茅盾笔下的“时代女性”置于作家创作的物理时间，从 1927 年第一部小说《幻灭》中的静女士，到 1929 年长篇小说《虹》中的梅行素，她们在性情、意志与行动上，均有一个由单纯、软弱、犹豫、苦闷，到理性、成熟的过程。

能显示上半身的软凸部分。在她的剪短的黑头发上，箍了一条鹅黄色的软缎带；这黑光中间的一道浅色，恰和下面粉光中间的一点血红的嘴唇，成了对照。她的衫子长及腰际，她的裙子垂到膝弯下二寸光景。浑圆的柔若无骨的小腿，颀细的伶俐的脚踝，不大不小的踏在寸半高跟黄皮鞋上的平背的脚，——即使你不再看她的肥大的臀部和细软的腰支（肢），也够你想像到她的全身肌肉是发展的如何匀称了。①

她的镇静、从容，已令人刮目相看，她的“媚，怨，狠”，更有勾魂摄魄的“魔力”——

在紧张的空气中，孙舞阳的娇软的声浪也显得格外袅袅。这位惹眼的女士，一面倾吐她的音乐似的议论，一面拈一枝铅笔在白嫩的手指上舞弄，态度很是镇静。她的一对略大的黑眼睛，在浓而长的睫毛下很活泼地溜转，照旧满含着媚，怨，狠，三样不同的摄人的魔力。她的弯弯的细眉，有时微皱，便有无限的幽怨，动人怜悯，但此时眉尖稍稍挑起，却又是俊爽英勇的气概。因为说话太急了些，又可以看见她的圆软的乳峰在紫色绸的旗袍下一起一伏的动。②

对土豪胡国光而言，这样的摩登的革命女子他“见所未见”，“像一大堆白银子似的耀得”“眼花缭乱”。③ 谦和的君子方罗兰，自以为坐怀不乱，可当无意触碰到她“又温又软又滑”的手时，也难以自持。从整体上否定《蚀》的钱杏邨，唯独对其女性身体描写大加肯定：

她（孙舞阳）的恋爱行动是很坦白的，言行一致，在她“拥抱了满头冷汗的方罗兰；她的只隔着一层薄绸的温软的胸脯

---

① 茅盾：《蚀》，开明书店1930年版，第96页。
② 茅盾：《蚀》，开明书店1930年版，第83页。
③ 茅盾：《蚀》，开明书店1930年版，第83页。

> 贴住了方罗兰剧跳的心窝；她的热烘烘的嘴唇亲在方罗兰麻木的嘴上；她放了手，翩然自去”（Chap. 9）的一段话和她的行动里，写的淋漓尽致了。写浪漫行动的女性，也是恰如其分的。[①]

茅盾经常写到女性微颤的乳房，散发香气的身体，淡红的乳晕等，但这些“肉感”，不是来自男性的凝视，而是女性的自我欣赏。如《创造》中的娴娴，健康的脸色“绯红”，“像要喷出血来”；有“熟透樱桃似的嘴唇”和“温软的胸脯”，开朗、健硕、妩媚、顽皮，其性感和解放的大胆无畏，“有时反而使君实不好意思，以为未免太肉感些，以为她太需要强烈的刺戟了”。[②] 这些特征，在茅盾早期小说女性刻画中经常出现，她们对身体和性感的自我欣赏，与古典娇羞、内敛的“女戒”大异其趣，与病态的都市现代主义也不搭界。她们“精力旺盛、欲望充足”，与其说源自潘金莲、赛金花这一谱系而因革命“修成正果”，[③] 不如说是20世纪女性主义与革命乌托邦想象结合而产生的“新人”。

女性身体描写，是茅盾创作中最富争议的话题，“自然主义”的指控由来已久，[④] 而“男性欲望”或“男性狂想”，亦是常见的批评。[⑤] 不过，如果不过分拘泥于“现实主义”的要求，茅盾这些带有

---

① 钱杏邨：《茅盾与现实》，载孙中田、查国华编《茅盾研究资料（中）》，中国社会科学出版社1983年版，第112页。

② 茅盾：《创造》，《东方杂志》第25卷第8号，1928年4月。《创造》几处写到娴娴被塑造成功后，喜欢“强烈的刺戟”。

③ 李玲：《易性想象与男性立场——茅盾前期小说中的性别意识分析》，《中国文学研究》2002年夏之卷。

④ 较近的研究有梁敏儿，她批评道：左拉“笔下的女性都是健壮的生殖体，和动物没有两样……健壮的背后是充满男性性的想象，例如娜娜的乳房的描写就是典型的男性象征”。见梁敏儿《零度的描写与自然主义——茅盾小说中的女性描写》，《文学评论》2002年第5期。

⑤ 李玲：《易性想象与男性立场——茅盾前期小说中的性别意识分析》，《中国文学研究》2002年夏之卷；陈建华：《革命与形式——茅盾早期小说的现代性展开》，复旦大学出版社2007年版，第120页。

想象性的形象，其实有极大的思想意义。

茅盾曾将女性主义主张概括为二：“一是妇女身体的完全自由权，二是妇女经济的完全独立。”[①] 可见身体自由本来就是女性主义的题中之意，那么慧女士、孙舞阳、章秋柳等，践行的正是“身体的完全自由权”。她们对男子的“不是爱，是玩”，是一种最具颠覆性、也最具破坏性的行为——不但完全抛弃了男性加诸女性的道德锁链（贞洁），而且颠覆了人类文化中长期存在的性别权力等级，破坏了一直以来的男性主导的道德秩序。人类父权制历史对女性权利的剥夺，就是从剥夺身体自由开始的。无论是西方的贞洁带，还是中国的裹脚布，种种“正当”的非人制度和习俗后面，都是控制身体进而禁锢思想，故晚清启蒙思潮倡导女权时，是以身体自由（不缠足）为最初诉求的。只有身体自由，才有人格独立和思想自由。从这个角度看，茅盾以解放的身体为基点塑造“解放的妇女”，颇似女性主义的“身体写作”，只不过他以“易性”的方式进行罢了。[②]

茅盾笔下的女性身体，既是欲望主体，也是人格主体。《虹》的尾声，梅行素参加游行示威被水龙头浇透后，遇到帮助他的军人徐自强，随徐来旅馆换衣服。徐一直垂涎梅女士，此时强捺骚动，但终于走向屏风——

> 但当他将到屏风前时，空中旋起一声惊人的冷笑——是那种毛骨耸然的冷笑，使他不由自主地拉回了脚步。屏风的一折突然荡开，梅女士严肃地站在那里，只穿了一件长背褡，冷冷地说：
>
> “嗐，徐自强，我看见你的神气！看透了你的心！这里不是亚洲酒店，请你小心，莫闹笑话！”[③]

---

① 沈雁冰：《家庭改制的研究》，《民铎》第2卷第4号，1921年。

② 李玲：《易性想象与男性立场——茅盾前期小说中的性别意识分析》，《中国文学研究》2002年夏之卷。

③ 茅盾：《虹》，人民文学出版社1983年版，第240页。

梅行素的强势喝止，扭转了性别劣势，让徐“带着几分忸怩”“回到沙发上”。

在茅盾的早期小说中，最有意思的是，与强悍女主角处于对应位置的男性，不是身体羸弱丑陋（抱素、史循），就是意志软弱动摇（方罗兰），或者二者兼而有之（韦玉），他们从身体到精神都是猥琐的。抱素一出场就是“苍白的脸儿，乱蓬蓬的头发”，而慧女士则“刚强”而“狷傲”（《幻灭》）；史循面对章秋柳“莹洁的身体”“丰腴健康的肉体”，对“自己的骨骼似的枯脊”自惭形秽，最终自杀（《追求》）。孙舞阳用“当时新派人物都喜用之”的外国避孕药，更是阴阳倒错。这些描写，颠覆了传统，解构了性别的权力结构，男性和女性的位置颠了个个。茅盾将他全部的热情、赞美和崇拜，都给了女性；而男性，则往往被他置于被揶揄和嘲讽的地位。这些体现的正是鲜明的女性主义立场。短篇小说集《野蔷薇》，对男性的讽刺达到极致，颇有象征意味：《创造》中的男主人公君实，像上帝造人一样精心调教妻子，要把她塑造成一个具备新知、活泼性感，又能固守家庭的“十全”新女性，娴娴被塑造成功之后，却“青出于蓝”，再也不安于在家做太太，最后给君实留下一句“先走一步”，便飘然离家。《色盲》揭露革命阵营中男性以“恋爱”之名轻浮粗鄙的“乱爱”。在《诗与散文》中，作者与恋爱中朝秦暮楚的男主角开了一个玩笑，让他最后蛋打鸡飞——不但追求“诗”样的女子无望，连被他称为“散文”（喻平庸）而遭嫌恶的女友也弃他而去，最后落得个孤家寡人，只好追求“诗史”（革命）去了。茅盾的这些小说，在幽默的语调中解构男权，完全可以称为女性主义叙事。

总之，1927—1929 年，茅盾依靠创作小说度过了大革命之后的心理危机，治愈了因革命失败导致的精神创伤，同时，贡献了一类中国小说史上从未有过的惊世骇俗的“时代女性”形象。这些小说，以凌厉的姿态颠覆了传统性别意识与性别秩序，一方面，将过去没有资格入史的女性，塑造为大革命叙述的主人公，改变了以往历史叙述的男性特征；另一方面，在革命的理想与幻灭中，男子们普遍处于被审视、批判、怜悯和拯救的位置，而女性，则地母一般，充当了援助者与拯救者。在自觉批判男权文化、颂扬女性文化上，茅盾超越了他的时代。

［原刊《厦门大学学报（哲学社会科学版）》2021 年第 3 期］

“市民文学”的玄机
——茅盾延安之行的精神轨辙

郭鹏程

摘　要　以茅盾在延安时期参与“民族形式”讨论为出发点，他关于“市民文学”与“民间形式”的观点实际存在冲突之处。这个现象可以理解为茅盾长期秉持的文学观在抗战时期遭遇挑战，也反映出茅盾参与延安文艺话语建构时踌躇、微妙的心态。在党的文学体制中，茅盾经历了从拒绝充当“旗帜”到接受成为“人民的光荣”的转变，他所秉持的文艺观也从“市民文学”走向了“人民文学”，这背后是茅盾精神的成长史，也是党的文艺体制的召唤史。

关键词　市民文学；民间形式；茅盾；延安之行

1940 年 5 月 26 日至 10 月末，茅盾曾有近半年的时间居留延安。虽然时间不长，但延安却是他文学生涯中不容忽视的一部分。在这里，他密集地参加了各种社会活动和文学活动，还形成了他对当时激烈讨论的民族形式问题的独特见解。20 世纪 70 年代孙中田《茅盾在延安》一文从茅盾去延安的前因后果说起，全面系统地整理了茅盾在延安的演讲、写作、会议等一系列社会活动和文学活动，已经注意到了民族形式是延安时期茅盾文章中的一个关键问题。可惜，由于茅盾在延安时间较短，没有进行文学创作，也没有经历整风运动、文艺座谈会这样的政治事件，这使得延安时期的茅盾的思想轨迹并不像丁玲、何其芳的那样易于把握，此后对“茅盾与延安”话题的研究停留在了介绍他的活动情况和理论贡献，始终没有超出孙中田的研究范畴。

目前，对茅盾与延安的研究往往陷入两种误区，一是研究中从未把他纳入延安作家的框架来讨论，更多地将茅盾视为延安的过客，切断了茅盾与延安互相之间的影响和联系。研究没有注意到在延安的语境下茅盾这些行为的内在逻辑和心理动机，在整个茅盾精神史的研究中忽视他的延安经历。二是研究依据茅盾20世纪20年代加入中国共产党、20世纪30年代加入左联的元老资历，把延安茅盾视为一个成熟的共产主义文论家，将他的观点和活动完全视为对政治的响应与配合，忽视他与延安政治生态的差异。由于茅盾熟悉马克思主义理论，在涉及大众化、民族形式、如何对待文学遗产等理论问题时习惯运用辩证思维，一分为二地看待问题，这就使得带有茅盾个人气质的观点不容易被识别出来，而我们通过细读茅盾在延安时期的文章，不难发现他思想的复杂多变，自相矛盾的地方时有出现，其中的裂隙处往往暗藏锋芒，流露出茅盾真实的文学观点和态度。再加上延安政治环境的特殊性，茅盾这一时期所发表的文章不可避免地建立在延安意识形态潜在话语之上，这种潜在话语不仅没有遮蔽茅盾思想中个人化的部分，反而因为其中的错位和裂隙使得延安时期的文章对于识别茅盾20世纪40年代的思想轨迹具有标志性作用，成为研究茅盾精神史不可或缺的一部分。

一 “市民文学”与“民间形式”的纠缠

茅盾居留延安的1940年正是民族形式论争的高潮，茅盾也密切关注了这一讨论。研究者已经注意到了他在延安对民族形式讨论的理论贡献，但是只看到了这些文章的共同点，把茅盾关于“民族形式”的观点视为一个前后统一的整体，在处理茅盾在延安对待文化遗产前后矛盾的现象时，常含糊其辞，将茅盾的主张笼统地归纳为一分为二，取其精华、弃其糟粕云云。以这种观点来解释茅盾在20世纪30年代左翼文学大众化讨论中的态度是可以的，但这种观点并不足以容纳茅盾在延安表现的强烈个人倾向。

结合延安时期茅盾的几篇文章我们可以发现，茅盾选择文学遗产中的先进与落后部分时是有着非常独特的个人取向和思维逻辑的。在1940年7月25日发表的《论如何学习文学的民族形式》一文中，茅盾热烈讴歌了古典文学中占百分之一的市民文学的先进性，认为市民文学就是民族形式在文学上的优秀代表，学习其优秀成果是创造文学的民族形式的必经之路；仅两个月后，在9月25日发表的《旧形式·民间形式·与民族形式》一文中，茅盾在谈及文学遗产时话锋陡转，激烈地反对向林冰将民间形式作为中心源泉的观点，将绝大部分的文学遗产视为封建阶级的落后产物，即使是其中比较先进的部分也只能作为创造民族形式的参考，概括地说就是民间形式不仅不是中心源泉，还是一种落后的文学。

将文学遗产中先进与落后的部分区别对待本来不存在什么矛盾，问题在于，处于漩涡中心的两个概念“市民文学”和“民间形式”无论是在学理层面或在茅盾的话语体系中都不是截然对立的。根据谢桃坊在《中国市民文学史》中的辨析：“如果将市民文学与我国正统文学相比较，二者的区别是显而易见的；但与俗文学、白话文学、平民文学和民间文学相比较，则它与它们在概念和对象方面存在部分叠合的关系”①，对俗文学颇有研究的郑振铎也认为，“‘俗文学’就是通俗的文学，就是民间文学，也就是大众的文学。换一句话，所谓俗文学就是不登大雅之堂，不为学士大夫所重视，而流行于民间，成为大众所嗜好，所喜悦的东西”②，从这段话来看，分属俗文学之列的市民文学也很难与民间形式彻底区别开来。

茅盾本人也往往不断然区分二者，他在《旧形式·民间形式·与民族形式》中写道：“到了宋朝，‘民间形式’的新东西就是‘散文’的‘评话’了。为什么呢？因为宋朝有了前所未有的多数的大都市，以及前所未有的广大的市民阶级。‘评话’恰就是这个市民阶

---

① 谢桃坊：《中国市民文学史》，四川人民出版社1997年版，第30页。

② 郑振铎：《中国俗文学史》，东方出版社1996年版，第1页。

级产生的新形式。"[1] 从这里我们可以看出茅盾认为"评话"既是"民间形式"又是市民阶级的文学，言下之意也认为市民文学是源远流长的民间形式中的一部分；茅盾在《论如何学习文学的民族形式》中将人民大众创造的口头的民间文学视为市民文学的前身，认为"市民文学"正当其为"口头的""街头的"，力争其存在，因而亦充满了教育的、斗争的意义，"真正的市民文学——为市民阶级的无名作者所创作，代表了市民阶级的思想意识并且为市民阶级所享用欣赏，其文字是'语体'，其形式是全新的、创造的，其传播的方法则为口述"[2]。既然茅盾所谓的"市民文学"与"民间形式"在概念和对象上是有所重叠的，茅盾又为何要在二者之间人为制造对立和等级差呢？

从茅盾的创作、理论和批评来看，茅盾对市民文学的偏好是一以贯之的。曹万生的《茅盾的市民研究与〈子夜〉的思想资源》归纳了20世纪20年代到20世纪40年代20多年来茅盾的文学批评与创作，指出茅盾对市民阶级看法的延续性。他指出这种市民—农民（新—旧）的等级区分在撰写《王鲁彦论》的时候就已经形成了，再到后面的《子夜》等文学创作，"市民—资产阶级是茅盾一贯醉心的学术概念"[3]。如曹万生研究的那样，茅盾在不同时期的文章中都流露出自己对市民文学的偏好。另外，茅盾对欧洲市民文学的关注也流露出他自己的文学趣味，《旧形式·民间形式·与民族形式》提到了文艺复兴时期意大利的商业都市与薄伽丘《十日谈》的联系，17世纪英国市民阶级与菲尔丁、李却特生小说的联系，将这些外国文学中的优秀作品归功于市民阶级的兴起；茅盾还在《"爱读的书"》中提到他喜欢的作品，除了《水浒传》《西游记》这两部被他盛赞的可以

---

① 茅盾：《旧形式·民间形式·与民族形式》，《中国文化》1940年9月25日第2卷第1期。

② 茅盾：《论如何学习文学的民族形式》，《中国文化》1940年7月25日第1卷第5期。

③ 曹万生：《茅盾的市民研究与〈子夜〉的思想资源》，《西南民族大学学报》2006年第9期。

作为民族形式的优秀典型外，他还特别提到了《列那狐》的故事，认为其堪称欧洲中世纪市民文学的最高峰。

不同于对市民文学一贯偏好，茅盾对于“民间形式”的态度要复杂得多。《旧形式・民间形式・与民族形式》激烈地贬低了民间形式和农民阶级，这种态度在茅盾的文章中是极为少见的。事实上，在20世纪三四十年代的大多数文章中，茅盾对“旧形式”和“民间形式”持相对宽容的态度。直至20世纪50年代，茅盾仍在《夜读偶记》中用“毒草还可以肥田”① 的说法对待西方形式主义等“落后”文学形式。因而，茅盾在《旧形式・民间形式・与民族形式》中将民间形式贬得一文不值，就显得很反常。

抗战时期，有人借助民族形式的讨论想要推翻五四新文学的成果，重新掀起复古潮流，“大后方很多人正利用民族口号鼓吹儒家与其他复古独裁思想”②。有鉴于此，茅盾在《文学青年如何修养》《我们有什么遗产》《再谈文学遗产》《买办心理与欧化》《不要阉割的大众语》等一系列文章中集中讨论了这一问题，总的看法是要正确区分“中国化”与“中国本位文化”③ 的问题，即尊重文学遗产，反对复古逆流，谈到这一步，茅盾对于文化遗产的态度已经非常明确。在延安时，茅盾对向林冰的文章选择了更加激进的态度，按照《延安行》中茅盾对几篇文章写作契机的回忆④，这篇文章就是有感

---

① 茅盾：《夜读偶记》，百花文艺出版社1958年版，第64页。

② 徐光霄：《“新华副刊”在文艺战线的斗争》，《新闻研究资料》1982年第13辑。

③ 茅盾：《通俗化、大众化与民族化》，载《茅盾全集》第22卷，人民文学出版社1993年版，第92页。

④ 根据茅盾《延安行》的说法，在延安“不易见到重庆出版的报刊”，他对民族形式论争的了解主要源于两个方面：一是罗荪从重庆寄来的《文学月报》（第1卷第5期），其中包括《文学月报》召开的民族形式问题座谈会记录和光未然的《文艺的民族形式问题》；二是鲁艺同志送给他的资料，包括向林冰、葛一虹、郭沫若、潘梓年的几篇文章，以及他了解到的1939年延安文艺界关于民族形式的探讨。其中《关于“民族形式”的通信》是对《文学月报》文章的回应，《旧形式・民间形式・与民族形式》是对第二个方面相关文章的回应。

于向林冰的错误倾向而写的，看似偏激的态度针对的是民间形式中心源泉论，这里面对五四新文学的排斥和可能出现的复古潮流都是茅盾强烈反对的。

不难看出，无论是对市民文学的推崇还是对民间形式的贬抑，都贯穿着茅盾的长期思考和现实逻辑，但理解这一现象还要结合茅盾无意中流露出的阶级分析观点。在茅盾延安时期的文章中，看似接近的“市民文学”与“民间形式”有着不同的倾向，他在表述市民文学时指出市民阶级是“蓬勃活跃”的“和封建贵族地主阶级进行思想斗争”的阶级群体[①]，而“民间形式”则是封建社会最落后的农民阶级的产物，前者指向市民阶级，后者指向农民阶级，在茅盾的认知中二者间存在着森严的等级秩序，属于市民阶级的文学带有进步性，而农民阶级的文学则是落后的。茅盾在《旧形式·民间形式·与民族形式》中还有这样两段话，“各种文艺形式乃是一定的社会经济的产物，社会经济的发展到了一定的阶段时，就必然要产生某种文艺形式，此由西方各民族文艺发展的历史上，即可得明证，中国何得独为例外”，“因为中国处于长期的封建社会，虽然早有了广大的市民阶级，然而不能发展到产业资产阶级之故”。[②] 显然，他是把市民阶级视为封建社会向资本主义演进的过渡阶段，这其中不难看出马克思主义社会形态理论和进化论的影响。茅盾从延安回到重庆后，参加了1940年12月2日召开的“戏剧的民族形式问题座谈会”，会上茅盾提到了他在延安写《旧形式·民间形式·与民族形式》一文的心理：“我以为一切文艺形式都与社会经济基础有关。封建社会有封建社会的文艺形式，资本主义社会有资本主义社会的文艺形式。”[③] 这段文字明白地显示出了茅盾的理论来源。

---

① 茅盾：《论如何学习文学的民族形式》，《中国文化》1940年7月25日第1卷第5期。

② 茅盾：《旧形式·民间形式·与民族形式》，《中国文化》1940年9月25日第2卷第1期。

③ 田汉记录：《戏剧的民族形式问题座谈会（中会）》，《戏剧春秋》1941年2月1日第1卷第3期。

另外，茅盾在《关于“民族形式”的通信》中表达了对光未然的长文《文艺的民族形式问题》的不同意见，多少也显示着相近的逻辑：通过反驳光未然所指出的《蟾宫曲》和“宝玉问病”中的一些巧妙用法，以期削弱文章推崇的“旧形式”的文学价值。问题在于，光未然的文章以雄辩的语言、充足的论据，条分缕析地列举了“旧形式”文学作品中的诸多精彩之处，这就使得茅盾的反驳显得苍白无力。在这种情况下，茅盾依然维系了对旧形式较低的评价，这就说明茅盾已经跳出了一般的文学探讨，在他的认知中已经有一个先验的评价标准使他直接对“旧形式”作出价值判断，这就是前文说的阶级分析的观点。

二 城中炼狱：爱情之曲与革命之直

从“市民文学”到“民间形式”，茅盾对民族形式问题的表态并不符合党对文艺的期待。茅盾在《论如何学习文学的民族形式》一文中表示自己对“市民文学”的选择建立在对毛泽东文章的理解之上，从毛泽东《新民主主义论》来看，文章呼唤的“人民大众反帝反封建的文化”包含这样两个特点，一是能够为人民大众服务，二是要具有反封建色彩，茅盾强调了他认为市民文学恰恰是在这两方面足以为新的民族形式借鉴①，但结合延安的语境来看，将茅盾延安时期的思想与党的文艺战略简单地等同起来恐怕与他真实的精神世界相去甚远。

毛泽东一向看重农民在革命中的地位，早在1927年，《湖南农民运动考察报告》就充分揭示了农民在中国民主革命中的伟大作用。这种认识在延安时期得到了延续和发展。1937年，毛泽东向史沫特莱表示，“在工农贫苦群众方面，他们是无钱无势的，但他们是国家

① 参见茅盾《论如何学习文学的民族形式》，《中国文化》1940年7月25日第1卷第5期。

的基础，是最大的阶级”[①]。1940 年，他又在《新民主主义论》中指出：“中国的革命实质上是农民革命，现在的抗日，实质上是农民的抗日。新民主主义的政治，实质上就是授权给农民。新三民主义，真三民主义，实质上就是农民革命主义。大众文化，实质上就是提高农民文化。抗日战争，实质上就是农民战争。”[②] 这些文字表明毛泽东将农民视为全民族最庞大的革命力量，这植根于他长期的经验总结和延安革命工作的现实需要，他意识到能否最大限度地团结农民阶级成为决定革命成败的关键因素。

尽管茅盾到达延安不久就表示阅读了毛泽东和洛甫两个人的文章，有感而发才产生了《论如何学习文学的民族形式》这一篇演讲，但茅盾对“人民大众”的理解与党中央的意见存在不小的偏差。茅盾将市民阶层定位为城市商业手工业的小有产者、中农和富农，将这一阶级的文学产品作为文学遗产中百分之一的“代表了极大多数人民大众的利益，表白了人民大众的思想情感，喜怒爱憎的作品”[③]，换言之，包括中农富农、小有产者在内的市民阶级产生的文学作品就是代表了人民大众的。可见，茅盾心目中市民阶级就是人民大众的主体。相似的看法早在《从牯岭到东京》中就曾有所体现，茅盾在该文中指出“几乎全国十分之六，是属于小资产阶级的中国”[④]，这里的小资产阶级包括小商人、中小农、破落的书香人家，与茅盾在延安定义的“市民阶级”颇为接近。在谈到他心目中符合民族形式的作品《水浒传》时，茅盾也指出这是“农民的革命起义而由当时具有进步性的市民阶层加以理想化了的这么一部作品”，从这番话来看，尽管茅盾在《论如何学习文学的民族形式》中将中农、富农也包括在市民阶级之内，但在更多的场合中，他使用的市民与农民是有所区

① 毛泽东：《中日问题与西安事变》，载中共中央文献研究室、新华通讯社编《毛泽东新闻作品集》，新华出版社 2014 年版，第 172 页。

② 毛泽东：《新民主主义论》，《解放》1940 年第 98、99 期。

③ 茅盾：《论如何学习文学的民族形式》，《中国文化》1940 年 7 月 25 日第 1 卷第 5 期。

④ 茅盾：《从牯岭到东京》，《小说月报》1928 年第 19 卷第 10 期。

别的，市民阶级相对于农民来说显然更接近于他理解的具有深刻反封建性的“人民大众”。

有趣的是，这样一种等级秩序恰恰与毛泽东《在延安文艺座谈会上的讲话》（以下简称《讲话》）中所要建立的格局相反，《讲话》中有这样一段文字：“什么是人民大众呢？最广大的人民，占全人口百分之九十以上的人民，是工人、农民、兵士与小资产阶级。”① 紧接着的后一段是收入《毛泽东选集》时作出过重大修改的文字，更清晰地指明了人民大众的“主体”，“在这四种人里面，工农兵又是主要的，小资产阶级人数较少，革命坚决性较小，也比工农兵较有文化教养。所以我们的文艺，第一是为工农兵，第二才是为小资产阶级的。在这里，不应该把小资产阶级提到第一位，把工农兵降到第二位。而我们现在有一部分同志的问题，他们对文艺为什么人的问题不能正确解决的关键，正在这里”②。被茅盾表述为最落后阶层的农民阶级在毛泽东这里被称为“最坚决的同盟军”，而茅盾认为最广大最具革命性的市民阶级则被放到了次一级的位置。

当然，1940 年的延安还没有毛泽东《讲话》，我们也无法得出茅盾与 1940 年的延安文艺导向存在错位的结论。但是，若将 1940 年前后茅盾与陈伯达、艾思奇等人的观点比较来看，我们已经可以发现这种错位出现的端倪。1938 年毛泽东的《论新阶段》发表以后，延安的理论家陈伯达第一时间撰写文章进行回应，陈伯达《关于文艺的民族形式问题杂记》中提到“利用旧形式，不是复古，而是，如洛甫同志在座谈会所提到的，是新文艺运动的新发展”③，从中我们可以看出陈伯达在“旧形式”利用问题上与党中央的倾向是一致的，陈伯达将老百姓“喜闻乐见”的文学形式指向“旧形式”，其重点不

① 毛泽东：《在延安文艺座谈会上的讲话》，《解放日报》1943 年 10 月 19 日。

② 毛泽东：《在延安文艺座谈会上的讲话》，《解放日报》1943 年 10 月 19 日。

③ 陈伯达：《关于文艺的民族形式问题杂记》，《文艺战线》1939 年第 1 卷第 3 期。

在于文学水准的高低或思想的新旧，而在于是否能够“感召千百万人民起来参与真实生活斗争”①。另一位理论家艾思奇在《旧形式运用的基本原则》开篇就指出了农村工作的重要性，文艺人“由城市的工作转入了乡村的工作”②，茅盾盛赞的“市民文学”在艾思奇看来“是中国的力量薄弱的市民阶级的文艺运动，它并没有向民间深入”③，他对“旧形式”的提倡也是为了使文艺“真正走进民众中间”。从文章来看，陈、艾二人关注的核心问题在于能不能最大限度发动群众，而茅盾则非常看重民族形式在反封建问题上的先进性，在茅盾看来，“陈伯达的观点就片面强调旧形式的作用而对五四新文艺的传统估价不足”④。从茅盾与陈、艾二人的不同观点中，我们不难看出他与延安文艺导向的偏差。1941 年，茅盾在重庆参加戏剧的民族形式问题座谈会时的发言再一次显示出他与延安文艺导向的隔阂，在他看来，向林冰、陈伯达等人都错误地强调了“旧形式”的地位，这与毛泽东关于“新民主主义的文化”的表述是相悖的，但从毛泽东在整风和文艺座谈会中的表述来看，恐怕茅盾的观点与毛泽东相距更远。

茅盾向来看重政治在社会变革中的力量，他引述过鲁迅“一条腿走路”的观点，指出鲁迅没有“政治之力的帮助，一条腿是走不成路的”的说法是“最精辟和正确的”⑤，结合他几经周折才逃离新疆到达延安的经历，我们可以感受到他参与革命的迫切愿望。因此，把茅盾与政治的错位归因于刻意的不同意见是不符合实际的。可能的原因在于他对延安文艺导向理解上的偏差，从茅盾 1940—1945 年所

---

① 陈伯达：《关于文艺的民族形式问题杂记》，《文艺战线》1939 年第 1 卷第 3 期。

② 艾思奇：《旧形式运用的基本原则》，《文艺战线》1939 年第 1 卷第 3 期。

③ 艾思奇：《旧形式运用的基本原则》，《文艺战线》1939 年第 1 卷第 3 期。

④ 茅盾：《延安行——回忆录（二十六）》，《新文学史料》1985 年第 1 期。

⑤ 茅盾：《我走过的道路（中）》，人民文学出版社 1984 年版，第 147 页。

写的文章来看，在读到《讲话》之前①，他对以毛泽东为代表的领导集体在文艺战线上的战略缺乏足够的认知。茅盾长期在都市工作生活形成的经验使他对农民阶级对中国革命的重要性没有充分认识。再考虑到延安文艺座谈会前特定的文化氛围，我们多少可以解释茅盾在延安略显独异的理论探索。

三 市民文学：介入延安语境的尝试

即便从茅盾的表述中可以清晰地看出他关于市民文学与民间形式的看法受到阶级分析理论的影响，但对于老练的理论家和文学家茅盾来说，没有必要在延安做一种褒扬市民阶级贬抑农民阶级的理论试演，另外这也不足以解释茅盾在延安文艺小组会公开讲演这样重要的场合选择“市民文学”开讲的动机，种种迹象表明，阶级观点的凸显并不一定是茅盾的初衷，反而他还曾经试图以市民文学为“中间物”进行知识分子和农民阶级审美趣味的调和。由于茅盾在“市民文学”与“民间形式”态度上的差异是先后在不同文章中出现的，有必要将二者分开讨论。

刚刚从新疆脱离盛世才掌控，惊魂未定，又在没有充分计划的情况下来到延安，按照茅盾一贯谨慎的处事风格，他未必能马上放开拳脚，融入延安这个陌生的天地。根据《延安行》中的表述，茅盾在新疆处事是非常谨慎的，听闻了新疆在盛世才治理下暗藏的重重危机后迅速决定在人事关系上“坚壁清野”，创作上也有意识地避免多写。“孟一鸣的告诫：多观察，少说话，多做事，少出风头，对我起了作用。‘少说话’自然包括少写，因为一动笔，即使谈文艺问题，总得联系实际，就可能对新疆的现状发表议论；写得多了，又有‘出风头’的嫌疑。因此，我内定了一条方针：除了非写不可的应酬文章，其它文章一概推辞掉，而应酬文章也尽可能就事论事。可是我

① 根据茅盾在《学然后知不足》中的回忆，他第一次读到《在延安文艺座谈会上的讲话》是抗战刚刚胜利时。

是个作家，总不写文章会引起盛世才的疑心，我只好把笔尖转向国际时事问题。这就是为什么我在新疆的一年中，政论文章比文艺评论文章写得多得多的原因。”少说少写成为茅盾在新疆能够保全自己的法宝，说什么、怎么说也是经过深思熟虑的。在延安情况自然不同，相较于新疆和盛世才，茅盾对此地的人事都要熟悉得多，但这没有改变茅盾谨言慎行的处事风格，他在延安期间撰文发言仍然紧紧围绕文学展开。

茅盾在《延安行》中交代了自己是如何进入延安文化界关于民族形式问题讨论的：

> 我到延安的第三天，延安文化界曾在文化俱乐部举行座谈会，欢迎我和张仲实……会上，大家谈得热烈的，就是新民主主义文化的具体内容和民族形式、利用旧形式等问题，那时，我才知道毛泽东和张闻天写了这样两篇文章。回到交际处，我从交际处处长金城那里借来了这两期《中国文化》，把两篇文章细细读了两遍。过了几天我去拜访吴玉章（我与他一九二六年在广州时就很熟了），他除了热情地和我大谈汉字拉丁化问题，并邀我参与发起陕甘宁边区新文字协会外，就是约我写文章参加《中国文化》上关于新民主主义文化的内容与形式的讨论，因为他又是《中国文化》的主编。我推托不掉，就写了一篇《关于〈新水浒〉》。《新水浒》是谷斯范的一部章回体的长篇小说，他把第一部《太湖游击队》千里迢迢寄到了新疆，请我提意见，当时我正要离开新疆，就把它带到了延安。我想，这是第一部利用旧形式的长篇小说，我就通过对它的评论发表自己的意见罢，这比空泛地谈理论有把握一些。①

《关于〈新水浒〉》副标题为“一部利用旧形式的长篇小说”，目前没有材料显示茅盾是在他人的要求下选择旧形式作为讨论对象

① 茅盾：《延安行——回忆录（二十六）》，《新文学史料》1985 年第 1 期。

的，应当说，这篇文章是他经过对延安文艺导向的理解把握和斟酌作出的判断，他把延安的民族形式讨论的关键点聚焦在对旧形式的利用问题上。这篇文章流露出了茅盾微妙的心态，他既要从旧形式话题上进入延安文化界的讨论，又没有对旧形式表示完全的肯定，还对“回叙”与“心理描写”等新文学手法的缺失表示不满。

或许是意识到“旧形式”与落后文学勾连过多而无法表现自己的文学观点，随后改写的《论如何学习文学的民族形式》就转向了“市民文学”。茅盾还试图对“旧形式”有所区分，“我是企图把中国文学中腐朽的与进步的东西区别开来，而对具有民主性、革命性和现实主义传统的东西作一历史的分析”，这类“进步的东西”被茅盾命名为“市民文学”。

在这种情况下，“市民文学”就显示出了作为新旧文学“中间物”的属性，一方面，它是“中国民族的文学遗产”①，这在茅盾看来属于延安文艺界讨论的“旧形式”范畴；另一方面，它在“民主性”“革命性”“现实主义”以及表现手法的先锋性上又直接与新文学对接。具体来说，茅盾认为早在战国时代中国就已经有市民阶层了，可惜先秦西汉的市民文艺未能留存，而到宋代出现了“真正的市民文学”，它是市民阶级无名作者所创作，代表市民阶级思想，受到市民阶级欣赏，诸如宋“评话”、元“曲”都是市民文学中有代表性的形式，茅盾又以《水浒》《西游记》《红楼梦》为市民文学的集大成者。

茅盾又不断强调“市民文学”中与新文学相接的属性，他认为“宋人评话”是“和封建贵族地主阶级进行思想斗争的武器”。《水浒》不是农民阶层的“农民文学”，而是内忧外患下的“民族民主革命文学”。《红楼梦》则是“对于儒家提出抗议的一部杰作”，《“五四”与民族革命文学》则指出新的文学运动的“最大的目标当仍为反封建与反帝国主义”，可以看出市民文学反帝反封建的进步性与他

① 茅盾：《论如何学习文学的民族形式》，《中国文化》1940年7月25日第1卷第5期。

对新文学的认知与期待是一致的。茅盾还认为《西游记》不是宗教小说，而是充满反封建思想，洋溢“人间味”的文学，孙行者与猪八戒忠诚质朴又不乏诙谐狡猾，甚至狞恶的妖怪也不至可怖，这种“人间味”的发掘与茅盾对人的文学的认可也如出一辙，早在1920年的《新旧文学平议之评议》中茅盾就提出了新文学的3要素，除了白话的语体外，还要“表现人生、指导人生”，“要有人道主义的精神，光明活泼的气象”。从茅盾对市民文学的描述我们可以看出，他特别在意的是其中在反帝反封建、人道主义方面的进步性，而这也恰好与他对新文学的认识相吻合。

由于这种“中间物”的特性，选择“市民文学”作为讲演时的对象，既符合茅盾对当时延安文艺界的理解，又不至于与自己的文学观念发生冲突，然而茅盾对这“中间物”恐怕也只是姑且一用，并不把它们奉为圭臬。茅盾曾在20世纪30年代的一篇文章《再谈文学遗产》中认为：“我们的‘文学遗产’中自然也有一些可以称为‘文学’而不是‘文字游戏’的东西，例如《水浒》、《红楼梦》之类。但是数量之少，直等于零。这少数几本书的滋养料，自然不能满足我们的需要。况且这几本书里的‘技巧’，也只是手工业式的‘技巧’”，水浒人物性格只在专章中丰满，在其他故事中就毫无精彩了。这与所谓“不朽的、古典的”“要向民族文学的遗产中学习的民族形式”云云相去甚远。

四 突破“旧形式”

从“旧形式”到“市民文学”，此时茅盾的侧重点已经有所偏移，但对包括“市民文学”在内的旧形式仍保持了较高的评价，《论如何学习文学的民族形式》仍将学习文学遗产作为创造民族形式的必经之路，对“市民文学”的推重显示出茅盾对延安文艺导向的把握和回应。可是茅盾的态度很快发生了改变。

在8月15日的《关于民族形式的通信》中，茅盾批驳了过分强调旧形式的看法。他写道：“‘民族形式’之前途，可能有错误之倾向发生而滋长——此即强调了旧形式在民族形式上之比重，而以今日民族形式之提出，视为五四新文艺运动之否定，从而流于褊狭的‘自力更生’主义。”① 文章是有感于《文学月报》第1卷第5期上的《文艺的民族形式问题座谈会》记录稿和光未然《文艺的民族形式问题》而写作的。仅从这期《文学月报》上关于民族形式的文章来看，茅盾的担心不无道理。在“文艺的民族形式问题座谈会”上，除了主席罗荪，会议记录中发言的有：黄芝冈、叶以群、向林冰、光未然、胡绳、姚蓬子、戈茅、潘梓年、方白、臧云远、葛一虹 11 人。其中明确倾向于将旧形式作为创作民族形式主体的就有黄芝冈、向林冰、胡绳、方白 4 人。除开向林冰，黄芝冈认为：“旧的是本质，新的是推动力量。”② 胡绳认为：“民主革命与民族运动中农民总居于重要的地位，因此在抗战后我们特别注意到了农民的文艺。一般人所说的旧形式实在就是农民的文艺形式。”③ 方白认为：“承继新文艺的精神，统一全国的国语，要通过各地的方言土语，经过现阶段‘地方形式’走到全国形式。地方形式的阶段，民间形式是最主要的参考。”④ 剩下的几人中，臧云远、潘梓年、姚篷子、光未然在支持新旧形式上没有明确表态，只有葛一虹、叶以群、戈茅 3 人坚定地认为新文学应该成为民族形式的主体。而光未然则明确表示了对旧形式的支持，他认为“自始至终，民间文学总是在文艺传统中起着主导的作用，它是取之不尽，用之不竭的文艺的泉源”⑤。

这期《文学月报》将旧形式作为创造民族形式中心的观点占据

---

① 茅盾：《关于民族形式的通信》，《文学月报（重庆）》1940 年第 2 卷第 1/2 期。

② 罗荪：《文艺的民族形式问题座谈会》，《文学月报（重庆）》1940 年第 1 卷第 5 期。

③ 罗荪：《文艺的民族形式问题座谈会》，《文学月报（重庆）》1940 年第 1 卷第 5 期。

④ 罗荪：《文艺的民族形式问题座谈会》，《文学月报（重庆）》1940 年第 1 卷第 5 期。

⑤ 罗荪：《文艺的民族形式问题座谈会》，《文学月报（重庆）》1940 年第 1 卷第 5 期。

了上风，而茅盾历来不赞成抹杀五四新文学的进步性，撰文提出不同意见也就容易理解了。此外，文章是写给重庆的《文学月报》编辑罗荪的回信，与此前二文写作背景和对象不同，也更有可能贴近茅盾的文学观点。总的来说，《关于民族形式的通信》对待旧形式的态度尽管更负面，但仍采取了比较温和的笔调。

表现激烈对立的是《旧形式·民间形式·与民族形式》，茅盾初到延安时反复斟酌毛泽东和张闻天的文章以后才谨慎地以“旧形式利用”为话题撰文，很难想象他会将与“旧形式”颇为类似的“民间形式”视为封建社会最落后的文学形式，这也构成了本文开篇部分提出的茅盾在延安前后对待文学遗产态度迥异的疑问。

茅盾在桂林戏剧民族形式问题的座谈会上谈到，延安民族形式讨论中起先存在着对旧形式评价过高的问题，在毛泽东与张闻天的文章发表后，五四新文化的正统性得到了确认，《旧形式·民间形式·与民族形式》是在这种背景下写作出来的。这种说法并不符合实际，茅盾在阅读了毛、张二人文章后做出的选择，是从旧形式利用入手写作了《关于〈新水浒〉》，其后写作的《论如何学习文学的民族形式》也围绕学习文学遗产展开，显然，对过分抬高旧形式观点的批评与毛、张二人的文章无关。那么，是什么事件促成了茅盾的变化呢？值得参考的是《延安行》中的回忆：

> 在延安，一般不易见到重庆出版的报刊，我向鲁艺的同志了解这场争论的经过。他们给我送来一叠材料，其中有向林冰的几篇文章，有葛一虹的反驳文章，以及郭沫若、潘梓年等人的批判文章（郭文的题目是《“民族形式”商兑》）……《新华日报》文艺版也组织了座谈会，多数人都不同意向林冰的观点，而郭沫若和潘梓年的两篇文章，则是带有结论性的。我还了解到，在向文发表之前，三九年下半年，延安文化界也讨论过如何建立“为中国老百姓喜闻乐见的中国作风和中国气派”的文艺的问题，当时陈伯达的观点就片面强调旧形式的作用而对五四新文艺

的传统估价不足。他的观点受到了批判。①

这一说法可以与《旧形式·民间形式·与民族形式》中的说法相互印证，文中提到：

> 不久以前，大后方发生了关于民族形式的一场“论战”。据我所见的材料，论争的焦点是民族形式的所谓“中心源泉”的问题。有人提出了民族形式不得不以民间文艺形式为其中心源泉的主张，并就“五四”以来新文艺运动的成就，大众化通俗化，“旧瓶新酒”，乃至文艺的内容与形式，等等问题，发表了一些不大正确的议论。这一切，在郭沫若、潘梓年、光未然等先生的批评以后，可说已经得到了解答，“民间形式”之不能看作民族形式的所谓“中心源泉”，实已毫无疑议。②

从两则材料中可以看出，茅盾认为郭沫若和潘梓年的文章“是带有结论性的”，中心源泉问题也由此“得到了解答”，其中郭沫若的文章指的是《“民族形式”商兑》，而《新华日报》座谈会上潘梓年的发言，即《新文艺民族形式问题座谈会上潘梓年同志的发言》，则是另一篇文章。潘梓年的文章认为民族形式将按照封建文艺、资产阶级文艺、工农大众文艺几个阶段向前发展，而向林冰所说的民间形式被定性为“封建社会意识形态的”，是“只有死灭而不会新生”③的。郭沫若的文章也认为利用旧形式只是一时权变，并非抹杀新文艺的价值，更不能以民间形式作为中心源泉，“封建的社会经济产生出了各种的民间形式，同时也就注定了各种的民间形式必随封建制度之消逝而消逝”，这些看法与茅盾在《旧形式·民间形式·与民族形

---

① 茅盾：《延安行——回忆录（二十六）》，《新文学史料》1985 年第 1 期。

② 茅盾：《旧形式·民间形式·与民族形式》，《中国文化》1940 年 9 月 25 日第 2 卷第 1 期。

③ 潘梓年：《新文艺民族形式问题座谈会上潘梓年同志的发言》，《新华日报》1940 年 7 月 4 日。

式》中的观点如出一辙。

由于国共辖区间信息沟通不畅，身在延安的茅盾很少有渠道能够了解全国关于民族形式的讨论，想要对党中央的文艺导向有所把握并不容易。当时，郭沫若任国民党政治部第三厅厅长，潘梓年任新华日报社社长，二人都负责党在国统区的舆论宣传工作，他们的文章被普遍认为代表了党中央对文艺的导向，这使得茅盾在阅读了二人的文章后重新调整了对党中央文艺路线的认识，抛开了围绕旧形式撰文的思想包袱，才于 1940 年 9 月写下了《旧形式·民间形式·与民族形式》，这也就使得茅盾在延安不过短短数月，在对待文学遗产的态度上却发生了巨大的变化。

可以看出，茅盾深思熟虑后的选择却仍与延安的文艺导向相去甚远，尽管茅盾在大方向上对源于现实、为大众服务的文艺目标表示认可，但具体到文学作品时仍坚守着新文学的审美标准；而对党中央来说，重点在于结果而非方式，即发动谁的问题，也就是后来“讲话”强调的为谁服务的问题，这也是茅盾与延安文艺导向的分歧所在。

五 从“市民”到“人民”

在延安的短暂停留虽然使茅盾有机会对民族形式问题进行集中的思考，但总的来说与他左联时期参与大众化讨论的看法一脉相承，并没有发生大的改变，拒当“一面旗帜”去“搞文学”可以视为茅盾延安时期在思想上的极佳表征。然而，从不当“旗帜”到“人民的光荣”，这一转变却在回到国统区以后悄然发生。不当“旗帜”指的是茅盾到达延安不久，毛泽东曾表示希望他到鲁艺当一面“旗帜”，发挥党在文艺战线上的领导作用，茅盾予以婉拒；“人民的光荣”指的是 1945 年“寿茅”事件中，《新华日报》发表了王若飞的《中国文化界的光荣，中国知识分子的光荣》一文，称他代表的是为“人民大众解放服务的方向”[①]，是“中国人民的光荣”。抗战胜利前后是茅盾的人民观点发生转变的关键时间点，“人民的光荣”这个说法可以作为茅盾从小知识分子到人民文艺家转变的标志。

尽管茅盾离开延安后写作的《风景谈》与《白杨礼赞》常被视为茅盾思想上贴近工农的标志性事件，考虑到茅盾离开延安后表达的文学观点，二者更接近于五四时期那些歌颂劳工的作品。整体来看，1940—1945 年茅盾的思想轨迹没有大的波动，依然延续了在延安的知识分子立场。在 1940 年 11 月田汉主持召开的戏剧的民族形式问题座谈会上，离开延安不久的茅盾提到了延安的文学民族形式讨论，与延安时期保持了一致的论调，反对将“旧形式”看得过高，把口头性的民间文艺视为“封建社会的产物”[②]。1943 年发表的《抗战以来文艺理论的发展——为“文协五周年纪念作”》仍然充满了理想主义色彩，文章思考的问题是如何更好地“化大众”，想要兼收文学遗产和世界文学，创造“雅俗共赏”的“民族形式”。换言之，茅盾追求“普及与提高”统一的新“民族形式”，这与《讲话》中“普及工作的任务更为迫切”[③] 的表述形成鲜明对比。在 1944 年发表的《从百分之四十五说起》中，茅盾还不赞成满足于“老百姓所喜见乐闻的形式”[④]，希望民族形式中有新的思想内容，没有意识到优先“普及”对革命的现实意义。

然而，自 1945 年以后，茅盾的思想出现了比较大的变化，集中体现在 1946 年 4 月前后在广州和香港发表的一系列演讲。特别是在 1946 年 3 月 29 日的演讲《民主与文艺》中，茅盾先是梳理了欧洲文学发展中极具革命性的市民文学，同时也指出这些中间性的市民并不

---

① 王若飞：《中国文化界的光荣，中国知识分子的光荣》，《新华日报》1945 年 6 月 24 日。

② 田汉记录：《戏剧的民族形式问题座谈会》，《戏剧春秋》1941 年 2 月 1 日第 1 卷第 3 期。

③ 毛泽东：《在延安文艺座谈会上的讲话》，《解放日报》1943 年 10 月 19 日。

④ 茅盾：《从百分之四十五说起》，《中原》1944 年第 1 卷第 4 期。

能代表整个人民，其革命的要求也是不彻底的，其后竟一反常态地略过了中国市民文艺的存在，“自从民国革命后尤其是五四运动以来，中国文艺一跃而比市民文艺更进步了……中国的文艺，是没有经过市民文艺的阶段而直接地向人民的或民主的文艺的方向发展”①，这与延安时期热情歌颂市民文学，将其作为中国文学遗产中只占百分之一的、代表了人民大众反封建要求的、民族形式的优秀典型来学习的茅盾判若两人。茅盾已经有意地消除了自己思想中带有小资产阶级知识分子色彩的部分，转而歌颂无产阶级人民大众的先进性。

其后，1946 年 4 月 8 日的演讲《人民的文艺》中也有这样一段话：“作家要努力作自我改造。作家大部分是小资产阶级出身，即使有一二工农出身者，小资产阶级意识却很浓厚。故作家的自我改造首先要克服小资产阶级意识。”② 1946 年 4 月 16 日，茅盾在香港青年会的演讲中指出“眼光要向着农村，向着大群人民。不要把眼光放到大都市中。大都市虽然重要，但农村及广大人民的工作更重要”③。这里茅盾已经将延安时期市民阶级比农民阶级进步的等级关系倒置了过来，转而与《讲话》趋向一致。

引起茅盾这种转变的是两个关键性事件，一是毛泽东《讲话》在国统区的传播。关于《讲话》对茅盾的影响，学界主要有两种说法，第一种来源于胡乔木的回忆，他指出：“《讲话》正式发表后不久，毛泽东说，郭沫若和茅盾发表意见了，郭说：‘凡事有经有权。’毛主席很欣赏这个说法。”④ 其中郭沫若的“有经有权”说已经得到了证实，但若据此得出对茅盾有什么影响还略显武断。首先，所谓茅盾的意见到底存不存在，具体是什么意见，始终没有一个明确的说

① 茅盾：《民主与文艺》，载《茅盾全集》第 23 卷，人民文学出版社 1996 年版，第 275 页。

② 茅盾：《人民的文艺——四月八日在广州青年会演讲》，《新文艺》1946 年创刊号。

③ 茅盾：《人民的文艺：卅五年四月十六日在香港文化界欢迎晚会上的演讲记录》，《鲁迅文艺月刊》1946 年第 1 卷第 3 期。

④ 胡乔木：《胡乔木回忆毛泽东》，人民出版社 1994 年版，第 60 页。

法；其次，从时间上来看，《讲话》1943 年在《解放日报》上发表，而在国统区迟至 1944 年才在《新华日报》上以“概述”的形式得到发表，除此之外只有为数不多的小册子流传，从延安发表到国统区传播明显存在时间间隔；并且，从茅盾 1943 年到 1945 年的文章来看，也没有对《讲话》内容的回应。因此，即使胡乔木所说的茅盾“发表意见”确有其事，茅盾也还没有机会仔细研读《讲话》的内容。

认识到这一点，再来看另一种说法就比较可信，根据茅盾在 1962 年《学然后知不足》中的说法，他第一次读到《在延安文艺座谈会上的讲话》是在抗战刚刚胜利时的重庆，尽管传阅多人的小册子已经半烂，他“还是在一天内把它读完”，茅盾这样描述自己读完全书后的心情：“真像是在又疲倦又热又渴的时候喝了甘冽的泉水一样，读完这本书后全身感到愉快，心情舒畅，精神陡然振发起来”①，一两年后，“讲话”以来“第一批文艺收获”也曾给了他“极大的兴奋和愉快”。茅盾 1945 年以后的文章可以与他在回忆中的说法相互印证，从 1946 年系列演讲中被淡化的“市民阶级”和对工农的强调以及连续发表对《吕梁英雄传》和《李有才板话》的高度评价就可以明确茅盾所回忆的《讲话》给他内心造成巨大冲击的说法所言非虚。

第二个关键性事件是 1945 年的“寿茅”事件。“寿茅”事件把他推到了“人民的光荣”的位置。《新华日报》重点报道了这一事件，代表中共立场的王若飞指出：“茅盾先生的创作事业，一直是联系着和反映着中国民族与中国人民大众的解放事业的……他的《蚀》，反映了一九二五—二七年大革命前后中国知识分子在人民解放事业中的动态；他的《虹》，反映了五卅运动的侧面；他的《子夜》，反映了内战时期大都市的金融与民族工业的混乱。”② 文章对茅盾思想中个人化的，比较怀疑和犹豫的部分进行了淡化处理，尤其是

---

① 茅盾：《学然后知不足》，载《茅盾全集》第 26 卷，人民文学出版社 1996 年版，第 406 页。

② 王若飞：《中国文化界的光荣，中国知识分子的光荣》，《新华日报》1945 年 6 月 24 日。

《蚀》这样比较悲观的作品在这里都被重新整合进了人民文艺代言人的体系中。这一事件意味着中共将茅盾树立为新文艺、人民文艺的领导者，将茅盾与中华民族和人民大众联系起来，而其自身也通过与茅盾的这种互相阐发强化了在文艺上的正统性。

至此，本文已经梳理了20世纪40年代茅盾文章中体现的3个矛盾点，即延安时期“市民文学”与“民间文学”冲突，茅盾与延安政治生态的偏差，离开延安后从“市民”转到“人民”，并由此还原了茅盾1940—1946年文艺上的立场、观点以及发生转变的原因。尽管茅盾短暂的延安经历看起来没有给他的思想带来太大的转变，但却给我们在茅盾复杂多变的表述中把握他的真实想法提供了很好的视点，以此为参照系就可以发现他思想转变的大致时间节点和发生契机，从而追踪到茅盾这一时期的思想轨迹。

（原刊《中国现代文学研究丛刊》2021年第11期）

“牯岭时刻”与作家“茅盾”的诞生

苏　心

摘　要　1927年夏季沈雁冰滞留牯岭的时期，是作家“茅盾”诞生的历史性时刻。这一“牯岭时刻”不只包含沈雁冰在大革命失败后充满政治意味的“滞留”选择，也是其走向文学创作的最初阶段。包括佚文《上牯岭去》在内的牯岭时期的诗文创作，反映了沈雁冰“牯岭时刻”的双重基调——“幻灭”和“留别”。在“留别”了因幻灭而疏离现实的自我之后，沈雁冰以作家“茅盾”的身份开始重新探索介入现实的方式。

关键词　茅盾；牯岭；中央副刊；国民革命

1927年夏季沈雁冰滞留牯岭，未去南昌参加起义。对沈雁冰的庐山行迹及其“脱党”性质，学界长期聚讼纷纭，余连祥、赵璕、张广海等学者的考证帮助我们接近了真相。[①] 茅盾晚年回忆录自述滞留牯岭是因道路不通，加之突患腹泻导致无法行动，但经3位学者深入考证后得出的结论却是，沈雁冰虽然“前往南昌确有困难，但他也并无坚强的奔赴南昌的意志”，他“并不缺乏前往南昌的机会”，却还是“选择了停止跟随其他共产主义友人前行的步伐”。[②] 以上考证是学者厘清沈雁冰生平、辨析茅盾在革命文学论战中的立场等问题

---

① 参见余连祥《逃墨馆主：茅盾传》、赵璕《“小资产阶级文学”的政治——作为“中国社会性质论战”序幕的〈从牯岭到东京〉》、张广海《茅盾与革命文学派的“现实”观之争》对沈雁冰庐山行迹及“脱党”问题的考证。

② 张广海：《茅盾与革命文学派的“现实”观之争》，《中国现代文学研究丛刊》2012年第1期。

的重要环节和证据，而本文想要进一步追问的问题是，对于即将诞生的作家“茅盾”而言，滞留牯岭的这一时期究竟具有怎样的意义？

一 “牯岭时刻”与“茅盾”文学的发生

滞留牯岭的经历对沈雁冰而言十分重要。此事首先造成了沈雁冰人生的断裂，他自此脱离中共党员的身份，后来虽曾要求恢复党的组织生活却并未得到通过①，这也成了他一生的心结，最终体现在其请求恢复党籍的遗嘱当中。其次，“牯岭”在茅盾的写作中占据重要地位。一方面，茅盾在不同文本中反复书写自己1927年的牯岭经历，编织起了对这一时期复杂的多重叙事；② 另一方面，“牯岭”成为茅盾小说世界中的特殊意象。在《幻灭》的最后两章，宣告“恋爱结合”的静女士与强连长从汉口行至九江，上庐山到牯岭“隐居避世”。在《子夜》的结尾，因公债投机失败而破产的吴荪甫亦准备举家迁往牯岭“避暑”以躲债。在茅盾的小说中，“牯岭”构成了一个相对于武汉、上海等城市独立存在的空间，以其特殊的地理位置与现实生活拉开了距离。因此，从看似顺理成章的历史叙述中钩沉出沈雁冰的“牯岭时刻”，将有助于把握茅盾及其文学的发生过程。

“牯岭时刻”是沈雁冰走向文学创作的最初阶段，是作家“茅盾”诞生的前史。茅盾晚年专章回顾“创作生涯的开始”时，将《幻灭》作为起点，却并未说明他对《幻灭》的构思已持续了接近一年，更是在牯岭上进行了反复酝酿；同样，对牯岭时期的文学活动，

---

① 如茅盾回忆，自己曾在1931年向瞿秋白表示希望能恢复组织生活，但上级组织没有答复。见茅盾《创作生涯的开始》，《茅盾全集》第35卷，黄山书社2014年版，第443页。

② 沈雁冰本人曾对滞留牯岭这一事件作出4次集中叙述，这些叙述文本各有差异。第一次是他滞留牯岭同时期（1927年7—8月）的写作与发表，这将是本文重点讨论的对象。第二次是他回到上海后，在《鲁迅论》《从牯岭到东京》等文章中曾有所提及，集中在1927年10月至1928年。第三次是在1933年，主要是回顾创作缘起的《几句旧话》和小说《牯岭之秋》。第四次是茅盾晚年撰写的回忆录，他在其中首次提及自己在牯岭上“突然患了腹泻”。

茅盾回忆录只提及写通讯《云少爷与草帽》寄给孙伏园还笔债，以及翻译随身带着的柴玛萨斯中篇小说《他们的儿子》两事。[①] 但我们却已知，沈雁冰牯岭时期的创作不只有《云少爷与草帽》，还有《牯岭的臭虫》以及白话诗《我们在月光底下缓步》和《留别》。除了《我们在月光底下缓步》是在1927年年末才发表于《文学周报》，另外3篇作品均在当时就被发表于武汉的《中央副刊》。[②]

耐人寻味的是，沈雁冰1927年夏季在牯岭上接连给《中央副刊》投稿的事实，不仅不见载于回忆录，也似乎与其对上游社活动的记述以及对《中央日报》的评价有所出入。已有研究指出，茅盾回忆录对《中央日报》的评价[③]有失公允，在武汉国民政府时期，共产党人实际上对舆论宣传、报纸杂志具有相当完整的掌控力，《中央日报》亦受共产党人的指挥。[④] 而关于与当时《中央副刊》主编孙伏园一同发起的"上游社"，茅盾则回忆说，"上游社成立之后，我却没有管一点事，连文章都几乎没有写"，"只在《上游》创刊号上（三月二十七日）写过两篇文章"。[⑤] 回忆就是重构，意味着对历史的

① 茅盾：《一九二七年大革命》，载《茅盾全集》第35卷，黄山书社2014年版，第420—422页。

② 《中央副刊》是武汉时期国民党中央宣传部机关报《中央日报》的副刊。武汉《中央日报》创刊于1927年3月22日，每天出版五张，第五张是副刊，由孙伏园主编。《中央副刊》每周星期日出版"星期日特别号"，也即上游社的期刊《上游》周刊。自3月22日起到同年9月1日，《中央副刊》共发行159期。参见张武军《〈中央日报〉副刊与民国文学的历史进程》，花城出版社2019年版，第13—14页。

③ 关于《中央日报》，茅盾在回忆录中写道，"虽然主笔陈启修也是个共产党员"，但顾孟馀"领导下的《中央日报》是国民党右派的喉舌"，与之相对，"《汉口民国日报》名义上是国民党湖北省党部的机关报，但实际上是共产党在工作"。参见茅盾《一九二七年大革命》，《茅盾全集》第35卷，黄山书社2014年版，第398页。

④ 参见张武军《〈中央日报〉副刊与民国文学的历史进程》，花城出版社2019年版，第34—36页。

⑤ 这两篇文章是为顾仲起诗集《红光》写的序，以及"与文学毫无关系"的《最近苏联的工业与农业》。参见茅盾《一九二七年大革命》，《茅盾全集》第35卷，黄山书社2014年版，第417—418页。

选择性叙述；在叙述与省略之间，我们发现，茅盾回忆录有意识地淡化了自己在武汉以至牯岭时期的文学活动。

茅盾早年自述创作经验的文章《几句旧话》（1933 年）[①] 为还原其文学创作的开端提供了更多线索。在文章中，他区分了自己和文学之间“职业的关系”与“非职业的关系”，前者指其在商务印书馆的编辑工作，后者则指其文学创作的缘起。

> 离开学校后，我在某书馆充当编辑。我这职业，使我和文学发生了关系。但是一九二六年元旦我上了醒狮轮船以后，我和文学的“职业的关系”就此割断；在轮船上，我写了一篇《南行日记》，到汕头时寄给上海的朋友，我还预备再写，还预计一个月后回到上海可以多写，不料既到广州，我就住下了，不但《南行日记》无从继续，简直和文学暂时绝缘。[②]

1926 年沈雁冰因前往广州而中断了商务印书馆的编辑工作，与此并列的是《南行日记》[③] 的写作和发表，这是沈雁冰与文学“非职业的关系”的一个开端。同时，沈雁冰也在这一年里注意到了小资产阶级女性的思想意识，他“试写小说的企图也就一天一天加强”，并在 8 月某晚计划下了“小说的第一次大纲”，这成了后来《幻灭》的前半部材料。[④] 也就是说，沈雁冰与文学“非职业的关系”实际上是从两方面开启的：一者是以《南行日记》为起始的文学写作和发表，一者是以《幻灭》为最终成果的小说构思。

---

① 茅盾这篇文章共分为四节，黄山书社《茅盾全集》第 19 卷收录此文时，未完全按照 1933 年天马书店初版原文进行分节。参见茅盾《几句旧话》，《创作的经验》，天马书店 1933 年版，第 49—57 页。

② 茅盾：《几句旧话》，《创作的经验》，黄山书社 2014 年版，第 49—50、51—52、54、56、56 页。

③ 即《南行通讯（一）》，初刊于《文学周报》1926 年 1 月 30 日第 210 期，署名“玄珠”。

④ 茅盾：《几句旧话》，载《创作的经验》，黄山书社 2014 年版，第 49—50、51—52、54、56、56 页。

这两方面的线索在1927年沈雁冰从武汉到九江和牯岭的旅途中得到了延续。在《幻灭》的构思这方面，沈雁冰因参与革命工作而在计划小说大纲到真正动手写作间隔了整整一年，直到“离开武汉，到牯岭去养病”，途中在襄阳丸上遇到的两位女性让“一年前写下而且搁在上海寓所里的所谓小说大纲突又浮上”他的意识。茅盾写道：“这次因为是闲身子了，就让这‘大纲’在我意识上闪动，闪动。”①另外，茅盾在牯岭住下以后的“第一件事就是再弹‘老调’，好像题目就是《牯岭通信》”②。《牯岭通信》“再弹老调”，用书信形式记述旅途经历，所延续的正是以《南行日记》为起始的写作和发表路径。然而最终，在《几句旧话》的第三节中，茅盾对文学缘起的这番叙述却仅收尾于小说构思的线索：

> 秋风起后，我就回上海。从乱纸堆里翻出一年前所记的“大纲”来看，我觉得这大纲不能不大加改削了。
>
> 那时候，我坐定下来写；结果便是《幻灭》和《动摇》。③

这里，茅盾没有再言及自己在《幻灭》之外尚开启有文学创作道路的另一条线索。虽然《幻灭》的发表最终标志着作家“茅盾”的诞生，但回观沈雁冰与文学发生“非职业的关系”的全过程，我们会发现，他在牯岭之上的即时性的文学创作和发表，与对小说《幻灭》的构思一样，都是不可忽视的环节与线索。

因此，关键在于要重新发掘沈雁冰牯岭时期的文艺写作。如前所述，茅盾很可能刻意回避了自己与《中央副刊》的历史——《中央副刊》可能存有更多有助于打开沈雁冰“牯岭时刻”的线索。对此，

---

① 茅盾：《几句旧话》，载《创作的经验》，黄山书社2014年版，第49—50、51—52、54、56、56页。

② 茅盾：《几句旧话》，载《创作的经验》，黄山书社2014年版，第55页。“牯岭通信”即指《云少爷与草帽》和《牯岭的臭虫》两文。

③ 茅盾：《几句旧话》，载《创作的经验》，黄山书社2014年版，第49—50、51—52、54、56、56页。

张武军率先提出《中央副刊》上有署名为“云儿”的佚文《上牯岭去》，包括此文在内的诗文“是茅盾大革命时期文艺创作活动的开始，值得我们去特别关注”[①]。下文将结合这篇佚文，集中考察沈雁冰牯岭时期的诗文创作，从这条与小说构思相并行的写作与发表线索出发，打开沈雁冰的“牯岭时刻”，进而理解作家茅盾的诞生。

二 “幻灭”与“留别”：沈雁冰牯岭时期的诗文创作

由于前人并未论证过《上牯岭去》[②] 是沈雁冰佚文的观点，这里首先对此进行补充。断定《上牯岭去》是沈雁冰佚文，至少有如下3方面证据。第一，在时间上，《上牯岭去》与《留别》文末注明的写作时间都是8月12日，并且它们先后在8月18、19日被《中央副刊》发表；《上牯岭去》文末还写有“将回九江时”，这也与沈雁冰的庐山行迹以及诗歌《留别》的内容相合。第二，在署名上，《上牯岭去》的作者署名为“云儿”，与沈雁冰这一时期写作中的常用意象“云”（如《留别》中的“云妹”等）相关联。第三，在内容上，《上牯岭去》的多处行文内容都与已知的沈雁冰其他牯岭叙述高度一致，比如文中涉及的中央票折扣问题、“我”与“W君”从庐山山麓徒步上山的情节、牯岭之上众人别后长谈的内容（如陈君隐居山中翻译小说、塌鼻子的学生追求爱人的轶事），等等。[③]

牯岭时期的诗文创作蕴含着大革命失败后沈雁冰复杂的情感与思绪，幻灭的体验是其基调之一。在《云少爷与草帽》和《牯岭的臭

① 张武军：《国民革命与革命文学、左翼文学的历史检视——以武汉〈中央副刊〉为考察对象》，《中国现代文学研究丛刊》2015年第5期。

② 《上牯岭去》全文经笔者校录，附于文后。

③ 如“麻烦的钞票问题”早在《云少爷与草帽》中就曾被提及。而“我”与“W君”登庐山的情节，则与茅盾在《云少爷与草帽》和晚年回忆录中所记述的自己与云少爷（宋云彬）登庐山之事一致。至于牯岭之上众人别后长谈的内容，如陈君所述的山中生活，与沈雁冰蛰居牯岭的情况相同；有关塌鼻子学生的求爱轶事，茅盾则在晚年回忆录中说出了人物原型，也即瞿秋白的三弟瞿景白追求范志超之事。

虫》这两篇“牯岭通信”中，沈雁冰隐然向“武汉的朋友们”流露出长居牯岭、避世不出的想法：

山中几与世上隔绝，除了“我们的冰莹”的世界外，不知尚有世界，这也算愉快，但又何尝不是沉闷呢？[①]

我相信游泳不是一件难事，如果我在此一个月，天天去学习，总能学会了罢？[②]

“我们的冰莹”在此代指恋爱，在沈雁冰笔下，“恋爱”填充起了牯岭之上的闲居生活，除此之外“不知尚有世界”，这与山下正在发生剧变的革命形势形成了鲜明对比。“牯岭通信”中沉迷于山中世界的自己，随后被沈雁冰客体化为作品中的角色：《上牯岭去》中的陈君。“我们”在牯岭的旅馆里访到陈君，他向“我们”描述山上的生活，“清晨傍晚到山上去闲步，白日就在旅馆中译小说，长久不见报纸，什么都不知道”，还把“某旅馆的臭虫，云少爷的浪漫史”告诉了“我们”。[③] 与此相呼应的形象是茅盾小说《牯岭之秋》（1933年）中那个拉住云少爷留在山上，感到“太疲倦了”的老明。从通过两篇“牯岭通信”表达避世之意的“玄珠”，到《上牯岭去》中“长久不见报纸”的陈君，再到《牯岭之秋》中“太疲倦了”的老明，沈雁冰的牯岭写作忠实地记录了他深刻的幻灭经验。

应该如何理解沈雁冰此时的幻灭体验？《中央副刊》同时期曾发表了一篇题为“幻灭的悲哀”的文章，反映了大革命失败之际知识分子的普遍心态：

天下事，大概都如这样：远远望，鲜明璀璨，霞光万道，正像西天的夕阳。然而像夕阳一样，转瞬西沉，这只是一个玫瑰色

① 玄珠：《云少爷与草帽》，武汉《中央副刊》1927年7月29日第125号。
② 玄珠：《牯岭的臭虫》，武汉《中央副刊》1927年8月1日第128号。
③ 云儿：《上牯岭去》，武汉《中央副刊》1927年8月18日第145号。

> 的幻梦，外表虽好，却是中看不中吃。你倘若一旦身入其中，便将见所谓光华灿烂者，原来也还是一片暗黑。①

理想与现实之间总是存在落差，所谓“幻灭”，则是人在现实之中真正认识到“玫瑰色的幻梦”破灭消逝时的体验。于1927年夏的沈雁冰而言，在矛盾的现实之中彻底幻灭了的，是他此前所投入奋斗的国民革命理想。然而，“最可憎的是在幻灭之后”，昔日的理想如今看来“只是一片漆黑”，人生也“只是一片空虚”。② 在《牯岭之秋》中，茅盾用“疲倦”来概括这种幻灭之后的状态。云少爷对老明滞留山上、既不走也不回家的状态感到不解，而茅盾则借老明之口答道：

> 可是我说正经话，太疲倦了，懒得动；不要说是在这样幽静的山上，就是换一个荒野里的茅棚，我也蹲下了不想动了。我好像一件消失了动力的东西，停在哪里就是哪里了。疲倦！你总懂得罢！我不是铁铸的，我会疲倦。我不是英雄，疲倦了就是疲倦，用不到什么解释。③

由此，沈雁冰一度逃避世事，幻灭的悲哀与疲倦使他不愿再去关注现实世界。在峰峦环抱、云雾缭绕的牯岭之上，他“把过去的统统忘了”④，“长久不见报纸，什么都不知道”⑤，对“外面的世界闹得怎样，可不大明白”⑥。此时的沈雁冰，在行动和思想上都暂时从

---

① 史几内：《幻灭的悲哀》，武汉《中央副刊》1927年8月8日第135号。

② 史几内：《幻灭的悲哀》，武汉《中央副刊》1927年8月8日第135号。

③ 茅盾：《牯岭之秋》，载《茅盾全集》第8卷，黄山书社2014年版，第499页。

④ 玄珠：《云少爷与草帽》，武汉《中央副刊》1927年7月29日第125号。

⑤ 云儿：《上牯岭去》，武汉《中央副刊》1927年8月18日第145号。

⑥ 茅盾：《几句旧话》，载《创作的经验》，黄山书社2014年版，第49—50、51—52、54、56、56页。

实际政治中抽离了出来。

但是，幻灭的体验和消沉的情绪并非牯岭时期的唯一内容，沈雁冰也同样通过写作认识并抵抗着自己的“幻灭”。《上牯岭去》的主人公“我”在旅馆中与陈君的对话，便展现了这一点。“我”在上山途中得知自己所属的部队已经开拔，遂决定当晚宿在牯岭，次日清晨便下山归队，而当“我们”告诉陈君“明天须清晨便下山的缘由”后，

> 陈君望着我说道，“且慢，我们的冰莹，现虽不知去向，云少爷也下山去了；但是在山上还有一位冰莹，与那一位同样的漂亮，你何妨也做一次云少爷去呢?”①

如前所述，陈君是沈雁冰对沉迷于牯岭世界的自我的客体化呈现，他在此试图用“‘冰莹’的世界”挽留“我”待在牯岭之上，却为“我”所拒绝。作为与作者距离最近的叙述者，文中的“我”对陈君挽留的拒绝，实际上也关联着牯岭时期沈雁冰思想状态的变化。《云少爷与草帽》中那个让玄珠沉迷的山上的恋爱世界，并没有留住《上牯岭去》中的“我”，次日一早“下山归部”成了“我”在全文结尾时的行动。因此，“我”对陈君挽留的拒绝，在某种意义上也是沈雁冰对自己的幻灭和疲倦的否定。

从《上牯岭去》中同时作为沈雁冰投影的“我”和“陈君”，以及前者对后者的拒绝出发，我们或可重新解读与《上牯岭去》同日写作的诗歌《留别》。此前，学者多认为写于牯岭时期的两诗《留别》和《我们在月光底下缓步》是沈雁冰在借情诗表达对革命的态度，如余连祥将《我们在月光底下缓步》理解为代表茅盾迈进小说园地的“初恋诗”，而《留别》则是反映茅盾与革命“失恋”时的“幻灭的悲哀”的“失恋诗”②；丁尔纲提出茅盾所“幻灭”的与告

---

① 云儿：《上牯岭去》，武汉《中央副刊》1927年8月18日第145号。

② 余连祥：《逃墨馆主：茅盾传》，浙江人民出版社2006年版，第113—115页。

“别”的，是其“革命速胜论”的幻想①；妥佳宁认为《留别》更多的是在告别茅盾以跨党身份亲历的国民革命②。然而若将这首诗放回沈雁冰的“牯岭时刻”中来看，我们可以给《留别》一个新的解释。实际上，牯岭之上的沈雁冰无须“留别”国民革命，因为国民革命已经作为曾经的理想和希望，随着“大矛盾”在武汉的“爆发”而破产以致幻灭了。在幻灭之后，沈雁冰所真正需要留别的，恰恰是避世的生活：

> 云妹：半磅的红茶已经泡完，
> 五百支的香烟已经吸完，
> 四万字的小说已经译完，
> 白玉霜，司丹康，利索尔，哇度尔，考尔
> 辫，班度拉，硼酸粉，白棉花，都已用完，
> 信封，信笺，稿纸，也都写完，
> 矮克发也都拍完，
> 暑季亦已快完，
> 游兴早已消完，
> 路也都走完，
> 话也都说完，
> 钱快要用完，
> 一切都完了，完了！
> 可以走了！③

红茶、香烟、四万字的小说、司丹康、稿纸、暑季、游兴等，诗中列举的所有的“物”都是延续牯岭之上避世生活的借口，然而物件总有用完的一天，暑季也总有结束的时候，沈雁冰如此惆怅地写下

① 丁尔纲：《茅盾评传》，重庆出版社1998年版，第169页。
② 妥佳宁：《〈子夜〉对国民革命的“留别”》，《文学评论》2019年第5期。
③ 玄珠：《留别》，武汉《中央副刊》1927年8月19日第146号。

“一切都完了”，是因为他心知自己再没有滞留的理由，终究得下山回到“外面的世界”，将从实际政治中短暂抽离的自己重新置于现实和行动当中。因此，尽管心怀“明日如何”的忧虑①，他也还是“可以走了”并且应该“走了”。接着，作者在诗中写道，牯岭“此来别无所得”，“但也深深地领受了幻灭的悲哀!”② 在决定离开之时，牯岭之上“幻灭的悲哀”，以及幻灭之后疲倦避世、疏离现实和行动的生活，才是沈雁冰真正的留别对象。由此，诗中的“云妹”也可理解为沉迷于牯岭世界的沈雁冰自己。

“幻灭”与“留别”赋予沈雁冰的“牯岭时刻”双重的断裂意义。一方面，沈雁冰先前投身其中的革命理想破灭了，幻灭的悲哀使他滞留牯岭，一度疏离现实；另一方面，对悲哀和疲倦的拒绝与否定也生成于“牯岭时刻”，沈雁冰“留别”了避世的自己，开始探索重新介入现实的方式。“幻灭”与“留别”相互交织，共同构成了沈雁冰“牯岭时刻”的内核，作家茅盾的主体性也在其中逐渐形成。而这种“幻灭”“留别”相交织的思想状态，也在之后一度缠绕着沈雁冰，它们在“严霜下的梦”中闪现，凝结成茅盾早期散文中的“愁雾”与“怅惘”，有待在其后续的创作过程中得到克服和超越。

附录：

上牯岭去③

八月五日，是阴沉的天气，晌午，下了一忽儿阵雨，气候更凉，简直是新秋了。因为有几个朋友，在牯岭避暑，别许久了，很想去见见他们。加以庐山风景，自幼即深印在心目中，于是偷了一个空闲，

---

① 玄珠：《我们在月光底下缓步》，初刊于《文学周报》1927 年 12 月 4 日第 5 卷第 18 期；见《茅盾全集》第 10 卷，黄山书社 2014 年版，第 251 页。

② 玄珠：《留别》，武汉《中央副刊》1927 年 8 月 19 日第 146 号。

③ 本文原载武汉《中央副刊》1927 年 8 月 18 日第 145 号，作者署名“云儿”。其中以“□”表示原文难以辨识的字，以“［ ］”表示对排印错误的更正。

便于下午二时余与W君雇车上牯岭去。

由九江往牯岭，有汽车可直达山麓。汽车票价一元八毛，我们因为是丘八，折半九毛。但是照我们的汉口钞票计算，还是一元八毛，因为汉口票到九江，要打对折。而因为这个缘故，我们好像走至马克跌落的德国，我们的中央票，到九江简直等于马克。买东西什么都以元为单位。日常所用的肥皂，在上海不过三毛钱的，九江要售一元，牙刷一元，牙膏二元。其他一切，都是这样。现洋铜子，直如凤毛麟角，不可得而见。我是已几乎半年不见现洋了。银光闪闪的多可爱的现洋呀！

大约三点钟的光景，我们到汽车站了。即乘车出发，约二十余分钟，乃至莲花荡，就是庐山山麓，汽车的终点。途次，甘棠湖中帆舶往来，湖边丛树庐舍，错综相间，颇有西湖风景，惜乎大半倾圮，荒凉满目。庐山模糊的隐在烟霭中，我们的汽车，即向之直驶。道路左右，一片黄绿，是已熟待刈的稻，飞快的向我们的车后过去。此时，我们的全副精神，都注意在牯岭，但是不可得而见，据同行的人说，是在那个天际的山坳中，但也是烟雾迷濛，认不出来。我用望远镜看了许久，还是无望，但是不要紧，我们不久定能攀登那天际的山坳，那时，便将什么都在眼中了。我这样在自慰。

在莲花荡下了车，本来上山下山都有山轿可以代步，但是当丘八的那来许多钱？上山二元四毛，下山二元四毛，一上，一下，就得化中央票十元！并且脚上登着草鞋，坐在轿中，到底也不好意思。于是我们遂藉口要赏玩路上的风景，一步步的上山了。

初时，是一段平坦的山道，两旁碧绿的田野，间着几个树林，景色比山下胜了许多。山道既尽，便是山上的石磴。一级级的，蜿蜒而上，因为路途的纡曲，树木的遮蔽，我们只能望见面前的一段。我们鼓着初行的勇气，迈步前进。但是上山是这样费力的，我们走了一程，气喘吁吁的，简直要倒卧在石磴上了。无可如何，只得在道旁的磐石上坐了下来。

“从山麓到牯岭十八里，我们这一程，大概走了四五里了，”我手拭着汗，喘着气向W说。

“是的，余下的路，至多当不过四分之三了，”这是喘着气的W的回答。

我们这样休息在磐石上，下望田畴庐舍，江湖树林，历历眼底，正如儿童时玩具，一幅展开在平面上的实物的图画。仰视庐山，绿树翁翳，像屏风样兀立在你的面前，清风徐来，披拂枝叶，作瑟瑟声。阵阵的蝉噪，间着一二声清脆的鸟语，清绝！幽绝！忽闻人声，循石级而上，是刚才同车的人坐着轿上山去。我和W便同声的问他：

“走了几多路了，上牯岭还有几多?”

“哈哈，还是起点呢！你们不过走了一二里，上牯岭，还有十六七里呢。”他带着得意的笑声回答我们。

我们都不禁给他噤住了。

“你们为什么不坐轿子呢？下山不妨自走，上山是要坐轿子的”，他说时表示着一种先生教导学生的神气。

我们懊悔了。

“应该坐着轿子来的，”我们同声的叹着，“因为省钱，现在吃苦了！”

但是这四无人踪的山中，即欲坐轿，也是没有办法。于是不得已我们只好鼓起余勇，走上山去。但是步履迟缓，已大非初行时了。

我们缓步的继续前进。初时的山路，是夹道丛树，蜿蜒而上，现在不同了。山路像带样绕着山腰，盘旋曲折，从此山沿至那山，一面是无底的幽壑，一面是绿树繁茂的山峰。我们走在山谷中了，四面青山如障，只余来路的一角，两山缺处，可以望见波光如镜的长江大湖。我们好如走入井底，只见头上的天光，一片阴荫，太阳自然是照不到。山谷间，小涧如绳的从峰巅下流，泉声淙淙，清脆入耳，像奏着音乐。其中偶或闻着一二声圆转如珠的鸟语，尤令人悦耳动心。

我们且行且住的顺着曲折的石级前行，忽然峰回路转，山风飘然，如饮冰琪琳，遍身热汗，为之骤收，我们走入一个清凉世界中了。山涧的泉声，奔腾澎湃，如千军万马之进行。风景是渐入佳境，愈加幽邃，山路亦愈走愈峻，举头仰视，正像一条蛇或蜈蚣，蜿蜒的绕着山腰。两山之间，山路断处，架有板桥，桥下幽谷，蒙着绿树巉岩，不知道究有多深；桥的一边，是从天际下挂的山涧，泉水下堕，散为水珠，飞溅在板桥上。

“登高山兮复有高山。”我们回首下望，刚才高与云齐的山峰，有许多已落在我们的脚下了，但是还有许多，崔巍的峙立在我们的顶上。我们继续的前行，汗水湿透了重衣，我们是筋疲力尽了。我们休息在路旁的一家茅舍，喝过庐山的泉水，问一问往牯岭的路，还有十二三里！唉！这真累死我们了！但是有什么法子呢？终得走呀！

我们前行，中心不时的问着：“牯岭在何处呀?”但是面前依旧是无穷尽的石磴，牯岭不知道在那里。行行重行行，走了一程，我们又询问路旁茅舍中的乡人，但是还有八里，时候已是五时余，夕阳藏在山巅的云间，快要西沉了，四顾茫茫，但见青山，何处是牯岭呀?

没奈何，仍是拖着疲惫的两脚前行，忽地山回路转，洋房历历，牯岭在眼中了。“这一定是牯岭了!”我们像小孩第一次见到了什么新奇的东西，心中怀着满腔的喜悦，精神为之骤振。但是乡人说是到牯岭还有八里，怕说错了罢？我们怀疑着，一番思量，我们明白了。原来在我们与牯岭之间，是隔着几个山谷，我们往牯岭，还须跨过几个山头哩。

我们一面望望牯岭，一面仍是贾着余勇前进。牯岭像有了吸力，我们颓疲的脚步，就比较的轻捷了。

山峦到这里又与前不同了。以前是佳木葱笼，满山苍翠欲滴，很少露出的岩石，即有，也如蹲着的野兽，踞坐山上，下瞩行人的样儿。现在呢，山峦虽还如先前的险峻，但却是悬崖峭壁，大块的方岩，层叠着高与天齐，只在两块巨石的中间，长着些疏疏落落的绿草，临风飘拂，似在招迎我们。山道就在这峻岩之下蛇样的向前伸展。有时伸入岩石的窟窿，远望如前路已断，但是一行近了，路就绕着层岩转了过去。路的下面，便是大山谷，草木翁翳中露着奇形怪状的岩石，有如塔样峙立着的，有如兽样蹲伏着的，有如伛偻的老人，有如苗条的女郎。是那一个术士，点化成这样的罢?

我们这样行行前进，牯岭在我们的面前，因山道的纡曲，时隐时见。我们或伫立板桥，任山涧的水珠，飞溅在我们的身上，在汗流如雨的时节，真是凉入心脾。我们走累了，就憩坐在道旁的石凳或巨岩上。

大约是六点钟的光景，因为是阴晴天气，阳光早就不知避匿何所，牯岭的家屋上，淡淡的袅着炊烟，苍然的暮色已弥漫山中了。我和 W 同时伸开四肢偃卧在一块巨岩上，岩下是无底的幽谷，巨岩高悬半空，正如一头扑向山谷的巨狮，后面的两足留在山道上，前面的已踏入谷中了。我们卧了一忽，便踞坐起来。我们是差不多已在山顶了，下望群山都在我们的脚下，平野田畴，只见绿油油的一片，其中，间着如镜的江湖。我们昂然四顾，此时豪气，真可吞一切呢！

我们正坐着闲眺，忽有一人坐着山轿前来，见了我们，似不胜诧异的样子，仔细的打量了一会，说道：

"你们第几军，今天下午开走了，还不去么?"

"我们是政治部，"我们说着就走下岩石来。

"下午四点钟的命令，政治部也走了。"他停下山轿说。

我们走了过去，W 给我介绍是政治部的什么，那人就把我们引过一旁，把突然开走的缘由如此这般的对我们说。我们对他道了谢，他便坐上山轿自去。原来我们胸前缀着第几军的徽章，所以他知道。

照□人的所说，队伍的开走是确定的了，但是我们已到山上，今晚是无论如何非宿在牯岭不可。要走还得明天清晨便下山归去。我们决下心来，于是仍旧向牯岭前行。

我们走了一程，行至一座巨山的下面，忽地，从山顶上飘下一片白云，立时，这片白云，像烟雾，像水气般，便把我们包卷在当中。此时，山顶的白云，一片片，飞快的向下吹落，我们看他迅疾的飘着，一刹那间，满山都是白云了。前眺牯岭，下望群山，都不可得而见，周身四围，都是云雾，我们是陷身在白云中了。封神传中之所谓驾起云头者，大概便是这样罢？仙乎，仙乎，我们现在是云端里的人物了。

牯岭真如一个世外桃源！在将近七点的时候，我们终于到牯岭市上了。一般人看见两个丘八服装的人物，都觉得有点诧异，目光灼灼的望着我们。立在门前的女人，都窃窃的在私议我们。桃源中恬静安宁的傍晚的空气，给两个鲁莽闯入的丘八，突然的毁坏了。

我们在旅馆中访着陈君，云少爷则于数日前下山去了。旅馆的三面都是山峰，一面接着其他的房子，是向山坳延展的牯岭市。我们凭窗外望，就可看见苍翠的峰峦像屏风样障着我们的旅馆。从山峰的缺处下瞰，则隐约的可以望见浔阳江头。此时，黑暗的夜色已笼罩四围，泉声□□，风声瑟瑟，点点滴滴的下起雨来了。我飒然的感到了秋夜的新寒，便向陈君借过衣服来披上。我漫步的走向栏杆外去闲眺。上弦的新月，像钩样的挂在云雾迷濛的山顶，浔阳江头但见灯火星星，隐约可辨，风声，雨声，泉水声，树叶声，充溢这幽静的山谷。我寻味着李易安"到黄昏，点点滴滴，梧桐更兼细雨，这次第，怎一个愁字了得！"的词句，我黯然神伤了。

用过了晚膳，我们便懒懒的坐在客厅的沙发上，作别后的长谈。陈君说："住在山中，清晨傍晚到山上去闲步，白日就在旅馆中译小说，长久不见报纸，什么都不知道，倘不是旅馆的茶房，怕日子也忘怀了。"

我们于是告诉他以山下的情形，他也把某旅馆的臭虫，云少爷的浪漫史，告诉我们。我们娓娓的谈着，后来又来了何君，杨君，郑君，于是方面大扩，谈锋骤展，更加热闹了。

最后，我们告诉他以明天须清晨便下山的缘由，陈君望着我说道，"且慢，我们的冰莹，现虽不知去向，云少爷也下山去了；但是在山上还有一位冰莹，与那一位同样的漂亮，你何妨也做一次云少爷去呢？"

"不敢了。时间迫促，怎容我有许多闲情逸致？"我回答。

"可惜，可惜！"陈君微笑又说，"我们第一次在广州酒家聚餐，顾君不是说过一则恋爱的故事么？顾君说，'有位S大学的学生，是个蹋［塌］着鼻子的。他与某女士发生了恋爱，非常相得。他高兴极了，便写信去向他的哥哥夸耀。哥哥的回信说，在你的鼻子没有修好以前，我料你一定找不到爱人。他就把这信给某女士看，某女士看了，气得要命，便马上写一封信给他的哥哥，痛痛的骂了一顿，其中有一句说，要知道女子所要求于男子的，不单是一个鼻子呀！'这位某女士，便是现居山上的我们的另一位冰莹。”

听了这故事，一堂哄然了。

“真是可惜，我们没有认识某女士的机会。”我说。

“他们的恋爱，现在到底怎样了?”是何君罢，他搀着问。

“蹋［塌］鼻失败了，现在某女士已另有恋人。”陈君答。

“这般说来，鼻子也是大有关系的了。”郑君说。他的态度始终是沉静的。

我们这样说笑着，不觉已是夜深，我和W君因为白日的疲劳，并且明天清早就要下山，便告辞先睡。接着郑杨二君说也要回去了，于是我们的谈话遂于以告终。大家都关上房门，到睡床上各自分头去找他□冰莹。

天气是这样的寒凉，我不禁裹起棉被。在温暖的怀抱中，我睡着了，直至次日红日照窗，方才醒来。我拉起帘子，由窗外望，山峰清明异常，一片云也没有，只是在山下，白云弥漫，遮蔽着田野。时候已是七时余，我们用过早餐，便下山归部。当初，在山道上，白云在我们的脚下飘着，我们是在云端。后来走了一阵，不知不觉的我们忽在云下，回首来处，已给白云封住，不可得而见了。我们对于过去的事绩，不也常是这样么？往事如梦，我们只有于想像中求之呀。

□□，两脚因为多走了路，腿痛数日，但是一想到庐山的胜景，□□这□什么呢？我静自寻味，往往梦寐系之。所以我们这一次上牯岭，□五老峰，御碑亭，白鹿洞，瀑布等胜地，虽然都没有去，但我已觉得很满足了。惟愧我无生花妙笔，不能将山上胜景，曲曲传出，但我□想，若能以此一文，引起伏老兄弟的高兴，天师Fatty的游思，小姐太太的诗趣，命驾牯岭，则不但读者诸君定将有好诗好文可读，而区区小子的满足与骄傲，自然也将不可言说了。

一九二七，八，十二，将回九江时。

（原刊《中国现代文学研究丛刊》2021年第3期）

20 世纪 30 年代茅盾的“五四”新文化运动阐释

刘　贵*

摘　要　20 世纪 30 年代，茅盾反复阐释“五四”新文化运动，这显示出他对“五四”精神的重要性有清醒的认识。他从性质、价值以及局限等方面细致剖析“五四”新文化运动，对“五四”精神中的“个性解放”进行了肯定。但是，在立足社会问题反思“五四”新文化运动，并考查反封建反帝任务在 20 世纪 30 年代的处境后，茅盾指出“五四”新文化运动失败了且无法在新时期发挥作用，无产阶级革命却有推进反封建反帝的积极作用。由此，他逐渐倾向无产阶级革命话语。作为“五四”新文学运动的重要领导者和“五四”新文化运动的参与者，茅盾的讨论从一个向度影响了“五四”新文化运动的发展。这种影响折射出茅盾一类的知识分子对于中国社会发展的意义。

关键词　茅盾；“五四”新文化运动；“五四”言说

“五四”新文化运动是中国从传统社会过渡到现代社会的转折点，它之于现代社会的意义不仅来自它在思想文化领域所产生的影响，更来自它在以后的历史发展中成为不断被言说的话题，各种各样的阐释创造了“五四”新文化运动的丰富意义。20 世纪 30 年代，在尖锐的社会矛盾和严峻的思想挑战面前，知识分子试图通过“五四”

---

* 作者简介：刘贵（1991—），女，陕西延川人，西南大学文学院博士研究生。

新文化运动开掘出新的价值资源。多重面向的阐释形成“五四”言说的众声喧哗，茅盾是其重要的发声者。不同于其他言说者，茅盾既拥有“五四”新文化参与者的经验，又随时代变化而面临着社会和人生难题，他的言说理路具有鲜明的个人性和独特性，隐含着通向其思想转折关口的线索。茅盾的“五四”言说既是理解其文学思想变迁的参照，又是观察茅盾一代知识分子在20世纪30年代发展变化的重要角度。

一

“五四”新文化运动在现代思想文化史上具有里程碑式的意义，该意义亦随社会历史的发展而不断被开掘和建构。20世纪30年代，伴随社会矛盾的日益尖锐并逐渐超越思想观念层面的民主、自由，革命与阶级斗争等成为多数知识分子关注的对象，相关问题的讨论还引发社会性质论战。现代知识分子基于对社会现实的感知以及对社会发展的预判，试图通过“五四”言说介入问题的讨论，各种话语激荡形成“五四”言说的多元格局。

胡适作为自由主义知识分子的代表，他关注的是“五四”新文化运动的启蒙价值，肯定了“五四”“个性解放”的意义。胡适指出，“五四”新文化运动是一场自觉地反对传统文化中诸多观念、制度的运动，是一场自觉地把个人从传统力量的束缚中解放出来的运动①。

鲁迅对“五四”新文化运动的态度较为复杂。一方面，他肯定文学革命的意义，坚持“五四”的启蒙立场②；另一方面，他对思想启蒙的成效和限度较为悲观，对“五四”精神的失落满怀忧虑，发

① 胡适：《中国的文艺复兴》，外语教学与研究出版社2001年版，第181页。

② 杨义、郝庆军：《鲁迅与“五四”精神》，《文学评论》2009年第3期。

出“回忆五四时，殊有隔世之感”[①] 的喟叹。另外，他没有乐观地将民主思想看作救治中国的良方，他对民主观念本身是既坚持又质疑的[②]。

周作人从“个人本位”脉络中的个性与人情角度理解“五四”新文化运动。他认为“五四”新文学是“将思想和感情表达出来”[③]的言志文学，是抒发个人真挚情感，是从思想文化层面对个人“主体性”[④] 的肯定。而对新文学演化为“洋八股”的警惕，则从侧面反映了周作人对具有真挚情感的文学及个体的重视。个体在思想革命中得到发现始终是周作人确认“五四”新文化运动价值的基本维度。

瞿秋白则否定“五四”新文化运动的价值，认为“五四”的个性主义与自由主义脱离群众，具有落后性。瞿秋白指出，“五四”文学革命“是失败了，是没有完成他的任务”[⑤]，而“五四”新文化运动是落伍了的，“对于民众仿佛是白费了似的”[⑥]。只有“无产阶级是唯一的彻底反抗封建残余和帝国资本主义的阶级”[⑦]，由这个阶级领导的文艺才是最先进的。他热切呼唤具有彻底性、代表进步力量的无产阶级开辟大众文化道路。

另外，还有一些在“五四”新文化运动中成长起来的知识分子对社会问题进行了深入思考，在接触或接受马克思主义后不断倾向于无产阶级革命话语，他们有意接续的“五四”话语资源的言说中提升了无产阶级革命的位置。

在20世纪30年代的“五四”言说中，茅盾是重要的参与者之一，这一时期，他发表了多篇文章阐释“五四”新文化运动。但是，

---

① 鲁迅:《鲁迅全集》第13卷，人民文学出版社2005年版，第96页。

② 钱理群:《漫说“鲁迅五四”》,《书城》2009年第5期。

③ 周作人:《中国新文学的源流》，华东师范大学出版社1996年版，第60页。

④ 舒芜:《重在思想革命——周作人论新文学新文化运动》,《中国文化》1995年第1期。

⑤ 史铁儿:《普洛大众文艺的现实问题》,《文学半月刊》1932年第1期。

⑥ 宋阳:《大众文艺的问题》,《文学月报》1932年第1期。

⑦ 易嘉:《五四和新的文化革命》,《北斗》1932年第2期。

他讨论的并非作为事件的五四运动，而是“火烧赵家楼的前二年或三年起算到后二年或三年为止。总共是五六年的时间”[①] 的“五四”新文化运动。1931 年 8 月 5 日，茅盾发表《“五四”运动的检讨——马克思主义文艺理论研究会报告》一文，他在该文中对“五四”新文化运动的性质、价值以及局限的讨论代表了他 20 世纪 30 年代“五四”言说的基本立场，直到 1939 年，他在《中国新文学运动》与《“五四”运动之检讨》两篇文章中，依然沿用了之前的观点。在《“五四”运动的检讨——马克思主义文艺理论研究会报告》一文中，茅盾将“五四”新文化运动定义为：“新兴资产阶级企图组织民众意识的资产阶级的‘文化运动’”[②]。在之后的《“五四”谈话》（1932）、《“五四”运动之检讨》（1939）等文章中，他都将“五四”新文化运动定义为资产阶级文化运动。1938 年 5 月，茅盾在《“五四”的精神》《忆五四青年》中较为全面地阐释了“五四”精神。此外，他还在《从“五四”说起》（1934）、《中国新文学运动》（1939）等文章中论及了“五四”精神。

二

20 世纪 30 年代的社会矛盾催生了超越“五四”、走出困境的焦虑和激情。茅盾带着时代难题反复掂量“五四”新文化运动的价值与局限，试图找到介入问题的新角度。20 世纪 20 年代起，他多次发表文章纪念并阐释“五四”新文化运动，他的文学评论中也有相关讨论；到了 30 年代，他更是从性质、价值以及局限等方面细致剖析“五四”新文化运动。在该时期的“五四”言说中，他肯定最多的是“五四”精神中的“个性解放”，在单独讨论“五四”精神或零散提及“五四”新文化运动时，他的肯定较为明显，表露出的情感也更为真切。

① 茅盾：《茅盾全集》第 19 卷，人民文学出版社 1991 年版，第 235 页。
② 茅盾：《茅盾全集》第 19 卷，人民文学出版社 1991 年版，第 247 页。

茅盾认为民主思想是“五四”新文化运动的核心精神之一。他在《“五四”的精神》一文中作了陈述：“‘德先生’和‘赛先生’果真是五四运动的精神么？——是的！反封建，反吃人的礼教，反笼统……都是为的要拥护‘德先生’和‘赛先生’。”“‘五四’的建设就是‘人的发现’和‘个性的解放’。这是‘五四’运动所以能震撼全国青年的心灵，激发他们的活力的原因。”并且，在“德先生”和“赛先生”底下的“‘个性解放’是不容非难的”[①]。他还在《“五四”运动之检讨》中强调了“五四”民主思想的意义：“‘五四’运动所以称为‘新文化运动’，因为它在思想上，对向来的传统的思想制度，完全立于反对的地位，它是反封建的，在中国历史上，它是空前的——所以是‘新’的思想运动。”[②] 这就从“人的发现”和“个性解放”角度肯定了“五四”民主思想。但是，这种肯定与胡适有所不同。茅盾将知识分子对普遍群体的关注与传统士大夫的救世精神联系起来。他指出：“传统的‘士’的救世精神，至今日不但余风未沫，并且有了新的觉醒，——‘五四’以来的学生运动并不是从什么外国学来的新花样，而只是我国传统的士的救世精神之复活！”[③] 胡适也探讨“五四”精神与中国人文传统的一致性，强调“大我”精神以及个体对社会群体的贡献，但他的重点始终在个体精神的独立上。茅盾和胡适理解“五四”精神的角度不同，而茅盾对传统士大夫精神的强调，极有可能将他对“个性解放”的关注引向对普泛社会群体的关怀。

在肯定“五四”民主思想的同时，茅盾还立足社会问题反思“五四”新文化运动。他以政治、经济背景为参照，指出“五四”新文化运动虽有反封建反帝任务，但受现实条件的限制无法完成这些任务。他认为，新兴资产阶级是推动“五四”新文化运动的重要力量，

---

① 茅盾：《茅盾全集》第 16 卷，人民文学出版社 1988 年版，第 143—144 页。

② 茅盾：《茅盾全集》第 22 卷，人民文学出版社 1993 年版，第 57—58 页。

③ 茅盾：《茅盾全集》第 15 卷，人民文学出版社 1987 年版，第 311 页。

而他们的一部分“是军阀官僚豪绅地主的变相，他们又是和封建势力关系很深的。新兴资产阶级这本身上的矛盾就使得他们虽有政权的要求却一方面仍和封建势力妥协”①。他还指出，在半殖民地的中国，因为封建势力只是帝国主义的工具，而且依赖帝国主义的扶植，资产阶级领导的五四运动始终不敢明明白白地反帝国主义②。他强调，“五四”新文化运动的爆发“有着外国帝国主义在中国的利害冲突的背景了。这里就伏着‘五四’失败的根”③。最后他作出总结：“本身内包含着矛盾成分而且依赖妥协性非常浓厚的中国新兴资产阶级，自始即不能发育健全而成为独立的民族阶级；这‘先天’的脆弱使得中国资产阶级对于反封建与反帝两任务不能负荷而达到完成。”④由此，他认为“五四”新文化运动是失败了的。

茅盾不仅指出“五四”新文化运动的失败，还进一步指出其无法满足新时期的斗争需要。他认为：“‘五四’的口号完全是资产阶级性，所以在无产阶级争取政权的现阶段，虽然同时仍须注力于铲除封建势力，但‘五四’在现今却只能发生了反革命的作用。”⑤ 紧接着，他指出：“反封建的任务由资产阶级的手里移到无产阶级的手里了”⑥。茅盾将“五四”新文化运动看作社会进化链条上的一个环节，它虽然具有反封建意义，但不够彻底，而“历史的轮子是必须向前进的，中国的被压迫民众从痛苦的经验中认明了只有反帝反封建的胜利，才是民族的生路，而且只有他们才是反帝反封建斗争中最坚决的分子”⑦。由此，他将反封建反帝重任交给无产阶级革命。可以看出，茅盾借助马克思主义理论阐释“五四”新文化运动。一方面，他在

---

① 茅盾：《茅盾全集》第19卷，人民文学出版社1991年版，第234页。

② 茅盾：《茅盾全集》第15卷，人民文学出版社1987年版，第443—444页。

③ 茅盾：《茅盾全集》第19卷，人民文学出版社1991年版，第236页。

④ 茅盾：《茅盾全集》第15卷，人民文学出版社1987年版，第443页。

⑤ 茅盾：《茅盾全集》第19卷，人民文学出版社1991年版，第247页。

⑥ 茅盾：《茅盾全集》第15卷，人民文学出版社1987年版，第442—443页。

⑦ 茅盾：《茅盾全集》第22卷，人民文学出版社1993年版，第69页。

进化论维度上凸显无产阶级革命的先进性；另一方面，他以阶级理论阐释无产阶级革命的必然性。在《“五四”运动的检讨——马克思主义文艺理论研究会报告》中，他就指出：“在检讨‘五四’的本身以前，我们不能不先考察‘五四’前夜的中国政治经济，换言之，就是构成‘五四’这社会现象的下层基础。”① 这些论述具有鲜明的马克思主义理论的意味。

可以说，20 世纪 30 年代茅盾对“五四”新文化运动的态度整体呈现肯定与批判交织的状态。这种态度与他的思想状况有着内在的关联。大革命失败后，严酷的现实使他陷入精神困境，他指出：“我有点幻灭，我悲观，我消沉”②。此时，他面临着“不愿盲目追随时势又不肯轻易放弃自我追求的两难境地。时势要求革命继续前进，茅盾对理想与主义当然不会轻易放弃；但激进的革命者要求‘革命的不断高涨’”③。在激进的知识分子猛烈抨击“五四”新文化运动，热切呼唤无产阶级文学与革命时，茅盾将坚守“个性解放”与“人格独立”的自由派知识分子看作时代的落伍者，同时将彻底否定“五四”新文化运动的激进的知识分子的观点看作超过现实的“左倾空谈”④。他在肯定“个性解放”时强调无产阶级革命的先进性，并对其深化“五四”民主思想充满了期待。

1928 年的革命文学论争也影响了茅盾的言说。创造社、太阳社的成仿吾、钱杏邨等批判“五四”新文学，指责“五四”文学先驱倡导反动的小资产阶级文学。茅盾反对这种批判，肯定“五四”文学的反封建意义，但是他不可避免地受到了论争的影响，他自觉使用马克思主义理论剖析“五四”新文化运动与这次论争不无关系。可以说，革命文学论争促使他更热心地提倡无产阶级文学，自然也会影响到他，使他的“五四”言说凸显出无产阶级革命的先进性。“左

---

① 茅盾：《茅盾全集》第 19 卷，人民文学出版社 1991 年版，第 232 页。

② 茅盾：《茅盾全集》第 19 卷，人民文学出版社 1991 年版，第 180 页。

③ 王嘉良：《茅盾研究年鉴 2014—2015》，中国社会科学出版社 2017 年版，第 20 页。

④ 茅盾：《茅盾全集》第 22 卷，人民文学出版社 1993 年版，第 43 页。

联”的任职经历对茅盾的“五四”言说也产生了一定的影响。1930年4月下旬，茅盾成为“左联”成员。1931年5月，他被任命为“左联”行政书记。在批判“五四”新文化运动的基础上建设无产阶级文化是“左联”的任务之一。因此，这一时期茅盾的“五四”言说必然会受到影响。此外，瞿秋白在很大程度上也影响了茅盾的“五四”新文化运动阐释。20世纪30年代，茅盾与瞿秋白的关系较为密切，1930年8月，瞿秋白夫妇回国后特意看望茅盾。1931年，瞿秋白曾在茅盾家中避难并与之讨论总结“五四”新文学和普罗文学运动以及吸取经验教训的问题。茅盾在20世纪70年代到80年代所写的回忆录中称《“五四”运动的检讨——马克思主义文艺理论研究会报告》一文，是遵照瞿秋白的建议写成的，其在写作前与他交换过意见。当然这一说法有夸张的成分，不能说明他与瞿秋白对“五四”新文化运动的看法完全一致，因为他补充说，这篇文章真实地反映了他当时的认识水平①。

三

20世纪30年代，茅盾走出了大革命失败后的消沉，这一时期他对无产阶级革命解决社会问题充满信心。他在《现代青年的迷惘》（1933）中指出：“只有到十字街头到农村中去体验铁一般的事实，青年们的迷惘才能得到真正解救”②。此时，他倾向于通过无产阶级革命解决各种社会问题。而且反封建反帝是茅盾始终关注的重大问题，他指出：“这个任务从‘五四’至今二十年来是没有改变过的，并且还需要我们继续努力去完成它。这个任务是什么呢？就是反帝反封建的基本任务。”③ 随着介入问题的思路改变，他通过“五四”言

① 茅盾：《“左联”前期——回忆录［十二］》，《新文学史料》1981年第3期。

② 茅盾：《茅盾全集》第15卷，人民文学出版社1987年版，第515页。

③ 茅盾：《茅盾全集》第22卷，人民文学出版社1993年版，第39页。

说开掘资源的视野有了变化。1924年5月4日，他在《今天的希望》中呼唤青年不要忘记“五四”新文化运动，不能继续酣睡。1929年5月4日，他在《读〈倪焕之〉》中回顾了“五四”新文化运动和新文学道路，并提醒人们不要割断历史。他强调：“没有了‘五四’，未必会有‘五卅’罢。同样地会未必有现在之所谓‘第四期的前夜’罢。历史是这样命定了的！”[①] 显然，20世纪20年代，茅盾肯定“五四”新文化运动的思想、文化价值对于解决社会问题的意义。30年代，他既汲取革命话语资源讨论社会问题，又设法通约不同的话语资源。

茅盾立足社会问题反思“五四”新文化运动，试图为社会发展提供有益的思路。他考查反封建反帝任务在20世纪30年代的处境后，指出“五四”新文化运动失败了且无法在新时期发挥作用，无产阶级革命却有推进反封建反帝的积极作用。由此，他逐渐倾向无产阶级革命话语。在该过程中，他以温和的反思而非激烈的批判参与了“五四”革命话语的建构。他在肯定“五四”民主思想的同时给出“五四”新文化运动无法成功的结论，这一论述具有潜在的指向，且在“五四”言说的发展中产生了更为持久深远的影响。

茅盾调整自己大革命失败后的低落状态后，一方面有限度地认可“五四”精神，另一方面紧跟时代潮流，努力寻找应对社会问题的价值资源。茅盾认为“五四”这个启蒙先生“被时代的巨浪打走了；接手的那位‘先生’用的课本是不同的。不但课本，前先生与后先生的出身，头脑，也是完全不同的”[②]。但是，他试图超越“尾巴主义”和“左倾空谈”，这使他忽视了无产阶级革命与“五四”新文化运动面临着不同且紧迫的任务。民主与平等均是“五四”知识分子倡导的重要理念，但到了20世纪30年代，“经济的发展深刻地颠覆了传统中国的社会秩序和城乡一体化结构，造成了都市与乡

---

① 茅盾：《茅盾全集》第19卷，人民文学出版社1991年版，第198页。
② 茅盾：《茅盾全集》第20卷，人民文学出版社1990年版，第51页。

村、沿海与内地的严重的二元结构”[①]，社会平等成为比民主、自由更为尖锐的问题。自由主义知识分子同样关注平等问题，但是，他们对平等的理解不是均等意义上的，并且以坚持“五四”精神为前提。另外，他们侧重从学理层面讨论自由与平等的关系。对他们而言，深入地辨析自由与平等的复杂关系并从思想观念层面对社会产生影响更为关键。而革命话语则倾向于以彻底的阶级革命解决平等问题，因为在秉持革命话语的知识分子的视野中，批判自由主义理念，积极宣传阶级思想，有力地动员工人和农民加入无产阶级革命队伍更为紧迫。在这种情形下，茅盾对推进“五四”民主思想的困境没有清醒的认识，同时也没有进入无产阶级革命理念内部整合出有益的话语资源，他借“五四”新文化运动阐释开掘话语资源的努力并未取得很大的成效。

茅盾认为“五四”新文化运动的重要意义在于拥护“德先生”和“赛先生”，但“拥护是做到了，把它们确立在生活中，却一点也没有做到”[②]。他感叹“五四”精神没有深入人心，并将深化的希望寄托于革命，呼唤“五四”精神在战火中得到复活甚至升华：“在抗战的烽火中，或者当年的‘五四’精神能够复活而且能够升华到更高一阶段罢？我祈祷着，但我也看见了端绪了。”[③] 茅盾的“五四”言说立足社会问题反思“五四”新文化运动，将“五四”新文化运动与无产阶级革命看作进化论链条上的不同阶段并逐渐倾向于后者，这简化了二者的关系，避开了20世纪30年代的价值难题，而他自身也因此陷入深刻、持续的矛盾当中。从其小说《蚀》三部曲到《子夜》的变化与《子夜》存在的问题，我们也能窥见他的思想变化与困境。

茅盾创作于20世纪20年代末的《蚀》三部曲生动地展现了革命青年寻求出路的迷茫、挣扎以及坚持。该系列小说对革命青年的思

---

① 许纪霖：《二十世纪中国思想史论·序》，东方出版中心2006年版，第8页。
② 茅盾：《茅盾全集》第16卷，人民文学出版社1988年版，第144页。
③ 茅盾：《茅盾全集》第16卷，人民文学出版社1988年版，第146页。

想与心理作了全面的展示，既呈现他们独立、自由的一面，又对他们思想上存在的问题给予暴露。而30年代的《子夜》在题材和内容上有了明显的变化，小说呈现了民族资本家的灭亡与无产阶级革命的壮大。茅盾虽然贴合革命话语勾勒时代画面，但是《子夜》中的话语裂隙折射出他的思维混乱。他想要呈现资产阶级走向灭亡的必然，却对民族资本家吴荪甫表露出欣赏；他想要展现知识女性的落伍，却呈现她们独立的一面。并且《子夜》充分呈现发展壮大的农民革命并未按原计划写就，不匀称的小说结构和篇幅设置对于凸显主题欠缺力度。这种艰难的自我超越和随之而来的困惑持续存在于他的思考与创作当中。

总之，20世纪30年代，茅盾反复阐释“五四”新文化运动，这显示出他对“五四”精神的重要性有清醒的认识。他指出“五四”未完成反封建反帝任务有一定的合理性，他对“五四”民主思想没有深入人心的看法也比较准确。但是他没有触碰到深化“五四”精神的核心问题。客观来说，茅盾跟随时代潮流对“五四”新文化运动的反思，不利于“五四”精神像他期待的那样得到复活和升华。茅盾的反思最终促成他思想的转变。作为“五四”新文学运动的重要领导者和“五四”新文化运动的参与者，他的讨论从一个向度影响了“五四”新文化运动的发展。这一影响折射出茅盾一类的知识分子对于中国社会发展的意义。同时，茅盾20世纪30年代思想的发展转变显示了知识分子在尖锐的社会矛盾中探索有效价值资源的艰难。茅盾面对的难题和困惑始终不同程度地伴随着后来的知识分子，而他通过“五四”新文化运动开掘话语资源的尝试和困境带来诸多启示，既为深入认识“五四”新文化运动与“五四”精神提供了参照，也为相关议题的深化提供了借鉴。

（原刊《广西社会科学》2020年第3期）

茅盾的思想演进与俄苏文学资源（1919 年—1949 年）

侯　敏*

摘　要　茅盾五四时期“为人生”观念的生发、二三十年代无产阶级艺术观的确立，乃至40年代出于政治信仰对无产阶级艺术观的进一步拓进与深化，都与其对俄苏文学、文化的观照和思考密切关联。茅盾对俄苏文学的审视，不仅促发了其思想的转变与演进，丰富了中国现代文学批评史和思想史的内涵，而且成为中国人民瞭望俄苏的“窗口”，极大地拓宽了国人对俄苏认识的视野。

关键词　茅盾；俄苏文学；无产阶级艺术观；五四时期

从1919年起，茅盾“开始注意俄国文学”①，自此以后，茅盾一生在俄苏文学乃至文化的译介与传播方面做出了重要贡献。据贾植芳先生统计，“茅盾先后介绍了俄国和苏联作家约60人，写或译出了介绍俄国和苏联文学的论文近50篇”②。普希金、列夫·托尔斯泰、陀思妥耶夫斯基、高尔基等俄苏重要的代表作家，都曾出现在茅盾的文字叙述中。这些俄苏的话语资源，在茅盾自身的文学观念和文学理

---

* 作者简介：侯敏，辽宁大学（沈阳 110136）文学院副教授，博士。基金项目：辽宁省教育厅科学研究青年项目（LQN202035）；辽宁省社会科学基金项目（L20BZW006）；2020年度辽宁大学本科教学改革项目（JG2020YBXM134）。

① 茅盾、韦韬：《茅盾回忆录（上）》，华文出版社2013年版，第114页。

② 贾植芳：《中国新文学作家与外国文学的关系——以茅盾为例》，《中国比较文学》1998年第2期。

论的建构中起过重要作用，曾一度影响到茅盾的文学思想演进过程。同时，这些文学和文化资源也成为中国人民瞭望俄苏的“窗口”，尤其是从“五四”到新中国成立前这一时间段，在信息极不畅通的情况下，极大地丰富了中国对俄苏经济、政治和文化等方面的了解与认识。

一　“为人生”视域下的俄苏文学批评

“五四”时期，“为人生”的文学观念，是鲁迅、茅盾等“五四”新文学先驱者在反对“文以载道”、游戏消遣等传统文学观念的基础上提出的，而“为人生”文学观念的直接源头就来自俄苏。鲁迅曾言：“俄国的文学，从尼古拉斯二世时候以来，就是‘为人生’的，无论它的立意是在探究，或在解决，或者坠入神秘，沦于颓唐，而其主流还是一个：为人生。”[①] 茅盾也曾言：“我也是和我这一代人同样地被五四运动所惊醒了的，我，恐怕也有不少的人像我这样，魏晋小品、齐梁词赋的梦游世界里伸出头来，睁圆了眼睛大吃一惊的，是读到了苦苦追求人生意义的俄罗斯古典文学。”[②] 他进而指出：“俄人视文学又较他国人为重，他们以为文学这东西，不单怡情之品罢了，实在是民族的‘秦镜’，人生的‘禹鼎’；不但要表现人生，而且要有用于人生。”那么，如何“表现人生”？如何“有用于人生”？按照茅盾的理解，即“平民的呼吁”和“人道主义的鼓吹”。[③] 关于这两个方面，茅盾在其文学批评中，以托尔斯泰、陀思妥耶夫斯基、屠格涅夫等人为例，给予了充分的阐述与说明。

茅盾所言之“平民的呼吁”需要具备两个因素：一是作家要具有平民意识，即真正是站在底层人民的立场来发言。茅盾以屠格涅夫、托尔斯泰和高尔基为例加以说明：“屠尔格涅甫、托尔斯泰那样出身高

---

① 鲁迅：《鲁迅全集》第4卷，人民文学出版社2005年版，第443页。
② 茅盾：《茅盾全集》第33卷，黄山书社2014年版，第802页。
③ 茅盾：《茅盾全集》第32卷，黄山书社2014年版，第146页。

贵的人，我们看了他们的著作，如同亲听污泥里人说的话一般。决不信是上流人代说的。其中高尔基是苦出身，所以他的话更悲愤慷慨。”①言下之意，3位作家之所以没有上层人的口吻，源于他们真正与民众打成一片，是具有平民意识的作家。二是作家要真实地再现底层人民的生活状态，尤其要展现底层人民“人性的永久的真实”，发掘出内蕴于其灵魂深处的“人性之善”。茅盾认为，陀思妥耶夫斯基是这方面最具有代表性的作家。“陀氏所描写的那些‘被侮辱与被损害者’虽过于堕落的生活，然而灵魂永不至于堕落。”②“他把那些‘被践踏者与被损害者’的狰狞可畏的外皮剥去了，把他们的纯洁的灵魂摊布出来给智识阶级的人看，叫他们知道人性的永久真实即是善。”③

然而，作家如何才能做到“平民的呼吁”？抑或说，作家为何甘心情愿地为平民呼吁？茅盾认为，在为平民呼吁的背后实际上内蕴的是作家浓厚的人道主义情怀与思想。他曾指出，陀思妥耶夫斯基之所以会发现与描写底层人民的人性之善，源自他对“被损害者与被侮辱者”的博大深厚的人道主义同情与爱。正是这种深厚的爱，才使陀氏对底层人民的关注是发自“同等地位的人对人的同情心，而不是那些自命为慈善家污蔑他人人格的怜悯”④。与此同时，茅盾针对托尔斯泰的文学创作写道：“托氏的写实文学中，常常有个中心的思想环绕，这便是人道主义——无抵抗主义。”⑤也就是说，在茅盾看来，人道主义才是陀思妥耶夫斯基、托尔斯泰等俄国作家为平民呼吁和呐喊的真正内在驱动力。

茅盾这里所言之人道主义与周作人“五四”时期提倡的具有

---

① 茅盾：《茅盾全集》第32卷，黄山书社2014年版，第146页。

② 沈雁冰（茅盾）：《陀斯妥耶夫斯基的思想》，《小说月报》1922年第1期。

③ 冰（茅盾）：《陀斯妥耶夫斯基带了些什么东西给俄国》，《时事新报》1921年11月11日。

④ 郎损（茅盾）：《陀斯妥耶夫斯基在俄国文学史上的地位》，《小说月报》1922年第1期。

⑤ 雁冰（茅盾）：《文学上的古典主义、浪漫主义和写实主义》，《学生杂志》1920年第9期。

“个人主义的人间本位主义”色彩的人道主义迥异，也与鲁迅倡导的以“掊物质而张灵明，任个人而排众数”的具有个性解放色彩的人道主义存在根本差异。如果说，周作人、鲁迅等“五四”新文化人倡言之人道主义更多汲取的是日本和西欧的文学资源，强调个人的自由与解放；那么，茅盾所言之人道主义则主要取法的是俄苏，尤其是以托尔斯泰、陀思妥耶夫斯基等为代表的俄国古典主义作家的思想。这种人道主义具有不同于日本人道主义的鲜明特质，即强调一种博爱思想和“利他主义”的奉献精神。茅盾指出：“托尔斯泰的生活、品性、文学作风，当然的与陀斯妥耶夫斯基的相差很远；但是有一点相同：这就是利他主义，就是想找出一条合着神的法律底人生的正路。”[①] 正基于此，托尔斯泰试图以无抵抗主义的非战策略来实现人与人之间的和谐与友爱，最终达到理想中的人类全体的“道德自我完善”；陀思妥耶夫斯基则渴望通过对底层民众内在灵魂的揭示和救赎来塑造人类终极意义上的至善至美的“绝对完全的人格”。[②] 可以说，托尔斯泰和陀思妥耶夫斯基，尽管采取的拯救人类的方式不同，但其终极指向是一致的，即通过人性的改善，来达到人类永久之幸福与和谐。在这一点上，茅盾深受其影响，他曾言：“我是倾向人生派的。我觉得文学作品除能给人欣赏而外，至少还须含有永存的人性，和对于理想世界的憧憬。”[③] 此语正道出了“五四”时期茅盾“为人生”文学观念的基本内涵。

二　无产阶级艺术观与俄苏文学资源

茅盾于1919年年底开始接触马克思主义。之所以要接触马克思主义，是由于他“那时已经知道，俄国革命是在马克思主义的指导

---

① 郎损（茅盾）：《陀斯妥耶夫斯基在俄国文学史上的地位》，《小说月报》1922年第1期。

② 沈雁冰（茅盾）：《陀斯妥耶夫斯基的思想》，《小说月报》1922年第1期。

③ 茅盾：《介绍外国文学作品的目的》，《时事新报》1922年8月1日。

下取得胜利的”[①]。尤其是1920年茅盾加入共产主义小组后，为了党能够更好地接受马克思主义思想的指导，也为了自身思想水平得以提升，茅盾译介了《共产主义是什么意思》《美国共产党党纲》《国家与革命》等一系列经典马克思主义著作。

在信奉马克思主义后，茅盾的思想发生了明显的变化，甚至对“五四”初期推崇的托尔斯泰文艺观也产生了质疑。他在发表于1923年的《“大转变时期”何时来呢?》一文中写道：“我们自然不赞成托尔斯泰所主张的极端的‘人生的艺术’的文艺。但是我们决然反对那些全然脱离人生的而且滥调的中国式的唯美的文学作品。”[②] 茅盾的评论虽然主要是针对浪漫派和颓废派倡导的唯美主义文学而发，但将托尔斯泰并列其中，却明显与茅盾之前的评论大相径庭。之前茅盾是将托尔斯泰作为“为人生”派的重要代表人物而加以推崇，但在此处却有明显的批评之意，由此可见，茅盾在学习了马克思主义之后在思想方面发生的重要变化。后来，这样的变化，在其写作的《论无产阶级艺术》中得到更加鲜明的彰显。

《论无产阶级艺术》是茅盾在“五卅”运动期间写作的政论文，其理论观点多来自苏联理论家波格丹诺夫，但也有诸多茅盾自身的洞见。在《论无产阶级艺术》一文中，茅盾首先从文艺创作和文艺批评两个方面谈论了文艺的阶级属性问题。在文艺创作方面，茅盾指出，在19世纪后半叶，“描写无产阶级生活的真正杰作”，即“能够表现无产阶级的灵魂，确是无产阶级自己的喊声的”，“大概只有俄国的小说家高尔基”。[③] 茅盾在肯定高尔基文学创作功绩的同时，对法国作家罗曼·罗兰所倡导的“民众艺术”则给予了批判。他认为“全民众”这一名词是极其可笑的，因为只见“此一阶级和彼一阶级，何尝有不分阶级的全民众?”[④] 因此在茅盾看来，罗曼·罗兰所

---

① 茅盾、韦韬：《茅盾回忆录（上）》，华文出版社2013年版，第118页。

② 茅盾：《“大转变时期”何时来呢?》，《文学》1923年第12期。

③ 沈雁冰（茅盾）：《论无产阶级艺术》，《文学周报》1925年5月10日。

④ 沈雁冰（茅盾）：《论无产阶级艺术》，《文学周报》1925年5月10日。

言之“民众艺术”，“不过是有产阶级知识界的一种乌托邦思想而已”，它是为了拥护“治者阶级的利益而产生的”，其实质是资产阶级“保持其权威的一种工具”。[①] 在文艺批评方面，茅盾指出，文艺批评是“站在一阶级的立点上为本阶级的利益而立论的。虽然自来的文艺批评家常常发‘艺术超然独立’的高论，其实何尝办到真正的超然独立?”[②] 也就是说，在茅盾看来，所有的文艺评论都具有阶级性，即使强调超然独立的艺术批评也被打上了特定阶级的烙印。其次，茅盾对无产阶级艺术的范畴、内容和形式给予了相关界定。茅盾认为，在范畴方面，无产阶级艺术应该是以集体主义、反家族主义和非宗教主义的无产阶级精神为中心而创造的“一种适应新世界（就是无产阶级居于治者地位的世界）的艺术”[③]；在内容方面，无产阶级艺术应该以“全社会及全自然界的现象为汲取题材之源泉”，以“建设全新的人类生活”为其理想[④]；在艺术方面，无产阶级艺术在注重形式与内容必须和谐的同时，也应该注重对前人遗留的宝贵艺术遗产的借鉴与吸收。

茅盾的这篇《论无产阶级艺术》虽然在材料和观点上多来自苏联，但对当时的中国文坛而言却具有开创性的价值和意义，它标志着一种崭新的艺术形式——无产阶级艺术在中国的萌芽。茅盾曾言：“我在写这篇文章时，引用了许多苏联的材料，讨论的也是当时苏联文学中存在的问题，这是因为在一九二五年中国还不存在无产阶级的艺术。但是，我已经意识到无产阶级艺术的基本原理将会指引中国的文艺创作走上崭新的道路，因此，我大胆地作了这一番理论探讨。半个多世纪过去了，这篇文章的内容，在今天已是文艺工作者普通的常识，但在当时却成了旷野的呼声。”[⑤]

茅盾在发表《论无产阶级艺术》一文后，20 年代又先后写作了

---

① 沈雁冰（茅盾）:《论无产阶级艺术》,《文学周报》1925 年 5 月 10 日。
② 沈雁冰（茅盾）:《论无产阶级艺术》,《文学周报》1925 年 5 月 17 日。
③ 沈雁冰（茅盾）:《论无产阶级艺术》,《文学周报》1925 年 5 月 17 日。
④ 沈雁冰（茅盾）:《论无产阶级艺术》,《文学周报》1925 年 5 月 24 日。
⑤ 茅盾、韦韬:《茅盾回忆录（上)》，华文出版社 2013 年版，第 254 页。

《告有志研究文学者》《文学者的新使命》等系列文章，对文学的阶级性进行了持续的探讨。比如，在《告有志研究文学者》一文中，茅盾写道："文学所表现的是当代的人生，无待繁言；然我们尚须申明的，就是文学中所表现的当代人生实在是经过作者个人与社会意识所拣选淘汰而认为合适的。这所谓社会意识，实在就是该社会中治者阶级的意识，而治者阶级的意识便是时代精神的集中的表现。"①

如果说在20年代，茅盾更多地从苏联汲取文学资源，强调文学的阶级意识和阶级属性问题，那么进入30年代之后，他则更加注重从苏联的革命经验出发，来审视中国自身的无产阶级革命文学问题。他说："我们必须从苏维埃区域汲取题材，我们应该不以仅仅描写了红军及赤卫队的勇敢为满足，我们要指出白色军队的摇动及其崩溃的必然，我们要从苏维埃区域的土地问题中严重指斥立三路线的错误，我们要抉露苏维埃区域富农分子窃取政权（如福建的傅柏翠）之内在的社会的原因，取消派和AB团之活动，我们要指出无产阶级领导力量之薄弱怎样的危害苏维埃基础之稳固。"② 不难发现，茅盾在30年代的文学评论中，在有意识地拉近中苏文学之间的距离，并试图以苏联的革命经验来指引与丰富中国无产阶级的革命文学创作实践。但这种强烈诉求同时带来的，是茅盾文学批评的明显左倾化与激进化。

茅盾对文学阶级性的认同与肯定，促使其对托尔斯泰、陀思妥耶夫斯基、屠格涅夫等作家评价态度的改变。"五四"初期，茅盾对托尔斯泰等俄国古典主义作家备加推崇，然而随着对文学阶级论认识的不断深化，茅盾对这些具有浓郁人道主义思想的俄国作家明显流露出一种否定态度。这主要集中在其30年代发表的几篇论文中，比如他在《托尔斯泰的〈复活〉》一文中，认为《复活》"充满了说教的精神"③。茅盾在《陀思妥耶夫斯基的〈罪与罚〉》一文

① 茅盾：《告有志研究文学者》，《学生杂志》1925年第7期。

② 茅盾：《中国苏维埃革命与普罗文学之建设》，《文学导报》1931年11月15日。

③ 茅盾：《茅盾全集》第30卷，黄山书社2014年版，第460页。

中指出："在《罪与罚》中，陀思妥耶夫斯基对于现实的态度是二重性的。"① 他在《屠格涅夫的〈父与子〉》一文中评价道："屠格涅夫是一个很优美的散文家，但不是一个很好的社会观察家。他思想上是巴苦宁主义者，而这，又指使着他的创作常常陷于观念的毛病。"②

可以说，20 世纪二三十年代，茅盾在援引俄苏文学资源后生发出的无产阶级艺术观，为当时文坛输入新文学观念的同时，也标志着其自身文学观念的改变与革新，即以马克思主义的阶级论来更新"五四"时期推崇的人道主义思想和"永久的人性"论，以"为无产阶级的艺术"来充实和修正"为人生的艺术"③。

三 政治信仰与俄苏文化观照

20 世纪 40 年代中后期，国共关系走向破裂，美苏冷战格局日渐形成。与此同时，国民党大肆进行反苏宣传，企图破坏中苏之间的友好关系。茅盾在 40 年代出于对中国共产党的政治信仰，为了让广大民众了解国民党的险恶用心，为了让民众更多、更好地了解苏联，他对俄苏无产阶级文学及文化给予了较为全面的观照。

首先，茅盾在 40 年代翻译了巴甫连科的《复仇的火焰》、格罗斯曼的《人民是不朽的》和卡塔耶夫的《团的儿子》等一系列中长篇小说，而且还出版了《苏联爱国战争短篇小说译丛》。这些皆是描写苏联伟大卫国战争的作品。茅盾之所以会选择翻译这些作品，在于试图通过对苏联军民生活的介绍，来抵制当时国统区那些"对希特勒表同情而对于苏联红军之胜利抱嫉视的言论"④。

其次，茅盾于 1946 年 12 月 5 日至 1947 年 4 月 25 日应苏联对外文化协会（VOKS）之邀，获得了一次访问苏联的机会。茅盾这次访苏可

---

① 茅盾：《茅盾全集》第 30 卷，黄山书社 2014 年版，第 465 页。
② 茅盾：《茅盾全集》第 30 卷，黄山书社 2014 年版，第 453 页。
③ 茅盾、韦韬：《茅盾回忆录（上）》，华文出版社 2013 年版，第 254 页。
④ 茅盾、韦韬：《茅盾回忆录（下）》，华文出版社 2013 年版，第 70 页。

谓责任重大，因为他担负着向国人介绍苏联，以打破蒋介石反苏宣传，抵制“苏联有平等而无自由”的“谣言”，最终实现“中苏两大民族友谊之巩固及文化交流之增进”[①]的重任。茅盾在走访期间，深深被苏联真正的自由与民主所感染：“他们全是劳动的人民。他们中间没有剥削者。这就是苏维埃民主政治和英美的所谓民主政治不同的地方。苏维埃民主政治是真正的民主政治。”[②]他为苏联红军的英勇善战的精神而赞叹：“红军之英勇善战，奋不顾身，根源在于红军兵士知道他们作战的目的是什么，——不是去侵略别人而是保卫社会主义的祖国，故能无坚不摧。”[③]同时，茅盾对俄苏作家表现出崇高的敬意：“当我访问普希金，L. 托尔斯泰，或者耐克拉索夫博物馆的时候，我的情感中似乎景仰前贤的成分比较多些，但在高尔基博物馆，我却深刻地感到伟大的时代和伟大的人民在我精神上所起的決荡和感召。”[④]茅盾回国后，将他在苏联所有的观感写进了《苏联见闻录》中。但茅盾自觉对苏联的介绍还不够全面，认为“《苏联见闻录》只着重于文化艺术方面的介绍”。于是，他依据1947年英文版的《苏维埃年历》，又参考了苏联出版的英文资料，花费两个月时间，写作了《苏联杂谈》。[⑤]此书从政治、经济、文化教育和人民生活等各方面对苏联进行了详细的介绍，充分肯定了苏联的自由和平等观念。

另外，值得注意的是，茅盾对苏联作家西蒙诺夫给予了足够的重视。西蒙诺夫是一名军事记者，参加了苏联的数次战役，并参加了伟大的斯大林格勒保卫战。他依据自己在战争中的切身体验撰写了《我城一少年》《日日夜夜》《从黑海到巴伦支海》等多部作品，并因此曾获得4次斯大林文艺奖。茅盾在访苏期间曾亲自去拜访西蒙诺夫，而且两人相谈甚欢。回国后，茅盾写下《西蒙诺夫访问记》一文，并对其文学创作给予了充分肯定：“从他开始写作，直到最近，西蒙诺夫的

① 茅盾：《茅盾全集》第13卷，人民文学出版社1986年版，第5—6页。
② 茅盾：《茅盾全集》第13卷，人民文学出版社1986年版，第144页。
③ 茅盾：《茅盾全集》第13卷，人民文学出版社1986年版，第200页。
④ 茅盾：《茅盾全集》第13卷，人民文学出版社1986年版，第234页。
⑤ 茅盾、韦韬：《茅盾回忆录（下）》，华文出版社2013年版，第183页。

每一作品中所提出的问题都正是同时代千千万万人民极为关心的问题；十年中间，全世界的爱好和平与自由的人民在法西斯侵略者的战争与奴役之下掀起了反抗的斗争，而这斗争到现在还没有得到全盘的最后的胜利，虽然这胜利是已经确定无疑的。而西蒙诺夫的作品则鼓励着人民的为和平，自由与正义的斗争。这就是他的作品所以得到巨大成功的原因。”① 在肯定西蒙诺夫文学创作的同时，茅盾还亲自翻译了其剧本《俄罗斯问题》。这部剧作发表于 1946 年，以美国纽约一家新闻出版公司为描写对象，揭露了美帝国主义对人民言论的控制，及其企图发动第三次世界大战的阴谋。这部剧作不仅获得了 1946 年的斯大林文艺奖，而且在苏联受到了热烈欢迎，全境 500 家剧院同时上演。而茅盾之所以翻译这部剧作，其目的就是要揭露美帝国主义的丑恶面目，揭露国民党反苏宣传的险恶用心。

茅盾 20 世纪 40 年代对俄苏文化的观照，彰显出其鲜明的无产阶级政治信仰和意识形态观念，体现出对先前无产阶级艺术观的进一步拓进与深化。他站在无产阶级的立场上，出于对党的忠诚与信仰，热情颂扬了苏联，而贬抑了代表资产阶级的美帝国主义和国民党。从茅盾的表述来看，虽然因其承载着政治层面的重任，难免有重政治内涵，而轻审美意蕴分析的问题；同时也存在对苏联只是一味赞颂，而缺乏必要批判的偏颇。但在当时的社会语境中，茅盾能够让民众看到一个强大而友好的苏联，从而坚定广大民众的斗争士气和必胜的信心来看，却是功不可没的。

四 结语

茅盾从“五四”时期“为人生”观念的形成，到 20 世纪二三十年代无产阶级艺术观的确立，再到 40 年代出于政治信仰对无产阶级艺术观的进一步拓进与深化，始终与他对俄苏文学、文化的观照与思考密切关联。由此观之，俄苏文学与文化在茅盾思想转变和演进的过程中

---

① 茅盾：《茅盾全集》第 13 卷，人民文学出版社 1986 年版，第 289 页。

确实起到了非常重要的作用。与此同时，茅盾在俄苏文化移译和介绍方面的价值与意义同样不可小觑：一方面具有文化意义，他让中国人民更为深入地了解了俄苏的文艺思想、文艺观念和文艺创作情况；另一方面也具有重要的现实意义，尤其是在战火纷飞、硝烟弥漫的年代，他以俄苏文化实绩，摧毁了国民党的反苏谣言，增进了中苏人民的友谊，增强了中国人民必胜的信心。

实际上，茅盾不仅很早就已经开始关注俄苏文学，俄苏文坛也早已开始关注茅盾。早在1934年，涅克拉索夫翻译的《春蚕》在俄文杂志《世界文学》上发表，就已是俄苏茅盾研究之滥觞。后来，更是涌现了费德林、鲁德曼、索罗金等大批茅盾研究专家。他们对茅盾都给予了高度的评价，比如费德林曾言："茅盾的文学作品是中国20世纪二三十年代社会生活的百科全书。任何一位中国作家，都不能像茅盾那样，在其中长篇小说中描绘出如此广阔的中国现代社会的画面，塑造出如此广泛的同时代人的系列形象，摆出那么多重大的时代课题。"[①] 基于此，费德林给予了茅盾"中国现实主义的艺术大师"的称号。这些足见茅盾在俄苏文坛的重要影响力。

基于以上分析可以得出：茅盾与俄苏文学之间彰显出的是一种你中有我、我中有你的血浓于水的密切关系，这种关系已然深嵌于中国现代文学发展的历史脉络与谱系中，成为解读中国现代文学与俄苏文学关系时无法忽视的"存在"。换言之，如果忽视了茅盾与俄苏文学之间的密切关联，就无法全面认识俄苏文学在中国现代文学批评史和文学思想史发展过程中所起到的重要作用，就无法清晰描绘出俄苏文学与文化对中国文化的深远影响，也无法完整洞见中国现代作家作品在俄苏文学中的具体生存样貌。

［原刊《天津师范大学学报（社会科学版）》2021年第3期］

① 费德林：《H. T. 费德林论茅盾——茅盾〈子夜〉俄译本序言》，《国际汉学》2015年第1期。

论茅盾的传统知识分子情结

——以《蚀》《子夜》为例

张连义[*]

摘　要　政治性与文学性的争议是茅盾研究的一项重要议题，茅盾的传统知识分子情结是其根本原因。传统知识分子的“弘道”和“内圣”使茅盾坚持着“入世”的人生理想，从参与、提出“为人生”的文学主张到参加中国共产党以及从事革命工作，都是“弘道”的体现。不过，茅盾又是一个写实主义作家，对现实人生的尊重也在一定程度上解构了作品的政治性。《蚀》和《子夜》是茅盾政治性与文学性复杂关系的典型文本，也是其传统知识分子情结的具体呈现。

关键词　茅盾；传统知识分子情结；政治性；文学性

政治性与文学性向来是茅盾研究的重要议题，茅盾的政治身份及其作品与时代的亦步亦趋似乎坐实了其作为政治家的作家身份，因此，很多研究者认为，政治性是茅盾作品的主要特征，其作品就是为政治服务的，作品的政治价值远远大于文学价值甚至替代了文学价值。“蓝棣之基本否定了《子夜》作为文学作品的审美价值只肯定它的社会文献价值，认为《子夜》缺乏时空的超越意识，缺乏深厚的哲理内涵以及对于人性、生命和宇宙意识的透视，只是一部‘高级形式的社会文件’。……在王一川看来，《子夜》欠缺小说味，概念痕迹过重，主题先行，缺少审美价值。此外，王晓明、徐循华等人的

---

* 作者简介：张连义（1973—），山东聊城人，浙江传媒学院文学院副教授，文学博士，主要从事中国现当代文学研究。

文章也对《子夜》中所存在的问题进行了批判。这些文章共同认为茅盾及其《子夜》具有概念化、政治化的倾向，缺少复杂的思想意蕴，缺少审美价值。"[①] 也有人提出不同的见解，认为茅盾的作品忠实于现实生活，是现实生活的艺术呈现。茅盾研究会会长杨扬就认为，"今天的一些研究者往往只注意到了茅盾的左翼思想立场对他创作和文学思想的影响，却有意无意忽略了作为小说家的茅盾在参与实际政治活动过程中，对社会问题的关注和对政治活动经验的文学汲取。这样的忽略，影响到对茅盾的文学史研究往往偏向于政治立场的阐释，而淡化了对小说家茅盾的文学经验的考量"。[②] 日本学者桑岛由美子也以《子夜》的伏笔论证茅盾作品的现实主义："从许多伏笔之中产生了一种共识，如果把这样的过程视为代表现代中国的一位作家的创作过程，就可以重新认识不能只用'文学从属于政治'的议论，来解释茅盾文学中所蕴含的透彻的现实主义"。[③] 不难看出，政治与文学的关系一直是茅盾研究的焦点之一。在此，笔者无意延续这种讨论，而是追问：政治性和文学性都是茅盾思想的呈现，在政治性与文学性之间，有没有统一的因素？如果有，又是怎样统一的？为什么会形成这种现象？接下来，就以影响最大的《蚀》三部曲和《子夜》为例，对此进行探讨。

一 《蚀》三部曲："在路上"的理想叙事

《蚀》三部曲被称为"革命加恋爱"小说的典型作品。在作品中，革命与恋爱构成亦步亦趋的关系，一代青年男女在时代变化面前的思想嬗变，即从幻灭到动摇再到追求的变化，都与革命纠缠在一

① 吕周聚：《人性视野中的〈子夜〉新论》，《首都师范大学学报（社会科学版）》2020 年第 1 期。

② 杨扬：《上海的文学经验——小说中的宏大叙事与日常生活叙事》，《天津师范大学学报（社会科学版）》2017 年第 2 期。

③ ［日］桑岛由美子著，袁暌译：《茅盾的政治与文学的侧面观——〈子夜〉的国际环境背景》，《中国现代文学研究丛刊》1995 年第 3 期。

起，革命成为其人生理想的附丽，或者说，在他们人生彷徨的时候，正是革命给了他们追求的目标和人生的意义。也因此，《蚀》三部曲也成为当时社会环境下人生选择的寓言。但这仅仅是一个方面，问题的另一方面则是，青年男女的人生选择和革命的关系又有着内在的龃龉与悖论，从而使作品有了多维度解读的可能。

在《幻灭》中，静女士想安心读书，可现实的庸俗使其读书的想法破灭，参加革命之后，革命队伍里的乱象更使其不适应。革命也好，爱情也罢，都不过是他们摆脱人生无意义的工具，尤其是，革命及其倡导的自由与青年的冲破烦闷的发泄杂糅在一起，形成革命的"乱象"，更使静女士陷入彷徨。直到遇到强连长，静女士才找到她心目中革命应该有的样子。在《追求》中，不少人关注史循与章秋柳在意志消沉之后的新生，实际上，同学会中众多同学的人生和理想追求才是作品要表现的主要内容。仲昭、曼青等各个人物都有自己的人生追求，只不过每个人的处境不同追求不同而已。相对于史循和章秋柳，仲昭的"半步走"哲学和曼青的人生追求和遭遇更富有典型性。实际上，尽管每个人的角色不一样，但因为处于特殊的社会环境，他们几乎都是沉闷的。他们有理想有追求，可他们的理想和追求又被现实损耗殆尽，从而只能以麻木的心态随波逐流。对他们来说，政治不过是一种理想，他们更在意人生的追求，尤其是理想的追寻。方罗兰是《动摇》的一个主要人物，也是"动摇"的象征。细读文本不难发现，在方罗兰游移不定的外表下，是对局势的担忧，是对店员和店主的同情。当别人都在把"革命"当作工具的时候，方罗兰坚守着革命的原则，也因为坚持原则，与投机分子、劣绅胡国光结下仇怨。胡国光正是抓住革命对自己有利的规则不断谋取利益，最终将方罗兰逼到逃亡的境地。方罗兰是一个理想型的人物，对革命、对政治始终抱有幻想，对于劣绅胡国光也有着警惕，可是他又尊重规则，结果导致胡国光的影响一天天壮大，他也深受其害。从这个意义上说，《动摇》的主旨与其说是表现方罗兰的摇摆不定倒不如说呈现大革命时期的"革命"乱象。"革命"一方面想要解放国民，建构一种良好的社会秩序，尤其是使店员和店主之间达成一种和谐关系，另一方面又不能阻止这一过程中的不正常现象，结果导致不少人投机倒把，甚至到后来革命不再是解放人民的工具而成为害人的借口。“如所分析，方罗兰之所以摇摆不定，是因为他经历了大革命的复杂性，是因为他从根本上来思考大革命中的一些政治现象：把土豪劣绅四个字造成了无数的新的敌人，赶走了旧式土豪，却代以新式的插革命旗的地痞，要自由结果仍得了专制。他怀疑暴力革命的方式。在感情上，方罗兰则动摇于爱情与婚姻之间，他的怀疑所指向的，是他自己，他怀疑有能力理解孙舞阳的感情。”① 在革命和解放的过程中，妇女因为处于风口浪尖，注定要接受更多的考验。“妇女解放”给了她们自由，但是，何为解放、解放何为又是没有明确的，这样，一方面她们因为追求自由陷入解放的误区而沦为男性的玩物，如钱素贞；另一方面，妇女解放过程中女性又不能支配个人的命运，甚至成为革命的牺牲品。在解放的过程中，很多女性被强行分配给别人。无论革命者还是反革命者，都以革命或解放的名义将她们视为玩物、工具，甚至连无辜的妇女也不可避免。从这个意义上来说，与其说是方罗兰的动摇，倒不如说这种复杂的社会形势使作家对革命产生怀疑和动摇。

《蚀》三部曲写出了青年男女在时代变化面前的思想挣扎以及他们与革命的复杂关系，尤其是革命与理想的复杂关系。他们怀抱理想踏入社会，但当时的社会环境并未给他们提供实现理想的条件，昏沉、压抑的现实使他们的生活百无聊赖，他们失去了人生的目标和意义。在这种情况下，革命成为他们理想的寄托，革命描绘的远景更是满足了他们的人生诉求，革命就这样与理想合而为一，革命就是理想，理想就是革命。显然，他们是将革命理想化了。革命是残酷的，理想是浪漫的，当借助于革命去实现人生理想的时候，必然存在着龃龉。尽管革命并不是想象的样子，但革命又是他们摆脱庸俗现实的工具，他们只能以“在路上”的心理追求革命，并以此遮蔽现实的庸

① 蓝棣之：《现代文学经典：症候式分析》，人民文学出版社 2006 年版，第 33—34 页。

俗。方罗兰在革命道路上面临理想与现实的矛盾正是知识分子追求理想的时候遭遇的命题。作家并未将革命理想化，而是写出了革命的残酷性、复杂性，以及革命过程中夹杂的复杂的人际关系和庸俗甚至混乱的男女感情。从这个意义上说，从革命维度解读《蚀》三部曲尽管合理，但也存在遮蔽多维度解读的可能。

二　《子夜》：源于现实的政治文本

《子夜》被视为典型的“社会剖析小说”，阶级性是人物的基本属性，也决定了人物的性格和最终的命运。不过，在坚持阶级性的前提下，作品并没有忽视人物的复杂性，而是将其放置于具体的环境，写出他们生存生活的现实，即尊重现实，努力忠于现实，从而使其成为文学经典。在作品中，工人、资本家、地主等各个阶级的典型人物均登场表演，吴荪甫与赵伯韬之间为了金钱展开的明争暗斗更是被不少论者视为民族资本家和买办资本家的斗争，甚至作品也被解释为不同阶级在中国革命中的不同表现。实际上，吴赵之间的斗法更多的是出于经济利益而不是个人理想。吴荪甫想通过债券市场化解个人的资本危机，赵伯韬则是为了获取金钱，金钱成为二者矛盾的焦点。所谓的资本家冯云卿、周仲伟等也面临着生存的压力。冯云卿在乡下用尽手段赚了钱到上海当“寓公”，为了不坐吃山空，投资债券市场。可债券市场受金融大鳄控制，冯云卿沦为牺牲品。为了获取内部消息，冯云卿唆使女儿接近赵伯韬。为了金钱出卖女儿当然是金钱对人性的腐蚀，但从另一个角度讲，作为父亲将亲生女儿推到色魔怀中的内疚、无奈、悔恨，也有着十足的震撼人心的力量，显示出冯云卿为了生存的痛苦和无奈。不仅如此，为了能够在上海滩生存下去，冯云卿对自己的女人在外面鬼混也只能睁只眼闭只眼，几近失去尊严。冯云卿的生存可见一斑。周仲伟为了保住工厂而将工厂抵押出去自己做了管理，他不是没有理想，但当生存和理想发生矛盾的时候，生存更为重要。其他如朱吟秋、陈君宜、四小姐蕙芳、吴荪甫的妻子林佩珊乃至于一般的工人更是为了生存而苦苦挣扎。从这个意义上说，《子夜》无疑展示出各个阶级、阶层的真实生态。

实事求是地讲，《子夜》确实较为真实地呈现各个阶级在时代变化中的命运和结局，可将其政治化也确实存在着一定的误解，也遮蔽了作品的丰富性。无论是吴荪甫、赵伯韬还是朱吟秋、冯云卿等，都在为了生存和利益而追求，而挣扎，而不是阶级本性限定的单一性格。同时，作品也未将革命者理想化，而是呈现其人性自私的一面，比如革命者内部的分歧以及蔡真、玛金等之间的微妙关系等。作品一方面写出了各个阶级的命运，另一方面也呈现他们的生存生活状态。这样一部作品之所以被从政治维度进行解读，甚至与作家的写作背景、写作目的联系在一起，很大程度上是出于政治的需要。实际上，《子夜》的政治性解读除了与当时左翼的宣传有关，和茅盾基于政治立场的阐释也有着密切的关系。“茅盾后来对《子夜》的说明与阐释，赋予或强化了《子夜》鲜明的政治色彩，引导着读者与研究者去对《子夜》进行政治解读。”① 抛开政治视角，更能发现作品蕴含的丰富思想意蕴。“易言之，后来的研究者受到作者的言说的影响，更多的是从政治的角度切入来分析作品的思想主题，强调作品与当时社会政治之间的关系，控诉以赵伯韬为代表的美国资本对中国民族资本的压迫，从而有意无意地忽视了作品中所蕴含的丰富思想意蕴。”② 随着政治形势的变化，茅盾思想中的政治因素日益明显，当茅盾本人也被政治裹挟，其作品的政治性也就在绝大多数读者意识中形成定论。作为其代表性作品，《子夜》无疑是政治性与文学性结合得最好的作品。

《蚀》三部曲表现了理想、现实与革命之间的复杂关系，人们面对理想的破灭和现实的无奈只能寄希望于革命，革命成为理想的寄托和逃避现实的归宿，现实则是基础。《子夜》艺术化地呈现政治、现

---

① 吕周聚：《人性视野中的〈子夜〉新论》，《首都师范大学学报（社会科学版）》2020 年第 1 期。

② 吕周聚：《人性视野中的〈子夜〉新论》，《首都师范大学学报（社会科学版）》2020 年第 1 期。

实与理想的复杂纠葛，阶级性决定着人物的命运，但也没有忽视他们的理想与所处的环境，即现实是他们的出发点。不难看出，《蚀》和《子夜》的基础都是现实。《子夜》之后，茅盾的作品更是紧跟政治形势，他努力写出反映时代政治斗争的作品，以显示其政治身份。问题的另一方面则是，茅盾并未回避社会现实，而是尊重现实，努力呈现社会现实。当现实与政治发生矛盾而政治又在社会中占据了统治地位的时候，茅盾更是陷入痛苦与彷徨，这既是时代发展中文学的命运，也是作家命运的隐喻。

三 政治与现实的复杂关系

无论文学还是政治，其基础都是现实，也就是说现实是二者共同的出发点。政治只能基于现实而不能凭空想象。近代以来的革命正是基于劳苦大众的受苦受难和亡国灭种的危机意识，或者说人民大众的生活现实是革命的基础。文学的来源也是现实的生活，对于主张自然主义的茅盾更是如此。茅盾认为，“新文学的写实主义，于材料上最注重精密严肃，描写一定要忠实”。① 因此，文学要为政治服务，就要尊重现实，如实地呈现人情百态，而不是对其进行扭曲。就此来说，革命与文学是一致的，二者互为支持，相得益彰。《蚀》写了大革命时期青年男女的幻灭、动摇与追求，政治无疑是重要的表现内容；而其内容也与茅盾在大革命时期的所见、所闻、所感有密切关系。作为革命者，政治性是茅盾创作的主动追求，“我的目的，一则想对无产阶级艺术的各个方面试做一番探讨；二则也有理清一番自己过去的文学艺术观点的意思，以便用‘为无产阶级的艺术’来充实和修正‘为人生的艺术’”。② 可见，茅盾是将无产阶级文学作为一种文学样式来认识的，既然是一种文学样式，就要有自己的特征，无产阶级文艺突出斗争也在情理之中。但是，无产阶级文艺毕竟是文艺，

① 庄钟庆：《茅盾的创作历程》，人民文学出版社1982年版，第25页。

② 茅盾：《我走过的道路（上）》，人民文学出版社1981年版，第286页。

既然是文艺，就要尊重现实，从现实出发，呈现文艺本身的特征。这样，对无产阶级文艺的理解就有了分歧：政治强调的是无产阶级文艺的斗争性、阶级性，而茅盾更偏重于文艺性。既然偏重于文艺性，就要尊重文学规律，如实呈现社会生活。这也是与茅盾的“为人生”的文学观相一致的。于是，在《蚀》中，我们看到青年男女一方面坚持理想，苦苦奋斗，另一方面又在沉闷、残酷的现实面前无奈、幻灭，动摇和妥协，他们以人生理想的追求和遭遇现实的无奈形象地阐释着茅盾的无产阶级文艺观念与“为人生”的文学创作之间的复杂关系，也显示出与政治的分歧。

虽然政治和文学都是以现实为基础的，但政治比现实要复杂得多也残酷得多，很多时候，政治追求的是一种目的而略去中间诸多有争议的环节，即政治最终呈现给我们的是一个简单的结果。文学则是在现实基础上的浪漫化想象，是对社会现实的反映。政治与文学的龃龉是对待现实的两种姿态：政治是以现实为出发点，也是为现实服务的，但略去了中间的诸多环节，要的是最终的结果，这种不要过程只要结果的追求，呈现将现实理想化甚至概念化的特征；文学始终关注现实的人生，在路上的苦难和人的生存状态始终是文学关心的命题，即对个体命运的关切使其显示出现实性。文学与政治一是现实，一是理想，当现实与理想发生冲突的时候，其选择就成为两难。可贵的是，茅盾“没有选择用作家一厢情愿的想象去弥合现实与理想之间的裂隙，而是用他那写实的笔触，真实的反映了时代面貌”①。可见，尽管茅盾有很强的政治意识，但本质上还是一个写实主义的作家，显示出对现实的尊重，当现实与理想乃至政治发生冲突的时候，他选择了尊重现实。

其实，对于茅盾来说，政治也好，文学也罢，都不过是人生的工具，是达成“修身齐家治国平天下”的途径，而要达到这一根本目的，就要尊重现实。个体的成长和人生追求既受到社会环境的影响，

---

① 赵学勇、高亚茹：《茅盾“未完成”长篇小说探析》，《华中师范大学学报（人文社会科学版）》2017年第3期。

也与个人的选择和性格有关。静女士对理想的追求决定了必须和强连长相识才有人生的意义；章秋柳的逃避是因为沉闷的社会现实使其失去了追求的勇气；孙舞阳的革命追求和情爱选择源于其对自由的追求，但也离不开革命提供的条件。如此等等，都显示出现实对个体的决定作用。即使被公认为政治性代表作的《子夜》，也展示出现实的决定作用。作品中的每个人，从吴荪甫、雷参谋、周仲伟、冯云卿到下层工人，都承受着生活的重压，政治不过在其中充当了一种催化剂，是故事发生的背景，他们的压力要么是金钱，要么是人生追求，面对现实的无奈是他们的普遍心态。对人物的如实刻画显示出作家对现实的尊重，在文学与政治的紧张关系中，文学显示出独立性。可见，尽管将文学视为政治的工具，但茅盾并没有将文学政治化，而是以对现实的尊重显示出与政治的某种疏离，从而使创作具有了现实性，也在一定程度上稀释了作品的政治性。

四 传统知识分子情结

茅盾是典型的左翼作家。左翼作家实际上有两个身份：一个是政治身份，即革命者，这个身份要求他们将政治作为主要目的，文学不过是政治的工具，是革命齿轮上的螺丝钉；另一个身份是作家，这个身份要求他们尊重现实，尊重文学规律，并在此前提下为政治服务。这倒不是说政治不能和文学很好地融合——文学史上政治与文学结合很好的作家大有人在，只不过，面对政治与文学之间的复杂关系，特别是处于社会剧烈变动时期，当政治压倒一切的时候，如何处理政治与文学之间的关系却是一个艰难的选择。茅盾作为中共最早的党员之一，其政治性是鲜明的，他本人也毫不避讳创作的功利性：“在过去的六七年中，人家看我自然是一个研究文学的人，而且是自然主义的信徒；但我真诚地自白：我对于文学并不是那样忠心不贰，那时候，我的职业使我接近文学，而我的内心的趣味和别的朋友——祝福这些朋友的灵魂——则引我接近社会运动。……我在那时并没想起做小说，更其不曾想到要做文艺批评家。”① 茅盾从最早的共产党员之一到在汉口编辑《国民日报》再到后来一系列的革命选择，都彰显着政治身份。但写作又是他的特长，或者说，他是典型的政治型作家。因此，茅盾在创作中，自然具有鲜明的政治倾向，这是其政治身份的内在要求。政治身份要求文学成为革命齿轮的螺丝钉，作家身份又要求尊重现实，这显然是一个两难的选择，也正是在这种两难选择中的创作，彰显出茅盾的传统知识分子情结。

中国传统的知识分子向来以修身齐家治国平天下为人生追求，文学不过是人生的补充形式，对他们来说，文学就是为现实服务的。也就是说，文学是功利的，是服务于社会现实的。茅盾的思想正是这种文学功用性的典型体现。他早年组织参加文学研究会，参与提出“为人生”的主张，就是文学功用性的典型体现。但在提倡文学功用性的同时，茅盾也认识到文学的复杂性，特别是参照西方文学的发展更使其认识到现实的重要性，他也在此思想影响下提倡自然主义，体现对现实的尊重。文学虽然有教育功能，但毕竟是一项长期的工程，其影响不是立竿见影而是潜移默化的，况且，文学只能为人生服务而不能拯救人生，更不能救民于水火。所以，才有茅盾参加革命的举动。在革命与文学的关系上，茅盾显然将革命作为根本目的，文学仍然充当了工具，其小说也就成为政治的附庸。实际上，从文学研究会的文学“为人生”服务到左翼身份的为政治服务，即从人生到政治的嬗变，延续着茅盾的文学社会功能论，也就是文学是服务社会的工具——开始是新民和救亡图存的工具，后来成为政治的工具。之所以有这种转变，根本原因是茅盾清楚地认识到，要想改变现实，只能通过政治。也因为这样，将文学作为政治的工具对茅盾来说就不是被动的接受，而是主动的选择，且是发自内心的真实的服从。但是，这种服从潜藏着沦为政治工具的风险。为避免这种风险，茅盾从古代文人那里吸取了经验。古代文人在追求个人政治抱负的同时也遵守着内在的约束，即既要“弘道”又要“内圣”，“弘道”是为了实现个人抱负，“内圣”则

① 茅盾：《茅盾全集》第19卷，黄山书社2014年版，第176页。

是保持内心的操守，二者相辅相成，使知识分子在“入世”的同时坚守着节操。“中国古代知识分子所持的‘道’的人间的性格，他们所面临的问题是政治社会秩序的重建。”① “总之，一方面中国的‘道’以人间秩序为中心，直接与政治权威打交道；另一方面，‘道’又不具备任何客观的外在形式，‘弘道’的担子完全落在了知识分子个人的身上。在‘势’的重大压力之下，知识分子只有转而走‘内圣’一条路，以自己的内在道德修养来作‘道’的保证。”② 在坚持“道”的人间性格即政治秩序的时候，他们秉持的是“内圣”，即对某种观念的坚守，而这种坚守的表现之一就是对现实的尊重和家国情怀，“弘道”和“内圣”即心怀天下的政治理想和尊重现实的知识分子传统，是茅盾复杂心理形成的基础。“其主导是儒家思想的修身齐家治国平天下，积极入世、经世致用的人生观、历史观与社会功利观，重义轻利的道德伦理观；顽强奋进、韧性拼搏的进取精神与着重‘中和’，也着重唯物辩证的思想方法。”③ 知识分子的身份内在地要求他积极入世、为民请命，同时又要求他尊重现实，实事求是。在很多时候，茅盾的知识分子身份即为民请命和政治身份即革命性是合一的，都要求他救民于水火，都有强烈的社会责任意识。这也是其政治性生成的根本原因。从“为人生”的文学主张到为政治服务的政治诉求均源于此。但也有龃龉处，那就是知识分子身份要求他尊重现实，从现实出发考虑问题，而政治身份则更多地要求他为了革命事业删减多余的枝蔓而将政治目标作为最终的诉求，知识分子身份与政治身份也由此产生裂隙。实际上，也正是知识分子与政治身份的龃龉使茅盾的作品显示出矛盾性，也使其面临着诸多的争议。

需要说明的是，在小说的叙事思维等方面，茅盾也显示出传统的特征④。因为本文主要从内容方面展开，故不再论述。

---

① 余英时：《中国知识分子论》，河南人民出版社1997年版，第7页。

② 余英时：《中国知识分子论》，河南人民出版社1997年版，第14页。

③ 丁尔纲：《茅盾：翰墨人生八十秋》，长江文艺出版社2000年版，第31页。

④ 赵学勇、高亚茹：《茅盾“未完成”长篇小说探析》，《华中师范大学学报（人文社会科学版）》2017年第3期。

总之，茅盾作品政治性与文学性的矛盾显示出其在政治与文学之间的两难选择，对二者的处理显示出茅盾的传统知识分子情结。传统知识分子的责任意识使其将文学作为政治的工具，以文学的功用性为社会服务；同时，传统知识分子的忧患意识又使其尊重现实，以知识分子的情怀维护着作品的文学性，从而形成作品的内在矛盾，也使其具有了争议。

（原刊《未来传播》2021 年第 3 期）

中国现代长篇工人运动小说的杰作

——重评《子夜》对工人运动的书写

张全之*

摘　要　《子夜》对工人运动的描写，揭示了厂方、黄色工会、黑帮之间的利益纠葛以及他们在镇压工人运动方面的合作与内讧，反映了20世纪30年代中国工人政治的复杂形态；中国共产党在领导工人运动方面发挥了重要作用，但《子夜》的这部分内容似乎偏离了左翼文学的基本方向，遭受了很多批评和非议，直到今天仍被认为是小说的败笔。然而事实并非如此，茅盾的政治立场是坚定的，在描写工人运动的时候他有自己独特的追求和鲜明的创作个性。作品展现的政治偏差主要根源于作品的结构、茅盾的武汉记忆以及他对1927年大革命失败以后中共内部出现的“左倾”盲动主义及“立三路线”的批判与反思。过去人们普遍强调的是对“立三路线”的批判，其实《子夜》将民族资本家和买办资本家之间的斗争作为主线，是对瞿秋白“左倾”盲动主义的直接回应，而瞿秋白对《子夜》创作的干预，使这一倾向暧昧不明，致使长期以来没有引起研究者的注意。

关键词　茅盾；《子夜》；工运小说；瞿秋白；立三路线；“左倾”盲动主义；黄色工会

---

* 作者简介：张全之，文学博士，上海交通大学人文学院教授，博士生导师。项目基金：国家社会科学基金重点项目“中国现代文学与工人运动关系研究”（14AZW016）。

一 引言：现代工人运动的蓬勃发展与中国现代小说的乏力表现

中国现代工人运动与文学之关系，长期以来没有得到研究者的重视，其中原因不难理解，因为此类作品多带有很强的政治宣传性，艺术成就相对低下，所以研究者多视而不见。从发展历程来看，中国现代化工业生产开始于晚清时期，随之有了现代意义上的工人阶级。工人阶级从诞生那天起，就遭受着资本家的残酷剥削和压迫，所以经常举行怠工、罢工、游行等各种抗议活动。但从文学来看，五四之前的中国作家，对这一新兴阶级的重要性缺乏认识，对他们的生活也缺乏了解，因而以此为题材的作品数量稀少。但正是这少量的作品，已经充分彰显了这一题材的意义，为此后的工人小说奠定了基础，对此笔者有专门的论述[①]。五四以后，随着中国共产党的诞生，现代工人运动进入了有组织的自觉阶段。1922 年香港海员大罢工、安源路矿工人大罢工及 1923 年京汉铁路工人大罢工等大规模罢工，掀起了中国现代工人运动的第一个高潮。但当时的五四主流作家将“启蒙”“为人生”等作为文学鹄的，对工人阶级此起彼伏的反抗斗争没有给予太多关注，以此为题材的作品除了田汉的话剧《午饭之前》（1922）以外，几乎没有其他作品反映工人阶级波澜壮阔的革命斗争。1925 年的五卅运动是中国作家与工人运动结合的开始，在这次运动中，沈雁冰、叶圣陶、郑振铎等作家都发表文章揭露真相，痛斥帝国主义屠杀和压迫中国工人的罪行，体现了作家对工人运动的支持。但就小说而言，1926 年蒋光慈发表的《少年漂泊者》是中国现代第一部反映工人运动的长篇小说，带有标志性意义，但该小说有关工人运动的内容，大量抄袭了当时的报章记事，使这部作品的艺术性大打折扣。之后，蒋光慈又创作了反映上海工人 3 次武装起义的中篇小说《短裤

---

① 张全之：《中国近代产业工人小说论》，《山东师范大学学报（社会科学版）》2020 年第 2 期。

党》和反映工人苦难与反抗的《最后的微笑》，它们是中国现代工人斗争题材的重要作品。但蒋光慈的这些小说受到鲁迅和茅盾的批评，他们认为“蒋光慈的《短裤党》写得并不好，他是将当时的革命人物歪曲了的”①。事实上，蒋光慈工运小说的问题不只在人物塑造上，从情节上说，他笔下的阶级斗争存在着严重的公式化倾向：两个阶级一正一邪，壁垒分明。穷人正直、善良、高尚，富人贪婪、邪恶、卑鄙，阶级伦理取代了世俗伦理，复杂的阶级斗争变成了泾渭分明的善恶之争，如此简单化的情节设置，是其工运小说的致命伤。以工人运动为题材的长篇小说还有华汉“地泉”三部曲之一《复兴》，其在当时受到激烈批评，成为“不应当这样写的标本”②。在短篇小说方面，成绩比长篇小说好一些，刘一梦的《失业以后》被鲁迅誉为“优秀之作”③，研究者认为它“为重新认识国民革命时期的工人运动提供了别样面影”④。其他如华汉的《马桶间》、冯铿的《突变》、冯宪章的《一月三日》、卡气的《阿毛》、龚冰庐的《碳矿夫》、马宁的《处女地》、欧阳山的《竹迟和铁锤》等短篇或中篇，都在重复着“苦难—觉醒—抗争”的情节模式，将阶级矛盾写成了一条清晰、简单的直线，把个人的仇恨当作罢工斗争的动力，陷入模式化窠臼。巴金有两部以工人运动为题材的长篇小说《雪》和《死去的太阳》，前者写煤矿工人罢工，后者写南京工人为声援五卅运动举行罢工。这两部作品由于受到无政府主义的影响，思想上带有极端倾向。从作品来看，“巴金写工人运动，其目的不在工人运动本身，而是借助工人运动思考中国知识分子拯救中国的途径”⑤。与这些作品相比，茅盾的

---

① 茅盾、鲁迅：《致伊罗生》，载《鲁迅著译编年全集》第16卷，人民出版社2009年版，第324页。

② 瞿秋白：《革命的浪漫谛克——评华汉的三部曲》，载《瞿秋白文集》文学编第1卷，人民文学出版社1985年版，第457页。

③ 鲁迅：《我们要批评家》，载《鲁迅全集》第4卷，人民文学出版社2005年版，第246页。

④ 孙伟：《被鲁迅称为“优秀之作”的“革命文学”——刘一梦〈失业以后〉中国民革命时期的工人运动》，《鲁迅研究月刊》2015年第2期。

⑤ 张全之：《巴金工运小说新论》，《吉林大学社会科学学报》2019年第5期。

《子夜》堪称杰作。在《子夜》中，作者并没有渲染工人个人的悲苦命运，没有将工人个人的私仇作为从事罢工运动的动力。在罢工运动的过程中，作者也没有局限于“工人/资本家”之间的矛盾斗争，而是揭示了更为错综复杂的矛盾形态。在政治方面，茅盾有意规避简单化的政治宣传，以至于使其政治倾向受到质疑。《子夜》中描写的第三次工人罢工都是有现实蓝本的，但他没有拘泥于现实，而是对现实中的罢工事件进行了大胆改写，极大地丰富了作品的思想容量①。所有这些特点，都显示了茅盾独具匠心的艺术创造能力，并使《子夜》得以成为中国现代长篇工人运动小说的杰作。

二 工人运动在《子夜》中占有重要的位置

工人运动在茅盾的《子夜》中占有重要地位。从篇幅来说，小说直接描写裕华丝厂工人罢工的就有 3 章（第 13 至 15 章），间接描写的有两章即第 2 章写莫干丞向吴荪甫汇报工人第一次怠工事件、第 7 章写屠维岳通过开除姚金凤而重用薛宝珠化解第二次工潮（其实是第一次工潮的延续）。此外，第 16 章描写火柴厂工人为抗议工厂停工找老板周仲伟谈判的过程，第 9 章写五卅纪念日抗议者在南京路上举行飞行集会。在全书 19 章中，直接或间接描写工人罢工（含纪念五卅集会）的就有 7 章，占了小说 1/3 以上篇幅。工人运动在整部作品中不断被提及，使人们在阅读过程中始终能够强烈地感受到持续不断的工人罢工事件的影响。小说开篇，在迎接吴老太爷回公馆的车上，二小姐芙芳就跟四小姐说：“四妹，上海也不太平呀！上月是公共汽车罢工，这月是电车了！上月底共产党在北京路闹事，捉了几百，当场打死了一个。共产党有枪呢！听三弟说，各工厂的工人也都不稳。随时可以闹事。时时想暴动。三弟的厂里，三弟公馆的围墙

① 张全之：《〈子夜〉与 1930 年上海丝业工人大罢工》，《中国文学研究》2020 年第 3 期。

上，都写满了共产党的标语。”① 在小说第1章中，张素素说：“你们说今天还不算热么？八十度哪！真怪！还只五月十七。”② 可见小说开始的时间是1930年5月17日，那么这里说的两次罢工指的就是：1930年4月19日，英商公共汽车公司司机、卖票员700余人因要求增加工资及废除行车苛规开始罢工；4月25日英商电车公司2000余人，为了改善待遇举行罢工，整个5月上旬，电车工人一直在举行罢工斗争。“在北京路闹事”指的是1930年4月27日，中共和赤色工会为了讨论、布置五一示威活动，组织学生和工人代表1000多人准备在西藏中路宁波同乡会开会，结果被租界捕房阻止，“于是与会者冲入附近的金城大戏院，强行占领了会场，使会议得以召开。开会期间会场被巡警包围，散会后，在冲出会场时，有106人被捕”③。当时的金城大戏院在北京东路780号，二小姐说的就是这件事。小说刚开始的这段话，看似简单介绍，实际上已经对4月以来上海重要的工人罢工和中共的重大活动进行了介绍，给人“山雨欲来风满楼”的感觉。接着二小姐又说了共产党在上海的活跃情况：“现在的共匪真厉害，九流三教里，到处全有。防不胜防。直到像雷一样打到你眼前，你才觉到。”④ 孙吉人在谈到办厂艰难时也感慨：“工人太嚣张，指挥不动。自从有了工会，各厂的出品都是又慢又坏……”⑤ 工人罢工问题在小说中屡屡被提及，成为资产阶级日常生活中无法回避的问题，就像恩格斯在《英国工人阶级状况》中所指出的那样：“孕育着大雷雨的乌云日益密集在资产阶级头上”，“不管资产阶级是否看到这一点……总有那么一天会发生一种使资产阶级大吃一惊的、连他们的智者也梦想不到的意外事情”⑥。不难看出，工人运动不仅在小说

① 茅盾：《子夜》第25版，北京开明书店1951年版，第9页。

② 茅盾：《子夜》第25版，北京开明书店1951年版，第19页。

③ 刘明逵、唐玉良：《中国工人运动史》第4卷，广东人民出版社1998年版，第147页。

④ 茅盾：《子夜》第25版，北京开明书店1951年版，第12页。

⑤ 茅盾：《子夜》第25版，北京开明书店1951年版，第41页。

⑥ 《马克思恩格斯全集》第2卷第2版，人民出版社2005年版，第419页。

中占有重要篇幅，而且构成了小说中无处不在的背景，时刻威胁着资产阶级平静富足的生活。但是，小说中如此重要的内容，被一些研究者认为“是一个比较薄弱的环节，缺点也较多”[①]。冯雪峰虽然肯定《子夜》在描写资本家形象方面的贡献，但也特别指出：“《子夜》的缺点，照我了解，第一，正像作者自己所说，对于他所要描写的革命工作者和工人群众是描写得不够深刻、不够生动、也不够真实的”，“第二，……反映当时的革命形势反映得不够深刻”[②]。茅盾本人对这部分内容也表示不满，他将《子夜》称为“半肢瘫痪”[③]的作品。这些看法导致在《子夜》研究中有关工人运动的内容没有得到重视。到目前为止，对该问题进行专题研究的论文主要有两篇：一篇是梁竞男的《茅盾〈子夜〉工人运动描写写实性之研究》[④]（下文简称梁文），另一篇是妥佳宁的《作为〈子夜〉“左翼”创作视野的黄色工会》[⑤]（下文简称妥文）。另有几篇论文在研究小说中的中共党员和屠维岳形象时对工人运动内容有所涉及。梁文通过对比手法，把1930年上海缫丝厂的状况、黄色工会的活动情况、丝厂工人罢工情况搜集起来，跟小说进行对照，证明茅盾对当时工人运动的描写完全属实，尤其小说中最后一次工人大罢工，梁文认为对应的史实是1930年7月江苏省委发动的丝厂总同盟罢工，其中塑造的共产党员和先进工人形象都有原型，玛金的原型是当时著名的女共产党人金维映（人们习惯称她为阿金）。梁文只是史料比对，而缺乏深入的学理分析，与之相比，妥文通过扎实、丰富的资料，结合作品对黄色工会的描写，分析了黄色工会的复杂性。除上述两文外，罗宗义的《关于〈子夜〉

---

① 叶子铭：《谈〈子夜〉的结构艺术》，《江海学刊》1962年第11期。

② 冯雪峰：《中国文学中从古典现实主义到无产阶级——现实主义的发展的一个轮廓》，载《冯雪峰全集》第5卷，人民文学出版社2016年版，第417页。

③ 茅盾：《再来补充几句》，载《茅盾全集》第3卷，人民文学出版社1983年版，第562页。

④ 梁竞男：《茅盾〈子夜〉工人运动描写写实性之研究》，《山花》2015年第4期。

⑤ 妥佳宁：《作为〈子夜〉“左翼”创作视野的黄色工会》，《文学评论》2015年第3期。

中的共产党员形象》[①] 一文，将李立三在中国共产党第八次全国代表大会上的发言跟《子夜》对照分析，发现李立三在讲话中对“立三路线”的追述和反思，跟小说写得十分相似，充分证明小说在反映1930年工人运动和党内路线斗争方面的真实性，认为在中国现代文学史上《子夜》是第一部反映中共内部路线斗争的小说，具有特别重要的意义，由此批驳了长期以来认为《子夜》写共产党人形象不成功的说法。上述研究各有价值，而就小说中有关工人运动的内容而言，这些研究显然还远远不够。工人运动作为《子夜》内容的重要版块，一直处在研究的暗区，没有得到充分重视，这与整个《子夜》研究的状况是不匹配的。

《子夜》中的工人运动，是茅盾无产阶级文学观的集中体现。小说中无产阶级与资产阶级之间的斗争贯穿作品始终，成为小说矛盾冲突的重要组成部分。正是按照这一思路，《子夜》最初设想的结局是“长沙陷落，促成了此两派（指吴、赵两派——引者注）之团结，共谋抵抗无产革命”[②]，吴、赵二人为此到了庐山，在豪华别墅里交换情妇，进行末日放纵。一日，在牯岭御碑亭，遥望山下，夕阳如血，原野尽赤，韩孟翔吟了两句诗：“夕阳无限好，只是近黄昏!”[③] 小说最初题名《夕阳》，即源于此。瞿秋白认为这样的结尾不好，应该改为吴败赵胜，说明中国民族资产阶级没有出路。茅盾听取了瞿秋白的建议，改写了结尾。这一改写，使小说表现的重心发生了转移：茅盾最初要表现的是在无产阶级与资产阶级的斗争中，资产阶级正如夕阳西下，濒临灭亡；修改以后变成了在买办资产阶级和民族资产阶级的斗争中，民族资产阶级没有出路，从而冲淡了无产阶级与资产阶级之间斗争的主题。《子夜》有关阶级斗争的内容长期以来不受重视，与

① 罗宗义：《关于〈子夜〉中的共产党员形象》，载《茅盾研究》编辑部编《茅盾研究》第4辑，文化艺术出版社1990年版，第404—407页。

② 茅盾：《〈子夜〉写作的前前后后》，载《茅盾全集》第34卷，人民文学出版社1997年版，第494页。

③ 茅盾：《〈子夜〉写作的前前后后》，载《茅盾全集》第34卷，人民文学出版社1997年版，第494页。

这一修改不无关系。

《子夜》对工人运动的描写，使作品的触角伸向了当时上海的工人阶层，极大地扩展了作品的思想容量，表现了当时上海工人阶级的生活状况、生存境遇和不得不进行反抗的命运。小说虽然没有因袭此类作品的“压迫（苦难）/抗争”模式，但还是较为全面地反映了当时上海繁华背后的工人阶级生活窘境。就实际情况来看，由于世界经济危机和中原大战的影响，上海缫丝业遭受重创，再加上日本丝的恶性竞争和国内沉重的赋税，情形更是雪上加霜。就在1930年，“上海丝厂106家中，年底停业的有70家，无锡丝厂70家中，停业者40家”①。资本家为了降低成本，削减工人工资，甚至开除工人，或关停工厂，导致大批工人失业。那些没有失业的，也十分困苦。当时丝厂女工每天工作时间通常都在12小时以上：“每晨四点一刻放第一次汽笛的时候，她们便须起身，若是所居离厂较远的，在三点多钟就要起身了！四点三刻放第二次汽笛，五点钟正（整）关厂门，迟一点就不准进去了。中饭放四十五分钟。晚上六点钟停机器；等到各人收拾好出厂的时候，总须六点半。近厂的，大约七点可以到家，较远的，七点半或八点钟才到。”② 工人的工作条件极为艰苦，当时一位目击者记录了缫丝工人劳作的过程：“踏进了煮茧室，一阵蛹的臭味冲入了鼻孔，室中热腾腾地起着烟雾，工作的完全是妇女，有十一二岁的，也有四五十岁的，她们全都用红肿脱皮的手腕，和变了白色的指头（大概是给开水煮熟了的）在沸腾着的水里捞着茧。她们熟练地用一根筷子在茧子上抽丝，再把丝缠上那转着的车子。”③ 随着中国丝在国际市场上销售的萧条，工人的待遇也很差。根据一份报告，1930年，上海16个行业工人月平均工资是15.351元，而缫丝业最

---

① 陈真、姚洛：《中国近代工业史资料》第1册，生活·读书·新知三联书店1957年版，第58—59页。

② 程婉珍：《丝厂女工生活的状况》，《妇女杂志》1922年第8卷第11期。

③ 《国内劳工消息——民国二十五年五月份》，《国际劳工通讯》1936年第21期。

低，只有8.833元，略高于平均值的一半[①]。《子夜》没有用大篇幅来渲染缫丝工人之穷苦，但依然能看出当时工人的生活处境。工人居住的草棚竹门破烂，泥墙千疮百孔，整个草棚区垃圾成堆，脏乱不堪。小说重点描写了朱桂英一家，朱的母亲在街上卖花生，因为使用了共产党的传单做包纸被“寻闲食”的瘪三欺负，朱的弟弟在火柴厂上班，面临着减工钱、停工的威胁，一家人的生活朝不保夕。朱的母亲只能哽咽地喊道：“阿英，这年成——我们穷人，——只有死路一条!”[②] 与草棚区在死亡线上挣扎的工人相比，吴公馆高堂华屋、宾客云集，香烟、咖啡、美酒、佳肴一应俱全。20世纪30年代的阶级对立在这种对比中显得异常尖锐，这才是20世纪30年代文学该有的主题。如果没有这样强烈的对比，只写上层资产阶级奢华的生活和资本运作，那么这部作品的意义和价值就会大打折扣，也就很难成为左翼文学的扛鼎之作。

在茅盾之前，写工人运动最多的小说家是蒋光慈，《少年漂泊者》《短裤党》等作品反映了中共领导的“二七”大罢工和第三次工人武装起义，是中国现代工运小说的代表作。但茅盾对蒋氏的作品不仅不欣赏，还给予了严厉批评：“蒋君所写的革命者和反革命者总是一套；他的作品中的许多革命者只有一张面孔，——这是革命者的‘脸谱’，许多反革命者也只有一张面孔，——这是反革命者的‘脸谱’。”[③] 对蒋光慈的批评，可以被看作茅盾创作《子夜》的经验前提——当他写革命者的时候，一定会提醒自己不要落入蒋光慈式的“脸谱主义”陷阱，所以用理解蒋光慈写工人运动的方式去理解《子夜》，肯定是南辕北辙。在《子夜》创作期间，茅盾发表了《中国苏维埃革命与普罗文学之建设》，向当时的进步作家发出强烈呼吁：“我们必须从工厂中赤色工会的斗争，——左倾与右倾的机会主义，两条战线上的斗争，黄色工会的欺骗以及黄色走狗个人权利的冲突，

---

① 《上海的工资统计》，《国际劳工通讯》1938年第5卷第8期。

② 茅盾：《子夜》25版，北京开明书店1951年版，第371页。

③ 茅盾：《〈地泉〉读后感》，载《茅盾全集》第19卷，人民文学出版社1991年版，第332—333页。

改组派的活动，取消派的出卖劳工利益，——在这样复杂的机械，这样提示了斗争中的严重问题，这样透视的观察与辩证法的分析上，建立起我们作品的题材！"① 这可以看作《子夜》的注脚，充分表达了茅盾写《子夜》的良苦用心：他写工人运动不会简单地写劳资双方的斗争，而是用"透视的观察与辩证法的分析"来展现当时中国社会和政治的各种势力以及他们之间的斗争，所以在《子夜》中，工人运动不是一个孤立的事件，而是与当时的政治局势和各方力量紧紧纠缠在一起，这就需要我们同样采用"透视的观察和辩证法的分析"去理解这一事件。在整个工人运动中，站在工人对立面的有厂方、黄色工会和黑帮，而与工人站在一起并领导工人进行斗争的是中国共产党。这 4 种力量的介入，使工人运动成为透视中国政治光谱的一面棱镜，这正是茅盾和蒋光慈不同的地方，其意义自然也更为丰富、复杂，而这需要进行专门的研究和讨论。

三　工人政治中的厂方、黄色工会与黑帮

所谓工人政治，"主要指围绕工业化生产所发生的一切权力关系和权力斗争。工人政治已经超越社会学层面旨在刻画工人的政治生存状况，其重要意义在于透过工人的政治生存状况来理解工业化社会的政治，这种政治本身就蕴含了现代政治的本质内容"②。工人政治是影响中国现代社会变革的重要力量，如裴宜理所言："在一个农业占绝对优势的国度里，尽管工人人数相对较少，但中国工人往往以出其不意的或是自相矛盾的方式对现代中国政治产生重大影响。"③ 在《子夜》中，工人运动是一个网络，小说通过对工人运动的描写，全面、立体地展示了在现代中国工业化过程中工人运动背后多种政治力

---

① 施华洛（茅盾）：《中国苏维埃革命与普罗文学之建设》，《文学导报》1931 年第 1 卷第 8 期。

② 陈周旺：《工人政治再释义》，《江苏行政学院学报》2014 年第 4 期。

③ ［美］裴宜理：《上海罢工：中国工人政治研究》，刘平译，江苏人民出版社 2001 年版，导论第 2 页。

量的博弈，再现了20世纪30年代中国复杂的政治场域。

在工厂方面，吴荪甫是厂主，他像那个年代的很多中国资本家一样，对待工人蛮横、粗暴，总希望借助暴力手段干脆利落地解决工潮。我们过去的研究多看重他在发展民族工业上的野心和在管理方面表现出来的“铁腕”与“魄力”，将他誉为工业时代的“骑士”和“王子”，而没有看到他作为一名留学德国的资本家，并不具有一个现代资本家的价值体系，其致命缺陷在于不把手下人当人，更不把工人当人。他居高临下、自命不凡，对手下人张口就是训斥和辱骂，以至于像莫干丞这样的老账房，见了他都惶恐不安。当他听说工人开始怠工的时候，他怒斥道：“她们先怠工么？混账东西！给她们颜色看！”[①] 对手下人，他也一样呵斥：“呸！你们这班人都是活死人么……平常日子不留心工人的行动！难道我钱多，没有地方化（花），白养这些狗！”[②] 他抱怨他的手下“像莫干丞一类的人，只配在乡下收租讨账；管车王金贞和稽查李麻子本来不过是流氓，吹牛，吃醋，打工人，拿津贴，是他们的本领”[③]。他对手下人的使用和评价，也反映了他在企业管理过程中对人的认识。事实上，他跟他手下的人一样，也带有中国半殖民地半封建社会的烙印——他是一个集封建家长与现代资本家于一体的人物。从这个意义上说，吴荪甫跟《雷雨》中的周朴园一样，身上拖着长长的封建专制的尾巴。面对工潮，他只是咆哮，宣称自己的忍耐力是有限的，一再逼迫屠维岳尽快平息罢工、恢复生产。与之相比，屠维岳身上更少封建传统的遗留，这是一位有魄力、有计谋、胆大心细的年轻人。他坚决执行吴荪甫的指示，但他跟吴荪甫不同的是，他来自工人阶层，他对工人有很清醒的认识，他跟吴荪甫说：“但女工们也是活的人，她们有思想，有感情，尤其糟的是她们还有比较复杂的思想，烈火一般的感情。”[④] 正

---

① 茅盾：《子夜》25版，北京开明书店1951年版，第59页。
② 茅盾：《子夜》25版，北京开明书店1951年版，第61页。
③ 茅盾：《子夜》25版，北京开明书店1951年版，第147页。
④ 茅盾：《子夜》25版，北京开明书店1951年版，第191页。

是基于这样的认识，他反对采用激烈手段镇压工人，主张采用计谋，通过威逼利诱的手段分化工人中的积极分子，并试图将工人中的共产党人一网打尽，换取半年的安宁。他有勇有谋而又阴险狡诈，当姚金凤带头怠工以后，他收买姚金凤；属于钱派的薛宝珠妒忌姚金凤，就将姚金凤被收买的秘密宣扬出去，使姚金凤完全失去了工人的信任。在这种情况下，屠维岳开除姚金凤，提拔薛宝珠，结果工人们又反过来支持姚金凤，反对薛宝珠，成功地反击了钱派，同时使姚金凤重新获得了工人的信任。在整个工人运动的描写中，屠维岳占的戏份最多，他俨然是吴荪甫的军师，在第一线指挥作战。他始终充满自信，始终微笑着，将工人运动的动向牢牢掌握在自己手里，最终他收服了属于蒋系的钱葆生一派，还将领导运动的共产党人全部抓获，平息了裕华丝厂的罢工，导致闸北丝厂总同盟罢工的失败。屠维岳站在工人运动的对立面，从政治上说是一个反动的角色。但作者没有从政治概念出发，将这一形象妖魔化或“脸谱化”，而是采用写实主义手法，写出了一位现代企业管理者的忠实与狡黠、凶狠与从容等多重面相。他不自私、不狭隘，处处为他的主子着想。在镇压工人运动过程中，他几次挺身而出，避免了工人流血事件的发生。他这样做的目的，自然不只是为了拯救工人，是为了不让事态恶化，以便按照他的设想化解危机。但在客观上，这确实减少了工人的牺牲。在整部作品中，屠维岳是写得非常成功的人物之一。他在工厂政体内部，处心积虑地设计、布置，利用黄色工会内部的矛盾，拉拢桂长林，打击钱葆生，收买、哄骗共产党人，通过李麻子调用黑帮的打手等，可谓不择手段，将自己的政治智慧发挥到极致，使这一形象在“反动”的外表下展现出很强的艺术魅力。吴荪甫、屠维岳代表了资本家的利益，与工人形成直接的对立，矛盾十分尖锐。但资本家和工人在矛盾对立中，还有相互依存的关系。吴荪甫常常以关掉工厂来威胁工人，屠维岳在劝导工人的时候也反复解释：“你们骂我，要打倒我，可是我同你们一样，都靠这厂吃饭，你们想打烂这厂，你们不是砸了自己的饭碗么？”①

① 茅盾：《子夜》25版，北京开明书店1951年版，第386页。

当然，工人和资本家之间的依存关系是不对等也不公平的，如马克思所言："资本家没有劳动者，要比劳动者没有资本家活得更为长久。"① 从这个意义上说，在工人与资本家的对抗中，工人始终处于劣势，很难掌握自己的命运。作为一部以阶级斗争为主题的小说，《子夜》没有落入概念化与公式化的窠臼，其中一个重要原因就是写出了吴荪甫、屠维岳性格的复杂性，甚至写出了这两个人身上的"亮点"，避免了阶级斗争描写中容易出现的模式化弊端。

除吴荪甫、屠维岳等管理者以外，裕华丝厂还有一股重要的政治力量就是黄色工会。所谓"黄色工会"，英文作"Yellow Union"，"一般是指被资本家收买、控制的工会。据传说，1877 年法国蒙索莱米讷市（Montceau - les - Mines）一厂主收买工会，以破坏罢工；罢工工人打碎工会的玻璃窗，资方用黄纸糊补，故被称为'黄色工会'"②。在 1930 年前后的中国，黄色工会是中共对反动工会的总称。大革命失败以后，中共领导的工会遭受严重破坏，被迫转入地下，国民党为了笼络和控制工人，组织和扶持了一些御用工会，这些工会被中共和中华总工会统称为黄色工会。直至国共开始第二次合作，"黄色工会"的说法才从中共的文献中消失。项英对黄色工会有过详细说明："黄色工会这个名词是对于革命工会（赤色工会）来说的。黄色工会是在（原文如此——引者注）改良主义欺骗群众的工具，他是不主张推翻资产阶级，承认资产阶级的统治，主张与资产阶级妥协，实行劳资合作，因此，反对阶级斗争。……黄色工会也可以说是反革命性的工会。"③ 当时著名的"七大工会"被项英认定为黄色工会的模型。事实上，黄色工会的问题十分复杂，像国民党直接组织的

---

① 马克思：《1844 年经济学—哲学手稿》，刘丕坤译，人民出版社 1979 年版，第 5 页。

② 夏征农、陈至立：《辞海》6 版彩图本，上海辞书出版社 2009 年版，第 964 页。

③ 项英：《过去一年来职工运动发展的形势和目前的总任务》，中华全国总工会中国职工运动史研究室：《中国工会历史文献》第 2 册，工人出版社 1981 年版，第 184—185 页。

有军方背景的“工统会”和国民党党部组织的“工总会”，目的就是要笼络和镇压工人，为统治阶级服务，是典型的反革命工会。而带有民间性质的“七大工会”与国民党政府在政治立场上并不一致，就以其中影响最大的邮务工会而言，它与国民党的关系“可以用若即若离来形容”，“双方无论是理念上还是具体问题上，都存在不小的差异”①。但在1930年前后，中共受到极“左”路线的影响，把所有非共产党领导的工会统统列入“黄色工会”，作为革命的对象，极端地认为“不坚决的执行反黄色工会的策略便是机会主义”②。为此，共产党人拒绝与黄色工会合作，而坚持以赤色工会取代黄色工会。《子夜》中裕华丝厂的工会，就是一个典型的黄色工会，里面没有共产党人的身影，完全由工贼把持，成为吴荪甫软化、控制工人的帮凶，但这个黄色工会又十分复杂，在工人运动中扮演着多重角色。一方面它由于从吴荪甫那里领取津贴，所以要听命于吴荪甫。吴荪甫对屠维岳说：“工会不是很拥护我的主张，正在设法解决吗?”“难道工会敢附和工人们来反对我么?”屠维岳称：“我说工会这东西，在三先生眼里，也许是见得有点力量，可是在工人一方面，却完全两样。”“如果他们得到工人们的信仰，他们当然就有力量；可是他们要帮助三先生，他们就得不到工人的信仰，他们这所谓工会就只是一块空招牌——不，我应该说连向来的空招牌也维持不下去了。”③ 屠维岳说出了黄色工会的两面性。在《子夜》中，黄色工会在未请示吴荪甫的情况下，许诺工人“每月的赏工加半成，端阳节另外每人二元的特别奖”④，吴荪甫听说后很吃惊，屠维岳解释说：“他们正在工人中间宣传这个口号，要想用这个来打消工人的要求米贴。如果他们连这一点都不办，工人就要打碎他们的招牌；他们既然是所谓

---

① 田明、岳谦厚：《“黄色工会”问题的再研究——以上海邮务工会为中心》，《史学月刊》2017年第3期。

② 《不坚决的执行反黄色工会的策略便是机会主义——全总给铁总信》，《全总通讯》1930年第1期。

③ 茅盾：《子夜》25版，北京开明书店1951年版，第142页。

④ 茅盾：《子夜》25版，北京开明书店1951年版，第142页。

‘工会’，就一定要玩这套戏法!”[①] 这就是典型的“黄色工会”做法，为工人争取一点小利益，以便让工人放弃更大的要求，以达到劳资和解的目的。吴荪甫有意要成全工会的这个戏法，但被屠维岳给阻挡了——他有更廉价的方法解决工人要求米贴的问题。黄色工会除了在劳资之间进行调和以外，内部存在着激烈的矛盾对立，这是茅盾着重表现的内容。茅盾在保留下来的一份提纲中对“工贼”的描写作了具体的记述：“工贼——属于黄色工会中之蒋系者。属于黄色工会之改组派者。属于改组派而不在黄色工会中。属于资本家方面所雇佣者。属于取消派者。”[②] 不难看出，茅盾在构思的时候，就想通过一个工厂的内部矛盾去展示中国政坛上的多重对立。在裕华丝厂的工会中，桂长林属于改组派，钱葆生属于蒋系，小说对此有明确表述。屠维岳曾经问过桂长林：“长林，你当真要和钱葆生做死对头么?”“你自己想想，你的实力比起钱葆生来差多少?”桂长林回答：“哼，他妈的实力！不过是狗仗官势!”“不错呀！就是这一点你吃了亏。你们的汪先生又远在香港。”[③] 这清楚表明了桂长林的改组派（汪派）立场。为了让桂长林死心塌地为自己效力，屠维岳又接着说：“你放心罢！这里只有王金贞，向来和你要好。我再告诉你，吴老板也和汪先生的朋友来往。说起来，也可以算是一条路上的人，你在厂里总应该尽力帮吴老板的忙，可不是么?”[④] 吴荪甫属于不在黄色工会的改组派。所谓改组派，是以汪精卫、陈公博为首的政治派别，全称“中国国民党改组同志会”，1928 年冬成立于上海。他们认为 1927 年以后，以蒋介石为首的国民党“变成了‘以军治党’‘政府治党’了！想不到十三年总理辛苦改组的国民党，竟落到今日如此的结果!”目前唯一的出路“就是复活革命的国民党！复活

① 茅盾：《子夜》25 版，北京开明书店 1951 年版，第 142—143 页。

② 茅盾：《〈子夜〉写作的前前后后》，载《茅盾全集》第 34 卷，人民文学出版社 1997 年版，第 492 页。

③ 茅盾：《子夜》25 版，北京开明书店 1951 年版，第 198 页。

④ 茅盾：《子夜》25 版，北京开明书店 1951 年版，第 198 页。

民国十三年的国民党！"[①] 改组派得到了较多响应，形成了颇有声势的反蒋运动，其最终演变为1930年的中原大战，试图从军事上消灭蒋介石集团，却以改组派的失败而告终。《子夜》中提到的"北方扩大会议"就是改组派拟建立新政府召开的会议，但随着中原大战的失败，北平扩大会议提出的种种构想都变成了一纸空文。在发展国民经济问题上，改组派与蒋派有着不同的立场，所以吴、赵之争背后有汪、蒋之争作背景："汪派被称为'实业党'，注重保护工业资本家利益，主张发展实业，而蒋派南京政府则依靠金融资本家支持，甚至因时局与战事需要而侵害实业利益"，"汪派与蒋派经济政策的差异，用常见的阶级话语表述就是：两派各自代表了工商业资产阶级与买办、大资产阶级的不同利益。而把阶级话语还原后，则呈现为两派对实业与金融冲突的不同立场"[②]。吴荪甫作为实业家自然倾向于改组派。屠维岳执掌大权以后，选择桂长林而不是更有势力的钱葆生作为合作同盟，与吴荪甫倾向于改组派有关。桂长林和钱葆生的矛盾，使裕华丝厂的管车、督察等人分为两派：桂长林一派有王金贞、阿珍、李麻子、阿祥（其实是卧底）、姚金凤等；钱葆生一派有薛宝珠、钱巧林、周二姐，后来到厂的吴为成、曾家驹、马景山很快与钱葆生走到了一起，结成了反对桂长林和屠维岳的同盟。工人的第三次罢工行动，其实是两派斗争的工具。屠维岳故意将工钱打八折的消息扩散出去，让姚金凤、阿珍等去鼓动工人罢工，目标是打击钱派，他说："并不是我们拆三先生的烂污，实在是钱葆生他们假公济私，抓住了工人替自己打地盘……明天他们要利用工人来反对我们，好呀，我们斗一下罢！我们先轰走了姓钱的一伙，再解决罢工；三天，顶多三天！"[③] 屠维岳、桂长林跟钱葆生的斗争，既是利益之争，也是政治派别之争。在写屠维岳和钱葆生斗法的时候，作者明显给屠维岳更多

---

① 存统：《恢复十三年的改组精神》，载查建瑜《国民党改组派资料选编》，湖南人民出版社1986年版，第82—83页。

② 妥佳宁：《从汪蒋之争到"回答托派"：茅盾对〈子夜〉主题的改写》，《中山大学学报（社会科学版）》2017年第1期。

③ 茅盾：《子夜》25版，北京开明书店1951年版，第361页。

的赞赏。如小说写工人们在工厂门口围堵吴荪甫的汽车时，“老关发疯似的吼一声，就举起手枪，对准了密集的女工。突然人堆里冲出一个人来，像闪电一般快，将老关的手膀子往上一托。砰！——这一枪就成了朝天枪”，“这个人就是屠维岳”①。之后，屠维岳指挥着司机从后门将车开走，避免了一场流血冲突。在这种叙述文字的背后，读者很容易感受到作者对屠维岳的赞赏。与之相比，小说对钱葆生的叙述文字不多，而他手下的几个人尤其是吴为成、曾家驹、马景山 3 人，都是成事不足、败事有余的货色。据妥佳宁考证，茅盾对改组派颇多好感，不仅因为他曾经在汪精卫手下履过职，而且《子夜》对改组派的经济政策也给予了更多肯定②。这说明，在《子夜》的背后，潜藏着作者对当时政治局势和经济发展走向的深层次思考。最后，屠维岳开除了追随钱葆生的薛宝珠、钱巧林和周二姐，使钱派遭受重创。一个缫丝厂的工会，与中国的整个政局有着千丝万缕的联系，作者通过工会两派的斗争，反映了上层政治在底层的投射，也反映了茅盾对当时经济政策的深层次思考。

在现代工人运动中，黑帮也具有很大的势力。美国学者艾米莉·洪尼格说：“我去上海寻找工人和资本家的历史。工人和资本家在他们对解放前生活回忆中都提到了一个重要的第三方群体——青帮”，“女工们也生活在青帮的恐怖之下。即使其本人没有遭到青帮的侵袭，那么他们的亲戚朋友也或多或少遭遇过”③。裴宜理也说：“政府、帮会、资本家、工人和洋人之间的关系令人目眩，而且他们的内部都是派系林立，如此复杂的线条构成了国民政府治下的上海政治的复杂图景。”④ 事实上，近代上海黑帮泛滥，影响大的除青帮外还有

① 茅盾：《子夜》25 版，北京开明书店 1951 年版，第 413 页。

② 妥佳宁：《从汪蒋之争到“回答托派”：茅盾对〈子夜〉主题的改写》，《中山大学学报（社会科学版）》2017 年第 1 期。

③ ［美］艾米莉·洪尼格：《姐妹们与陌生人——上海棉纱厂女工，1919—1949》，韩慈译，江苏人民出版社 2011 年版，第 5 页。

④ ［美］裴宜理：《上海罢工：中国工人政治研究》，刘平译，江苏人民出版社 2001 年版，第 101 页。

洪帮。1886年，洪门龙头江彭山创设飞龙山，闯入上海，并广召门徒。此后，各自独立的洪门山头相继抵沪，在这个沿海码头发展组织。不少潜藏下来的小刀会会员和其他广东籍人就在此时加入了洪帮[①]。随着经济的发展，上海黑帮势力疯狂膨胀，在1927年“四一二”事变中，15000多名黑帮徒众“兵分四路，冲向各处工纠队阵地，打响了四一二事变第一枪”[②]。上海的黑帮不仅杀人越货、巧取豪夺，还介入政府和地方事务。如青帮大亨杜月笙自20世纪20年代后期起就积极介入工人运动：“一遇工潮，杜月笙便……积极参与调解，有时甚至不惜自解钱囊，以满足工人的罢工要求，而每次调解成功，担任了市工会负责人的陆士京等门徒，便在报刊上‘鸣谢杜镛先生’，于是，杜月笙在工界的影响越来越大，甚至被他的门徒吹捧为‘中国工运萌芽的保姆’。”[③] 上海的黑帮在现代工人运动中扮演着重要角色，茅盾长期生活在上海，对此应深有了解。在《子夜》中，裕华丝厂工人罢工时，也有黑帮的身影。小说中的稽查李麻子，是洪门兄弟[④]，在屠维岳解决工潮的过程中，他随时会叫一帮洪门兄弟听屠维岳调遣，监视、抓捕罢工工人。在第二次工潮中，他带人扣住何秀妹，逼着她去看戏，以免她在工厂闹事；在第三次工潮中，他带领20个黑帮人员与工人混战在一起，最后抓了五六个女工；当参加中共秘密会议的陈月娥回到草棚区的时候，听到有人喊“干什么?”“陈月娥在后面慌了，转身就逃，可是已经被人家抓住，接着吹起警笛来了。李麻子和桂长林带着人，狂风似地摸进了那草棚，不问情由，见一个，捉一个。草棚区域立刻起了一个恐怖的漩涡。大约十分

---

① 苏智良、陈丽菲：《近代上海黑社会研究》，浙江人民出版社1991年版，第69页。

② 苏智良、陈丽菲：《近代上海黑社会研究》，浙江人民出版社1991年版，第87页。

③ 苏智良、陈丽菲：《近代上海黑社会研究》，浙江人民出版社1991年版，第95—96页。

④ 茅盾：《子夜》25版，北京开明书店1951年版，第196页。

钟以后，这漩涡也平息了。”[①] 至此，整个罢工运动彻底失败。很显然，李麻子虽然只是一个稽查，没有决策权，但他在镇压过程中随时为屠维岳提供打手，成为镇压工人运动的重要帮凶。

厂方、黄色工会以及作为帮凶的黑帮，他们之间虽然有矛盾，但在镇压工人运动这一点上是一致的。对中国现代工人来说，他们的敌人不只是资本家，还有政府内部和社会上的各种势力。而这些势力有时会利用他们，给他们一些利益或让步，但最终是为了将他们的反抗彻底消灭，这就是中国现代工人运动面临的严峻形势和复杂问题。把工人运动仅仅看作工人和资本家的斗争，是一种肤浅的皮毛之见，而《子夜》就深刻地揭示了这一点。

四 工人罢工中的共产党与《子夜》的政治倾向之谜

从《子夜》初版开始，其政治倾向就颇受质疑。阳翰笙回忆说：“他写《子夜》，写‘左’倾路线的干部在乱搞男女关系，‘文总’、‘左联’不少同志很不满意，有人说：‘我们搞革命，敌人捉着要杀头，他却说我们乱搞男女关系，真是令人气愤。’当时我和镜我去和他说（约在1933年《子夜》出版后不久），他不愉快，我和他争论，弄得他几夜睡不着觉（这是德沚后来告诉我的）。”[②] 后来一位研究者也注意到了这一点，认为这个城市的革命者将“他们的精力全部发泄在混乱的性行为和空洞的口号当中”[③]。其实小说不只是写领导罢工的共产党人“乱搞男女关系”，值得质疑的地方还有很多。《子夜》一共写了4次工人抗争事件：裕华丝厂的工人举行了3次怠工或罢工事件，前两次没有共产党领导，只有第三次大规模罢工时共产党人才介入其中，并试图引导工人将经济罢工转变为政治罢工，直至达到总

① 茅盾：《子夜》25版，北京开明书店1951年版，第459页。

② 孔海珠：《近半个世纪前的访谈——忆“左联”，谈茅盾》，《鲁迅研究月刊》2009年第10期。

③ ［美］安敏成：《现实主义的限制——革命时代的中国小说》，姜涛译，江苏人民出版社2001年版，第149页。

同盟罢工和武装起义的目的。周仲伟火柴厂的工人为了阻止工厂停工，到周仲伟的公馆去抗议、谈判，也没有共产党人的身影。这说明在茅盾描写的工人运动中，共产党人的出现并不及时，即使在裕华丝厂的第三次运动中出现了共产党的领导，但最终结果是裕华丝厂的共产党人全部被抓，罢工彻底失败。如果说吴荪甫的失败暗示中国民族资本家没有出路，那么共产党领导的工人运动彻底失败又暗示了什么呢？如果这样去想，小说的政治倾向问题就变得很严重了。小说在塑造人物时，情感倾向明显指向吴荪甫、屠维岳而不是领导罢工的共产党人。瞿秋白早就意识到这一点，并对此进行了解释："在意识上，使读《子夜》的人都在对吴荪甫表同情，而对那些帝国主义，军阀混战，共党，罢工等破坏吴荪甫企业者，却都会引起憎恨……观作者尽量描写工人痛苦和罢工的勇敢等等，也许作者的意识不是那样，但在读者印象里却不同了。我想这也许是书中的主人翁的关系，不容易引人生反作用的！"① 吴荪甫给读者造成的好感，销蚀了小说批判资产阶级的锋芒，使小说在政治倾向上似乎出现了偏差。有人尖锐地指出："作者是厌倦冒险盲动的工作了；屠维岳和克佐甫，两相对照，一个沉着有机谋，一个盲目用公式，若不是吴荪甫太燥急一点，屠维岳简直可以把敌人打得落花流水。这是对于近几年上海工运的嘲笑！"② 茅盾自然不会嘲笑工人运动，但小说很容易给读者造成这样的印象——小说对工人运动和共产党人的描写有歪曲和抹黑的嫌疑。从茅盾的政治身份来说，他不可能歪曲工人运动，更不可能抹黑共产党。1930 年 4 月，茅盾从日本回国，参加了左联，担任了行政书记，还一度向瞿秋白提出重新入党的问题，"但这时正是第三次'左'倾路线时期，秋白也被撤职，故未通过"③。随后，他向左联请假，专心创作《子夜》。不难看出茅盾的政治立场是坚定的，作为"左联"

---

① 瞿秋白：《读〈子夜〉》，载《瞿秋白文集》文学编第 2 卷，人民文学出版社 1986 年版，第 92—93 页。

② 陈思：《评茅盾〈子夜〉》，《涛声》1933 年第 2 卷第 6 期。

③ 孔海珠：《近半个世纪前的访谈——忆"左联"，谈茅盾》，《鲁迅研究月刊》2009 年第 10 期。

的行政书记，他是当时左翼文坛上长篇小说创作的一面旗帜——他的作品不仅标志着“左联”在文学方面的成就，还对年轻作家具有示范作用。那么《子夜》为什么会在政治倾向上出现偏差？这需要从以下几个方面去理解。

首先，茅盾写《子夜》的时候，正值中共开始清算“立三路线”的危害，而茅盾对中共多年来的极“左”路线早有不满，所以在小说中对极“左”路线进行了批判和反思。我们过去的研究强调的是批判“立三路线”，其实他是以“立三路线”为样本，批判和反思了党内自大革命失败以来就出现了的极左倾向。茅盾 1927 年从牯岭返回上海以后，对党内极左倾向产生了质疑，他说：“中国革命的道路该怎么走？在以前我自以为已经清楚了，然而，在 1927 年的夏季，我发现自己并没有弄清楚！在大革命中我看到了敌人的种种表演——从伪装极左面貌到对革命人民的血腥屠杀，也看到了自己阵营内的形形色色——右的从动摇、妥协到逃跑，左的从幼稚、狂热到盲动。在革命的核心我看到和听到的是无止休的争论，以及国际代表的权威。”① 随后的瞿秋白“左倾”盲动路线更让他陷入痛苦的思索：“我从德沚以及几个旧友那里听到了愈来愈多的外面的迟到的消息，这些消息都是使人悲痛，使人苦闷，使人失望的。这就是在革命不断高涨的口号下推行的‘左’倾盲动主义所造成的各种可悲的损失。”② 他用“亲爱者的乖张”来形容瞿秋白的“左倾”盲动主义，说让自己“失望而发狂”③。茅盾还跟鲁迅探讨过“左倾”盲动主义问题，他们都表示“不理解这种革命不断高涨的理论”④。事实上，与瞿秋

---

① 茅盾：《创作生涯的开始》，载《茅盾全集》第 34 卷，人民文学出版社 1997 年版，第 383 页。

② 茅盾：《创作生涯的开始》，载《茅盾全集》第 34 卷，人民文学出版社 1997 年版，第 396 页。

③ 茅盾：《创作生涯的开始》，载《茅盾全集》第 34 卷，人民文学出版社 1997 年版，第 396 页。

④ 茅盾：《创作生涯的开始》，载《茅盾全集》第 34 卷，人民文学出版社 1997 年版，第 396 页。

白的“左倾”盲动主义相比，“立三路线”有过之而无不及，茅盾对此是很清楚的。他参加左联之后，对左联经常组织作家搞飞行集会等活动表现冷漠，也从未参加过。从1927年开始的这些思考，都成了《子夜》创作的思想基础。

《子夜》对“立三路线”的批判，主要聚焦于它的外在表现形式——“术语”和“公式”：裕华丝厂的共产党人陈月娥向上级汇报丝厂工人动态的时候，“她勉强夹用了几个新学会的‘术语’，反复说，‘斗争情绪高昂’，只要有‘领导’，明天‘发动’不成问题。她的态度很兴奋，在报告中间时时停一下喘气，她的额角上布满了汗珠”①。这段话极具象征意味。作为丝厂工人的陈月娥没有多少文化，她艰难地操持着半生不熟的“术语”，以至于“额角上布满了汗珠”。玛金“不转睛地盯着陈月娥”，她想看清楚这套“术语”背后的真相，但蔡真对她很不耐烦：“在她看来，问题是非常简单的：‘工人斗争情绪高涨’，因为目前正是全中国普遍的‘革命高潮’来到了呀！……全上海各工厂不断的‘自发的斗争’，而且每一次‘经济斗争’一开始后就立刻转变为‘政治斗争’，而现在就已经‘发展到革命高潮’——这些，她从克佐甫那里屡次听来，现在已经成为她思想的公式了。”② 随后玛金和蔡真发生了争论，蔡真“引用了‘公式’又‘公式’，‘术语’又‘术语’”③，还给玛金扣上右倾的帽子，最终导致罢工运动的彻底失败。茅盾这些描写的深刻之处在于，他没有过多地展示“立三路线”的复杂内涵，而是巧妙地抓住了“公式”和“术语”两个概念，对“立三路线”的外在话语形式进行了精确的概括。克佐甫、蔡真嘴里的“公式”和“术语”均出自1936年6月中共中央发布的《新的革命高潮与一省或几省的首先胜利》这份急躁冒进的文件，不切实际地认为革命的客观条件已经成熟，“因此共产党的当前的任务，就是号召广大群众，以革命的斗争反对军阀战

① 茅盾：《子夜》25版，北京开明书店1951年版，第379页。

② 茅盾：《子夜》25版，北京开明书店1951年版，第380页。

③ 茅盾：《子夜》25版，北京开明书店1951年版，第381页。

争，坚决的准备汇合各种革命势力的总暴动，来推翻军阀统治，彻底消灭军阀战争，争取革命的胜利”①。正是这些“公式”和“术语”构成了“立三路线”的话语系统。这一话语系统与权力结合，获得了巨大的支配力量：“词语的权力只不过是发言人获得了授权的权力而已，他的发言——即其话语的内容以及与其不可分割的讲话方式——只不过是一种声明，除其他内容外，它声明的是关于赋予他的授权保证。”② 克佐甫代表组织向玛金他们灌输这套“权威话语”，是不许质疑的，否则就会受到权力的惩罚。茅盾对“立三路线”话语体系的批判，揭示了中国式政治——“人在话语中”——的真相。其实不只是“立三路线”，自大革命失败以后，中共党内的极“左”路线就一直存在，而所有的极左倾向都有相似的特点，就是通过一套坚硬的话语体系，将个人独立思考的空间挤压殆尽，就像有人指出的那样，“对话语的崇拜在所有意识形态的历史里都扮演着重要角色”③。茅盾通过对“立三路线”话语形式的批判，上升到了对这类现象的总体批判，至少包含着批判瞿秋白“左”倾盲动主义的良苦用心。这样说还有一个重要依据，是《子夜》将民族资产阶级和买办资产阶级对立起来，表现他们之间在政治立场上的差异，这一写法可以看作对瞿秋白“左”倾盲动主义的回应。因为瞿秋白“左倾”盲动主义的一个重要表现，就是将民族资产阶级作为革命的对象，丝毫没有考虑这一阶级的复杂性。当时中共中央认为：“民族资产阶级在中国革命的第一阶段，曾经参加中国的革命，甚至于有一时期曾经做这一运动的领袖。然而迅速发展的工人阶级及农民群众运动，提出革命的阶级的要求，中国共产党的影响又大大的发展，这些情形，使民族资产阶级离开革命的战线而走入反革命的营垒。民族资产阶级这

① 《新的革命高潮与一省或几省的首先胜利》，中央档案馆编：《中共中央文件选集（一九三〇）》，中共中央党校出版社 1989 年版，第 119 页。

② ［法］皮埃尔·布尔迪厄：《言语意味着什么——语言交换的经济》，褚思真、刘晖译，商务印书馆 2005 年版，第 86 页。

③ ［法］乔治·索雷尔：《论暴力》，乐启良译，上海人民出版社 2005 年版，第 38 页。

种政策上的变节，以蒋介石在上海的屠杀而著名。中国民族资产阶级今年四月间，饱受革命运动伟大的规模之恐吓，就要去和帝国主义妥协，他如今和买办阶级、封建阶级的大地主相像，将要成为外国资本对于中国统治之支柱。”① 对这种极左主张，李维汉后来评价说：“这样就混淆了民族资产阶级与买办资产阶级的界限，不知道民族资产阶级具有两面性，主张对民族资产阶级只讲斗争，不讲争取和联合，这显然是错误的。”② 《子夜》对民族资产阶级和买办资产阶级作了区分，写了一位具有超强能力和民族情怀的民族资本家与买办资本家之间的斗争，可以看作对瞿秋白“左”倾盲动主义的正面回击。饶有兴味的是，吴荪甫失败的命运，是在瞿秋白的建议下被改写的，说明瞿秋白在与茅盾的交流中，意识到《子夜》与自己思想之间的龃龉，所以去干预《子夜》的构思。茅盾对“左”倾盲动主义虽然充满了怀疑和不满，但对瞿秋白是尊重的，所以他接受了瞿秋白的建议，改写了吴荪甫的命运。这其中隐藏的问题，值得我们深长思之。

其次，从《子夜》的结构来说，整部作品围绕两对矛盾展开两条战线的斗争：一对是民族工业资本家和买办金融资本家之间的斗争，前者以吴荪甫为代表，后者以赵伯韬为代表。在这一对矛盾斗争中，吴荪甫站在民族工业发展的立场上，是斗争中的正面形象，而买办金融资本家赵伯韬是反面形象。另一对矛盾斗争是无产阶级和资产阶级的斗争。无产阶级包括裕华丝厂的工人和代表他们利益的共产党，而资产阶级的代表主要是吴荪甫。在这一对矛盾斗争中，作者毫无疑问是站在无产阶级立场上的。但在这两条战线的斗争中，小说描写的重点是第一条战线。在吴、赵斗争中，小说写出了赵伯韬的阴险、毒辣、下流和无耻，相对而言吴荪甫拥有更多的正面含义。第二条战线描写相对简略，吴的反面形象没有得到充分表现。所以吴在第

① 《中共“八七”会议告全党党员书》，载中央档案馆编《中共中央文件选集：第3册（一九二七）》，中共中央党校出版社1983年版，第240页。

② 李维汉：《对瞿秋白“左”倾盲动主义的回忆与研究》，《中国社会科学》1983年第3期。

一条战线上赢得的好感掩盖了他在第二条战线上的反面形象，由此造成了小说政治倾向上的偏差。另外，关于小说中罢工领导者“乱搞男女关系”的描写，并非政治上的抹黑，而是融合了茅盾在武汉时期的亲身经历，也是茅盾早期小说的个人特征，所以不能简单地从政治层面上进行分析和认识。茅盾虽然在上海开始小说创作，但他此前的武汉经验是其小说创作的重要资料来源和心理基础，尤其在编辑《汉口民国日报》期间见到的大量资料，以及身边人物的种种表现，都成为其小说创作的重要依托。就所谓“男女关系”而言，他就感受到“大革命时代的武汉，除了热烈紧张的革命工作，也还有很浓厚的浪漫气氛”①。《幻灭》对此进行了更为详细的记录：“一方面是紧张的革命空气，一方面却又有普遍的疲倦和烦闷……‘要恋爱’成了流行病，人们疯狂地寻觅肉的享乐，新奇的性欲的刺戟……”②这些记忆不仅成为《蚀》三部曲的素材，也影响了《子夜》的创作。其实早就有人指出，《子夜》中的曾沧海“便是《动摇》中的胡国光的化身，不过改了一个名字罢了”③。黄子平也指出，《子夜》第4章不过将《动摇》中胡国光父子的故事重讲了一遍④。这就说明武汉记忆对《蚀》三部曲和《子夜》创作产生的影响以及这两部作品的相似性。在性的描写方面，有些情节十分相近：《子夜》写女革命者蔡真在开会的时候，说了一番不怕牺牲、不怕失败的豪言以后，“就跑到陈月娥跟前，蓦地捧住了陈月娥的面孔，就和她亲一个嘴。陈月娥脸就红了，扭着身体，很不好意思似的，蔡真歇斯底列地狂笑着，又掷身在床上，屁股用劲地颠着，床架格格地响”⑤。《追求》也有类似的情节：章秋柳说了一番自己要追求“人性享乐刺戟的生活”后，“提空了右腿，旋一个圈子，很自负的看着自己的袅娜的腰支和丰满

① 茅盾：《文学与政治的交错》，载《茅盾全集》第34卷，人民文学出版社1997年版，第362页。

② 茅盾：《幻灭》，《小说月报》1927年第18卷第10期。

③ 吴组缃：《新书介绍——〈子夜〉》，《文艺月报》1933年版（创刊号）。

④ 黄子平：《革命·历史·小说》，牛津大学出版社1996年版，第52页。

⑤ 茅盾：《子夜》25版，北京开明书店1951年版，第446页。

紧扣的胸脯，她突然抱住了王女士，紧紧用力的抱住，使她几乎透不出气，然后像发怒似的吮接了王女士的嘴唇，直到她脸上失色”，“于是她放开手，把自己掷在王女士的床里，摊开了两臂，一句话也没有了”[①]。这类相似的情节反映了茅盾一以贯之的创作个性，也反映了他对革命与情欲关系的一贯看法：革命蕴含的激情、危险与刺激，似乎与欲望放纵之间存在着难以言说的神秘联系，所以《子夜》保留了《蚀》三部曲对欲望放纵的自然主义描写就一点也不奇怪了，这是茅盾早期都市文学创作的基因图谱，是其早期都市文学个性的充分呈现。其实不只是写共产党人，《子夜》对徐曼丽、刘玉英、冯眉卿的描写，都带有浓厚的肉欲气息，而那些小资产阶级知识分子之间的恋爱游戏，吴太太与雷参谋之间的暧昧关系，都使作品带上了浪漫色彩。这些描写说明了“茅盾对此类场景近乎偏执的热爱”[②]，并非政治上有意偏离左翼战线、有意歪曲工人运动或有意抹黑共产党。正是这些鲜明的个性，才使《子夜》出版后大受读者欢迎，直到今天依然广受重视。与之相比，蒋光慈那些“政治正确”的作品，已经越来越淡出读者视野。

五　结语

茅盾写工人运动，跟20世纪20年代以来以蒋光慈为代表的工运小说有很大不同，他没有简单地呈现工人从受压迫到反抗，并在共产党人的领导下走向正确斗争道路的过程，而是借助工人运动这一现代政治事件，反映当时工人政治的复杂性，揭示了在工人运动背后各种政治力量之间的冲撞与博弈，揭示了20世纪30年代中国社会和政治的复杂性。写共产党领导工人运动，看上去偏离了他的政治立场，出现了令人难以理解的政治偏向，但事实并非如此。他通过对“立三路线”话语形式的批判，对1927年以后中共内部的极“左”倾向进

① 茅盾：《追求》，《小说月报》1928年第19卷第8期。
② 黄子平：《革命·历史·小说》，牛津大学出版社1996年版，第53页。

行了反思，使小说在政治思想层面达到了一个新的高度。在现代文学史上，工运题材小说并不罕见，但《子夜》有着独特的个性，自然也有着独特的魅力。从这个意义上说，《子夜》以其卓然独立的姿态，在中国现代工运小说史上占有重要位置，是中国现代工运小说的杰作。

[原刊《西南大学学报（社会科学版）》2020 年第 5 期]

从实业与金融到民族资产阶级与买办阶级

——《子夜》成书前的文献谱系还原

妥佳宁*

摘 要 《子夜》创作之初并未完全展现民族资产阶级与买办阶级的冲突，而表现为实业与金融之间的消长关系。但实业与金融的冲突在创作的重心转移过程中逐步消退，最终转换为一种阶级关系的表述。1933年《子夜》正式出版前，从最初构想的“记事珠”到《提要》、分章大纲，再到小说手稿等诸多层面文本细节，遗留了这种重心转移与表述转换的大量证据，其与初版本及以后的各种版本极为不同，呈现了瞿秋白的具体影响并保留了部分未受其影响的“前瞿”表述，从而使金融与买办阶级、实业与民族资产阶级之间的单质化对应关系更加复杂。小说创作重心转移与表述转换的过程，使得《子夜》在不同时期经历了不同维度的解读，为理解茅盾左翼创作视野提供了重要材料。

关键词 《子夜》；茅盾；瞿秋白；小说手稿

茅盾对《子夜》的内容有过许多概括。例如为《茅盾选集》写的《自序》中说：“这一部小说写的是三个方面：买办金融资本家，

---

* 作者简介：妥佳宁，四川大学文学与新闻学院特聘副研究员，主要研究方向为华语语系文学和民国文学。基金项目：国家社科基金西部项目“民国史视角下茅盾小说创作的精神历程研究（1927—1936）”，项目编号：17XZW004。

反动的工业资本家，革命运动者及工人群众……”[①] 又如为重印《子夜》写的《再来补充几句》中，说法与之相近：“这本书写了三个方面：买办资产阶级，民族资产阶级，革命运动者与工人群众。”[②] 这两处内容几乎完全相同的说明，对“革命运动者”“工人群众”一字未易，却对吴、赵两派使用了略有差别的表述词句。“金融资本家”与“买办资产阶级”、“工业资本家”与“民族资产阶级”，这细微的表述差别背后，究竟有怎样的不同着眼点？那小说创作最初的表述是什么？又经历了什么样的转换？其间受过何种因素影响？

关于瞿秋白对《子夜》写作的影响，早已为学界普遍注意到。众多研究不仅试图揭示茅盾与瞿秋白的观念差异[③]，而且尝试将政治家瞿秋白和文学家瞿秋白的内在差异也进行呈现[④]。然而绝少有研究能够准确还原茅盾在受瞿秋白影响之前的自身创作意图，它们也难以在现存各种版本的《子夜》中有效区分哪些内容是受瞿秋白影响而创作的，哪些内容更多地保留了茅盾自己原有的创作思路。

对《子夜》既有的版本学研究[⑤]，更多关注初版本之后的各种版本演变[⑥]。鉴于现存各种版本的《子夜》都是茅盾接受瞿秋白建议改写之后的产物，人们很难从《子夜》成书后的各种版本中寻找上述问题的答案。那么在《子夜》以单行本正式出版之前，零散发表在报刊上的个别章节，不同时段完成的小说手稿和写作大纲，以及《提要》和最初的构想“记事珠”等，就为探寻茅盾创作本意和瞿秋白指导意见的差异，以及茅盾写作过程中的重心转移与表述转换，提

---

① 茅盾：《自序》，载《茅盾选集》，开明书店 1952 年版，第 9 页。

② 茅盾：《再来补充几句》，载《子夜》，人民文学出版社 1977 年版，第 573—576 页。

③ 傅修海：《文学经典的颜色革命——〈子夜〉接受史中的瞿秋白》，《重庆师范大学学报（哲学社会科学版）》2011 年第 2 期。

④ 王彬彬：《两个瞿秋白与一部〈子夜〉——从一个角度看文学与政治的歧途》，《南方文坛》2009 年第 1 期。

⑤ 金宏宇：《〈子夜〉版本变迁与版本本性》，《中州学刊》2003 年第 1 期。

⑥ 肖进：《〈子夜〉的删节本和翻印本》，《中国现代文学研究丛刊》2014 年第 4 期。

供了一系列文献谱系，研究者可从中寻找最基本的文献证据。

一　小说前四章手稿中遗留的“前瞿”表述

尽管茅盾本人后来的回忆录并不一定完全可靠，尤其不能作为作者最初意图的唯一有效说明，但一些原始文献还是可以印证作者的某些说法。据茅盾回忆录，1931 年 4 月下旬他和夫人孔德沚去看望瞿秋白夫妇，告诉瞿秋白“现正在写长篇小说，已草成四章，并把前数章的情节告诉他”。“过了两天，记得是一个星期日”，茅盾“带了原稿和各章大纲和德沚又去，时在午后一时。秋白边看原稿，边说他对这几章及整个大纲的意见，直到六时”。之后瞿秋白在茅盾家住了一两个星期，“那时天天谈《子夜》”。瞿秋白提出了许多修改意见，甚至包括细节，“原稿上写吴荪甫坐的轿车是福特牌，因为那时上海通行福特。秋白认为像吴荪甫那样的大资本家应当坐更高级的轿车，他建议改为‘雪铁笼’”①。经瞿秋白的指导，茅盾对已写成的前四章做了一些修改，并重新写了后面几章的大纲，后面相应的章节也按照新大纲来写作。

核对 1933 年开明书店的《子夜》初版本，我们即可发现茅盾已据瞿秋白意见将第一章开篇处吴荪甫的轿车改为“雪铁笼”②。然而，现存茅盾手稿中第一章开篇处吴荪甫的轿车仍为“福特”。据此细节，对《子夜》成书谱系进行翔实考证的汉学家冯铁发现，现存手

① 茅盾：《〈子夜〉写作的前前后后——回忆录［十三］》，《新文学史料》1981 年第 4 期。

② 茅盾：《子夜》，开明书店 1933 年 1 月初版。其出版时间为 1 月，与茅盾记忆不符。茅盾回忆认为：“《子夜》出版在三三年二月——这是实际出版的时间，开明版《子夜》的版权页上印的初版时间是三三年四月。”（茅盾：《〈子夜〉写作的前前后后——回忆录［十三］》，《新文学史料》1981 年第 4 期）朱金顺考证茅盾回忆有误，关于《子夜》平装初版本和精装初版本的具体出版时间问题，参见朱金顺《〈子夜〉版本探微》，《中国现代文学研究丛刊》2003 年第 3 期。

稿的前四章，正是未经瞿秋白建议修改的原写作稿[①]，不同于后面几章手稿，前四章未受瞿秋白意见影响。

在后面的章节中，瞿秋白建议“改变吴荪甫、赵伯韬两大集团最后握手言和的结尾，改为一胜一败。这样更能强烈地突出工业资本家斗不过金融买办资本家，中国民族资产阶级是没有出路的”[②]。茅盾按瞿秋白的意见修改后，吴赵之间的关系彻底地变成决然对立，并从工业家与金融家的关系，上升成为民族资产阶级与买办阶级的关系，以此来探讨中国是否能够成功发展资本主义的社会性质与革命性质问题。而在前四章手稿中，茅盾却留下了许多关于实业与金融的“前瞿”表述。

手稿第一章结尾处，吴老太爷昏厥将死，吴荪甫、杜竹斋等家人亲属挤在小客厅里忙乱。张素素问经济学教授李玉亭：“你看我们这社会到底是怎样的社会?”李玉亭回答：“这倒难以说定。可是你只要看看这儿的小客厅，就得了解答。这里面有一位金融界的大亨，又有一位工业界的巨头；这小客厅就是中国社会的缩影。”当然，两人承认小客厅里和中国还有无数“一到了上海就也要断气”的吴老太爷们。手稿上这段对话，是对当时中国社会的一种认识。有趣的是，小客厅里的“金融界大亨”，不是赵伯韬，而是吴荪甫的姐夫杜竹斋，并非买办，也没有美国后台“托辣斯”老板。可见小说中实业与金融的对峙关系，比吴赵二人的私人恩怨更具有普遍性。而这种普遍性并不必然体现为民族资产阶级与买办阶级的分野，更多地体现为实体经济与金融行业的差异。在瞿秋白提出建议前已经写成的小说第一章手稿中，茅盾就用金融与工业作为“中国社会的缩影”，并且到正式成书后也未删改，遗留了两人认识中国社会的视角差异。

第二章手稿中吴荪甫听到厂里怠工的消息后，抱怨实业经营之难与金融发迹之易：“开什么厂！真是淘气！当初为什么不办银行？凭我这资

---

① ［瑞士］冯铁：《由“福特”到“雪铁笼”——关于茅盾小说〈子夜〉(1933年）谱系之思考》，李萍译，载［瑞士］冯铁《在拿波里的胡同里：中国现代文学论集》，南京大学出版社2011年版，第456—479页。

② 茅盾：《〈子夜〉写作的前前后后——回忆录［十三］》，《新文学史料》1981年第4期。

本，这精神，办银行该不至于落在人家后面罢？现在声势浩大的上海银行开办的时候不过十万块钱……”而另一位丝厂老板朱吟秋，则在忧虑如何向银行续借贷款，愤愤地说：“从去年以来，上海一埠是现银过剩。银根并不紧。然而金融界只晓得做公债，做地皮，一千万，两千万，手面阔得很！碰到我们厂家一时周转不来，想去做十万八万的押款呀，那就简直像是要了他们的性命；条件的苛刻，真教人生气！”

第三章手稿中火柴厂老板周仲伟也说：“金融界看见我们这伙开厂的一上门，眉头就皱紧了。但这也难怪。他们把资本运用到交易所公债市场，一天工夫赚进十万八千，真是稀松平常。”① “金融空转”自身获利，而未使资本有效投资实业②，是这些“前瞿”表述的核心。茅盾此时的着眼点，更多的还是在中国经济上。

小说第二、三章借吴老太爷办丧事之际，将各方势力都集中到了吴府。各色人等的交谈与密谋，已经构成整部小说的总体框架。手稿中这两章除了借众人之口写公债受战事消息影响及金融界3巨头密谋投机外，还极言工业的困局：“工人要加工钱，外洋销路受日本丝的竞争，本国捐税太重，金融界对于放款又不肯通融！”③ 如此的实业困局，既不是将来被吴荪甫的益中公司吞并就能解决的，自然也不会被赵伯韬的“工业托辣斯”或其他外国银行兼并就不再存在。

除了金融投机造成实业资金困难之外，前四章手稿还写了金融资本支配工业。第三章吴荪甫叫杜竹斋不要催债反而放债套取抵押品，以挤垮朱吟秋周转不灵的丝厂。借金融业来吞并实业，正是吴荪甫“大计画”的意图所在。而实业家孙吉仁、王和甫拉吴荪甫欲办银团

---

① 茅盾：《子夜》（手迹本），中国青年出版社1996年版，第23、55、36、63页。

② “金融作为储蓄与投资的媒介，其基本任务应该是把社会储蓄经过间接及直接融资方式转化为有效率的投资，并提升投资的产出效率，这是金融服务好实体经济的核心涵义。”“所谓‘金融空转’，应该指金融行业没有把其（接上页）中介角色扮演好，也就是没有能够把社会的储蓄资金（可贷资金）转化为投资后形成有效率的产出。”见华而诚、妥佳媛《“金融空转”了吗》，《金融发展评论》2013年第7期。

③ 茅盾：《子夜》（手迹本），中国青年出版社1996年版，第36页。

经营长途汽车、矿山等企业，“开头办的时候，手段还得圆活些”[1]。圆活手段实际上就是自组金融机构到公债市场去投机或“套利”[2]。吴荪甫集团积极参与金融投机，利用金融业支配工业资本，和赵伯韬集团以及其阴谋制造的“工业托辣斯”实在并无二致。真正构成对立的，其实是实业与金融，而不一定非得是吴荪甫和赵伯韬，也可以是“吴伯韬”和“赵荪甫”。

第四章写农民暴动，而瞿秋白“谈得最多的是写农民暴动的一章”，但茅盾并未按照瞿秋白的意见改写这一章，只是做了保留。在《子夜》单行本出版前，1932 年 6 月和 7 月，茅盾曾将第二章和第四章分别以《火山上》和《骚动》的题名单独发表在新创刊的《文学月报》上，署名“茅盾”。[3] 单独发表的这两章，与手稿相比，用字略有不同[4]；与1933 年开明书店版单行本《子夜》相比，文字也有极个别差异[5]。由此

---

① 茅盾：《子夜》（手迹本），中国青年出版社 1996 年版，第 72、69 页。

② 茅盾对“套利”有过专门解释，举例“银行家以五六厘的年息吸收了存款去转购二分多利息的公债”，认为“普通的商业银行就这样的把买卖公债作为重要的业务。这说起来，还是稳健的营业，不算投机”。可见茅盾所说的“套利”与“投机”应作为两种不同行为来看待。见茅盾《质疑与解答：公债买卖》，《中学生》第 36 期，1933 年。

③ 茅盾：《火山上》，《文学月报》第 1 卷第 1 号，1932 年；茅盾：《骚动》，《文学月报》第 1 卷第 2 号，1932 年。

④ 例如手稿第四章里机关枪枪声的拟声词，用“达达达达”，而《骚动》和初版本第四章一致，都用“卜卜卜卜”。见茅盾《子夜》（手迹本），第 98 页；茅盾《骚动》，《文学月报》第 1 卷第 2 号，1932 年；茅盾《子夜》，开明书店 1933 年 1 月初版，第 120 页。

⑤ 例如手稿第二章和《火山上》的结尾，最后一段最后一句都为：“他又浑身充满了大规模地进行企业的野心和活力了！”而初版本第二章最后一段最后一句为：“他又浑身充满了大规模地进行企业的活力和野心了！”语序有所调整。不过，手稿和初版本第二章开头第一段第一句话都是“清晨五时许，疏疏落落下了几点雨”，而《火山上》开头第一段第一句话却是“清晨五时许，萧萧疏疏地下了几点雨”，这或许表明，茅盾在发表《火山上》时对第二章的修改，最终在初版本中并未保留。见茅盾《子夜》（手迹本），中国青年出版社 1996 年版，第 26—56 页；茅盾《火山上》，《文学月报》第 1 卷第 1 号，1932 年；茅盾《子夜》，开明书店 1933 年 1 月初版，第 29—69 页。

可见，1932年夏单独发表的章节，是茅盾对现存手稿修改后的产物，到《子夜》单行本出版之前，可能又再次修改。而茅盾原欲以“夕阳”为题在1932年1月《小说月报》上发表的第一章，因“一·二八”战火，连刊物带誊录稿一起都随商务印书馆总厂焚毁，未得存世。原本打算单独发表的第一章中，到底有多少接受瞿秋白建议后的修改，也就无据可查了。而前四章手稿与1933年《子夜》初版本对比后可以发现，虽有异文，数量却极少，且全都无关宏旨。[①] 可见茅盾接受瞿秋白建议后，对前四章的修改其实非常有限。

小说前四章手稿中残留的大量信息显示，茅盾受瞿秋白影响前，更着意呈现实业与金融的冲突，甚至为此打破吴赵两派壁垒，而非将两派矛盾固化为民族资产阶级与买办阶级的斗争。

二　最初构想“都市三部曲”中的实业与金融

既然在未受瞿秋白影响的小说前四章手稿中，茅盾原本意图是呈现实业与金融的冲突，那么茅盾这样的构想最初始于何时？是否从来如此？尽管茅盾在《子夜》初版后记中说“右《子夜》十九章，始作于一九三一年十月，至一九三二年十二月五日脱稿”，但最初的构想与创作准备，早在1930年就开始了。

---

① 除了上述几处和“雪铁笼”改为“福特”之外，还有其他一些修改。例如手稿第三章结尾处，倒数第四段最后两句是：“雷参谋俯下头去。一个长时间的接吻。”而初版本这段最后一句是：“雷参谋俯下头去，两个嘴唇接在一处。”手稿第三章最后一段的最后一句是：“说不明白的一种味儿将这位可怜的少妇的芳心压碎了！”而初版本这段最后一句是：“说不明白的一种味儿将这位少妇的芳心狠狠地在揉，揉！”见茅盾《子夜》（手迹本），中国青年出版社1996年版，第78页；茅盾《子夜》，开明书店1933年1月初版，第94—95页。

1930年4月，茅盾从日本回到上海，常去表叔卢鉴泉[①]的公馆晤谈。“卢公馆的客人中除银行家外，也有南京政府方面的人”，“他们中有开工厂的，有银行家，有公务员，有商人，也有正在交易所中投机的”[②]。1930年秋，茅盾受眼病等影响不能写小说，他的“日常课程就变做了看人家在交易所里发狂地做空头，看人家奔走拉股子，想办什么厂，看人家……”[③]，他感受到“流在都市中的资金不但不能促进生产的发展，反而增添了市场的不安定性。流在都市的资金并未投入生产方面，而是投入投机市场”[④]。

《子夜》最初构想的庞大，远非成稿可比，乃是一部都市与农村的“交响曲”。其中仅都市部分，就已设计了“都市三部曲”——《棉纱》《证券》《标金》，较今之《子夜》仍远为庞大；但其中的农村部分并未详细设计。最终，茅盾放弃了都市与农村“交响曲”的计划，而写出了都市方面的《子夜》与乡镇及农村方面的《林家铺子》《春蚕》等不同层面的小说，后又接续了《秋收》与《残冬》，

---

① 卢鉴泉名学溥，卢父的续弦为茅盾父亲的姑母，故卢鉴泉与茅盾的父亲只是名义上的表兄弟。卢鉴泉会试落第后回乡为绅，曾任乌青镇国民初等男学校长，对学生茅盾十分赏识。北洋政府时期卢鉴泉曾任财政部公债司司长，并发表演说鼓励民众购买北洋政府的公债。1916年商务印书馆北京分馆欲以京华印书局承印政府公债债票，故巴结卢鉴泉，茅盾借此得以去商务印书馆工作。到国民革命后卢鉴泉又被南京国民政府派任交通银行董事长及南京中国银行监察。卢鉴泉当时虽在上海作寓公，却仍在担任浙江实业银行常务理事等职。甚至在1930年蒋冯阎桂中原大战之时观望局势，并不马上接受南京政府有意委任的上海造币厂厂长一职。参见茅盾《我走过的道路》（上），人民文学出版社1997年版，第16、71、112、114页。

② 茅盾：《〈子夜〉写作的前前后后——回忆录［十三］》，《新文学史料》1981年第4期。

③ 茅盾：《我的回顾》，载《茅盾自选集》，天马书店1933年版，第6页。《我的回顾》写于1932年12月，据此，高利克对1932年“一·二八”事变后茅盾回乡的时间及其对《子夜》中乡村部分描写的影响做出了推断；而茅盾1960年在对高利克该文的批注中并未否认这一点。见高利克著，茅盾批注《茅盾传略》，《现代中文学刊》2013年第4期。

④ 茅盾：《子夜是怎样写成的？——茅盾先生在副刊座谈会上的讲演》，《新疆日报·绿洲》1939年6月1日。

倒非一开始就有意写“农村三部曲”。①

而茅盾署名“蒲剑”的记事珠A——《棉纱》、记事珠B——《证券》和记事珠C——《标金》，手迹至今存留。② 这3篇文献写于1930年10月，茅盾将其称为“初步的提纲”，或许是《子夜》创作意图最早的遗证。

《棉纱》欲写中国纺织业从一战时期获得发展，到在农村破产，再到在与日本纺织业的激烈竞争中失败。其中设计了罢工女领袖被离间和其他纱厂竞争者煽动罢工的情节。③《棉纱》中纱厂厂主雄心大减，其弟却“看准了中国金融资本之发展的一幕，劝他哥哥去开银行”④，显示了实业的困境与金融的进路。

在《证券》手迹中，“表现之主要点”为：“官僚、地主、失败后的工业家，都将他们的积累的资本来开银行，办交易所，造成了金融资本的堡垒（财阀）”，“和政府勾结，垫款，承销公债，自己发财”，“吸收了小资产阶级的储蓄，又向外国银行借款来做政府的垫

---

① 茅盾：《〈春蚕〉、〈林家铺子〉及农村题材的作品——回忆录［十四］》，《新文学史料》1982年第1期。

② 这3个“记事珠”辑录发表于《茅盾作品经典》第1卷，中国华侨出版社1996年版，第499—513页。但辑录有部分文字认读错误。3个“记事珠”首页的照片可参见孙中田《图本茅盾传》，长春出版社2011年版，第128页。照片中3张首页之后均不可见下页具体内容的照片。1980年茅盾据此撰写了《〈子夜〉写作的前前后后——回忆录［十三］》当中的相关部分。关于这3个“记事珠”手迹的保存，参见学思《茅盾〈子夜〉手稿》，《档案工作》1987年第3期。

③ 为写棉纱纺织业，茅盾还专门研读了井村薰雄著、周培兰翻译的《中国之纺织业及其出品》。有趣的是，正是在这本研究中国棉纺织业及日商在华纺织业的经济学著作中，日本学者井村薰雄认为日商在华纺织厂“今日强烈罢工运动之背后，除共产主义者之煽动外，又有华商纱厂之策画”。井村薰雄书中对罢工因素的这种认识，影响到了后来小说《提要》中对罢工运动受其他资本家煽动的设计，这才有后来瞿秋白的不同意见。参见［日］井村薰雄《中国之纺织业及其出品》，周培兰译，商务印书馆1928年版，第318页。

④ 茅盾：《〈子夜〉最初构想——记事珠》，载《茅盾作品经典》第1卷，中国华侨出版社1996年版，第504页。

款”，最根本的是“剩余资本不做生产事业而以金融资本的形式来营利”。[①]《证券》设计了两人被交易所金融家愚弄以致丧失所有，仇人又联合起来开银行的情节。留学归来的工程师变卖家产欲开工厂而招股碰壁，无法从银行获得借款，反被银行总司库劝说“有钱还是做公债买卖较可靠，没有人信任什么工业的”[②]，最终在纽约的股票暴落风潮中破产而成失心疯。在《证券》的构想中，实业与金融对立的情形已经初步显现。

《标金》中的“金融资本只做了军阀的账房，不能调节中国工业”的概括，正是指《证券》中提到的政府借款和对政府公债的投机占用了大量银行款项，工业发展则因贷款难获而流动困难。故事欲写“中国金融资本的得利及工商业之倒闭”：一方面，“中国金融资本家”“完全是买办阶级化身”；另一方面，“中国的工业家也难以自存”。[③] 中国以白银为货币，因金贵银贱，火柴厂进口原料腾贵，将厂抵押给外国银行。金融家却劝厂主得现款做金子生意。其中厂主父亲初到上海就被气晕的情节，在后来小说手稿写作时仍然保留，成为吴老太爷故事的最初来源。后来《子夜》中吴荪甫、周仲伟等实业家最终的押厂企图，早在茅盾构思之初就已设计。

计划中的“都市三部曲”，尚未出现统一的故事与主人公。尽管纱厂厂主的弟弟就是财阀银行的总司库，也是火柴厂老板的表兄弟，但始终未见吴荪甫那样的形象。更重要的是，“都市三部曲”一部《棉纱》主写工业，一部《证券》主写金融，最后一部《标金》将两方面对写。金融和实业是作者有意设计的一种对立关系，尤其突出了金融资本不能促进实业反增其困难的尖锐冲突。这3个“记事珠”中实业与金融的冲突，显然保留了茅盾最初的创作视角。

---

① 3个“记事珠”首页的照片，见孙中田《图本茅盾传》，长春出版社2011年版，第128页。

② 茅盾：《〈子夜〉最初构想——记事珠》，载《茅盾作品经典》第1卷，中国华侨出版社1996年版，第507页。

③ 茅盾：《〈子夜〉写作的前前后后——回忆录［十三］》，《新文学史料》1981年第4期。

而将瞿秋白强调的民族资产阶级与买办阶级的阶级视角还原为实业与金融的经济视角之后，需要探寻的就是茅盾原本究竟打算如何以实业与金融的视角来呈现1930年的中国社会全景。

三 《提要》中的投机交锋与两派同质

茅盾在完成上述“初步的提纲”后，“觉得这种形式不理想”，“搁下了这个计划”。其眼病第二次发作后经历了3个月的休息，其间重新考察中国工业尤其是丝织业和火柴工业。之后茅盾“重新构思写出了一个《提要》和一个简单的提纲”，眼愈后“又据此提纲写出了约有若干册的详细的分章大纲”，但“这些大纲都丢失了”，“《提要》却奇迹般地保存了下来”。①

这份《提要》首先设计了“两大资产阶级的团体”：“吴荪甫为主要人物之工业资本家团体”（包含周仲伟、朱吟秋等）和“赵伯韬为主要人物之银行资本家团体”（包括韩孟翔、杜竹斋等）。茅盾在介绍“工业资本家方面与帝国主义的关系”时，又说“吴荪甫后来也要和英国银行家发生关系”；在介绍“银行资本家方面与帝国主义的关系”时，说“赵伯韬的后台老板是美国人。他是银行买办”。这似乎体现了记事珠C——《标金》中所谓“中国金融资本家”“完全是买办阶级化身”，同时“中国的工业家也难以自存”的认识。但《提要》却又提到了“在此两大资产阶级团体之外独立者”——“买办阶级：军火买办，外国银行之买办”。② 由此可见，至少在茅盾撰写《提要》时，虽然被定位为“银行买办”，但“赵伯韬为主要人物之银行资本家团体”与所谓“买办阶级：军火买办，外国银行之买办”仍是两个不同的团体。《提要》对作品中两种金融家身份的不同

① 茅盾：《〈子夜〉写作的前前后后——回忆录［十三］》，《新文学史料》1981年第4期。

② 茅盾：《提要》，载《子夜》（手迹本），中国青年出版社1996年版，第445—447页。

表述，已经显现其创作意图一再变化。至今仍有学者对《子夜》中“赵伯韬的身份角色”存疑。①

在《提要》中，茅盾设想的小说题名为《夕阳》，另外还有两个名字“《燎原》or《野火》”。而“总结构之发展”共分5部分。

（一）“工业资本家方面之有力者谋组织一银团，一面抵抗银行资本家赵伯韬等之压迫，另一方面则谋吞并工业资本家之实力薄弱者。”

（二）工业资本家集团陷于多面苦斗。

（三）“政治上的与交易所中之种种阴谋。”

（四）“谋倒赵者以交易所为战场；谋倒吴者以工厂为战场，谋利用劳动者。于此造成了劳动者的第二次罢工。”“于此时赵吴皆有同归于尽之势。”

（五）“长沙陷落，促成了此两派之团结，共谋抵抗无产革命。然两面都心情阴暗。”两派在庐山牯岭相会，韩孟翔吟诗：“夕阳无限好，只是近黄昏！”②

其中第一条工业家组织的银团本身，也是金融支配实业的体现。这条直到小说手稿第三章中仍有呈现，吴荪甫与杜竹斋密谋套取朱吟秋丝厂的抵押品，正与赵伯韬的手段相同，呈现了吴赵两派的同质化。而“总结构之发展”第五条所设计的两派合作结局，与瞿秋白关于民族资产阶级无法战胜买办阶级的建议完全不同，在后来的小说创作中已被改写。

而该《提要》与后来《子夜》中的情节最大的不同，则在于“交易所中”两集团的较量。《提要》详写了几次交易所斗争，吴赵第一次联手做多头买涨，“但其后赵即单独放空”。第二次交锋，“吴得雷参谋之密电，知陇海线上中央军形势又利，转做多头（陆匡时

① 梁竞男、张堂会：《〈子夜〉中吴荪甫、赵伯韬矛盾斗争存疑》，《名作欣赏》2011年第11期。

② 茅盾：《提要》，载《子夜》（手迹本），中国青年出版社1996年版，第448—452页。

即为吴之经纪人），狠狠的挤了赵一下”。第三次交锋吴赵各有胜败，“济南失陷的消息，吴先一日得到，则又大放空。赵几为所倒”。与后来的小说相反，《提要》中交易所斗法吴荪甫屡次获胜，最终也并没有大败。吴的姐夫杜竹斋“在工业资本团与银行资本团突尖锐化之时，他守了中立”，没有背叛吴。吴荪甫是在“既以武力解决占据厂内之工人后即赴避暑地”的，没有像后来小说中那样自杀未遂后逃走，《提要》中逃走的是吴荪甫的经纪人陆匡时。吴先后两次令陆匡时做空头，表面上与做多头的赵伯韬公开对抗，实际上吴自己暗中补进，并在“交易所最后胜利之时（其实他并无多大钱赚进，因为亏空亦甚大也）”①，与徐曼丽同往牯岭。简言之，《提要》里是吴荪甫而非赵伯韬取得了交易所斗争的最终胜利。

非常明显的是，《提要》中无论是“后来也要和英国银行家发生关系”的工业家吴荪甫，还是“后台老板是美国人”的银行家赵伯韬，都将大笔资金用于金融投机。而工业发展则在“为赵派所鼓起”的罢工中，最终走向“武力解决，暂时停厂”。尤其值得注意的是，在“总结构之发展”中，并不是在公债市场上让吴派落败赵派也落败（事实上多头与空头不太可能同归于尽），而所谓的“同归于尽之势”是让工

① 《提要》介绍两派的政治背景时说“工业资本家倾向改组派（即汪精卫派）”，而“银行资本家中，赵伯韬是蒋派”。在茅盾该《提要》手迹上，原文“工业资本家倾向改组派”之后，并无“即汪精卫派”几个字，这5个字是在《提要》原文旁茅盾用另一支粗笔标注的，标注显然与《提要》的原文撰写不是同一次完成的。粗笔修订与《提要》手迹上的细笔删改也不是同一时间完成的。这种明显的粗笔字迹在《提要》手迹上极少出现，另两次是工贼“属于黄色工会中之改组派者”的“改”字，和“研究系之银行家”的“系之”两字，3次粗笔修订都出现在对人物身份的阐释中。类似这种粗笔的修订字迹，在现存的大纲中也曾多次出现。说明粗笔修改可能产生于现存大纲写作修订时。以上几处粗笔修改，见茅盾《子夜》（手迹本），中国青年出版社1996年版，第448—449、445、464、467、471、476、479、483页。本文所引茅盾该《提要》，均出于《子夜》（手迹本），而《〈子夜〉写作的前前后后——回忆录［十三］》一文中茅盾所抄录的《提要》，有极个别字句异文，有可能是1980年茅盾抄录时笔误所致。关于吴荪甫政治立场与投机倾向的关系，参见妥佳宁《〈子夜〉对国民革命的“留别”》，《文学评论》2019年第5期。

业家在银行家唆使的罢工中遭受损失，让银行家在同工业家的投机交锋中“大失败”。《提要》中的斗法与合流，始终难见吴、赵之间的本质区别①，他们反而都在对方的领域战胜了对手。在金融市场上两大集团都成了各自利益的角逐者，早已不是实业与金融的代表，而是呈现为同质性的派系对立。《提要》只字未提民族资产阶级企图发展民族资本主义来救国，甚至连“民族”二字也从未出现。反倒是记事珠B——《证券》中提到过的“剩余资本不做生产事业而以金融资本的形式来营利”，成了《提要》对吴赵两派共同的描述方式。

四　新大纲及对应小说章节中的瞿秋白影响

如果说实业与金融是茅盾最初的着眼点，经历了表述转换后才演变为民族资产阶级与买办阶级，那么小说所写的第三方面即“革命运动者及工人群众”，与茅盾所构想的金融和实业之间构成了什么样的关系？在小说成书过程中经历了重心转移之后，三者之间原本的关系又发生了怎样的变化？

按照《提要》和旧大纲写出小说前四章手稿后，经1931年4月瞿秋白的建议，茅盾改变了吴赵斗争的结局，并最终“把原定的计划再次缩小，又重新改写了分章大纲，这一次是只写都市而不再正面写农村了。但已写好的第四章不忍割舍，还是保留了下来，以至成为全书中的游离部分。这个新的分章大纲比前一个分章大纲简单多了，现在还保存着其中的一部分”②。与前四章手稿不同，新大纲（现存

① 段从学：《〈子夜〉的叙事伦理与吴荪甫的“悲剧”》，《南京师范大学文学院学报》2015年第2期。

② 茅盾：《〈子夜〉写作的前前后后——回忆录［十三］》，《新文学史料》1981年第4期。这份新大纲，与现存《子夜》写作手稿一同于1996年由中国青年出版社（前身是开明书店）影印出版。此后，同一份《子夜》写作手稿又两度影印出版。各影印本虽保留了茅盾字迹的影像，却都因重新分页等在一定程度上破坏了原稿纸张的版式。见韦韬主编《茅盾手迹——子夜篇》，华宝斋书社2001年版；茅盾著，桐乡市档案局（馆）编《茅盾珍档手迹·子夜》，浙江大学出版社2011年版。

大纲）及其所对应的后几章手稿受到瞿秋白影响较为明显。

除了农民暴动之外，瞿秋白“也谈到后来的工人罢工。写农民暴动的一章没有提到土地革命，写工人罢工，就大纲看，第三次罢工由赵伯韬挑动起来也不合理，把工人阶级的觉悟降低了”①。显然，作为革命者的瞿秋白，最关心的并非金融与实业之间的冲突，而是阶级层面的问题，尤其是农民暴动的革命性和工人罢工的觉悟问题。在政治家瞿秋白看来如此重要的两个问题，却在茅盾的前四章手稿和全书原大纲中严重缺失，正显示了茅盾此前的创作重心并不完全是阶级问题。

小说前四章写成后，茅盾经瞿秋白建议后所写的“新的分章大纲”，并无第一章至第六章的部分；茅盾回忆说见瞿秋白时小说“已草成四章”，而现存小说手稿的第五章开头和第四章结尾是写在同一张稿纸上的②，因此也就无法确定第五章、第六章小说写成的准确时间究竟是在两人见面之前还是之后，第五章、第六章小说内容究竟是否受过瞿秋白影响也不得而知。

而在存世的大纲中，第七章至第九章十分简略，与后面几章大纲的格式有细微差异，两部分大纲不一定是同一时期完成的③，但显然都不是原来那份“约有若干册的详细的分章大纲”。

现存大纲中第十章以后的部分相对详细。尽管茅盾已经接受瞿秋

---

① 茅盾：《〈子夜〉写作的前前后后——回忆录［十三］》，《新文学史料》1981年第4期。

② 茅盾：《子夜》（手迹本），中国青年出版社1996年版，第102页。

③ 现存《子夜》分章大纲于1984年在《茅盾研究》辑刊发表，但核对手迹影印资料可发现《茅盾研究》的这次抄录有个别字句抄写错误。且编者误认为这是“在《提要》基础上写下的分章大纲”。同时，编者指出第七章至第九章的大纲与第十章以后的大纲，“是两次完成的，这两次的前后，现在尚不能断定”。编者将第七章至第九章的大纲排在版面的最后，并用分割线与其他章大纲区别开来。这一辑《茅盾研究》还在卷首图片中影印了第七章大纲的部分内容。见《茅盾研究》第一辑，文化艺术出版社1984年版，第22—38页。现存《子夜》分章大纲也见《茅盾作品经典》第1卷，中国华侨出版社1996年版，第523—547页，辑录存在部分错误。

白的建议，更多地使用民族资产阶级与买办阶级等表述，但在一些关于经济活动的书写中，我们还是能够看到实业与金融的对立。第十二章大纲结尾处，用另一种粗笔字迹补写了益中公司遭受储户挤兑影响资金流动。这说明益中公司是混业经营，即工业流动资金与金融投机甚至储户存款共同使用总资产。[①] 在内部资金使用上，实业与金融投机及存储之间形成了对立关系。[②] 而大纲第十六章“主要点”则是“荪甫他们办企业的狂热一过而趋于萎靡；他们不想再扩充而只求维持现状；他们把资本移用在公债”。[③] 益中公司不愿出资帮助周仲伟的火柴厂，而要集中资金全力进行公债投机。实业和金融的对立，并不单一地对应着吴赵两派的对立，也成为吴荪甫等一群人内部的冲突。

而现存大纲的后半部分，更多地体现了瞿秋白建议的影响。从小说一开始，益中公司、公债投机、工厂罢工三条战线就是并行的，罢工问题只占其一。然而现存大纲后几章的序号涂改情况则改变了这种安排。这部分大纲原来是从第十章到第十六章。经修改，茅盾将原来颇长的第十三章分为三部分，相当于各为一章（即第十三章、第十四章、第十五章）；将原来的第十四章标题序号用粗笔涂改为第十六章；将原来的第十五章改为第十七章、第十八章两章；将原来的第十

---

① 茅盾：《大纲》，载《子夜》（手迹本），中国青年出版社 1996 年版，第 467 页。混业经营，即银行可以将储户存款用于投机，收益大，风险也较大；与混业经营对立的另一种情况是分业经营，即金融机构进行投机时不允许使用储户存款，存贷款业务与金融投机业务各自独立。

② 益中公司的混业经营还让实业与金融投机以及存储共用总资产。在该大纲对应的小说手稿第十二章中，益中公司接洽好的十万存款临时变卦不再存入，借孙吉人之口写办厂与投机的矛盾：“公司组织的时候实收资本八十万，后来顶进这益中，收买那八个厂，现在杜竹翁又拆股退出，就只存现款四十多万，陆续都作了公债。”6 月益中公司由空头转做多头，“这一次拿公司里的资本全部做了公债”，以至要扩充那八个小厂所需的三十万元也被挪用。见茅盾《子夜》（手迹本），中国青年出版社 1996 年版，第 272、275 页。

③ 茅盾：《大纲》，载《子夜》（手迹本），中国青年出版社 1996 年版，第 479 页。

六章标题序号涂改为第十九章。而对章节划分的如此改动，最明显的效果就是把原本已经详写裕华丝厂罢工的第十三章，更大地扩充成了3章。在大纲重新划分的这3章结尾空白处，作者还补列了从罢工领袖、女工到工贼、走狗的22个工厂内不同角色名单。① 可见罢工运动在大纲修订过程中被逐步突出。

而突出罢工运动在小说内容中所占的比重，无疑会使原名《夕阳》（*In Twilight*）的小说描绘重心发生偏移，从一部同时写吴荪甫集团3条战线的《现代中国变革传奇》（*A Romance of Modern China in Transition*），或另一部最初英文题名所设想的《中国实业化的故事》（*A Novel of Industrialized China*）②，向一部资本家与工人斗争的阶级问题记录倾斜③。

尽管茅盾已经按照瞿秋白的建议改写结局，但瞿秋白在小说成书后仍认为这个结尾太短，还希望能再多加些有关罢工的内容。在1933年8月13日、14日的《中华日报·小贡献》上，瞿秋白以“施蒂尔”的笔名发表了《读〈子夜〉》。在肯定了《子夜》的价值并详述了理由后，瞿秋白提出5点意见，其中最后一条也是整篇文章的最后一句话：“在《子夜》的收笔，我老是感觉得太突然，我想假使作者从吴荪甫宣布‘停工’上，再写一段工人的罢工和示威，这不但可挽回在意识上的歪曲，同时更可增加《子夜》的影响与力量。”④ 瞿秋白不同意小说中吴荪甫和屠维岳最终战胜罢工的设计，

---

① 茅盾：《大纲》，载《子夜》（手迹本），中国青年出版社1996年版，第477—478页。

② 小说手稿第一章前面最初的英文题名 *In Twilight* 之后有两个副标题：*A Romance of Modern China in Transition*，或 *A Novel of Industrialized China*，见茅盾《子夜》（手迹本），中国青年出版社1996年版，第1页。而小说改名《子夜》并正式出版后，扉页上的英文标题则是 *In Twilight*：*A Romance of China in 1930*，见茅盾《子夜》，开明书店1933年1月初版，扉页。

③ 妥佳宁：《作为〈子夜〉“左翼”创作视野的黄色工会》，《文学评论》2015年第3期。

④ 瞿秋白：《读〈子夜〉》，转引自瞿秋白著，朱正编《论〈子夜〉及其它》，百花文艺出版社1985年版，第123—124页。

认为应该更突出吴荪甫被工人罢工所打败，而不仅仅是败于金融投机。瞿秋白虽与“托派”/“取消派”对中国社会性质看法不同①，但还是希望小说不仅突出民族资产阶级与买办阶级之间的矛盾，还要将资产阶级与无产阶级的矛盾一起凸显出来。这种阶级矛盾式的解读，无论在多大程度上能够与原作者的表述达成契合，都注定成为后来理解《子夜》的最主要路径。

然而，茅盾在后来的一系列回忆中，认为“写得最不顺手的是关于工厂罢工斗争的部分”，并承认“这几章的大纲”“就二易其稿”，“但这些章节仍然是全书中写得最不成功的”。② 茅盾还说他是按照瞿秋白的要求，改写了《子夜》当中工人罢工的盲动主义。而且瞿秋白还希望他能够描绘农村的暴动与土地革命，但茅盾自称“关于农民暴动，由于我当时连间接的材料都没有，所以没有按秋白的意见修改，而只是保留了游离于全书之外的第四章”③。在受瞿秋白影响之余，茅盾对 *A Romance of China in 1930* 的理解与关注焦点，仍与瞿秋白存在不止一处的差异。

另外，《提要》中吴荪甫在交易所斗法中曾利用军事消息先“狠狠的挤了赵一下”，后又使“赵几为所倒”。到新大纲和对应章节中则恰好相反，吴赵几乎完全易位，吴荪甫每次均被赵伯韬暗算，被困资金越来越多，以致出顶益中公司，挪用了益中储户的存款，并抵押了自己的房子，且欲抵押丝厂却最终未果。甚至小说的结局也不再是《提要》中原来设想的样子。吴荪甫在公债市场的决战中因杜竹斋的趁火打劫而大败，自杀未遂最终逃跑。作为吴荪甫姐夫的银行家杜竹斋突然倒戈，把《提要》里实业与金融在冲突中“双输”的局面，改成了民族资产阶级斗不过买办阶级。结局的修改，显然是瞿秋白对

① 妥佳宁：《从汪蒋之争到“回答托派”：茅盾对〈子夜〉主题的改写》，《中山大学学报（社会科学版）》2017年第1期。

② 茅盾：《〈子夜〉写作的前前后后——回忆录［十三］》，《新文学史料》1981年第4期。

③ 茅盾：《回忆秋白烈士》，载《茅盾全集》第13卷，人民文学出版社1986年版，第445页。

《子夜》最大的影响。

就在茅盾“反复推敲那大纲的时候”，他“决定把题名由《夕阳》改为《子夜》”。[①] 而正是这样的表述转换与重心偏移，使得《提要》和小说手稿中原本“只是近黄昏”的“夕阳无限好”，变成了最黑暗的“子夜”，以此来暗示对中国社会的整体判断。

结　语

《子夜》成书过程的具体文献谱系虽因部分文献的缺失而不完整，我们却至少可知基本的时间排序——从最初的《棉纱》《证券》《标金》构想，到《提要》及其“若干册的详细的分章大纲”（已佚），到现存前四章手稿以及在报刊单独发表的第二章和第四章，再到受瞿秋白影响后重写的新大纲，最后到现存手稿的后半部。《子夜》正式出版之前的这些文献所构成的谱系，为探寻小说创作过程中的表述转换与重心转移提供了最基本的原始证据。

事实上，《子夜》的解读史几乎从瞿秋白最初阅读前四章时就已经开始了。一种阶级式的社会分析话语体系，不仅会影响评论者与读者，更会影响作者的写作重心与表述方式，甚至自我体认。而由《棉纱》《证券》《标金》3个“记事珠”的最初设想来看，人们不应过分夸大瞿秋白在小说情节改动中起到的作用。罢工者被离间、工业资本家的失败，以及金融资本家的外国买办身份，在茅盾的最初设想中已经存在。但这些成分在成稿中最终呈现为多大比重，构成了怎样的阶级式话语逻辑，则不能忽略瞿秋白的影响。瞿秋白在《子夜》成书之后的解读[②]，也与当时的众多评论一同构成了特定时代对《子

① 茅盾：《〈子夜〉写作的前前后后——回忆录［十三］》，《新文学史料》1981年第4期。

② 除《读〈子夜〉》之外，1933年4月2日、3日瞿秋白与鲁迅在《申报·自由谈》上一同以乐雯笔名发表《〈子夜〉和国货年》。对瞿秋白和鲁迅合写该文的考证，参见丁景唐、王保林《谈瞿秋白和鲁迅合作的杂文——〈《子夜》和国货年〉》，《学术月刊》1984年第4期。

夜》的特定理解[①]。

此后研究者对民族资产阶级与买办阶级冲突经久不衰的关注，同样只是把握了《子夜》主要讨论的某一层面问题，而曾经与此问题并存，却更为复杂的金融与实业之间的矛盾，则由于后来政治形势与国家经济制度变化的多重原因，成为后人在较长时间内无法理解的另一层面表述。[②] 茅盾在创作《子夜》过程中绝不是没有阶级关系的考虑，但这也只是一种表述方式，不应由此而遮蔽另一种关于实业与金融关系的表述。尤其需注意的是，不管是吴荪甫还是所谓的民族资产阶级，都不是实业的直接代表者，而与赵伯韬或所谓的买办阶级一样，其所作所为也是实业受金融掣肘的另一种体现。实业与金融之间存在微妙的经济关系，而不一定与具体的个人、群体或阶级完全对应；民族资产阶级与买办阶级，则是具体的阶级关系，主要用于对中国社会性质的分析。

而在《子夜》以特定模式被理解多年之后，当阶级式的表述在新的思想解放运动中不再成为衡量文学价值的有效维度时，《子夜》

---

① 芸夫：《〈子夜〉中所表现中国现阶段的经济的性质》，《中学生》第41号，1934年1月。这一期的《中学生》杂志特别开辟了“中国现势特辑”，专门刊登《中国都市金融的现状》《中国农业的现势》《中国民族工业的前途》等文章。此文作者“芸夫”实为孙犁（见孙犁《装书小记——关于〈子夜〉的回忆》，《光明日报》1978年6月25日）。另外，日本学者桑岛由美子曾将芸夫从《子夜》中总结出的7个相关问题，与茅盾的弟弟沈泽民从苏联学习归国后于1931年在瞿秋白办的中共秘密刊物《布尔塞维克》上发表的《第三时期的中国经济》中的7个标题逐一对照，以此分析茅盾如何用《子夜》形象化地回应了当时中国社会性质论战中的相关问题。见［日］桑岛由美子《茅盾的政治与文学的侧面观——〈子夜〉的国际环境背景》，袁暎译，《中国现代文学研究丛刊》1995年第3期。

② 相关研究者甚至对《子夜》中的金融投机研究也较少，较深入的有郑富成《漫谈〈子夜〉中公债市场的斗争》，《河北师范大学学报》1980年第1期。郑富成未能见到上述《提要》，是针对《子夜》小说文本中的投机交锋而谈的，与《提要》设想有所不同。

难以为新的“审美”维度所接纳①，但又无法被简单地划入新时期再度开启的“启蒙”讨论中去，《子夜》讨论的社会性质与经济问题似乎成了陈旧甚至不值得继续多言的老话题②。但随着世纪之交中国社会的转型，尤其是金融是否因“空转”而无法服务于实业等旧问题的重新出现，以及21世纪几乎纯粹依赖风险投资来运行的新兴服务业等新问题的出现，七八十年前曾经为茅盾所关注的实业与金融之间的冲突，再次唤醒一种重要的当下视角。③

实业与金融的视角其实当年早已被评论者看到。然而《子夜》解读的焦点一再随着时代而改变，对作者意图的解读重重叠叠，关注细节与文献谱系的实证考察却仅见一二。面对已经改写并永远无法完全还原的作者意图，与不断重述却始终无法抹去的社会历史，初版本之前从“记事珠”、《提要》到大纲与手稿，大量文本碎片中残留的实业与金融的视角，或许能够在某一层面上发现《子夜》不同创作阶段中曾有过的一种想象维度，甚至为理解不同层面的作者打开另一扇窗。

（原刊《励耘学刊》2020年第2辑）

---

① 妥佳宁:《“高级形式的社会文件”何以妨害审美——关于〈子夜〉评价史》,《当代文坛》2018年第4期。

② 关于1949年以前的《子夜》评论，20世纪50年代至70年代作为无产阶级文学范本的“定向与放大”，以及新时期《子夜》的接受史，参见陈思广《未完成的展示——1933—1948年的〈子夜〉接受研究》,《江汉论坛》2008年第5期；陈思广《放大与悬置——〈子夜〉接受研究60年（1951—2011）述评》,《河北师范大学学报（哲学社会科学版)》2013年第1期。

③ 曹万生在1996年茅盾100周年诞辰国际学术研讨会上做了题为“从悲剧与丑，看茅盾的产业意识”的发言。他已经意识到，甚或进一步预言“中国当代的社会经济改革已经提出和解决的问题正在越来越多地与茅盾当年思考的问题、采用的题材、塑造的人物有了越来越密切的联系。这种联系已经导致了对《子夜》主题的重新审视”。见曹万生《茅盾在当下中国的意义》,《四川师范大学学报（社会科学版)》2003年第2期。

个人主义者的悲剧

——重读茅盾的《腐蚀》

阎浩岗*

摘　要　《腐蚀》是茅盾小说中作者与读者互动最多、受读者影响最明显的一部。茅盾最初对原定结局的续写和改写是接受香港读者建议的结果，因为这种修改不违其艺术原则与创作宗旨；新中国成立初期该作再版时他不肯接受新的读者的批评意见而再度修改，也是为坚持自己的艺术原则。尽管当年茅盾不方便承认，该作确实体现了作者对主人公赵惠明的人道主义同情。赵惠明离家、再离家到存疑地回家，勾画出一个个人主义者的人生轨迹，也喻示着个人主义者在现代社会环境中的悲剧命运。赵惠明形象是中国现代文学史上“离家出走”青年知识女性系列形象中的独特一例，这一形象的独特审美价值也奠定了《腐蚀》的文学史地位。

关键词　茅盾；《腐蚀》；赵惠明形象；个人主义

茅盾平生创作的中长篇小说并不多，算起来主要有《蚀》《虹》《路》《三人行》《子夜》《多角关系》《少年印刷工》《第一阶段的故事》《腐蚀》《劫后拾遗》《霜叶红似二月花》《走上岗位》和《锻炼》等13部，其中比较成功、代表茅盾小说创作水平的主要是《蚀》《虹》《子夜》《腐蚀》和《霜叶红似二月花》5部。迄今为止，研究《蚀》《子夜》《虹》的论著较多，研究《霜叶红似二月

* 作者简介：阎浩岗，男，河北吴桥人，河北大学文学院教授，博士生导师，文学博士。

花》的近年也有不少，唯独《腐蚀》被相对冷落。茅盾曾说，在他的长篇小说中，“《子夜》是国外版本最多的，而《腐蚀》则是国内版本最多的”①。《腐蚀》发表后先是在香港和东南亚轰动，继而在国统区和解放区产生很大反响，1950 年被改编成同名电影故事片，票房一度也非常好。可以说，《腐蚀》与《霜叶红似二月花》共同代表了茅盾 20 世纪 40 年代的创作水平。它的被冷落，应该与曾经的政治评价有关：同名电影热映期间突然被批评、被停映，主要原因是被认为同情国民党特务，而当时正值“镇反”运动高潮，从政治角度看，对特务予以同情被认为是不合时宜的。新时期思想解放以后，学界开始出现少数几篇从新的视角研究这部长篇的文章，例如研究其心理描写、叙事技巧，或是将主人公置于茅盾“时代女性”系列之中予以考察，发掘其“妇女解放”内涵，或“小资产阶级痛苦”主题。这些研究对我们进一步认识《腐蚀》的思想艺术成就很有帮助。作者自述及当年各种评论文章特别谈到作品揭露国民党特务统治的意图，这一点非常明显，毋庸置疑。

然而，该作品在茅盾小说中、在中国现代文学史上有何独特之处？与其他作家笔下及茅盾其他作品中的“时代女性”相比，《腐蚀》中的赵惠明形象有无新的内涵？在今天有无现实意义？在国民党黑暗特务统治早已成为过去之后，这部作品哪些内涵还能引起普通读者和文学研究者的兴趣？说到底，我们是否还可以从中发现某些超越时代的东西？作品具有哪些堪称经典的意义？这些便是本文要探讨的问题。

一　作者之于读者：迎合、满足与拒绝

《腐蚀》大概是茅盾创作中读者意识最强、作者与读者互动最多的一部。《蚀》的写作有卖文维持生计的考虑，有对读者的考虑（认

① 茅盾：《战斗的一九四一年》，载《茅盾全集》第 35 卷，人民文学出版社 1997 年版，第 420 页。

为“只要真实地反映了现实，就能打动读者的心”[①])，但更是想以自己“生命力的余烬从别方面在这迷乱灰色的人生内发一星微光”[②]，读者反映及作品社会效果的考虑尚在其次。写《子夜》和“农村三部曲”时，虽也不能说茅盾没有考虑读者因素，但更是想以艺术的方式表达自己对社会现状的理解、对当时中国社会性质的看法。短篇《水藻行》首先是写给日本杂志发表的，考虑了国外读者的特点。而《腐蚀》是应港版《大众生活》主编邹韬奋之约而写，由于刊物刚刚创办，又是在环境异于内地的香港，必须考虑香港及海外读者的阅读兴趣，考虑刊物销路，所以，选材和写法方面是将读者接受放在首要位置的。

编委会决定在刊物上连载长篇小说是因为“全是硬性的政论文章”读者接受不了，会影响刊物销路；而连载的小说必须“内容能够吸引香港的读者”。大家认为茅盾写最合适，茅盾只好“沉吟片刻，咬咬牙”答应。他选择写“国民党特务抓人杀人的故事，以及特务机关的内幕”，是因这些“有一层神秘的色彩”，[③] 有可能像武侠、惊险小说那样以题材本身引起读者关注。确实，即使在今天，地下斗争、谍战或反特、监狱生活等仍然是普通受众喜欢的题材，因为它们能激发读者或观众的好奇心，有刺激和娱乐的功能。《腐蚀》创作中读者影响作者的另一直接表现，是作品的“续写”和结局的改变：原先的计划是写到小昭之死便结束，但许多读者给编委会来信，希望给主人公赵惠明一条自新之路。邹韬奋鉴于读者要求，以及装订合订本的方便，请求茅盾考虑续写，茅盾于是就满足了读者的愿望和主编的请求。而在新中国成立之后，新的读者又对作品提出不同看法，认为“不该给赵惠明这样一个满手血污的特务以

① 茅盾：《创作生涯的开始》，载《茅盾全集》第34卷，人民文学出版社1997年版，第385页。

② 茅盾：《从牯岭到东京》，载《茅盾全集》第19卷，人民文学出版社1991年版，第177页。

③ 茅盾：《战斗的一九四一年》，载《茅盾全集》第35卷，人民文学出版社1997年版，第416—417页。

自新之路"[①]。这次茅盾虽也认真考虑了这些读者的意见，但仍然决定"终于不作任何修改"[②]。

茅盾在《腐蚀》初刊时的接受读者意见，与后来拒绝按新的读者的意见修改原作，两种不同选择值得分析。

初刊时提出意见的读者是香港及南洋爱好文学阅读的普通市民或知识分子。他们要求作者给身为女特务的主人公出路是从人道主义的同情心出发，因为作品真实细腻的艺术描写打动了他们，他们已对主人公的遭遇和处境感同身受，并不将其作为一个政治符号来看待，而是当作一个有缺点但不失良知的活生生的人，一个身陷逆境、绝境而不甘沉沦、竭力挣扎的孤独个体，因此高度关注其命运，对其错误乃至罪行有所谅解。这样一个人如果最后绝望或毁灭了，会使寻求阅读愉悦的读者感觉不爽。而茅盾早年便是人道主义者，虽然后来他接受了阶级论，但并未以僵硬的阶级理念抹杀人性关怀，所以他也认为赵惠明这样的人并非罪不可赦，应该被给予出路。新中国成立初期的读者正在接受铺天盖地的阶级论教育，区分"人民"和"敌人"是首要的政治立场问题，加之当时正值镇反、清除敌特运动高潮，赵惠明的"国民党特务"身份在"革命化"读者心目中已远远盖过其作为一个生命个体、一个孤立无援的女子的身份，同情特务、同情敌人是革命伦理之大忌，于是才有对《腐蚀》结局与写法的批评。茅盾不肯接受这种批评意见，他申辩是为了政治宣传效果，即有利于分化敌人、分化潜藏的特务，实质上还是因为他不肯放弃人道主义，不肯为了政治理念而损害艺术本身的完整性。

在对新中国读者和批评家谈自己不肯修改的理由时，茅盾借用的是"一九四一年的极大多数读者"的意见，表示"作者的我，也是在这样的论据上接受了他们的要求的"，而据茅盾说，这"极大多数

---

① 茅盾：《战斗的一九四一年》，载《茅盾全集》第35卷，人民文学出版社1997年版，第420—421页。

② 茅盾：《战斗的一九四一年》，载《茅盾全集》第35卷，人民文学出版社1997年版，第421页。

的读者”要求给赵惠明自新之路的理由是：

> （一）既然《腐蚀》是通过了赵惠明这个人物暴露了一九四一年顷国民党特务之残酷、卑劣与无耻，暴露了国民党特务组织只是日本特务组织的“蒋记派出所”（在当时，社会上还有不少人受了欺骗，以为国民党特务组织虽然反共，却也是反日的），暴露了国民党特务组织中的不少青年分子是受骗、被迫，一旦陷入而无以自拔的，那么，（二）为了分化、瓦解这些胁从者（尽管这些胁从者手上也是染了血的），而给《腐蚀》中的赵惠明以自新之路，在当时的宣传策略上看来，似亦未始不可。①

“一九四一年的极大多数读者”的这些意见，应该是茅盾根据《大众生活》编辑部转给他的读者来信概括而来。然而，读者的意见是否被采纳，还是取决于作者的决断。如果说杨沫这样初涉长篇小说创作的作家对20世纪50年代读者和批评家的意见还相当敬畏，那么作为资深著名作家和批评大家、文化部长、作协主席的茅盾有更多资本和底气拒绝自己不以为然的“读者意见”，尽管他对来自政治的压力也颇为忌惮。茅盾的忌惮表现为他不肯直接承认自己同情赵惠明，甚至还称“一九四一年的极大多数读者”也并非同情赵惠明，“因同情于赵惠明而要求给她以自新之路的读者，只是很少数”，而“极大多数要求给以自新之路的读者倒是看清了赵惠明这个人物的本质的”，这本质就是“不明大义”（敌我界限不清）。反抗动机是个人主义的——以个人利害为权衡，一到紧要关头便软下来。给她自新之路只是出于分化、瓦解敌人阵营的政治宣传策略。在今天的语境中，同情误入歧途的青年、罪孽不深的敌特胁从者，希望他们走向光明，早已并非政治忌讳：大量表现抗战期间国民党军统、中统特务活动题材的影视剧，甚至也不避讳军统、

---

① 茅盾：《腐蚀·后记》，载《茅盾全集》第5卷，人民文学出版社1984年版，第298—299页。

中统特务“虽然反共，却也是反日的”。《女子别动队》《误入军统的女人》之类作品已直接将赵惠明类型女特务当作正面人物或被同情的对象。茅盾当年若不同情赵惠明，就无法将其心理写得那么真实、那么细腻动人。事实上，优秀的中外文学作品对笔下人物都有一种大悲悯：维克多·雨果《悲惨世界》写沙威因职责与良心矛盾而自杀，《九三年》中的贵族叛乱者朗德纳克侯爵还为救儿童而被捕；老舍《四世同堂》甚至对汉奸丑类祁瑞丰、冠晓荷等，也不无一丝悲悯；姚雪垠《李自成》更是将“封建地主阶级的头子”崇祯皇帝当作悲剧主人公之一来写。

最初连载发表《腐蚀》的《大众生活》虽然是左翼刊物（主编邹韬奋同情共产党），但毕竟不是党刊。1941 年时国共虽然发生激烈摩擦，但统一战线毕竟并未完全破裂解体，共产党仍然在重庆办《新华日报》。邹韬奋等人不满于国民党当局的，一是其专制独裁，二是其积极反共、消极抗日（暗中与日伪有联络），邹韬奋等人的价值立场和出发点还是民主和人权、人道主义、爱国主义。而茅盾早期虽然也曾是中共党员，此时也是代表性的左翼作家，也以阶级眼光看社会，但他内心深处始终不曾放弃五四时期即已形成的人道主义思想。他把一切人当“人”看，而非仅将其作为政治符号看。此前他的《蚀》《虹》写小资产阶级、《子夜》写资本家、“农村三部曲”写中农和地主，虽然都写出了其阶级特点，但主要人物又都是活生生的生命个体，作者并未对之进行政治判决与批判，没有丑化、漫画化作为“剥削阶级”的资本家和地主，对小资产阶级知识分子充满同情，真实细腻地揭示了人物的内心矛盾，以致还因此被激进的左翼批评家指责。《腐蚀》之所以动人是因它并非简单的政治批判或揭黑幕之作，它同情地展示了赵惠明这一身份经历独特的人物作为个体生命的处境与感受，以及内心的愤懑、懊悔、纠结与希冀。后来茅盾不肯承认自己对赵惠明抱有同情是因当时语境中“同情特务”的帽子太大，他只好也勉强从政治效果角度自辩。

不仅将赵惠明当作“人”来写，《腐蚀》还写出了特务们的不同人品和不同性格。最后被赵惠明帮助逃走的女特务 N 刚被骗入特务系统，没有什么罪行，而且极力反抗丑恶势力。年轻的男特务 F 对赵惠明有所同情和关心，“虽然很猥琐而且懦怯得叫人生气，但也还有几分可爱之处——人性尚未完全失掉”①。然而，“在这圈子里即使是血性而正直的人，也会销磨成了自私而狡猾”②。赵惠明根据人生经验判断：“倘使为了自救，大概他虽则一面‘良心痛苦’，一面还是不免要跟我的脑袋开一次玩笑的。”③ 而赵惠明自己正是在受到上司怀疑、面临危险时，出卖了地下党员 K 和萍的行踪，后来因良心愧疚，又去给 K 通风报信。牢房看守“马同志”是东北人，“此人直爽，心地不坏”④，以致小昭产生争取他的想法。陈胖子很阴险，拿赵惠明当枪使，与特务头目 G 内斗，后来又为了利益与 G 握手言欢，出卖了赵惠明，而且私通汪伪特务；但此人“到底是文职出身，还能顾全体面”⑤，并不像 G 那样在女下属面前显露流氓相。《腐蚀》对特务的这种描写，与当时中国小说和电影中对特务形象的塑造判然有别。例如最著名的《红岩》中就未出现一个多少还有点良知、有点人性的特务，里面都是些“狗熊”“猩猩”之类，虽然真实历史中渣滓洞、白公馆的特务中也有良知未泯者，例如最后放走罗广斌等人的那位特务杨钦典。除了这些特务，出入于舜英家的“老世伯”周总经理虽然政治上有疑点或污点，但他对赵惠明还有长辈的关心，使后者感到“人生毕竟还不如我们所想像那样冷酷”，“这世间有冷酷，但仍旧有温暖。任何人有他一份儿，只要他不自绝于人，只要在他心

---

① 茅盾：《腐蚀》，载《茅盾全集》第 5 卷，人民文学出版社 1984 年版，第 70 页。

② 茅盾：《腐蚀》，载《茅盾全集》第 5 卷，人民文学出版社 1984 年版，第 33 页。

③ 茅盾：《腐蚀》，载《茅盾全集》第 5 卷，人民文学出版社 1984 年版，第 102 页。

④ 茅盾：《腐蚀》，载《茅盾全集》第 5 卷，人民文学出版社 1984 年版，第 134 页。

⑤ 茅盾：《腐蚀》，载《茅盾全集》第 5 卷，人民文学出版社 1984 年版，第 44 页。

深处有善良的光在闪烁”。[①] 这些都是超越政治立场的人性之笔。

关注社会、关注政治是茅盾毕生创作的特点，但发掘人性复杂性、尊重艺术规律、寻求作品超越特定时代的永恒价值，是他不同于某些激进左翼作家之处。《腐蚀》确实也否定了赵惠明的个人主义，但是在学理层面，而非政治层面。

二　离家—再离家—回家（?）：赵惠明的人生轨迹

赵惠明的人生轨迹，可用“离家—再离家—回家（?）”来表示。从这一人生轨迹，我们可以看出其价值观念和人生追求的特点及其演变趋势。茅盾正是借助这些表达了他对现代知识分子特别是女性知识分子人生道路的思考。

赵惠明的第一次离家是纯五四式的。在她 15 岁之前，父亲对她十分宠爱。大概也是这种宠爱造就了赵惠明特别任性、特别自我的性格。在母亲去世之后，父女渐生隔阂。作品并未具体写父女矛盾缘何而起，只写到赵惠明离家出走那天父亲“满面怒容”，似乎“又是有几分不愿意”[②]。女儿就此走开；姨太太却不仅不说和，反而“冷言冷语挑拨”。可见，父女矛盾与姨太太有关，或许也与被娇宠惯了的赵惠明容不得姨太太夺去她一部分父爱有关。我们甚至也可以猜想，或许还可能由于赵惠明爱上贫困的小昭，而曾在国民政府内务部任职的赵父不同意。无论如何，赵惠明的离家出走是为了个人自由，也是其我行我素的个性使然。

赵惠明的第二次离家是离开她与小昭的小家，是由于和小昭意见不合。我们从作品的断片描述可知，小昭是个追求理想、坚持信仰，为之淡看物质生活甚至不惜牺牲生命的人。而当时的赵惠明虽然有极

① 茅盾：《腐蚀》，载《茅盾全集》第 5 卷，人民文学出版社 1984 年版，第 262 页。

② 茅盾：《腐蚀》，载《茅盾全集》第 5 卷，人民文学出版社 1984 年版，第 261 页。

强个性，但她贪图物质享受，后来见了沦为汉奸的舜英夫妇的豪华生活也不无羡慕。因此，她与小昭注定会分道扬镳。她与希强同居之初，似乎希强正合乎她之所愿；然而，赵惠明心里有民族主义和爱国主义底线，所以，即使希强不是喜新厌旧、始乱终弃，她也注定会再次离开被发现了是汉奸的他。她生下了她与希强的儿子小“小昭”，最后忍心将出生不久的儿子遗弃，这固然由于她与汉奸的儿子让她抹不掉不愉快的记忆，但她选择弃子而去（也是再次离“家”），主要还是因为个人主义价值观——为了自己无牵无挂、潇洒自由地去做自己的事，实现“自我”——虽然她自己将这种选择解释为“我还有仇未报；我需要单枪匹马，毫无牵累地，向我所憎恨的，所鄙夷的，给以无情的报复!”[①] 因为自己所受不公，给亲生儿子更大的不公——使之生下来便成为孤儿，甚至有可能丢掉性命，这毕竟是完全从自我利益出发而不计他人感受与利益的纯个人主义行为。

五四时期人的觉醒，是以“个人”的自觉为特点的。最早倡导“人的文学”的周作人特别对自己提倡的人道主义做了界定：

> 我所说的人道主义，并非世间所谓“悲天悯人”或“博施济众”的慈善主义，乃是一种个人主义的人间本位主义。[②]

他强调“个人”的重要性，并以树木与森林的关系为例，说明“森林盛了，各树也都茂盛。但要森林盛，却仍非靠各树各自茂盛不可”。同时他也说明，这种人道主义也有利他之意，是“一种利己而又利他，利他即是利己”的“爱人类”[③] 的人道主义。五四时期及其以后多年间，“离家出走”成为小说的重要叙事模式之一。此时青年的离家，大多为反抗封建家长、反对包办婚姻，或为拓展自己的生活

---

① 茅盾：《腐蚀》，载《茅盾全集》第5卷，人民文学出版社1984年版，第10页。

② 周作人：《人的文学》，《新青年》第5卷第6期，1918年6月。

③ 周作人：《人的文学》，《新青年》第5卷第6期，1918年6月。

空间、见识更丰富多彩的世界，寻求自我实现。因此，“孝道”是被解构的对象，家族血缘伦理被视为束缚个性、阻碍个人发展的因素。个别极端者连自己的姓氏都想抛弃，想让自己变成一个绝对独立、不依附于任何人也不担负传统伦理义务的个体。而周作人所言人道主义“利他”一面，一般只被理解为“为社会工作”，而不包括对大家庭承担义务；更有甚者，连自己小家庭也很看淡，因而对自己对下一代子女的义务也看轻了。在这里，“个人主义”既意味着个性张扬，个体生命价值凸显，也意味着个人奋斗及个人与群体的不合作、不和谐。青年知识分子中的这一思潮一直延续到20世纪三四十年代。如前所述，《腐蚀》中赵惠明的第一次离家——离开老父亲，就是五四式的。她先是离开小昭、后来又忍心抛下亲生骨肉小“小昭”，也是五四式的。她当初到抗日前线，尚且有“为国”动机，为贪图物质享受而被汉奸引诱、拒绝汉奸之后又沦为国民党特务，虽有无可奈何、顺势下滑之因，也是纯粹自私的利己主义驱动。也就是说，她的个人主义已经与利己主义画等号了。

但赵惠明毕竟良知未泯。这使她并不认同她所处的团体，而与之有些格格不入。身在魔窟而怀良知，这给她带来很大的痛苦，因为“职业”使她不能不干阴狠歹毒之事。她眼见本来良知尚存的男同事K也一步步彻底堕落、放弃做人底线，又见被骗入职不久的女同行N即将重蹈自己覆辙，乃幡然醒悟：一方面帮助N逃脱；另一方面自己也下决心离开这丑恶环境，重新做人。赵惠明想救N，固然是因为在N身上有她自己影子的缘故，但这确是一种“利他”行为。她狠心舍弃自己亲生儿子小“小昭”时，是丝毫没有“利他”概念的：她不肯像传统女性那样为了儿子牺牲个人前程与其他人生追求，没有更多考虑孩子的感受与未来命运。即使按今天标准，不论有何种理由，弃婴都是受到谴责的行为。她试图帮助前男友小昭时，虽也有些“利他”动机，但主要因素却是对自己感情空缺的弥补。最后的设法救N，却是为了“利他”而甘冒性命之险。这是质的飞跃。

人道主义对“个人”的发现与对个体生命独立价值的肯定是巨大的历史进步。但在社会历史发展中，对“个人”的强调、对“欲望”的肯定，掌握不好也会带来新的社会问题，因为“个人”“利己”“欲望”直接联系着人的本能。要让人超越这些本能是困难的，而顺乎本能却非常容易。超越本能如上坡，顺应本能似下坡。中国和西方各自的封建时代文化，不论是儒家伦理还是基督教伦理，都强调克制甚至否定个人欲望，力图抵御本能诱惑，但它们后来发展到极端，导致对个体生命力的压抑，这才有了各自的思想解放运动。纵观人类历史，“利己”与“利他”、肉体与灵魂、物质与精神不可偏废，否则都会导致社会问题和文化弊端。

赵惠明与N两人“重新做人”的方向与去处是开放性的：她们要去的陇东既是赵惠明的老家、老父亲所在的地方，又是共产党领导的解放区。于是，文本未能落实的赵惠明的最后“回家”，既可能是回归旧家庭、宽慰孤独老父、重温父女亲情，也可能是投奔共产党，走向新的无产阶级革命之路。不论是哪一种情况都意味着放弃原先尊奉多年的纯粹个人主义，重建与自我之外的他人的和谐关系、协同关系。这就宣告了一种将五四个人主义“走偏了”的利己主义个人主义的破产。一贯奉行个人主义的她能否融入特别强调集体主义的无产阶级革命队伍，十分值得怀疑。而假如逃跑失败，则意味着赵惠明生命的彻底毁灭。

按照我们的历史知识和社会经验，赵惠明的三种可能的未来道路，实际可归为两种：即逃跑失败或逃跑成功。逃跑成功的两种可能之所以归为一种，是因为赵惠明老父既然在解放区，她参不参加无产阶级革命，未来命运都会差不多：假如她参加八路军，即使她彻底放弃了个人主义，她的“历史问题”也会使她在接下来的“抢救运动”中难以过关；即使过关，以后的肃反、镇反及“文革”中这种有“前科”者在斗争中也会首当其冲——徐远举、沈醉那样的大特务还可获得特赦，小特务被狂热中的“革命群众”“镇压”的可能性非常大。而假如她和N直接回赵家与老父一起生活，那么她的父亲若能成为“开明士绅”，则可能侥幸获得优待乃至一度重视；但若坚持顽固反动立场，以她在国民政府任职的经历，便是一个“历史反革命”，在土改及后来各种运动中被镇压的可能性也非常大。所以，读罢《腐蚀》，虽然作者暗示了一条主人公的自新之路，但读者的内心并不会轻松开朗起来，因为赵惠明的经历与身份决定了，她未来结局最大的可能是悲剧。作品喻示着：倘若不明大义、不能在踏入社会伊始便有确定的原则，不能明确大是大非，则很可能一失足而成千古恨。个人主义、个性主义不能绝对化，个人与他人、与社会的关系是难以分割的，而肉体与灵魂、物质与精神也不可偏执偏废。

三　文学史视野中的赵惠明与《腐蚀》

赵惠明形象在中国现代文学史上具有独特的意义和价值。这一形象的意义在于，她是中国现代文学史上“离家出走”青年的形象，又是走出家庭的时代女性形象，同时也是对于在尖锐激烈的政治斗争环境中走向社会的知识分子如何抉择的思考与表现。

受挪威剧作家易卜生《玩偶之家》及时代风潮影响，五四时期及其以后的中国现代文学创作多有以“离家出走”为结局的作品。鲁迅写于1925年的名篇《伤逝》专门写到离开家庭之后的青年知识女性，这篇小说可与作者此前的演讲《娜拉走后怎样》相互参照。在《娜拉走后怎样》中鲁迅指出：

> 娜拉或者也实在只有两条路：不是堕落，就是回来。因为如果是一匹小鸟，则笼子里固然不自由，而一出笼门，外面便又有鹰，有猫，以及别的什么东西之类；倘使已经关得麻痹了翅子，忘却了飞翔，也诚然是无路可以走。还有一条，就是饿死了，但饿死已经离开了生活，更无所谓问题，所以也不是什么路。①

《伤逝》里的子君宣告“我是我自己的，他们谁也没有干涉我的

---

① 鲁迅：《娜拉走后怎样》，载《鲁迅全集》第1卷，人民文学出版社1981年版，第159页。

权利”，标志着她自我个体意识的觉醒。但是，她虽然是她“自己的”，却也同时是“社会的”，她不可能不与他人、不与社会打交道而像鲁滨孙一样独自生存。“个人”的觉醒与独立只是理论上、理念上的。子君出走之后，走投无路时没有“堕落”，她选择了“回来”，回到叔叔家中，结果是抑郁而死。又 3 年之后，丁玲塑造了另一个走出家庭的青年知识女性莎菲女士。与子君不同，莎菲不依附男人，有着更强的独立意识，但“个性主义只给她带来‘狷傲’、‘怪癖’的讥评。社会已给她的心灵烙下过多创伤，而呈现病态”，她只好“用自我毁灭来表达与顽冥不化的世道的不合作”。[①] 丁玲借莎菲形象，“为蜕变中的个性主义唱了一曲格调凄厉而充满才情的哀歌”[②]。茅盾 1929 年发表的《虹》，则塑造了走出家庭之后最终投入集体事业、汇入“五卅”洪流的知识女性梅行素的形象。梅行素的结局似乎是乐观的，但看茅盾本人的创作谈，这种乐观其实也是打问号的。他指出，梅女士“从一个娇生惯养的小姐的狷介性格发展而成为坚强的反抗侮辱、压迫的性格，终于走上了革命的道路”；但他又指出“虹有迷人的魅力，然而本身是虚空的幻想。这些便是《虹》的命意：一个象征主义的题目”。在他构思的《虹》的姊妹篇《霞》里，梅女士的命运仍不乐观：

> 在《霞》中，梅女士还要经过各种考验，例如在白色恐怖下在南方从事党的地下工作，被捕；……霞有朝霞，继朝霞而来的将是阳光灿烂，亦即梅女士通过了上述各种考验。有晚霞，继晚霞而来的，将是黄昏和黑夜，此在梅女士则为通不过那些考验，也即是她的思想改造似是而非，仍是“幻美”而已。[③]

---

① 杨义：《中国现代小说史（中）》，载《杨义文存》第 2 卷，人民出版社 1998 年版，第 258 页。

② 杨义：《中国现代小说史（中）》，载《杨义文存》第 2 卷，人民出版社 1998 年版，第 259 页。

③ 茅盾：《亡命生活》，载《茅盾全集》第 34 卷，人民文学出版社 1997 年版，第 421—423 页。

《霞》最终未能写成，《腐蚀》可以被看作以另一种形式完成的《霞》：梅行素化身赵惠明，走向社会之后起初没能“通过”各种考验，误入歧途，沦为特务；但她又不甘沉沦下去，沉入谷底之后试图自度，还图度人。然而，正如上文所论，赵惠明自度度人的结局都还是开放的、未必乐观的。这反映了茅盾小说创作一贯的悲观色彩或悲剧精神。

赵惠明的悲剧既是个人主义、个性主义者的性格悲剧，也是中国现代社会的社会悲剧。在中国现代官僚体制与官本位文化中，良知残存的知识分子在走向社会、走进体制之后，都会面临坚持自我、坚持个性、坚守良知底线与个人生存发展、保存或争得个人利益之间的选择。官僚体制本身是压抑个性的，不放弃和出卖个人良知的人，就会时时处处受到打压，就无法在这种体制、这种环境中生存。每个人都像大机器中的零件，必须“标准化”。特别是在国民政府统治后期的最黑暗年代，“国家”“民族”“正义”成为那些飞黄腾达、官运亨通者的幌子，这些人的言与行严重背离，突破底线成为心照不宣，几乎是被大家接受的“公共伦理”，“人家并不把这一切当做犯法犯罪”①，国家民族与道德的“大义”只是用来搞垮政治对手的借口与手段。从小我行我素、个性张扬的赵惠明身处如此恶劣环境中，其内心痛苦与人格扭曲可想而知。赵惠明是一个搅入政治而完全不懂政治的女性，直到故事最后，她除了知道不能当汉奸这一条，对于国共两党各自的政治主张与宗旨所知甚少。一个政治上非常幼稚的人搅进如此复杂的关系与局面中，其处境与结局难以乐观。

而茅盾本人也是一个搅入时代政治漩涡中心的文人。他内心的“矛盾”正来自政治规则、政治伦理与文人情怀之间的冲突。虽然他远比赵惠明更懂政治，但因他内心有五四精神，也有人道主义和个性主义思想，所以他特别能理解这种“时代女性”。因此他才能对这类性格看得那么透彻、写得那么细腻、思考得那么深刻，而非简单地对

① 茅盾：《腐蚀》，载《茅盾全集》第5卷，人民文学出版社1984年版，第108页。

之进行意识形态定性和定论。在阶级论压倒一切的特定年代，茅盾不承认对这类小资产阶级知识分子有同情，更不敢承认对身为特务的赵惠明有更多同情，是可以理解的。但细心的读者读过《腐蚀》之后必能感受到这种同情，正如读过《子夜》之后必能感受到作者对民族资本家吴荪甫的同情。《腐蚀》因同情心存良知、试图自救的女特务赵惠明而被某些极左读者和评论者批评，使人联想到当年蒋光慈发表《丽莎的哀怨》之后受到左翼批评界的严厉批评。蒋光慈被批评的原因，也是因为被认为在作品中显示出对俄罗斯贵族的同情。值得注意的是，蒋光慈这部小说用的是第一人称，以白俄贵族姑娘丽莎内心倾诉的方式叙述，而《腐蚀》的日记体也正与此一致，不同的是“日记体”结构上更自由一些。用第一人称叙述，此种叙事方式确实容易引起读者对叙述者的同情。因此，后来的“革命历史小说”很少以政治身份或政治立场“有问题”的人为主人公或充当叙述者。当写反面人物时，作者尽量不多写其内心感受与心理活动，否则就会影响读者将“敌人”物化为“非人”，从而产生同情之心，失去“应有”的政治立场。浩然小说《艳阳天》虽然阶级和路线意识突出，但其中一大段比较具体细致描写主要“反面人物”马之悦在与萧长春较劲的关键时刻内心矛盾与感伤的心理活动的文字，让人感到马之悦也并非一个天生的坏人，也有人的日常情感，从而使得整部作品尖锐的路线斗争锋芒有所柔化。茅盾后来以日记体的特殊性为由为《腐蚀》的同情赵惠明之嫌辩护，说是因“赵惠明的自讼，自解嘲，自己的辩护等等”① 被误解为作者观点立场所致。实际上，以今天的观点看，这种阅读效果未尝不是茅盾选择日记体时的有意追求。

茅盾写《腐蚀》的题材和体裁选择是考虑到市场效应的，他虽然顾及市场，却并不媚俗。按题材，《腐蚀》可以写成谍战小说或言情小说，但它写地下工作与特工生涯并不突出传奇色彩，其传奇性甚至不及后来的“红色经典”《红岩》明显。有些段落若让今日谍战剧

---

① 茅盾：《腐蚀·后记》，载《茅盾全集》第5卷，人民文学出版社1984年版，第299页。

的编导来写，肯定会被赋予不同面貌。但茅盾写此作有严肃的文学追求，他不肯为情节的传奇而牺牲作品的社会与人性关怀。茅盾也重视作品的即时性与政治效果，所以作品里有关于皖南事变的侧面表现，甚至出现了周恩来给《新华日报》的题词；但他也不肯为政治即时效果而不顾作品的超越性价值，所以他对政治生活一般不作正面描写，也不写得特别具体，从而让读者的关注点始终在人物命运与人性内涵上。这些正是《腐蚀》在后来的年代中仍然在保持“政治正确”的同时不失文学价值的内在原因。

［原刊《首都师范大学学报（社会科学版)》2020 年第 1 期］

由情至理：茅盾小说《腐蚀》的电影改编

程　伟

摘　要　1950年，由柯灵改编，以黄佐临为导演的茅盾的长篇小说《腐蚀》被搬上荧幕。电影版《腐蚀》对小说原著做了诸多改编。原著具有“大女人”性格的赵惠明，被编成了“小女人”；狱中小昭时隔3年重逢前女友赵惠明“旧情复燃”时的柔情、迷茫，被电影过滤掉，小昭被塑造成对赵惠明及其背后的特务系统疾恶如仇的革命者形象；赵惠明和小N（电影中的安兰），摆脱特务系统后，踏上了归家、寻亲之路，电影版《腐蚀》则将其设置为在革命者小昭、顾恺（小说中的K）引导下，走入了解放区的“革命之家”。文华影业公司1950年这部改编电影《腐蚀》，既属于文华人对于市场、艺术、革命三者之间关系的思考，同时也可以作为考察1950年新旧政权交替之际，私营电影公司适应时代潮流，进行自我改变的一个缩影。

关键词　茅盾；《腐蚀》；电影；改编；革命

抗日战争期间，特务这一特殊的职业出现在大众视野之中。茅盾也关注了这一现象，为此创作了长篇小说《腐蚀》，一九四一年《腐蚀》在邹韬奋于香港创办的《大众生活》杂志上连载，受到读者的热烈欢迎。1950年由柯灵改编，黄佐临为导演将其搬上了电影荧幕，取名为《腐蚀》。关于小说《腐蚀》的电影改编问题，此前已有学者谈及，“在随风倒为时髦的年代里，茅盾坚持自己一个作家的立场，不为所动，体现了一个五四成长起来的作家人格。”① 有些学者或认为“试图揭开《腐蚀》文本内外的‘革命话语’对于当年私营电影的生产机制、流通机制与叙事机制的折戟与磨洗，面对 1949 年这一外部事件，考察私人的生存与表述在导入粗暴而单一的‘革命话语体系’中面临的艰难和复杂的叙事局面。”② 两种观点都注重“外部研究”，电影《腐蚀》的改编过程中，取舍了什么，取舍之间反映出编导人员何种态度，这些问题很少被关注和讨论。文本试图回答这些问题。

一 入城的人：“大女人”与“小女人”

“十七年”时期中国电影的发展，“有人概括为四起四落，在十七年中，出现过四个蓬勃发展时期，这就是建国初期的第一次发展；1956 年前后的第二次发展；1959 年的第三次发展以及 60 年代初期的发展。”③ 这时期内，在东北电影制片厂、北平电影制片厂、上海电影制片厂等公有制片厂创作了一系列优秀影片的同时，民营厂也同样产出了不少在当时广受好评的影片。“现在看来这第一次的大发展，还应该包括解放初期私营厂生产的优秀影片，像石挥编导并主演的影片《我这一辈子》、柯灵编剧、左临导演的影片《腐蚀》、郑君里编导的影片《我们夫妇之间》、陈西禾编导的影片《姐姐妹妹站起来》以及石挥编导并主演的影片《关连长》等。”④

电影《腐蚀》是由茅盾的长篇小说《腐蚀》改编而来。小说

① 钟桂松：《〈腐蚀〉：从小说到电影——谈茅盾的立场》，《书城》2011 年第 7 期。

② 王霞：《断裂与转折之间——影片〈腐蚀〉面临的革命话语体系置换》，《当代电影》2013 年第 12 期。

③ 钟大丰、舒晓鸣：《中国电影史》，中国广播电视出版社 1995 年版，第 85 页。

④ 钟大丰、舒晓鸣：《中国电影史》，中国广播电视出版社 1995 年版，第 86 页。

《腐蚀》采用日记体的方式，讲述了抗战时期 1940 年 9 月至 1941 年 2 月一个小学女教员赵惠明身上所发生的故事，赵惠明因爱慕虚荣，向往更好的物质生活，和男友张小昭分手，“失足”坠入国民党特务的行当里面，在其中被迫害，也害人，痛苦挣扎，最终选择抛弃一切逃离回乡。电影《腐蚀》努力追求忠实于原著进行改编。编剧柯灵就曾说，“从编到导，我们尽可能地忠实于原作，同时希望能更突出地传达出原作的精神。”① 虽然，柯灵和编导人员做种种努力尽可能忠实于原著，但正如柯灵所说“小说和电影是两种截然不同的艺术形式”②，改编后的《腐蚀》和原著有所区别，也便是自然而然的事情。将小说改编成电影，首先就是如何处理好主人公赵惠明的问题，柯灵特别强调，“第一，是关于赵惠明的处理问题。她是一个失足者，在一定意义上说来也是被损害者，但她是万恶的特务，因此对她的同情不能不有严格的分寸。”③ 但赵惠明在电影和小说中的形象，却也存在客观上的不同。

小说中，赵惠明受过教育，是一个知识女性。她有“五四”时期知识女性的特点，敢于反抗家庭，当其被继母排挤时，就勇敢地走出了传统家庭，进入社会。赵惠明并非“被动”“懦弱”的人。她和小昭分手后，遇到的第一个男人是国民党特务，他欺骗赵惠明，找个借口要离开。这个时候的赵惠明已经识破了他的计谋，“他当我是一个十足的傻瓜，当我是一个女人似的女人哩！我本待三言两语，揭破了他的全部鬼计，但是转念一想，趁这当儿各走各的路也好。”④ 看似“被分手”，而其中却暗含着赵惠明的主动选择。赵惠明不想做

---

① 柯灵：《〈腐蚀〉从小说到电影，柯灵电影文存》，中国电影出版社 1992 年版，第 64 页。

② 柯灵：《〈腐蚀〉从小说到电影，柯灵电影文存》，中国电影出版社 1992 年版，第 64 页。

③ 柯灵：《〈腐蚀〉从小说到电影，柯灵电影文存》，中国电影出版社 1992 年版，第 64 页。

④ 茅盾：《腐蚀》，载《茅盾全集》（第 5 卷），黄山书社 2014 年版，第 8 页。

"一个女人似的女人"，小说《腐蚀》中赵惠明反复表示自己并不是"一个女人似的女人"，折射出赵惠明在心底深处努力反抗传统文化中"女人"所应该具有的特质对其的规训，传统文化中的女人是作为男人的"补充"而被不断地规训，传统文化把"温良恭俭让"作为"美德"在一代又一代的中国女性中传播，塑造她们的思想。而男人们则是另一个形态，传统文化对男人的要求则是"仁义礼智信"，甚至是"立功立言立德"，这三不朽。如同现在的电脑系统一样，女人和男人的思想深处，被传统文化植入了不同的"操作系统"，两者之间有着巨大的差别。但赵惠明试图突破这样的界限，她有女人身，却不想要"女人心"。

男友离她而去，自己又有孕在身，并要临产，生活困顿。她该如何做呢，投亲靠友吗？"当时我本可以'争取外援'。衡阳有一个旧同学在那里教书，贵阳也有一二个'朋友'，然而我都不；我受不住人家的所谓'同情'，我另有主意。"① 赵惠明的主意是给生下的男孩取了和前男友"小昭"同样的名字，这可以说是对特务男友的"报复"了。不仅如此，她还将孩子留在了医院，独自离去。作为一位母亲，将新生儿遗弃，可以说得上是绝情，但也可见赵惠明的性格刚烈之处，或者说心狠之处，这也是一般女性在为人母后很难做得出的事情。赵惠明让特务男友不仅仅失去了父亲对孩子的命名权，还永久失去了找到孩子的机会，赵惠明报复的力度可谓强劲。失去男友和孩子的赵惠明给自己未来生活意义做了这样的阐释，"特别重要的，我还有仇未报；我需要单枪匹马，毫无牵挂地，向我所憎恨的，所鄙夷的，给以无情的报复！我已经认明了仇人的所在地。"② 赵惠明主动选择了反叛原生家庭，走入社会，并为了向"仇人"复仇，把自己的孩子也留在医院。赵惠明是一个有"丈夫气"的"大女人"。

---

① 茅盾：《腐蚀》，载《茅盾全集》（第5卷），黄山书社2014年版，第9页。

② 茅盾：《腐蚀》，载《茅盾全集》（第5卷），黄山书社2014年版，第13页。

电影《腐蚀》中赵惠明的国民党特务男友叫希强，在希强和赵惠明分手的戏中，对白如下：

(一) 赵惠明回到家，脱了外套，坐在床上，揉脚，很疲惫的样子，希强在床边的桌子上收拾东西。(笔者注)

赵惠明：怎么又要旅行了？

希强：惠明，我要离开汉口一次。是要紧的公事，临时决定的。还没来得及告诉你。

赵惠明：这是纪律。

希强：不，才决定的。就是为了你，我打不定主意。你留着好呢，还是请求跟我一道走好。你看怎么样，咱们商量商量。

赵惠明：不用商量了。你看着怎么方便就怎么办好了。

希强：我就是不放心，你快生孩子了。把你一个人撩在这儿，这怎么办呢。

赵惠明：得了，你放心好了。

希强：好，那么我到那边汇钱给你。接你去，我走了。

希强离开了房间，赵惠明低头哀怨地叹了叹气。(笔者注)

无论从对话还是从神态的演绎中，赵惠明明显处于弱势和忍受的一方，只能任由希强来“处置”，处于“被分手”的状态，失去了主动性，一副任人宰割的“小女人”的姿态。由此，《腐蚀》电影版中的赵惠明和小说版中的赵惠明在性格塑造上，呈现了极大的不同，小说中主动选择生活与命运，甚至是狠心的赵惠明，在电影中被塑造成了一个被动而懦弱的女人，也就是说《腐蚀》电影版的赵惠明的女性特质得到了确认和加强，这和原著有着显著区别。影片至此，完成了赵惠明和希强的感情线叙事，陷害赵惠明误入特务系统的男人离去了，希强带走了赵惠明的所有钱财，让其深陷困境。另一段感情的复杂纠葛，马上就要迎面而来。赵惠明要和身陷囹圄的前男友小昭重逢，这是电影重点叙事的部分，在电影篇幅上占据了将近三分之二的时间。

二 城中炼狱：爱情之曲与革命之直

无论是《腐蚀》的电影版，还是小说，都用了很大的篇幅讲述张小昭的入狱，里面有大量的赵惠明和张小昭的感情纠葛，以及对于生活意义、生命价值的思考与辩驳。《腐蚀》电影版中的赵惠明，得知自己曾经的男友小昭已经入狱，极为担心，想尽办法为小昭在监狱创造一个相对良好的生活环境，避免小昭受罪，并且计划如何营救小昭出狱。赵惠明为小昭想出来了两条路，第一条路是“自首”，承认自己是共产党，在报纸上发表个“自首”声明，并且交出一份和他有关系的所谓共产党员名单。赵惠明知道小昭并非党员，就让其编造一份“假名单”，所谓假名单，就是虽然真有其人，不过可以将那些早已经找不到踪迹的人填写上去，既能向上交差，让小昭获救出狱，同时也不连累其他人。赵惠明认为这是两全其美的事情。第二条路，是赵惠明找到了顾恺（小说中的 K），请求他找个保人，把小昭保出来。狱中赵惠明和小昭的相处过程中，赵惠明表现了极度的委曲求全，总是在哭泣。她表现出一位妻子式的对遭逢牢狱之灾的丈夫的怜惜，渴望早日营救出小昭。当得知祁科长要对小昭“不利”的时候，赵惠明狠下决心，明知瞬英夫妇等人是利用她，去对付祁科长，也毅然“参与合作”。这时候的赵惠明有儒家传统中妻子对于“丈夫”的变相“节烈”，所谓“节烈”，在中国古代的儒家传统文化的影响下，当丈夫去世后，身为妻子不再嫁或者殉死被视为“节烈”。所谓变相的“节烈”是因为赵惠明虽不是小昭的妻子，小昭也还未牺牲，但赵惠明心甘情愿地冒生命危险营救小昭。赵惠明身在国民党的特务系统，作为下级联合“外人”状告自己的上级领导，冒着生命危险。后来的事实也证明了这种危险性的存在，赵惠明状告祁科长失败后，祁科长就安排人打了赵惠明的黑枪，虽然是警告性质的，没有危及生命。不过，只要祁科长愿意，就可以取了赵惠明性命。作为已经在特务系统工作多年的赵惠明，对此种危险不可能不知道，她下此决心，可见对小昭的深情。赵惠明没有小昭的妻子之名，却有着妻子“责任”之实。

电影中入狱后的小昭对赵惠明则是另一幅态度了。他们狱中第一次见面，电影基本按照小说中的描写进行了拍摄，小昭呈现出对赵惠明的排斥和抗拒。他们第二次见面的时候，小昭依然对赵惠明采取了同样的态度。现将对白摘录如下：

> 小昭坐在凳子上，背对着门，回头斜视着赵惠明进门。（笔者注）
>
> 赵惠明：不认识了，怎么了又。
>
> 小昭：我们分手三年了，真没想到你会变成这个样子。并且在这个情形底下和你见面。你看看你这个打扮，你算是干什么的，这是……
>
> 赵惠明：咳……还不是为的要你喜欢。好了，不许生气了。你要是不喜欢，我明儿个换了它，啊，小昭，我搬进来住，好吗？
>
> 小昭：搬进来住？
>
> 赵惠明：你放心，现在不用怕有人偷听了。上头有命令要给你优待。可是我来陪着你，那不是更好。要是有个商量什么的也方便。
>
> 小昭：哦……这是你的主意啊。
>
> 赵惠明：他们的主意，可是对我们是有利的。
>
> 小昭：那好极了……
>
> 赵惠明：你不愿意？
>
> 小昭：我敢不愿意，你来监视我好了。
>
> 赵惠明：小昭……你就这么信不过我，我……
>
> 小昭：得了，得了，随你的便。

电影中小昭充满着对赵惠明的不信任，两者之间的关系是赵惠明期望小昭获救，而小昭则对赵惠明的“好意”，有着强烈的对抗性言辞和行动，小昭不愿意为脱身做任何“技术性”改变。在小昭的眼里，赵惠明和国民党特务系统是可以画上等号的，这第二次会面，仅仅是整个小昭入狱后和赵惠明相处情况的一个缩影。整体而言，小说中小昭对赵惠明昔日的恋人情被电影《腐蚀》过滤掉，留下的是不顾一切坚定地反抗国民党特务的政治正确性。而小说《腐蚀》中的小昭则是另一种情况，小说中有很多关于小昭狱中和赵惠明“旧情复燃”的描写。在动情时，“小昭悄悄地拿起我的手来，放在他的心口。”① 他也会亲切地喊赵惠明的昵称“惠明”“明”，“小昭强壮的手臂稳重地扶住了我的腰部，凝眸瞧着我，——我知道他此时心中大概也是难受而又痛快。然后他轻声唤我道：‘明——姐！可是当真，刚才那问题，你有没有什么两全其美的办法？近来我的脑子跟僵了似的，怎地也不起作用了。’”② 小说中的小昭，是一个恋旧，有着迟疑和迷惘的人物形象，他重新遇到了自己的前女友，虽刚开始有排斥，但随后还是重燃昔日恋情，他有对赵惠明的依恋和信任，并希望赵惠明可以想出办法帮他脱离险境。但在电影中的小昭则不相同，他成了一个坚定的革命者，虽然他还不是共产党员，但他对特务有着强烈的痛恨，这种痛恨连着赵惠明一起将往日的恋情埋葬。电影中还特别增加了小昭在刑场被行刑的场面。小昭高喊口号，咒骂和鞭挞国民党的反动统治，没有丝毫惋惜自己的生命，有着视死如归的革命热情。电影并且安排一同在场观看小昭受刑的其他人员，唱《义勇军进行曲》，将小昭英勇就义的场面推向高潮，对电影荧幕前的观众有着强烈的感染力。

文华影片公司作为一家私人的电影公司，在1950年新旧政权交替的时期，将小昭身上的柔情与恋情过滤掉，将革命话语与政治意识形态增加到小昭身上，体现了文华向红色革命叙事靠拢的努力。尽管这种靠拢，在艺术上显得生硬，甚至有点用力过猛。小昭最终牺牲

---

① 茅盾：《腐蚀》，载《茅盾全集》（第5卷），黄山书社2014年版，第143页。

② 茅盾：《腐蚀》，载《茅盾全集》（第5卷），黄山书社2014年版，第145页。

了，赵惠明又该如何面对接下来的生活呢？这就进入了电影《腐蚀》第三个叙事部分，赵惠明的“归家”。

三 出城自新：亲情召唤与党的指引

赵惠明营救小昭的行动失败了，尽管她竭尽全力，为了营救小昭不惜联合组织外的舜英夫妇状告自己的上司，但她不仅没能把小昭营救出来，反而自己也被打了“黑枪”。她的工作从城市被排挤到了乡下，负责大学城附近的信件检查工作。这一段生活是《腐蚀》电影和小说中又一个重点表现的内容。在小说中，赵惠明认识一个女大学生，名字叫小N，电影中则将其命名为安兰。安兰的家乡已经沦陷，她为了求学，意外地被拐入了“三青团”——当时国统区的一个特务组织。但她的内心是挣扎的，一方面她想继续求学，“三青团”确实也帮助她实现了求学愿望；另一方面是她被“三青团”组织压榨、盘剥，“三青团”要其努力监视同学获取情报。情报的获取必然要伤害和她朝夕相处的同学们，而她不愿意这样做。一个是强势政治势力的迫使，一个是世道人心的正义感和良心。二者不可两全，让其痛苦不安。赵惠明被发配下乡工作，她的情况一样很糟糕，在特务组织内部受到不断的排挤和监视，生活的情势越来越危急。当赵惠明在饭馆里面遇见了安兰后，两人一见如故，赵惠明甚至从安兰身上看到了自己年轻时候的影子。看到安兰所受到的内心挣扎、不安，看到安兰的纯真和善良，让赵惠明想起来了年轻时候的自己。在一段时间的接触后，赵惠明决定帮助安兰逃离这种非人的生活。

“逃离”也即是一种“离去”，而“离去”是中国现代文学中的重要主题之一。如鲁迅小说中的“离去”—“归来”—“再离去”的叙事模式。鲁迅笔下的知识分子离乡后，进入城市，接受现代知识，特别是西方知识的熏陶，用现代文明重新审视自己的家乡，会发现种种问题，但又无力改变，只能无奈地离开。在这样的叙事模式中，现代文明站在了审视者的立场，对乡村传统文明进行审视，甚至是审判，以此揭示传统文明中的不足之处，进行启蒙。

赵惠明作为茅盾笔下的五四青年知识女性形象，同样有着“离去”模式，但和鲁迅的不同。在原著小说《腐蚀》中，青年的赵惠明因为家庭矛盾，和父亲闹翻，父女亲情碎裂，迫使赵惠明主动选择了离开她所认为的无爱之家，于是她踏上了通往“欲望都市”之旅。在这个城市里面，她遇到了第一个恋人小昭，她渴望拥有更好的物质生活，而误入了国民党特务系统，备受压榨，也遇到了欺骗她的特务男友，当了母亲，又成了抛弃孩子的“恶妇人”，她渴望利用自己的资源去营救身陷囹圄的昔日恋人小昭，却也不过徒劳枉然。由亲情之家走入城市的知识女性赵惠明，并没有“五四”传统小说中知识者往往所要具有的启蒙精神。“五四”传统小说中的知识分子的自我心理困境和苦楚，很多情况是来源于启蒙努力的失败，也往往和民族国家的前途、强盛连接在一起。赵惠明的苦难则来自特务系统内部的内耗、倾轧，以及做这些坏事的时候内心的煎熬，而这煎熬之所以会诞生，是因为赵惠明想做一个善良的人，想像人一样地生活着，很显然，小说中的赵惠明身上有着浓重的人道主义精神色彩和传统文化熏陶的痕迹。赵惠明的“离家”并不是主动的对于“五四”精神的选择，而是因为家庭父女亲情关系的破裂。“欲望城市”对于赵惠明来说是一个“寄身”之所，而非“精神故乡”。

赵惠明在特务系统内巨大的工作压力下和严峻的工作环境中，接到来自父亲的信件，此时，她的继母已经去世，父亲身边已经无人陪伴，父亲信的字里行间流露出了一个父亲对于女儿的思念与舐犊之情，从文字的言外之意中，赵惠明发现父亲希望她能够回到故乡。一方面，赵惠明因为工作环境太恶劣，再继续工作下去有很大的危险；另一方面，来自家庭和父亲的亲情召唤促使其离开特务生活。安兰的远房亲戚也在赵惠明老家附近，由此，赵惠明踏上了归家之路，安兰也踏上了寻亲之旅。她们的出路在传统文化的家族亲情之中。赵惠明重新回到了亲情之家。由此，赵惠明完成了“离家”—“进城”—“归家”的旅途，主人公这场旅途的起点和归点都落在了“亲情”之上，赵惠明所有的不安、焦虑、恐惧、煎熬都在重回父亲之家的时候，得到了解决，这也许是茅盾在小说《腐蚀》中给赵惠明的一个出路，毕竟作为特务组织的一员，她联合外人状告自己上级的行为，很难被原谅，随时可能遭到清算，作为一个母亲，她抛弃了孩子，她的特务男友也几无可能原谅她，重新接纳她。这样一个问题多多的女性，她的出路在何处，这是茅盾思考的地方，也许这样问题多多的赵惠明，只有他的父亲可以完全接受和谅解她了。

在电影《腐蚀》中，小昭在牺牲之前，给赵惠明留下了一封信，这封信由他的革命同志顾恺（小说中的K）转给了赵惠明。信中小昭希望赵惠明走一条自新之路，和特务生活做一个诀别，赵惠明看了信后感动得痛哭不止。在顾恺的帮助下，赵惠明和安兰一起坐上了通往解放区的汽车，并成功过了国民党部队的安检，踏上了解放区的土地。

顾恺在电影《腐蚀》中以一个革命者的形象出现，在他的引领下，作为国民党特务的赵惠明和安兰，最终实现了弃暗投明，拥抱了共产党。赵惠明和安兰，在这里的叙事功能，成了被“夺取”的人，她们的自新被电影《腐蚀》的编导人员安排成了具有强烈革命意识形态的选择。她们在国民党和共产党之间，做了一个二元化的选择。这样的设置，跟原著有了很大的差别。

《腐蚀》的电影版和小说版对两位女性出路安排的差异化，是当时社会政治变迁的缩影。新中国的建立，客观上要求编导们要做出符合时代浪潮的修改，亲情之家被革命之家所置换，就犹如“五四”时期亲情之家被自由、民主的启蒙之家所取代一样，都具有时代大变迁历史色彩的印迹。

电影《腐蚀》对于原著的诸多改编，值得我们重新关注。电影把小说里具有“大女人”性格的赵惠明改编为了“小女人”，过滤掉小昭和前女友赵惠明重逢后的柔情，而将其塑造成一个意志坚定而不妥协的革命者形象，并把国民党特务赵惠明和安兰解脱的原因，从小说中传统文化下的家庭亲情和友情，转为革命者顾恺（小说中的K）的引导和帮助，解放区成了她俩的最后归宿。爱情、友情、亲情都被革命之理所规训。这样的改编体现私营厂文华影片公司期望“改编生成的艺术生命既保留名著的内在意蕴和思想深度，又经受得住来自官方、主流文化及观众的多重考验”①，既想要赢得市场的欢迎，又尽自己最大可能向革命化叙事靠拢的尝试。可“艺术毕竟是艺术”②，电影塑造的赵惠明形象在1950年引起了众多观众的同情，也使其最终遭到了批判。电影《腐蚀》作为私营厂电影公司的作品，为我们提供了理解和观察1950年新旧政权交替之际，私营厂电影公司处理电影中艺术、市场与革命叙事之间关系的一个案例。

（原刊《齐鲁师范学院学报》2021年第1期）

---

① 隋清娥：《由文字到影像的变异：小说〈红高粱家族〉的电视剧改编探究》，《齐鲁师范学院学报》2015年第1期。

② 齐荣军、齐卓然：《“文化走出去”背景下电影〈孔子〉对儒家文化的阐释艺术》，《齐鲁师范学院学报》2020年第2期。

经典化的游离

——从茅盾《霜叶红似二月花》的经典化谈起

蔡杨淇*

摘　要　在不同历史时期，茅盾《霜叶红似二月花》的经典化在学界主流文学经典视域下的批评和阐释中，以及大众读者的接受中都出现过游离的状况。实际上，这些经典化的游离现象在中国当代文学场域中很普遍，其生成原因一方面与特定社会意识形态或读者的审美趣味等有关，另一方面又与作品自身的阅读难度或完成度有关。学界可以从社会审美文化、文学史、文学场等不同角度来进一步认识文学经典化的游离现象，并坚持以艺术价值作为评判文学经典的核心。

关键词　茅盾；《霜叶红似二月花》；经典化；游离

一般认为，真正的文学经典具有永恒性和权威性，能够得到一代又一代读者的喜爱、认可与追捧，在文学史著、文学批评、文学选集和文学教育等方面得到不断阐释和传播；同时，文学经典的艺术价值也被认为在任何时代语境下都不会被埋没，不同时代的文学批评家可以对其做出无尽的阐释。但实际上，只有少数文学经典可以一直稳定地处于这种经典化的理想状态，大部分文学经典的经典化，在不同时间不同环境中则会出现一些游离的状况。比如学界非常看好的一部经典作品，在大众读者那里可能会受到冷落；一部经典作品的艺术价值得到普遍认可而文学史价值却被低估；等等。

在茅盾《霜叶红似二月花》（以下简称《霜叶》）近80年的经典

* 作者简介：蔡杨淇，暨南大学文学院中国现当代文学博士研究生。

化历程中，我们可以发现不少经典化的游离状况。如今，虽然这部作品被学界公认为中国现代文学的经典之作，但它的文学史评价和地位却总是低于茅盾的其他经典作品；它也不像《阿Q正传》《骆驼祥子》《家》《围城》，或《创业史》《青春之歌》等其他现当代文学经典作品那样被大众读者所熟悉。所以，我们有必要重新梳理《霜叶》的经典化过程，以它作为一个切入点，深入了解和探讨文学经典化的游离，以及文学经典化的当代境遇和复杂性等相关问题。

一　经典建构中的“游离”

斯蒂文·托托西认为，“不研究经典如何形成，对经典是什么的探讨就不会完满。”① 我们评价或者重估一部文学经典的价值和地位，同样需要了解这部作品具体的经典化过程。至今为止，《霜叶》的经典化可以分为3个时间段，分别为20世纪40年代、20世纪50年代至20世纪70年代、新时期以后至今。

在20世纪40年代，《霜叶》并没有因为书写的是“五四”时期的历史题材而受到冷落，相反，它问世后就受到读者的欢迎和文坛的瞩目。据统计，1943年5月华华书店的《霜叶》初版本很快销完3000册，隔年5月再版，虽“订价一百元，较前昂贵一倍，但购者仍甚踊跃。”② 华华书店迁到上海之后，《霜叶》沪一版在1946年3月发行，到1949年4月已经重版了6次③。《霜叶》不仅销量不错，它的出版也受到当时国统区文坛的重视。1943年10月20日，桂林

---

① ［加］斯蒂文·托托西讲演：《文学研究的合法化》，马瑞琦译，北京大学出版社1997年版，第42页。

② 刘居序：《艺文情报》，《时与潮文艺》1944年第3卷第5期。

③ 魏华龄：《〈霜叶红似二月花〉在桂林出版前后》，《出版广角》1996年第5期。这篇文章称孙怀琮先生1946年7月印了《霜叶》的第一版，笔者查到沪一版应是1946年3月出版。另外，1945年8月东方出版社版的《霜叶》，初版印数为2000册。1947年6月华华书店东北版印数未知。

《自学》杂志社和读书俱乐部为《霜叶》举办了座谈会①，“开启了《霜叶红似二月花》接受的新视野并形成了有效的接受环链”②。当时，《霜叶》不仅被评价为“一首朴实的史诗”③，与《子夜》同为“一部伟大史诗的开局与结尾”④，还被拿来与《红楼梦》《战争与和平》《约翰·克里斯朵夫》等名著相提并论。孟超甚至认为它“走出了《红楼梦》，而且是提到一个很高的阶段。”⑤《霜叶》在民族审美气韵方面的突出表现，也正好契合了毛泽东在抗战时期提出的“中国作风与中国气派”的文艺指示。在茅盾五十诞辰和创作二十五周年纪念会之际，王若飞认为在《霜叶》身上“可以看到茅盾先生的作风，是在利用民族形式争取更广大的读者群这一点上，作了很大的努力”⑥，进一步肯定了《霜叶》的民族意义和现实意义。这些好评和推崇，成为奠定《霜叶》往后经典地位不可或缺的基石。不过，由于处于战争时期，该时期《霜叶》的传播和接受也只集中在国内部分区域，尚未在全国范围及国外全面展开。

新中国成立以后，《霜叶》在具有文学权力话语的文学史著和茅盾研究专著中开启新的接受视域，并在现代文学史的经典序列中获得一席之地。王瑶的《中国新文学史稿》、刘绶松的《中国新文学史初稿》和邵伯周的《茅盾的文学道路》，都从文学史或茅盾整体创作的角度肯定《霜叶》的文学价值。王瑶对《霜叶》细致的描写和生动

---

① 会议内容由王由、政之整理为《〈霜叶红似二月花〉第一部座谈纪录》，发表在《自学》1944 年第 2 卷第 1 期。参与座谈会的人有巴金、艾芜、田汉、安娥、孟超、林焕平、周钢鸣、洪道、胡仲持、胡明树、孙怀琮、黄药眠、韩北屏、灵珠、司马文森、端木蕻良。

② 陈思广、熊艋：《国统区的现代长篇小说生产与传播接受——以重庆、桂林为中心》，《贵州社会科学》2016 年第 10 期。

③ 石岩：《读茅盾的〈霜叶红似二月花〉》，《中坚》1946 年第 1 卷第 1 期。

④ 公羊桓：《论〈霜叶红似二月花〉》，《人民周报》1945 年 6 月 29 日。

⑤ 王政、由之：《〈霜叶红似二月花〉第一部座谈纪录》，《自学》1944 年第 2 卷第 1 期。

⑥ 王若飞：《中国文化界的光荣，中国知识分子的光荣——祝茅盾先生五十寿日》，《新华日报》1945 年 6 月 24 日。

的人物形象比较赞赏[①]，刘绶松更是创见性地提出，“如果我们把它安放在《虹》《蚀》《子夜》《腐蚀》等作品的前面，便很容易从这一系列作品中读出中国近30年历史进展的迹印来”[②]，肯定了《霜叶》的历史价值和文学史价值。该时期《霜叶》也以中国现代文学经典的身份在国外得到进一步的传播和接受，其艺术魅力也在一些海外学者眼中得到认可。日本著名文艺评论家中岛健藏曾介绍，《霜叶》和《子夜》《腐蚀》一样，“都是在战后翻译出版而被广泛阅读的”[③]。从20世纪50年代后期开始，日本的奥野信太郎、竹内实和竹内好分别翻译了《霜叶》，其中竹内实的译本还被东京大学研究室编入《中国的名著》[④]。苏联的索罗金也评价《霜叶》“就其艺术手法来说是最独特的，这种艺术手法证明了作家创作范围的阔大。”[⑤]

但是，该时期《霜叶》虽然得到学界和读者的一些关注和认可，它的经典化却出现了不少游离的状况。首先，最值得注意的是，《霜叶》在文学批评方面的“失语”。有研究者调查过，“《霜叶红似二月花》自1947年9月29日《时代日报》朱浒发表一篇短评之后，到

---

① 王瑶：《中国新文学史稿》（下册），新文艺出版社1953年版，第87页。

② 刘绶松：《中国新文学史初稿》（下册），作家出版社1957年版，第129页。

③ ［日］中岛健藏：《中国现代文学在日本》，李芒译，《世界文学》1959年第9期。

④ 奥野信太郎翻译的版本有河出书房新社1958年版（收入现代中国文学全集第三卷《茅盾篇》）和筑摩书房1958年版（收入世界文学大系62《鲁迅·茅盾》卷）。竹内好翻译的版本名为《枫叶红了》，由河出书房新社1962年2月出版（收入世界文学全集47《鲁迅·茅盾》集）。竹内实的译本在1961年由东京劲草书房出版。另外，立间祥介翻译的版本在1980年10月由岩波书店出版。参见松井博光《黎明的文学——中国现实主义作家茅盾》，浙江文艺出版社1984年，第211页；李岫《茅盾研究在国外》，湖南人民出版社1984年，第354—356页；李岫《茅盾比较研究论稿》，北岳文艺出版社1988年，第59页；庄钟庆《茅盾作品在国外》，《新文学史料》1982年第3期。

⑤ ［苏联］索罗金：《论〈霜叶红似二月花〉》，曹万生译，载李岫编《茅盾研究在国外》，湖南人民出版社1984年版，第449页。

1980 年，30 年未见一文再度评价，这是很值得玩味的，当然这味是苦涩的。”[①] 文学批评对于文学经典化的重要性已无须赘言，我们今天也难以想象没有经过文学批评甄别和阐释的文学经典该如何立足。《霜叶》在该时期没有得到文学批评的关注，它的经典地位在主流文学中无疑是边缘的。其次，这个阶段学界普遍没有延续过去对《霜叶》的艺术价值，尤其是民族审美风格方面的好评，甚至在现代文学史著中，《霜叶》也常常被一笔带过，或者直接不提。丁易的《中国现代文学史略》就仅仅以“其中除《霜叶红似二月花》是写民国初年城市士绅的思想生活外”[②] 这半句话提到《霜叶》，却详细介绍茅盾同时期创作的《第一阶段的故事》和《腐蚀》。最后，从 20 世纪 50 年代到 20 世纪 70 年代，除去在茅盾文集中的发行量，《霜叶》只在 1961 年人民文学出版社单独出版过，印数为 10000 册[③]，远远比不上《骆驼祥子》《子夜》等经典作品的发行量[④]。由此可见，该时期《霜叶》的艺术价值和文学史地位得到了王瑶等人的认可，但是其经典化的最终效果却非常有限。

直到新时期以后，《霜叶》的经典化在以国内学界为主导的批评语境中得到全面恢复和推进，包括文学批评、文学史著、文学阅读和文学教育，等等，并逐步成为中国现代文学经典和茅盾在 20 世纪 40 年代的代表作之一。自 1981 年庄钟庆评价《霜叶》是“一部以委婉纡徐的独特艺术风格描摹辛亥革命后到五四前历史变革的杰作”[⑤] 之

---

① 钟桂松：《二十世纪茅盾研究史》，浙江人民出版社 2001 年版，第 192 页。

② 丁易：《中国现代文学史略》，作家出版社 1955 年版，第 377 页。

③ 1970 年 4 月《霜叶》在香港基本书局出版过，具体印数未知。

④ 从 1955 年到 1958 年人民文学出版社发行《骆驼祥子》的第一版，印数就累计达 83000 册。参见陈思广《〈骆驼祥子〉的版次及其意涵》，《出版史料》2011 年第 2 期。《子夜》从人民出版社 1952 年第一版到 1963 年上海第 6 次印刷（此后暂时停印），一共发行了 266500 册。参见陈思广《〈子夜〉的版本流变与修改论述（一）》，《现代中文学刊》2020 年第 1 期。

⑤ 庄钟庆：《以委婉纡徐的艺术风格描摹历史变幻——茅盾的〈霜叶红似二月花〉》，《新文学论丛》1981 年第 2 期。

后，《霜叶》在民族风格、思想价值、人物形象和艺术手法等方面的突出表现重新获得肯定。尤其是《霜叶》深入而细腻地表现日常生活的场景、人物微妙的内心世界和人性的复杂，成功塑造了具有“传统女性的价值”① 的女性形象张婉卿，表现“一代士绅的历史形象、政治抱负甚至是主体意识”② 等方面，构成该时期《霜叶》经典化的重要审美内涵。杨义也由此高度评价《霜叶》为一部“令人神往的艺术精品，圆润精致，风姿绰约，别具丰采”③。除此之外，《霜叶》在各种文学选集中也开始以“经典”的身份被选入。比如在1996年谢冕和钱理群主编的《百年中国文学经典》（第三卷，1937—1949年小说卷）中，茅盾该时期创作的小说唯有《霜叶》被收入，证明了《霜叶》在茅盾创作序列和百年文学史当中的独特地位和经典价值。

不过，新时期以后尽管学界对《霜叶》的批评和研究工作得到逐步恢复，按照国内文学批评整体的活跃度而言，学界对《霜叶》的批评和阐释的深度和热度却远远比不上其他经典作品。据笔者在“知网”“超星”和“读秀”等学术网站上的统计，从1981年到2019年，以《霜叶》为主要论述对象的批评文章平均每年不到1篇，而像《阿Q正传》《子夜》《骆驼祥子》等经典名著的批评文章平均每年则达到10篇以上，它们的总数量之间的差距则更大。而在20世纪80年代的大部分现代文学史著中，《霜叶》也处于边缘的位置。一方面，《霜叶》继续胶着在抗战时期“《腐蚀》及其他”的文学史体例中而受到忽视。和《腐蚀》对国民党黑暗统治的直接控诉相比，《霜叶》文本中对民族资产阶级和地主阶级争夺善堂公款，毁坏农田

---

① 程光炜等主编：《中国现代文学史》，中国人民大学出版社2000年版，第355页。

② 刘奎：《士绅的文学形象与政治想象——对茅盾〈霜叶红似二月花〉的延伸阅读》，载中国茅盾研究会编《新世纪茅盾研究论文集》，华东师范大学出版社2018年版，第58页。

③ 杨义：《中国现代小说史》（第2卷），人民文学出版社1988年版，第123页。

的恶行的批判力度确实比较弱，因此它也被认为“对反动势力的揭露远不如《腐蚀》深刻有力”①。另一方面，《霜叶》在茅盾“编年史”的史诗性小说当中的文学史地位也没有得到重视。尽管它对“五四”新旧过渡阶段的社会、历史图景的宏观展示，在现代长篇小说中非常少见，但是20世纪80年代的文学史著对这一点的认识，甚至没有达到当年刘绶松的高度。

在以学界为主导的经典化视域之外，《霜叶》在大众读者当中的接受程度也不是很高。不同时代的广大读者对一部经典作品的持续关注和阅读，也是其经典价值的重要体现。新时期以后，《霜叶》分别由四川人民出版社、人民文学出版社、四川文艺出版社、台海出版社等多个出版社重新单独出版，单单在四川人民出版社1980年版的印数就达到106000册。但是直到1991年即相隔11年后，《霜叶》才由人民文学出版社再版，并于2002年到2014年连续12年没有单独再版②。相比《朝花夕拾》《阿Q正传》《家》《骆驼祥子》《围城》等现代经典作品，《霜叶》出版的时间间隔长、印数少，在出版发行量上落后不少，单单钱钟书的《围城》“到2009年，人民文学出版社的总印数接近400万册”③。另外，在各大读书网站上，《霜叶》所积累的评论热度也远远不及其他热门经典作品。例如在“豆瓣”网上，给《霜叶》不同版本打分人数加起来只有125人左右，短评总数只有30多条，有的版本甚至显示评价人数不足。而巴金《家》的评价人数，仅人民文学出版社1981年版就接近2万人，短评也超过3000条④。在当前最流行的有声读物网站“喜马拉雅”中，按照收听数最

---

① 蓝海：《中国抗战文艺史》，山东文艺出版社1984年版，第204页。

② 笔者收集到有标明印数的《霜叶》版本有：四川人民出版社1980年版106000册，人民文学出版社1997年第三版第二次印刷累积13850册，四川文艺出版社1996年版10000册，台海出版社1999年版3000册。

③ 马兵：《文学生活视野中的现代文学经典的大众接受及其问题——以“全国国民阅读调查报告”和“开卷畅销书榜”为例》，《创作与评论》2015年第20期。《围城》在人民文学出版社的初版本于1980年10月发行。

④ 本文所有“豆瓣”网、“喜马拉雅”等网站数据均统计于2020年2月5日。

高的一张专辑来统计，《骆驼祥子》有661.3万次，《子夜》有107.7万次，而《霜叶》有且只有1张专辑，各章合起来的累积收听数还不到3000次，差距甚大①。另外，为了向1996年茅盾百年诞辰献礼，《霜叶》被改编成同名电视剧。这次改编受到了学界和观众的一致好评，它被视为“一部很有意义也很成功的电视剧”②，具有“文学的美感，画面的美感，意义的深远”，是一部让人“热泪盈眶的人文剧”③。但是从经典化的角度而言，相比多次被改编成电视剧和各种地方戏曲的《红楼梦》，以及被改编成电影、电视剧、话剧、歌剧、舞剧和北京曲剧等多种形式的《骆驼祥子》，《霜叶》的改编形式单一，也没有重播和翻拍，显然没有成为一代又一代观众难忘的影视经典作品。由此可见，《霜叶》在大众读者（观众）中的熟悉度、阅读量和经典地位都是不高的。

总而言之，《霜叶》一直以来凭借其艺术魅力获得了经典的头衔，但它的经典化还存在不少游离的状况，以致不少人也怀疑它到底是不是经典。而要解决这个疑问，必须进一步探讨和分析经典化的游离现象，才能够对《霜叶》，乃至其他在经典化过程中遭受质疑和冷落的文学经典做出正确的重估。

二 “游离”的普遍性与生成原因

事实上，文学经典化不是一个只增不减、稳步积累的过程，也不是只处于经典建构、解构和重构互相交替的状态。我们仔细考察会发现，文学经典化的具体过程会呈现不同状态互相缠绕和交织的复杂情况，例如建构之中有游离，解构之中有重构，等等，这些才是文学经

---

① 本文所有“豆瓣”网、“喜马拉雅”等网站数据均统计于2020年2月5日。

② 李青：《电视剧〈霜叶红似二月花〉观后——“光芒遥远不迷离”》，《当代电视》1996年第5期。

③ 引自“豆瓣”网友对《霜叶》电视剧的点评：https：//movie.douban.com/subject/3098915/comments？start=20&limit=20&sort=new_score&status=P。

典化的常态。所以，在中国当代文学场域的经典化中，《霜叶》经典化的游离只是其中的一个典型例子，而文学经典化的游离现象实则非常普遍。

在20世纪50年代至20世纪70年代，无论是学界的经典建构体系还是读者的接受，现代文学经典化的游离现象都比较常见。该时期学界和读者最认可的是左翼文学作家作品，以及“鲁郭茅巴老曹”的现代经典大师序列。其中，鲁迅的《阿Q正传》，郭沫若的《女神》，茅盾的《子夜》，巴金的《家》，老舍的《骆驼祥子》和曹禺的《雷雨》等，更是成为新文学的经典代表作而得到高度经典化。而这些经典大师其他优秀作品的经典化，则自然退居“二线”。像茅盾的《蚀》三部曲、老舍的《离婚》《正红旗下》、巴金的《寒夜》《憩园》和曹禺的《原野》等作品的艺术魅力，在某种程度上并不亚于这些作家的代表作。但它们在经典化过程中，要么文学史价值或艺术价值被低估，要么在出版销量等方面不甚理想。比如该时期老舍的《离婚》在1933年面世之后就受到文坛和读者的好评和追捧，在“十七年”时期，更成为老舍能够出版的两部长篇小说之一。但是在现代文学史著中，《离婚》却经常被一笔带过，在文学批评中，它也和《霜叶》一样受到冷遇。因此，尽管《离婚》具有浓厚的北平生活气息、生动活泼的人物形象和语言、独特的幽默艺术风格，但是它的艺术价值并没有在该时期得到充分的认可。

20世纪80年代以后至今，文学经典化的游离更普遍。一方面，不少文学经典在文学史著、文学批评和文学选集中全面开展经典建构，不仅获得大量出版的机会，而且被当作重要的民族文化和文学知识大量复制和传播。学校作为文学教育的重要场所，更是在教材、教学课堂和文学研究中不断地发掘和传授文学经典的价值。但另一方面，大众读者的阅读兴趣和审美趣味开始走向大众化、世俗化，甚至“反精英化”，社会上也出现质疑、戏谑和解构文学经典的声音和行为。像“大话”“戏说”等文化现象和文化研究思潮，也影响了大众读者对于文学经典价值的理解和接受，使得文学经典神圣的、权威的光环黯淡下来。在“去政治化”的思潮中，读者和学界也重新以艺术审美作为文学经典评判的核心价值。过去推崇的郭沫若、茅盾、丁玲和赵树理等左翼作家的一些经典作品，以及“红色经典”，更是因为带有较强的政治意识形态而逐渐受到质疑、冷落。21 世纪以后，随着互联网和相关新媒介的发展，文学经典的传播和接受途径越来越便利，但是大众读者对经典的阅读障碍和轻视也越来越突出。甚至像《红楼梦》《水浒传》《钢铁是怎样炼成的》《瓦尔登湖》等世界级经典名著，也在网上“死活读不下的名著”等流传甚广的榜单中出现，并遭到网友的“吐槽”。

文学经典化的游离如此普遍的原因在于，文学经典不存在于真空之中，几乎所有文学经典都难以长期维持一种被全面认可和推崇的状态。一部经典作品从创作、传播到经典化，必然会受到不同接受主体和权力机构的评判标准、观念和立场等的影响，也会受到权力意识形态，以及文学思潮、文学批评价值取向和读者期待视野等的影响。这些影响作用不一、范围不同、程度各异，造成了文学经典化的各种复杂状况，包括游离。

在中国当代文学场域中，文学经典化出现游离的原因各不相同。首先，文学经典化的游离，与特定时代下文学经典化背后政治意识形态的干涉有关。从 20 世纪 50 年代到 20 世纪 70 年代，政治意识形态成为文学经典评判的主导因素，政治性成为衡量一部作品优劣的重要指标。文学作品往往需要在政治层面上获得认可，才有可能顺利地进行经典建构。但是，像《霜叶》《离婚》《寒夜》等作品虽然迈进了主流文学经典的门槛，对其批评和阐释却在政治层面遭遇困境。从茅盾本身的创作而言，相比茅盾在抗战时期创作的其他作品，如描写上海军民英勇抗战的《第一阶段的故事》、揭露国民党反动派黑暗的《腐蚀》，和暴露重庆官僚买办资本问题的剧本《清明前后》，《霜叶》的政治性和革命性并不是很突出，它的主题和内容也明显游离于抗战时期左翼文学整体的革命基调。《离婚》也被蔡师圣认为反映了老舍“对小官僚的灰色无聊生活”的讽刺和否定，同时它因为“不正确地塑造和讽刺了革命者马克同”，而被指责带有老舍早期创作的缺点，即“只能满足一般小市民的好奇心理和趣味要求，不能激发读者憎恨旧事物和产生铲除它的愿望，以达到鼓励人们进行斗争的思想教育目的。”[①] 所以，《霜叶》《离婚》《寒夜》等作品在故事内容和主题思想上，都不能紧密贴合该时期的主流政治意识形态，在整体上都无法很好地反映新民主主义革命的战斗要求。尽管它们独树一帜的艺术成就得到一定的认可，但在这种以政治意识形态为主导的批评视野中，它们的经典化也难免游离于当时主流文学经典建构的视域之外。

其次，经典化的游离也受到不同时期社会意识形态和读者阅读审美趣味等因素的影响。从 20 世纪 50 年代至 20 世纪 70 年代，读者的阅读选择与社会主流意识形态的引导有很大关系。当时的读者在阅读上积极地追求“革命”和“进步”，一些“颓废”“消极”的“落后”文学作品则会遭到他们的鄙夷。而“五四”以来的新文学在该时期也遭到一些读者的质疑，在 20 世纪 50 年代中期张毕来曾提到：“有些读者读了《家》和《日出》，怀疑这些作品的重印是否必要。在他们看来，这些作品写的是过去的事，里边没有具有无产阶级思想感情的英雄人物，充满了小资产阶级情调，没有可以学习的地方，无法从里边接受共产主义教育。”[②] 可见那时候的读者在阅读选择的标准上也受到政治意识形态的影响，其审美趣味也比较单一，甚至对不符合他们阅读兴趣的新文学经典表露出质疑和轻视，这也是新文学作品经典化在读者层面产生游离的原因之一。新时期以后，在相对开放的阅读环境下，一些经典作品依然没有得到广大读者的追捧，背后的原因也并不简单。一方面是读者阅读审美趣味的差异。我们必须承认，文学经典作品具有诸多的价值和意义，但是并非所有读者都认可和欣赏所有经典作品，读者也具有个人阅读审美趣味的差异性。而越是开放的阅读和批评语境，对

① 蔡师圣：《略论老舍早期的小说》，《厦门大学学报（哲学社会科学版）》1963 年第 2 期。

② 张毕来：《为什么要读“五四”以来的文学作品？（答读者问）》，《读书月报》1956 年第 11 期。

文学经典的喜恶和看法越容易发生分歧。例如《霜叶》在该时期逐步得到专业读者的认可和推崇，但是也有读者直言“不喜欢故事内容”，“这类小说都属于浪费时间的”①。另一方面也不能忽略官方的阅读导向。一些文学经典如《红楼梦》《西游记》《骆驼祥子》《子夜》《围城》《家》《雷雨》等，都是教育部长年推荐的课外读物，它们拥有相对固定且数量庞大的学生读者，因此在销量上长期占据优势。面对竞争激烈的出版市场，像《霜叶》《离婚》等其他文学经典作品则没有受到这种官方机构的支持，它们的销量和阅读量自然难以得到保证。

最后，经典作品本身的阅读难度和完成度，也会造成经典建构的游离。有不少优秀的文学经典对于读者而言是存在理解和阅读障碍的，例如《尤利西斯》《百年孤独》《追忆似水年华》等经典作品因为较长的篇幅、晦涩的风格、复杂的情节或深邃的思想，使不少读者望而却步。像《霜叶》也铺展了包括张家、钱家、王家、赵家和朱家在内的多条线索，人物关系比较复杂，主题内涵也比较丰富，对读者的阅读也造成一定的困难。有读者评价过《霜叶》：“总感觉叙事线索和主题都有些混沌，茅盾想表达的信息很多，却难以找到合适的焦点。”② 另外，一些文学经典给读者造成的阅读困难，与其文本的未完成也有直接的关系。世界上没有写完的经典文学作品并不少见，如陀思妥耶夫斯基的《卡拉马佐夫兄弟》、拜伦的《唐璜》、巴尔扎克的《人间喜剧》和加缪的《第一个人》，等等。国内的曹雪芹也没有写完《红楼梦》，老舍的《正红旗下》和茅盾的《霜叶》也都是“精美的残简”。而这些作品的未完成导致原有主题意图的缺失和结构线索的不完整，多少会影响其文本的批评阐释和经典建构的接受视野。曹书文就曾指出《霜叶》：“因后两部分未能完成，从而给读者

① 引自“豆瓣”网《霜叶红似二月花》人民文学出版社 1997 年版的部分书评，参见 https：//book. douban. com/subject/1935426/comments/。

② 引自“豆瓣”网《霜叶红似二月花》人民文学出版社 1997 年版的部分书评，参见 https：//book. douban. com/subject/1935426/comments/。

把握整体创作审美意蕴造成了一定的难度。”①

可见，不少文学经典的经典化，一边朝着文学经典建构的路径前行，另一边又遭受各种内在和外在因素的干预而出现游离的状况。这种状况背后的原因也很复杂，既与外部环境意识形态的变化和读者审美趣味的差异性有紧密的关联，也与文本自身的一些特质有关。而经典化的游离，不仅能够反映文学经典化与时代、社会和读者的深层关系，而且也能体现文学经典化与中国当代文学场域等的复杂关系。

三 在多重视域下认识经典化的游离

平心而论，过去学界对文学经典化的游离，无论在理论上还是在实例分析上的认识都是不够的。学界在研究文学经典是如何被建构和解构，以及不断强调文学经典化复杂性的同时，却忽视了对文学经典化的具体形态和程度作进一步的评估和分析，导致对文学经典化的认识逐步陷入僵化，文学经典化研究也被一些人贬责为没有创新性的选题。因此，文学经典化游离现象的提出和进一步的认识，不仅能够更好地分析经典化的内外生成因素，也为我们了解中国当代文学场域下经典化的复杂形态提供一个新的角度。

从社会审美文化的角度而言，我们认识和研究文学经典化的游离，对充分理解和掌握社会意识形态和审美文化的整体特征有一定的帮助。文学经典作为反映国家民族文化、社会意识形态的重要文化载体，其经典化的过程必然和整个时代意识形态和审美文化的发展变化有关。文学经典化的游离，不仅更细致、深入地体现文学经典化自身的规律，而且在横向上反映出社会审美文化的整体或局部的变动，在纵向上反映出社会审美文化的发展历程。例如从 20 世纪 50 年代到 20 世纪 70 年代，整个社会非常崇尚集体主义和社会主义革命文化，像《霜叶》《寒夜》《离婚》这些描写不少家庭日常生活、儿女情长

---

① 曹书文：《历史、家庭与知识分子的悲剧——论〈霜叶红似二月花〉的审美意蕴》，《内蒙古社会科学》2002 年第 1 期。

的文学经典，就与那个时期推崇宏大叙事的社会审美文化有一定的差距，这是造成其经典化的游离的一个重要原因。而作为中国民族文化瑰宝的四大名著，其经典化在新世纪以后出现游离，也与传统民族文化在多元文化语境和网络时代中遭受冲击有直接的关系。因此，文学经典化的游离和文学经典化的其他状态一样，是我们了解和把握社会审美文化的重要参照，包括判断社会审美文化发展趋势、理解不同文化之间的关系，等等。

从文学史的角度来看，文学经典化游离现象的出现，并不意味着能够轻易颠覆文学经典的价值和地位，以及原有的经典序列和格局。一方面，文学经典化的游离，并不会完全掩盖经典化的正面效果。那些得以经典化的文学作品，必然具备了经典化的一些条件，例如作品自身的艺术审美价值很高、契合了主流文学发展趋势和读者的审美趣味，等等。这些条件在文学经典化中也扮演着重要的角色，有的条件比如高水平的艺术审美价值，甚至能够相对长久而有力地支撑文学经典化的进行。所以，在经典化的前提下，经典化的游离现象虽然很普遍，但也不能简单地将它视为否定文学经典价值和地位的依据。另一方面，文学经典化会影响现代文学史的格局、深度，并决定着现代文学史的影响力①，但这些影响不是立竿见影的，而是需要建立在一定的时间、范围和评判标准之上。相比已经获得权威地位的文学经典序列和格局，大部分经典化的游离是流动的、非主导性的，很难形成稳定的、压倒性的去经典化力量，无法轻易冲击或解构现有的序列和格局。当然，如果经典化的游离现象继续深化和扩大，也可能会改变原有的经典格局和序列。新时期以后，原本占据现当代文学史半壁江山的左翼作品，其经典化就出现越来越突出的游离状况，如今它们在现当代文学史经典序列中的经典地位也被压低和重构。

从文学场的角度而言，文学经典化的游离也体现了文学经典场域下不同权力之间既存在统治与被统治的关系，也存在互相制衡的关

---

① 方忠：《论文学的经典化与中国现代文学史的重构》，《江海学刊》2005年第3期。

系。根据布尔迪厄的权力场理论，文学权力很容易受到政治权力和经济权力的支配和影响，前者处于权力场内被统治的位置[①]。在政治权力和经济权力的左右下，文学经典的经典化过程很难不受到任何干扰，也难免会出现一些游离于主要趋向的状况。不过，经典化的游离之所以是“游离”而不是完全的“脱离”，是因为参与经典化的不同权力之间维持着一种相对平衡的状态。比如在文化资本或经济利益的驱使下，大众文化开始和精英文化争夺经典评判的话语权，但是它们背后的权力冲突并非完全对立、此消彼长，而是既有吸收也有排斥。不少大众读者对《神曲》《尤利西斯》《追忆似水年华》等文学经典，实际上既没有兴趣也读不太懂，但是他们所拥有的话语权力却无法完全否定这些作品的经典价值，因为真正主导文学经典价值话语权的是专业读者和文学机构。而当某种经典化权力的作用达到一定程度之后，就会影响文学经典化的平衡状态，经典化的游离状况也可能会走向去经典化。像“文革”时期政治权力对经典化的垄断，打破了正常情况下不同权力原有的平衡性，使得不少已经获得经典地位的文学作品遭受去经典化。

从文学经典评判标准来看，虽然文学经典化的游离现象比较复杂，我们还是应该坚持以艺术审美性作为评判经典价值的基础和核心。童庆炳认为：“文学作品本身的艺术价值是建构文学经典的基础”“文学作品的言说空间的大小，也是文学经典建构的必要条件”[②]。南帆也认为，即使文学经典的建构与文化权力的作用有直接关系，但是“一部无法制造内心震撼的文学作品不可能依赖尖锐的社会学主题或者强势的行政机构而加分。”[③] 因此，我们今天认识文学经典化中的游离现象，不能忘记对作品艺术价值的坚守。尽管当今

① ［法］布尔迪厄：《艺术的法则：文学场的生成与结构》，刘晖译，中央编译出版社 2011 年版，第 192 页。

② 童庆炳：《文学经典建构诸因素及其关系》，《北京大学学报（哲学社会科学版）》2005 年第 5 期。

③ 南帆：《文学经典、审美与文化权力博弈》，《学术月刊》2012 年第 1 期。

时代文学创作的艺术审美风格和类型日益丰富，文学经典价值的评判也没有绝对的标准，但是那些艺术价值不足的经典作品迟早会随着时代的发展被淘汰和遗忘。只有真正具备成熟圆润、独树一帜的艺术魅力的经典作品，才能在众多文学作品当中脱颖而出，并在各种游离、边缘甚至质疑声中继续被经典化。只有坚持这一考察核心和评判标准，我们才能够守住文学经典化的底线，才能在纷繁复杂的中国当代文学场域中，筛选出代表人类最高艺术审美水平的文学经典。

所以，回到我们一开始的疑问，《霜叶》在近80年的经典化中出现了不少游离的状况，那它还是不是经典呢？笔者认为答案是肯定的。按照前面的论述可以看到，经典化的游离不同于去经典化，它是经典化的一种常态，也是中国当代文学场域复杂性的一种必然结果。更重要的是，《霜叶》之所以一直没有被剔除在现代文学史经典序列之外，凭借的正是它的艺术价值，包括在长篇小说艺术方面的典范性、丰满的典型人物形象和独特的民族审美风格，以及丰富的社会主题和深刻的历史反思，等等。其实很多文学经典也像《霜叶》一样，在某个时期没有受到足够关注，或者没有得到更多被经典化的机会。但最终能够傲立在经典序列中的，往往还是那些真正具备独特、丰富和卓越艺术魅力的作品。

总之，文学经典化不仅不是一个过时的研究课题，反而是一个亟待深化的问题。此前学界对经典化游离的认识不足，并不是因为它自身的特征不够鲜明，而是以往的认识和研究过于割裂经典化的不同状态，或者只看到经典化的某些局部或阶段性的状态，就简单地将其视为经典化的全部。因此，我们应该意识到文学经典化的多样性和复杂性，尊重文学经典化自身的发展规律，才能不过度解读文学经典化的游离，不割裂文学经典化不同状态之间的紧密联系。同时，我们还应该充分认识到，文学经典化“是一个复杂的动态的文化工程。文学经典化过程既是特定审美观念在文本中不断积淀的过程，又是时代精神在文学中的体现，还是一个不断展开不断超越的动态过程。”① 对

---

① 樊宝英等：《文学经典理论研究》，山东画报出版社2007年版，第36页。

于文学经典化的游离，我们也要“不断展开不断超越”已有的认识，并坚持艺术审美价值这一核心标准，才能够客观、正确地评判和分析这一复杂的文学现象。

（原刊《中国文学研究》2020 年第 3 期）

革命的“断裂”与茅盾的“矛盾”言说

——茅盾长篇小说《虹》之未完成探因

陈思广　任思雨*

摘　要　被视为茅盾文学创作转变之作的长篇小说《虹》，是一部处处留下“断裂”和“矛盾”的未完成之作。《虹》之所以未完成，主要有如下三个因素：其一，在个人与集体的纠葛中，深受“五四”知识分子自由和个性解放思想冲击的茅盾，与要求服从、强调阶级和整体性的政党纪律的茅盾，产生了难以剥离的矛盾与痛苦；其二，在对社会现状与未来的认识上，即在出路与绝路的博弈中，曾为中共党员的茅盾，与革命者及革命文学派对中国革命现状和革命文学的具体内涵的理解，产生了迥然相异的认识；其三，在现实与审美的冲突中，作为革命者的茅盾与作为艺术家的茅盾，游走在政治与文学之间，不得不在政治角色与艺术生命中，艰难地寻找二者的平衡点。

关键词　《虹》；茅盾；革命；矛盾；未完成

《虹》是青年茅盾在 1929 年流亡日本期间“欲为中国近十年之壮剧留一印痕”而创作的一部长篇小说。依据茅盾的设想，这部小说的时间跨度应是从 1919 年的五四运动到 1927 年的大革命，而《虹》只写到梅女士参加五卅运动就戛然而止，成为一部未完成的小

---

* 作者简介：陈思广：四川大学文学与新闻学院教授；任思雨：四川大学文学与新闻学院研究生。

说。茅盾曾表示会在《霞》中完成这一故事[1]，但“因移居搁笔，尔后人事倥匆，遂不能复续”[2]。《霞》的“流产”与《虹》的未完成，成为茅盾创作生涯中一个令人叹惋的遗憾。目前学界普遍认为，《虹》代表着茅盾从《蚀》三部曲悲观低沉的感情基调里走出来，重新树立对中国革命前途的信心之作，也是以“阶级分析”的方法写作《子夜》的起点[3]。茅盾力图以之指示小资产阶级知识分子必然走向集体革命的道路，但从文本的实际书写来看，却没有全然实现这一意图。这也就造成了人们对《虹》的曲解与误读。为什么会如此？其未完成给我们留下了怎样的思考？本文即对这些问题予以探析。

一　个人与集体的纠葛

1928年7月，身在日本的茅盾虽远离国内的喧嚣，但仍保持着对社会现实的关注。他刻意写下《从牯岭到东京》一文，主动回应关于《蚀》三部曲的争论，未曾想竟引发了一场各方对其小资产阶级立场声势浩大的批判。不得已，茅盾只得进行自我调整，以《虹》的创作来补救窘态，并借由对《倪焕之》的评论，进一步表达自己的文学理念。他说：“有意地要表示一个人——一个富有革命性的小资产阶级知识分子，怎样地受十年来时代的壮潮所激荡，怎样地从乡村到都市，从埋头教育到群众运动，从自由主义到集团主义，这《倪焕之》也不能不说是第一部。”而“这样有目的，有计划的小说在现今这混沌的文坛上出现，无论如何，不能不说是有意义的事。这样‘扛鼎’似的工作，如果有意识地继续做下去，将来我们大概可

① 茅盾后来在《亡命生活》一文中说：“所谓凝思甚久而未敢贸然下笔的《霞》，是写梅女士思想转变的过程及其终于完成。《霞》将是《虹》的姊妹篇。”《茅盾全集》第34卷，人民文学出版社1997年版，第422页。

② 茅盾：《虹》跋，开明书店1930年版。

③ 李国华：《“从自由主义到集体主义”——论〈虹〉与茅盾的心灵形式》，载中国茅盾研究会编《茅盾研究》第11辑，新加坡文艺协会，2012年，第361页。

以说一声：‘五卅’以后的文坛倒不至于像‘五四’时代那样没有代表时代的作品了。”① 这无疑是暗示书写小资产阶级知识分子道路的重要性。于是，他特意在《虹》中讲述梅行素这个小资产阶级知识分子如何在时代的激荡下由个人主义走向集体主义，以此表现“五四”式青年和集体的纠葛，同时借此剖白心迹，宣示对革命前途信心的重塑，暗示对政治领域的回归。

然而，五四运动对茅盾的影响是深远的，个性解放的思想依然流淌于他的血液之中。正如他自己所言：“没有了‘五四’，未必会有‘五卅’罢。同样地会未必有现在之所谓‘第四期的前夜’罢。历史是这样命定了的!”② 这句话透露出在茅盾的历史观中，“五四”是中国现代社会发展中一个奠基的环节。也正因此，“娜拉走后会如何”成为五四时期著名的时代命题。而《虹》恰恰回答了这一时代命题，即在五四的时代洪流中，主体意识觉醒的女性该往何处去。主人公梅女士正是这样一位“娜拉”，茅盾将这位信奉“现在主义”的忠诚信徒，打造成肩负历史使命的未来主义者，以此暗示青年的新希望在于抛弃个人单打独斗的奋斗方式，才能跟上时代的步伐。最初，18 岁的梅行素仅是一个看客，但当包办婚姻倾轧青年的爱情和自由时，空洞的口号才得到切实的理解——她对于嫁给卖日货的表兄感到屈辱。在“五四”新思潮的影响下，天性狷介的梅行素更显自尊也更加珍视自己的权利，但懦弱的恋人、高压的封建家庭和纷繁复杂却不切实际的思想理论，将她一步步推向个人主义。虽然梅行素可以凭借勇士般的个人奋斗力量从无爱的婚姻牢笼和泸州钩心斗角的教员生活中闯出来，但她却如同站在圆锥形的顶点一般，不时陷入新的困境，依然孤独无助。在上海，她只凭借个人力量仍难以完成自我身份的建构，这让她更为苦闷。个人生活经验的欠缺让她看不清社会的要求，但个人理想和时代趋势差距过大，又注定会被边缘化，只有和历史进程步调一致，才不会被时代抛弃。所以，当梅行素融入梁刚夫所代表的革

① 茅盾：《读〈倪焕之〉》，《文学周报》1929 年第 20 期。
② 茅盾：《读〈倪焕之〉》，《文学周报》1929 年第 20 期。

命集体，走向为群众而奋斗的道路时，孤独的小资分子形象终一洗而尽，她成长为革命女战士。茅盾也就通过梅行素的人生选择暗示了社会历史规律的必然性。

但是，对于主体意识鲜明的个体来说，这一过程并不是一帆风顺的。茅盾通过《虹》中一群青年人对不同主义的选择、信仰、抛弃、坚守甚至破灭的动态过程，剖析了启蒙时代青年复杂多变的心理图景，真切地展示了一幅内外涌动的时代画卷。如梅行素的初恋——韦玉，他信奉的“无抵抗主义”最终破产，说明懦弱的知识分子肩负不起历史的重大使命。在茅盾的笔下，韦玉虽温柔体贴，却没有象征魄力和力量的阳刚之气。在托氏哲学的驱动下，他选择以牺牲自我来成就爱人的幸福。然而，此行为看似高尚，茅盾却颇具深意地将其比喻为刽子手手中的一把刀，揭示了其本质上的懦弱，沦为悲剧制造者的工具，最终只会害人害己。茅盾借此暗示“五四”带来了这类软弱青年的思想解放，却没有培养出他们果敢的行动力，而民族的未来需要更有力量的青年。因此，影响梅女士人生道路的又一重要人物——梁刚夫，就是茅盾所呼唤的强力青年，他曾经一度沉沦，但最终找到正确方向。梁刚夫在小说中一出场，便是一个坚定的革命者形象：面对梅行素“交际花”似的手段，毫不在意；面对众多女士的簇拥，毫不动心；面对严酷的革命形势，毫不动摇。在情节设置中，他担任着引路人的角色。此后，梅行素开始以“报复”的心理来对待政治，也是在他的指引下，梅行素才真实接触到群众运动。但吊诡的是，作者描写梁刚夫面对像梅行素这样的小资产阶级分子时，并没能赋予其强有力的革命精神内核。小说没有解释清楚他们为何革命，但却又表达了他们的革命力量似乎是无穷的。同样，其他如李无忌、徐绮君、张逸芳等诸多人物形象，也暗示出启蒙时代“狂飙突进”的新问题：唤醒了青年的旧梦，却没有指明该走向何方。茅盾直言五四运动的空虚，于是对不同主义与道路做看似冷静客观的勾画，借由梅行素对他们的态度，强调只有走向革命的道路，走向集体奋斗，才能克服五四的“空虚”。

然而，无论是蕴含在文本背后的政治意图还是描写10年壮剧的创作目标，茅盾都没有全然实现。在对集体革命道路充满信心的确认背后，是作家心灵的纠葛和文本的裂痕。首先，作为典型的小资产阶级知识分子的茅盾，必须要思考如何面对大革命后愈加复杂的政治形势；其次，作为中共党员的茅盾也面临着更严峻的考验。中国共产党在1927年经历了国民党的分共打击以后，认为党组织的缺点在于“领导机关里绝大多数是知识分子与小资产阶级的代表”[①]，并将其视为动摇的力量[②]。一大批小资分子党员被排挤出无产阶级革命队伍，丧失了革命的话语权和自我解放的机遇。他们既不能回到“五四”理想化的个人时代，又不能坦然地抛弃过去回到党组织中。茅盾即是如此。众所周知，1927年茅盾在牯岭的停滞颇受非议，被视为无法原谅的“脱党”行为。尽管他事后试图对此予以掩饰，但在牯岭所写的情诗《留别》[③]《我们在月光底下缓步》[④]，都明白地透出了他的眷恋和困惑，对国民革命的隐痛记忆和矛盾思绪也一直盘踞在早期作品的基调中。当然，作为个体的知识分子虽愿意回归集体，但党组织也在思索重新接纳他们的可能性。直到中共六大的召开，党组织才对小资产阶级知识分子发出团结的呼吁，而真正接纳他们则是在1930年意识到在文化领域争夺领导权的重要性，并开始以政治力量组织“左联”时。

所以，茅盾写作于1929年的《虹》虽可以被看作个人积极寻求政治支持的“宣言书”，但其文本背后透示的对个人主义的批判意识和对集体要求的服从观念，使他不得不思考回归的可能性，而组织将如何接纳他等一系列复杂问题的纠结，也让这部小说不得不“戛然而止”。不仅是故事情节的断裂，只写到梅行素参加五卅群众游行活动，而且在文本效果和创作意图上也呈现未完成的状貌。特别是在梅

---

① 中共中央党史研究室：《中国共产党历史》第1卷，中共党史出版社2011年版，第239页。

② 中央档案馆编：《中共“八七”会议告全党党员书》，载《中共中央文件选集》第三册（1927），中共中央党校出版社1991年版，第259页。

③ 茅盾：《留别》，《中央日报·副刊》1927年8月19日。

④ 茅盾：《我们在月光底下缓步》，《文学周报》1927年第18期。

行素加入妇女组织后，茅盾迅速将情节推进到“五卅”群众运动前后，而此时的她俨然已是一个成熟的革命者。梅行素走向集体主义的突兀转变和正面革命者轮廓化的形象，与这期间的情节“断裂”和人物思想性格变化的“空白”，反映了茅盾当时的困惑。作为革命者的茅盾未能梳理清楚他所期待的革命为何失败，作为小资知识分子的他也未能探寻到一条妥当的路径走入集体中来。表现在小说中，恋爱与革命就被强行嫁接，而一旦涉及个人初入革命实践的陌生领域时，作者只能直言主人公无事可做，只有去学骑脚踏车。由此可见，梅行素对梁刚夫的爱恋是空洞的、诡异的，但这何尝不是作者本人对革命的复杂情绪的再现呢？革命的前景是不明朗的，客观的社会环境也是复杂的，虽然革命的必然性已被确认，但如何革命，革命的理想将拥有怎样的新内涵，又将如何实现？这一系列问题茅盾都难以回答。加之大革命失败的巨大阴影依然盘踞在他的潜意识当中，所以，《虹》的基调呈现苦闷和焦躁色，就与茅盾的这种复杂的心态有着千丝万缕的联系，小说不得不草草收场也在情理之中。

二　出路与绝路的博弈

1927 年以国共合作为基础的国民革命宣告失败，但革命的浪潮并未停歇，中国共产党在共产国际的指导下，急切地想要继续开展“社会主义革命”，并认为“中国革命是高涨而不是低落”①，但南昌起义、秋收起义和广州起义的挫折却让共产革命陷入尴尬的境地。面对这令人沮丧的现实，茅盾发问道：“我就不懂为什么像苍蝇那样向窗玻片盲撞便算是不落伍……我实在是自始就不赞成一年来许多人所呼号呐喊的‘出路’。这出路之差不多成为‘绝路’，现在不是已经

① 中央档案馆编：《中国革命是什么样的革命》，载《中共中央文件选集》第三册（1927），中共中央党校出版社 1991 年版，第 637 页。

证明得很明白?”[①] 他的这一辩白，立刻招来了钱杏邨、傅克兴等人的猛烈抨击[②]。毫无疑问，隐藏在双方“出路”与“绝路”的争论背后，是对当时中国革命和社会走向以及革命文艺发展道路认知的原则分歧，而这些分歧也深刻地影响着茅盾的文学创作和作品风貌。

首先，茅盾始终是以理性的思考与独立的批判精神来认识社会的，这就使得他更强调文学的现实主义特性，强调表现小资产阶级的重要性。他认为，就当下而言，中国革命是不能抛开小资产阶级的。因为中国社会正由资产阶级政权把控着，资本主义经济也占据了相当的份额，且在社会阶级构成中，小资产阶级占了较大比重。在无产阶级革命已步入低潮时，小资产阶级知识分子可以通过自我改造获得无产阶级意识。所以，他认为应该将自己的目光聚焦在小资产阶级青年的命运上，通过文学叙事来表达他的认知，传递他对现实的理解。显然，茅盾的这一认识，比起那批有着高涨的创造历史的主观热情的革命青年的认识而言，更多了一份冷静和客观。他坚持体察社会生活的复杂多样性，坚持文艺的现实主义原则，因为“文艺是多方面的，正像社会生活是多方面的一样。革命文艺因之也是多方面的。我们不能说，惟有描写第四阶级生活的文学才是革命文学”[③]。在茅盾早期作品中，就几乎看不见所谓“第四阶级”的影子，他以现实主义精神将更多的热情投入带有小资产阶级情调的“时代女性”的系列形象塑造中。从处女作《蚀》三部曲开始，茅盾就力图展现小资产阶级青年群体在时代潮流中的跌宕起伏的命运。在《虹》中，作家的着力点仍在于以小资产阶级群体的生活侧面烘托时代的风貌和进程。对于其他阶级，茅盾不留情面地将他们放置在“路人”的位置。如梅老医生作为封建家长的代表，仅充当了婚姻牢笼的始作俑者，就再

---

① 茅盾:《从牯岭到东京》,《小说月报》1928 年第 10 号。

② 钱杏邨:《“追求”——一封信》,《泰东月刊》1928 年第 4 期；钱杏邨:《茅盾与现实——读了他的〈野蔷薇〉以后》,《新流月报》1929 年第 4 期；克兴:《小资产阶级文艺理论之谬误——评茅盾君底〈从牯岭到东京〉》,《创造月刊》1928 年第 5 期。

③ 方璧（茅盾）:《欢迎“太阳”》,《文学周报》1928 年第 23 期。

也没有出现。同时小说中虽略提及几个女仆，但都是一闪而过。如梅行素在新婚后初次和柳遇春争吵时，看到伺候她的胖女仆，想到的是“肥猪”并将其视为困住她的侦探。而后这位女仆就在小说叙事中失去踪迹，仅仅是为了烘托梅行素那一刻的烦躁情绪。与《虹》同时期创作的一系列短篇小说被收入《野蔷薇》，茅盾在序中这样表述：“写一些‘平凡’者的悲剧的或暗澹的结局，使大家猛省，也不是无意义的。”①《自杀》通过描写环小姐受了欺骗，怀了身孕，害怕他人的眼光只能选择自杀的悲剧，揭示了“时代女性”软弱的一面；《一个女性》书写了小镇女青年由天真的爱人哲学的破产到被残酷的社会欺压丧失生命活力的悲剧；《诗与散文》暗示了少奶奶的开化和觉醒。由此可见，茅盾的“平凡者的悲剧”正是指这些男男女女所代表的小资产阶级分子的悲剧，并非无产阶级。也就是说，在茅盾看来，小资产阶级分子才是中国社会的平凡者。这也是茅盾和那些自认为无产阶级革命作家的原则分歧之所在。

其次，茅盾还强调文学的自律性。茅盾是一位有着清晰的“边界意识”的文学家，他认为革命对文学的介入要有一定的界限，文学的问题还得依靠文学的方式来解决。所以，尽管他一再高举文学“为人生”的大旗，却从未忽视文学的审美性。在《告有志研究文学者》中，他写道：“没有审美观念，亦不能有文学”，“文学之必须先具有美的条件是当然的”②。茅盾清晰地看到革命文学的缺陷：革命文艺作品成为工具，忽略了文艺的本质属性，“走入了‘标语口号文学’的绝路”③。他无法容忍政治对文学边界的“粗鲁”破坏。应该说，茅盾与钱杏邨等人对革命文艺的分歧实则是立场的分歧。在革命文学过火时，茅盾坚持文学的审美本质，而钱杏邨等人则要求他站在党派政治的立场上突出文艺的工具属性。茅盾在本质上是排斥文艺的工具属性的，但潜在的革命者身份又使他不得不将文学视为工具，特

① 茅盾：《写在〈野蔷薇〉前面》，大江书铺1929年版，第5页。
② 茅盾：《告有志研究文学者》，《学生杂志》1925年第7号。
③ 茅盾：《从牯岭到东京》，《小说月报》1928年第10号。

别是当个人生存和思想遭遇险境，需要努力改造自己获得无产阶级意识以寻找出路时，二者便出现了难以契合的矛盾：他无法坦然地将文学创作视为介入革命的途径，却又试图用作品为自己的革命理念辩白。《虹》即是如此。茅盾既想借此艺术地为时代壮剧留一印痕，又不得不通过梅行素的道路挑明方向。这就使得梅行素辗转成都、泸州和上海时，不断地在“出路”和“绝路”中挣扎：当她被“五四”之风吹醒之后，从包办婚姻的牢笼中挣扎出来，却意外陷入学校沉闷环境的困扰中；当她从封建环境中逃脱后，却又在大都市中迷了路；而最后梅行素终于找到了光明的“出路”——为革命献身。但这对茅盾而言真是充满矛盾的困惑。因而，当作品中茅盾写到她转变了人生观和树立了革命观时，他只能用模糊和转移重心的方法略过这一段“不便说也难说”的情节。

其实，这一矛盾纠结在茅盾同时期的散文和短篇小说创作中就有所体现。在《创造》中，茅盾已开始自我反思。他说：“有些评论家认为《虹》表现了我的思想从消沉悲观转到积极乐观。我自己却以为《创造》才是我在写了《幻灭》等三篇以后第一次思想上的变化。”[①]《创造》是茅盾的第一个短篇小说，它以少妇娴娴在丈夫君实的引导下解放思想走向新的道路为主题，揭示出改良主义的破产和娴娴所预示的光明前途。全文一改《蚀》中消极的基调，但娴娴走了之后要去哪里？茅盾对此没有回答。同样，他在《虹》中也没有清晰地回答梅行素是如何走上革命道路的，她是否会坚持革命的道路。小说集《野蔷薇》比起《蚀》来，虽少了幻灭的色彩，多了一丝挣扎和徘徊的希望，但《一个女性》中依然弥漫着无法言说的压抑感。写于1929年3月的《色盲》中的林白霜，分不清动态的“红、黄、白”3色，象征着国共合作失败之后，分不清方向的小资产阶级青年，不知是走向“红”的共产革命，还是走向“白”的国民党，还是徘徊在黄色象征的中间位置。在散文如《雾》《虹》中，也是如

① 茅盾：《两本书的序》，载《茅盾全集》第27卷，人民文学出版社1996年版，第385页。

此。茅盾将自己波动起伏的情绪投射到寓言化的景物当中。一时振奋，虹寓意着希望！一时忧郁，虹又使人伤心！茅盾借“虹”这一意象表明，这种希望看似美丽但却脆弱易散；而“雾”更化作苦闷和颓唐的象征。所以，对于创作《虹》的姐妹篇《霞》，茅盾凝思许久，仍是不敢下笔。因为“对于那些‘旧题材’的从新估定价值还没有把握。自家觉得写了出来时大概仍是‘老调’，还不如不写”[①]。虽然之后的《三人行》显示出他借人物之口对自我“出路”的宣告，但这部小说的艺术价值正如他日后反思的那样，缺乏生活的真实，沦为意识形态的演说，是失败的[②]。

二 现实与审美的冲突

在完成处女作《蚀》三部曲不久后，茅盾这样回顾之前的人生：“我对于文学并不是那样的忠贞不贰。那时候，我的职业使我接近文学，而我的内心的趣味和别的许多朋友……则引我接近社会运动”[③]。这不仅是他真诚的自白，也是他对自我身份的再确认。青年沈雁冰，首先是作为一个文学批评家和现代杂志的改革者登上社会舞台的，又以热忱的现实关怀逐步投身于政治活动中。1927 年国共合作失败后，革命者沈雁冰摇身一变成为小说家茅盾。尽管优秀的艺术天赋、丰富的人生经历和扎实的文学素养使他很快成为一个艺术个性鲜明、创作成绩斐然的小说家，但正如王晓明疑惑的那样：“他分明具有那样优异的文学天赋，却没有建立起皈依文学的诚心。我更替他担心，他抱着那样狭隘的功利目的去从事创作，会不会在无意之中轻慢了文学，遭到艺术女神的拒绝呢?”[④] 这种游移的心态反映在他的创作中，便

① 茅盾：《我的回顾》，载《茅盾自选集》，天马书店 1933 年版，第 6 页。

② 茅盾：《“左联”前期》，载《茅盾全集》第 34 卷，人民文学出版社 1997 年版，第 456 页。

③ 茅盾：《从牯岭到东京》，《小说月报》1928 年第 10 号。

④ 王晓明：《一个引人深思的矛盾——论茅盾的小说创作》，《中国现代文学研究丛刊》1988 年第 1 期。

呈现现实功利与审美追求的相互冲突的痕迹：时而是功利的冲动控制了小说的叙事，人物成为作者主观意图的演说者，演化为意识形态的载体；时而是审美规律引导了创作，字里行间闪耀着人性之光，令读者痴迷于“语言艺术”的魅力。也因此，茅盾早期创作并不是以客观精细的笔法刻画时代的全貌见长，而是以时代的氛围和人心的变动来反映现实社会，以自我主观情绪深度介入文本进而透视社会取胜。这也是现实与审美的冲突纠葛形成的茅盾带给文学艺术的独特风貌。

从艺术层面来看，风雨交加的中国历史舞台给了茅盾艺术才情充分展示的契机。他见证了中国革命的浪潮涌动，天性纤细敏感的艺术感觉和时代情绪相互交融，在其创作中无法遏制地倾泻出来——早期小说运用潜意识、内心独白、动作暗示等各种心理描写技巧，谱写了自我和人物的心灵共鸣之曲。由之我们看到，无论是《蚀》三部曲还是《野蔷薇》系列，茅盾对小资产阶级青年面对革命与现实时那种复杂的感受和抵牾、迷茫的心理，都描写得十分细腻而深刻。尽管在《虹》中，他用“雕刻”式的笔法除去梅行素身上的“女性”和“母性”，但在描绘梅行素面对封建胁迫、社会倾轧时，对那苦闷和挣扎的心理，茅盾依然如无法克制一般“极尽能事”地抒发。特别是当梅行素面对新婚后觉醒的性欲时，茅盾用“软软”这一肉感色彩十足的词语来形容，这不只是身体的瘫软，也是沮丧和内疚情绪的复现。这一笔深刻地道出在封建婚姻中觉醒的新女性面临的原始情欲和自尊的挣扎。虽然茅盾的批判矛头直指封建势力，但他并没有将其简化处理，而是写出人性深层次的纠葛，所以梅行素逃回家时，会因邻家的欢笑而感到无解的寂寞——“她咒骂，她悲泣，她咬紧她的牙关。”一连 3 个短句，有力地抒发了她追求温暖的婚姻生活而不得的愤恨。所以梅行素在泸州成为风云人物时，茅盾用声音和光感细腻地营造了她的噩梦，令人切肤地体会到她面对周围人谄媚、怀疑、欺骗时那痛苦和挣扎的心理。尽管后三章梅行素在上海的活动一致被认为写得不如前七章细腻和真挚，但茅盾仍然对梅行素的都市情绪拿捏得非常到位，他和梅行素实属同路人。茅盾是从乌镇进入上海这个大都市的，梅行素是从封闭的四川来的，都市生活的快节奏和金钱至上主义容易让小镇青年产生难以排解的异质感和冷漠感。小说《虹》中“秋风像一只冰冷的鬼手”这一颇具触感的比喻，形象地点出上海给梅行素的冰冷感。本来，梅行素应该不断地克服她的女性和母性，成为历史必然方向的符号载体。但当她到达人生的第三阶段——上海时，茅盾虽然写她立刻接触真正的革命工作者，却又恢复了她的女性本性：优柔、迷惑、失掉了自信力。这是都市商业生活的变幻必然带给这些青年的体会，也是在不断变化的现实中，小资产阶级知识分子一定会有的体悟，但只有茅盾把它写得那么真切，那么入木三分，那么具有艺术的韵味。

当然，茅盾是想用《虹》对政治和革命做一番表白的，但是，当某些情节和叙事不需要承担相应的功利目的时，他很清楚如何营造人物的艺术魅力。在《虹》中，他格外用心地将梅行素塑造成一个东方美人，以欣赏的笔调反复渲染描绘梅行素的女性魅力。柳遇春的耗费心机，徐自强的一见钟情，李无忌的穷追不舍，无论梅行素走到哪里，男性都会被她所吸引。这当然延续了他在《蚀》三部曲中形成的艺术个性——对时代女性魅力的反复渲染。再比如，对梅行素性别特征的反复描绘，简直带有一点情色描写的意味。后三章有两个很引人注意的“女体”描绘：其一是梅行素冒雨参加集体会议，大雨将她打造成一个“裸体模型”。革命集会的严肃性无形之中被消解殆尽。茅盾还在这一情节之前，没由头地让梅行素脱去外衣，只剩一件单旗袍。这看似荒诞的、不合逻辑的一笔，却很好地烘托了这位东方美人的迷人。这显然是他兴奋的创作中不能停止的笔触。其二是梅行素在五卅游行中再次被水枪喷湿，受徐自强邀请在他的房间中更换湿衣。茅盾一方面试图理智地营造严肃冷静的氛围，如梅行素面对徐自强的轻浮举动发出毛骨悚然的冷笑，力显其神圣不容侵犯的一面，另一方面却忍不住细致地描写她的乳房和穿衣过程。这些情色场面，插入严肃的革命叙事里，无形中形成了反讽和消解的意味。其实，《虹》当中刻画得最具有人性光辉且不带有主义色彩的是小商人柳遇春。他虽然市侩，但在他身上却尽显底层商人的辛酸和悲哀。茅盾借此点出他对这类小商人的生存现状和命运的思考：他们虽然愚昧，是女性悲剧的制造者，但同样也是人，也拥有追求幸福的权利，而不应该被笼统地予以抹杀。茅盾把这个人物塑造得既可怜又可恨，这便是他的艺术功力之所在，也让这个人物在灰色的现实底色上杂拌着人性的光辉。

从现实层面上看，现代中国作家的良知让他们无法不顾及眼前的现实。“改造社会”的责任感和“救亡”的危机在茅盾这类知识分子的意识中根深蒂固。这份忧患之心让他始终热忱地参与社会改革活动，体现在文学上，他更看重的是文艺“须是一把斧头”① 的作用。所以，尽管他的小说创作开始于内心幻灭的情绪难以抑制，但也有着强烈的社会责任感的驱动，更有着现实生存感的思虑。在牯岭风波之后，中国共产党的排斥和国民党的通缉让他不得不蛰居起来，卖文为生。昔日同伴对《蚀》消极情绪的批评，迫使茅盾不断思考自我的位置和历史的前景，调整自己的创作策略，这必然会对艺术家茅盾造成可以想见的损伤。在小说《创造》中现实功利的追求压制住艺术思维已初见端倪，而梅行素则是娴娴的进一步深化，被寄予丰富的政治寓意，她的人生方向暗示了历史之必然。

然而，正如上文所述，《虹》虽然寄托了茅盾丰厚的寓意，但女体欲望却遭到无情的砍削。茅盾有意识地调整故事的走向。像孙舞阳和章秋柳那样的享乐欲望，在梅行素身上被屏蔽，小说重在展示她的精神苦闷和不断向前的历程。茅盾用空间场域的转换来指示社会的不同阶段，梅行素的故乡成都是封建社会的暗示，随后出走的泸州虽受到新思潮冲击但仍处半新不旧的过渡阶段，最后走向代表革命社会的上海，以此彰显历史之必然：个体终将要纳入集体中，无产阶级革命群众的力量将拯救中国。具体表现在小说中，梅行素的每一次出走，都会完成一次升华，她逐步地由一个脚踩大地的真实可感的女青年，成为“云端”的革命者。为使其显得更为合理，茅盾特意写她因情欲的苦闷而生了一场病，当然病好之后，梅行素必然拥有了“冷酷憎恨的人生观”。但至于如何形成这样的人生观，作者未予以说明。

---

① 茅盾：《我们所必须创造的文艺作品》，《北斗》1932 年第 2 期。

当梅行素到泸州开始新生活后，她的身上再也没有出现过类似的苦闷。她的每一次醒悟，速度是迅捷的，意志是坚强的，但这背后的原因是她战士般的人格力量可以完全解释的吗？不尽然。这里显然有作者的妙笔。上海是梅行素完成自我符号化的最后一站，尽管茅盾忍不住将自我独特的都市感受赋予梅行素的身上，但最终安排她走进革命的群众运动中，以完成小资产阶级主体性的消解和对集体的融入。她最初走向革命的方式虽借用的也是革命加恋爱的叙事外套，但慧眼如炬的读者一眼就可以看出，梁刚夫对梅行素的吸引是毫无根基的。他虽承载着梅行素的爱恋，但梅行素“东方美人”的魅力没有发挥丝毫作用，他“不愿”爱她，而梅行素却“没法”不爱他。这个恋爱故事应该何去何从，小说的情节恰在此断裂了，茅盾为了完成自己的主观暗示，不得不直接让梅行素呼喊出要把自己交给第三个恋人——主义！即抽掉恋爱的实存感情基础，抽象地完成与革命的牵引。小说中还有这样一个细节：五卅运动前夕，一个革命青年为梅行素被雨淋湿的优美身躯所吸引，由衷发出赞叹：“梅，你真是可爱！”而梅行素则回复：“我觉得你也可爱。”“因为你好像是一个革命的青年！”眼看就要发生的情欲纠葛为神圣的“革命”一词截断，梅行素俨然成长为革命代言人了。梅行素就这样一步步在作者的苦心安排下完成了符号化，现实与审美通过这一人物的建立与小说的脉络的铺展，完成了和文本背后作者意图的链接，虽然它显得有些笨拙。

体察茅盾走向社会革命和文学创作的道路，可以发现，他对这两者都并不是那样地忠贞不贰，而是游走于其间的。现代知识分子的焦虑和紧张常常占据他的潜意识，当他在现实政治的领域能释放和安慰这种焦灼的生命力时，他无暇顾及自己的艺术直觉，甚至不在意在文学场域的“失语”；当他在政治领域失意时，文学创作往往成为他思绪抒发的绝佳所在。只是其间的转化并不如想象中的一帆风顺。现实要求他遵守身份的印迹，创作又需要他遵循艺术的法则，这对于游走于二者之间的茅盾而言，其矛盾、痛苦可想而知。于是，他的作品中便呈现诸多显在的“空白”和难以解决的“断裂”，一如《虹》的文本。

1931 年 10 月，茅盾再次转向——以“子夜”为题，为小资产阶级营造了最后的狂欢。而后，茅盾则将自己的视野转向更广大的农村生活中，开启了以《春蚕》为代表的文学创作的新阶段，《虹》则以未完成的样态为茅盾留下了永远矛盾的言说。

（原刊《天津社会科学》2021 年第 2 期）

茅盾叙事视野的转换之开端

——《大泽乡》中的学术与政治

尹 捷

摘　要　在《大泽乡》中，茅盾如他在评论《战争与和平》时所肯定的那样，将无名的人物提升至青史前台，并在他们身上灌注作者的社会史与时代阶级分析势能。在茅盾的创作生涯里，与其说《大泽乡》这一“托古改制”的写作实验为中国现代历史小说别开一演绎写作范式，不如说它为《子夜》做了可能是最重要的准备——将对处于特定时空历史人物阶级对抗和社会关系的分析“嵌入”小说文本之中，而当《大泽乡》对古史的再解读视野转化为对当代政经演进的探究后，《子夜》的出现也就顺理成章了。

关键词　茅盾；《大泽乡》；古史；社会史论战；新形式

1932年2月，王宜昌曾将大革命退潮后的“中国社会史论”分为3个时期：1928—1930年为回想期，讨论仍处于对大革命做事后的“回想”，以总结其经验教训；到1931年方才进入“研究”期，知识界开始着手对中国社会性质和社会史进行讨论，出现了以郭沫若和马扎亚尔为代表的专著；同年又因《读书杂志》的推动，进入论战期。[①] 王宜昌的这个分期是否准确，这里不论，但确乎适合茅盾此一时期的创作状况：由对大革命的回想（“蚀”三部曲）到对中国史的研究（《大泽乡》），再到与社会性质论战遥相呼应（《子夜》）。就

① 王宜昌：《中国社会史论史》，《读书杂志》1932年3月第2卷第2、3期合刊。

此而言，《大泽乡》这篇声名不彰的作品在茅盾创作中的确具有承上启下的意味，很值得探究。

一

《大泽乡》发表在《小说月报》第21卷第10号，1930年10月出刊，署名“蒲牢”。[①] 茅盾后来自述说：“这是我写的第一篇也是最后一篇历史小说”[②]，并自我批评道：“实在是从一个长篇小说的大纲改写而成，形象化非常不够，是一篇概念化的东西。”[③] 然而，《大泽乡》曾经和司马迁的《陈涉世家》、鲁迅的《〈呐喊〉序》一起，为傅东华、陈望道选入《国文》教科书第五册（商务印书馆1933年2月出版），供初中学生上课之用。后来，在和鲁迅一起编选短篇小说集《草鞋脚》时，茅盾也将此篇和《春蚕》一起收入这部“十五年来，‘文学革命’以后的短篇小说的选集”[④]。1938年，在茅盾作品日译刚刚起步时，小田岳夫即已将它翻译出版。[⑤] 可见，在同时代的出版人和读者眼中，它被认为是可以和《〈呐喊〉序》并肩的经典作品。且茅盾本人对此文的态度也并非一贯，既纠结于它的“概念化”，而在编自选集时提到“里程碑”之作又会忍不住将其列入其中。

茅盾对于历史题材文学作品的关注贯穿其一生：从20世纪20年代初标点司各特、大仲马小说并为之写评传，到20世纪60年代关注

---

① 茅盾：《我走过的道路》中卷，人民文学出版社1984年版，第58页。值得注意的是，茅盾并没将他写于同期的另外两篇取材自《水浒传》的短篇小说列入历史小说范畴，而只说其根据传说改编，这是非常严谨的。

② 茅盾：《后记》，载《茅盾文集》第7卷，人民文学出版社1958年版，第380页。

③ 茅盾：《后记》，载《茅盾文集》第7卷，人民文学出版社1958年版，第380页。

④ 鲁迅：《〈草鞋脚〉小引》，载《鲁迅全集》第6卷，人民文学出版社2005年版，第21页。

⑤ 庄钟庆：《茅盾史实发微》，湖南人民出版社1985年版，第73页。

历史剧创作，写下近 10 万字的札记，直到晚年密切关注姚雪垠的《李自成》，与姚保持长达 6 年的通信，一时技痒，还曾为《李自成》代拟过一段，[①] 并特为之写了长篇评论文章。要回到对《大泽乡》的讨论，这里首先要谈及的是：茅盾是如何定义历史小说写作的？

1935 年，在介绍《战争与和平》时，茅盾指出："在十九世纪《战争与和平》却以'新形式'的历史小说出现，使从前的历史小说相形之下只能算作'历史的小说化'。"这是因为，尽管就这一巨著的结构而言，"既以对拿破仑的战事始，亦以对拿破仑的战事终"，但拿破仑、库图佐夫这样的历史人物却化作陪衬，凸显的却是彼尔和娜塔莎这样无名的"一代新人"的"生长和发展"。它所要书写的也是"整个俄罗斯民族最困苦的年头（对拿破仑战争）"的"全般社会相"，而那些"'和'与'战'的历史事实"则虚化成为背景，是"比较最不重要的"，更重要的是它内里灌注的托尔斯泰独特的民族观和宗教思想。[②] 显然，茅盾对于"新形式"的评价并非仅从一般"技巧"着眼，而是强调内容与"形式"的统一。这在他那里，是一以贯之的批评态度。

在最早给鲁迅小说创作以极高评价的《读〈呐喊〉》中，茅盾说："在中国新文坛上，鲁迅君常常是创造'新形式'的先锋；《呐喊》里的十多篇小说几乎一篇有一篇新形式，而这新形式又莫不给青年作者以极大影响，必然有多数人跟上去试验。"[③] 到大革命时，茅盾在为青年诗人顾仲起诗集《红光》所作的序言中指出，这虽然还只称得上是"标语口号的文学"，但如果承认文学是时代的反映的话，那这本有着"奇突的呼喊"的新诗集恰恰是那个"大变动"时代的最好写照，它以"新的形式适合着新的精神"，预示着"新形

---

① 姚海天：《茅盾 姚雪垠谈艺书简》，人民文学出版社 2006 年版，第 63 页。

② 参看茅盾《〈战争与和平〉》，载《茅盾全集》第 30 卷，人民文学出版社 2001 年版，第 228—232 页。

③ 雁冰（茅盾）：《读〈呐喊〉》，《文学周报》1923 年 10 月第 91 期。

式”的革命文学的萌芽。[①] 有学者评价说：“在革命时期种种关于革命文化、革命文学的言论中，像沈雁冰这样的从文学内部、从创造新形式的角度衡量并要求革命文学的是很少见的。”[②] 由此可见，茅盾对“新形式”的要求，实在是“形神兼备”，一向包括两重含义：一是文本在技术层面上的推陈出新；二是作品中所传达的“思想意识”的别立新标。如果我们用茅盾定下来的两条标准来观察《大泽乡》的话，就会发现茅盾恰于此篇中实践了自己的文学批评理念：通过寻找新题材的写作实验实现了可称“社会史”文学的新形式的初步铸型。

二

《大泽乡》为何而作？1930 年 4 月茅盾从日本回到上海，旋即参加了“左联”。关于这时的心境，茅盾回忆道：“大约是一九三〇年夏，由于深深厌恶自己的初期作品（即一九二八——一九二九）的内容和形式，而又苦于没有新的题材（这是生活经验不够之故），于是我有了一个企图：写一篇历史小说，写中国历史上第一次农民起义。”在经过了“一二个月”“乐此不倦”“埋头于故纸堆中”并写了不少札记的考据生活之后，茅盾发现，这种“研探故纸堆的生活”，毕竟还是“脱离群众、脱离现实的”，“也是一种变相的逃避现实”。于是他“决定不写什么历史小说了”。只是恰好《小说月报》的编辑前来索稿，茅盾就将这一夭折的长篇小说的大纲中“陈胜、吴广部分”扩写为短篇小说的形式，“这就是《大泽乡》”。[③] 与后来《林家铺子》那种“缩紧了的中篇”的写法不同，《大泽乡》这篇压

---

① 茅盾：《〈红光〉序》，载《茅盾全集》第 19 卷，人民文学出版社 1991 年版，第 111—113 页。

② 程凯：《革命文学叙述中被遮蔽的一页》，载《现代中国》第 7 辑，陈平原主编，北京大学出版社 2006 年版，第 135 页。

③ 茅盾：《后记》，载《茅盾文集》第 7 卷，人民文学出版社 1958 年版，第 380—381 页。

缩了的长篇，更多的是延续了《野蔷薇》的写法，诉诸人物行动中“透露出的个人的‘阶级意识’”以及各人对于“现实”“这门功课”的认识不同而引致的“不同的结局”[①]。当然，这里“延续”的只是对“阶级意识”的刻画，无论从题材还是写作重心上看，《大泽乡》都是很新颖的作品。

对于“整理国故”，茅盾一向持优容态度，而且他自己1926年以前“曾研究过所谓‘国故’”，到1930年时，“研究秦国自商鞅以后的经济发展，战国时代的一些重要的思想潮流，乃至典章文物等等”只不过是重操“旧业”。[②] 1922年时，因文学研究会的章程上本有“整理中国固有文学”一项，万良濬在致《小说月报》的信中，针对当时出现的历史剧热潮，评价说：“颇有复古运作之倾向，鄙人以为既曰创作，不当再于古纸堆里讨生活。”[③] 在答信里，对于学衡派“表彰国故”的整理办法，茅盾颇不以为然，但对“以古事为新品”，则认为这种做法与“故纸堆中讨生活”“稍有不同”，只是一个题材的问题，不必过度强调其负面意义。[④]

不消说，以“古事为新品”的创作，如果单凭某种故纸堆里爬梳的文献功夫，而无一个或隐或显的外在认识论框架的支撑，自然是很难成功的。事实上，如果我们将视野从茅盾扩大到当时中国知识界的中国社会史研究与论战——后者同样瞄准“国故”但立意却关乎现实政治——就会发现茅盾这一对于秦汉之际第一次农民起义进行描写的长篇小说构想，远不像它一开始呈现的那么简单。在《也是漫

① 茅盾：《茅盾论创作》，上海文艺出版社1980年版，第50页。

② 茅盾：《我走过的道路》（中卷），人民文学出版社1984年版，第58页。茅盾在商务印书馆工作十年（1916—1926），除编辑《小说月报》外，做的多是编译、研究工作。自加入中共从事社会运动后，茅盾也没放弃对于学术研究的热情。直到1926年秋，他的生活状态是“白天开会忙，晚上则阅希腊、北欧神话及古典诗词”，“德沚笑我是两个人”。参看茅盾《我走过的道路》（上卷），人民文学出版社1981年版，第315页。

③ 《通信栏》，《小说月报》1922年7月第13卷第7号。

④ 茅盾：《致万良濬》（1922年7月10日），载《茅盾全集》第36卷，人民文学出版社1997年版，第69—70页。

谈而已》这篇“十五年后写的文章”里，针对冯雪峰在《论民主革命的文艺问题》（上篇）“在思想斗争中”一节里只谈左翼文运缺憾的弊端，茅盾指出：

> 当时的思想斗争（1928年后知识界的思想斗争——引者按），大概说来，有三条战线。“左联”所领导的，是文艺战线，是其中的一条。另外二条，一是中国社会性质的论战，又一便是中国历史之研究——尤其是古代史的研究。……从整个思想界看，……我觉得社会科学家和历史家的贡献也是不应该低估的。……再说，中国历史和中国社会性质之正确的研究，其有助于文艺作家之更深地了解社会现实，也是不待言的。一个作家对于中国历史及中国社会性质毫无正确的理解，而谓能深刻了解中国社会，我觉得不大可能。思想斗争固然常常由文艺作先驱，而且在文艺战线上表现的特别尖锐，但是要求思想斗争之更深入与更发展，必须其他学术部门齐头并进。而一九二八以后我们是幸而尚能齐头并进的。①

这种各个学术部门“齐头并进”的动向，也反映在《大泽乡》的创作中。从当时社会史史学潮流看，研究者多以马克思主义的方法论为基点，在“试图摆脱传统政治史的研究模式的问题意识促动下”②，“眼光下沉”，转向考掘“农民”“商人”“奴隶”等底层民众和“下流社会”的历史，以“让小人物说话”

---

① 这是一篇茅盾本人非常重视的文章。在当时，茅盾曾略加删改，以《仍是漫谈而已》发表于《中原·文艺杂志·希望·文哨》联合特刊第1卷第3期上，同期发表了冯雪峰的《论民主革命时期的文化运动》（下编）。关于茅盾主持的“文联社”及其于抗战胜利后创办的机关刊物《文联》与中共（得到周恩来的批准，是“在党的直接领导下的文艺团体”）及当时文化界的关系（“占领阵地”），与本文关系不大，这里从略。对这一点的详细梳理，可参见王中忱《茅盾参与过的三个文学团体》，《东北师范大学学报》1982年第4期。

② 赵世瑜：《小历史与大历史——区域社会史理念、方法与实践》，生活·读书·新知三联书店2006年版，第15页。

的方式切入对“大时代”的解释之中，以实现对于古史的新“整理”与再“解读”。[①] 当时这种社会史研究的最终目的是更好地认识现实与展望未来，有很强的“经世致用”色彩。《大泽乡》则正是通过对一个历史上真实发生过的“大事件”的文学重述，用经济和社会分析的方法，将历史题材创作与现实中国批判“一而二，二而一”地契合，在方向上和这种社会史研究恰是一致的。

在《大泽乡》中，茅盾综合采用了《史记·秦本纪》《汉书》等古籍中的内容，情节则全由《陈涉世家》第二段截取，两军官、九百戍卒、时间、气候、地点均和原文相合。而在时人的眼中，这篇可以与鲁迅的名篇《孔乙己》相提并论，在处理素材和主题之间关系的层面，“由这篇可以看出‘艺增’的方法”：

> 小说大概可以分为两种。其一用归纳的方法，就是作者先从现实里去看出意义来，然后，或者就把现实的事情、人物记录下来，使人家看了，也看出作者所看出的那点意义，或者另造事情、人物，作为材料，使那点意义格外明显。《孔乙己》就是此种。
>
> 又其一用演绎的方法，就是作者先有了一种意义，然后创造事情、人物来寄托它，使人家看了，也悟出作者所见的那点意义。[②]

正如茅盾所言，“经受了过去的社会遗产的艺术的教养的”作家，他的主要努力便是“怎样消化了旧艺术品的精髓而创造出新的手法”，“他的苦心不得不是继续地探求着更合于时代节奏的新的表

① 王学典：《唯物史观史学派的学术重铸》，《历史研究》2007年第1期。该文同时指出，这种转向的标志就是1949年之后“中国农民战争史这一崭新学科的创立”，而“正是由于这一学科的推动，使中国史学完成了从精英史到民众史的结构性转换”。

② 郑振铎等编：《开明国文讲义》，开明书店1934年版，第211页。

现手法”。[1] 在《史记》里，处于叙述“主语”位置上的是陈胜、吴广。在《大泽乡》中，处于“主语”位置上的则是两大对立阶级（九百戍卒和两个军官）——这体现了马克思主义视一切过往历史为阶级斗争史的基本原则——茅盾将之称为失去了自由市民身份的闾左贫民和处于富农阶级位置上军官间的对立。在小说中，这种对立，首先是阶级意识上的。两名军官是商鞅变法以来的秦国军人世家出身。在两人心中，导致他们害怕的是：以前征战时，一起的“或许竟是同村的儿郎，他们中间有阶级的意识做联络”；而这次却是役使着“向来没有当兵权利的闾左贫民，没有一点共同阶级意识的部下”。而“闾左贫民”们的想法是：失去了6国自由市民的身份，只为秦王朝富农阶级挣家私，起来反抗则是要挣脱枷锁，“什么陈胜王，他们不必关心”，重要的是“一定得首先分给他们土地，让他们有地自己耕”。在他们心中，甚至当时被视为异邦的匈奴，也不算是对自己的直接威胁，而是“为了活命，拼命南犯”，同样“可能被奴役的”。他们觉悟到的是“只有为了土地的缘故才值得拼命”。原本中被当作中心人物的陈胜、吴广，则被有意识地淡化了。

由此，茅盾更改和变换了《史记》中的故事情节，将起义造反的本源从英雄人物“举大计”的奋起，转移到了无名的闾左贫民和同样无名的押解军官之间的冲突，以突显农民阶级斗争的主题。这是一个意义非常重大的更改，不仅正好符合茅盾自己定义的“历史人物陪衬论”，而且有力地写出了一幅非常明了清楚的阶级斗争图：古史中的个人英雄被推到了人群中，站到前台的成了被压迫阶级和他们直接的敌人。原本“无名”的闾左贫民等底层人物群体，在茅盾的《大泽乡》里终于转换为影响中国历史进程的大事件的主角。

---

① 茅盾：《宿莽·弁言》，载《茅盾全集》第19卷，人民文学出版社1991年版，第226页。

三

同时代的曹聚仁①曾经注意到茅盾对农民起义的历史解释的“学术性”。曹聚仁在1935年撰文《论〈大泽乡〉》，指出茅盾“旧瓶装新酒”的三短篇以《石碣》为上品，而“大泽乡原是好题材，可是茅盾先生的观察不十分正确”。曹聚仁注意到《大泽乡》里的两层错位：一是小说和《史记》原文本的错位；二是作家意识与小说人物意识的错位。曹指出，秦汉之际人物可分三类：一类是以范增、陆贾、张良、萧何为代表的“士大夫阶级”，一类是以田市、田安、赵王歇为代表的依附于士大夫的“破落户”，另一类则是以项梁、陈胜、吴广为代表的“流氓阶级”，最后这一群才是“那个时代的中心人物”。至于“千千万万的农民”，不过是“环绕”在这三群人的周围“怨愤郁积，一触即发”的存在。大泽乡起义的真正主角，应当是“有野心的陈涉”，他的一系列作为，只能说是“阴谋家的权术”，绝非“闾左贫民的意识”。曹聚仁还认为，大泽乡起义农民的意识可分两种，一为“贫民对于贵族的反抗”，一为“楚民族对于秦民族的反抗”。“写《大泽乡》，若不把这两种意识错综写成”，“如茅盾先生之专写一种意识”，难免会把“事实的真相抹杀”。在曹聚仁那里，“中国的农民革命运动，在农民方面，常常是没意识的”，因此就“常常被别人拿去利用”。曹聚仁感慨道，“写历史小说尽可以灌注新意识，但和历史的事实，不能太背远”。② 曹聚仁这一农民起义观，将“士大夫阶级”放置于朝代更替的重要位置，拒绝承认农

① 曹聚仁在20世纪50年代的一篇文章里，说自己自五四以来服膺社会主义学说，“今年（引者按：1952年）有所悟知，方敢离开唯物史观独自散步”，但他仍认为唯物史观和唯物辩证法“有如科学实验室里的望远镜，显微镜”，“帮助我们去接近‘真理’”。参看曹聚仁《新事十论》，创垦出版社1952年版，第14—19页。

② 曹聚仁：《笔端》，天马书店1935年版，第104—106页。

民的自发意识，和当时流行的陶希圣《中国社会史》观念类同。陶希圣认为，士大夫阶级是中国社会发展的决定性力量，而“中国一治一乱，莫不由这个阶级的内讧”。他们有着“统驭历史”的能力，“实为中国的治乱之源”，“时代更替的关键”。[①] 与陶过于夸大士大夫的历史作用不同，曹聚仁认为，“流氓阶级”才是引致时代更替的中心人物。这一观点又颇为类似于萨孟武将中国传统社会中的权势阶级分为绅士阶级和流氓阶级两类，而“在中国历史上，有争夺帝位野心不外两种人”，一是有所凭借的“豪族，如杨坚、李世民”，二是“无所顾忌”的流氓，“如刘邦、朱元璋”。[②] 可见，曹聚仁拘泥于《大泽乡》与《史记》原文的对照，又将自己的历史观带入对茅盾的批评之中，算不得公允。不过，曹聚仁写于1933年的文章倒是触及了一个问题：茅盾对于秦汉之交这场农民起义的性质到底是给出了一个怎样的具体判断？

四

茅盾写作《大泽乡》之时，社会史论战虽已有零星“战斗”，但尚未大规模展开，知识界基本上还处在“各自为战”的研究阶段。茅盾界定校尉和戍卒阶级身份所用的“富农阶级”“自由市民”“奴隶”这些社会学概念，其实并非当时有定论共识之物，更多的是茅盾的独立研究所得出的界定。这不仅关涉到鲁迅所提出的“对于历史小说，则以为博考文献，言必有据者”[③] 之难，更关系到对过往历史的分析能否透过表象深入社会关系之难。

那时的学术界已普遍认识到，秦之季世到汉帝国初立是中国史的

---

① 陶希圣：《中国社会之史的分析》，岳麓书社2010年版，第55—57页。

② 萨孟武：《水浒传与中国社会》，北京出版社2005年版，第1页。此书由南京正中书局1934年7月出版，同年即出二版，在当时可算是畅销书。

③ 鲁迅：《〈故事新编〉序言》，载《鲁迅全集》第2卷，人民文学出版社2005年版，第354页。

一大转折关口。[①] “从自由市民到农奴”的地位下沉以及成为“闾左贫民”之后对于土地的渴求，构成了茅盾所理解的中国历史上第一次农民起义发生的最根本原因。从文中将富农与奴隶/闾左贫民的尖锐矛盾强调为这一起义的原初语境来看，茅盾对秦汉之际中国古史性质的判断比较复杂，似可归纳为由奴隶社会向封建社会过渡时期。而这里“自由市民”和“奴隶”的对立图式，可能是来自他写于1929年10月的《西洋文学通论》一书，书中指出：“古希腊的悲剧与喜剧，分别源于祭祀酒神的冬祭与秋祭；其社会内涵则是反映国家、都市、自由市民的形成和作为支配阶级的自由市民与奴隶阶级的对立。”[②] 此一判断，明显取自马克思主义史学视野里对于与秦汉处于相近时代的欧洲古希腊奴隶制度社会的判定。在《黑格尔法哲学批判》中，马克思指出，在古代奴隶制社会中，人民的概念范围极狭小，仅指自由市民，他们与政治国家间有着“实体性的统一”，并与数量庞大的奴隶阶级构成了对立关系。[③] 由此看来，与同时很多史学研究取向一样，茅盾也是“拿欧洲的历史作标尺”[④]，强调“中国人所组成的社会，不应该有什么不同”[⑤]。但茅盾对中国史的特殊性仍表现出充分的自觉，并没有将中国的“自由市民”简单与希腊和都市结合紧密的市民等同，而是赋予了他们富农的身份。

在《大泽乡》里，自由市民、闾左贫民、富农、奴隶这些概念纠缠在一起，然则，茅盾对“闾左贫民”和中国版的“自由市民”所下的定义到底是什么呢？1939年在新疆学院开中国通史课程时，茅盾指出秦王朝灭亡的根本原因是：“豪族（田主、商人）剥削农民，使农民失田者多，又六国之农民大都被逼为奴隶（闾左贫民），

---

① 比如陶希圣在1929年即认为，中国历史存有两大变革时刻，一是“八十年前”，另一则要上溯至“自春秋至汉”。参看陶希圣《中国社会之史的分析》，岳麓书社2010年版，第157页。

② 参看丁尔纲、李庶长《茅盾人格》，河南人民出版社2004年版，第43页。

③ 《马克思恩格斯全集》第1卷，人民出版社1995年版，第285页。

④ 吴欣（李零）：《中国史学现状的反省》，《知识分子》1987年第2期。

⑤ 郭沫若：《中国古代社会研究·自序》，联合书店1930年版，第1页。

专供徭役。劳动力减低之结果使经济衰落。”[①] 这里他对“闾左”下了一个清楚的定义：被逼为奴隶和“专供徭役”的“六国农民”，这和《大泽乡》里的定位是一致的。司马迁对“闾左”的身份并无具体说明，导致后来人对它做出多种释义，田人隆曾根据新出土的云梦秦简对“闾左”给出了与茅盾类似的诠释：闾左是“六国之民被迁徙后强制分配给军功贵族的一种封建依附农民”，“其地位略近于刑徒和奴婢”，“闾左的前身是邦客、邦臣人”。[②] 到1940年在延安“鲁艺”的一次演讲上，茅盾又指出市民“指城市商业、手工业的小有产者”，“乡村中农、富农也应当包括在内”，“在战国时代（公元前四八〇年至二四七年）”，市民阶层就已经出现了。[③] 将市民的前缀“自由”删去，显然吸收了当时已蔚为主流的“五阶段论”，但又有所坚持。

单从学理上讲，茅盾对于秦汉之际中国阶级分层状况的独特认识，自不无可商榷之处。但作为一篇文学作品，《大泽乡》体现的是茅盾所实践的“旧瓶装新酒”式“古史辨”[④] 小说写作实验的可能及其局限。在小说中，阶级斗争的逻辑不仅是现实作家的政治逻辑，更是艺术想象的逻辑。《大泽乡》在人物及人物关系的设置、情节的铺陈，直到小说的结构样式上，都无一不贯穿着这一方法论，暗含着一个严谨紧凑的、立足于社会历史场景上的小说结构。与之相对应的是，《大泽乡》里存在着两

---

① 茅盾：《中国通史讲义大纲（残稿）》，载《茅盾全集·补遗（下）》，人民文学出版社2006年版，第742页。

② 田人隆：《“闾左”试探》，《中国史研究》1979年第2期。

③ 茅盾：《论如何学习文学的民族形式》，载《茅盾全集》第22卷，人民文学出版社1993年版，第121页。

④ 此处取用罗香林对于“古史辨”的释义，他认为古史辨不是要否定“客观的”史实，而是要考察这些史实被“写的历史”。参看佛应（罗香林）《读顾颉刚先生〈古史辨〉（续）》，《国立中山大学文史研究所月刊》1933年2月第1卷第2期。茅盾在他的神话研究中，曾指自己的方法论为：首重从“秦汉以前的旧籍中搜剔中国神话‘原形’”；对秦汉以后的资料，则整理其中“庞杂而类似的许多‘传说的集团’”，“用归纳方法来寻求其根源，阐明其如何移植增饰而演化”的。（茅盾：《读〈中国的水神〉》，载《茅盾全集》第28卷，人民文学出版社1993年版，第423—425页）可见茅盾对此“层累演进”的神话史的处理办法确和顾颉刚有一致之处。

种语言、两种声音：一种是九百戍卒的声音与语言，另一种则是两个军官的声音与语言。小说主要描写了起义爆发前夜的情景。情节主要由两条相互冲突的心理线索构成，一是两军官的惊惧绝望的芜杂思绪，一是九百戍卒单纯利落的所思所想。两军官的思想变化是这篇小说的重心，中间杂以对戍卒心理的描写，在两种心理的切换之间，制造了一种错落有致的叙事效果。寓政治评价于形式变造，在当时可算是别具匠心。

茅盾花费如此工夫，却写出了一篇理念化痕迹颇严重、“对于群众行动的盲目而无批判的赞颂与崇拜”① 的小说，这里应当做何解释？考虑到这是一部自大纲改编的作品，茅盾又在一天内完成，且为用“新”历史视野解释“旧”历史事件的一次文学尝试，小说中出现概念化的问题并不奇怪。值得追问的是，这样一篇博考文献而卓成的小说，却被写成了一篇在王瑶看来“充满反抗热情和悲壮气氛”的政治抒情诗式的作品，托古寄怀，感情直露，有强烈的艺术感染力但缺少含蓄之美，那么，后来曾被讥为“客观主义”者的茅盾为何在1930年写就的《大泽乡》中投入那样不可遏制的激情呢？

五

在茅盾的回忆里，他提及《大泽乡》等3篇小说的写作考虑时说，自己一则有规避当时愈加严厉的政府审查之意，一则是因为“写惯了小资产阶级知识分子（因而也受尽非议），也想改换一下题材，探索一番新形式”②。这里面对于“新形式”的追求，当有其胞

① 茅盾：《我们这文坛》，载《茅盾全集》第19卷，人民文学出版社1991年版，第353页。

② 茅盾：《我走过的道路》（中卷），人民文学出版社1984年版，第59页。茅盾这里所说的“饱受非议”似乎不仅仅是文学题材上的。在他自日本回到上海去探望做寓公的卢表叔时，“不料一见面，卢表叔就说：‘我听说你要回来，果然！’……他笑了笑道：‘不是汪精卫叫你回来的么？’……我就说：‘如果是汪精卫叫我回来，那么，我该从日本直赴天津再进北平，何必绕道上海？”（同书，第50页）可见茅盾如此直白地写小说也可能有政治表态以回击谣言之意。

弟沈泽民的劝导之功。茅盾在晚年回忆沈泽民时，言曰："他在莫斯科学的完全是政治，但他也不忘情于文学，我在日本时，他曾用'罗美'的假名给我来信，对我的小说《幻灭》提意见。"① 这封信被略加删减，发表在1929年的《文学周报》第8卷第10号上。其中，沈泽民指出《幻灭》是"作者心绪的告白"，体现了茅盾当时"经验上思想上苦闷"，然而，"时代是变得非常之快的，现在我们又应当赶快追踪目前在群众心理生活中所起的巨大的变迁而加以相当的反映了；谁能正确地认识它、分析它而指示出它的趋势来的，就是时代的先驱，振聋发聩的惊雷。"他希望茅盾"择取现在中国民众生活最深处的情绪"，"将耳朵贴在地上，静听那大地最深的呼吸"，转换题材，"来做一部小说"。② 我们很难确切地指出，茅盾在1929年后创作题材上的着力转换就一定与这封信有密切的关系。但沈泽民这篇文章对茅盾从"有点幻灭，但没有动摇"的颓境中走出，当起到了相当作用。

茅盾于1930年春由避祸日本转而"走回血肉斗争的大都市上海"③ 之后所创作的这一篇历史小说，在文学作品要"择取现在中国民众生活最深处的情绪"，"指出它们的趋势来"这一点上包含的历史的激情，也可以说是他"将耳朵贴在地上""追踪目前在群众心理生活中所起的巨大的变迁"的结果。正如夏衍所评，它的"主要目的是在讽喻"社会现实，因此作家往往将"时代的情绪"复制到历史事件中，"强调了可以唤起理想的与今日的时事最有共同感的事象"。④ 急就章的《大泽乡》给人以过于直白之感，自然由此

---

① 茅盾：《茅盾全集》第34卷，人民文学出版社1997年版，第447页。

② 罗美：《关于〈幻灭〉——茅盾收到的一封信》，《文学周报》1929年3月3日总第360期。

③ 茅盾：《我的回顾》，载《茅盾全集》第19卷，人民文学出版社1991年版，第408页。

④ 夏衍：《历史与讽喻》，《文学界》1936年5月第1卷第1期。

而来。[①] 比较特别的是，当时的民族主义文学倡导者认为，虽然《大泽乡》等3篇小说“写出了农民的实际的革命要求和行动”，但人们从中仍可以看出茅盾“对现实的那种革命，仍旧是感到不满，而于文学上尤其是这样。因此，以技巧为逋逃薮，而且投出了讽讯的意味。……作者是又说明他新的姿态了”。[②] 和写于同期的《石碣》一样，《大泽乡》体现了一种微妙的对于“顺天应命”的谶纬的讽刺。《史记》中被认为是非常重要的狐狸叫和鱼腹帛书情节，在《大泽乡》中被淡化了。这和后来《子夜》中，三民主义的宣传书被小孩撒上了尿的情节相类，暗示了茅盾对于统治性的意识形态的深刻怀疑。

和同样“眼光下沉”的《故事新编》类似，《大泽乡》也是对于正史人物/事件的想象，可以说，在“用现代眼光去解释古事”“借古事的躯壳来激发现代之所应憎恨与应爱”[③] 这点上，它们都是用一种“反学衡派的学衡”态度来整理中国传统。在写作策略上，与鲁迅主要借圣人“凡化”以重述古事“新编”历史，将正史人物置于民众“包围”中的手法不同，茅盾则首重“颠倒主次”，将原本不入主流的“食货之学”提到高位，给原本籍籍无名的史料中的“陪衬者”赋予语言和行动的具体历史规定性，将他们从正史的层层幕布中拽出，并

---

① 相较茅盾早期作品《泥泞》里愚昧的农民形象，《大泽乡》里的农民虽然面目不清，但仍显得更为光亮，也更具战斗性和主体性。而茅盾写出一个更具复杂性和生活实感的“真正中国农民的形象”则要到《水藻行》里，小说的主人公财喜深得茅盾本人钟爱，“他健康、乐观、正直、善良、勇敢，他热爱劳动，他蔑视恶势力，他也不受封建伦理道德的束缚。他是中国大地上的真正主人。”（茅盾：《抗战前期的文学活动》，《新文学史料》1983年第3期）小说以“行”为名，显示了茅盾自古歌行体中化用意境的努力，整篇一气呵成，写景状人，气魄宏大，确实达到了“行”这一文体“步骤驰骋，疏而不滞”（参看徐师曾《文体明辨序说》，人民文学出版社1962年版，第104页）的写作效果。

② 张平：《评几篇历史小说》，《现代文学评论》1931年6月第1卷第3期。

③ 茅盾：《〈玄武门之变〉序》，载《茅盾全集》第21卷，人民文学出版社1991年版，第282页。

给予他们以阶级身份的命名。在《大泽乡》中，茅盾所体现的正是他对《战争与和平》的小说史定位：将湮没不闻的次要的、无名的人物提升至青史前台，并在他们身上灌注作者的历史与时代意识。

在茅盾的创作生涯里，与其说《大泽乡》这一“托古改制”的写作实验为中国现代历史小说开一演绎写作范式，不如说它为《子夜》做了可能是最重要的准备——将特定历史时空里的人物阶级—社会关系的分析“嵌入”小说文本之中。作为从《蚀》到《子夜》之间过渡期的最重要的小说试作，《大泽乡》突破了狭小的个人格局，尝试以阶级分析来介入对历史“大事件”的重述，充分体现了茅盾“兼具文艺家写创作与科学家写论文的精神”的写作特点。[①] 当茅盾将《大泽乡》这种古史再解读的动力转化为对“时代的演进的过程”[②] 的探究兴趣后，《子夜》的出现也就顺理成章了。

（原刊《中国现代文学研究丛刊》2021 年第 3 辑）

---

① 郑振铎：《略谈雁冰兄的文学工作》，《新华日报》1945 年 6 月 24 日。

② 茅盾：《我们这文坛》，载《茅盾全集》第 19 卷，人民文学出版社 1991 年版，第 353 页。

分歧与异质：茅盾视野下的战国策派[*]

李金凤[**]

学界熟知茅盾批评战国策派的文章是《"时代错误"》和《八年来文艺工作的成果及倾向》这两篇。除此之外，茅盾还在多篇文章中从不同角度关注和论述过战国策派。1949 年后，居于文化事业领导岗位的茅盾未再对战国策派有过只言片语，只是在晚年撰写回忆录中回顾、梳理了 20 世纪 40 年代写过的批评战国策派的文章并做了简要评价。[①] 学界一般认为，茅盾与战国策派关联甚浅，当学界言及左翼人士对战国策派的批判时，几乎忽略了茅盾的文章。在茅盾的视域中，战国策派是怎样的存在？茅盾对战国策派的批评占据什么地位和意义？以茅盾为代表的左翼人士与战国策派的分歧到底是什么？借由茅盾之声，可重新思考左翼人士与战国策派的关系。

概况而言，茅盾作品中涉及战国策派的文章共有 6 处，详情参看如下表 1。

---

* 本文系国家社科基金重大招标项目"中国现当代文学思想史"（项目批准号：19ZDA274）和教育部人文社科青年基金项目"战国策派考辨与研究"（项目编号：15YJC751025）的阶段性成果。

** 作者单位：西南大学文学院。

① 晚年茅盾对战国策派的评价与早期有所不同。本文主要探讨茅盾在 20 世纪 40 年代对此派的批评。

表1 茅盾作品中涉及战国策派的文章

文章	出处	时间	备注
“时代错误”	大公报·战线	1941.1.1	《茅盾全集》第16卷
“我的一九四一年”	新蜀报·蜀道	1941.1.1	《茅盾全集》第16卷
谈“中国人真有办法”之类	全民抗战	1941.1.25	《茅盾全集》第16卷
“家”与解放	文艺阵地	1941.2.10	《茅盾全集》第16卷
八年来文艺工作的成果及倾向	文联	1946.1.5	《茅盾全集》第23卷
我走过的道路（中）	人民文学出版社	1984.5	《茅盾全集》第36卷

以上这些文章针对性强，集中评论了战国策派6篇文章：林同济的《战国时代的重演》《第三期中国学术思想思潮——新阶段的展望》，陈铨的《野玫瑰》《德国民族的性格和思想》，陶云逵的《力人——一个人格型的讨论》和沈从文的《谈家庭》。通过细读茅盾文章可以发现，他大致是从5个方面来论述和评价战国策派。这5个方面看似平行独立，但综合起来则全面反映了茅盾对战国策派的态度和看法，并为我们进一步深入了解茅盾的社会思想、文学思想提供了一个侧面，同时也能更好地理解战国策派的理论观点、学术思想等。

一　关注和批判“第三期学术思潮”

考察以上文章可知，茅盾批评的重心在于批判第三期学术思潮。他在多篇文章、多个地方中反复提及这一点。茅盾对战国策派最大的意见就是他们轻易地提倡不成熟的第三期学术思潮。茅盾直言，这个新的学术“展望”抽象、空洞、模糊，无提倡的必要，且远不如第二期学术思潮。

林同济曾撰专文详细论述“第三期学术思潮”的观点和理念。他指出，五四以降中国学术已经历两阶段思潮洗礼。第一个阶段是“经验实事”（empirical）时代，时间约为1919年至1929年，以胡适《中国哲学大纲》为代表作。这一时期的中心目标为事实搜求，方法为经验主义。学者运用机械式的实验派方法来研究“材料”或“事实”，在一堆杂乱材料中分析、考据、诊断。林同济认为，这种纯理智的科学态度对于理清中国传统文化是有优势的，扫荡了千余年来载道传统的权威，但这一期存在的问题是“见其树不见其林，见其一不见其二”。第二个阶段是“辩证革命”（dialectic - revolutionary）时代，时间为1929年至抗战时期，代表作为郭沫若《中国古代社会研究》，特点是唯物、经济立场，方法是正、反、合的辩证法，最终指向阶级革命。林氏指出，这一阶段意识到了认识背景和全体的必要性，认为必须将局部与整体联系起来看，但囿于政治成见，该阶段把“全体”两字缩化为“唯物”一局部，把“社会”轮廓缩化为“经济”结构，并不能全然了解全体的真实面目。林氏将第一期重经验事实喻为“点”，认为只见其“线”，又将第二期强调立场或观点喻为“面”，认为不过是“平面”和“偏面”。林同济倡导第三期学术思潮，他期望学术界从点、线和偏面、平面的阶段踏进一个“全面”“全体”的阶段，即“文化综合”（cultural - synthetic）或“文化统相”（cultural - con figurative）的时代。这一期的特点是立体、动态、综合地了解，抓住每个时代、每个民族的“体相”，摄取民族文化的标准“体相”，整体认识与推进民族文化。① 林同济认为，抗战时期的中心母题是“民族生存，民族荣誉”，自由主义、共产主义、社会主义都不是这一时期的中心，“国家至上、民族至上”才是新的时代精神。伴随时代精神提出新的学术思潮，乃符合这股时代潮流。林同济进一步总结，第一期思潮是个人意识的表现，欧美有200年的历史；第二期思潮是阶级意识的表现，有着马克思以来100年的背景；第三期思潮则是“抗战时代大战国时代空前活跃的民族意识所必需而必生的结果”②，世界趋势正是如此。林同济将文化形态史观演绎到民族主义，提取民族主义作为这一时代的母题，既有他的文化独创

① 林同济：《第三期的中国学术思潮——新阶段的展望》，《战国策》1940年12月1日。

② 林同济：《第三期的中国学术思潮——新阶段的展望》，《战国策》1940年12月1日。

性又有深刻的现实意义。

对于这样别出心裁的观点，茅盾不以为然。他在回忆录中专门谈到林同济的第三期学术思潮：

> 我到重庆不久，即听说昆明出版了一个叫《战国策》的半月刊，上面常发表一些侈谈中外古今的文章，作者是西南联大的几位教授，有陈铨、林同济等。因为这些先生素来有思想胡涂而又顽固的名声，我对他们的言论没有在意。到了十二月十三日，《大公报》的“星期论文”赫然刊登了林同济的一篇大作《第三期学术思想的展望》，我为题目所吸引，读了一遍，才发现是一篇怪论，一篇公然排斥“五四”以来新文学运动的文章……他认为这两个时期都不足取，现在是全面抗战时代，“学术界要进到一个‘全面’‘全体’的阶段”，即第三期，而第三期学术思想的展望，就是“要用一种‘航空的姿态’，居高临下，神会到‘全景’的客观母题，浑成作用。”总之，这篇文章抽象而含糊，显示了作者“玄学”的功力。①

这篇回忆录出自20世纪70年代末，战国策派尚未得到平反，属于“反动派别”，茅盾对此派的评价自然不高。茅盾到重庆不久即听说了远在昆明的《战国策》，可见战国策派受到重庆文化人的关注。茅盾认为林氏这篇文章是一篇“怪论”，公然排斥五四新文化运动，内容上“抽象而含糊”。茅盾在回忆录中对第三期学术思想的评价几乎是负面的，但在抗战时期，他对此文还是有所肯定。茅盾认为，“高深理论，的确必须研究，的确不可不有”，学者们以“航空的姿势”展望一下未尝不可，但任何一种新的学术思想都应该在尊重前期学术思想的基础上扎实推进，必先充分了解前期学术思想，再对新的学术思想的创造有明确所指，做到内容上不虚空、不玄乎。“今天

① 茅盾：《茅盾全集第三十六卷·回忆录二集》，黄山书社2014年版，第446—447页。

我们不但抗战，还要同时建国，思想学术上的创造性，确乎不可不有；‘第三期思想学术’究竟是怎样一个内容与纲领，也确乎是需要全国学术界来注意，来讨论研究。但是有两点似乎先得放在心上：一，‘第三期’既承‘第二期’而来，则无论或赞或驳，特别是驳，总不能对于‘第二期’茫然无知，不先下点工夫去求知；二，创造是好的，必要的，但太性急的创造，似乎亦不足贵，至于一个觔斗翻回‘五四’以前去，那就更加非所宜罢，特别是宣称中国文化‘颇属无力’者，应该先肃清他意识上的旧鬼魂才是呵！”①

茅盾的态度很明确，既然是思想学术话题，那就应该由学术界来加以讨论研究，开展第三期学术思潮未尝不可，但他认为这期学术思潮并未有多少创新，仍然和中国所谓“秉阴阳邪正二气而化生”的“学说”似曾相识。茅盾认为林同济对前两期学术思想研究不多，犯了为创新而创新的错误，更不应该贸然否定第一期和第二期学术思想，也不应该对第二期学术思想“茫然无知”。其实，林同济本人并未否定或轻视前两期学术思想，他在这篇文章中特别强调不能忽视第一、二期学术思想，前两期学术思想正是第三期学术思潮的“先驱”和“基础”。林同济留学欧美，在美国名校接受了严格学术训练，其学术造诣不错，他对第一、二期学术思想虽未达到精深地步，但至少是熟悉和了解的。林同济如此强调第三期学术思潮，是期盼学界注意、探索和倡导这一思潮。反之，茅盾对林同济的批评在态度上不严谨，引文与原文相比有出入。难能可贵的是，茅盾在抗战时期批评林同济的文章采取的是学术商榷的方式，尝试在学理范畴内讨论思想学术话题，反观同时期其他左翼人士不分青红皂白谩骂战国策派，茅盾的批评方式值得肯定。

抗战时期林同济充满自信又有野心，他兴致勃勃地发起“第二轮新文化运动”，开启“第三期学术思潮”，试图在学术界引领新潮流，充当新的思想大师或学术领导者。在抗战情境下，“国家至上、民族至上”确是时代强音，民族主义占据意识形态核心地位，倘若

① 茅盾：《谈“中国人真有办法”之类》，《全民抗战》1941年1月25日。

第三期学术思潮被官方看中加以引导或推崇，极有可能成为抗战时期的主流学术思潮。此外，林氏倡导的第三期学术思潮可能会对第二期学术思潮造成冲击，若学界再推波助澜否定或推翻第二期学术思想，批判阶级意识和唯物主义，第二期学术思潮就有被边缘化的可能。茅盾高瞻远瞩地预测了这种可能，未来局势不可预料，但须对有可能引发混乱和危机的思想话题保持高度的警惕。之前《战国策》发表林同济关于第三期学术思潮的文章茅盾"没有在意"，但该文章被赫赫有名的《大公报》再次刊发后，茅盾立刻重视并批评林同济之观点。这既是大作家的敏感，也有政治活动家的警觉。众所周知，战国策派文章众多、言论纷繁、思想庞杂，提出了"英雄崇拜""妇女回家"等论调，提倡尼采学说、文化形态史观、地缘政治、民族文学运动，等等。但茅盾最关切的是第三期学术思潮，这说明茅盾与其他左翼人士的关注点不在一个频道，自始至终都在注视并批判第三期学术思潮，肯定和捍卫第二期学术思潮。

二 认为战国时代重演论模糊了战争性质

在茅盾看来，第三期学术思想不过是"展望"中的"玄学"，那么林同济的"战国时代重演论"呢？原来这是一对"孪生儿"。茅盾对战国策派的两大理论学说都进行了有力的批判，以此来呈现该派理论学说的可疑。

林同济在《战国策》创刊号上发表《战国时代的重演》，该文类似于战国策派的纲领。林同济将"抗战"放置于新的历史演变观念中，他认为目前世界局势相当于战国时代重演，整个世界已进入"大战国时代"，中国被迫卷入残酷无情的"新战国时代"中，一切事情都必须围绕这一最深刻的现实做出选择和改变。林同济总结这一时期的"战"有"三大特点"：战为中心、战成全体、战在歼灭。由这三大特点，他总结出"三点意见"：第一，不能战的国家不能生存。战国时代到来，没有国家可以躲避这种歼灭战，唯有直面战争才是理性的选择。第二，"左右倾各字样，意义全消"。整个世界的中心潮流是建设“战国式”国家，整合国家力量，以最高的效率应付战国时代的歼灭战、独霸战。第三，中国文化的发展应由“大一统”时代的文化转向战国时代的文化，再建“战国七雄”时代的意识与立场，拒用“大一统”时代的眼光和心理①。

林同济的观点一经抛出，重庆《大公报》立马给予转载，一时在知识分子中广为流传，各报纸杂志相继发声，借林同济提出的论点阐释各自的主张。罗梦册认为，现在不是“战国时代的重演”，而是人类解放时代的来临，今日的中日之战不是强弱国家的对抗，而是反帝国、反征服的解放浪潮，这才是现时代的意义②。柳凝杰不赞同罗梦册的看法，部分赞成又部分否定林同济的观点——赞成林同济认为人类文明由分到合的过程中战争具有必然性的看法，但认为仅用“战国时代”来解释一切未免过于简单③。

战国时代重演论在学界引发的分歧与争议，茅盾在重庆时已有所闻，这促使他写下了第一篇评论战国策派的文章《“时代错误”》。茅盾认为，今日的世界战争有帝国主义侵略的战争，有被侵略的民族解放、独立的战争，也有帝国主义争霸世界的战争，同为战争，性质不一样，战争有“正义”与“非正义”之说，决不能用“战国时代”来模糊战争的性质，混淆战争的正义④。茅盾并未反驳林同济提出的“三点意见”，但对于“战”的“三大特点”中的一段话加以引用并明确指出林同济的言论很成问题。茅盾的引用虽打了双引号，却并非一字不漏地引用，这多一字或少一字的细微改动有时与林同济的原意就有区别了。对比茅盾引用文字“而所谓信仰，企业，社会改造等等大事情都要逐步地失去独立发展的自由”与林同济原文“一向所谓信仰、企业、社会改造等等大事情都要逐步地失去独立发

① 林同济：《战国时代的重演》，《战国策》1940年4月1日。

② 罗梦册：《不是“战国时代的重演”，而是人类解放时代之来临！》，《大公报》1941年3月25、27日。

③ 柳凝杰：《论所谓“战国时代的重演”及所谓“人类解放时代之来临”》，《大公报》1941年4月15—17日。

④ 茅盾：《“时代错误”》，《大公报·战线》1941年1月1日。

展的自主权”[①]，细究之下两者是有差别的。但不得不说，茅盾一针见血地指出了林同济忽视了民族国家与民主、民生之间的关联。茅盾在指出“战国时代重演”这一观点模糊了战争性质之后，集中分析这理论背景之下的权力集中问题以及浓厚的国家主义色彩。

茅盾写道：“在今天，中华民族的子女‘一向所谓信仰’是什么呢？难道不是革命的三民主义？所谓‘企业’是什么呢？难道不是民族工业等？所谓‘社会改造’是什么呢？难道不是要排除那阻碍进步的封建势力以及其他改进政治社会经济制度的措置？这一切，正是今天全国有头脑的人认为我们进行抗战所必要的条件，必须加紧发展的。可是‘战国时代’的论者却主张都不要，这就不能不使人怀疑他是在替谁说话了！今天抗战中的一个中国人如果只知有战争而不知战争有性质的不同，不了解我们的抗战是自卫的求解放自由的战争，从而不了解我们的抗战必须有怎样的条件才能持久，才能取胜，那实在是非常危险的一件事！”[②] 茅盾的质问切中肯綮，不能因为抗战就放弃信仰、企业和社会改造等大事，民族国家的利益与思想信仰、社会发展并行不悖，抗战既需要“民族国家”的建构，也需要“民生国家”“民主国家”的建设。茅盾认为林同济言论更像是代表希特勒、墨索里尼或日本军阀，而非“被侵略的中华民族中的一员”，立场很值得怀疑。时隔30年后，晚年的茅盾直指林同济宣扬的是“侵略战争”[③]。

作为一个民族主义者，林同济绝没有宣扬“侵略战争”之意，他不过是希望国民推崇武德，少一些意识形态纷争，全民集中精力抗战。茅盾对林同济的批评说明，林氏的民族国家观值得警惕，民族主义必须在国家、民族与民主、民生之间建立恰当的联系，不能忽视战争性质、社会发展的基本底线。国家/知识分子如果放弃这些原则与

---

① 茅盾：《“时代错误”》，《大公报·战线》1941年1月1日。

② 茅盾：《“时代错误”》，《大公报·战线》1941年1月1日。

③ 茅盾：《茅盾全集第三十六卷·回忆录二集》，黄山书社2014年版，第448页。

底线，有可能朝着法西斯主义（军国主义）方向迈进，这对中国抗战乃至人类命运都具有极大的破坏性。在民族情绪压倒一切的抗战语境中，茅盾意识到，如果立场不稳、是非不明，知识分子一旦无意识地与“国家”“政权”联结在一起，则有可能成为这个“国家”“政权”的帮凶，也有可能成为法西斯主义或军国主义的推波助澜者。作为一名知识分子，不能无视基本的道德伦理，更不能违反人类的进步价值观。茅盾认为林同济这篇文章蕴含着这样的危险，值得他去批判“时代之波”犯下的“错误”。

三　以学术探讨方式质疑“人格型”理论

陶云逵是现代社会学家和人类学家，在20世纪40年代的学界声名大震。陶云逵在德国柏林大学留学时师从欧洲著名体质人类学家费舍尔（Eugen Fischer）学习人类学。陶云逵提出“人格型”理论正是体质人类学与社会文化学相结合的产物。战国策派自出场以来就特别重视“力”，提倡重新认识和了解“力”，认为“力”是大战国时代中国文化具备的基本精神，“力”也是民族复兴的重要武器，因而倡导“力”的精神文化。陶云逵的文章《力人——一个人格型的讨论》就是在这种认知背景下展开论述的。陶云逵崇尚力，推崇力人与力文化，他认为中华民族有太多无力的奴隶型人格，造成了公认的中国病，譬如不负责任、敷衍随便、因循模范、无创造、无是非、明哲保身，等等。社会针对这种“奴隶型人格”就必须保卫“主人型人格”，培养力人。陶云逵强调力，抨击国民性格，与林同济的观点相当一致。但是，陶云逵认为培养力人的主要手段是“遗传”，“所谓从遗传入手就是选择力人，使他们多生殖，反之，无力人当少生殖。如此，力人增多，无力人减少”。因为力人是“珍贵”的，力人自己又不珍视，“一个个慷慨死去”，社会也在“想尽办法要把力人沉沦埋没，把力人灭亡”，因此要“急起挽救”，“我们得保卫力人的种子，培养它，使它生长、开花、结种、繁殖”[①]。

茅盾详细批评了陶云逵的“人格型”理论，他直言：“这是一篇大胆的议论，并且论者的愤世嫉俗的热情，我毋宁是赞美的；但我要冒昧批评一句，这却并不是怎样圆满的理论。”茅盾指出，如果生育可以由力人自由选择、自动为之，力人应该早点去做，不能“因循”自误，导致“力人”稀缺。既然中国力人所存不多，陶云逵主张选择力人多生殖，那么“到底用什么方法，由什么机关来执行？如何能保证这些主持选择的机关必为‘力人’所组织，而不为那些‘专欲消灭力人’的‘奴隶型’的人们所占有？”[②] 陶云逵还认为，“奴隶型的人，生来的就是奴隶，因此也就并不感到压迫，并不感到威胁，心中自始就无被威胁被压迫这个观念”，受了侵略时，只有力人挺身而出，“奴隶型”的人则躲在背后观望和窃笑。茅盾觉得，如果这一论点应用到目前的抗战中，则抗战前途堪忧：“中国的‘力人’既已‘所存不多’，而今天站在抗战最前线上的又当然是‘力人’，日有牺牲，必不可免，而又碍难用选择方法，同时‘使多生殖’，这样持久下去，中国‘力人’岂不是要弄到绝种么？其次，依论者的断定，现在中国大多数人是‘奴隶型’了……大多数人倒是天生的奴隶，只会在背后观望，只会窃笑，那还有什么最后胜利可言呢？”[③]陶云逵对普通民众持有悲观论，宣扬超人哲学，持有民族优生学的观点，本质上与左翼文化界提倡的文艺大众化运动背道而驰，也与左翼文化界依靠群众、相信群众的抗战策略有相悖之处。深受马克思主义影响的茅盾直率地指出陶云逵言论的问题所在，以补充此话题的深入思考，促进陶云逵深思和反省他的“人格型”理论。

更让茅盾诧异的是，既然陶云逵理想中的“力人”至大至刚，拥有“坚决的意志”，具有独到的“是”与“非”，为何还会存在“力人”成功以后，创了大好局面之后，不自觉地为恶气氛所蒙蔽而

---

① 陶云逵：《力人——一个人格型的讨论》，《战国策》1940 年 10 月 1 日。
② 茅盾：《谈“中国人真有办法”之类》，《全民抗战》1941 年 1 月 25 日。
③ 茅盾：《谈“中国人真有办法”之类》，《全民抗战》1941 年 1 月 25 日。

修文讲礼，自甘堕落到“奴隶型”的圈子里去？“力人”成功之后变为俗人、庸人，这“丢人”之性究竟是遗传，还是被环境弄坏了？万一像陶云逵一样的主张多生“力人”的那一拨人“凑巧”会转变成丢人的“力人”，这不就尴尬了？① 茅盾的质疑很合理，将陶云逵尚未意识到的前后矛盾之语挑明了，指出整篇文章的行文逻辑不通，从而呈现陶云逵“人格型”理论的弊端。

总之，陶云逵这篇文章有气势、激情和创见，但缺乏严谨的论述，由于论述不严密，其很容易被他人质疑。这不仅仅是陶云逵的风格，战国策派诸多成员都有这样的特色，思想奇特、言论新颖，很有冲击力，细究之下漏洞百出。茅盾这篇文章就是以学术探讨的方式与陶云逵商榷其言论内容，直指“人格型”理论的荒谬和虚无，暗含战国策派具有脱离社会现实、空谈思想理论的倾向。茅盾认为，在抗战时期每个人都在为国家和民族出力，发表一些高深言论想解决中国问题都是“中国人真有办法”的思维在起作用，即主观唯心主义的表现，但这样的办法、这样的创造，未免操之过急，很有可能走入反动或倒退的境地。“求进步，应该以现实为出发点；必须了解现实，分析现实，批评现实，然后能从现实更进一步，然后这一‘进’是更接近了一步真理。反之，如果歪曲现实，模糊现实，粉饰现实，那结果就只有倒退，只有悲剧。”② 思想理论的形成乃至发挥作用都需扎根于现实土壤中，离开了中国现实、历史情境来空谈理论或办法，都需要警惕。

四 指明“伏卵育雏”并非“妇女本性需要”

女性和家庭问题在抗战时期得到了特别关注，国共两党、自由知识分子都对这一问题有过讨论。1940—1942 年就发生了著名的“妇女回家”论争，战国策派是其中的主角，代表文章是陈铨的《尼采

① 茅盾：《谈“中国人真有办法”之类》，《全民抗战》1941 年 1 月 25 日。

② 茅盾：《“我的一九四一年”》，《新蜀报·蜀道》1941 年 1 月 1 日。

心目中的女性》、尹及（何永佶）的《谈妇女》和沈从文的《谈家庭》《男女平等》[1]。茅盾并未对前两篇文章有过一言半语，却针对沈从文之文写了一篇《“家”与解放》，与之论争。

《谈家庭》明示了“家庭”对男女平等和妇女解放的重要性。沈从文认为，女性的真正位置在家庭，力倡“新贤妻良母主义”。沈从文举了一则真实的例子：有一对男女，女的是抽象妇女解放论者，主张“独身主义”，男的是反对妇女解放论者，主张女子需在家庭中体现价值，不宜参加社会工作。两人在报纸上吵吵闹闹了几年，后来在沈从文介绍下认识，再由沈从文转述彼此对对方的好感，两人出乎意料地结婚了并过得很幸福。由于孩子降临，女方放弃了银行的工作，在家中做贤妻良母。通过这件事，沈从文反思了家庭与婚姻问题。他认为，正常的女子都希望有一个家庭，家“适宜于发展母性本能，又不悖乎做主妇的尊严”，只有那些“男性十足”“生理上有点变态”“身心不大健康，体貌上又有点缺点”的女子才不需要家，为填补生命空虚，这些人需要到社会上做各种活动发展，正常的女子应“服从自然”，“努力来安排一个家”，完成养儿育女的重要功能，不宜“违反生物习惯、社会的习惯”，“在不可能情形中，一切希望同男子一样”。在此，沈从文提出了一个解决妇女问题的办法——从“家”着手，改善两性关系。他认为，如果男子对家庭多负一些责任，对女性多一些了解和体贴，“学作一个模范丈夫”，使女子“乐其家室”，说不定“妇女运动者会改变一个方向”，从“对立”变为“合作”[2]。沈从文以为，妇女问题的解决有赖于男女双方在家庭中义务感、责任感与安全感提高，男子学会做模范丈夫，女子乐于从事家庭工作，同时增强男、女两方面的知识，两性关系将会得到极大改善，妇女解放运动的目标也将发生变更。

---

① 沈从文的《谈家庭》和《男女平等》在观点上保持高度一致，前者更翔实，后者更精炼，都是沈从文女性观的代表作。另，笔者将沈从文作为战国策派重要成员，参见拙文《战国策派核心成员考论》，《现代中国文化与文学》2016年第18辑。

② 沈从文：《谈家庭》，《战国策》1940年10月1日。

沈从文这篇文章挺有趣，他试图从“妇女之友”的角度来重新观照家庭问题。他认为两性之间的言论和行动并非一致，两性之纠纷也并非大道理能讲通的，不必“在‘男女平等’一名词上各执一端，纠缠不清”①，它存在于具体的日常生活中，只有双方都能了解彼此的需求和优缺点，采取平等合作的态度，两者才有可能真正融合。茅盾对此文十分不满，言辞犀利，直接要害。他指出，今天妇女运动者的主张与要求，完全不是沈从文先生所认定的那样，“一个正大光明的论客不应该不先研究明白人家的主张与要求是些什么，这些主张与要求的现实的基础又是些什么”，例如像这样的言论——“一部分人争解放只是想要一个家而得不到，或有了个家又太不像家”，必须拿出事实的根据才能下判断。茅盾认为：“凡是不肯歪曲事实的人，谁都知道，今天并没有人主张毁弃‘家’，也没有人主张把那些自己乐意只照管家的妇女硬拖出了她们的家，不过也不赞成强迫一些要求向外发展的妇女们非守住家不可。‘主张’或‘不主张’，是对实际问题而发的。只有‘小丑清客’这才视而无睹！”② 沈从文自然不是“小丑清客”，不过是一个善清谈的知识分子，但茅盾却用了一个如此重的词语，紧接着连续发出了几处疑问来质疑沈从文过于想当然的言论。茅盾问：“家”的重要用处究竟是什么？“妇女本性上的真正需要”究竟是什么？“不需要家的女子”究竟是否因为“男性十足”或“生理上有变态”，还是因为“身心不大健康，体貌上又有缺点，要家而得不到一个家”③？对于前两个问题，沈从文认为家庭的重要用处是“伏卵育雏”，“伏卵育雏”又是“妇女本性上的真正需要”；对于后一个问题，茅盾以为沈从文有此想法恰恰是自身蒙蔽于“习惯的心与眼”，换言之，这不是从一个新观点去解释女性问题，而是站在父权制立场上对女性的轻视、误解或曲解。沈从文用有色之眼来看待女性，恰恰说明他对女性的了解是肤浅甚至隔膜的，用这种简单

---

① 沈从文：《男女平等》，《中央日报·中央副刊》1940年10月27日。

② 茅盾：《“家”与解放》，《文艺阵地》1941年1月25日。

③ 茅盾：《“家”与解放》，《文艺阵地》1941年1月25日。

化、“直癌男”的思维来处理家庭和女性问题，自然会在复杂的现实社会中碰壁而不能真正解决男女之间的对抗。

笔者以为，茅盾对沈从文的批评十分有力，在女性、家庭方面，茅盾比沈从文看得更长远，思考得也更深入。沈从文此文有着较强的男权本位意识，摆脱不掉“生理决定论”的制约，本质上是维护传统社会的性别分工制度，这意味着五四以来妇女解放运动的倒退，在现实层面具有极大破坏作用。抗战时期“妇女回家”观点首发于福建省主席陈仪，他鼓吹妇女回到家庭，承担起教养子女的责任，还下令福建省各机关裁减、禁用、限用女职员。国民党成立妇女部，推广“母教运动案”，鼓励生育政策，制定妇女多生孩子、少参加政治活动的妇运方针。朱家骅在阐述国民党的妇女政策时认为妇女的职业就是在家庭中从事育儿、缝纫、烹饪等家政事业。沈从文的女性家庭观无论其初衷如何，实际上却暗合、支持了国民党的“妇女回家论”，阻碍妇女参与社会工作。茅盾对此洞若观火，一反温和的批评态度，严厉指出其错误。

茅盾深受马克思主义妇女解放理论影响，彰显出社会性别观念的先进性。恩格斯指出：“妇女解放的第一个先决条件就是一切女性重新回到公共的劳动中去”，“只要妇女仍然被排除于社会的生产劳动之外而只限于从事家庭的私人劳动，那么妇女的解放，妇女同男子的平等，现在和将来都是不可能的”[①]。因而，茅盾特别看重女性参与社会改造，注重女性整体素质的提升，他希望把女性的解放运动纳入生产劳动、社会改造的系统中。茅盾在批评沈从文的文章中特别提到了苏联的家庭和妇女状况，他认为，苏联普遍存在“男女平等”“女子解放”的“事实”足以反驳沈从文的观点，“事实比理论容易懂些”，只有“盲心的人”才会故作不懂[②]。茅盾站在马克思主义立场上欣赏苏联的妇女类型——苏维埃妇女。茅盾指出，苏联女性既可以

---

① 马克思、恩格斯：《马克思恩格斯选集》（第4卷），人民出版社1995年版，第70、158页。

② 茅盾：《“家”与解放》，《文艺阵地》1941年1月25日。

保留母职，又可以参加社会工作，家庭、社会、个人三者的权利义务兼而有之，这样的女性才是妇女解放运动的目标。茅盾用苏联之榜样给中国妇女指引了一条他认同的光明道路，历史证明，这不过是茅盾的信仰迷梦。

五　批判《野玫瑰》与茅盾的“矛盾”

茅盾对战国策派的批评涉及学术、政治、社会、女性等相关话题，但面对话剧《野玫瑰》时他却陷入了“沉默”与“矛盾”的状态。

《野玫瑰》是抗战时期一部名剧，表达了国民党间谍反日锄奸的主题，宣扬了国家至上、民族至上的爱国情感。这样一个与抗战主题密切相关的话剧，在重庆引发了一场声势浩大的“《野玫瑰》风波”。1942 年年初，《野玫瑰》剧本被中央文化部部长张道藩看中，他亲自组织人员公演此剧。3 月该剧正式在重庆公演，火爆大后方，剧本也获得了教育部学术审议委员会颁布的三等奖。紧接着，《野玫瑰》在国统区文艺界引发了一场旷日持久的论争，首先遭到左翼文化界的强烈批评与反抗。中共组织重庆戏剧界、文化界 200 余人由石凌鹤执笔，联名致函全国戏剧界抗敌协会，要求教育部撤销对《野玫瑰》的奖励，认为《野玫瑰》曲解人生哲理，为汉奸制造理论根据，不利于抗战建国宣传政策。《解放日报》《时事新报》《新蜀报》《华西日报》等纷纷发表批判文章，认为《野玫瑰》是包裹着糖衣毒药的玫瑰，不宜继续上演。然而，国民党官员陈立夫、张道藩、潘公展等却在公开场合重视、维护《野玫瑰》。

茅盾作为文坛名人、著名作家，不可能对此风波充耳不闻，但茅盾对《野玫瑰》的批判却是缺席的。仔细翻看茅盾在抗战时期的批评理论，尤其是他对抗战文艺的建议和看法，笔者以为茅盾不会对《野玫瑰》说三道四，或者说茅盾可能在某些方面会喜欢这样的作品，他虽觉得有不妥之处，但总体上是欣赏的。在抗战早期，茅盾就指出：“汉奸活动也应当作为文艺作品的主要题材……我们要描写各式各样的汉奸，写他们活动的方式，写他们何以会成为汉奸。我们要使民众读了我们的作品能够明白为什么土豪劣绅多半会去做汉奸，为什么汉奸明明在民众中而民众不知道。"① 一年后，茅盾在回顾和总结抗战文艺的发展时再次谈道："我们有过不少文章声讨托派汉奸了，但是还没有文艺作品将托派汉奸的'理论'和活动给以形象化，使民众'如见其人'，因而在社会上遇到了托派汉奸时就能'验明正身'，使无处遁形。我们已经有了不少描写汉奸的作品，但汉奸有各种各样的典型，——戴着各种各样的面具混在抗战的阵营里作着各种各样的活动，我们也还没有尽量写出来让民众逐一认识清楚。"② 按照此说法，《野玫瑰》应该算是一部较为优秀的作品，它把汉奸王立民的思想理论和言语活动描绘得活灵活现，符合茅盾对汉奸形象塑造的期待，至少陈铨在《野玫瑰》中详细写出了"何以会变成汉奸"的思想根源和理论基础，也描绘了他们"活动的方式"，使民众"如见其人"。《野玫瑰》中的王立民不再是一个一无是处的草包，而是具有强力意志、悲剧色彩的极端个人主义者，他爱女情深、自我了断生命，甚至让读者对他有一丝"同情"和"理解"。笔者认为，《野玫瑰》的出现吻合了茅盾对抗战文艺尤其是汉奸题材的期待，或许正是如此，当左翼文化界严厉批判《野玫瑰》时，茅盾选择了沉默。茅盾是文坛活跃分子，以他的地位和声望，不失时机地批评抗战时期的不良创作风向，似乎成了他的任务和追求，诚如批判林同济倡导的"第三期学术思潮"，但茅盾却对陈铨的《野玫瑰》保持了缄默。

尤其值得注意的是，茅盾本人就写过一部与国民党特务有关的小说《腐蚀》，"写得十分顺利"，"一气呵成"，小说一发表就"很受欢迎"，吸引了香港、南洋众多喜爱惊险小说的读者，"反应如此强烈，是我始料所未及的"③。这说明茅盾早已意识到陈铨此题材的有

---

① 茅盾：《展开我们的文艺战线》，《救亡日报》1937年9月13日。

② 茅盾：《八月的感想——抗战文艺一年的回顾》，《文艺阵地》1938年8月16日。

③ 茅盾：《茅盾全集第三十六卷·回忆录二集》，黄山书社2014年版，第470页。

趣与可贵。两位作家不约而同地选择间谍/特务题材，这就意味着两人在趣味上有共通之处。

抗战胜利前，茅盾从未谈论战国策派文艺。抗战胜利后，茅盾在《八年来文艺工作的成果及倾向》一文中才含糊地隐射了陈铨的《野玫瑰》：

> 然而必须指出的，也还有一种表面上与抗战“有关”，而实际则是有害的作品；这就是夸张“特工”的作用而又穿插了桃色纠纷的东西。理论上，在沦陷区作“特工”——对敌的各种工作，组织地下活动，搜罗情报，破坏敌人机构等等——的人物及其活动，亦未始不可描写；但应当从有民众掩护，民众组织的背景上去写“特工”，也只有这样的“特工”才不是牛鬼蛇神的两面人，才有意义。可是我们所见的这一类作品却并不如此，它们把“特工”人员写成黄天霸、白玉堂一类，而又夸张其所谓“锄奸”的作用，对于沦陷区民众的抗敌活动却避而不谈，这就不但歪曲了现实，而且暗示给读者，抗战只要有“特工”就成了，不需要组织民众发动民众。这样的作品，尽管与抗战有关，然而是有害的，且正其表面上“有关”，故其为害不在色情作品之下。①

此文写于1945年12月10日，发表于1946年1月5日，此时国际局势和国内政治环境发生了巨变，战国策派被认为是宣扬法西斯主义的派别，逐渐式微。1942—1943年是此派被左翼文化界集中批判的两年，首先是《新华日报》主编章汉夫在中共机关刊物《群众》直接斥责战国策派的本质是法西斯主义，谴责战国策派与反法西斯战争背道而驰②。紧接着，左翼文化界批判话剧《野玫瑰》、“民族文学运动”和《民族文学》。重要文章有：章汉夫的《“战国”派对战争

① 茅盾：《八年来文艺工作的成果及倾向》，《文联》1946年1月5日。

② 汉夫：《“战国”派的法西斯主义实质》，《群众》1942年1月25日。

的看法帮助了谁？——斥林同济“民族主义与二十世纪”一文》，李心清的《“战国”不应作法西斯主义的宣传》，欧阳凡海的《什么是“战国”派的文艺》，洪钟的《“战国”派文艺的改装》，克汀的《我们向哥白尼学习些甚么？——斥在科学伪装下的“战国”派理论》，颜翰彤的《读〈野玫瑰〉》，谷虹的《有毒的〈野玫瑰〉》，方纪的《糖衣毒药——〈野玫瑰〉观后》，戈矛的《什么是“民族文学运动”》，杨华的《关于文学底民族性》，《解放日报》编者的《“民族文学”与法西斯谬论》等。这些文章从政治思想、史学观念、文化理论、文学作品等各方面批判战国策派，冠以宣扬“法西斯主义”的罪名。

茅盾在此历史情境中检讨抗战八年来文艺成果的得失，自然对《野玫瑰》评价不高，不过批评语气不重，更多的是对这类作品的描述和评价。茅盾以为《野玫瑰》的主要缺陷在于没有叙述民众的抗战，过于夸张“特工”的作用又加以桃色纠纷，从而与现实抗战远离。这并非针对某一部具体作品（茅盾自始至终未明确提到《野玫瑰》），而是对这类作品的总结概况，由于《野玫瑰》具备这样的典型特征，自然就首当其冲，但此种批评仍处于“学理”状态。

但是，茅盾在此文中对战国策派的定性却是严重的：“挂抗战之羊头，卖法西斯的狗肉，戴‘民族的’面具，作封建势力的帮图”①。虽未直接点名战国策派，但处在当时环境和熟知抗战历史的人都知道，这其实就是对战国策派进行政治定性。茅盾在之前的文章中从未有过这样的判断，他更多是从学术角度探讨是非对错，试图通过“论述”来说服战国策派认识到自身的错误。以上定性却将战国策派作为潜在的敌人，排除在中共统一战线之外。此时的茅盾与抗战早期的茅盾在批评理念上发生了“矛盾”与“缝隙”，这样的声音恐怕更多属于左翼文化界而非茅盾本人，集体的意见遮蔽了个体真实的想法。抗战胜利前后，左翼文艺界以“过去和现在的检查及今后的工作”为题在重庆组织多次座谈会、漫谈会，就抗战以来文艺运动的

---

① 茅盾：《八年来文艺工作的成果及倾向》，《文联》1946年1月5日。

成果、问题、创作方法等诸多问题广泛交换意见，口头发言并形成书面材料发表在相关刊物上。茅盾此文正是对国统区文艺进行总结和概述，主要代表左翼文化界的声音而不完全是其本人立场。由此观之，茅盾对战国策派的定性更多属于“左翼大众”话语。

六 独特而异质的批评：不可忽视的茅盾声音

茅盾在抗战胜利前后批评战国策派是平和理性的，很少用失控的语言去批判和斥责战国策派，基本控制在学术探讨范畴之内对战国策派的文章或观点表达意见，指出战国策派的是非对错。这与批判战国策派的重将章汉夫等左翼人士有明显区别。章汉夫一发文就声色凌厉地声讨战国策派，穿凿附会此派的思想观点，扣上宣扬法西斯主义的帽子。茅盾较为客观理性，试图从学理角度与战国策派商榷或论争，并且茅盾的批评直击战国策派的要害，点出了此派言论的弊端。

倘若把左翼文坛对战国策派的批评分为3期：早期（1940—1941年），学理性较强，属于知识分子之间正常的学术探讨；中期（1942—1949年），属于意识形态论争，具有批判和谩骂的双重态度；后期（1949—1979年），政治批斗，毫无学理性，战国策派被认为是反苏、反共、反人民的派别。茅盾是早期代表人物，他的文章支撑了早期左翼人士对战国策派的批评。今天当我们提及左翼人士对战国策派的批评时，会想到章汉夫、郭沫若、颜翰彤、谷虹、方纪、袁昌英等人的批评，但其实左翼人士对战国策派的批评是有流变性的，经历了早期带有较多学理性探讨直至中后期政治色彩越来越浓烈的过程。

左翼人士对战国策派也具有多重态度。学界较为忽略了早期批评，以为战国策派自出场就被左翼文人不喜和批判。在初始阶段，左翼人士对战国策派充满好奇，感到新鲜。著名新闻记者范长江为此做了专访，写下一篇客观中立的报道《昆明教授群中的一支“战国策派”之思想》[1]，此文暗含了左翼人士对战国策派的看法——欣赏与质疑并存。作为一个松散、开放的民间派别，战国策派发表的文章并无统一的思想。这群知识分子独立性强、个性鲜明、言论自由，以其大胆新颖的理论、偏激的文风、奇异的表达方式而极富锐气和个性，在抗战众多学派中独树一帜。战国策派的文章绝非“四平八稳”，而是“虎虎有生气”，观点和风格造成的偏激、轻率自然会引发左翼人士对战国策派的质疑和批评，但这样的精神气质，其影子就是“左翼人士”。

在历经沧海桑田的晚年，对战国策派甚为熟悉的茅盾在回忆录中写道：“我仍然愿意相信这只不过是几个愚妄的文人的口出狂言，而不是与国民党有了什么政治上的勾搭。”[2] 的确，不过就是几位学识渊博又个性可爱的知识分子之间的自由言论而已，茅盾深知战国策派的本性，对此派的关注主要还是在学术观点和思想理念上，这也是茅盾在文章中反复批判第三期学术思潮、捍卫第二期学术思潮的原因所在。以茅盾与章汉夫为代表的左翼人士对战国策派的批评不仅在内容上有很大的差异，在语言风格上也有较大的差别。茅盾秉持“自由研究，公开讨论”的精神理念，将对战国策派的关注放在学术观点和思想理念上，摒弃了左翼人士惯用的政治口号式的谩骂，尽量不带偏见和主观色彩地说理和批评。值得注意的是，茅盾已较为恰当地运用马克思主义的立场、观点与方法对战国策派进行批评，这对1949年后的批评理念和方法具有极大的影响。

综上所述，从茅盾的视野来观照战国策派很有必要。茅盾对战国策派的批评相对于其他左翼人士来说，显得独特而异质，甚至显示出他自身的矛盾和犹疑，这与茅盾的内在性格和批评特点是相一致的。但有关苏联的信仰问题、有关马克思主义的立场问题，茅盾与其他左

---

① 长江：《昆明教授群中的一支“战国策派”之思想》，《开明日报》1941年1月9日。

② 茅盾：《茅盾全集第三十六卷·回忆录二集》，黄山书社2014年版，第448页。

翼人士是一致的。他们都坚信苏联的优越与美好，站在马克思主义观点上看待问题，同时对战国策派推崇德国的学术思想不以为然。思想理念之争才是左翼人士与战国策派之间最本质的分歧与矛盾。以“妇女回家”论争为例，茅盾深受马克思主义妇女观和苏联妇女实践的影响，积极引导和号召女性走出家庭，参加社会劳动，实现从“家庭人”向“社会人”的转变。战国策派深受德意妇女观和传统父权制的影响，从“大政治”和战时国家利益出发重新考察两性关系和家庭婚姻观。思想和立场不同，导致双方对不同问题有相异甚至相反的看法，这恰恰是战时中国众声喧哗的表征。

（原刊《现代中国文化与文学》2020 年第 2 辑）

茅盾的文学转译观探究

刘金龙　高云柱*

摘　要　在茅盾的所有翻译文学作品中，转译作品占了相当大的比重，形成他的一大特色。本文结合他的转译实践和相关论述，联系当时的历史语境，系统阐述了茅盾对转译发生及其弊端的认识，并对其转译活动进行了文化解读。本文认为，对茅盾文学转译观的系统研究不仅有利于更加全面、系统地呈现茅盾的翻译思想内涵，而且对同期翻译家的研究也有所裨益。

关键词　茅盾；翻译思想；转译

一　引言

转译①，也称作重译或间接翻译，与直接翻译相对。王向远等②认为："'转译'是指以非原语的译本为依据所做的翻译，即不从原文直接翻译，而是根据原文的某种译本间接翻译。"关于重译，方

---

* 作者简介：刘金龙，上海大学外国语学院博士研究生，上海工程技术大学外国语学院副教授，研究领域：应用翻译、翻译批评与翻译史。高云柱（通讯作者），曲靖师范学院讲师，研究领域：翻译理论与实践。

① 转译在中国历史上有多种说法，孔慧怡认为以"重译"的使用率最高（详见孔慧怡《重写翻译史》，香港中文大学/翻译研究中心 2005 年版，第 24 页。），本文提到的"重译"均指转译。在茅盾的翻译论述中，"间接译"或"重译"均指"转译"。为了论述方便，本文统一使用"转译"这一表述，涉及原始文献的直接引语，保留原有表述。另外，转译所依赖的源文译本称为"中介译本"。

② 王向远、陈言：《二十世纪中国文学翻译之争》，百花洲文艺出版社 2006 年版，第 134 页。

梦之[①]曾指出它有三种不同的含义：第一种亦称“复译”，通常指同一原著的不同译本，以后出版者为“重译”；第二种指译者自己对旧译在较大程度上的润色修订；第三种指非直源自原著语言的翻译，即以第三国语言（特别是英语）为中介的翻译。文中的转译即指重译的第三种含义。

转译一直没有得到学界的充分关注，“只被视为翻译活动中的过渡形态，在翻译的忠实、等值和等效等问题上缺乏研究价值”[②]。但随着翻译研究的文化转向，转译越来越受到学者的关注。

茅盾是我国20世纪著名作家、批评家、翻译家和外国文学研究者。他翻译了大量文学作品，绝大多数都是通过转译完成的，形成了茅盾翻译文学的一大特色。对于茅盾文学转译观，学界有过零散论述，但系统研究成果不多[③]。探究茅盾转译观有助于深化茅盾文学翻译实践和翻译思想研究。

二 茅盾文学转译的历史语境

在中国翻译史上，转译现象大量存在。古代的佛学东传，先到达西域，然后通过西域语言转译传入中国。在政府的事务翻译中，转译被视为“国势的象征”而频繁发生，“‘重译’代表的运作方式和文化心态一直维持到清代”，这足以“充分体现出‘重译’文化心态的渗透力”[④]。然而，自从鸦片战争以后，中国政府轻视外语和忽视外交翻译的态度开始发生变化，“务实态度已成为主流，传统以‘重

---

① 方梦之：《中国译学大辞典》，上海外语教育出版社2011年版，第133页。

② 李建梅：《文学翻译规范的现代变迁——从〈小说月报〉（1921—1931）论商务印书馆翻译文学》，四川辞书出版社2012年版，第148页。

③ 宋炳辉、陈竟宇：《接受途径、译介策略与文化价值倾向——论茅盾对外国文学的选择与中国文学建构》，《外语与外语教学》2019年第3期；陈竟宇：《茅盾外国文学译介研究》，上海外国语大学2019年版。

④ 孔慧怡：《重写翻译史》，香港中文大学/翻译研究中心2005年版，第25页。

译’自矜的心态已不复再了”[①]。

晚清以降，维新派将变革的希望寄托在国民精神和思想的革新上，并将视线转向文学的革新。新文学运动兴起后，鲁迅带领其胞弟周作人开创了20世纪中国翻译文学史上的“鲁迅模式”，即翻译弱小民族文学作品。鲁迅的这种翻译路线，得到茅盾和文学研究会里部分翻译家的响应。然而，由于受到译者语言能力和源语文本等因素的制约，翻译不得不依靠转译，通过日语或英语转译是当时的普遍做法。鲁迅就是“最具代表性的、影响最大的现代文学翻译转译大家”[②]，他通过日语转译俄语文学，还通过日语和德语转译弱小民族文学。

20世纪初叶翻译文学勃兴，转译功不可没。郑振铎曾这样描述当时转译的盛况：“如此的辗转翻译的方法，无论哪一国都是极少看见的，但在我们中国的现在文学界里却是非常盛行。”[③] 从晚清翻译西方强国的文学作品，到二三十年代注重转译欧洲弱小民族的文学作品，再到三四十年代倾心转译十月革命后苏联的无产阶级的文学作品和被压迫弱小民族的文学作品，因译者语言结构的限制、源语文本稀缺和译者主体选材的倾向，转译仍是主要手段。然而，译者对翻译本质认识的加深引发了20世纪20年代至30年代围绕转译的论争，郑振铎、梁实秋、穆木天、鲁迅和茅盾等都参与了这场论争。对于转译的必要性，鲁迅认为：“中国人所懂的外国文，恐怕是英文最多，日文次之，倘不重译，我们将只能看见许多英美和日本的文学作品，不但没有伊卜生，没有伊本涅支，连极通行的安徒生的童话、西万提司的《吉诃德先生》，也无从看见了。这是何等可怜的眼界。”[④] 既然转

---

① 孔慧怡：《重写翻译史》，香港中文大学/翻译研究中心2005年版，第137页。

② 王友贵：《翻译西方与东方：中国六位翻译家》，四川人民出版社2004年版，第148页。

③ 朱志瑜、张旭、黄立波：《中国传统译论文献汇编》（卷二），商务印书馆2020年版，第819—820页。

④ 朱志瑜、张旭、黄立波：《中国传统译论文献汇编》（卷四），商务印书馆2020年版，第2672页。

译不可避免，就要想方设法减少转译中存在的各种弊端与不足，郑振铎提出转译者应做到“慎重与精审”的三条原则：“（一）择译本里最可信的一本来做根据，来重译；（二）如译本有二本以上时，应该都把它们搜罗来，细细的对照一过；（三）译完后，应该叫通原本的文字的人，来把它与原本校对一下。”[①] 他认为这样就不至于有大错误发生了。

此外，为了保证转译的质量，郑振铎还建议译者应在译作中标注中介译本的译者姓名和出版信息，包括译者参照过的两种以上同种或异种文字的译文信息，以及不同中介译本的相异之处等，以此强调译者对转译的责任意识。

三 茅盾的文学转译实践

20 世纪 20 年代至 30 年代，茅盾继承了周氏兄弟的转译传统，大力译介俄苏文学和弱小民族文学。他只懂英语一门外语，且从未留过学，只能通过英美等主要英语国家的图书或期刊了解这些国家的文学资讯，进而将其转译到我国。

据统计，茅盾共翻译了 40 个国家和地区的 203 篇文学作品，其中英美等英语国家作品 21 篇，10 篇信息不详，转译了 37 个国家和地区的 172 篇文学作品，转译作品占总翻译文学作品的 85% 左右。作品体裁涉及小说、诗歌、戏剧、散文和文论等，其中小说 81 种、诗歌 37 种、戏剧 18 种、散文 19 种、文论 17 种。总体来看，欧洲国家作品占总转译作品的 65% 左右，其中北欧国家作品占 16% 左右，中东欧国家作品占 21% 左右，其他欧洲国家作品占 28% 左右；俄苏作品占 27% 左右；拉美国家、非洲国家和亚洲国家作品共占 13% 左右。从国别来看，转译最多的是俄苏作品，达 46 种；其次为瑞典作品，达 14 种；再次是匈牙利和乌克兰作品，分别为 10 种；其余国家

① 朱志瑜、张旭、黄立波：《中国传统译论文献汇编》（卷二），商务印书馆 2020 年版，第 823 页。

作品均在10种以下，不少国家的作品仅1种至2种。

转译贯穿茅盾文学翻译活动的始终，不仅转译作品数量巨大，而且涉及的国家数量众多。茅盾对转译信息标注的情况比较复杂，大概可归为以下几种：第一种，标注了原作国别、原作作者和汉译本译者信息，却没有标注原文，也没有标注中介译本和中介译者，这类作品数量最多，达92种；第二种，标注了原作国别、原作作者和汉译本译者信息，又标注了中介译本信息，这类作品数量达18种；第三种，标注了原作国别、原作作者和汉译本译者信息，又标注了中介译本和中介译者信息，这类作品数量有22种；第四种，标注了原作国别、原作作者和汉译本译者信息，又标注了中介译者信息，这类作品数量有10种；第五种，标注了原作国别、原作作者和汉译本译者信息，又标注了原作信息，却没有标注中介译本和中介译者信息，这类作品数量有11种；第六种，只标注了原作作者、汉译本译者和中介译本信息，却没有标注原作国别信息，这类作品数量有2种；第七种，标注了汉译本译者、中介译本和中介译者信息，却没有标注原作作者和国别信息，这类作品数量有5种；第八种，只标注了原作国别、中介译本和中介译者信息，却没有标注原作作者信息，这类作品有1种；第九种，标注了原作作者信息，既没有标注国别，又没有标注中介译本和中介译者信息，但可通过内容推断为转译作品，这类作品达19种。笔者统计时发现，茅盾在转译过程中具有一定的原作意识，绝大多数情况下标注了原作作者和国别信息，或者标注了中介译本或中介译者，说明茅盾对转译中的原作及中介译本的重视。

四　茅盾的文学转译观念

茅盾不仅大力从事文学转译实践，还积极进行转译的理论思考，并将这些思考记录在译作的译前记、译后记等副文本及其他文章之中，形成了茅盾特有的文学转译观念。

（一）茅盾对文学转译发生的认识

第一，强调转译发生的必要性（必然性）。茅盾的文学转译实践表明他认可转译的必要性。他曾说："'直接译'或'转译'在此人手不够的时候，大可不必拘泥。"[①②] 针对穆木天认为转译只限于当时难以找到的"小语种"弱小民族文学作品，茅盾提出了严厉批评："我们总以为一位德文程度很高的人未始不可从德文转译西班牙，而一位法文程度还有疑问的人勉强从法文去译意大利倒是冒险。"[③] 茅盾不仅强调了转译的必要性，也强调了转译者对中介语的熟悉程度对转译行为的影响。

1981年，茅盾将他在20世纪20年代至30年代翻译的作品结集出版时说："不过我所翻译的，大多是弱小民族的作品，后来一直也没有别人翻译过。……也还可以推荐给今天的读者。"[④] 在茅盾翻译的作品中，有的后来有复译本，有的至今也无人翻译。如果没有转译，这些作品译入中国的时间将会被推迟甚至搁浅，转译成了拓荒的重要手段。王友贵曾评价茅盾在其翻译最丰富的中期选材"呈现明显的拾遗补缺的特点，这种拾遗补缺性在不经意中展露出译者选目的个性。……它们中大部分篇目不仅未见重译与新译，更难得的是篇篇可读，其中不乏可供品鉴的佳构"[⑤]。茅盾的转译丰富了中国翻译文

---

① 钟桂松主编：《茅盾全集》（中国文论三集），黄山书社2014年版，第168页。

② 茅盾所有著述作品收集在钟桂松主编的《茅盾全集》（40卷，黄山书社2014年版）中，所有译作收集在韦韬主编的《茅盾译文全集》（10卷，知识产权出版社2013年版）中。考虑到版面原因，本文涉及茅盾论述的引文，未标注具体文献信息，只标注析出文集信息，特此说明。

③ 钟桂松主编：《茅盾全集》（中国文论三集），黄山书社2014年版，第168页。

④ 钟桂松主编：《茅盾全集》（中国文论十集），黄山书社2014年版，第548页。

⑤ 王友贵：《翻译西方与东方：中国六位翻译家》，四川人民出版社2004年版，第245—246页。

学的类型和内涵，他的转译活动应该和其他首译者一样付出了艰辛的努力，同样值得肯定。

第二，注重转译文学作品的思想性。茅盾认为，凡是大文豪的作品都带有作者的个性，翻译时要先领会作品的思想和特色，方能传递出其“真精神”[①]，并强调这种“真精神”都不可能从文字上被直觉感知。他在《路易斯》译后记中曾说：“译者因为此剧所写的人生，极可与现在国内青年男女所将趋的生活互相比照，所以译了出来。”[②]茅盾在与周作人的通信中也说：“转译之本不尽可靠，诚如先生所言，但 Benecke 女士译本，以弟观之，总还是好的。她的文章很美妙动人。我觉得只要不失原作者精意，只要能如原作一样的能够动人，字句上有点出入，倒不妨。”[③] 他在《雪人》的自序中又说：“这些作品所包孕的意义是值得看看的，正像休布给我们的塑像，虽然是臃肿不优美，然而内中藏着人生的力和悲哀，那么我这粗拙的译文或许也还可以当得国内爱好文学的青年的一顾罢。”[④] 在茅盾看来，如果转译作品能传递原作的思想，即便其在神韵上有所损失，也可勉强接受。

第三，注重转译文学作品的艺术性。茅盾认为文学作品具有艺术性，翻译时要做到传真：“介绍时一定不能只顾着这些作品内容所含的思想而把艺术的要素不顾，这是当然的。文学作品最重要的艺术色就是该作品的神韵。灰色的文学我们不能把他译成红色；神秘而带颓丧气的文学我们不能把他译成光明而矫健的文学。”[⑤] 茅盾强调要挑

---

① 钟桂松主编：《茅盾全集》（中国文论三集），黄山书社 2014 年版，第 73 页。

② 韦韬主编：《茅盾译文全集》（剧本二集），知识产权出版社 2013 年版，第 93 页。

③ 钟桂松主编：《茅盾全集》（书信一集），黄山书社 2014 年版，第 27—28 页。

④ 钟桂松主编：《茅盾全集》（外国文论五集），黄山书社 2014 年版，第 212—213 页。

⑤ 钟桂松主编：《茅盾全集》（中国文论一集），黄山书社 2014 年版，第 74 页。

选具有艺术价值的文学作品进行转译。他曾分析了一些作家作品的艺术特色，如泰戈尔的《迷途的》是以音为主的歌、苏德曼的《忧愁夫人》带有阴郁晦暗的神气、比昂逊的《爱与生活》带有光明爽利的神气和短峭隽美的句调、梅特林克的《一个家庭》和《侵入者》具有静寂的神气等。茅盾认为这些元素“都要于可能的范围内力求不失的，如果能不失这些特别的艺术色，便转译亦是可贵；如果失了，便从原文直接译出来也没有什么可贵。不朽的译本一定是具备这些条件的，也惟是这种样的译本有文学的价值。”[①] 在茅盾看来，转译要做到不失原作的艺术特色不是不能完全做到，他的很多转译作品便是证明。

第四，正确认识直接翻译与转译的辩证关系。直接翻译与转译质量孰优孰劣，不能一概而论。鲁迅认为：“最要紧的是要看译文的佳良与否，直接译或间接译，是不必置重的”，“深通原译文的趋时者的重译本，有时会比不甚懂原文的忠实者的直接译本好”[②]。这说明并非所有的直接翻译都优于转译。茅盾对直接翻译与转译的辩证关系观可分三种情况：第一，发挥转译本“聊胜于无”的过渡桥梁作用，转译本可被高质量的直接译本代替。金江曾告知茅盾，打算找人补译他《团的儿子》中所缺少的部分内容，茅盾婉拒说：“当时我译此书，因为当时懂俄文者不多，忙得无暇多译文艺作品。我故从英文转译，聊以介绍本书而已。现在情形不同了，最好有人从俄文另译，而我的转译本可以作废”[③]。这是茅盾自谦的说法，他的翻译质量还是很高的。第二，直接译本可以与转译本共存共荣。茅盾曾指出：“‘转译本’不但不能驱走‘直接译本’，并且也未尝驱走了同一来源的‘转译本’”，“倘使有一部书的‘转译本’轰动一时，则该书的‘直接译本’也一定很受书店老板欢迎，——只要这个‘直接译本’

① 钟桂松主编：《茅盾全集》（中国文论一集），黄山书社 2014 年版，第 75 页。

② 朱志瑜、张旭、黄立波：《中国传统译论文献汇编》（卷四），商务印书馆 2020 年版，第 2672 页。

③ 钟桂松主编：《茅盾全集》（书信一集），黄山书社 2014 年版，第 342 页。

不是看不懂的"①。这说明若转译本质量足够好，并不影响到直接译本的存在。直接译本和转译本共存，可使读者领略不同译者的翻译风采。第三，转译本质量超越直接译本质量，《战争与和平》是俄国托尔斯泰的长篇历史小说。茅盾曾认为该作品的转译本质量高于直接译本质量。1975 年，他致信姚雪垠时说："董秋斯据毛特英译本转译的中译本，比直接译自俄文者为佳。……我青年时先读毛特译本，抗战时见高某从原文译的中译本，以为不如英译本远甚。解放后见董译，认为后虽有人再从原文精译，而董译终不可废。"② 茅盾晚年在《茅盾译文选集》的序言中又重申了这一观点。

（二）茅盾对文学转译弊端的认识

转译虽然广为采用，但人们也认识到它所存在的各种弊端。早在 1920 年，茅盾就说："各宜根据原本，根据转译是不大靠得住的。"③ 茅盾对转译弊端的认识主要包括 3 个方面。

第一，中介译本的质量影响转译的质量。作家蒋光慈曾说："在日文译本中的一些更改、删节和错误，再转译为中文时，于是就有更多的变动、更改和错误，像这样的译作，怎能保持它原有的形式呢？假如一部俄文作品译为德文或英文时已有一些错误，再译为日文时，又增加一些错误，于是从日文译本再译为中文时，一定是集错误的大成了。"④ 因此，穆木天认为转译中"译本之批判问题"⑤ 很重要。

茅盾非常重视转译的中介译本质量。1943 年，当曹靖华邀请茅

---

① 钟桂松主编：《茅盾全集》（中国文论三集），黄山书社 2014 年版，第 167 页。

② 钟桂松主编：《茅盾全集》（书信二集），黄山书社 2014 年版，第 434 页。

③ 钟桂松主编：《茅盾全集》（中国文论一集），黄山书社 2014 年版，第 54 页。

④ 转引自王克非《翻译文化史论》，上海外语教育出版社 1997 年版，第 177 页。

⑤ 朱志瑜、张旭、黄立波：《中国传统译论文献汇编》（卷四），商务印书馆 2020 年版，第 2673 页。

盾翻译《复仇的火焰》和《人民是不朽的》时，他因担心删节的中介译本有质量问题而犹豫不决。为了克服该问题，茅盾主动寻求懂得源语文本的友人提供帮助，并参照已出版的其他版本进行对照，他们共同完善译作。他翻译《复仇的火焰》时，得到了苏联文学研究权威专家曹靖华的支持，曹靖华帮他排除中介译本可能存在的问题。他在致信曹靖华时说："《复仇的火焰》已译完……，唯此书中有数处之字句弟有疑问，拟请兄以俄文本一对。"[①] 他又在《复仇的火焰》序言中说："我这翻译，是根据苏联的外国文书籍出版局的英文译本的，译完以后，适又得到该出版局印行的中文译本，取以对照，颇有几处小小的不同。……然而仍有几处觉得非请教一下懂得俄文的朋友不可，我应当感谢曹靖华先生对我的帮忙……"[②] 茅盾应约翻译《人民是不朽的》，因得到了戈宝权"允代写序，并为校勘"的允诺，表示"当努力试译之"，而结果"还是满意的"。[③] 他在译后记中曾说："我应当感谢戈宝权先生，他花了不少精神时间为我的译本和俄文本逐句逐字校对过。英译错误之处也由他校正。如果这个重译本幸能免于错误的话，这都是戈宝权先生之力。"[④] 茅盾的转译，一方面因为他有认真负责的谦虚态度，又得到了懂得源语文本的朋友大力援助，另一方面又有已出版的中译本对照，这大大提高了翻译质量。由此观之，"经过多人认真、艰苦的工作，间接译、直接译的差别已经不大或者几乎于无了"[⑤]。

第二，转译活动影响译者对原作艺术风格的传递。茅盾非常重视文学翻译中神韵的传达，他曾在《雪人》的自序中说，选集中所译

---

① 钟桂松主编：《茅盾全集》（书信一集），黄山书社 2014 年版，第 232 页。

② 韦韬主编：《茅盾译文全集》（小说四集），知识产权出版社 2013 年版，第 145 页。

③ 钟桂松主编：《茅盾全集》（书信一集），黄山书社 2014 年版，第 239 页。

④ 韦韬主编：《茅盾译文全集》（小说四集），知识产权出版社 2013 年版，第 7 页。

⑤ 冯玉文：《鲁迅翻译思想研究》，中国社会科学出版社 2015 年版，第 184—185 页。

作品都有一个共同的基调："便是对于人生意义的追寻，及追求未得或所得太少的幻灭的悲哀"，然而这些作品又"色彩不同"，每篇作品"自然不是同一面目"，例如蒲宁的《旧金山来的绅士》眷念已失的豪华、拉兹古的《复归故乡》则突进一步而发出革命的狂吼、莫尔纳的《偷煤贼》充满言婉意深的诙谐，等等①，而作品的神韵，也恰恰是在转译中最容易失去的东西。他还说："我的译文，不用说是很拙劣，并且全体是从英文转译，不免对于原作的神韵又加多一层损失。"② 他又在《桃园》的前记中说，对于选集中的译作，"论原料，虽然未必'十全大补'，我敢信'维他命'决不缺乏；不过经我这蹩脚'媒婆'一转手，无非只剩了糟粕"③，"我虽则尽了我的全力，仍然很糟。其中有几篇是因为原作的风韵特佳而被我选中的，译后一看，觉得尤其糟"④。总体来看，茅盾转译作品的翻译质量较高。

第三，转译活动制约译者翻译选材范围。转译的一大弊端就是很容易遮蔽译者的选材视野。王友贵曾指出茅盾翻译选材的一大特点是"选目受制多"⑤，并分析了茅盾选材范围受到的四重限制。茅盾就转译对翻译选材的制约也深有体会，他在《桃园》的前记中曾说："照英美人那种一贯的不大看得起弱小民族文学的态度而言，我这里所有的一些材料的英文译者大抵不是怎样出名的'专家'，——例如 C. Garrett 之于托而斯泰；然而也并不乏值得赞美的专心介绍弱小民族文学的译手，例如 Underwood，只可惜这本集子里所收的，从他那

---

① 钟桂松主编：《茅盾全集》（外国文论五集），黄山书社 2014 年版，第 212 页。

② 钟桂松主编：《茅盾全集》（外国文论五集），黄山书社 2014 年版，第 221—213 页。

③ 钟桂松主编：《茅盾全集》（外国文论五集），黄山书社 2014 年版，第 491 页。

④ 钟桂松主编：《茅盾全集》（外国文论五集），黄山书社 2014 年版，第 492 页。

⑤ 王友贵：《翻译西方与东方：中国六位翻译家》，四川人民出版社 2004 年版，第 240 页。

边转译过来的非常之少。”① 茅盾透露出一丝翻译选材受限的无奈。

在重庆的抗战后方，茅盾专注于转译苏联爱国战争文学。他在《苏联爱国战争短篇小说译丛》的“后记”中曾指出，翻译选材力求做到范围务求其广，他打算作一个比较全盘的介绍。不幸的是，有些类型的作品特别少，只翻译少数几篇，而“这几篇，也许还不是此一类中的代表作，不过至少也可以窥见后方人民工作热忱之一斑。我本来打算如果再找不到更多的材料而容我作最好的选择时，便将就把这二三篇翻译出来以备一格”②。茅盾虽然知道苏联战时文学作品很丰富，也打算进行系统译介，无奈转译阻挡了他有更多的选择机会。在这个只收录了12篇译作的集子里，作品虽然大都属于某类，但他“亦曾竭力使其不限于一个方面”③，目的是让读者对苏联战争前线和后方有更多的了解。

五 对茅盾文学转译的文化解读

在中国翻译史上，转译已不仅是一种翻译现象，更是一种文化象征。孔慧怡认为，转译受到推崇是因为：“它代表中国国威远播，遥远的外邦也因此要排除万难，到天朝进贡。对中国主流而言，外邦是否能用语言表达讯息并不重要，因为表达的困难是外邦（不是中国）要解决的问题，困难愈大，代表外邦来自愈遥远的地方，也就愈能显示中国的国威，‘重译’之所以成为文化标志，其理在此。”④ 转译有着深厚的历史文化根源，所以“重译”的运作方式

---

① 钟桂松主编：《茅盾全集》（外国文论五集），黄山书社2014年版，第491页。

② 钟桂松主编：《茅盾全集》（外国文论五集），黄山书社2014年版，第648页。

③ 钟桂松主编：《茅盾全集》（外国文论五集），黄山书社2014年版，第647页。

④ 孔慧怡：《重写翻译史》，香港中文大学/翻译研究中心2005年版，第25页。

和代表的文化心态能一直维持到清代。到了清末民初，社会变革需要大规模引进域外文学和文化资源时，转译这一运作方式仍被广泛采用，深受欢迎。在晚清的文学翻译中，达旨和译意是流行的翻译策略，主要体现在3个方面："'转口输入'（转译）、译创界限模糊和译评合一。"① 换言之，晚清对转译是高度接受和容忍的。"五四"新文化运动后，晚清时期的主流翻译规范受到质疑，随之发生嬗变，表现在："一、对翻译本质的认识；二、翻译表现形式及翻译语言；三、强调文学翻译的艺术审美。"② 就茅盾来说，他在转译过程中，通过译前记、译后记、译者注等副文本形式，注重对转译信息的标注（包括原作作者、作者国别、中介译本和中介语译者等）以帮助读者对原作和转译有更深刻的认识。如茅盾在《愚笨的裘纳》的译后记中曾说："此篇从 Underwood 英译《巴尔干短篇小说集》内译出"，又在《改变》的译前记中指出："此篇由 Anges Rix 的英译本转译出来，英译曾载1922年8月美国出版的'World Fiction'创刊号上。"茅盾注意对转译信息的标注，表明他对翻译的本质有了更深刻的认识，也更加谨慎地对待转译行为。这也说明，社会的剧烈变革加速了新的翻译规范的形成，传统的转译自矜心态必将逝去。就茅盾的翻译政策来看，他的文学翻译活动充分考虑到翻译文学与社会思潮和意识形态等因素，还考虑了翻译文学作品的文学价值，虽然他在语言能力不济的情况下取道转译，但这也彰显了他对文学翻译中"信"本质的追问和翻译文学表现形式、语言表达和艺术审美等问题的探寻。

茅盾转译的作品主要是弱小民族文学和俄苏文学作品。从茅盾的翻译政策来看，他翻译弱小民族文学与民族主义思潮和批判国民性有关，翻译俄国文学与"为人生"思想、"师法俄国"和走出身份认同

---

① 廖七一：《中国近代翻译思想的嬗变——五四前后文学翻译规范研究》，南开大学出版社2010年版，第91页。

② 廖七一：《中国近代翻译思想的嬗变——五四前后文学翻译规范研究》，南开大学出版社2010年版，第139页。

等因素有关，翻译苏联文学与政治认同有关。勒菲弗尔认为，翻译既可以盗用源语文本的权威，也可以给予权威。在他看来，“对于用另一种缺乏权威的语言写成的文本，翻译可以使得该文本获得一种权威语言（如拉丁语、法语、英语和俄语）自带的权威”①。茅盾通过英语转译弱小民族文学和俄苏文学，殊不知，“这些文学作品的思想内涵首先经过了西方现代性的过滤与吸收，获得了西方文化权威的认可，已经成为西方文化的一部分”，而转译这些被筛选和过滤后的文学作品，“实质上传递的还是西方现代性的文化精神”②，与直接翻译英美等自带权威的文学作品没有本质差异。由是观之，茅盾的转译活动，“表面上看中国文学、文化汲取了世界上具有平等地位和相似境遇的其他民族的文学、文化精神，但转译中使用的发达资本主义国家民族语言的译本却展现了另一幅现实图景，即中国新文学、新文化发展在向外寻求思想支持时，仍然汲取的是西方现代性的养分，与其他民族的文化之间并未形成直接的、真正的交流”③。此话虽太过绝对，但也不无道理，这或许就是转译的吊诡所在。

六 结语

时代赋予转译新的使命。茅盾文学转译发生的历史背景、社会需求、翻译主体、文化心态等都与古代的转译完全不同，体现了“中国知识阶层对中西文明认识的一次调整，从以往对域外文明的漠视，转为对西方文明的主动诉求”④。茅盾的文学转译活动不仅丰富了我

① Lefevere, André, *Translating Literature: Practice and Theory in a Comparative Literature Context*, Beijing: Foreign Language Teaching and Research Press, 2006, p. 123.

② 李建梅：《文学翻译规范的现代变迁——从〈小说月报〉（1921—1931）论商务印书馆翻译文学》，四川辞书出版社2012年版，第156页。

③ 李建梅：《文学翻译规范的现代变迁——从〈小说月报〉（1921—1931）论商务印书馆翻译文学》，四川辞书出版社2012年版，第156页。

④ 罗列：《性别视角下的译者规范》，北京师范大学出版社2014年版，第146—147页。

国翻译文学的类型和内涵，也为中国传统译论的发展贡献了理论资源。对茅盾文学转译实践和观念的深入研究，不仅要结合茅盾个人翻译思想体系加以考察，而且还要将其置于20世纪翻译文学史的宏大历史叙事中加以考察，才能凸显茅盾转译活动的社会文化和历史意义及学术价值。考察茅盾的文学转译，不仅有利于更加全面、系统地呈现茅盾的翻译思想，而且对我国翻译家和翻译史研究也有重要启示和借鉴意义。茅盾的文学转译活动体现了中国翻译家所具有的“家国天下的胸怀”和对民族“兴衰成败的使命感”①。

（原刊《上海翻译》2021年第3期）

① 方梦之、庄智象：《翻译史研究：不囿于文学翻译——〈中国翻译家研究〉前言》，《上海翻译》2016年第3期。

五　域外视野

茅盾在日本的创作

钟桂松

近日读20世纪20年代茅盾流亡日本时期创作的作品和有关史料，忽然发现，有些现象很耐人寻味。比如，一个人风风光光、顺风顺水时，恐怕也是一事无成的时候；而一个人受到排挤、四面楚歌甚至流亡他乡时，恐怕也是他特别有作为出成果的时候。20世纪20年代茅盾流亡日本时的情形，就有这样的意味。

1928年的酷暑里，32岁的茅盾在上海隐居近一年后化名方保宗，与24岁的革命女性秦德君一起，流亡日本。然而，从茅盾踏上开往日本神户的轮船的那一刻开始，对茅盾的指责、诟病乃至谩骂就开始了，而且家庭矛盾也因此而起。

飘零的磨砺

茅盾到东京后，在日本的党组织向上海的中共中央写信汇报工作时，曾专门请示应如何与茅盾联络。1928年10月9日，中共中央在给东京市委复信时，其中有一条，专门告诉东京的党组织，“沈雁冰过去是一同志，但已脱离党的生活一年余，如他现在仍表现得好，要求恢复党的生活时，你们可斟酌情况，经过从新介绍的手续，允其恢复党籍”。然而收到中共中央回函指示的东京市委后来却没有半点动作，既不转达，也不与茅盾联系，竟权当没有这个复函一样。那么，是不是当时这个函没有发出去呢？还是日本的党组织没有收到呢？或者收到后组织已经没有办法开展工作了？这些都有可能。据党史专家张魁堂介绍，在茅盾去世后，他曾专门作过调研，1982年还专门函询旅居加拿大的当年中共东京市委书记李德馨，也访问过当时在东京的黄鼎臣，他们都说没有收到这个函。如今，这个函件底稿默默地存放在中共党史的档案里。

其实，茅盾真正离开党组织，是在去日本以后。尽管茅盾在日本没有做对不起党的事，但他感到党组织已经远离他了，其内心的孤单和无奈可想而知。作为一个有信仰的人，这种飘零感其实是一种炼狱般的磨砺。

《从牯岭到东京》引来围攻

在《从牯岭到东京》一文中，茅盾对创造社傅克兴他们对《蚀》的指责予以反击。他写道："我是真实地去生活、经验了动乱中国的最复杂的人生的一幕，终于感得了幻灭的悲哀，人生的矛盾，在消沉的心情下，孤寂的生活中，而尚受生活执着的支配，想要以我的生命力的余烬从别方面在这迷乱灰色的人生内发一星微光，于是我就开始创作了。"

茅盾还说："我是用了'追忆'的气氛去写《幻灭》和《动摇》；我只注意一点，不把个人的主观混进去，并且要使《幻灭》和《动摇》中的人物对于革命的感应是合于当时的客观情形。"茅盾还用相当篇幅回顾三部曲的命名及写作时的真实心情，也对作品中的人物进行反思，承认自己那时"有点幻灭"，但写作品是客观的"时代描写"。他说："我只写 1927 年夏秋之交一般人对于革命的幻灭；在以前，一般人对于革命多少存点幻想，但在那时却幻灭了；革命未到的时候，是多少渴望，将到的时候是如何的兴奋，仿佛明天就是黄金世界，可是明天来了，并且过去了，后天也过去了，大后天也过去了，一切理想中的幸福都成了废票，而新的痛苦却一点点加上来了，那时候每个人心里都不禁叹一口气：'哦，原来是这么一回事！'这就来了幻灭。"而《动摇》，茅盾认为，"所描写的就是动摇，革命斗争剧烈时从事革命工作者的动摇"。即使八十年后的今天说来，依然能感到年轻茅盾的态度是坦诚和真诚的，对时代的剖析是深刻的。

这篇文章茅盾写于1928年7月16日，他刚刚到日本东京，后来寄回国内，发表在10月18日的《小说月报》上。文章一发表立刻引起上海文坛的轰动，遭到创造社、太阳社一些文艺批评家的猛烈抨击。钱杏邨在《从东京回到武汉》一文中，尖锐地批评茅盾说：“自从1927年政治上有了最后一次的变化以后，我们的茅盾先生便一变几年来的革命运动的精神，而大做其幻灭运动。在矛盾、幻灭、动摇、追求的当中，他对自己以前所信仰的革命起了怀疑，消极幻灭起来。”所以，钱杏邨说：“我们统观茅盾先生的前后，他所有的只是一种缠绵幽怨的激昂愤发，他所有的只是迷乱灰色的人生，他所有的只是悲观的基调与一片灰色的前途。”然后，他分“标语口号、文艺宣传、留声机器”“文艺对象”“新写实主义”等进行批评。最后的结论是“茅盾先生走入歧途已经不成问题”。

此外，傅克兴批评茅盾关于作品的读者对象问题、文艺技巧问题的言论，话语之间火力颇猛！还有钱杏邨的《批评与分析》、虚白的《文艺的新路——读了茅盾的〈从牯岭到东京〉之后》、潘梓年的《到了东京的茅盾》、李初梨的《对于所谓“小资产阶级革命文学”底抬头，普罗列塔利亚文学应该防御自己》等批评文章，一时刀光剑影，令身在异国他乡的茅盾不寒而栗。直到晚年，他说：“《从牯岭到东京》引来了太阳社和创造社的朋友们的围攻。他们异口同声说我是小资产阶级的代言人，要树立小资产阶级的文艺。”不过，对太阳社和创造社的朋友们上纲上线的批评，茅盾晚年回忆当时情景时，只用“实在古怪”四个字一笑了之！

内心的自由与广阔

如果我们还原茅盾那时真实的生活场景，就会发现，30余岁的茅盾可谓风波不断，烦恼一个接一个——文坛朋友们的诟病和攻击、无法回到党组织、家庭矛盾的无法调和等。然而，在如此繁杂的心绪里，在如此无助的地方，茅盾竟然写出了不少优秀的可以传世的小说和散文。

在日本是是非非的日子里，茅盾创作了长篇小说《虹》，塑造一个娇生惯养的小姐发展成为反抗侮辱、压迫，走上革命道路的光彩照人的革命者形象。当时在京都幽静的住处里，度过1929年樱花烂漫的春天，茅盾本来想写完《虹》以后，紧接着《虹》的人物和故事，写一部姊妹篇《霞》，可惜后来人事变迁，茅盾回国了，《霞》胎死腹中，没有动笔即夭折了。

在日本，茅盾除了一部长篇小说外，还写了一系列有滋有味的散文和短篇小说：《自杀》《一个女性》《诗与散文》《叩门》《雾》《买豆腐的哨子》《红叶》《色盲》《昙》《泥泞》《速写一》《速写二》《风化》《邻一》《邻二》《樱花》《爱与诗》《陀螺》，等等，其中有7部短篇小说。这些在一片批评声中写出来的散文、小说，却文采斐然、清新隽永，许多日本风俗，如浴室的习惯，在茅盾笔下也变得富有诗意。他自己晚年回忆时还有些自得："《速写一》和《速写二》都是所谓散文，即是用优美、细致的笔法记述平凡的事，《速写二》因有阴阳镜而更增缠绵回荡的气氛。"

茅盾与秦德君、杨贤江夫妇一起去京都郊外赏红叶，后来茅盾写了散文《红叶》，以纪念这次游玩。杨贤江比茅盾大1岁，浙江慈溪人，1922年加入中国共产党，1927年冬流亡日本，担任留日学生中共组织的负责人。1929年春天樱花盛开的时候，茅盾偕秦德君一同去岚山赏樱花，在茅盾的记忆里："山边有宽阔的湖泊一样的水。大大小小的游船也不少。我们雇了一条大的，在指定的水路中来回走了两趟，回程是挨着山脚走，看见有一条小船蜗牛似的贴在山壁的一块突出的岩石下，船里人很悠闲地吹着口琴。烦渴中喝了水那样的快感立刻凝成一句话，在我心头掠过：岚山毕竟还不差，只是何必樱花节呵！"

现在看，茅盾在日本心烦意乱的环境中创作的那些优美的散文里，还留有他许多思乡的印痕。他在日本浴场洗澡，看到水中男女倒影，想起故乡传统中的阴阳镜；他在赏红叶时，看到掷在湖面上的白泥烧成的小圆片"削水片"，立刻想起小时候在家乡的游玩，"所谓'削水片'是用小而薄的瓦片（并非特制，我的家乡屋顶都用此种瓦片）在河边向水面平掠过去，臂力好而又有经验的人，能使瓦片在水面跳跃而去，好像鱼的跳跃；瓦片跳跃次数多至七八次者算是削水片的好手”。而茅盾在日本写的小说，包括《虹》在内，写的也都是国内时代世情，可见茅盾依然有忘不了的故国情。且由此可见，优秀作品问世与生活是否富裕无关，与周围环境是否优美也无关，关键是作家内心是否有一个自由广阔的空间。

（原刊《国际人才交流》2020 年第 2 期）

昭和前期（1926—1945）日本对《蚀》的译介与研究

连　正　阎浩岗

摘　要　迄今为止，中国国内对于茅盾早期作品《蚀》在日本的接受情况所知甚少，仅见相浦杲1983年发表的《日本研究茅盾文学的概况》对小田岳夫译介《蚀》的情况一笔带过。小田岳夫1935年摘译发表《幻灭》是日本译介茅盾中长篇小说的开始，1936年他再将《动摇》和《追求》合译，以《忧愁的中国：大过渡期》为书名由第一书房出版发行。这是首部茅盾作品的日译单行本。《大过渡期》出版后引发日本批评家的不同评价，日本学者的评价别开生面，对中国国内茅盾研究有一定的参考价值；而这些评价又与昭和初期日本特定的社会文化背景分不开。

关键词　茅盾；《蚀》；日译本；昭和前期

关于茅盾作品在日本的接受与研究情况，虽然目前中国国内已有一些论著涉及，但介绍与研究尚不充分，有进一步拓展之必要。关于茅盾作品的日译，学界主要把目光集中在《子夜》上，而对于茅盾另一部重要作品《蚀》在日本接受与研究的详细情况，国内相关研究则寥寥无几。国内所见最早提到《蚀》在日本翻译的文献是1983年日本学者相浦杲在《茅盾研究》创刊号上发表的《日本研究茅盾文学的概况》一文。在该文中，相浦杲对1930年至1980年在日本的茅盾研究情况作了宏观概说，其中，对小田岳夫翻译《蚀》的情况一笔带过："一九三九年，作家小田岳夫已经对《蚀》三部曲发生了很大的兴趣，他把三部之中的《动摇》《追求》两部译成日文，题做

《大过渡期》而出版了。”[①] 1984 年顾忠国翻译了下村作次郎与古谷久美子合编的《日本茅盾研究参考资料目录》,[②] 目录分“论文及一般资料文章”和“翻译及译注”两部分，罗列了关于《蚀》的译介及相关研究文献的发表时间、作者和刊载期刊名称。李岫《半个世纪以来国外茅盾研究概述》、顾忠国《茅盾研究在日本》[③] 及钟桂松《二十世纪茅盾研究史》[④]、钱振纲《茅盾评说八十年》[⑤] 等茅盾研究史著作中均未提及《蚀》在日本的接受研究情况。

茅盾《蚀》发表之后较早在日本学界引起关注。1935 年 10 月小田岳夫摘译了《幻灭》，1936 年 8 月翻译完成《动摇》和《追求》后，以《大过渡期》为书名发行单行本，随之日本学界对之进行了解读和评论。本文将在掌握一手史料的基础上，对昭和前期《蚀》在日本的译介研究情况予以介评。

一 《幻灭》的译介：日本茅盾接受的滥觞

1934 年竹内好、武田泰淳、冈崎峻夫等人在东京成立中国文学研究会，标志着日本中国现代文学研究的开始。1934 年 3 月，汉学家井上红梅以“中国新作家茅盾及其评价”为题专门介绍了茅盾，此文发表于《文艺》3 月号。这是日本首篇详细介绍茅盾作品的文章，自此开启了日本学界对茅盾的关注和研究。文中开头井上红梅高度评价了茅盾：

---

① ［日］相浦杲：《日本研究茅盾文学的概况》，李岫编《茅盾研究在国外》，湖南人民出版社 1984 年版，第 425 页。此处作者有笔误，《大过渡期》出版于 1936 年。

② ［日］下村作次郎、古谷久美子合编：《日本茅盾研究参考资料目录》，顾忠国译，《嘉兴师专学报》1984 年第 1 期。

③ 顾忠国：《茅盾研究在日本》，《湖州师专学报》1987 年第 3 期。

④ 钟桂松：《二十世纪茅盾研究史》，浙江人民出版社 2001 年版。

⑤ 钱振纲编著《茅盾评说八十年》，文化艺术出版社 2011 年版。

> 继鲁迅之后，茅盾成为了中国青年大众中集人气于一身的作家。他在一年中创作三四部长篇小说，每部作品的初版都以二万部的发行量，以插翅飞天之势迅速销售一空，在落后的中国读书界这是一件前所未有的大事，让人刮目相看。①

简介茅盾后，井上红梅翻译了贺玉波关于茅盾的评论。其评价贺玉波“是一位利用科学性分析的评论家”，因此认为他的茅盾评价是值得参考和推荐的。井上红梅特别指出贺玉波对《蚀》三部曲在技巧分析过程中使用点线和图表等方法令人耳目一新。从贺玉波对茅盾的评价中，井上红梅总结出中国文学无产阶级意识浓厚、创作单一化的特点。虽然井上红梅的这篇文章多一半内容是对《虹》的梗概介绍，也未作出对《蚀》的具体解读评论，但这应该是《蚀》的篇名首次出现在日本杂志上。

正式全面把《蚀》介绍给日本读者的是小田岳夫。小田岳夫（1900—1979），日本小说家，出生于新潟县，本名小田武夫。大正11年（1922）毕业于东京外国语学校中国语学科，毕业后入外务省工作。他大正13年（1924）至昭和3年（1928）任职于日本驻中国杭州领事馆。1935年10月他在《塞露潘》第56期发文，概述了《幻灭》故事情节，并摘译了部分相关人物的会话，配有插图。② 该期除介绍《幻灭》外，还以《春·暴动》为名翻译了赛珍珠《大地》节选。笔者翻阅《塞露潘》其他期号，赛珍珠的作品只在这一期出现过。这说明日本人或许有意将这两位现实主义作家放到一起进行比较。

小田岳夫没有完整翻译《幻灭》，在文章最后也未加以任何评论，但足以说明小田岳夫对于《蚀》的关注，也足以说明《蚀》在

---

① ［日］井上紅梅「支那の新作家　茅盾と其評家」、「文芸」3月号、1934年3月（井上红梅：《中国新作家茅盾及其评价》，《文艺》3月号，1934年3月）。本文中所涉日文文献均为连正汉译。

② 《塞露潘》（日文「セルパン」）为法语“Le Serpent”的音译，译成汉语为“蛇”之意。该刊所刊译作主要以欧洲作品为主。

日本的最早译介是1935年，而非相浦杲文中提到的1939年或1936年；是1935年《幻灭》的摘译发表，而非1936年《大过渡期》的出版，开启了《蚀》三部曲在日本的传播之路。

日本读者及研究者最早对《蚀》的评价并不都是正面的。1936年6月，增田涉在上海通过鲁迅介绍会见了茅盾之后，撰《茅盾印象记》，该文发表于9月出版的《中国文学月报》第18号上。这篇印象记提到了《蚀》三部曲：

> 我第一次听说“茅盾”这个名字是在十年前。当时他在《小说月报》上发表了《幻灭》。我对《幻灭》并无好感，对茅盾这个作家也是轻视的（今年年初我在《文学》中读了《多角关系》，接着又读了《子夜》）。但对作为文学评论家的茅盾，自从《文学导报》上读到了他以“丙申”为笔名写的《五四运动的检讨》之后，我对他便不能忘怀。①

增田涉与茅盾一见面就开门见山地说，自己认为在三部曲中《动摇》写得最出色。茅盾表示认同这一判断，并谦逊地加以说明：这是他参加实际革命工作之后的亲身经历，所以写起来比较得心应手。在谈话中，增田涉并未过多谈及《蚀》三部曲，他和茅盾谈论的重点放在了关于《子夜》的评价上。当茅盾问到关于《子夜》的读后感时，增田涉给予高度评价，并向茅盾提出要把它翻译介绍给日本读者。增田涉对于《子夜》的兴趣远大于《蚀》，他认为茅盾是长篇小说作家，不适合创作短篇。也有学者对《蚀》予以忽视，例如在增田涉之前，竹内好发表在同年4月的《中国文学月报》第2期第14号上的《茅盾论》一文中，没有关于《蚀》的任何评论。

① ［日］增田涉「茅盾印象記」、「中国文学月報」第18号、1936年9月（增田涉：《茅盾印象记》，《中国文学月报》第18号，1936年9月）。

二 《大过渡期》：茅盾作品日译单行本的先河

1936年8月，小田岳夫翻译完成了《动摇》和《追求》，将其命名为《忧愁的中国：大过渡期》[①]（以下简称《大过渡期》），该书由东京第一书房出版发行。《大过渡期》是首部茅盾作品的日译单行本。笔者有幸得到了这部译作的原文本。该书版权页标示：1936年8月20日首次印刷，出版发行2500册；1939年5月20日第二次印刷，发行1000册。作为外国翻译作品，在当时总共发行3500册，这个发行量是比较大的，可见《蚀》三部曲当时在日本非常有市场。与之形成对照，被专家认为水平超过《蚀》的《子夜》，在普通读者中的接受程度却不及《蚀》：增田涉得到茅盾授权翻译的《子夜》在《大陆》1938年创刊号和7月、8月号连载，但登到第三次就停止连载；战前《子夜》也不曾出版日译单行本。这虽然未必说明《子夜》不及《蚀》受普通读者欢迎（停止连载也有可能是因战争或中日关系），起码说明客观上《蚀》的接受面超过了《子夜》；战前日本出版的日译单行本《虹》版权页未标注印数，很可能也不及《蚀》。说《蚀》是战前最为日本读者所熟悉的茅盾小说，当非妄言。

小田岳夫在译本序言开头讲到了他翻译此书的目的：

> 1926至1927年席卷于中国武汉地区的革命浪潮我想给各位读者留下了深刻印象吧。
>
> 恰好当时我正在中国的某地，似如决堤洪流一般的国民革命浪潮以破竹之势北伐，此情形让我愕然并瞠目而视。我所在的地方在面对此浪潮袭来时，有的阶层战战兢兢，有的阶层望眼欲穿、蠢蠢欲动、极其不安与动摇。
>
> 共产主义政治组织终于呈现出扎根于东方之势头。
>
> 《大过渡期》将要把处在革命漩涡中心的中国之现状展现于

---

① 此前国内所见相关介绍中未见正标题《忧愁的中国》。

读者眼前。[1]

小田岳夫在序言中所说的“中国某地”就是杭州，因为1924年至1928年他就职于日本驻杭州领事馆，亲眼看见了处于大革命高潮中的中国各阶层的生存状态。《蚀》对知识分子和小资产阶级形象的刻画及对社会现实的描写引发了小田岳夫的共鸣，他通过译介《蚀》把中国大革命的状况介绍到日本。在序言中小田岳夫这样评价茅盾：

如果说鲁迅先生是东亚风格的作家，那茅盾无疑是一位西欧风格的作家。另外，如果把鲁迅视作主观性的、抒情式的作家，那么茅盾就是一位客观性的、叙事型的作家。

鲁迅作为“文学研究会”成员之一[2]在停止创作之后不久，曾是文学评论家的茅盾以作家身份却开始陆续创作发表长篇巨作。我深切地感到，这种因果是时代与作家性格之关系而造成的。

始终保持冷峻并带有纯粹品格的鲁迅不会用缓和的表现手法去描写充满愤懑的现实。随着现实社会越发混乱复杂，对于持有冷眼、强大的内心和充满丰富表现力的茅盾来说，这恰好给他提供了文学创作环境。

因此，从1927年起茅盾以《蚀》为开端，之后《虹》《路》《三人行》《子夜》等数篇长篇和多篇短篇如天马行空般陆续问世，一跃成为了中国文坛的首要作家。

茅盾被称为最擅长描写现实的作家。在此意义上，《大过渡期》更是最具有时代性的作品之一。

《大过渡期》（原题《蚀》）原本由《幻灭》《动摇》《追

---

① ［日］小田嶽夫「悩める支那：大過渡期」、第一書房、1936年8月、第1、1、2、3、4頁（小田岳夫：《忧愁的中国：大过渡期》，第一书房1936年版，第1，1，2，3，4页）。

② 鲁迅并非文学研究会成员，此处小田岳夫有误。

> 求》三部分组成，每个都是一部独立的作品。我把其中比较优秀的两部《动摇》和《追求》介绍给读者，把《动摇》作为本书的第一部，《追求》为第二部。[①]

关于为何没有翻译《幻灭》，可能此前已经介绍过，而且小田岳夫认为其艺术水准不及后两部。将《动摇》与《追求》放在一起翻译，或许还有让日本读者领略茅盾创作手法多样性的意图。他指出"《动摇》与《追求》之间存在着作者创作态度的极大反差"，并引用了茅盾本人的说法："《幻灭》和《动摇》中完全没有我个人的思想，只是单纯的客观描写。但《追求》中夹杂了自己的思想感情。《追求》的基调是极度悲观的"，"因此，读完《动摇》的读者单纯地认为茅盾是一位风俗作家[②]的话，那么读完《追求》后你就会改变这种想法"。[③] 在序言中小田岳夫谈到了《蚀》的创作方法和人物特点：

> 无论《动摇》还是《追求》都没有设定单一的主人公，同时配置数位重要人物，总之可以说就没有主人公。作品并不以讲述个人故事为目的，而是反映整个时代与社会的现实，对于茅盾来讲这是极为自然的，同时也是最为有效的唯一创作方法。茅盾能够在宏大的现实社会中把握众多人物，其创作技巧非常之娴熟。但同时存在人物变为木偶而导致类型化的缺陷。茅盾人物刻画单一，在人物性格把握方面与其说是巴尔扎克之流倒不如说更

---

① ［日］小田嶽夫「悩める支那：大過渡期」、第一書房、1936 年 8 月、第 2、1、2、3、4 頁（小田岳夫：《忧愁的中国：大过渡期》，第一书房 1936 年版，第 2，1，2，3，4 页）。

② 日语当中的风俗作家［風俗作家（ふうぞくさっか）］是指专门描写世态、风俗、人情的小说的作家。作品多以客观描写为主，作者主观意识和思想性淡薄。

③ ［日］小田嶽夫「悩める支那：大過渡期」、第一書房、1936 年 8 月、第 3、1、2、3、4 頁（小田岳夫：《忧愁的中国：大过渡期》，第一书房 1936 年版，第 3，1，2，3，4 页）。

近似屠格涅夫的创作风格。

《动摇》中的孙舞阳，特别是《追求》中的章秋柳既美丽聪明、自我意识强烈，又放荡不羁、颓废堕落。这样的人物能否生存先不说，但在中国的近代历史中可能存在过吧。

我可以想象出这些人物就是茅盾本人的化身。

胆大而乖戾的章秋柳内心充满了异常的焦躁。茅盾在冷静而客观的观察现实中挥笔疾书，他的内心深处充满了摆脱不掉客观主义态度的苦闷，通过描写章秋柳的躁动来达到自我情绪的发泄。总之，章秋柳等人物的创作描写中融入了作者的血肉。[1]

小田岳夫翻译完成《动摇》与《追求》后，1937年在专著《中国人·文化·风景》的“茅盾”章节中收录了这篇序言，并再一次评价了《大过渡期》：

茅盾是现代中国最为活跃的作家，也是最为专业的作家。无论是长篇、短篇、文论还是杂文，其撰写内容丰富，让人叹为观止。

长篇小说《子夜》得到了高度评价，我虽然没有读过，但通过之前的长篇三部曲《大过渡期》（原题《蚀》）可以感到他的才华横溢、坚定不移和广阔视野。为我们展示了中国的革命场面。出场人物众多，有战争，有恋爱，有对革命的热情和革命中的丑恶。然而，即使这样，作品不知为何给人一种平面化的印象。

我对茅盾的经历几乎不了解，把他看作一位伟大的知识分子不知是否有所偏颇。他的笔触稳健而细腻，对人物的观察丰富而准确，对现象综合性的把握和判断恐怕是现代中国作家中屈指可

① ［日］小田嶽夫「悩める支那：大過渡期」、第一書房、1936年8月、第4、1、2、3、4頁（小田岳夫：《忧愁的中国：大过渡期》，第一书房1936年版，第4，1，2，3，4页）。

数的存在。但，和鲁迅、郁达夫等比起来个性的发挥还稍有欠缺。①

总体来看，小田岳夫在序言中对于《蚀》特别是其中《动摇》和《追求》的态度是肯定的。《蚀》三部曲陆续发表之后，中国国内曾出现褒贬不一的评价。无论是文学研究会同仁的赞誉，还是创造社的批评，都是从政治立场出发，站在“革命文学”的角度予以评论。小田岳夫则不受政治观点囿限，而从文学艺术价值视角评价，在当时令人耳目一新。比起客观描写，他更看重茅盾本人的文学思想，试图通过小说中的人物窥视作者内心世界。小田岳夫翻译《蚀》的动机为：不仅要介绍中国大革命前后的社会现实和作品本身，还要让读者看到作家的内心，让人们真正地了解茅盾。小田岳夫以俄国作家为参照，用比较文学方法评论《蚀》的创作方法，在茅盾研究史上显得比较新颖，在日本的茅盾接受史上则具有开创意义。

三 《关于〈大过渡期〉》及日本学者对《蚀》的不同评价

1936 年茅盾专为日本《改造》杂志创作了短篇小说《水藻行》，该刊将其作为 1937 年 5 月号头条发表。《水藻行》的发表进一步促进了《蚀》在日本的传播。《水藻行》发表前后日本学者在《读卖新闻》《报知新闻》等媒体上对这部作品给予了关注和评价。其中将《蚀》与《水藻行》进行比较的评论值得关注。4 月 29 日，神西清在《报知新闻》上发表题为“茅盾描绘的南画：本月作品的最高峰”的文章，其中有这样一段：

① ［日］小田嶽夫「支那人 文化 風景」、竹村書房、1939 年 9 月、第 169、170 頁（小田岳夫：《中国人·文化·风景》，竹村书房 1937 年版，第 169、170 页）。

> 中国现实主义作家的代表茅盾创作的《水藻行》让人耳目一新。此前我读到《大过渡期》时认为茅盾是一位善于描写资产阶级和知识分子、着重刻画女性的作家，读过《水藻行》之后发现，他对于中国农民的观察也是细致入微的。若把《大过渡期》比作是西洋式的油画，那么即将要发表的《水藻行》就是带有东洋画风的南画。①

从这段话我们可以推断，作者当时尚未读到茅盾的“农村三部曲”，所以他对于茅盾除了善于描写资产阶级和知识分子、塑造女性形象，也能细致生动地描写农民和农村生活感到新鲜。他关于《大过渡期》是“西洋式油画”的比喻，与小田岳夫的看法接近。

《水藻行》在《改造》刊登后的第五日，即 1937 年 5 月 6 日，新宿兵卫在《读卖新闻》“论评壁”栏中发表题为“日中文学的握手”的文章。该文也对《水藻行》和《大过渡期》进行了比较：

> 在茅盾的《水藻行》（《改造》5 月号）之前，我已经愉快地阅读了《大过渡期》，对于中国现代社会小说给与了重新评价，因此满怀希望地读了这部作品。然而它并不像我期待的那样有趣。可能因为茅盾是长篇小说作家的原因吧，《水藻行》并没有《大过渡期》那种气势磅礴、扣人心弦之感。②

这位评论者对《大过渡期》有偏爱，因为他喜欢宏大叙事，喜欢“气势磅礴、扣人心弦”的作品，所以依此期待视野读《水藻行》

---

① ［日］神西清「茅盾の描いた南書　今月作品中の最高峰」、「報知新聞」1937 年 4 月 29 日（神西清：《茅盾描绘的南画：本月作品的最高峰》，《报知新闻》1937 年 4 月 29 日）。神西清（1903—1957），日本俄国文学研究学者、翻译家、小说作家、文艺评论家。日语中的“南画（なんが）”是指江户中期、深受中国明清绘画影响的画派画的统称，代表着中日文化和艺术审美的融合。

② ［日］新宿兵衛「日支の文学的握手」、「読売新聞」1937 年 5 月 6 日（新宿兵卫：《日中文学的握手》，《读卖新闻》1937 年 5 月 6 日）。

便感有些失望。其实这并不能说明《水藻行》艺术价值不高，而说明茅盾写作手法与创作风格的多样性。在今日中国的接受环境中，可能《水藻行》一类的人性发掘更能引起普通读者和某些评论家的兴趣。但在当年社会动荡的语境中，《大过渡期》即《动摇》《追求》的社会性和历史感能被多数读者欣赏，包括国外读者，这值得我们今天的研究者注意。

1940 年 2 月，武田泰淳翻译了《虹》，东京东成社于该月 15 日出版发行单行本。《虹》的译介进一步推进了日本对《蚀》三部曲的研究。该年 5 月，藤井冠次在《中国文学》（即原《中国文学月报》）第 6 期第 69 号上发表长文《关于〈大过渡期〉》。文章分 5 部分，共 12 个页码，近 2 万字。这成为昭和前期茅盾研究史上最长的一篇文献。关于该文作者，笔者迄今未查到相关详细介绍。藤井侧重探究茅盾的思想，他在文章开头先是谈到他阅读了茅盾的《蚀》和《虹》，肯定茅盾是现代中国的代表性作家，“茅盾作品在我们当中引起了强烈共鸣”；但他又认为，“空口无凭的评论和称赞会产生不好的影响”，“所谓评论就是要探究作家在创作上的缺陷，唤醒批判精神是其职责所在”，“要探寻作品当中隐含了多少作者精神思想的内质”，因此他“将从一个纯粹读者的立场出发，把《大过渡期》和《虹》联系在一起来阐述一些感想”。[①]

《大过渡期》以中国历史变革期为舞台描写了知识分子的生存困境、思想矛盾与精神苦闷。藤井阐述了阅读《大过渡期》之后的整体感受：

> 大革命之后中国尚有传统的余孽，作品中不仅人物思想，作品整体都不免存在因传统余孽而产生的一种不成熟的轻浮与伤感。然而在作者的意识中存在着灰暗与强烈否定式的宿命观，这

① ［日］藤井冠次「『大過度期』を廻って」、《中国文学》第 6 卷第 61 号，1940 年 5 月（藤井冠次：《关于〈大过渡期〉》，《中国文学》第 6 卷第 61 号，1940 年 5 月）。

种意识与新时代纠葛在了一起。①

在第一节最后，藤井对于茅盾评价道：

> 虽然茅盾可能是一位代表时代的作家，但他缺乏一双探究人间本质的慧眼。然而，这是一部呈现人间与历史摩擦为悲剧主题的作品，人面对历史逃不过失败的命运。《大过渡期》只不过是一部中国变革时期的一篇哀歌而已。②

“人间”是该文的关键词。日语中的“人间”（にんげん）是指具有社会性、思想性人格的“人”。藤井在文中围绕“人间”这一概念解读了《动摇》与《追求》，分析了两部作品之间的关联。在对《动摇》的解读中，他认为世纪末的颓废感是《动摇》最显著的特点。茅盾在《动摇》中对“人间”个体的思想进行了刻画描写。因为人物个性已经被中国世纪末的“颓废感”所遮蔽，《动摇》中人物所持有的思想并不是“人间”个体的思想而是政治形态的表露，知识分子只是政治变局中的旁观者或追随者。藤井在文中如是说：

> 随着时代的变化，焦躁不安的他们大多失去了自我独立的思想。能够看到的只不过是这个时代的一般共识，或政治性的意识形态。如果把这些称之为“思想”，恐怕过于肤浅，过于平庸。代表时代知识阶层的他们，失去了超越普通人的生存技能。这无

---

① ［日］藤井冠次「『大過度期』を廻って」、《中国文学》第6卷第61号，1940年5月（藤井冠次：《关于〈大过渡期〉》，《中国文学》第6卷第61号，1940年5月）。

② ［日］藤井冠次「『大過度期』を廻って」、《中国文学》第6卷第61号，1940年5月（藤井冠次：《关于〈大过渡期〉》，《中国文学》第6卷第61号，1940年5月）。

一不在作品中表现出来。①

藤井认为，茅盾抓住了处于过渡期的时代，客观地把握并描写了活跃在这个时代的人物的种种状态。然而在超越时代、跨越历史性局限、还原人间生命个体性方面，他依然有所欠缺，即缺乏对于人的本质的深层把握，缺少活跃的思考能力和缜密的判断能力，或者缺乏自我的锻造。虽然作者读取了时代的颓废，但在人性描写上尚有不足之处。藤井冠次与上述新宿兵卫的观点形成对照：如果说后者欣赏的是其宏大叙事，那么前者更看重人性发掘与个性表现，因而更多指出其缺憾。在藤井看来，失去作为“人间”个体思想的人物就成为历史现场的记录者或倾诉者，这就导致了《动摇》中人物描写的片面化和教条化。藤井还认为作品中夹杂有“浓厚的传统气息”，《动摇》“与其说是欧式现实主义小说，不如说更具有中国古典小说的特点”。② 这又与小田岳夫及新宿兵卫的观点相反。

关于《动摇》的艺术表现力，藤井评价认为：

> 在《动摇》这部根据客观性观察描写、思想内涵浅薄的作品中，人物暧昧，缺乏亮点。诚然，作品描写的是地方城市中的人心动摇，但称为地方风俗更为贴切，以政治为背景来粉饰人物心理活动。这些人物就像演技拙劣的演员一样聚集在剧目中。③

① ［日］藤井冠次「『大過度期』を廻って」、《中国文学》第6卷第61号，1940年5月（藤井冠次：《关于〈大过渡期〉》，《中国文学》第6卷第61号，1940年5月）。

② ［日］藤井冠次「『大過度期』を廻って」、《中国文学》第6卷第61号，1940年5月（藤井冠次：《关于〈大过渡期〉》，《中国文学》第6卷第61号，1940年5月）。

③ ［日］藤井冠次「『大過度期』を廻って」、《中国文学》第6卷第61号，1940年5月（藤井冠次：《关于〈大过渡期〉》，《中国文学》第6卷第61号，1940年5月）。

因此，他的结论是：《动摇》中描写的“过渡期”并非作为“人间”个体思想的“过渡期”，它只不过记录了社会历史变革中的一次“过渡期”而已。藤井对《蚀》三部曲的最后一部《追求》却评价较高，他认为《追求》弥补了《动摇》缺乏思想性的不足。藤井引用小田岳夫为《大过渡期》所写序言中提到的茅盾自我解释：“《幻灭》和《动摇》中完全没有我个人的思想，只是单纯的客观描写。但《追求》中夹杂了自己的思想感情。《追求》的基调是极度悲观的。”据此，藤井指出：“章秋柳是从孙舞阳的基础上塑造出来的一位典型时代女性，她带有浓烈的作者本人的气息。”① 通过文本细读，他认为比起《动摇》来，《追求》中的人物更加具有“人间”的个体性和思想性，人物的心理刻画更丰富和更有层次感。他写出了章秋柳个人心理历程的变化：

> 她被新时代之风所感染，初生牛犊，轻薄放荡，但终究被现实所背叛。她强化自我的生存方法，不再忍受自己作为一名女性而生存于世。她成为作者自我思想的载体，最终发展成《虹》的女主人公——梅行素。……比起孙舞阳，《追求》中的章秋柳从一开始就带有革命的先知先觉性，在大变动的时代背景中虽然她感到了幻灭和悲哀，并通过官能刺激来寻找生存的意义，但她并非懦弱的小资产阶级，在理性和感性的二者抉择之后，她最终走向了理性的革命道路。②

藤井冠次的论文显示出日本学者在茅盾研究特别是《蚀》的评价中的不同观点与对话意识。关于小说如何处理社会历史表现与人性

---

① ［日］藤井冠次「『大過度期』を廻って」、《中国文学》第6卷第61号，1940年5月（藤井冠次：《关于〈大过渡期〉》，《中国文学》第6卷第61号，1940年5月）。

② ［日］藤井冠次「『大過度期』を廻って」、《中国文学》第6卷第61号，1940年5月（藤井冠次：《关于〈大过渡期〉》，《中国文学》第6卷第61号，1940年5月）。

发掘之间的关系，这是一个迄今仍有争议的问题，在中国国内也是见仁见智。日本学者的观点我们未必赞同，却可以开阔我们的研究思路。1930年代至1940年代初，中国国内茅盾研究大多感情色彩浓厚，许多评论比较平面化，停留在就作品论作品的层面上，对作家的创作思想论述较少。茅盾在日本的研究却呈现不同的特色：小田岳夫、新宿兵卫、藤井冠次等日本学者，以局外人的视角把研究重点放在了作品的艺术个性、创作方法、人物心理刻画和作者思想上，从文学本身的角度解读评价《蚀》三部曲，并以其他作品为参照，显得较为立体化和系统化。

四　昭和初期日本接受和研究《蚀》的社会文化背景

日本在明治和大正时期大量接受了西方文学与社会思潮，现实主义、现代主义、马克思主义、无政府主义等纷至沓来。进入昭和时期，日本文坛一直在寻求立足本土文化传统以消化接受西方文艺思潮之路。他们需要找到一个可资借鉴的中庸之道，于是把目光聚焦在同是东方国家的中国上。在此背景下，乃有昭和初期日本特有的“茅盾论”。小田岳夫在《大过渡期》序言中认为鲁迅先生是东亚风格的作家，而茅盾是一位西欧风格的作家，山本实彦在著作《人与自然》的“茅盾・海婴及其他”一章中也有类似的评论：“茅盾是一位擅长长篇小说并带有强烈欧美气息的作家，而鲁迅却是一位具有中国独特风格的作家。”① 藤井冠次在《关于〈大过渡期〉》中则说：“茅盾是欧式作家，《大过渡期》对于新时代中国来说是一部西式而崭新的文学表现形式，然而却夹杂着古老的民族气息，新旧思想之融合是茅盾对于当代中国产生苦闷之原因所在。”② 《大过渡期》虽为中国作品，

---

① ［日］山本実彦「人と自然」、改造社、1937年、第322頁（山本实彦：《人与自然》，改造社1937年版，第322页）。

② ［日］藤井冠次「『大過度期』を廻って」、《中国文学》第6卷第61号，1940年5月（藤井冠次：《关于〈大过渡期〉》，《中国文学》第6卷第61号，1940年5月）。

却由第一书房作为“欧洲新小说丛书”出版发行。堀田善卫在阅读后，对茅盾的宏大叙事和现实主义的表现手法尤为惊叹：他不曾想到在中国居然创作出了与欧洲小说媲美的文学作品！“纯粹的现代文学已存在于中国，即使将其置于欧洲新文学丛书中，也非常自然，无论从何种意义上来说都毫不逊色。《大过渡期》的确让我感到惊讶。”[①] 竹内好在《茅盾论》中之所以用“恶文家”的反话评价茅盾，是因为“对受到欧洲尤其是法国文学影响的日本文学家，按当时一般的标准来说，当然还有一时未能接受的了解不到的地方，或者也还有未习惯茅盾文学个性的一面”。[②]

由于日本自身文化与历史的特点，过于追随模仿西方现代主义思潮的创作效果往往不理想，在错综复杂的文学史中常是昙花一现。只有川端康成这类在坚持本民族文学传统前提下接受西方文学因素的代表性作家最终解决了东西方因素的不调和。《雪国》对东西方文化的结合达到自然天成、炉火纯青的高度。巧合的是，在卷首刊登《水藻行》的《改造》1937 年 5 月号，同期卷尾刊载的是《雪国》中的一节，名为《手毬歌》。1937 年 4 月 28 日本多显彰在《读卖新闻》的“文艺时评”栏中发表《日本的感觉：理性的立场》(「日本的感覚—知性の立場」)，认为《水藻行》“是一部具有日本式敏锐感觉的作品”，“主人公财喜开朗豪爽的性格与广漠无边的周围环境完全合为一体，二者水乳交融，让我们感到一种空旷而悠久之美。试想，同样的题材如果是日本作家，特别是典型的日本作家来描写的话效果会

① ［日］武田泰淳、堀田善衛「私はもう中国を語らない：対話」朝日新聞社、1973 年、第 34—35 頁（武田泰淳、堀田善卫：《我将不再讲述中国：对话》，朝日新闻社 1973 年版，第 34—35 页）。

② ［日］相浦杲：《日本研究茅盾文学的概况》，李岫编《茅盾研究在国外》，湖南人民出版社 1984 年版，第 422 页。相浦杲的中文带有日文痕迹，他这段话的意思应该是：就接受欧洲尤其是法国文学的日本文学家而言，按当时一般的标准来说，当然还有一时未能充分理解之处，因而他们也还有未习惯茅盾文学个性的一面。

怎么样?”① 本多显彰的评论证明了茅盾与川端康成的共同之处，也印证了当时日本接受和研究茅盾的内在成因。

日本学者对《蚀》的研究，使我们认识到：总览社会全局、记录时代风云的宏大叙事与刻画人情风俗、发掘人性幽微的私人化叙事各有其存在价值、各有其特定读者群体，也都可以引发域外读者兴趣、产生国际影响。新时期以来，中国国内质疑宏大叙事而推崇私人化日常生活叙事一时成为主流，以致对茅盾的评价一度走低，这其实只是社会转型时的暂时现象。

（原刊《中国现代文学研究丛刊》2020 年第 8 期）

① ［日］本多顯彰「日本的感覚—知性の立場」、読売新聞、1937 年 4 月 28 日（本多显彰：《日本的感觉：理性的立场》，《读卖新闻》1937 年 4 月 28 日）。本多显彰（1898—1978），1923 年毕业于东京帝国大学文学部英语专业，东京女子高等师范学校教授，主要从事劳伦斯、莎士比亚等英国文学作家的翻译与研究，在近代日本文学界有着广泛的评论活动。日本学者是永骏在《论〈水藻行〉》（《湖州师专学报》1986 年第 12 期）中通过丸山升的论文间接引用了《日本的感觉：理性的立场》（「日本的感覚—知性の立場」），笔者通过日本国会国立图书馆得到的一手资料重新加以翻译和改动。

普实克的茅盾研究

徐从辉*

摘　要　普实克是欧洲中国现代文学研究的拓荒者、著名的汉学家，也是茅盾研究的先行者，其茅盾研究颇有洞见。他对茅盾作品"史诗"与"抒情"辨证的概括，具有"文学史家"的眼光，其茅盾研究具有系统性和深入性；相比较，夏志清的茅盾研究是一种卓越的发现与鉴赏，是一种"批评家"的印象式评点。普实克的茅盾研究同时带有时代的印记，如二元式思维，对新文化激进主义的认同等偏颇。其文艺思想来源于当时的马克思主义美学、欧洲的左翼化思潮，以及俄国的形式主义、布拉格结构主义文论。普实克及其承继者的研究构成了中国现代文学研究的重要一维。

关键词　普实克；茅盾研究；文学史；普夏之争

在海外的茅盾研究中，普实克、夏志清、高利克、陈幼石、刘禾、王德威等是典型代表①。普实克（Prusek Jaroslav，1906—1980）作为欧洲中国现代文学研究的重镇，也是茅盾研究的拓荒者。"五十年代初，国外对中国现代文学认识非常有限，所以在中欧甚至整个西

---

* 作者单位：浙江师范大学国际文化与教育学院。

① 他们的主要论著有：C. T. Hsia, *A History of Modern Chinese Fiction*,（1961）；Marian Galik, *Mao Tun and Modern Chinese Literature Criticism*,（1969）；Yu-shih Chen, *Realism and Allegory in the Early Fiction of Mao Tun*,（1986）；Marston Anderson, *The Limits of Realism: Chinese Fiction in the Revolutionary Period*,（1990）；David Wang, *Fictional Realism in Twentieth Century China*,（1992）；等等。

方，普实克起了一个先锋的作用。”① 他先后编著出版了第一部用捷克语编写的汉语教材《汉语口语教程》（*The Textbook of Spoken Chinese*）（1937），出版《中国，我的姐妹》（*China My Sister*）（1940）、《中国文学简介》（*On the Chinese Literature and Instruction*）（1947）等著述，翻译了鲁迅的《呐喊》《狂人日记》，茅盾的《子夜》，同时还有《论语》《中国话本小说集》、蒲松龄的《聊斋志异》，对后来的茅盾研究者比如高利克等人产生了重要影响。其著作《话本的起源及其作者》《中国的历史与文学》《抒情与史诗：中国现代文学论集》为其赢得广泛声誉。茅盾研究是普实克中国现代文学研究的重要内容。鉴于国内学界疏于对普实克茅盾研究的述评，本文将从普实克对茅盾研究的成就与不足、文学批评的思想来源等几个方面展开对普实克茅盾研究的分析。

一 “史诗”与“抒情”的辩证

在中国现代作家中，茅盾是普实克极为欣赏的一个。普实克对茅盾高度评价：“每年在中国有很多的新小说出版，我个人很喜欢茅盾写的。我认为他是中国现代小说界中最好的一个。”② 他高度评价《子夜》是除鲁迅的经典作品之外的战前中国最伟大的一部文学作品。普实克的茅盾研究及中国现代文学研究起始于20世纪30年代，在20世纪上半叶西方普遍缺乏对中国现代文学了解的情况下，普实克在对中国现代文学的介绍乃至包括汉语推广方面具有开创之功。普实克对汉学的研究缘于他与中国的特殊情缘。他1928年毕业于布拉格查理大学，随即去瑞典、德国留学，师从著名汉学家高本汉，1932年，普实克来中国进行了两年半的考察，其间结识了鲁迅、郭沫若、

① ［捷］高利克：《我和茅盾》，《中国现代文学研究丛刊》1990年第1期。

② Prusek Jaroslav, *The Textbook of Spoken Chinese*，转引自［捷］高利克《我和茅盾》，《中国现代文学研究丛刊》1990年第1期。

茅盾、冰心、丁玲等人，这也使他从此结下了中国缘[①]，日后成为捷克斯洛伐克最著名的汉学家。他对中国有较深的感情，“我热爱这个国家，她对我来说亲如姐妹。但即使如此，我对她也很严厉，我看到了她的贫困，知道她的缺点。我为她振奋过，失望过，伤心过，但是我从来不能无动于衷。人们不可能对自己的亲人无动于衷”。[②] 这种对中国的特殊感情使他的中国文学研究带上了感情色彩。他对鲁迅、茅盾、郁达夫、郭沫若等作家都有专门的研究。

普实克的茅盾研究主要集中在其著作《抒情与史诗：现代中国文学论集》中，这个论文集收录了其1952—1969年的有重大影响的文章，由李欧梵编辑。普实克对茅盾及其作品的论述主要集中在以下几个方面。

首先是对茅盾作品特征的宏观把握：“史诗”与“抒情”的辩证。所谓“史诗”，它不仅是文类，更是通向一种“话语模式、情感功能以及最重要的社会政治想象”。[③] 它是集体主体的诉求和团结革命的意志。不同于关注作家的主观感受、情绪、色彩与想象力的再现，以及注重个人主体性的发现和欲望的解放的抒情传统，茅盾的小说属于“史诗”，茅盾的小说以其对社会生活恢宏、全景式的再现而具有“史诗”的品格。“茅盾是中国最伟大的史诗性作家。”他把更多的关注放到了决定中国历史进程的主要力量和具有普遍有效性的社会事件上来。在普实克看来，古代的白话文学是中国现代文学的真正源头，新文学革命使得“在旧文学中占据主导地位的抒情性”被

---

① 普实克和茅盾的交往史有待进一步考证。由于茅盾日记尚未全部出版，而普实克在《中国，我的姐妹》等著中虽评价了茅盾的作品，但并未谈及与茅盾的交往。目前《茅盾全集》仅收录普实克与茅盾的少量书信。但可以判断两人之间比较熟悉。而且新中国成立后两人有互访。1949年，中国政府曾派出由茅盾、郭沫若、马叙伦带队的文化代表团访问捷克，普实克领导的捷克文化代表团则随后于1950年回访。普实克把茅盾、郑振铎和钱杏邨视为自己的故友。

② ［捷］雅罗斯拉夫·普实克：《中国，我的姐妹》，丛林等译，外语教学与研究出版社2005年版，第425页。

③ 王德威：《抒情传统与中国现代性》，载季进《另一种声音：海外汉学访谈录》，复旦大学出版社2011年版，第106页。

“史诗性”所取代。但在新文学中，结构复杂、规模宏大的史诗体的发展遇到了最大的阻力，因为中国的这一传统还不充分。而茅盾在这一方面的突破最为显著。这是对茅盾作品以及新文学发展的重要概括。普实克通过“史诗”概括与结合了茅盾作品的重要特点：作品取材的当下性与时代性，叙事的“客观性”，非凡的描写能力。普实克认为刘鹗的小说是中国文学走向现代现实主义道路上的一块里程碑，茅盾的作品则代表了这一努力的最高成就，也可以说是一个飞跃。所谓“抒情”，是个人主体性的发现与欲望的解放，强调作家的个人主观感受、情绪与想象力的再现。普实克认为：在形式和主题层面，中国现代文学继承和发扬了清代文人文学的传统，即受过教育的中国统治阶层的文学传统。文人创作强调抒情性与主观性。而主观主义、个人主义、悲观主义与生命的悲剧感是五四至抗战爆发期间中国文学的主要特点。茅盾的《蚀》三部曲《幻灭》《动摇》《追求》便是其中的典型代表，它们记录了那个时代青年人对生命的悲剧感。普实克的“抒情”与“史诗”的辩证启发了李欧梵的中国现代作家的“浪漫一代”想象。其对新文化传统的上溯也勾连着王德威“没有晚清，何来五四”的文学诉求。

普实克同时概括了茅盾小说的其他特点：重描绘而非叙述，比如大多没有结尾，甚至线索也不完整；悲剧感，视人生为命运的磨砺，个人乃至民族国家的反抗无济于事。这也是新旧文学的重要不同，这种悲剧感与自然主义世界观密切相关，这与他对新文学特点的判断：“主观主义、个人主义、悲观主义、生命的悲剧感以及叛逆心理，甚至是自我毁灭的倾向”密切相关。

普实克梳理了茅盾的现实主义的来源。它是把欧洲古典现实主义的手法用到中国文学中，在叙事中坚持对“现实高度客观的再现，无论是‘物质’的现实，还是‘心理’的现实”，具有“照相机”或“录音机”的功能。《子夜》等作品通过一系列精心选择、巧妙构思的场面，描绘了中国的社会生活和经济状况，其深刻程度与效果远胜于任何一部科学著作。普实克并指出茅盾的现实主义与19世纪乃至同时代作家现实主义的差异在于：茅盾关注具有普遍有效性的社会事件，而非个体的性格。他的作品不像晚清小说取材于道听途说、奇闻逸事，组织材料也是随意拼凑。他在描写上多采取共时性的手法，而非自然主义作家的历时性手法。

在茅盾的创作动机上，普实克认为与“首先关注个人，从个人的生活与周围现实生活的矛盾冲突中寻找解释当时社会问题的钥匙”的现实主义相比，茅盾的创作动机是展示决定中国历史进程的主要力量，其动机首先是政治的和分析性的。不过这也导致了人物性格的概念化，主人公只是社会环境的注脚与说明。

普实克的茅盾研究具有系统性，分析颇有见地，赢得了国内学界的赞许。“他分析茅盾的作品，不是大而化之地议论，多有切当中肯的意见。他为捷文版《子夜》写的序言，对中国民族资产阶级的软弱性、动摇性，对旧中国‘资本主义同封建主义的共栖现象’的分析，都是其他国外评论中不多见的。”① 普实克的研究也对他的学生高利克的茅盾研究产生重要影响。②

二 时代的印记：普实克茅盾研究中的偏颇举隅

然而，普实克的研究也存在一些不足。撇开意识形态的因素，下文将就普实克文本中出现的问题略举一二，以期反省普实克在茅盾研究及中国现代文学研究上的不足。

其一，在茅盾作品及中国的文学传统与自然的关系上，普实克认为除庄子的作品外，中国文学中很少有对自然的热爱，这一判断有失偏颇。“我们在茅盾的任何一部作品中都看不到对物质现实的热爱，对大自然千姿百态的欣喜，当然在整个中国文学中也是如此，而这样的情感在左拉的描写中却非常醒目，这是文艺复兴、巴洛克式的世界

---

① 李岫：《半个世纪以来国外茅盾研究概述》，载李岫编《茅盾研究在国外》，湖南人民出版社 1984 年版，第 42 页。

② 杨玉英：《马立安·高利克的汉学研究》，学苑出版社 2015 年版，第 169—253 页。

观以及对形状与色彩的钟爱等文化遗产的影响的结果。欧洲绘画中的静物画就是由此诞生的。事实上，对大自然及其丰富创造力的赞美——尽管这种创造力有时是恐怖的——是整个自然主义文学的基础，而这种情感与中国文学是格格不入的，无论是旧文学还是新文学。也许只有庄子的作品中曾经出现过这种崇拜自然的迹象。”① 笔者认为普实克对中国文学传统的判断出现了偏差。首先“物质现实”（material reality）、“自然”（nature）和“自然主义”（naturalism）② 这 3 个概念之间并不相等。“物质现实”在普实克这里主要指的是自然界的物质实有，和自然主义密切相连。这并不能构成和中国文学传统的“完全陌生”（entirely stranger）的关系。中国文学语境中的“物质”更多指向的是物质实利，和金钱密切相关。中国古代有轻商的传统，儒家注重“义”而非“利”。鲁迅则有“掊物质张灵明”。大自然则是中国文人所崇拜的对象。从“天人合一”，《诗经》之比兴自然，到陶渊明、王维等以山水田园诗寄情山水，重返自然，以梅兰竹菊等自况，山水花鸟画的出现等，都表明中国的文学文化传统是和自然紧密结合在一起的。这也是中国传统的农业社会所决定的，而并非普实克所说的“只有庄子的作品中曾经出现过这种崇拜自然的迹象”。茅盾作品固然对现代都市的“物质”文明抱有反思，但对“自然”的向往拥抱是毋庸置疑的。

其二，“二元对立”思维。普实克时有“新”“旧”“进步”与“反动”之语。比如他认为林纾、桐城派及学衡派为“反动势力”，他们为“旧文言”辩护，“非常荒谬”；胡适是“资产阶级意识形态最重要的代言人”，新月社的重要诗人徐志摩、闻一多受资产阶级教育，他们建立的社团“意识形态既不明确又缺乏活力”，无法在中国文化中扮演重要角色。他对左联赞赏有加，认为他们站在无产阶级的

---

① ［捷］雅罗斯拉夫·普实克：《抒情与史诗：现代中国文学论集》，郭建玲译，生活·读书·新知三联书店 2010 年版，第 139 页。

② Pršek, Jaroslav, *Three Sketches of Chinese Literature*, Prague: Oriental Institutein Academia, 1969. Print. Dissert ationes Orientales; Vol. 20, pp. 39 – 40.

立场上，接受马克思主义的世界观。他认为新一代作家“贯穿了新民主主义革命的观点”，“打破旧的意识形态，追求一种新的唯物主义世界观，废除封建文学，建立一种现代的现实主义文学。”他对作家的分析也是如此，认为“只有那些猛然断绝了与传统的血脉联系的作家，才能与旧文学彻底决裂。五四运动之后的文学，是由一代全新的作家所创立的，这些作家全是一九一七年以后才进入文学领域的，他们中没有一人属于过去的一代”。[①] 他这样的分析让人觉得很隔，不仅时间政治的截然划分抹去了文化时间的连续性，而且他也认为新文学家全是和传统一刀两断，其实许多新文学家有着深厚的旧学基础，这种人为的断裂，抹杀了新文学发生的复杂性。普实克这种对文学的意识形态属性的追求及其思维的两分法来源于其所处的国内的时代背景，同时也受到当时中国国内的主流文学史的影响，比如王瑶的《中国新文学史稿》等。

其三，对新文化激进主义的评价问题。普实克认为“反封建革命是当时社会和政治的主要内容……没有精神上的革命，社会革命就不可能实现。封建文化是维系旧的社会制度的最坚固的堡垒，必须加以全盘摧毁……如果以这种眼光来看，钱玄同、鲁迅、李大钊等激进思想者是完全正确的。”[②] 普实克之绝对确信来自其对社会主义理念及新文化理念之服膺。20 世纪 80 年代末，学界开始反省新文化激进主义之弊，林毓生、余英时、王元化、姜义华、李泽厚等人有过论辩与反思，在史学界、文学界等领域造成较大影响。即使是在当下，中国儒家文化的复兴亦是对普实克的反讽。其实，新文化运动落潮后即有对激进主义的反省。包括普实克所提到的新文化运动骨干之一的钱玄同颇为后悔，在致胡适、周作人的信中反省道：“回想数年前所发谬论，十之八九都成忏悔资料。”“我们以后，不要再用那‘必以吾

---

① ［捷］雅罗斯拉夫·普实克：《抒情与史诗：现代中国文学论集》，郭建玲译，生活·读书·新知三联书店 2010 年版，第 46 页。

② ［捷］雅罗斯拉夫·普实克：《抒情与史诗：现代中国文学论集》，郭建玲译，生活·读书·新知三联书店 2010 年版，第 199 页。

辈所主张者为绝对之是而不容他人之匡正’的态度来作‘訑訑’之相了。前几年那种排斥孔教，排斥旧文学的态度狠应改变。”① 可以看出，普实克对于新文化的发展状况并不熟悉，或是基于特定的思想立场而故意略去了对文化激进主义的反思。他的言论未免有些武断。当然，他本人自20世纪60年代中后期就对之前自己的某些提法有所反省。在他的研究中，也有一些自相矛盾的地方。

其四，在中国新文学与个人主义思想的判断上，普实克认为“左拉的自然主义与茅盾的现实主义之间最主要的差异是对个体的强调”。在左拉的世界中，总有一个浪漫主义的英雄，而在中国新文学中，浪漫主义英雄没有立足之地。“个人行动在二十年代以后的中国社会生活中不再具有重要意义，所以个人在这个国家的文学中也没有地位。这进一步说明了中国资产阶级的弱点：资产阶级个人主义式的世界观对中国人的思维方式根本产生不了任何影响。”② 其实，《子夜》中就有像吴荪甫这样的民族资本家这种“类英雄”的形象，只是茅盾的作品对决定历史命运的时代张力关注较多，而缺少了鲜明的英雄形象。如果说茅盾作品缺少个人主义式的英雄尚可，那么鲁迅的摩罗诗力，对“精神界之战士”的呼唤，郭沫若的“开辟鸿荒的大我”，“反抗不以个性为根本的既成道德”都是新文学中浪漫主义英雄的代表。即使周作人在《平民文学》中提出“不必记英雄豪杰的事业”，而关注世间普通男女的日常。然而，周之“叛徒”，周晚年对《路吉阿诺斯对话集》等希腊神话的翻译，亦不是对“英雄”精神的追慕吗？普实克的这一论断也与此前对中国新文学个人主义特点的概括相冲突。

以上是对普实克中国现代文学批评包括茅盾批评中的偏颇举例，这种认识既有其作为一个“域外”的研究者与中国文学与文化上的隔膜，也有时代的因素，包括其时中国国内文学史的书写。我们不能

① 钱玄同：《钱玄同文集》（第6卷），中国人民大学出版社2000年版，第118、75页。

② ［捷］雅罗斯拉夫·普实克：《抒情与史诗：现代中国文学论集》，郭建玲译，生活·读书·新知三联书店2010年版，第139页。

责求其“客观”，而是要还原一个相对真实的文学情境。

三 批评方法与思想渊源：以“普夏”的茅盾研究为例

本节将进一步梳理普实克的文学批评方法及其文艺思想渊源，并以普实克与夏志清的茅盾研究为例，以“普夏之争”为切入点来探讨这一问题。普夏之争是20世纪60年代在海外学界产生较大反响的学术论争。1961年，夏志清的《中国现代小说史》在耶鲁大学出版，这是欧美第一部中国现代文学的英文专著。在1962年发表的《中国现代文学史的根本问题——评夏志清的〈中国现代小说史〉》[①]一文中，普实克对夏志清进行了激烈的批评。他认为夏文是“教条式的偏狭”，“无视人的尊严”。夏的文学史充斥着“政治标准”，比如：对丁玲及其他左派作家充满“敌意”，对萧军及其他爱国作家的作品评价不公。夏志清对与本人志趣相投的作家如沈从文、张爱玲等人同样宽容。从而普实克认定夏“缺乏任何国家的国民所必有的思想感情”，没有能力公正地评价文学的功能和使命，也不能正确地揭示文学史。夏采用的是一种“极为主观的批评方法”，而不是“真正科学的文学研究方法”。另外，普实克指出夏分配给作家的篇幅不成比例。夏著主要缺点在于没能概括出不同作家作品的创作特征和艺术个性，看不出不同作家作品之间的区别。而夏志清也进行了回应：质疑文学研究能达到“科学”的严谨与精确，认为所谓“客观”，不过是迎合权威的观点。文学史家/批评家不应完全依凭前人，而在于挑战被权威误置的“文学史”，构成一个多元化的文学样貌。对于这场文学公案，学界已有很好的梳理辨析[②]，本文不再一一阐述。下文将对比分析普夏两者的茅盾研究以探讨两者在批评方法、学术渊源方面的分野。

---

① ［捷］雅罗斯拉夫·普实克：《抒情与史诗：现代中国文学论集》，郭建玲译，生活·读书·新知三联书店2010年版，第193—229页。

② 陈国球：《“文学批评”与“文学科学”——夏志清与普实克的“文学史”辩论》，《北京大学学报（哲学社会科学版）》2011年第1期，第48—60页。

夏志清在《中国现代小说史》的第六章和第十四章中论及茅盾。行文以作者生平与作品为序，就作品逐一论述。夏的文本细读深入，有不少敏锐的判断，比如对《虹》的第三部分分析。其认为较前两部分，这一部分较为失败；说教宣传的色彩浓厚，削弱了小说的真实性。“他无法像在这小说的前半部用写实的和细腻的心理手法去为这种思潮辩护。无论是在思想上或情绪上的描述，已不复先前那种真诚的语调了。”① 这一分析较为中肯。夏认为相比较《蚀》与《虹》，《子夜》虽然也是中国现代小说的重要篇章，但至少在写作技巧上，并未超越前两者。他认为其“同情心”缩小了，代之自然主义的漫画手法和夸张叙事。小说家的感性已经“恶俗化”了。茅盾的野心是要给中国社会来一个全盘的检讨，越来越科学（马克思主义式的和自然主义式的）了。在其创作生命中，很难摆脱这个迷障。这是夏著对茅盾作品评论的核心观点，比较此前普实克对茅盾作品的评论，我们基本可以看出两者在批评方法等方面的不同。

正如普实克对夏志清的批评，认为夏著未能概括出不同作家作品的创作特征和艺术个性，缺少系统性。据笔者的阅读经验，普实克的这一批评较为中肯。夏作的批评不少篇幅是小说的故事情节的叙述，再者就是对茅盾作品的结构、写作手法技巧等方面进行评析，属于印象式点评，缺少对作家作品的系统归纳。而普实克的文学批评如上文则比较系统。简言之，夏的做法属文学批评家式，而普实克则是文学史家。而这背后是两人的学术渊源不同。

普实克以布拉格查理大学和捷克东方学院为平台，通过汉语教学、汉学研究等方式形成了以其为首的布拉格学派，一时成为欧洲汉学研究重镇。1960 年，普实克访华，受到革命话语的影响。他的学术研究，其批评与思想方法，受到当时的马克思主义美学、欧洲的左翼文化思潮，以及俄国形式主义、布拉格结构主义文论的影响。而结构主义理论强调文学“结构”的社会性及动态性。这些构成了普实克的思想背景与理论方法依据。直到 1968 年的“布拉格之春”，普

① 夏志清：《中国现代小说史》，复旦大学出版社 2005 年版，第 108 页。

实克开始有所反思。

而夏受训于美国新批评的大本营的耶鲁大学英文系，以欧西文学为基准，思想上倾向英美的自由主义。他认为文学批评应当超越时代、民族与意识形态的界限。标举劳伦斯的“勿为理想消耗光阴，勿为人类，但为圣灵写作。”文学不应装饰或肯定理想，而应从具体的人与现实检验理想的合理性。相比较社会主义现实主义和革命浪漫主义小说，夏更欣赏以鲁迅为代表的批判性的现实主义。夏指出文学中普遍的人道主义精神的重要性。他同情与尊重每个人，包括地主、高利贷者、投机商等。而大多数中国现代作家只是把他的同情心给予穷人和被压迫者，而不认为任何阶级、任何地位的人都可以成为同情和理解的对象。

同时在文学的社会功能上，普实克认为“文学的确有社会功用的”，而夏则否认。在文学批评的目的上，夏的批评更多的在于“别立新宗”，面对大陆 20 世纪 50 年代王瑶、蔡仪、刘授松等带有更多意识形态的文学史，夏开掘出张爱玲、沈从文、钱钟书等大家，这种卓越的“发现与鉴赏”已为学界所普遍认同。

虽然普实克和夏志清两人在具体的作品的艺术成就及批评方法上有所不同，但是，他们都同时高度评价了茅盾。夏虽然对左翼文学不以为然，但对茅盾的作品评价甚高，在夏看来，茅盾的作品具有一种“在探索现实时的复杂性”，超越了先在的社会改良和政治宣传动机与热情，是文学的“良心”，触及广泛的人类命运问题。这与其内在的人道精神密切相连。其实这也抵达了茅盾作品的内在生命，茅盾反对“有革命热情而忽略于文艺的本质，或把文艺也视为宣传工具”(《从牯岭到东京》)。普实克和夏志清开创了两种不同的中国现代文学研究范式，对当代的中国现代文学仍然产生不小的影响。时至今日，我们仍有探讨他们的文学批评及其流风余韵，比如当下对普实克首提的“抒情”的讨论，而夏之沈从文、张爱玲等作家的发掘也已成为文学研究界的共识，他们的弟子所进行的学术传承构成了中国现代文学研究的重要力量。

(原刊《茅盾研究》第 17 辑)

关联理论视角下茅盾小说《报施》王际真英译本探析

黄　勤　刘倩茹*

摘　要　20世纪30年代，茅盾反复阐释“五四”新文化运动，这显示出他对“五四”精神的重要性有清醒的认识。他从性质、价值以及局限等方面细致剖析“五四”新文化运动，对“五四”精神中的“个性解放”进行了肯定。但是，在立足社会问题反思“五四”新文化运动，并考查反封建反帝任务在20世纪30年代的处境后，茅盾指出“五四”新文化运动失败了且无法在新时期发挥作用，无产阶级革命却有推进反封建反帝的积极作用。由此，他逐渐倾向无产阶级革命话语。作为“五四”新文学运动的重要领导者和“五四”新文化运动的参与者，茅盾的讨论从一个向度影响了“五四”新文化运动的发展。这种影响折射出茅盾一类的知识分子对于中国社会发展的意义。

关键词　茅盾；“五四”新文化运动；“五四”言说

一　引言

《报施》是茅盾的短篇小说之一，原作于1943年发表于茅盾主编的杂志《文阵新辑·去国》上。《报施》讲述了抗日战争时期第X

---

* 作者简介：黄勤，教授，博士，博士生导师，研究方向：翻译理论与实践、文学翻译家研究；刘倩茹，硕士生，研究方向：文学翻译。

战区某师部文书张文安上尉因病从战场上回到家乡休养，目睹了底层人民的贫穷困苦，特别是比他更早参军的同乡陈海清的家属的艰难生活。回到家乡的张文安很快也陷入了窘困。他本想用自己的医药费给父亲买头耕牛，但通货膨胀致使物价飞涨，这1000元也只能买半条牛腿。最终，为了给失去陈海清音讯的祖孙3人带来慰藉，张文安谎称自己受陈海清所托来送钱，将这1000元充作安家费，转赠给了陈海清的家人。这1000元既反映出复员军人张文安的人道主义精神，也折射出他自顾不暇的窘困，流露出了原文作者茅盾对普通民众的同情。

王际真（Chi－Chen Wang）将这部小说以 *Heaven Has Eyes* 为题译成英文，收录于他1947年出版的《中国战时小说》（*Stories of China at War*）译文集中。《中国战时小说》包含了茅盾等13位现代作家的16篇小说的英文翻译，收录于本译文集的原作基本发表于1937—1942年，涉及汉奸、旧文人、爱国知识分子等多个社会群体，集中展现了抗日战争对中国社会各个阶层的冲击[①]。“侵略者使中国人民前所未有的团结。在这片大地上，乐观精神影响着普通群众，也同样影响着知识分子们。”[②] 这部译文集描绘了战时中国社会各个阶层人民的生活状况，向西方读者展现了一个更为真实的中国。

杜克大学历史系教授保罗·克莱德（Paul H. Clyde）曾高度肯定了《中国战时小说》译文集的翻译质量，认为这部英语译著用词地道，而且很大程度上保留了原文的味道[③]。得克萨斯大学中国问题专家爱德华·路康乐（Edward Rhoads）认为，这部译著“记录了抗日战争初期中国人民的乐观精神……有其重要价值”[④]。抗日战争后期，

---

① 管兴忠：《王际真英译作品在海外的传播和接受》，《外语教学》2016年第3期。

② Wang，C. 1947. *Stories of China at War*［J］. New York：Columbia University Press：v.

③ Clyde，P. 1947. *Stories of China at War* by Chi－Chen Wang［J］. Pacific Historical Review，(4)：467－468.

④ 管兴忠：《王际真英译作品在海外的传播和接受》，《外语教学》2016年第3期。

乐观精神已经被懈怠和绝望取代。正是因为如此，这些展现了抗战初期中国人民乐观精神的作品的译文具有极其重要的意义。但目前国内尚未有学者对《中国战时小说》进行深入分析，因此本文拟选择其中的《报施》的王际真英译本，运用关联理论探讨王际真在翻译中运用的方法，并进行归因分析。

二　关联理论的核心观点及其在翻译中的运用

关联理论是有关言语交际的理论，由斯珀伯（Dan Sperberm）和威尔逊（Deirdre Wilson）于1986年在专著《关联性：交际与认知》（*Relevance：Communication and Cognition*）中提出。关联理论认为，在交际过程中说话者明示的假设或信息所产生的语境效果越好，推理时付出的努力就越小，关联性也就越强[①]。斯珀伯和威尔逊的学生格特（Ernst－August Gutt）将关联理论运用到翻译研究领域，于1991年出版了《翻译与关联：认知与语境》（*Translation and Relevance：Cognition and Context*）。格特提出翻译也是一种言语交际行为，但翻译这一交际行为更加复杂。关联翻译理论认为，翻译必须在保证交际成功——话语本身具有最佳关联性的前提下，使译文尽可能地向原文靠近。为此，译者负有双重推断的责任。首先，译者要根据原文中的交际线索推断原文作者的意图，即原文作者企图通过这些交际线索传达给原文读者哪些语境假设。这不单单是一个“解码”的过程，译者必须结合正确的语境信息进行解释，才能保证交际的成功[②]。同时，译者还必须了解译文读者的认知环境，推测译文读者的期待，来决定他的译文应该传达哪些信息、如何传达信息，才能使译文读者能够以最小的处理成本获得足够的语境效果，实现最佳关联。

---

① Sperberm，D. & D. Wilson. 1995. *Relevance：Communication and Cognition*［J］. Oxford：Blackwell Publishers.

② Gutt，E. 2014. *Translation and Relevance：Cognition and Context*［J］. London：Routledge，p. 76.

三 译者王际真对《报施》原文作者意图的理解和把握

在交际的第一阶段，译者的主要任务是推断原文作者的意图。关联翻译理论认为，我们大脑中的概念与词汇信息、逻辑信息和百科信息密切相关[①]。因而，要想理解原文作者的意图，译者必须在这些方面有足够的认知储备。虽然词汇信息和逻辑信息相对稳定，但“百科信息则是开放式的，允许其不断增加新信息，因此，完整的百科信息并不存在”[②]。译者王际真出身于中国进士家庭，具有扎实的中文语言功底和良好的中华文化素养。王际真自1921年于清华学堂毕业后赴美留学，后任教于哥伦比亚大学，并定居美国直至去世[③]。虽然王际真长期生活在海外，但他一直关注着国内的社会和政治环境，对《报施》原作的抗日战争背景及这一时期作品的文艺特点也有一定了解。

茅盾所写的小说《报施》是一部抗战时期面向中国普通民众的通俗化小说，其原文发表于茅盾主办的杂志《文艺阵地》的续刊《文阵新辑·去国》上，该杂志作为一本为抗日战争服务的杂志，始终秉承“拥护抗战到底，巩固抗战的统一战线”的指导思想[④]，其特点之一就是用老百姓喜闻乐见的形式讲述老百姓自己的抗战故事[⑤]，而这一点则和杂志主编茅盾的思想密切相关。茅盾早在抗日战争初期就提出要把文艺工作深入大众中去，提高大众的抗战觉悟。他认为作品要大众化，“就必须从文字的不欧化以及表现方式的通俗化

---

① Gutt, E. 2014. *Translation and Relevance: Cognition and Context* [J]. London: Routledge, p. 76.

② Gutt, E. 2014. *Translation and Relevance: Cognition and Context* [J]. London: Routledge, p. 142.

③ 顾钧：《王际真的鲁迅译介》，《新文学史料》2012年第3期。

④ 查国华、史佳编：《茅盾全集第四十三卷》，人民文学出版社2001年版，第443页。

⑤ 熊显长：《试评〈文艺阵地〉的办刊特色》，《编辑学刊》2001年第6期。

入手"[①]。王际真也注意到了战时文艺的大众化、通俗化倾向，他在《中国战时小说》的序中写道："那时，一个有趣的问题被提出来了——宣称要走向大众的作家们是应该遵循'新瓶装新酒'还是'旧瓶装新酒'的形式。"[②] 可见，王际真对原交际行为产生时期的文艺特点较为了解，能够理解原文作者茅盾想要走近大众、提高大众抗战觉悟的意图。

除了通俗化、大众化的写作风格，茅盾在《报施》中所表达的情感也值得注意。首先，茅盾表达了对战时中国普通民众艰难生活的同情。这部小说的原作发表于 1943 年，而在此期间，茅盾居住于重庆（1942—1946）[③]。在战时的重庆，作家们经历了前所未有的贫穷和凄苦，生存状态每况愈下，跌入中国社会的底层[④]。王际真也在《中国战时小说》译文集的序中提到："在战争期间，中国的作家和知识分子们比任何其他群体遭受的苦难更多……那时的报纸上频繁刊登着病痛缠身、营养不良的作家们的求助。"[⑤] 黄群英认为，作家们自身生活的窘境和精神挤压反映到作品中，便形成了更为悲凉的氛围，所以《文艺阵地》的很多作品在揭示社会问题方面更彻底、更悲壮，也更能唤起人们反抗悲剧命运的斗志和热情。[⑥] 王际真在这部译文集的序中专门介绍了战时中国作家的生存危机，并引用学者吴铁声于 1944 年 11 月发表在《新中华》杂志的文章中的具体数据进行佐证，表明他对战时作家们的生活困境有一定的了解，能够理解和把

---

① 茅盾：《烽火连天的日子——回忆录（二十一）》，《新文学史料》1983 年第 4 期。

② Wang, C. 1947. *Stories of China at War* [J]. New York: Columbia University Press: v – vi.

③ 孔海珠：《访谈录：茅盾抗战流离生活掇记》，《新文学史料》2014 年第 1 期。

④ 李怡、肖伟胜：《中国现代文学的巴蜀视野》，巴蜀书社 2006 年版。

⑤ Wang, C. 1947. *Stories of China at War* [J]. New York: Columbia University Press: vi.

⑥ 黄群英：《时代的独特书写——〈文艺阵地〉考辨》，《当代文坛》2010 年第 6 期。

握原文作者茅盾感同身受的同情之心。其次，茅盾在《报施》原文中还流露出在抗日战争时期的乐观态度。小说原文题目为“报施”，意为报答、报应[①]。茅盾借主人公张文安之口“坏人今天虽然耀武扬威，他到底逃不了报应”[②]、文中乡邻之口“那——老天还有眼睛”和陈家祖母之口“好人总有好报”[③]，表达了抗战最终会胜利，正义终究会战胜邪恶的乐观态度。王际真在序中强调，在抗日战争初期，乐观精神一直影响着普通民众和知识分子，爱德华·路康乐也肯定了这部译文集对抗战初期中国民众乐观精神的再现。[④] 可见，王际真的译作很好地传达了原文作者茅盾呼吁人们在抗战时期保持乐观态度的意图。

四 关联理论视角下王际真《报施》英译方法阐释

在交际的第二阶段，译者要将自己对原文作者意图的推理和把握传达给译文读者。由于认知环境的差异，译文读者理解时所选择的设想和语境与原文读者会有差异，所作出的推断也有不同。为了保证交际的成功，译者必须准确地估计译文读者的认知环境和对译文的期待，并据此来选择合适的方式来传达原文作者的意图[⑤]。

由于长期生活在美国并在哥伦比亚大学从事中文教学和翻译，王际真对译入语文化有深入了解，也了解译文读者与原文读者在认知环境上的差异。此外，汪宝荣曾指出，王际真的《鲁迅小说选集》由哥伦比亚大学出版社出版，其主要用途是教材。那么，同样由哥伦比

① 汉语大词典编纂处：《汉语大词典》（2007 年版），上海辞书出版社。

② 茅盾：《报施》，载刘焕林、李琼仙《茅盾短篇小说欣赏》，广西人民出版社 1986 年版，第 228 页。

③ 茅盾：《报施》，载刘焕林、李琼仙《茅盾短篇小说欣赏》，广西人民出版社 1986 年版，第 233 页。

④ Wang, C. 1947. *Stories of China at War* [J]. New York: Columbia University Press: v.

⑤ Gutt, E. 2014. *Translation and Relevance: Cognition and Context* [J]. London: Routledge.

亚大学出版社出版的《中国战时小说》的主要用途也是教材，其主要的读者对象应该就是美国及其他英语世界的大学生。[①] 除此之外，笔者于 2019 年 1 月 10 日访问 Worldcat 数据库（全球图书馆联机联合目录数据库），它是目前世界上最大的联机书目数据库，可以搜索 112 个国家的图书馆，包括近 9000 家图书馆的书目数据。因此，利用该数据库进行检索，得到的信息具有极强的价值，以 *Stories of China at War* 为关键词进行检索，整理发现，全球范围内收藏 *Stories of China at War* 纸质版或电子版的图书馆共有 303 个。其中，美国大学的图书馆占 228 个，英国大学的图书馆占 6 个。可见，《中国战时小说》在英美两国大学的图书馆的收藏量较为可观。这也可以说明《中国战时小说》的读者群体大多为对中国文化感兴趣的大学生。下面具体探讨王际真所使用的翻译方法。

五　总体上采用直接翻译

王际真在《报施》的英译本中总体上采用了直接翻译。格特对直接翻译和间接翻译作出这样的解释：译者努力通过保留原文中所有的交际线索来保留原文的风格，就是直接翻译；反之，当译者只保留原文的认知效果，保留原文的基本意义，而原文的形式出现了较大改动时，就是间接翻译[②]。译者倾向于直接翻译还是间接翻译主要是由读者对原语文化的知识储备决定的。如果读者对原语文化有一定的知识储备，渴望了解更多的相关信息，译者又想把原语文化更多地展示给读者，就可以采用直接翻译。王际真的译文读者是对中国文化感兴趣的大学生，他的译本自然就更倾向于展现原语文化，所以也不难理解他的译本整体上采用的是直接翻译。

---

① 汪宝荣：《译者姿态理论与中华文化外译——以王际真英译〈阿 Q 正传〉为例》，《燕山大学学报（哲学社会科学版）》2018 年第 1 期。

② Gutt，E. 2014. *Translation and Relevance*：*Cognition and Context*［J］. London：Routledge，132 - 135.

王际真运用直接翻译最为明显的体现在于他对比喻句的翻译。原文作者茅盾运用了多处形象生动的比喻描写，营造出张文安刚从战场上回来，回到大后方——暂未被战火波及的家乡后，那种不真实的感觉。译者对这些心理活动的描写所运用的意象进行了直接翻译，尽可能地保留了原文的交际线索和形式。

(1) 又像是有无数大小不等的东西没头没脑要挤进他脑子里来，硬不由他作主；但渐渐地，这些大小不等，争先抢后的东西自伙中间长出一个头儿来了，于是张文安又拾回了他的思索力，他这时当真是醒了。他回忆刚才那个梦。①

Innumerable and diverse thoughts pressed against his brain, clamoring for admittance. Gradually, out of this confused and clamoring mass one thing raised its head above the others. By this time Chang Wen - ang was completely awake. He regained his power of thought and began to recall his dream. ②

"无数大小不等的东西没头没脑要挤进他脑子里来"和"这些大小不等，争先抢后的东西自伙中间长出一个头儿来了"把张文安思绪的混乱描写得形象生动。王际真在译文中保留了原文描写头脑混乱的状态所用的意象，将"无数大小不等的东西"译为 innumerable and diverse thoughts，将"大小不等，争先抢后的东西"译为 confused and clamoring mass，将抽象变得更为具体，"思索力"则直接被译成 power of thought。这段译文运用了直接翻译，与原文信息的忠实度很高，展现了原文作者丰富的想象力。原文比喻虽然用了一些独特的意象，但并不涉及中华文化背景知识，所以对译文读者的知识储备要求不

① 茅盾：《报施》，载刘焕林、李琼仙《茅盾短篇小说欣赏》，广西人民出版社 1986 年版，第 222 页。

② Wang, C. 1947. Preface [A]. In C. Wang (ed.) *Stories of China at War* [C]. New York: Columbia University Press, p. 27.

高，直接翻译不会超出译文读者的认知环境。同时，王际真也根据译入语文化的语法习惯和表达习惯，在尽可能保留原文内容的前提下对原文形式做了细微调整，以适应译文读者的认知环境。

王际真将比喻句几乎完全按照原文的呈现形式再现给译文读者，似乎没有遵守使译文读者用最小的处理努力获得最大的语境效果的原则。但在关联理论看来，比喻句通常有一些潜在的隐含意义。格特称这种隐含意义为“弱交际”，他认为把这种隐含意义全部译出来非但不可能，而且对于很多读者来说“是不能接受的事”①。因为弱交际能够丰富读者对句子的理解，增加美学享受，译者保留原文意义的不确定性和开放性也就保留了读者结合语境进一步阐释的可能性，进而使读者可以从中获得满足的余地②。因此，在上述例子中王际真运用直接翻译，更好地展现了原文作者茅盾的创造性和原文的语言魅力，增加了译文读者的美学享受。

对于某些文化负载词的处理，王际真也大胆采用了直接翻译。例如，

(2)“要是你再不知道，那你就算是个黑漆皮灯笼了。”③

If he doesn’t know about this man either, then he is truly a lantern with a black lacquered shade. ④

“黑漆皮灯”是中国成语，指不透光亮的灯，比喻人不谙事理，一窍不通⑤。这里同村人借“黑漆皮灯笼”来讥讽张文安出去闯荡一番，竟对村里的风云人物一无所知。虽是成语，译者却采用了直接翻

---

① Gutt, E. 2014. *Translation and Relevance: Cognition and Context* [J]. London: Routledge, 90 - 93.

② 张春柏:《直接翻译——关联翻译理论的一个重要概念》,《中国翻译》2003 年第 4 期。

③ 茅盾:《报施》,载刘焕林、李琼仙《茅盾短篇小说欣赏》,广西人民出版社 1986 年版,第 226 页。

④ Wang, C. 1947. Preface [A]. In C. Wang (ed.) *Stories of China at War* [C]. New York: Columbia University Press, p. 31.

⑤ 汉语大词典编纂处:《汉语大词典》(2007 年版),上海辞书出版社。

译的方式，译成 a lantern with a black lacquered shade。由于译文读者主要是对中国文化感兴趣的大学生，译文可以更多地展现中国元素和中华文化。即便译文读者不知道“灯笼”这个文化专有词，也能通过查阅资料的方式进行了解。因而从百科知识上来讲，此处直接翻译并不会造成太大的认知障碍。再加上“那你就算是个黑漆皮灯笼了”这句话本身就是个比喻句，直接翻译也能展现原文表达的不确定性和开放性，译文读者在阅读过程中也能感受到原语文化的美学特点。

除此之外，王际真将小说原文中的“谢天谢地”[①] 译为 Thanks to Heaven and Earth[②]，将原文中的“阿弥陀佛”[③] 译为 Buddha be praised[④]。译入语文化的宗教观念与中国传统的宗教观念大为不同，英语语言国家大多信奉上帝，因而祈祷时多用 Thank God，God bless me 等。中国传统宗教文化里并没有上帝的存在，王际真在此处并没有为了使翻译更符合译文读者的认知环境而将其意译，反而用直接翻译的方法展现原语的宗教文化。基于译文读者对中国文化的兴趣，我们不难理解王际真在这几处运用直接翻译的原因。况且，Heaven，Earth 和 Buddha 也是在英语词汇中存在的，不会对译文读者造成推理理解上的干扰，反而有利于实现理想的关联效果，且很大程度上满足了译文读者渴望了解中国文化的阅读期待。

虽然为了满足译文读者的期待，王际真总体上采用了直接翻译的方法，保留了原文的风格，但是译文读者的认知环境与原文读者的认知环境存在着很大的差异，译文读者对原语文化的词汇信息、逻辑信息和百科信息了解有限，有些地方采用直接翻译会超出译文读者的认

---

① 茅盾：《报施》，载刘焕林、李琼仙《茅盾短篇小说欣赏》，广西人民出版社 1986 年版，第 233 页。

② Wang，C. 1947. Preface [A]. In C. Wang (ed.) *Stories of China at War* [C]. New York：Columbia University Press，p. 36.

③ 茅盾：《报施》，载刘焕林、李琼仙《茅盾短篇小说欣赏》，广西人民出版社 1986 年版，第 234 页。

④ Wang，C. 1947. Preface [A]. In C. Wang (ed.) *Stories of China at War* [C]. New York：Columbia University Press，p. 37.

知环境。因此，对于直接翻译可能会超出译文读者认知环境的部分，王际真采用了意译、增译和减译等间接翻译方法，下面举例加以说明。

六 意译显化隐含信息

为了追求关联，交际者会对交际对象的认知能力和语境资源作出假定，这些会反映在他选择的交际方式中，即“什么地方该为显性，什么地方该为隐性”[①]。因而，原文信息是显性还是隐性，是原文作者根据原文读者的认知环境来决定的。但是译文读者的认知环境与原文读者的认知环境存在差异，这给他们理解原文的话语意义造成了障碍。因此，译者应该发挥主动性，对某些表示程序意义的言语形式和非言语形式以及含有特定文化信息的言语形式进行调整，减少译文读者的认知障碍[②]。考虑到译文读者的认知环境，对于原文多处不言而喻的隐含信息，王际真采用了意译的方法，将隐含意义外显，优化语境效果。例如，

(3) 突然的，紧急集结号吹起来了。这原是家常便饭，但那时候，有几位同事却动了感情，代他惋惜，恐怕第二天他会走不成。后来知道没事，又为他庆幸。[③]

There was nothing unusual about such alerts, but on this occasion his friends commiserated with him and expressed the fear that he might not be able to leave the following day. Then they congratulated him when the alert turned out to be a false alarm. [④]

---

① Sperberm, D. &D. Wilson. 1995. *Relevance: Communication and Cognition* [J]. Oxford: Blackwell Publishers, p. 218.

② 王建国:《关联理论与翻译研究》，中国对外翻译出版公司 2009 年版。

③ 茅盾:《报施》，载刘焕林、李琼仙《茅盾短篇小说欣赏》，广西人民出版社 1986 年版，第 223 页。

④ Wang, C. 1947. Preface [A]. In C. Wang (ed.) *Stories of China at War* [C]. New York: Columbia University Press, p. 28.

语序是表程序意义的非言语形式之一，汉语的语序能帮助汉语读者明白其中的因果和时间先后次序的关系①。原文读者可以通过原文语序推断出“没事”是指紧急信号有误，不用打仗，因而没事。但对于译文读者而言，如果直接翻译，此处的交际线索不明显，“没事”缺少前因后果，译文读者无法就此进行推理。为了方便译文读者的理解，王际真将此处意译为 the alert turned out to be a false alarm，虽然导致原文形式的变化，但显化了原文隐含的信息，使译文读者无须花费不必要的努力就能获得足够的语境效果。

原文中有大量的文化负载词出现，这些文化负载词所承载的文化信息是译文读者的认知环境缺失的。据前文分析，译者对于个别文化负载词采用了直接翻译的方法，但并不是所有的文化负载词都能直接翻译。对于原文中大部分的文化负载词，王际真采取的是意译的方法，如表 2 所示。

译文读者缺乏相应的百科信息，直接翻译可能会使译文超出了大部分译文读者的认知环境，译文读者的处理努力也很难产生足够的语境效果。王际真将其意译，将隐含的文化信息显化，减少了原语文化知识对译文读者推理理解的干扰；同时避免介绍冗长的知识背景，只留其意，使原文和译文保持在信息传递上的最佳相似性，从而顺利完成交际，实现了更好的关联效果。

表 2　　**小说《报施》中部分文化负载词及其英译**

《报施》小说原文	王际真译文
心下有数	he knew well
楞着眼	his mind passive and without direction
这原是家常便饭	there was nothing unusual about such alerts
光身子	empty - handed
碰到那一鼻子灰	bitter disappointment
竟成了画饼	come to nothing
只学了卖狗皮膏药那几句	innocence
信口开河	invented

① 王建国:《关联理论与翻译研究》，中国对外翻译出版公司 2009 年版。

七 增译逻辑信息

不同语言之间的差异使得原文与译文不可能实现完全相似①。汉语注重意会，语句不拘于形式结构，是流水句法；而英文注重结构、形式，常常借助各种连接手段，是树形句法②。为了帮助译文读者更好地识别原文作者的信息意图，王际真对原文语义型语句进行了调整，按照译文读者的阅读习惯和思维习惯，增译了必要的逻辑信息，例如，

(4) 他出其不意地把一头牛买好，牵回家来，给两位老人家一种难以形容的惊喜，正跟他昨日傍晚出其不意走进了家门一样。③

He had managed to buy an ox and had brought it home. The unexpected gift had occasioned the same indescribable look of surprise and joy on his parents' faces as had his unannounced arrival the day before. ④

原文读者能够通过意会理解句子间的逻辑关系，即张文安买的这头牛对于两位老人来说是一份意料之外的礼物，让他们感到惊喜。但是原文流水句的表达不符合译入语的句法结构，“给两位老人家一种难以形容的惊喜”和“正跟他昨日傍晚出其不意走进了家门一样”没有主语。因此，对于译文读者来说，这一段句子与句子之间的逻辑关系是隐性的。王际真在这里增译了 the unexpected gift，既符合译入

---

① Gutt，E. 2014. *Translation and Relevance：Cognition and Context* [J]. London：Routledge.

② 连淑能：《英汉对比研究》，高等教育出版社 2010 年版。

③ 茅盾：《报施》，载刘焕林、李琼仙《茅盾短篇小说欣赏》，广西人民出版社 1986 年版，第 223 页。

④ Wang，C. 1947. Preface [A]. In C. Wang (ed.) *Stories of China at War* [C]. New York：Columbia University Press，p. 28.

语的句法结构，又点明了两位老人是因牛而喜，为译文读者提供了必要的交际线索，避免其付出不必要的努力。

八 减译繁赘信息

王际真对原文内容进行了多处删减，“删减似乎是其译文的一大特点”①。删减原文看似违背了关联理论的要求，实则不然。战时作家们为了迎合普通中国读者的阅读倾向和习惯，采取了通俗化、大众化的写作方式，运用了大量的动作、神态和心理描写。但王际真的译文读者主要是大学生群体，欣赏水平与原文读者有所不同。正如李越所说，“读者语篇艺术价值观的不同也决定了王际真的翻译策略选择”②。为了满足译文读者的阅读期待，王际真在不影响原文作者信息意图表达的基础上删减了原文中大篇幅的人物心理描写和神态描写。格特也认为，译者应该从原文中提取“最有实际意义的成分”，提供“能与该语篇产生最佳关联的信息”③。因此，王际真删减较为繁赘的信息内容，也是为了保留原文更有意义的信息，突出主要的交际线索。例如，

> (5) 张文安惶惑地看着众人，伸手拉一下他的灰布制服的下摆。在师部的时候看到过的军事法庭开庭的一幕突然浮现在他心上了，他觉得眼前这情形，他区区一个文书上尉仿佛就在这一大堆人面前受着审判了，他得对自己的每一句话负责，他明白他的每一句话所关非小。④

---

① 李慎、朱健平：《王际真英译〈阿Q及其他〉叙事建构研究》，《中国翻译》2018年第2期。

② 李越：《王际真翻译策略选择的制约因素分析——以老舍作品翻译为例》，《天津大学学报（社会科学版）》2012年第2期。

③ Gutt, E. 2014. *Translation and Relevance: Cognition and Context* [J]. London: Routledge, p. 120.

④ 茅盾：《报施》，载刘焕林、李琼仙《茅盾短篇小说欣赏》，广西人民出版社1986年版，第226页。

Their gaze embarrassed him. He tugged at the end of his coat and was as nervous and scared as a prisoner at a court martial. ①

这一段是基于前文张文安回乡便被邻里包围，大家争相向他询问前线情况，他感到紧张和压力，此处是一段心理描写。可以发现，原文情节的发展较为拖沓，张文安的心理描写过于烦琐。译者将原文描述军事法庭受审的画线部分删减，将张文安此时的心理描写简化成 was as nervous and scared as a prisoner at a court martial，并将其与前文 He tugged at the end of his coat 合并在一起，保留了传达主人公内心紧张不安的信息线索。译文与原文对照来看，译者删减的内容并非原文的重要的情节或信息，不影响原文作者信息意图的表达，更符合译文读者的阅读期待，有利于实现交际的成功。

九　结语

本文基于关联理论对王际真对茅盾的短篇小说《报施》的英译进行了分析。研究发现，译者王际真较好地把握了原文作者的意图，同时对译文读者的认知环境和阅读期待也有较为清楚的认识。在翻译过程中，他能做到有的放矢。具体而言，王际真总体上采用了直接翻译法以满足译文读者对中国文化的兴趣，同时采用意译、增译和减译法，使译文尽可能符合译入语的文化和语言规范，以达到更好的关联效果。因此，文学作品的翻译应建立在译者理解原文作者意图的基础之上，译者在选择合适的翻译方法时应重点考虑译文读者的认知环境和阅读期待。

（原刊《天津外国语大学学报》2020 年第 4 期）

---

① Wang, C. 1947. Preface [A]. In C. Wang (ed.) *Stories of China at War* [C]. New York: Columbia University Press, p. 30.

在认同与规避之间

——论茅盾《子夜》对左拉《卢贡·马加尔家族》的借鉴与改写

龙其林

摘　要　茅盾长篇小说《子夜》受到了自然主义文学大师左拉的《卢贡·马加尔家族》的影响，前者在结构、内容甚至破绽方面都与后者有着直接关联。《子夜》在表现家族生活场景时，也直接采用了科学描写的方法，将人物作为实验观察的对象，通过生理学的观察与社会环境的描写来传达出时代症候。茅盾虽然因为各种原因扬弃左拉及其自然主义，但并不能因此而否认左拉之于茅盾创作的重要意义。

关键词　茅盾；《子夜》；左拉；认同；改写

1933 年 1 月，开明书店出版了茅盾的长篇家族小说《子夜》。作品刚一出版，即引起了各方关注，小说 3 个月内就印刷 4 版，成为当时具有轰动效应的作品。瞿秋白曾充满激情地赞扬这部小说，认为“这是中国第一部写实主义的成功的长篇小说”，“一九三三年在将来的文学史上，没有疑问地要记录《子夜》的出版”①。吴宓撰文也对这部小说给予了很高的评价，认为“吾人所为最激赏此书者，第一，以此书乃作者著作中结构最佳之书。盖作者善于表现现代中国之动摇，久为吾人所知。其最初得名之‘三部曲’即此类也。其灵思佳语，诚复动人，顾犹有结构零碎之憾”，“此书则较之大见进步，而

---

① 瞿秋白：《瞿秋白文集·文学编》（第二卷），人民文学出版社 1986 年版，第 71 页。

表现时代动摇之力，尤为深刻”[①]。而在之后的各种文学史著作中，茅盾及其《子夜》也获得了高度的评价：“他是彻底改变‘五四’中长篇小说的幼稚状态，使之走向完善的最突出的小说家”[②]，“《子夜》对洋场都会的色彩和声浪的捕捉，以及它对实业资本和金融资本在交易所角逐的出色描绘，是同代作家未能企及，后代作家难以重复的”[③]。

《子夜》在中国获得的巨大成功和轰动效应，也使得这部作品被翻译成多国文字介绍到德、日等国。1938 年，德国的弗朗茨·库恩在其翻译的《子夜》前言中写下了这么一段耐人寻味的话：“《子夜》在中国引起了人们极大的注意，并很快一再重版。它非同寻常地向我们显示，在今天的中国，东西方文化之间的融合过程是进展到了何种程度。就是由于这一理由，促使我把它译为德文。”[④] 库恩所言东西方文化之间的融合语焉不详，并未说明这部小说受到了西方哪位作家的作品影响，但人们通常都倾向于将此“西方”理解为托尔斯泰的《战争与和平》。在一些研究者看来，《子夜》更多地表现对托尔斯泰《战争与和平》的借鉴，而左拉的《卢贡·马加尔家族》似乎并无多少影响。

一　从认同到规避：茅盾之于左拉

1921 年下半年，茅盾在《评四五六月的创作》一文中旗帜鲜明地倡导自然主义：“对于现今创作坛的条陈是‘到民间去’；到民间

---

① 茅盾：《我走过的道路（中）》，人民文学出版社 1981 年版，第 121 页。

② 钱理群、温儒敏、吴福辉：《中国现代文学三十年（修订本）》，北京大学出版社 1998 年版，第 172 页。

③ 杨义：《中国现代小说史（第二卷）》，人民文学出版社 1998 年版，第 108 页。

④ ［德］弗朗茨·库恩：《德文版〈子夜〉前记》，郭志刚译，载李岫编《茅盾研究在国外》，湖南人民出版社 1984 年版，第 125 页。

去经验了，先造出中国的自然主义文学来。”① 之后茅盾接连发表了一系列文章，在中国作家和文化界中大力提倡自然主义文学。1921年7月在为自然主义论争作的总结性文章《自然主义与中国现代小说》中，茅盾仔细地反思了当时中国文学创作的困境，认为中国作家们中了两个观念的毒：“一是‘文以载道’的观念，一是‘游戏’的观念。”② 作为矫正，茅盾主张通过学习以左拉为代表的自然主义文学作品的方法进行改造：“我们都知道自然主义者最大的目标是‘真’；在他们看来，不真的就不会美，不算善”，“左拉这种描写法，最大的好处是真实与细致。”③ 在这篇文章中，茅盾还专门分析了《卢贡·马加尔家族》与近代科学的关系：“自然主义都是经过近代科学的洗礼的；他的描写法，题材，以及思想，都和近代科学有关系。左拉的巨著《卢贡·玛卡尔》，就是描写卢贡·玛卡尔一家的遗传，是以进化论为目的”，“我们应该学自然派作家，把科学上发见的原理应用到小说里，并该研究社会问题，男女问题，进化论种种学说。否则，恐怕没法免去内容单薄与用意浅显两个毛病。”④

1930年，茅盾以方璧的署名在上海世界书局出版了《西洋文学通论》，专门介绍了自然主义的代表作家及作品，其中就包括左拉的《卢贡·马加尔家族》。在书中茅盾这样评价这部家族巨著：“在十九世纪后半的欧洲文坛上，没有第二部书更惹起广大的注意和嘈杂的批评如《罗贡马惹尔》了。即使是反对自然主义的批评家也不能不承认《罗贡马惹尔》这二十卷巨著是文学史上空前的‘杰作’，直到现在还没有可与并论的作品出世。在这部大著作内，左拉不但应用了近代科学的遗传论的理论，作为全书的骨干，并且又恰当地挑选了‘第二帝政’时代的社会各方面都在转换（资本主义发达到全盛）的法国作为全书的背景，企图对人生的各面作一极精密的分析和极露骨

① 沈雁冰：《评四五六月的创作》，《小说月报》1921年第8期。
② 沈雁冰：《自然主义与中国现代小说》，《小说月报》1922年第7期。
③ 沈雁冰：《自然主义与中国现代小说》，《小说月报》1922年第7期。
④ 沈雁冰：《自然主义与中国现代小说》，《小说月报》1922年第7期。

的表白。”① 茅盾概述了《卢贡·马加尔家族》中的系列小说的内容，分别对20部小说的主要人物及内容进行了概括。总括了左拉这部巨著的内容之后，茅盾充满激情地写道：“这就是《罗贡马惹尔》。左拉这巨人所堆的金字塔！”② 对于自然主义的代表作家左拉及其巨著《卢贡·马加尔家族》，茅盾是有着自己独特的阅读体会和思考的。他曾这样分析这部作品的特点：“由归纳‘人间记录’而得科学的结论，因以立小说中所要表现的‘真理’而支配题材。《罗贡马惹尔》不是随便写的，是依据了遗传理论，归纳了‘人间纪录’，然后客观地描写。这把人类的贤不肖的种种行为，立脚在科学的理论上，是左拉所独创的。”③

茅盾早在1920年便参加了共产主义小组，同年7月更是成为中国共产党最早的党员之一。政治身份的归属与对中国命运前途的忧虑，使茅盾的思想观念逐渐地发生变化。茅盾在后来谈到自己所受西方文学的影响时，称其已经与五四时期发生了微妙的变化，他说：“虽然人家认定我是自然主义的信徒，——现在我许久不谈自由主义了，也还有那样的话，——然而实在我未尝依了自然主义的规律开始我的创作生涯；相反的，我是真实地去生活，经验了动乱中国的最复杂的人生的一幕，终于感到了幻灭的悲哀，人生的矛盾，在消沉的心情下，孤寂的生活中，而尚受生活执着的支配，想要以我的生命力的余烬从别方面在这迷乱灰色的人生内发一星微光，于是我就开始创作了。”④ 在20世纪二三十年代，茅盾的文学观念经历了一系列的转变，他对自然主义也经历了由陌生到熟悉、由大力倡导到渐渐疏离的过程。随着茅盾文学主张和思想观念的发展，他对于左拉也有着迥异的评价。茅盾曾这样分析左拉的创作方法：“这样的方法似乎是有条有理，周密而谨慎。这是左拉惯用的方法。”“但是从这样的方法搜

① 茅盾：《西洋文学通论》，书目文献出版社1985年版，第109—110页。
② 茅盾：《西洋文学通论》，书目文献出版社1985年版，第117页。
③ 茅盾：《西洋文学通论》，书目文献出版社1985年版，第117—118页。
④ 茅盾：《从牯岭到东京》，《小说月报》1928年第10期。

集得来的材料只能说明那生活圈子的表面状况，——是它的躯壳而非灵魂。”① 同时，面对瞿秋白所指出的《子夜》受《卢贡·马加尔家族》中《金钱》影响一事，1962年时茅盾还竭力为自己辩解：“瞿秋白当年称《子夜》为受了左拉《金钱》的影响云云，我亦茫然不解其所指。”② 这一切，似乎都表明了一个令人尴尬的现象：茅盾虽然早年倡导自然主义，极为推崇左拉及其巨著《卢贡·马加尔家族》，但其在创作长篇家族小说《子夜》时已经淡化了左拉这部自然主义经典家族巨著的潜在制约。

作家的思想资源构成、作品的创作过程受到特定社会环境、文化氛围的影响是不争的事实，无论作家出于各种原因加以否认，也不影响研究者钩稽史料、客观分析作家作品之间的相互关联。茅盾不仅对于左拉的这部巨著有着总体的、到位的分析，而且了解每一部作品的内容。他之借重左拉及其作品，根本目的乃在于向中国文学执着地输入客观描写、追求真实的精神与技巧，而对于某些有违中国文化精神的思想却保持了足够的谨慎。他在20世纪三四十年代之后对于自然主义文学及左拉的回避，有着多重的原因，但并不影响作家受到自然主义文学影响的历史事实。

二　家族生活的构思：结构、内容和破绽

左拉接受了实验医学和遗传学的影响，他所设置的家族血缘关系中隐含着一种生理遗传的因素，而这是茅盾在构思《子夜》时所没有涉及的。在为一个充满疯狂与耻辱的时代做记录的过程中，左拉所做的设想是：“把一个家族放在中心地位，另外至少有两个家族派生于其上。这个家族在现代社会各个阶级里繁衍。”③ “我要说明一个家

① 茅盾：《茅盾论创作》，上海文艺出版社1980年版，第462页。

② 茅盾著，贾亭、纪恩选编：《茅盾散文》，中国广播出版社1995年版，第562页。

③ ［法］左拉：《关于家族史小说总体构思的札记》，载柳鸣九编译《法国自然主义作品选》，天津人民出版社1987年版，第733页。

族、一个小小的人群，在一个社会里是如何安身立命的，它繁殖出一、二十个成员，初看之下，他们千差万别，各不相似，但加以分析，则可看出他们彼此之间隐深的关联”，“一旦我掌握了这些线索，一旦我手里拥有了整个一个社会群体，我将表现出这个群体如何像一个历史时代里的角色一样行事，我将让它在自己错综复杂的奋斗中活动，我将同时分析它每一个成员的意志力的总和与这整个家族总的发展”①，“并且通过他们各自不同的经历叙说出第二帝国从政变阴谋到色当投降的全部历史。”② 从实践来看，左拉对《卢贡·马加尔家族》的设想达到了其目的。这部巨著中的人物活动的时间虽然被限定在第二帝国时期的20年时间里，却因其写于第三共和国期间，“整个家族史小说实际上也就反映了从五十年代初到九十年代初的法国现实”③。

作为对左拉的《卢贡·马加尔家族》20部小说内容均有了解且熟知小说结构、家族关系的茅盾来说，他在创作时自然会使之成为自己小说的某种潜在观照，由此而形成内容上的某种共通性。从整体上看，左拉通过《卢贡·马加尔家族》20部小说表现了第二帝国时代社会生活的各个方面，包括金融、农业、商业、政界、宗教界、资产阶级暴发户、艺术家、产业工人、流氓无产者、军官、妓女等各个领域的形象；其中每一部小说反映社会生活的一个侧面，由此而构成对时代生活的立体表达。而贯穿其中的，则是左拉所设计的卢贡家族的“自然史”和“社会史”。《子夜》创作于1931年10月至1932年12月5日，当时刚刚发生了一场关于中国社会性质的论战，这促使茅盾萌发通过家族小说来表现中国社会性质及阶级特征的希望。茅盾试图借助一个遍布社会各个角落的吴氏家族，再现20世纪二三十年代上

---

① ［法］左拉：《关于家族史小说总体构思的札记》，载柳鸣九编译《法国自然主义作品选》，天津人民出版社1987年版，第736页。

② ［法］左拉：《关于家族史小说总体构思的札记》，载柳鸣九编译《法国自然主义作品选》，天津人民出版社1987年版，第737页。

③ ［法］左拉：《〈卢贡·马加尔家族〉总序》，载柳鸣九编译《法国自然主义作品选》，天津人民出版社1987年版，第247页。

海社会形形色色的阶层、人物和生活。“我那时打算用小说的形式写出以下的三个方面：（一）民族工业在帝国主义经济侵略的压迫下，在世界经济恐慌的影响下，在农村破产的环境下，为要自保，使用更加残酷的手段加紧对工人阶级的剥削；（二）因此引起了工人阶级的经济的政治的斗争；（三）当时的南北大战，农村经济破产以及农民暴动又加深了民族工业的恐慌。”① 茅盾的《子夜》在规模上明显要小于《卢贡·马加尔家族》，但我们同样可以发现茅盾所展示的20世纪二三十年代中国社会的各个阶级、领域内的种种生活，各阶级各阶层人物的形象在茅盾的笔下得到了栩栩如生的表现。就涉及的领域而言，《子夜》仍然在都市与农村、政治与经济、农民与工人、革命者与资本家、民族资产阶级与买办资产阶级、上流社会奢华淫逸生活与底层贫民艰难度日、学生运动与教授生活等众多场景的描写中实现了对于社会史的生动刻画。在某种意义上看，《子夜》可以说是对《卢贡·马加尔家族》诸多生活和线索的浓缩，并以家族生活为内在线索。

《子夜》与《卢贡·马加尔家族》存在着某种对照关系。在《子夜》出版之后，瞿秋白即敏锐地发现了小说与左拉《卢贡·马加尔家族》系列小说中的《金钱》之间的密切关系。在《〈子夜〉与国货年》中，瞿秋白分析说：“这是中国第一部写实主义的成功的长篇小说。带着很明显的左拉的影响（左拉的‘L'argent’——《金钱》）。自然，它还有很多缺点，甚至于错误。然而应用真正的社会科学，在文艺上表现中国的社会关系和阶级关系，在《子夜》不能不说是很大的成绩。茅盾不是左拉，他至少已经没有左拉那种蒲鲁东主义的蠢话。”② 除此之外，《子夜》中描写到的双桥镇农村生活的动荡也与《土地》中的乡村世界有着相似的地方，尤其是《子夜》中的曾家驹这个流氓阔少简直融合了《土地》中诨号耶稣基督的亚山

① 茅盾：《〈子夜〉是怎样写成的》，《新疆日报》1939年6月1日。

② 瞿秋白：《瞿秋白文集·文学编》（第二卷），人民文学出版社1986年版，第71页。

特和毕托这两个流氓的特色；《子夜》中所描绘上流社会奢华淫荡的私生活，与《娜娜》所揭露的贵族阶层荒淫无耻的生活十分相似，而交际花徐曼丽、以身体为代价接近赵伯韬的冯眉卿等形象也与娜娜的形象有着某种一致性。此外，《子夜》存在的缺陷也残留了左拉的影响。左拉在创作时主张以科学的态度加以观察，为了使自己的作品具备科学实验的精准与摄影师般的细腻，他在进行创作之前总要大量地搜集、阅读资料、了解生活，甚至为了写作具体的场景还要进行实地考察，以期达到自己所追求的小说目标。在创作《人兽》时，左拉仔细地观察车站、隧道、机车库，与铁路工人、工程师谈话；为了创作《小酒店》，左拉经常到小酒店去厮混，并对个体劳动者和下层百姓进行调查；茅盾在《自然主义与中国现代小说》中认为："自然主义者事事必先实地观察的精神也是我们所当引为'南针'的"，"这种实地观察的精神，到自然派便达到极点。他们不但对于全书的大背景，一个社会，要实地观察一下，即便是讲到一片巴黎城里的小咖啡馆，他们也要亲身观察全巴黎城的咖啡馆，比较其房屋的建筑，内部的陈设，及其空气（就是馆内一般的情状），取其最普通的可为代表的，描写入书里。"① 茅盾在写作精神上接受了科学的方法，因而他也采取了相同的创作模式。

三　家族生活的再现：科学的描写和实验的小说

在《实验小说论》中，左拉这样阐释自然主义的理论主张："观察者纯粹是仅仅看到眼前的现象……他应该成为现象的摄影师；他的观察应该准确地反映自然……他倾听自然的话音，一字不差地记下来。然而，一旦看到了事实，仔细观察了现象，思想便接踵而至，于是开始进行推理。这时实验者便出面说明这个现象。"② 在这个过程

① 沈雁冰：《自然主义与中国现代小说》，《小说月报》1922 年第 7 期。

② ［法］左拉：《关于家族史小说总体构思的札记》，载柳鸣九编译《法国自然主义作品选》，天津人民出版社 1987 年版，第 741—742 页。

中，作家如同科学家一样，对事物保持客观冷静的态度，通过文字精确的剖析与分析来实现作品对于科学性的追求。为此，左拉对自然科学的方法进行了强调，认为应该将科学研究的方法应用到社会史和自然史的描写中，以此来建立对一个时代的全面、立体和真实的表现。

左拉的这种主张正契合了茅盾关于发展中国文学的态度。在《自然主义与中国现代文学》中，茅盾曾猛烈地抨击旧派小说所存在的问题："（一）他们连小说重在描写都不知道，却以'记账式'的叙述法来做小说，以至连篇累牍所载无非是'动作'的'清账'，给现代感觉敏锐的人看了，只觉味同嚼蜡。（二）他们不知道客观的观察，只知主观的向壁虚造，以至名为'此实事也'的作品，亦满纸是虚伪做作的气味，而'实事'不能再现于读者的'心眼'之前；"① 对于新派文学，茅盾也意识到了其中存在的致命问题："除了几位成功的作者而外，大多数正在创作道上努力的人，技术方面颇有犯了和旧派相同的毛病的。一言以蔽之，不能客观地描写。"② 这里茅盾指出了旧派和新派小说的两点缺陷，一是缺乏描写意识和技巧；二是缺乏客观的精神。正是因为这两点，导致了当时新文学发展缓慢和艺术成就不高，茅盾试图以左拉的自然主义为利器来纠正现代小说中真实感匮乏的症候。

在《子夜》的创作过程中，茅盾运用左拉小说中充分展开细节的方式，对人物、环境和人的表情、动作进行详尽的描写，他虽然并未完全放弃作家的选择权利，却尽可能地按照生活的原生态加以勾勒，从而增加了小说的信息内涵，借此确立了中国现代小说的真实性地位。茅盾力求真实反映现实生活的原本状态，努力摒除主观意志对于小说叙事进程的干扰，使创作者的主体意志被消弭到最低的限度，从而让作品呈现世界的客观面貌。在茅盾的叙事中，他常常把全知全能的叙事者遮蔽起来，而代之以第三者的理性观察。正如普实克指出的："茅盾写作方法与中国古代小说中盛行的那种古老的叙事方法完

① 沈雁冰：《自然主义与中国现代小说》，《小说月报》1922 年第 7 期。

② 沈雁冰：《自然主义与中国现代小说》，《小说月报》1922 年第 7 期。

全相反。”[①] 中国传统小说由于承载了过多的说教色彩，因此无论是说书还是小说，都喜欢采用主体存在明显的叙事方式。这种传统的叙述方式，在茅盾看来存在一个致命的缺陷，即“过于认定小说是宣传某种思想的工具，凭空想象出一些人事来迁就他的本意，目的只是把胸中的话畅畅快快吐出来便了；结果思想虽或可说是成功，艺术上实无可取。”[②] 茅盾正是意识到了传统文学叙事方式的弱点，才坚决主张将左拉实践的客观真实性运用到文学创作中来，希望通过语言的客观、逻辑的严密以及在场感的还原，为中国文学开辟一条新的大道。这种方法的优势，一方面在于让自然和社会描写自动地进入读者的视线，在一种客观、理性乃至淡漠的态度中呈现生活的本真面貌；另一方面，叙述视角的客观化，也对传统的文以载道的文学形成了致命的打击。

在《卢贡·马加尔家族》中，左拉对于日常生活化细节和环境有浓厚兴趣，他试图在人们习以为常的场景中建构起自己对于第二帝国时代自然史和社会史的表现目标。这些看似平淡的细节，填充了文学作品中人物活动的时代背景和现实处境，使人物的性格、思想和动作不再显得突兀，而是与客观环境融为一体。这种细琐繁复的静态描写，在茅盾的《子夜》中也比比皆是，它们以实录的精神尽可能地还原了一个时代的特定社会环境与社会习俗。左拉和茅盾都追求对于一个帝国或一个时代的社会生活的再现，在作品中表现社会不同阶层的生活状态。左拉在《实验小说论》中主张，“在我们的小说中若要对毒害社会的一种严重的创伤进行试验，采取的作法同试验医生一样，就是悉心找出最初的简单的决定因素，然后即可获得产生作用的复杂的决定因素”[③]。运用科学方法进行文学创作，就必然要求全面地考察社会，这在某种意义上即是对于毒害社会肌体因素的寻找和发

① ［捷］雅罗斯拉夫·普实克：《普实克中国现代文学论文集》，李燕齐等译，湖南文艺出版社 1987 年版，第 135 页。

② 沈雁冰：《自然主义与中国现代小说》，《小说月报》1922 年第 7 期。

③ ［法］左拉：《关于家族史小说总体构思的札记》，载柳鸣九编译《法国自然主义作品选》，天津人民出版社 1987 年版，第 756 页。

现，这必然导致作家在描写和分析的过程中对于一种完备而具体的描写的要求。

在左拉的《卢贡·马加尔家族》中，作家从宏观和微观两个方面着手，对第二帝国时期的社会生活进行了全面再现。其中在宏观层面，左拉借助《卢贡·马加尔家族》系列家族史小说，在每一部作品中揭示出一个对应的社会生活断面，然后再将这20部小说连缀起来，就构成了文学作品对于社会历史的全面而生动的再现。正是追求对于社会各阶层生活的把握，这部巨著的人物总数达到了1200个，其人员分布覆盖了第二帝国时期的各行各业，并由他们进而展开对于社会生活的全景式描绘。茅盾的《子夜》亦选择政治、经济、文化、感情、农村、都市等众多方面进行具体细致的描写，虽然规模上无法与《卢贡·马加尔家族》媲美，却也称得上体例完备、人物周全，作品“写大都市中形形色色的日常现象和世态人情，从舞女、少爷、水手、姨太太、资本家、投机商、公司职员到各类市民以及劳动者、流氓无产者等等，几乎无所不包”[①]。就微观而言，《卢贡·马加尔家族》将自然主义对真实生活的细节表现推向了一个空前的细致程度。在作品中，左拉对具体生活场景中出现过的景和物、状态、方位、色泽、大小等的描写都努力做到与现实一致。例如，《金钱》中对交易所的描写，《娜娜》中对剧场的描写，《土地》中对农村生活方式的描写，都达到了令人震惊的地步。在茅盾的《子夜》中，作家对于吴老太爷风化细节的描写、对于上海交际场所的刻画等，也达到了让人过目不忘的程度。

当然，《卢贡·马加尔家族》和《子夜》的创作并非尽善尽美。左拉与茅盾过于强调作家的科学精神，而对于人的心灵世界关注不够，从而导致了小说叙事“物化”的倾向；他所主张的绝对冷静、客观的描写方式也过于理想化，作家的视角可以隐退，但并不意味着

① 柳鸣九：《重新评价左拉的几个问题——在中国法国文学研究会主办的左拉学术研讨会上的主旨学术报告》，载《法兰西文学大师十论》，复旦大学出版社2004年版，第247页。

完全放弃了筛选和摘择的能动性。同时，自然主义所推崇的严格写实，一方面可以促使作家摆脱意识形态的束缚，勇于再现生活的严酷性，从而达到暴露和批判的效果；但另一方面，由于失去了判断的标准，一些触目惊心、惊世骇俗的庸俗内容和琐碎细节进入了文学。

四 家族的还原：生理学的观察与社会环境的影响

左拉在对《卢贡·马加尔家族》进行总体构思的时候，曾这样表达自己所要追求的目标："我的小说不可能发生在1789年之前，我把它置于现代的真实性，写种种野心与贪欲的拥挤冲突，我考察一个投身于现代社会的家族的野心与贪欲，它以超人的努力进行奋斗，却由于自己的遗传性与环境的影响，刚接近成功就又掉落下来，结果产生出一些真正的道德上的怪物（教士，杀人犯、艺术家）。"① 左拉在其中强调了他观察的重点在于生理学和环境的影响两个方面，其中生理学又包括遗传学、身体欲望等内容。正如左拉所言："如果我的小说应该有一种结果，那结果就是：道出人类的真实，剖析我们的机体，指出其中由遗传所构成的隐秘的弹簧，使人看到环境的作用，"②这也是对《卢贡·马加尔家族》创作主旨和人物关系的一种独特理解。

左拉的《卢贡·马加尔家族》真正从生理学、遗传学的角度来观察人、表现人，它对人类所具有的生物性进行了聚焦，从而一改过去形而上地描写人物的模式，将人类的思想、情感、言谈甚至是疾病、变态行为等都纳入了文学的范畴加以考察。左拉通过家族小说中对人的自然属性的描写，试图验证他关于生理遗传与家族成员命运的研究设想。"我所要研究的卢贡·马加尔家族有一个特征。那就是贪

---

① ［法］左拉：《关于家族史小说总体构思的札记》，载柳鸣九编译《法国自然主义作品选》，天津人民出版社1987年版，第733页。

② ［法］左拉：《关于家族史小说总体构思的札记》，载柳鸣九编译《法国自然主义作品选》，天津人民出版社1987年版，第735页。

欲的放纵，就是我们这个时代里向享乐奔腾而去的狂潮。在生理上，这个家族的成员都是神经变态与血型变态的继承者，这种变态来自最初一次器官的损坏，它在整个家族中都有表现，它随环境的不同，在每一个家族成员身上造成种种不同的感情、愿望、情欲，种种不同的人态，或为自然的，或为本能的，而其后果，人们则以善德或罪恶相称。”① 左拉曾经为自己的这部巨著制定了一个人物世系表，以后的创作基本上按照这个世系表进行。

与左拉在《卢贡·马加尔家族》中对于遗传机制的系统考察不同，茅盾在《子夜》中并未明显表露出有关遗传学的思考；但后者对于作品中的性爱意识的描写则是受到了左拉的影响。传统的东方文化“像一个严酷的审美主义者，对人的肉体耿耿于怀，常常采用一些极端的措施，从物质到精神进行双重改造和阉割。阉割就是去掉突出部位，使肉体变得完美起来，由功用主义物质形态变成抽象的美学形式”②。对于具有浓郁封建色彩的中国文化来说，性爱意识往往受到封建伦理、礼教的重重压制，人的生理属性长期以来是被忽视的。在20世纪二三十年代，在传统文化趋向衰微、自然主义文化被大加介绍之际，性爱意识往往最先从文学中寻找到突破口。《卢贡·马加尔家族》对于中国文学的意义，或许正在于此——“在左拉影响下，中国作家开始将性欲视为生命内驱力合乎自然目的的追求，不以为淫秽，亦不轻薄，以期真实传达完整人生，从而大大丰富了小说中人性意蕴，深化拓展了现实主义。”③

茅盾正要借助自然主义对于性爱的描写来表现真实的人生：“他们也描写性欲，但是他们对于性欲的看法，简直和孝悌义行一样看待，不以为秽亵，亦不涉轻薄，使读者只见一件悲哀的人生，忘了他

① ［法］左拉：《关于家族史小说总体构思的札记》，载柳鸣九编译《法国自然主义作品选》，天津人民出版社1987年版，第736—737页。

② 张柠：《中国当代文学与文化研究》，北京师范大学出版社2008年版，第322页。

③ 钱林森：《法国作家与中国》，福建教育出版社1995年版，第333页。

描写的是性欲。"① 不过，虽然《子夜》也鲜明地体现了性爱意识，但这并不意味着茅盾对于自然主义关于生理学的描写是全盘接受的。1922 年周作人在给茅盾的信中就告诫说，自然主义专在人间看出兽性，中国人看了容易生病。对此，茅盾以郎损的笔名专门写了《"曹拉主义"的危险性》一文进行辩驳："自然主义的真精神是科学的描写法，见什么写什么，不想在丑恶的东西上面加套子：这是他们共通的精神。我觉得这一点不但毫无可厌，并且有恒久的价值。"在这里，茅盾一方面坚持着自己对于"曹拉主义"的坚持，认为它具有"恒久的价值"；② 但另一方面，茅盾自己也对左拉作品中常见的所谓"兽性"抱有某种疑虑，而"根本观念不同"则进一步明确地表明了作家对于左拉思想观念的疑虑。

左拉在很多文章中都提到过他对于环境影响的关注。他认为"纯粹意义上的环境，即社会环境与地域环境，则决定了人物所属的阶级"③，"人们在成为掌握人体现象的主人并对之产生影响时，便可以对社会环境发生作用。下面就是构成为实验小说的几个方面：掌握人体现象的机理；依照生物学将给我们说明的那样，展示在遗传和周围环境影响下，人的精神行为和肉体行为的关系；然后表现生活在他创造的社会环境中的人，他每天都在改变这种环境，他自身在其中也不断发生变化。"④ 左拉不仅在《卢贡·马加尔家族》中表现出一个家族的自然史，而且还要表现出这个家族与社会环境、物质条件产生的关系及其影响。为了表现环境对于卢贡·马加尔家族的重要影响，他将一个家族的不同后代设置在不同的社会、物质环境中，结果他们的命运或者遗传疾病的走向都存在着巨大的差异。同时，在表现环境对于人物的影响时，左拉还特别注意勾勒出不同阶级、职业、身份的

① 沈雁冰：《自然主义与中国现代小说》，《小说月报》1922 年第 7 期。

② 郎损：《"曹拉主义"的危险性》，《文学旬刊》1922 年第 50 期。

③ ［法］左拉：《关于家族史小说总体构思的札记》，载柳鸣九编译《法国自然主义作品选》，天津人民出版社 1987 年版，第 733 页。

④ ［法］左拉：《关于家族史小说总体构思的札记》，载柳鸣九编译《法国自然主义作品选》，天津人民出版社 1987 年版，第 751 页。

人物之间的社会和个性的差异。与左拉在《卢贡·马加尔家族》中表现的某种遗传学的宿命色彩一样，茅盾在《子夜》中也着力刻画了社会环境对于个人的无法抗拒的压力。《子夜》中的吴荪甫是一位有着雄才大略的民族资本家，他既有着现代科学管理的经验，又有着罕见的魄力、顽强的斗志，如果欣逢盛世或许早已成为中国的大企业家。但是吴荪甫恰恰处在半殖民地半封建社会的中国，一方面受着买办资本的排挤，另一方面又受到战争、工潮的掣肘；他一方面有着发展民族工业的蓝图，另一方面又缺乏政治支持和经济援助，最终在多重环境的压迫下精神崩溃，这与《卢贡·马加尔家族》中环境对人物的影响有着极大的相似性。

茅盾通过对左拉自然主义文学作品的吸收、借鉴促进了自身的创作，他运用自然主义手法表现中国家族小说及社会各阶层的生活，并将科学实验的方法和生理学的内容纳入了文学领域，极大地丰富了中国家族小说的表现范围和叙事方法。这种融汇了科学实验精神、生理现象学和社会文化学的家族小说，在中国现代文学史上独树一帜。这一方面验证了弗朗茨·库恩对于《子夜》中东西文化融合的体察，另一方面也向我们昭示了中西家族小说在借鉴、融合过程中存在的文化差异。创作方法、生活阅历不断丰富的茅盾，本应有机会创作出中国式的《卢贡·马加尔家族》，然而波谲云诡的现代中国却并未提供良好的写作环境。在救亡与图存的历史转折关头，茅盾对于中国现代家族的叙事冲动一步步让位于战争风云和政治斗争，最终只留下了《子夜》这一部包含许多缺憾的自然主义家族小说。茅盾的经历与选择，给文学史保留了许多耐人咀嚼的作品与史料，值得后世学者认真研究。

（原刊《文学论坛》2020 年第 3 期）

六　史料新考

“大众化”实践、《讲话》南渐及文艺制度设想

——新见茅盾佚文《文艺工作的现实性，计划性，和组织性》校读

刘　锐*

摘　要　新见茅盾佚文《文艺工作的现实性，计划性，和组织性》刊于1946年5月29日香港《愿望》周刊第19期，是茅盾1946年赴港粤期间一篇重要的文论。通过此文可以观察1945年“文协”策划的“寿茅”活动所带来的效力，也可看到茅盾文艺观在“文艺大众化”运动中的嬗变，同时，将此文跟茅盾此次赴港粤期间的诸篇演讲结合，与《延安文艺座谈会上的讲话》进行比勘，可窥《讲话》的南渐。此外，这篇文论中茅盾还表达出了其对未来文艺制度的愿景和构建雏形。

关键词　茅盾；佚文；大众化；《讲话》；文艺制度

1946年3月16日，茅盾离开重庆，准备到上海定居。其间他取道广州，4月13日傍晚抵达香港。这是茅盾第4次赴港，在港期间还前往澳门亲戚处小住，5月26日离港，在港总共停留13天。茅盾这次赴港，此后学界的基本看法是，由于国共冲突日益加剧，重庆的政治空气逐步恶化，茅盾受共产党指示，前往上海，途中南下香港，参加各种社会活动，发表文章及演说，对“党的民主统一战线政策的深刻阐释，使香港文化界有了行动的方向”，他“在香港为和平民

* 作者单位：中国人民大学文学院。

主建国而大声疾呼”。[①] 随着茅盾研究的深入，更多研究者不满足于这样的笼统解释，而是将茅盾这次赴港，放在文艺团体组织和文学及文化制度的层面来观察，其中较有代表性的即涉及“文协”的“寿茅”活动和毛泽东《延安文艺座谈会上的讲话》（以下简称《讲话》）对茅盾这次南下的影响，或者从另外的层面讲，涉及茅盾接受《讲话》与“寿茅”之后其文艺观念的嬗变，这些研究可以说将茅盾这次赴港，从表层观察引入纵深探究。

但是，茅盾这次南下，“寿茅”在此中产生了什么效力、有哪些实质性影响？茅盾在中共文艺政策之下如何调整其文艺观？茅盾的南下与《讲话》的南渐有何关系？在南下宣传的过程中，茅盾对未来的文艺制度又有哪些期许和愿景？这些问题在此前的研究中并没有较为明晰的阐释，甚至尚未涉及。另外，据茅盾此次赴港的已知文献，笔者也并未看到其关于上述问题明晰而全面的表述。带着这些问题审视新见的这篇茅盾佚文，我们似乎会有更为清晰的认识。

一 《文艺工作的现实性，计划性，和组织性》的发现

在茅盾此次在港停留的 13 天里，他留下的文字并不多，除了受邀为香港《华商报》所写的专栏文章外，其余文字多是由各种演讲整理而成。2014 年由黄山书社推出的新版《茅盾全集》，在人民文学出版社旧版《茅盾全集》的基础上，对茅盾文献又有所增补，但不免仍有遗珠之憾。应该说，当时在香港与茅盾相关的各种报刊，基本上都已进入茅盾文献整理的视野，按说一旦发现某篇茅盾作品载于一个报刊，那么此刊物一定是辑佚的重要目标，除了刊物本身残缺为辑佚工作造成不便外，漏辑当是小概率事件，尤其是像茅盾这样的经典作家。但是，笔者这次辑获这篇茅盾佚文，却也是因为此前有这种小概率的漏辑。

笔者在阅读旧版《茅盾全集》第 23 卷中《关于写作——对岭英

---

① 李标晶：《茅盾在香港的文学活动》，《学术研究》1985 年第 6 期。

中学侨风社社员演讲》一文时，出于核查原刊的需要，按编者提供的线索——“最初发表于一九四六年四月《愿望》第十六期”,[①] 遂找到原刊。

《愿望》于1946年1月在香港创刊，是胡守愚、梁若尘主编的政论刊物，每周一期。其中第16期刊载了茅盾在香港岭英中学的演讲记录，即上述《关于写作》一文。笔者随即往后翻阅，在第18期中看到一则关于茅盾的消息：“本期原有茅盾先生专为本刊写的《文艺工作的现实性，计划性，和组织性》一篇，不及付排，只好留在下期，特此预告。”[②] 所以，笔者在第19期中找到此文，但发现旧版《茅盾全集》并未收录，继而查检《茅盾年谱》（唐金海、刘长鼎主编，山西高校联合出版社1996年版），也无记录。随后笔者又查检新版《茅盾全集》，发现也未收录。查阅2014年新版《茅盾全集》出版后学界的辑佚成果，也无此文。可以确定，发表于1946年5月29日《愿望》第19期上署名“茅盾”的《文艺工作的现实性，计划性，和组织性》,[③] 当属茅盾佚文。其实，老报人梁若尘早在其去世的前一年（1989年），就曾撰文回忆自己在香港主编的《愿望》周刊，文中还特意提及了茅盾此文,[④] 但其一直未被茅盾研究者所注意，以至于新旧两版《茅盾全集》及《茅盾年谱》都将此文遗漏了。

此文4000余字，末署“五月十七日”，系写作时间。文章第一段，茅盾交代写作缘起：已经答应了《愿望》周刊写一篇小文，可找不到题目；偶然读到李广田先生的《论文学的普及和提高》，（见《港粤文协》第九期，五月十五日《华商报》），引起了一些零零碎碎的感想，姑且写出来，聊供华南文艺界的朋友们

---

① 茅盾：《茅盾全集》第23卷，黄山书社2014年版，第325页。

② 未署名：《编后话》，《愿望》（香港）1946年5月第18期。

③ 正文前题为《文艺工作的现实性·计划性·和组织性》，目录中题为《文艺工作的现实性，计划性，和组织性》，后者更符合标点规范，故以后者为准。以下所引此文，不再出注。

④ 梁若尘：《抗战胜利后的一份短命杂志——香港〈愿望〉周刊》，载《广州文史资料》第40辑，广东人民出版社1989年版，第248页。

作为参考。

核查1946年5月15日香港《华商报》，其副刊《港粤文协》第9期上刊载了《论文学的普及和提高》，署名“李广田”，末署“一九四六，一月改抄”。再查《李广田全集》，该文收入第5卷，末署“一九四五年联大‘五四’文艺晚会讲稿”。① 第6卷中所收《李广田年谱》也未提及《华商报》该文，可见编者是直接将李广田未刊演讲稿收入全集，并不知道《华商报》的初刊本。李广田发表的该文，虽署“改抄”，但笔者经校勘，并未发现改动，实则不存在差别。

茅盾写作此文并在《愿望》周刊上发表，从其交代的写作缘起来看，是为了还笔债。但是，站在作为政论刊物的《愿望》周刊的角度，其何以会向作为文学家的茅盾约稿？这是首先值得琢磨的地方。《愿望》周刊“在中国共产党南方局鼓励和支持下”，② 主张民主政治，要求实现政治协商会议决议，实施和平建国纲领，其中多是谈“自由”、说“民主”、期望“和平”的政论性文章，即便偶有文艺作品，背后也有着明显的政治诉求。③ 那么，向茅盾约稿，并先行在第16期刊登了与其办刊意旨并不相符的茅盾演讲记录稿《关于写作》，④ 两周以后又紧接着要刊登《文艺工作的现实性，计划性，和组织性》，而且此刊物的文章以“短平快”见长，却为茅盾预留了足够的篇幅，这背后的原因也是不言自明的。因为茅盾此次赴港，相比于其耀眼的文学身份，似乎更为耀眼的是其文学身份背后的政治身份。茅盾4月13日抵港，14日就受到香港文化界设宴欢迎，并应邀

---

① 李广田:《李广田全集》第5卷，云南人民出版社2010年版，第74页。

② 梁若尘:《抗战胜利后的一份短命杂志——香港〈愿望〉周刊》，载《广州文史资料》第40辑，广东人民出版社1989年版，第246页。

③ 如第3期刊发圣徒《沁园春·读润之，亚子两先生唱和有感而作》、第4期刊发杨叔明《沁园春·和毛词》就很有代表性。

④ 此讲座是面对中学生的漫谈，涉及的都是一些浅近的写作事项，即熟悉描写对象、懂得用词用句、选择题材等。这些都无关民主、自由、和平建国的宏旨。

在宴会上发表演讲《人民的文艺》,[①] 15 日《华商报》副刊《港粤文协》第 8 期以整期版面刊登数篇欢迎茅盾来港的文章。所以，不到两天时间，茅盾此次赴港的目的基本上已经公开化了。此外，在 4 月 17 日《华商报》影印刊出的茅盾赴港欢迎公宴上参加人员的签名中，笔者找到了《愿望》周刊主编梁若尘的签名，那么，此后从约稿到撰文，一切都顺理成章了。

二　从“寿茅”及其效力说起

中华全国文艺界抗敌协会（以下简称“文协”）于 1941 年和 1945 年先后组织了为郭沫若和茅盾的祝寿活动（以下分别简称为“寿郭”与“寿茅”）。1941 年的“寿郭”，“是中共南方局策动和组织的一个带有明确政治目标的文化事件”，在围绕鲁迅与郭沫若的对比中，确立郭沫若在鲁迅之后于新文化运动中的“旗手”地位，借助对郭沫若的再塑造，完成政党文化对新文学的介入、支配和构建。[②] 此后，“文协”借助为作家祝寿或文学活动周年纪念的名义，公开为特定作家举办纪念活动，从“建构新文学传统秩序，调整和校订新文学运动方向这个角度来说”，1945 年的“寿茅”（包括茅盾创作生活二十五周年纪念）足以与“寿郭”相提并论。“寿茅”弥补了在“寿郭”后“未能充分彰显传统与现实之间的共谋”的遗憾，将茅盾二十五年的创作道路塑造成“人民文艺”的历史道路，借助“寿茅”为“人民文艺”在新文学传统中找到自己的历史合法性，茅盾则成其代理人和“人民文艺”的领导者。而“寿茅”也意味着，“文协”最终“变成了根据中共文艺政策和国统区实际情形来展开活

---

① 茅盾讲，黄新波笔记:《人民的文艺——在香港文化界的欢迎会上的演讲记录》,《华商报》(香港) 1946 年 4 月 17 日。

② 段从学:《“文协”与抗战期间文艺运动》，北京大学出版社 2012 年版，第 235—247 页。

动的民众团体”。①

所以，1945 年经过中共南方局“寿茅”重塑后的茅盾，在某种程度上已经成为中共文艺政策在新文学界，尤其是解放区之外的新文学界的一个象征。而欣然接受中共南方局通过“文协”策划的重塑活动后的茅盾，对自己的文艺观有怎样的调整？以及其被赋予的在新文学传统中“人民文艺”历史合法性的代理人工作，是如何践行的？要考察这些问题，笔者以为茅盾 1946 年的赴港，就是一个很好的切入点。因为“寿茅”之后的茅盾，离开作为“文协”总会所在地的重庆，首次独当一面地宣传中共“人民文艺”政策，正是在这次南下港粤期间。

茅盾此次赴港，三两天之内迅速在媒体宣传中占得“制高点”，以及在香港文坛产生轰动效应，从中便不难发现“寿茅”在茅盾之外产生的效力。而茅盾在粤港文协的演讲中直接揭露国民党文化上反民主的做法，就其声威和气魄而论，也不能不说很有代理人的姿态。而最后真正形成专论文章且发表于香港的这篇《文艺工作的现实性，计划性，和组织性》，更可以被看作“寿茅”在茅盾自身产生的效力。当然，这其中的变化很微妙，从抗战胜利到共和国成立的前后，中共对知识分子的改造或者说知识分子面对时代所做出的改变，同时是与自身的坚守所交织在一起的，“寿茅”只是在茅盾欣然接受的前提下，对其进行的外在塑造，但这并不代表茅盾从内到外的一致变化。所以，解读茅盾这次赴港的文学活动及文本，同样要把握此中的“矛盾”——改变与坚守在一个知识分子身上的内在冲突。

从《文艺工作的现实性，计划性，和组织性》行文的口吻和气势，我们似乎可以感受到是一位中共文艺政策的“旗手”在讲话。上述在介绍这篇佚文时，笔者提及的茅盾在文首交代的写作缘起，是因为看到李广田的文章而引发的。事情真就如茅盾交代的如此简单？其实不然，文首对这个缘起交代与否，并不影响茅盾对文中 3 个论题

---

① 段从学:《“文协”与抗战期间文艺运动》，北京大学出版社 2012 年版，第 247—251 页。

的阐发，可是将之看作闲笔，却又不能如此简单视之，所以，茅盾对李广田及其文章的提及，也当然有其深意在。毕竟李广田所谈的是文学的“普及和提高”，这并非一般的文艺论题，而是毛泽东《讲话》之后，中共文艺政策的一大命题，李广田的文章又发表于茅盾在港时期的《港粤文协》上，这不能不说触动了茅盾，或者说，在这个时间和场域当中，真正适合阐发“普及和提高”的人，不论从外在的社会影响力和还是其背后的政治效力而言，绝非李广田，而是茅盾。如此再来细读茅盾接下来的一些文字，就值得玩味了。茅盾说：

> 李先生的意见，我都赞成；也不打算就这一问题——文学的普及和提高　　再来个“蛇足”。我的被引起来的感想，老实说，还在“普及和提高问题”之外。

紧接着茅盾又说：

> 应当承认，十多年来，文艺工作有了很大的发展，但亦毋庸讳言，发展虽不算小，可仍然远离客观现实的需要。“普及”固然谈不上，“提高”亦何尝办到？

显然，茅盾所说的“赞成”也仅就李广田所谈而言，而所谓不打算续“蛇尾”于李文之后，是并不想如李广田那样就“普及和提高”而谈“普及和提高”，这也正是被树立为中共“人民文艺”政策“旗手”的茅盾，与李广田的差别，要知道李文最初的对象只是西南联大的学生，与茅盾大处着眼的“设计师”式的行文布局相去甚远。可是话说回来，茅盾所谈的又何尝远离了中共文艺政策的这一大命题，其所谓“还在‘普及和提高问题’之外”，还不如说是从更高更全局性的层面来谈这一问题。所以，茅盾文章中的这个“开场白”，自觉或不自觉地便带入了“寿茅”所赋予其的效力。甚至可以这样说，这是茅盾第一次以“旗手”身份，明确接过了这一命题，所要回答的是“为什么会弄到这样两头（普及与提高——引者）勿着实”

的问题。这似乎才更像一个文艺“旗手”和政策代理人所着眼的方面，所以面对“主观力量不够”这样流行的现成答案，茅盾颇有点统观全局式地批评说：

> 我们所处的时代是人类历史上空前的大转变的时代，我们所处的社会又是各种矛盾各种敌对力量冲突激荡的集中点，中国古语有云：“道高一尺，魔高一丈”。正是“主观力量是会永远感觉得不够”的脚注。

由此，茅盾引入了正题，即如何才能将已经不够的主观力量做出很好的配置？茅盾的答案是不论一国还是一地，文艺工作要把握三大原则——现实性、计划性和组织性。

那么，“寿茅”所起到的效力，在茅盾的文艺观念及其嬗变中，具体体现在哪里？这就不得不注意茅盾重点阐释的文艺工作之“现实性”所针对的两个问题：一是实践不够的问题；二则是如何实践的问题。应该说，茅盾所谈的这两个问题，贯穿了整个20世纪三四十年代的文艺大众化运动，一个是策略调整方面，一个是具体操作方面，在不同的时段有不同的论争。

所以，“寿茅”的一大效力，就是让茅盾更加具有全局性地为整个“人民文艺”及其进程来把握脉络。很显然，茅盾现在所面对的，小则如他自己所言是“供华南文艺界”做参考，大则又何尝不是对全国范围内的“文艺大众化”的警醒。茅盾敏锐地觉察到在“文艺大众化”或者说“普及运动”中理论与实践无法统一，人们只热衷于空谈理论，对象也只限于“小资产阶级知识分子”，无法实践到工农大众，所以“大众化运动至今还没有超过理论阶段”。如果没有“寿茅”，茅盾应该也能有所把握，但能否这样来讨论，就很难说了。此文从字里行间所涌出的那种高屋建瓴、指点江山的气势，实在是茅盾此前所少有的，甚至可以说，“寿茅”之前的茅盾，还没有站在中共文艺政策的角度，在“大众化”或“普及和提高”的策略性层面，做出过如此全局性的大判断。

三 以“文艺大众化”运动为视野的考察

在20世纪前半叶关于“大众化”讨论的过程中，茅盾对“大众化”的认识也在不断调整。20年代初，面对五四新文学所具有的启蒙主义的精英文学性质，茅盾较早关注到了知识分子之外的普罗大众对新文学的接受问题，他认为“中国一般人看小说的目的，一向是在看点‘情节’，到现在还是如此；‘情调’和‘风格’，一向被群众忽视，现在仍被大多数人忽视。这是极不好的现象。我觉得若非把这个现象改革，中国一般读者赏鉴小说的程度，终难提高”，[①] 并且进一步认为民众的接受不在于“全然是不懂‘新式白话文’”，而是“不懂‘新思想’”。[②] 所以，当时茅盾等五四新文学作家所理解的“大众化”是“改变大众，而不是改变自己”。[③] 到了1928年，茅盾在上述的理解基础上，依旧无法切实提出可行的办法，痛心于“作品的对象是甲”，而接受“作品的对象不得不是乙”，新文学并未真正“走进群众中去，还只是青年学生的读物”。[④] 30年代，在“大众化”讨论中导入了“民族形式”问题之后，茅盾对“大众化”的认识，从民众对新文学作品的接受，开始转向对新文学形式的反思，将传统形式与大众接受联系起来，在“大众化”中开始思考“旧形式”的利用，[⑤] 而不只是苛责民众不懂“新思想”。

到了40年代后期，茅盾在其名文《反帝，反封建，大众化》中，在反帝反封建思想斗争的背景下，对“大众化”的要求和批评已经相当明确了，“二十多年来，我们仅是向大众化走而已，还没有

① 玄：《评〈小说汇评〉创作二集》，《时事新报·文学旬刊》1922年7月第43期。

② 沈雁冰：《通信》（致梁绳祎），《小说月报》1922年1月第13卷第1号。

③ 贺仲明：《“大众化”讨论与中国新文学的自觉》，《中国社会科学》2006年第6期。

④ 茅盾：《从牯岭到东京》，《小说月报》1928年10月第19卷第10号。

⑤ 茅盾：《大众化与利用旧形式》，《文艺阵地》1938年6月第1卷第4期。

做到真正大众化”，“我们的读者圈子还很狭小，广大的市民阶层也还没有争取到，更不用说‘下乡’而深入群众”。[①]

所以，将《文艺工作的现实性，计划性，和组织性》放入上述的脉络中，茅盾对“大众化”的认识及其文艺观的嬗变，也就比较清楚了。要说此前常被研究者所引用的茅盾作于1948年的名文《反帝，反封建，大众化》，其核心观点早在1946年茅盾赴港所作的这篇《文艺工作的现实性，计划性，和组织性》中就已形成，而茅盾当时已经就“大众化”缺少实践的问题，进一步指出其原因，茅盾说：“一向我们就有这样的现象：对于‘大众化’的理论很热心，但同时对于实践的尝试却抱了严格到近乎消极的态度。好像‘大众化’这件事神圣了，所以应当‘宁缺毋滥’。尝试的作品刚一露面，便受到过份严格的指摘，这里不行，那里也不对，一味的浇冷水，弄得人家啼笑皆非。”

更为关键的是，茅盾在战后这篇《文艺工作的现实性，计划性，和组织性》中将“大众化”讨论中倾向理论的批评，继而带入实践的视野，也隐含着茅盾对其在30年代末参与的一场关于大众化具体形式讨论的“旧事重提”。1938年4月，“文协”开始发动“文章入伍，文章下乡”的通俗文艺运动，其中通俗读物编刊社“旧瓶装新酒”的创作方法，引起了新文学同人的关注，也在“文协”内部形成了不同立场。[②] 其中明显持反对意见的是“文协”研究部主任胡风，他认为利用旧形式，在“大众启蒙运动上面，也会发生危险的影响，那就是，会把根本的努力掩蔽了……以为大众启蒙运动不过如此……民众只能接受低级的东西，因而把启蒙运动卑俗化了，好像大众启蒙运动和真理底普遍化不一定是一个东西”[③]。对此，茅盾做出

---

① 茅盾：《反帝，反封建，大众化》，《文艺生活》1948年5月海外版第3、4期合刊。

② 关于“文协”内部“旧瓶装新酒”的具体论争，参见段从学《“文协”与抗战期间文艺运动》，第6章《通俗文艺运动与“民族形式”之争》，北京大学出版社2012年版。

③ 未署名：《宣传·文学·旧形式的利用（座谈会记录）》，《七月》1938年5月第3集第1期。

的回应是："大众化是当前最大的任务。事实已经指明出来：要完成大众化，就不能把利用旧形式这一课题一脚踢开完全不理！一脚踢开是最便当不过的，然而大众也就不理睬你。"① 所以，茅盾在成为中共文艺政策的"旗帜"人物以后，对当年关于"旧瓶装新酒"的实践形式，通过在港期间的这篇文论于某种程度上又进行了重申：

> 如果你生活在都市，你的作品只能达到小市民面前。也只有他们有钱有"闲"买读你的东西，那你就专门干这一路好了。(不用说，你的立场，应当是大众的立场)，正不必望大众而兴叹，乃至自惭，弄得进退失据。至于如何争取低级趣味麻醉下的小市民群众，除了思想上绝对不能让步，其他方面都不怕低调，可以尽量运用小市民所喜欢的形式，尽量采用小市民感得亲切有味的生活题材，应当努力学习那些形式，熟习那些生活。

此时的茅盾已经不再争论能否"旧瓶装新酒"的问题了。在30年代茅盾与胡风论争时，"旧瓶装新酒"被看作左翼文艺之大众化传统的题中应有之义。经历了后来的"寿茅"——一方面是中共南方局对茅盾的塑造，另一方面，是茅盾左翼文艺观中的大众化传统与中共文艺政策中的"人民文艺"在某些层面的契合，茅盾战后赴港的这次发言，对"旧瓶装新酒"的认识，已经从能不能用"旧瓶"，进入用什么样的"旧瓶"之问题的考虑。这是从《文艺工作的现实性，计划性，和组织性》一文所能揭示出的茅盾在其自身"文艺大众化"的脉络中，一个此前被我们所忽略的方面。如果说30年代，茅盾欲将"旧瓶装新酒"的通俗文艺形式纳入新文艺大众化之中，为通俗文艺形式在新文学面前失去独立性而努力，且于理论方面为"旧形式"在新文学传统中做各种争取的话，那么，

① 茅盾：《大众化与利用旧形式》，《文艺阵地》1938年6月第1卷第4期。

40年代中后期的茅盾，显然已经从理论走向了实践。“寿茅”的声势和效力，以及茅盾被塑造成为鲁迅之后赓续新文学传统的“旗手”，使其此前的文学创作和文艺观自然也就具有了合法性。故而茅盾一直所提倡的在新文学中对“旧形式”的利用，也就顺理成章地成为“文艺大众化”中的主流，且具有了压倒性的优势（至少是声势）。而且此时的茅盾也由于其特定的政治身份，从对理论的关注走向对实践的提倡，从实践的大概形式（旧瓶）走向了实践的具体内容（各种不同的旧瓶），完成了其自身“文艺大众化”脉络的深入。

四　从《文艺工作的现实性，计划性，和组织性》看《讲话》的南渐

茅盾对《讲话》的接受及其所受的影响，历来被许多研究者所关注。有研究者揭示《讲话》发表之后茅盾文艺理论和实践的变化，并以此“窥视《讲话》对国民党统治区的革命文艺运动所产生的威力”，[①] 也有研究者将《讲话》与茅盾文艺理论做了更为细致的比勘，以茅盾为个案做了《讲话》接受史的一个横截面，并指出1949年之前《讲话》“在延安与国统区的传播与接受并非如很多当事人、研究者所描述的那样广泛、热烈”。[②] 这些成果都是从《讲话》之外的其他角度入手，深化了《讲话》的研究。但是，既然都涉及了《讲话》对国统区革命文艺运动的影响以及茅盾对《讲话》的接受，那么不妨再进一步追问，《讲话》是如何自北向南传播的？茅盾在其间起到了什么样的作用？

---

① 庄钟庆：《〈延安文艺座谈会上的讲话〉与茅盾革命现实主义的嬗变》，《福建论坛》1982年第3期。

② 商昌宝：《回到〈讲话〉接受史现场——以茅盾为考察中心》，《齐鲁学刊》2014年第1期。

表3　　茅盾关于文艺的演讲与《讲话》比勘

	题目	演讲时间	初刊或初版时间	与《讲话》内容相关的部分
1	和平·民主·建设阶段的文艺工作——在广州三个文艺团体欢迎会上的演讲	3.24	《文艺生活》光复版第4号（4.10）	普及。
2	民主与文艺	3.29（中山大学 文、法两院）	长沙《中兴日报》（6.17—19）	人民的文艺。歌颂与暴露。
3	人民的文艺——在广州青年会演讲	4.8	《新文艺》创刊号（6.1）	大众立场。歌颂与暴露。民族形式。普及与提高。
4	现阶段文艺运动诸问题——在香港文化界公宴上的讲话	4.14	《华商报》（5.19）	人民意志、立场。
5	人民的文艺——在香港文化界的欢迎会上的演讲记录	4.16	《华商报》（4.17）	文艺的对象。大众化。
6	关于写作——对岭英中学侨风社社员演讲	4.19	《愿望》第16期（5.4）	熟悉描写对象。
7	文艺修养——在香港华侨工商学院讲	4.19	《文艺修养》（广州国华书局出版社，1946.6）	人民大众的创作立场。

1942年，毛泽东在延安文艺座谈会上讲话并形成记录稿后，1943年6月延安解放社出版《整风文献》一书，其中收录《讲话》，此后又对文字进行修饰刊于1943年10月19日延安《解放日报》，1953年出版的《毛泽东选集》所收《讲话》，从文字到内容的修订

达700余处,[①] 是此后通行的版本。基于笔者所讨论的范围，故而所涉及的版本只能是1949年之前传播最为广泛的1943年10月版。《讲话》在重庆正式面世在1944年1月1日，《新华日报》副刊以“毛泽东同志对文艺问题的意见”为题选刊《讲话》的部分内容。此后“文协”组织过《讲话》座谈会，郭沫若也召集文化界人士座谈《讲话》，1944年11月，周恩来回重庆后再次传达过《讲话》精神和延安文艺动向，1945年在重庆又有多次关于讨论《讲话》及毛泽东文艺思想的会议。“这些贯彻落实《讲话》的座谈会，茅盾间或参加、发言，但重视程度明显不够，《茅盾全集》中对上述重庆文艺界与《讲话》相关的活动未见任何文字记载。”[②] 但是，笔者认为正是《讲话》于1944—1945年在重庆的不断传播，加之“寿茅”对茅盾的影响，致使从1946年开始，茅盾的文论不断涉及《讲话》，而且伴随着茅盾对《讲话》进一步接受的，是其“寿茅”之后的南下港粤之行。所以，从某种程度上讲，茅盾这次赴港带动了《讲话》经重庆之后继续向南的传播。虽然茅盾在港粤期间的文论中并未直接提及《讲话》，但《讲话》所谈问题茅盾在不同方面均有涉及。我们将茅盾南下港粤期间关于文艺的演讲，与《讲话》比勘，来较为直观地展示《讲话》的这次南渐，见表3。

可见，茅盾1946年赴港粤期间，在其演讲中对《讲话》的一些论题已经有所涉及。新见《文艺工作的现实性，计划性，和组织性》从时间来看，是茅盾本次南下港粤写的最后一篇文章，将内容跟上述诸篇演讲及《讲话》进行比勘，此文也明显带有总结和补充的性质。虽然上述演讲的篇幅也不算短，可是来自演讲实录，口语化使得其中一些地方松散、枝蔓，不如一篇文章在内容上紧实。而且，《文艺工作的现实性，计划性，和组织性》的一些观点，在上述演讲记录中

---

① 刘增杰:《〈在延安文艺座谈会上的讲话〉版本考释》,《新文学史料》2013年第3期。

② 商昌宝:《回到〈讲话〉接受史现场——以茅盾为考察中心》,《齐鲁学刊》2014年第1期。按，作者所提及的《茅盾全集》当指人民文学出版社旧版《茅盾全集》。

也出现过，正因为演讲的随意性，一些地方只是点到为止，比如《和平·民主·建设阶段的文艺工作》中也提到："现在我们的工作……缺乏计划性和组织性，在全国范围内，一般文化工作是如此，文艺工作也是如此。"① 显然，在这个演讲中，茅盾已经有了"计划性和组织性"的想法，但只是匆匆带过，并未具体展开，这些都留待茅盾离港前夕，有机会撰文时，才得以完成。

那么，《文艺工作的现实性，计划性，和组织性》在《讲话》这次南渐中所起到的作用，也就比较清楚了。在上述演讲中，茅盾将《讲话》中的一些重要问题都涉及了，虽然在有些地方并不只是对《讲话》内容的重复，还需要进一步辨析，但一些基本提法，显然是来自《讲话》，比如说歌颂与暴露的问题、普及与提高的辩证。相比之下，对《讲话》中的问题涉及较多、论证也更为深入的是《文艺工作的现实性，计划性，和组织性》。第一，从普及与提高说到理论与实践。"普及与提高"是《讲话》讨论的一大重要问题，而茅盾的话头也是由此而起。上文已提到过，茅盾显然不再想续李广田文章的"蛇尾"，而是想就"普及与提高"背后的操作问题，进一步深入下去。从此前左翼文艺运动到《讲话》，茅盾已经感知到不论是"大众化"还是"普及与提高"，在某种程度上已经成为理论性的讨论，甚至可以说成了"口号"，所以，才有了从理论到实践的转向。第二，从小资产阶级的普及到人民大众的普及。茅盾在论及文艺工作的"现实性"时，认为空谈理论而实践不足，并说"我们的文艺工作影响所及还只限于小资产阶级知识份子，这是我们自己都认为十二分不满意的"，"这一'工作'对于扩大我们的文艺影响到小资产阶级知识份子以外的工农大众，却实在无助。"而《讲话》中对"人民大众"范围的定义，包括：工人、农民、士兵和小资产阶级。所以，茅盾检讨此前"大众化"过程中普及对象的问题时，显然也是在向《讲话》靠拢。而且我们不难发现《文艺工作的现实性，计划性，和

① 茅盾：《和平·民主·建设阶段的文艺工作——在广州三个文艺团体欢迎会上的演讲》，《文艺生活》1946年4月光复版第4号。

组织性》与《讲话》在结构上的某种呼应，即如《讲话》中所言，“为什么人的问题解决了，如何为法，这是第二个问题”。第三，茅盾《文艺工作的现实性，计划性，和组织性》中再次提到在“大众化”过程中如何争取小资产阶级范畴内的小市民的问题，即要熟习他们喜欢的形式和采用他们感到亲切的生活题材。如果将其放在《讲话》的精神脉络里，这更像茅盾对《讲话》中如何普及与提高的一种领悟。面对普及对象，茅盾所明确的一点是“低调而至于没有原则，那就错误了”，“低调”但不能一味无原则，要保证思想，那么，在这个层面上，低调地面对小市民，当然是普及，而保证原则且思想上不让步，对于特定的对象不如说也是一种提高。第四，从《讲话》中“文艺界的统一战线”问题到茅盾所谓文艺工作的“计划性”和“组织性”，茅盾揭示了一个很有意思的现象，即“最缺乏计划性和组织性的进步的文艺工作者群，常被认为天天在计划组织，这又是无其实而有其名，真是天大的冤屈。”虽然在《讲话》中所提及的“文艺界的统一战线”其对象、范围及目标较之茅盾的“计划性”和“组织性”都更为明确，但是，茅盾此前的文论并没有在文艺制度上有如此明确的意识。特别是茅盾在其文中提到了“文艺工作之缺乏计划性与组织性都是文艺发展的一个大损失，尤其当中国的民主运动需要文艺来配合的现在”，这正是此一阶段茅盾文艺观背后明显的政治诉求的表现。

虽然至1947年《讲话》才在香港正式出版，但是茅盾此次港粤之行中的数次演讲和一篇文论，在不同方面与《讲话》精神有重叠甚至是对话之处。也可以说，茅盾以其个人身份的影响力，提前带动了《讲话》的南渐，为《讲话》在南中国的出版与传播，创造了一个潜在的接受环境。

五 “计划性”与“组织性”衍义

茅盾针对文艺工作提出的“计划性”与“组织性”，从文章脉络看，是对“现实性”的补充。如果把“现实性”看作茅盾文艺观念的“纲”，那么“计划性”与“组织性”就是“目”，可以说，后者在茅盾那里是一种近似于文艺制度的存在。茅盾在举出“‘五四’以来，进步的文艺工作者有一个优良的传统”——“人自为战”的时候，其实就很自然地对新文学传统和文学制度做出了一个代际上的划分，这里也特别能显现“寿茅”之后茅盾的话语辐射力，一方面他是作为鲁迅之后新文学传统的旗手而出现的，另一方面他也在完成另一种文学制度雏形的构建。或许可以这样说，在茅盾看来，此前以鲁迅为代表的新文学传统和作家，是一个“工作受尽了压迫，甚至于大规模的摧残”，却还“始终坚守阵地，而且阵营愈来愈整齐”，且“接近青年”的进步文艺群体，如果说他们“各不相谋的人自为战”，是一种已经被认为是“无其实而居其名”的文学制度的话，那么从此之后，除了继承此前新文艺工作者的传统外，茅盾要真正构建一种有名有实的制度性存在。

当然，不得不说茅盾的这种叙述是相当具有策略性的，他将整个文艺分为“进步的文艺工作者”和“反对新文艺的人”，这不但最大程度上涵盖了新文艺的各种阵营，模糊了新文艺自身的各种冲突与矛盾，而且很自然地将“寿茅”之后自己所代理的中共“人民文艺”政策在新文学传统中找到了合法地位，继而为其进行文学制度上的构建。此外，茅盾作为五四之后“二十多年来，进步的文艺工作”的亲历者，以及被祝寿塑造的新文学传统的新旗手，对新文学老作家与新作家、追求与反对的叙述，也自具其合理性。他说：“反对新文艺的人，曾经恶意地抹杀新文艺工作者的成就，说‘他们全是自相标榜’”，“说，‘老作家们都是互相吹捧而成名的。所以你们只要努力，不怕不能成名’”。

那么，在茅盾的叙述中被构建出来的两个极端的认识——新文艺工作者“人自为战”的实际情况与“自相标榜”“相互吹捧”的抹杀，似乎在茅盾的叙述中被简单化了。其实，对于文坛“标榜”的批评，也并不只是出自茅盾所说的“反对新文艺的人”。首先，笔者发现这种批评本身就出自新文学内部，从资历上可以算作五四老作家且作为进步刊物《宇宙风》编辑的林憾庐，在 1939 年悼念鲁迅的文章中说，“鲁迅的所以为鲁迅，并不是轻易而致的”，“他的成功并不是侥幸的”，“在当时，语丝社诸人是绝不相互标榜的（新文学运动以来，有好多作家是靠着标榜成名的），而鲁迅的成名还在语丝社之前。”[①] 林憾庐想要表达的是鲁迅盛名背后所做出的努力，却顺带说出了一个从新文学伊始就存在于文坛的现象——相互标榜。而且，饶有意思的是，1944 年上海出版的文艺刊物《光化》创刊号刊载过《标榜主义》一文，更有意思的是作者的署名，署“茅不盾”，这个署名很可能是有针对性的。因为“茅盾”这个笔名极有标志性，除了作家茅盾之外，基本上没有人用这个笔名，如果署“矛不盾”，或许还让人觉得是由“矛盾”一词玩的文字游戏，而“茅不盾”所带有的影射意味就很明显。况且还有具体的文章，作者在这篇《标榜主义》中，针对“从五四运动勃兴到现在”的“有二十五年的历史”的文坛中“形形色色的丑态”，即“标榜主义，攻讦主义，自我夸大主义，霸盟主义，颓废主义等等”做出各种讽刺。而这些与“茅不盾”所影射的“茅盾”有哪些对应之处呢？一方面是作者在文中批评文坛中从西方舶来的各种“主义”（现实主义、新现实主义、象征主义、达达主义等），“几时倒有过真实的，深切的表现呢?”，而茅盾不论是译介西方文学还是撰写文论，其中没少用“主义”一词，这或许给此文作者造成了一个直观印象；另一方面，文章中说到了“今日我捧你的文章”“明日我捧你的诗篇”，[②] 这应该是作者对茅盾的另一个刻板印象。因为茅盾在整个新文学批评史中，其单篇的作家论占有较高的地位，而且涉及的作家较多，便容易给这类批评者造成“相互标榜”的印象。此外，“相互标榜”在当时，可以说是一种无处不用、屡试不爽的攻讦手段。这并不限于新文学阵营，在其他阵营中也以此为讽刺对方的武器，如 1944 年在北平《新民声》上载有一篇署名“施映”的《标榜与联合》，作者在批评文坛上“相互标榜”的同时，竟也以“京派”自居，“希望这种‘海派’的作风不要出现

---

① 林憾庐：《怀鲁迅》，《鲁迅风》1939 年 3 月第 7 期。

② 茅不盾：《标榜主义》，《光化》1944 年 10 月创刊号。

于‘京派’文坛之上”。[1] 虽然此“京海”非彼“京海”，《新民声》也是一个附逆刊物，但并不妨碍彼此之间以此为武器来相互攻讦。

所以，在上述梳理的“相互标榜”的具体语境背后，我们不难察觉茅盾为新文学老作家们的“相互标榜”鸣冤，有其历史渊源和现实针对性。虽然他所举出的特例是1942年（即“四年前”）“重庆有个半官性质的团体名为文艺青年什么会……开成立会的那一天，有一位要人对那些文艺青年训话”，但这也绝非孤例。在表面上看茅盾的叙述则是“将计就计”，既然被“诬蔑”为“相互标榜”，不妨就以此作为“反面教材”，既然带有“半官性质”的文艺团体声称要学习五四以来老作家们的“相互标榜”，那么在茅盾的叙述里这些人自然被归入反对新文艺的阵营中。如果再注意所谓“重庆”和“半官性质”，茅盾所指的“文艺工作者”的文艺，就明显是指反对国民党政府的新文艺，而这种新文艺在茅盾的叙述中，也自然与五四以来的进步新文艺在内涵上达到了重叠，使中共的“人民文艺”继承了五四以来新文学的话语权力。更为关键的是，从茅盾的叙述思路上看，他从反对新文艺阵营的攻讦中，受到了“启发”，即从“相互标榜”中“觉得文艺工作之缺乏计划性与组织性都是文艺发展的一个大损失，尤其当中国的民主运动需要文艺来配合的现在”。而茅盾一再强调此前进步的文艺工作者是最缺乏计划和组织的，也就是说根本没有“标榜”与“吹捧”，“无其实而有其名，真是天大的冤屈”，所以反倒不如把它给坐实了。不可否认，这是茅盾对未来中国文艺制度的一种设想，其实新文学从一开始有没有阵营内部的“标榜”与“吹捧”，这一点茅盾自然很清楚，换一种好听的说法也可以是“相互宣传”。茅盾所要做的就是在契合《讲话》精神的前提下，将此前文坛中的宣传方式冠以一种更加进步的说法和更为合理的解释——“计划性和组织性不是什么阴谋，不是什么秀才造反”，“这是运用有限的人力物力在工作上做到最有效最经济的配置”。

至于“计划性和组织性”的实施，茅盾所给出的方案是在报刊

---

① 施映：《标榜与联合》，《新民声》1944年3月第1卷第6期。

方面下功夫。报刊作为新文学特有的载体，其重要性当然也是作为新文学构建者的茅盾所明白的。茅盾所说“各地的文艺刊物相当多”，也自有其根据，时间再往前推 11 年，负责编辑《中国新文学大系·小说一集》的茅盾，在其长篇导言中对 1922—1926 年中国各地新文学社团及其刊物的列举还历历在目，他说：“实际上从民国十一年到十五年这时期内全国各地新生的文学团体和刊物也许还要多上一倍。然而即就此不完全的材料看来，已经见得当时整个中国到处有新文学活动的踪迹。”① 但是，相比较而言，当新文学进入“第三个十年”的尾声时，茅盾对各社团及杂志观察之后的总结则成了新文艺工作者“人自为战”“各不相谋”，如果说 10 年前的茅盾总结新文学报刊时，突出的重点是新文学的生机与活力，从而描述出一派新文学社团杂志在全国遍地开花的盛况，那么到了新文学的历史临近终结时，茅盾述及同样的对象，眼中所见则可说是“一盘散沙”。这的确是很有意思的转变，不可否认，是朝着《讲话》“统一战线”的精神在努力。而他在“计划性和组织性”的主旨之下，对文艺界杂志的整改设想，基本上也成了 1949 年之后，中国文艺制度在杂志方面的一个雏形。

茅盾对杂志的划分很明确，分为全国性杂志、地方性杂志和特殊性能杂志。

第一，全国性杂志。这是最能体现茅盾在“统一战线”思想的基础上提出的“计划性和组织性”之处。“高深的文艺理论刊物恐怕全国只能办一两个”，“应有全国文艺工作者的合力支持”，应该说，这是改变“人自为战”“各不相谋”最为有效的方式。在现代文学 30 年中，报刊遍地开花，并无被划定的“高深”与“低浅”之别，好处便是“众声喧哗”，但是，当这种“众声喧哗”在被“统一战线”思想所统摄的时候，自然就会被叙述为“人自为战”“各不相谋”。从杂志的形态上来讲，从到处是权威或者说没有权威，向一两个杂志被树立为权威而过渡，也是现代文学制度走向当代文学制度在

① 茅盾：《导言》，载《中国新文学大系·小说一集》，良友图书印刷公司 1935 年版，第 8 页。

运作杂志方面的具体体现。茅盾的设想，在3年后成立的共和国的文艺制度中实现了，或者说茅盾的设想本身就是以《讲话》为根基而产生的，从一开始它就与中共的文艺制度有高度的契合性。况且，作为共和国第一任文化部长（1949.10—1965.1）的茅盾，也理所当然从这种文学制度的设想者，最终成为构建者和施行者。1951年11月，中宣部召开关于文艺工作整风学习的会议，① 其中明确提出“整顿文艺刊物”，“集中力量办好《文艺报》和《人民文学》，使前者成为领导性的艺术评论和文艺学习的刊物”，② 而《文艺报》和《人民文学》正是茅盾先后介入和主编的两个刊物，尤其是《文艺报》在共和国前30年，特别是在“十七年”当中，至少从表面来看完成了茅盾最初的设想。有趣的是，在20世纪50年代初，与茅盾的这种设想相对立的依旧是胡风，他建议取消所谓“国家刊物”，因为容易形成大宗派主义、主观主义和官僚主义。③

第二，地方性杂志。茅盾关于“各地的一般性的文艺刊物”的设想，则是对现代中国各地新文学杂志的弊病长期观察后的总结。1949年之前中国的出版制度，由于管理的松懈和漏洞，杂志的创办具有相当大的随意性，而随意性带来的不仅仅是数量的繁盛，其质量也难以保证，“创刊号”成了“终刊号”的现象也并不少见。而刊物为了求得影响力和发行量，便以著名作家的稿件作为吸引读者的噱头，如此一来看似繁荣，实则造成了单调。一地的杂志与另一地的杂志，在风格上趋同，甚至越是地方性的杂志越没有地方性特色。如1944年1月于福建南平创刊的《文学集林》（南风书社发行），基本

---

① 这次会议最初召集的参加者，不包括茅盾。但“根据宣传部文艺工作会议的建议，文联常委会已决定发起北京文艺界的学习，并已组织一个包括各文艺部门负责人（党的和非党的）的学习委员会”，其中包括茅盾在内。《中共中央宣传部关于文艺干部整风学习的报告》，载《建国以来重要文献选编》第2册，中央文献出版社2011年版，第410—411页。

② 《中共中央宣传部关于文艺干部整风学习的报告》，载《建国以来重要文献选编》第2册，中央文献出版社2011年版，第410页。

③ 胡风：《关于解放以来的文艺实践情况的报告》，载《胡风全集》第6卷，湖北人民出版社1999年版，第408—409页。

上每一辑都是对茅盾等著名作家的已刊作品的再刊或选刊来博人眼球，虽然每辑会以诸如《小夜曲》《海之歌》等来做副题，但副题与所刊作品之间并无直接关联，基本上无特色可言。此外，茅盾所谓“刊物成为本地的文艺青年发表作品和讨论问题的机关”，背后所包含着的是对文学生产和作家培养机制的设想：地方刊物所起的作用应该是选拔青年作家，而不是著名作家的再亮相和国家性刊物的传话筒。应该说，茅盾的这种设想是有利于文艺发展的，这似乎是茅盾对自己熟悉的新文学初期地方社团刊物经验的总结。而新文学又经历了一二十年的发展，地方刊物则走向了趋同。但事与愿违，茅盾所设想的或者说力图恢复的这种文艺制度，其实与中共最终的文艺制度是相抵牾的。如果说共和国初期的杂志像有的研究者所说：“数量并不少，但同质化和类型化倾向严重，缺乏自己的办刊特色和风格”，[①]且依旧是茅盾所力图改变的现状的话，那么随着20世纪50年代以来中共文艺制度逐步构建与完善，到20世纪60年代末期，刊物种类则逐步降低到20种且发行量巨大，这从表面上似乎达成了茅盾对杂志“少而精”的愿景，但实际上却走向了茅盾所设想的反面。杂志的变少并不是意识到趋同性而做出的调整，而是由于出版监管机制的加强所自然产生的结果。此外，看似惊人的发行量也是“完全借助严密的邮政系统和行政手段”才得以达成的。[②] 至于茅盾所期望的地方刊物的特色，则更成了遥不可及之事，当代中国的文艺制度最终会使地方刊物成为全国性刊物的传话筒，对上级刊物所作的一轮“回响”。地方文艺杂志或文艺副刊的主要版面基本上用来转载如《人民日报》《文艺报》等全国性报刊的重要消息和著名作家、文艺理论家的文章。就趋同度来讲，这已经远非此前的茅盾所能想象。

第三，特殊性能杂志。此中“争取低级趣味麻醉下的小市民”与“利用民间形式的小型通俗”刊物，在上述谈及茅盾与“文艺大众化”的部分已经涉及，此处明显是茅盾文艺观在文艺制度的杂志

---

① 王本朝：《中国当代文学制度研究》，新星出版社2007年版，第110页。

② 王本朝：《中国当代文学制度研究》，新星出版社2007年版，第110页。

形态层面的具体表现。此外，茅盾设想有一种可以作为“青年们学习文艺写作的顾问”的刊物，针对“青年们提出的问题”，予以指导。茅盾这一“顾问”刊物的设想，有其以编辑身份对此前文艺刊物的一种考量。考察茅盾的编辑经历，其对青年人的支持是一以贯之的。早在编辑《小说月报》时期，他就刊登新人作品，此后更是对一些青年无名作家多有扶持、奖掖，如叶紫、臧克家、欧阳山等人都在此列。但是，纵观茅盾1946年之前所主编或参编的刊物，对青年的关照也只是落实在对一些栏目或个人的帮助上，并无关于青年的专刊，而后者似乎是茅盾在编辑生涯中一个较为重要的愿景。直到1949年5月，由宋云彬主编、茅盾任编委的《进步青年》在北京创刊，才补缺了这一遗憾，而且茅盾撰有《关于目前文艺写作的几个问题》，发表于创刊号，算是对此前设想的一种落实。至于对青年写作问题的具体操作，茅盾的意见中除了具体答疑、文艺座谈、介绍新书、“文章病院”，也有些“夫子自道”的成分：“应当用极活泼而深入浅出的笔法讲解名著，（不必全部，一章一段作为示范即可，又所讲解的名著，必须是市上所有，且确为大部分青年读过的）。”熟悉茅盾的读者都知道，早在20世纪30年代茅盾就先后出版过《汉译西洋文学名著》（上海亚细亚书局，1935年）、《世界文学名著讲话》（上海开明书店，1936年）二书，而后者篇章在结集前也曾陆续刊发于《中学生》杂志，正是茅盾所期待的面向青年的特殊性能杂志的文章范式。

以上是根据相关背景、比勘相近文献对新见茅盾佚文《文艺工作的现实性，计划性，和组织性》所做的初步释读。茅盾此文关涉面较广，在时间上前接抗战胜利，后临国共易代，应该还有不少的话里话外的意思是笔者所难触及的。谨在此抛砖引玉，以期有其他精专于茅盾研究的学者，对茅盾此文做出精妙的阐发。

（原刊《现代中文学刊》2021年第5期）

向外介绍中国现代小说进展：茅盾英文佚文考述

黄　芳　庄舒雯*

摘　要　作为抗战胜利后中国共产党支持创办的外文刊物，1946年12月31日至1950年2月1日在香港出版的英文双周刊*China Digest*（《中国文摘》），不仅发表了大量政治宣传文章，也对中国现代文学尤其是解放区文学进行了集中译介与传播。该刊1949年1月11日第5卷第6期刊载了一篇署名“Mao Tun”的英文评论*The Characteristics of Modern Chinese Novel*（《中国现代小说特征》），其为《茅盾全集》所失收。该文体现了作为文学译介者的茅盾积极传播中国现代文学的多样化文化实践活动。

关键词　*China Digest*（《中国文摘》）；茅盾；英文佚文；《中国现代小说的特征》

中国现代文学诞生之后不久便已得到译介与传播，20世纪上半叶沪港出版的各类英文报刊成为中国现代文学向外译介与传播的重要媒介。1932年上海出版的*China Forum*（《中国论坛》）集中对左翼文学进行译介，1935年上海出版的*T'ien Hsia Monthly*（《天下月刊》）对中国现代文学进行全面译介，1946年香港出版的*China Digest*（《中国文摘》）在译介五四以来的重要作家作品同时，集中译介解放区文学作品及延安文艺思想。1949年1月11日《中国文摘》第5卷第6期刊载一篇署名“Mao Tun”的英文文章*The Characteristics of Modern*

* 作者单位：南通大学文学院。

Chinese Novel（《中国现代小说特征》），这篇《茅盾全集》失收的英文佚文揭示出茅盾在香港期间多样化的文化实践活动，以英文评论积极向外介绍中国现代小说进展，让英语世界读者了解中国现代小说发展概况及解放区文学成就。

一

《中国文摘》创刊于1946年12月31日，主要编辑群体是龚澎、乔冠华等人，他们曾于1946年5月在上海创办中国共产党宣传刊物 *New China Weekly*（《新华周刊》）。《新华周刊》出刊至第3期被国民党查封，在党中央安排下，龚澎、乔冠华等人来到香港，创办《中国文摘》向外宣传中国共产党政治思想，尤其是延安的文艺发展成就，积极争取国际进步力量对中国革命的支持，"《中国文摘》成为当时沟通中国与世界的一个重要纽带，对于帮助世界人民了解中国共产党所进行的正义事业和中国的革命形势发挥了重要作用"。《中国文摘》1950年2月1日停刊，"将出版权转交新成立的《人民中国》（*People's China*）"。[①]

作为由中国共产党支持创办、存续时间较长、发行范围广泛[②]的英文报刊，《中国文摘》不仅在 *The Observer*（《观察家》）、*Statesmen's Forum*（《政治家论坛》）、*Pressmen's Forum*（《记者论坛》）等专栏中刊登许多重要的政论文章，推动中国共产党政治思想向外传播，还在 *Art Section*（《艺术》）专栏中以多种形式译介中国现代作家作品及理论文章，并对延安文艺发展现状进行集中译介与传播。《中国文摘》译介了鲁迅小说《明天》（*At Dawn*）、朱自清散文《背影》（*I Saw His Back Again*）等五四以来的文学作品，以及赵树理小说《福贵》

① 李跃群：《中共早期创办的英文刊物〈中国文摘〉》，《新闻前哨》2012年第12期。

② 《中国文摘》面向海内外发行，除中国内地、香港、澳门外，还发行至英国、美国、菲律宾等国家。参见朱伊革《〈中国文摘〉的出版发行与对外传播》，《中国编辑》2018年第9期。

(*Fortunate Noble*)和《催粮差》(*The Tax Collector*)、孙犁小说《荷花淀》(*The Lotus Pond*)及西戎小说《喜事》(*The Happy Event*)等反映解放区农民生活的文学作品，另外还集中译介了现代诗人马凡陀揭示人民苦难生活及批判国民党黑暗统治的诗歌作品。除了作家作品的英译之外，《中国文摘》还发表了分析阐述人民文艺思想的理论文章，如司马文森的《中国小说家及其创作》(*Chinese Novelists and Their Writing*)、李育中的《新农民文学》(*The New Peasant Literature*)、邵荃麟的《中国文艺复兴运动一瞥》(*A Sketch of China's Literary Renaissance Movement*)以及茅盾的《中国现代小说特色》(*The Characteristics of Modern Chinese Novel*)等。[①] 这些理论文章不仅简要回顾中国现代文学尤其是小说发展的整体特征，还特别指出了解放区文学发展中出现的新变化：新一代作家逐渐深入农村，创作出大量反映现实生活、艺术形式通俗易懂的文学作品。《中国文摘》对中国现代文学尤其是解放区文学的译介，体现了其独特的办刊理念及宣传思想，通过丰富的文学及文化译介宣传中国共产党的文艺路线及政治思想，促进英语世界的读者了解中国时局发展和民众生活，争取世界人民对中国革命的理解和支持。

《中国文摘》还开设了关注国内外文艺动态的专栏 *Among Cultural Circles*(《文化界》)，以消息报道的形式介绍中国作家的各种文化活动。该栏于 1947 年 1 月 14 日第 1 卷第 2 期发布了茅盾访苏的新闻，“中国最富于经验的小说家茅盾最近受苏联对外文化协会的要求访问苏联，他与夫人于 12 月 3 日登上苏联‘斯摩尔纳号’轮船前往苏联，出国之前他在上海出席了很多欢送会”，这则消息报道了茅盾

---

① 《中国文摘》刊载了为数较多的文艺评论，包括刊于第 1 卷第 3 期夏衍的《中国现代戏剧》(*The Modern Chinese Drama*)、第 1 卷第 6 期夏飞与《文汇报》记者的《曹禺评论美国戏剧》(*Chao Yu's Comment on U. S. A Drama*)、第 2 卷第 7 期夏衍的《中国电影与〈八千里路云和月〉》(*Chinese Films and "Beyond Eight Thousand Miles"*)及第 4 卷第 1 期郭沫若的《历史剧，一面镜子》(*History, A Mirror*)等。参见侯杰《〈中国文摘〉与延安文艺译介》，《文艺理论与批评》2019 年第 2 期。

出国前的活动，并透露访苏的大致时间，“他将于1946年圣诞节当天抵达莫斯科，并将在苏联访问6个月”。[①] 此后在1947年2月11日第1卷第4期上，《文化界》持续关注茅盾访问苏联的行程，“茅盾现在正在莫斯科博物馆访问，并参观了列宁图书馆，他还在苏联作家协会举办的招待会上发表了关于中国文学的演讲。中国现代著名小说家现在是苏联对外文化协会的贵客，他还将造访列夫·托尔斯泰故居和苏联其他城市”[②]。此外，《中国文摘》还对曹禺访问美国予以关注，并指出了他在对外文化交往活动中对中国文学的介绍与宣传。

二

在共和国成立前，茅盾先后5次到达香港进行相关文学活动，最后一次停留的时间最长，从1948年1月至12月。[③] 这一时期，茅盾创作了《锻炼》《惊蛰》等小说，参与创办《小说》月刊并担任《文汇报·文艺周刊》主编，还以英文撰稿支持《中国文摘》的编辑工作，体现出他在香港多样化的文化实践活动。

《中国文摘》刊登了两篇署名“Mao Tun”（茅盾）的英文文章。第一篇 *The Novel of Lu Hsun*（《论鲁迅的小说》）发表于1948年10月19日第4卷第12期，文末特别注明是从中文翻译而成。该文中文版刊于1948年10月《小说》第1卷第4期，主要分析鲁迅小说创作的独特思想内涵及艺术特征。而另外一篇 *The Characteristics of Modern Chinese Novel*（《中国现代小说的特征》）发表于该刊1949年1月11日第5卷第6期，题目下方注明“Specially for *China Digest*”（“特别

---

① “Among Cultural Circles”, *China Digest*, Vol. 1, No. 2, Jan. 14, 1947, p. 19. 影印版参见龚澎等主编《中国文摘》第1册，国家图书馆出版社2009年版，第39页。

② “Among Cultural Circles”, *China Digest*, Vol. 1, No. 2, Jan. 14, 1947, p. 19. 影印版参见龚澎等主编《中国文摘》第1册，国家图书馆出版社2009年版，第79页。

③ 李标晶：《茅盾在香港的文学活动》，《学术研究》1985年第6期。

为《中国文摘》而作”)，文末也未注明由中文译出。当期编辑在刊物封面上以醒目的标题预告：Mao Tun on Modern Chinese Novel（茅盾论中国小说），并在专栏中配文说明：“艺术”专栏计划刊登中国艺术及文学领域内各位专家的系列文章，本期最先发表中国著名小说家茅盾关于中国现代小说的短评。由此可见，茅盾此文作为重点文章向读者推荐。根据此文内容，笔者查阅《茅盾全集》中国文论部分，未发现与之内容重合的中文文章，再查阅《茅盾全集（43）：附集》中《茅盾生平著译年表》及相关回忆录，也未发现1948年至1949年有关英文文章写作情况的记载。这篇英文评论是《茅盾全集》的宝贵佚文，对考察茅盾英文写作经历及对外文学传播思想具有一定的研究价值。

茅盾早年接受英文教育，曾入读“新办的植材高等小学”，“这中西学堂，半天学英文，半天学古文”，[①] 打下初步的语言基础；后来在北京大学读预科时，他虽遇到四五名“洋教员”，“但我的英文的口语总不好”，进入商务印书馆后其英语水平提升较快，“我英文部工作已有一月了，我并不讨厌机械式的改卷，反倒喜欢这里的必说英国话的‘怪’现象，我以为这可以提高我的英文口语的能力”。[②] 在商务印书馆编译所，茅盾开始翻译、编辑英文书刊，养成了读英文书的习惯，“对于外国文学，我也是涉猎的范围相当广，除英国文学之外，其它各国文学我读的大半是英文译本”。[③] 长期的英文阅读使茅盾具有了较高的英文能力和水平，20世纪30年代在鲁迅与美国友人伊罗生、史沫特莱以及斯诺等人的交往过程中，茅盾作为翻译者协同鲁迅一道支持外国友人编选译介中国现代文学。1936年10月鲁迅逝世后，他撰写的英文文章《一口咬住》发表于《中国呼声》第1

---

① 茅盾：《茅盾全集（34）：回忆录一集》，人民文学出版社1997年版，第74页。

② 茅盾：《茅盾全集（34）：回忆录一集》，人民文学出版社1997年版，第123页。

③ 茅盾：《我阅读的中外文学作品》，《中国现代文学研究丛刊》1982年第1期。

卷第18期，向外介绍传播鲁迅的革命斗争精神，“鲁迅不仅是一位文学天才，而且是一位坚定的革命家”，“我们清楚地看到，在鲁迅巨大影响的深处蕴藏着他独特的斗争策略和不屈不挠的‘一口咬住就不放’的精神”。[①] 此外，1947年在苏联访问期间，茅盾用英文与陪同人员进行交流，“鲍君懂英语，我们交谈很方便”，[②] 他还应苏联东方大学邀请作题为《中国新文学的任务》的演讲。[③] 由此可见，茅盾很早便已开始通过多种方式着力推动中国现代文学向外传播。与钱锺书、林语堂及张爱玲等现代作家相类似，茅盾也是一位有过英文写作经历的“双语”作家，具有独特的中外文学及文化交流思想。

三

作为中国现代小说作家，茅盾不仅创作了《子夜》《腐蚀》等全景展现历史时代风貌的经典小说；作为《小说月报》《小说》等刊物的编辑，茅盾对中国现代小说的发展具有在场者的切实经验和深刻细致的艺术感知，撰写了大量小说作家及作品评论文章，如《王鲁彦论》《鲁迅论》《读〈倪焕之〉》《冰心论》《落华生论》《女作家丁玲》等。这些小说评论以细致的文本分析解读中国现代小说家创作的独特个性，如在《王鲁彦论》中，茅盾认为其小说人物“成了危疑扰乱的被物质欲支配着的人物（虽然也只是浅浅的痕迹），似乎正是工业文明打碎了乡村经济时应有的人们的心理状况”；[④] 在《女作家丁玲》中茅盾深刻揭示出“莎菲女士”的文化内涵，“她的莎菲女

---

① 该文由锡敏译成中文刊于1981年9月22日《文艺报》，收入《茅盾全集》，参见茅盾《“一口咬住……”》，《茅盾全集（21）：中国文论第四集》，人民文学出版社1997年版，第208—209页。

② 茅盾：《茅盾全集（34）：回忆录一集》，人民文学出版社1997年版，第606页。

③ 茅盾：《茅盾全集（34）：回忆录一集》，人民文学出版社1997年版，第617页。

④ 茅盾：《王鲁彦论》，载《茅盾全集（19）：中国文论二集》，人民文学出版社1991年版，第168页。

士是心灵上负着时代苦闷的创伤的青年女性的叛逆的绝叫者。莎菲女士是一位个人主义旧礼教的叛逆者”。[①] 进入 20 世纪 40 年代以后，茅盾的小说评论思想便逐渐走向综合和整体研究，并指出中国现代小说在新的时代文化情境下的发展与变化。茅盾写于 1948 年的《论鲁迅小说》指出《呐喊》和《彷徨》体现了鲁迅小说在借鉴外国文艺思想基础上的创新与超越，“即使没有显明地指示未来，而只是批判现在，但它们和西欧的‘批判的现实’文学还是有本质上的不同的。它是比巴尔扎克他们的‘批判的现实主义’更富于战斗性，更富于启示性”。[②]

1949 年 1 月茅盾发表英文评论《中国现代小说特征》，改变原有的文本细读方式，从艺术形式的革新与思想内容的变化两方面宏观梳理中国现代小说发展概况，并以鲁迅小说创作为分析点，揭示出中国现代小说在融合中西文化思想的过程中，不断走向大众化、积极呼应现实吁求的新变化，向外国读者介绍中国现代小说的发展概况及历史现状。此文中的观点融合了茅盾抗战胜利后撰写的多篇小说评论思想，如论及中国现代小说发展的文化源流时，与此前发表的《论鲁迅小说》观点一致，认为中国现代小说继承中国小说传统、积极吸纳外国小说表现手法，走上了一条革新之路。茅盾还认为中国现代小说内容体现了五四以来新文艺“反帝、反封建、大众化”的总主题，同时又随着时代发展不断变化，从五四时期表现“父子矛盾”逐步转变为表现劳工大众与资本主义的矛盾，抗战胜利后又变为反抗国内外的敌人。茅盾在 1948 年 5 月 4 日发表的《反帝，反封建，大众化——为“五四”文艺节作》一文中也谈及中国现代文学主题，但是在中文文章中侧重警示现实存在的问题，“作为反帝反封建的思想斗争之一翼的‘五四’以来的新文艺还没有产生多少农民和工人的

---

① 茅盾：《女作家丁玲》，载《茅盾全集（19）：中国文论二集》，人民文学出版社 1991 年版，第 434 页。

② 茅盾：《论鲁迅的小说》，载《茅盾全集（23）：中国文论六集》，人民文学出版社 1996 年版，第 435 页。

典型”,[①] 而在英文文章中转换写作角度，并未对现实问题进行分析，着力向英语读者介绍中国现代小说发展概况。此外，他还指出解放区小说艺术的发展新趋向，“文学形式变得简单直白、清新明快、粗粝可感。这些生动的本质特征，显然不同于因过度审查而陷入僵化的国统区文艺运动”，这种观点在1946年12月茅盾谈及赵树理的小说《李家庄的变迁》时就已阐明，“用一句话来品评，就是已经做到了大众化。没有浮泛的堆砌，没有纤巧的雕琢，朴质而醇厚，是这部书技巧方面很值得称道的成功。这是走向民族形式的一个里程碑，解放区以外的作者们足资借镜”[②]。除了文学评论之外，茅盾还借助此篇英文评论向外传达中国作家迎接新时代的欣喜之情，“中国新艺术及文学将翻开崭新的一页，新民主主义思想所取得的政治和经济成就，将为中国作家打开无限宽广、充满生机的创作领域去进行探索”。[③] 正如他在1949年1月1日发表的《迎接新年，迎接新中国!》中写的一样：“新民主主义的新中国将是一个独立、自主、和平的大国，将是一个平等、自由、繁荣康乐的大家庭。在世界上，中国人将不再受人轻侮排挤。人人有发展的机会，人人有将其能力服务于祖国的机会，……”[④] 这篇短小的英文评论综合融入茅盾1948年前后相关小说评论思想，以全面统领的视角概述了中国现代小说发展的历史进程，向外传播中国现代文学成就及作家时代情感，体现了茅盾独特的文学及文化传播策略与思想。

凭借娴熟的英语语言能力，茅盾展开了非常丰富的文学翻译实践，不仅以英译中的方式译介了大量西方文学作品及文艺思想，引领

---

① 茅盾：《反帝，反封建，大众化——为“五四”文艺节作》，载《茅盾全集（23）：中国文论六集》，人民文学出版社1996年版，第412页。

② 茅盾：《论赵树理的小说》，载《茅盾全集（23）：中国文论六集》，人民文学出版社1996年版，第368页。

③ Mao Tun：“The Characteristics of Modern Chinese Novel”，*China Digest*，Vol. 5，No. 6，Jan. 11，1949，p. 19. 影印版参见龚澎等主编《中国文摘》第2册，国家图书馆出版社2009年版，第1099页。

④ 茅盾：《迎接新年，迎接新中国!》，载《茅盾全集（17）：散文七集》，人民文学出版社1989年版，第638页。

中国现代文学的转型与发展；同时通过与外国友人斯诺、史沫特莱及伊罗生等人的交往，协助他们编选译介中国作家作品，助力中国现代文学向外传播；还在1947年年初访问苏联时，以文学讲座及文化交往的形式积极向外宣传中国现代文学。而茅盾1949年在《中国文摘》发表英文文章介绍中国现代小说进展，体现了他一贯所秉持的文化立场，即以文学译介促进中国文学及文化向外传播。共和国成立后，茅盾曾担任文学外译刊物《中国文学》的主编，继续推动中国现代文学走出去的进程。茅盾以丰富的文学创作奠定了其在文学史上的重要地位，同时作为一个文学译介者，他为推动中西文学双向传播与交流也做出了独特的文化贡献。

附录：

中国现代小说特征

茅盾著　黄芳译

中国现代小说的历史可回溯到1918年，当时鲁迅发表了不朽的作品《狂人日记》《孔乙己》和《药》。

17年后鲁迅在文中谈及他的创作经验："但后起的《狂人日记》(鲁迅创作的作品——作者注）意在暴露家族制度和礼教的弊害，却比果戈里（果戈里创作了同名短篇小说，发表于1834年——作者注）的忧愤深广，也不如尼采的超人的渺茫。此后虽然脱离了外国作家的影响，技巧稍为圆熟，刻划也稍加深切，如《肥皂》,《离婚》等，但一面也减少了热情，不为读者们所注意了。"(《〈中国新文学大系小说二集〉导言》，发表于1935年3月。)

这里最后一句，显然是一种谦虚陈述，但同时恰是坦诚承认《狂人日记》受到外国影响。在鲁迅创作的文学作品中，他最初受到欧洲现代文学影响，而后摆脱它的影响并从中发展出一种完全植根于中国文化土壤的独特体式。

近30年来，中国现代文学（包括小说，尤其是小说）的发展也遵循着同样的路径。在文学发展高峰时期，只有鲁迅的作品闪烁着耀人的光芒。与此同时，从总体上看中国现代小说和文学在30年内没有达到这样一种理想的状态。这就是为什么我们仍然需要“民族形式”，并指明杰出的作家为之努力的方向。

外国读者可能都意识到中国小说有一种非常古老的优良传统，创作于大约千年前的长篇小说《水浒传》，现在仍被现代作家看作是经典。明清时期产生了超过十几种的独特的经典小说，它们都是现代小说在白话文体上富有价值的借鉴。然而，所有这些经典作品，属于来自农业社会的文化产品，自然在一定程度上，其在形式和技术上落后于作为工业社会文化产品的欧洲现代小说。

这就是为什么中国当今作家不能满足于仅仅继承旧的传统，同时它也能解释为什么30年前，在中国现代文学发展的早期阶段，小说作家（包括鲁迅）为何会如此强烈地受到西方文学影响。

鲁迅以深刻的理解广泛研究了中国传统文学，同时对西方文学也有深刻认识，他吸收了中西方文学的精华并内化转变成了自身的文学思想。

不受限于民族传统，也不拒绝西方文学的影响，中国现代文学吸收中西文学泉流，来创新中国文学自身的艺术形式。这是鲁迅的文学目标，也是其他优秀作家的理想。鲁迅已经实现了他的主要目标，这就是为什么将他的作品视为经典，并且“向鲁迅学习”已经成为每一位进步作家的口号。

上述观点只是谈及中国现代小说的形式，其实还有更重要的一方面，即思想内容。再次引用鲁迅的话：“《狂人日记》意在暴露家族制度和礼教的弊害”，它是反封建的，反封建是现代小说的特征。在新文学发展之初，最常见的主题是大家庭中的儿女反抗父母的权威、反抗包办婚姻，换句话说就是“父子矛盾”。经过一段时间的发展后，中国现代文学主题不断扩大，逐渐变成农民与地主、工人与资本家之间的矛盾；最后变成了被压迫者作为一方，与包括地主、军阀、权贵、买办及外国资本家在内的势力集团之间的对立和矛盾；因此反抗帝国主义变成了中国现代小说另一个最突出的特征。最近20年来，具有价值的小说都在表达反帝反封建的思想。这就是为什么说，中国现代小说发展和民族文艺运动开始齐头并进，最后以最密切的关系融为一体。

当中国正在反抗日本侵略时，一些优秀的作家来到敌后进入解放区农村，这里产生出一群年轻有才华的作家。他们参加实际斗争，其文学作品的读者主要是农民和士兵。因此，这些作品在内容上呈现出鲜明的反抗国内外敌人的特色，文学形式变得简洁质朴、清新明快、粗粝可感。这些生动的本质特征，显然不同于因过度审查而陷入僵化的国统区文艺运动。

目前全中国即将迎来彻底解放，革命的成功也将带来文明和文化的空前发展，中国新艺术及文学将翻开崭新的一页，新民主主义思想所取得的政治和经济成就，将为中国作家打开无限宽广、充满生机的创作领域去进行探索。有了30年革命斗争的传统和经验，中国作家毫无疑问将更充分去履行时代所赋予的新使命。限于篇幅，这里并没有列举30年内重要作家及作品名单，我想这样的名单对于外国读者也许是呆板单调的。

（原刊《现代中文学刊》2021年第5期）

《译文》停刊前后鲁迅与茅盾的交往关系考察

吴　旭　罗长青

就鲁迅与茅盾的关系而言，学术界主流还是认可二人的合作，包括单演义《鲁迅和茅盾的战斗友谊断片》①、黄源《鲁迅和茅盾在介绍被压迫民族文学上的两次合作》②、陈桂良《鲁迅与茅盾：左翼“两大台柱”的联手与贡献》③ 等在内的大量论述都对二人的合作关系持肯定态度，但近年来也开始出现质疑二人合作关系的声音，如江苏作家黄恽在《鲁迅与茅盾的矛盾》④ 中提出，茅盾暗中陷害鲁迅，最终导致了《译文》的停刊。虽然作家黄恽并非现代文学专业研究者，但其先后出版过《秋水马蹄》《难兄难弟：周氏兄弟识小录》《萧条异代》等多部民国文史随笔文集，且涉及大量现代文学作家生平轶事，因而黄恽提出的“茅盾陷害鲁迅”之说对人们正确看待二人关系有一定影响。除此之外，考虑到鲁迅和茅盾均系 20 世纪 30 年代左翼文学运动的领导者，若二人真像黄恽文章中所描述的那样尔诈我虞，这无疑会影响到学界对茅盾和鲁迅的既定评价，甚至还可能冲击学界对左翼文学运动的认知。正因为如此，重新考察《译文》停

---

① 单演义：《鲁迅和茅盾的战斗友谊断片》，《人文杂志》1957 年第 4 期。

② 黄源：《鲁迅和茅盾在介绍被压迫民族文学上的两次合作》，《世界文学》1981 年第 4 期。

③ 陈桂良：《鲁迅与茅盾：左翼“两大台柱”的联手与贡献》，《西南民族大学学报（人文社科版）》2006 年第 11 期。

④ 黄恽：《鲁迅与茅盾的矛盾》，载《难兄难弟：周氏兄弟识小录》，东方出版社 2018 年版，第 17—21 页。

刊前后鲁迅与茅盾的关系确实有其必要。

一 《文坛阴谋：茅盾利用傅东华暗伤鲁迅》证据的疑点

黄恽质疑二人关系恶化的主要依据是1941年《苏州新报》发表黄风《文坛阴谋：茅盾利用傅东华暗伤鲁迅》。按照黄恽的揣测，《译文》停刊直接影响了主编黄源的生计，因而黄源对主持《文学》的傅东华和茅盾极为不满，所以《苏州新报》的文章很可能是黄源所撰。

> 从文章看，这个黄风是个中人，知道内幕，特别是因为《译文》被停，直接影响了他的生计，因此，他对傅东华和茅盾的不满，忍不住要表达出来，于是写了这篇文章。[①]

虽然笔者暂时未能获取《苏州新报》1941年发表的这篇文章，但可以确定《文坛阴谋：茅盾利用傅东华暗伤鲁迅》并非首发在《苏州新报》，因为《远东》1939年第1卷第3期刊的《文坛忆旧录》栏目就刊载了署名黄风的同名文章，这比《苏州新报》刊出《文坛阴谋：茅盾利用傅东华暗伤鲁迅》更早。经过对比，《苏州新报》刊出的《文坛阴谋：茅盾利用傅东华暗伤鲁迅》与黄恽《鲁迅与茅盾的矛盾》列出的全部引文相同。值得注意的是，《远东》杂志系日伪政权时期的政治宣传刊物。该刊1939年6月在上海创刊，由远东社编辑出版，该刊自第5期起更名为《中国》月刊。同期《远东》的《文坛忆旧录》还载有《鲁迅林语堂为了蚊帐绝交》《为桃色的海吞灭之李石岑》《胡萍王莹两个女怪的斗争》，这些文章连纪事都算不上，更像是文坛八卦。与此同时，1939年正系抗日战争全

① 黄恽：《鲁迅与茅盾的矛盾》，载《难兄难弟：周氏兄弟识小录》，东方出版社2018年版，第17—21页。

面爆发时期，国共合作进行抗日，黄源投奔项英所在的新四军，其在日伪《远东》杂志发表文章的可能性小。就黄恽援引的《文坛阴谋：茅盾利用傅东华暗伤鲁迅》这篇文章的指责而言，很多结论也难以自圆其说。从《译文》杂志的创办过程及其定位来看，《译文》更应该被看成鲁迅和茅盾合作的结果而不是相反。据茅盾《我走过的道路》回忆，《译文》创刊源于鲁迅和茅盾的交谈。茅盾是就美国左翼记者伊罗生选编中国现代作家短篇小说集《草鞋脚》之事，应邀前去鲁迅家里商量《草鞋脚》选目。“讲到国民党的图书审查办法和作家目前卖文之不易，又谈到《文学》连出两期外国文学专号，对于作家的翻译热情倒是一个刺激。”[①] 就茅盾拜访事由和翻译讨论来说，茅盾和鲁迅都是在为左翼出版提供支持，茅盾《我走过的道路》采用《一九三四年的文化“围剿”和“反围剿”》作为标题，也能够说明这一点。

《文坛阴谋：茅盾利用傅东华暗伤鲁迅》这篇文章只字未提“译文丛书”在文化生活出版社出版之事，这容易让人怀疑作者是否对《译文》停刊原因真正知情。《译文》停刊的原因可能是多方面的，有直接原因也有间接原因，有表层原因也有深层原因，“译文丛书”应该是最直接的原因之一，因为黄源主编的《译文》由生活书店发行，但黄源主编的“译文丛书”拟在文化生活出版社推出，这与生活书店正在发行的郑振铎主编的“世界文库”构成了同业竞争。茅盾《我走过的道路》和黄源《黄源回忆录》均提及两个饭局和“译文丛书”出版：1935 年 9 月 15 日黄源请鲁迅与吴朗西、巴金等人吃饭，借此确定“译文丛书”出版关系；9 月 17 日生活书店请鲁迅吃饭，生活书店经理毕云程提出解聘黄源，鲁迅摔筷离席而去。从黄源的回忆录来看，鲁迅已经表现出决绝不愿合作的姿态。倘若鲁迅的言语措辞略有缓和，或许结果会有所不同。

---

① 茅盾：《一九三四年的文化“围剿”和“反围剿”》，载《我走过的道路（中）》，人民文学出版社 1981 年版，第 235—236 页。

> 鲁迅说："《译文》第二年合同我已经签发，但他们昨夜把它推翻了，因此这合同作废。"接着从口袋里取出合同，在桌面上撕得粉碎。鲁迅提议："生活书店如要继续出版《译文》，合同由黄源签字你们同意吗？"茅盾和烈文同时应声说："同意。"鲁迅转换口气说："好，这样就请茅盾转告生活书店。"茅盾应声也说："好。"①

茅盾《我走过的道路》和黄源《黄源回忆录》都能证实，最初生活书店方面并没有主动提出停刊，而只是希望解聘黄源主编职务，且《译文》仍由鲁迅主持。鲁迅当晚"摔筷离席"、日后"手撕合同"、要挟"让黄源续签"，这与《译文》停刊不无关联。从生活书店的角度来说，如果重新与黄源续签合同，不仅意味着完全听从于鲁迅的安排，而且意味着就之前撤销黄源主编职务的决定作出让步，这当然会让生活书店方面感到极为难堪。从这个意义上说，最终的停刊其实也是鲁迅自己的选择，他不再愿意委曲求全。鲁迅在 10 月 2 日致黄源的信中也说过，"《译文》如停刊，就干干净净的停刊，不必再有留恋如自己来印终刊号之类，这一点力量，还是用到丛书上去罢"②。这再次证实鲁迅不愿再与生活书店有太多出版往来。尽管如此，《文坛阴谋：茅盾利用傅东华暗伤鲁迅》这篇文章对《译文》停刊则另有解释：傅东华捏造读者来信诋毁《译文》，转移邹韬奋停刊《文学》的经营视线，成功地通过停刊《译文》来间接保全《文学》。

> 这时邹韬奋刚到沪上，预备把生活书店整顿一番。第一个愿望是：把《文学》停了，每月可省千五百元的开支。傅东华知道消息不妙，便发动全部喽啰，捏造几百封骂《译文》的读者

---

① 黄源：《黄源回忆录》，浙江人民出版社 2001 年版，第 82 页。

② 鲁迅：《351002 致黄源》，载《鲁迅全集》第 13 卷，人民文学出版社 2005 年版，第 556 页。

来信，拿了去看邹韬奋。结果，《文学》被保全，而《译文》却停刊了。①

邹韬奋回上海之后，在生活出版社推行经营新举措不假，但邹韬奋为“捏造几百封骂《译文》的读者来信”所忽悠，从最初希望停刊《文学》，转而最终停刊《译文》，这应该低估了邹韬奋的辨识能力。再说，报刊出版的销量和收支大体上也是透明的，杂志是否受到读者欢迎，发行量究竟如何，这并不好隐瞒。就算是邹韬奋轻易上当受骗，其周围的徐伯昕、毕云程、胡愈之等人，作为共同参与生活出版社的经营者岂能视而不见。《文坛阴谋：茅盾利用傅东华暗伤鲁迅》将《译文》停刊描述为地盘之争、名誉之争、利益之争的同时，还绘声绘色地将茅盾与鲁迅描述为尔虞我诈的关系。虽然不排除二人存在某些方面的不快，但二人绝不至于达到“结怨结仇”的严重程度。

原来在《文学》月刊上写文章的一批人表面上虽然相亲相爱，情如手足，而暗地里却时常吃暗枪冷箭，尔诈我虞的倾轧得不得了。其中冤仇最深的是茅盾鲁迅两人。第一是因为他们两个都是大字辈，所谓两雄不并立，有鲁迅没有茅盾，有茅盾没有鲁迅，而且两人都有领袖的野心，在争夺地盘的时候，不能不有冲突。第二，茅盾一手霸住《文学》，做自己的地盘，对鲁迅推荐来的作品一点不肯放松，在这里二人也结了不少说不出的冤仇。②

事实上，《译文》停刊没有直接影响到鲁迅与茅盾的关系。据鲁

① 黄风：《文坛阴谋：茅盾利用傅东华暗伤鲁迅》，《远东》1939 年第 1 卷第 3 期。

② 黄风：《文坛阴谋：茅盾利用傅东华暗伤鲁迅》，《远东》1939 年第 1 卷第 3 期。

迅 1935 年 10 月 29 日致萧军的信所述，“《译文》终刊号的前记是我（鲁迅）和茅（茅盾）合撰的”①，而《译文》1935 年第 2 卷《终刊号》发表的《前记》不无愤懑。其中就有“也还有几个读者”对生活书店的“折本”之说进行驳斥。若《译文》停刊之事真系茅盾挑起，当时茅盾仍在生活书店主持《文学》杂志，不仅鲁迅未必愿与其合作撰写终刊号的《前记》，而且发表合作撰写的《前记》也会引发生活书店方面的不满。又据鲁迅日记 1935 年 11 月 11 日所载“夜校《桃园》”②，《译文》停刊事件并未影响到鲁迅与茅盾的合作关系。《桃园》系茅盾出版的弱小民族文学译文集，被纳入“译文丛书”第二本。“译文丛书”第一本为鲁迅自己所译的《死魂灵》，第二本即为茅盾所译的《桃园》，鲁迅亲自校阅。次年，《译文》在上海杂志公司复刊，复刊的新 1 卷第 1 期就发表了茅盾译《世界的一日》，该文直接署名茅盾而不是其他笔名。如果《译文》停刊之事确系茅盾挑起，那么生活书店方面的同仁又会如何看待仍然在生活书店主持《文学》杂志的茅盾呢？诸多证据表明，《译文》停刊并未影响到鲁迅和茅盾的合作关系。

二 《译文》停刊事件无法回避的关键问题

在谈到《译文》停刊事件时，已有研究很少提及停刊事件之前发生的“增加稿酬和印张”插曲。如果将《译文》停刊的源头延伸至“增加稿酬和印张”事件进行考察，那么编辑与出版商之间的经济利益冲突其实非常明显。1935 年 10 月 22 日鲁迅致曹靖华的信对“增加稿酬和印张”事件过程有比较清楚的介绍。

> 《译文》合同，一年已满，编辑便提出增加经费及页数，书

---

① 鲁迅：《351029 致萧军》，载《鲁迅全集》第 13 卷，人民文学出版社 2005 年版，第 570 页。

② 鲁迅：《鲁迅全集》第 16 卷，人民文学出版社 2005 年版，第 561 页。

> 店问我，我说不知，他们便大攻击编辑（因为我是签字代表，但其实编辑也不妨单独提出要求），我赶紧弥缝，将增加经费之说取消，但每期增添十页，亦不增加译费。我已签字了，他们却又提出撒［撤］换编辑。这是未曾有过的恶例，我不承认，这刊物便只得中止了。①

至少在鲁迅看来，“增加稿酬和印张”事件才是《译文》停刊事件的开端：始于编辑请求，终于出版商的拒绝。与此相互印证的是1935年9月24日致黄源的信，鲁迅将停刊过程分成“两个回合”。鲁迅日记所说的“第一回”指的是黄源曾向生活书店提出“增加稿酬和印张”的请求。

> 他们那边人马也真多，忽而这人，忽而那人。回想起来：第一回，我对于合同已经签字了，他们忽而出了一大批人马，翻了局面；第二回，郑先生的提议，我们接收了，又忽而化为胡先生来取消。一下子对我们开了两回玩笑，大家白跑。②

黄源对鲁迅的话言听计从，鲁迅对他向生活书店的提议应该是知情的。鉴于生活书店方面的不满，鲁迅没有坚持增加稿酬的主张，但这并不意味着鲁迅对此没有想法，他至少已经心生不快。正因如此，鲁迅在致黄源的信才会说“开了两回玩笑，大家白跑”。所谓的“两回玩笑”第一回指放弃稿酬的妥协，但又被要求撤去黄源主编职务；第二回指同意郑振铎的折中性提议，却又被生活书店方面拒绝。

从经济学角度来看，编辑者与出版商的经济利益分配原本就是天然存在且无法消除的矛盾，双方能够正视并妥善处理则是合作的基

---

① 鲁迅：《351022致曹靖华》，载《鲁迅全集》第13卷，人民文学出版社2005年版，第568页。

② 鲁迅：《350924致黄源》，载《鲁迅全集》第13卷，人民文学出版社2005年版，第555页。

础。这就如当下我们面对的著作权激励保护和避免著作权机制滥用，最理想的方式当然是“对作者的‘激励’与对公众的‘接入’之间进行平衡”。[①] 很不幸的是，《译文》编辑者与出版商之间并没有平衡处理经济利益的矛盾。如果说“增加稿酬和印张”事件直接表现了编者与出版社的经济冲突，那么“译文丛书”出版则是使此前经济冲突白热化。

拟出版的“译文丛书”是《译文》停刊事件的导火索。鲁迅翻译出版果戈理选集，准备以“译文丛书”的名义推出，遂委托黄源与生活书店联系。生活书店刚开始也没有拒绝，但尔后不再同意出版。此后，黄源又寻求在文化生活社出版“译文丛书”。文化生活社由巴金1935年5月在上海创办，9月改为文化生活出版社。1935年9月15日，黄源在上海南京饭店请客吃晚饭，邀鲁迅与文化生活社经理吴朗西和总编辑巴金见面，商议“译文丛书”出版事宜，茅盾、黎烈文、傅东华、胡风、许广平、周海婴同席。鲁迅日记对这次晚宴亦有记载：“午后得张慧所寄木刻第二、第三集各本。河清来。下午须藤先生来为海婴诊。河清邀在南京饭店夜饭，晚与广平携海婴往，同席共十人。”[②]

从生活书店的角度来说，鲁迅推出的“译文丛书”与其正在发行的“世界文库”存在同业竞争，且文化生活出版社也是新兴的左翼出版商，与生活书店构成同业竞争关系。虽然文化生活出版社的“译文丛书”不至于对其构成威胁，但抢占左翼出版发行份额则是无法避免的。生活书店不愿出版“译文丛书”，但也不期望文化生活出版社出版，这样的做法确实不够厚道，但也属于意料之中。日后，“译文丛书”自1936年开始出版，由巴金和黄源主编，由于丛书选题精准且翻译水准较高，在文学界和出版界有一定影响力，这也间接证实了此前生活书店的担忧。茅盾的回忆录便能够证实这方面的推断：

---

① 曾斯平：《著作权激励的限度与著作权制度的完善——基于行为经济学的分析》，《贵州师范大学学报（社会科学版）》2020年第6期。

② 鲁迅：《鲁迅全集》第16卷，人民文学出版社2005年版，第552页。

> 这件事传到生活书店那里，大概被认为是黄源在背后掉了花枪，因为《译文》是生活书店出版和发行的，在他们看来，译文丛书的出版也应通过他们。[①]

生活书店方面知悉“译文丛书”之后，曾以邀鲁迅吃饭的形式，提出免去黄源的主编职务。9 月 17 日，邹韬奋、毕云程、茅盾、郑振铎、胡愈之、傅东华等人与鲁迅同席。鲁迅日记对这次晚宴也有记载，“晚明甫及西谛来，少坐同往新亚公司夜饭，同席共七人”[②]，但鲁迅日记未能详述的是，生活书店方面提出撤换黄源主编职务，这让他非常生气。以下为茅盾回忆录对宴请事件的描述：

> 毕云程就提出：《译文》编辑仍请鲁迅担任，而不是黄源。这是要撤换编辑，事先却又没有和鲁迅及《译文》发起人（我和黎烈文）商量过。鲁迅当时很生气，把筷子一放，说这是吃讲茶的办法，就走了。[③]

茅盾还进一步补充，鲁迅第二天约他和黎烈文至其家中，声明他此前签字的《译文》出版合同作废并将其撕毁，还让他去通知生活书店：继续出版《译文》的合同须由黄源签字。从茅盾描述的 9 月 17 日摔筷离席和 9 月 18 日撕毁合同来看，鲁迅显然是想借此对生活书店表达最为强烈的抗议。为了调和双方的关系，郑振铎和茅盾曾商量并提出一个折中方案：《译文》稿件还是由鲁迅过目并签字，但合同由黄源签字，以示生活书店就此前提出撤销黄源编辑职务的让步。虽然鲁迅已同意折中方案，但生活书店方面最终的回复是不再续签合同，因此生活书店发行的《译文》最终停刊。从鲁迅“摔筷离席”

① 茅盾：《一九三四年的文化“围剿”和“反围剿”》，载《我走过的道路（中）》，人民文学出版社 1981 年版，第 240 页。

② 鲁迅：《鲁迅全集》第 16 卷，人民文学出版社 2005 年版，第 552 页。

③ 茅盾：《一九三四年的文化“围剿”和“反围剿”》，载《我走过的道路（中）》，人民文学出版社 1981 年版，第 240 页。

“手撕已签合同”“让黄源重签合同”等表现来看，《译文》最终停刊也是鲁迅主动选择的结果，他不愿继续妥协。《译文》1935 年第 2 卷《终刊号》发表的《前记》系鲁迅与茅盾二人撰写，也能够在一定程度上反映鲁迅对《停刊》事件的看法：

前　记

《译文》出版已满一年了。也还有几个读者。现因突然发生很难继续的原因，只得暂时中止但已经积集的材料，是费过译者校者排者的一番力气的，而且是否不能大都不无意义之作从此废弃，殊觉可惜；所以仍然集成一册，算作终刊，呈给读者，以尽贡献的微意，也作为告别的纪念罢。

译文社同人公启

《前记》中的“也还有几个读者”可以看成对“经济原因停刊”的回应，即销量确实不是很大，但也不是没有读者。“突然发生很难继续的原因”指的就是其中的过节：首先是生活书店方面提出撤去黄源主编职务，然后是鲁迅撕毁此前合同并让生活书店与黄源续签合同，最后是生活书店不肯就此妥协让步造成《译文》停刊。“也作为告别的纪念罢”暗示鲁迅与生活书店的决裂。茅盾的回忆也证实：鲁迅拒绝将《死魂灵》第二部的译文在生活书店发行的“世界文库”上发表，同时也不再给生活书店发行的《文学》写稿①。饶有兴味的是，《前记》中的“暂时中止”其实暗示鲁迅早就对复刊《译文》另有打算，而“译文社同人公启”也显示新《译文》将是以独立而不是附属于出版商的姿态出现。

① 茅盾：《一九三四年的文化“围剿”和“反围剿”》，载《我走过的道路（中）》，人民文学出版社 1981 年版，第 242 页。

三 茅盾与鲁迅合作关系的持续性与稳定性

从鲁迅评价史的角度来看，茅盾与鲁迅的合作关系有其必然性，呈现持续和稳定的特征。在小说集《呐喊》出版之后，茅盾在《文学旬刊》1923 年第 91 期发表署名“雁冰”的评论文章《读〈呐喊〉》。这篇文章评价《狂人日记》读过之后“犹如久处黑暗的人们骤然看见了绚丽的阳光”；概括《孔乙己》《药》《明天》《风波》《阿 Q 正传》以“鲁镇和咸亨酒店”为背景描述“灰色人生”的特征；评《阿 Q 正传》塑造的“阿 Q 相”最为可贵，写出了“人性的普遍的弱点”，也让人知道“十二年来政乱的根因”，总结小说集《呐喊》“十多篇小说几乎一篇有一篇新形式”。《读〈呐喊〉》被收入 1926 年未名社出版的由台静农主编的文集《关于鲁迅及其著作》，其评价观点至今为研究者所用。除此之外，茅盾在《小说月报》1927 年第 18 卷第 11 期发表署名“方璧”的《鲁迅论》。这篇文章除了重申鲁迅小说是“老中国的儿女”的灰色人生的写照之外，还高度评价鲁迅杂文的特殊价值，评价其“充满了反抗的呼声和无情的剥露”和“鼓励青年们去活动去除旧革新”。在鲁迅小说已经受到重视而杂文价值尚未得到开掘的情况下，茅盾对鲁迅杂文的评价具有独创性。日后 1935 年，当时鲁迅仍然在世，北新书局出版了李何林编的论文集《鲁迅论》，就收录了方璧（茅盾）、钱杏邨、画室（冯雪峰）等人关于鲁迅及其作品的评论文章。这是继 1928 年北新书局出版的钟敬文主编《鲁迅在广东》之后又一部论述鲁迅创作的文集。茅盾《读〈呐喊〉》和《鲁迅论》对鲁迅文学形象的塑造以及日后鲁迅研究的推进已经得到文坛的肯定，原泥土诗社成员黎风就曾评价茅盾是“鲁迅最早的知音”“最早正确认识和评价鲁迅的先驱”“在中国现代文学批评史上有着重要的意义”①。

---

① 黎风：《鲁迅最早的知音——谈谈茅盾前期对鲁迅的评价》，《陕西师范大学学报（哲学社会科学版）》1986 年第 1 期。

如果说《读〈呐喊〉》和《鲁迅论》是茅盾从左翼角度对鲁迅文学创作展开的高度评价，那么《从牯岭到东京》《读〈倪焕之〉》《关于“创作”》则是茅盾从左翼角度对鲁迅参与文艺论争的同道支持。在“左联”成立之前，创造社和太阳社与鲁迅展开“革命文学”论争，茅盾也在这场论争当中受到攻击。创造社和太阳社成员从“革命文学”角度发起的攻击，无疑使得鲁迅和茅盾走得更近。1928年1月5日，茅盾就以笔名“方璧”在《文学周报》发表《欢迎〈太阳〉!》，对《太阳月刊》就文学作品与社会生活的关系、客观与主观、第四阶级文学等已发表的观点提出了非议：“文学作品永远落后于社会生活”“我亦并不以为有了实感的人，一定可以写出代表时代的作品”“究竟文艺作品的创造是全凭本身的经验呢？还是也可凭借客观的观感？我以为总是凭借客观的观察为合于通例”“革命文艺因之也是多方面的。我们不能说，唯有描写第四阶级生活的文学才是革命文学”[①]。4月1日，受到茅盾批评的蒋光慈以“华希理”为笔名在《太阳月刊》第4期发表《论新旧作家与革命文学：读了文学周报的“欢迎太阳”以后》对其进行反驳。与茅盾的处境不同，鲁迅是在遭到攻击之后被迫做出回应。1928年1月15日，冯乃超在《文化批判》创刊号发表《艺术与社会生活》。这篇文章在倡导“无产阶级文学”的时候，批评了叶圣陶、郁达夫、鲁迅、郭沫若、张资平5位颇有影响的新文学作家，将鲁迅当成“社会变革期中的落伍者”，讽刺鲁迅“无聊赖地跟他弟弟说几句人道主义的美丽的说话”“常从幽暗的酒家的楼头，醉眼陶然地眺望窗外的人生”[②]。在冯乃超发表《艺术与社会生活》之后，成仿吾、李初梨等和太阳社部分成员，又进一步对鲁迅进行攻击。2月23日，鲁迅在《语丝》第4卷第11期发表《“醉眼”中的朦胧》一文进行反驳，阐明他对中

---

① 方璧：《欢迎〈太阳〉!》，载周扬《中国新文学大系1927—1937：文学理论集二》，上海文艺出版社1987年版，第28页。

② 冯乃超：《艺术与社会生活》，载饶鸿競《中国文学史资料全编现代卷48：创造社资料（上）》，知识产权出版社2010年版，第136—143页。

国社会的认识和建设无产阶级文学艺术的主张。鲁迅的文章主要指责创造社和太阳社成员对中国社会的认识、对斗争营垒分野的认识、对无产阶级文学的理解的“朦胧”，要求创造社和太阳社成员“不怕批判自己”和“敢于明言”，以及摆正与人民大众的位置，不能只想从书本上得到革命意识去“获得大众”[①]。

以“革命文学”论争作为圆点，考察在此圆点前后鲁迅与茅盾展开的左翼文学合作，其实不难证实这种特殊的盟友关系。1928年7月16日，茅盾在《小说月报》1928年第19卷第10期发表《从牯岭到东京》，这篇文章使得创造社和太阳社批评家对其发起了猛烈攻击。此前学界普遍认为，茅盾发表《从牯岭到东京》是因为其小说《幻灭》《动摇》《追求》受到批评指责而被迫对创造社和太阳社的攻击作出回应，近年来的研究已经推翻了这一定论：在《从牯岭到东京》发表前，其实并不存在左翼内部对三部曲的责难，甚至钱杏邨《〈幻灭〉(书评)》和《〈动摇〉(评论)》的原文“不仅给予了茅盾小说很高评价，而且茅盾始终将其视为‘革命文学’的重要收获”。正是因为茅盾主动发表《从牯岭到东京》激起了创造社和太阳社批评家的批评，以至于钱杏邨选编文集《茅盾与现实》收录《〈幻灭〉(书评)》和《〈动摇〉(评论)》都不得不对其进行大量删改[②]。同样是与创造社和太阳社就“革命文学”展开论争，茅盾和鲁迅的参与方式是不一样的，鲁迅是被动迎战，而茅盾则是主动出击。考虑到鲁迅在1928年2月发表《“醉眼”中的朦胧》和茅盾在1928年7月发表《从牯岭到东京》，这种前后关系决定了茅盾会成为鲁迅的盟友，即便不考虑主观意愿之原因，这种事实上的盟友关系也是确定的。当然，茅盾在此之前发表《读〈呐喊〉》和《鲁迅论》高度评价鲁迅的文学创作成就，创造社和太阳社对鲁迅创作的攻击也同样是

① 鲁迅:《“醉眼”中的朦胧》，载周扬《中国新文学大系1927—1937：文学理论集二》，上海文艺出版社1987年版，第86—90页。

② 赵璕:《〈从牯岭到东京〉的发表及钱杏邨态度的变化——〈幻灭〉(书评)、〈动摇〉(评论)和〈茅盾与现实〉对勘》，《中国现代文学研究丛刊》2005年第6期。

对茅盾文学批评的否定。

在《译文》创刊之前，鲁迅与茅盾已经有过诸多翻译出版合作。茅盾主持《小说月报》时就比较注重国外左翼文学译介，而鲁迅也是其积极的支持者之一。1921 年，《小说月报》第 12 卷第 10 号为《被损害民族的文学号》、第 12 号为《俄国文学研究》，这很让人联想起《译文》以译介“俄国文学”和“弱小民族文学”为主的译介偏向。鲁迅在《小说月报》第 12 卷第 7 号开始发表译作《工人绥惠略夫》，译介了俄国、捷克、芬兰、勃尔格利亚（保加利亚）等国的作品。鲁迅在第 12 卷第 10 号《被损害民族的文学号》发表了 4 篇译作，足见茅盾和鲁迅二人对“被损害民族的文学”的重视。考虑到鲁迅在此前后也不断在《小说月报》发表译作，这也证实二人关系非同寻常。从这个意义上说，茅盾和鲁迅对国外左翼文学译介展开的合作有其历史基础。20 世纪 20 年代《小说月报》推出《俄国文学研究》和《被损害民族的文学号》的历史经验，在 30 年代《文学》杂志推出翻译专号时得到延续，而又在《译文》创刊经营过程中得到进一步强化。《译文》的创刊源于二人为艾萨克斯（伊罗生）提供中国左翼期刊介绍。艾萨克斯在上海租界主编《中国论坛》的时候，茅盾经常将不方便发表的稿件投送给艾萨克斯，因而得到了后者的信任。当艾萨克斯辞去《中国论坛》主编准备编写《草鞋脚》的时候，他已经不再是一名普通记者。受中共地下党员陈瀚笙、美国记者史沫特莱、南非共产党创始人之一弗兰克·格拉斯（中文名李福清）等人的持续影响，艾萨克斯早已经被泛左翼社会活动家当成自己队伍中的成员。1932 年 12 月，宋庆龄、蔡元培、杨杏佛等人在上海发起组织了中国民权保障同盟，宋庆龄、蔡元培分别任临时全国执行委员会主席和副主席，杨杏佛为总干事，鲁迅为上海分会执行委员，艾萨克斯就任执行委员。艾萨克斯请求鲁迅和茅盾提供“一份关于中国左翼期刊的介绍”①，以便编写中国现代作家短篇小说集《草鞋脚》。艾

① 茅盾：《一九三四年的文化“围剿”和“反围剿”》，载《我走过的道路（中）》，人民文学出版社 1981 年版，第 242 页。

萨克斯请求茅盾和鲁迅二人为其提供选编支持，其实也是请求为其提供左翼出版支持。为了给艾萨克斯回信，茅盾到鲁迅家中商量。二人在闲聊过程中谈到当时严厉的书报检查制度，由书报检查制度谈到《文学》推出翻译文学专号，再由翻译文学专号引出创刊《译文》的想法。这些看似零碎的事件其实可以看成左翼文学活动链条上环环相扣的动力链条。作为《译文》杂志发起人的鲁迅和茅盾，他们是在共同推动左翼文学出版的努力过程中，再一次寻找到了展开进一步左翼合作的契机。这与茅盾推出《小说月报》的《被损害民族的文学号》期间鲁迅的译作支持相同，也与茅盾在《读〈呐喊〉》和《鲁迅论》从左翼角度对鲁迅文学创作展开高度评价吻合，同样与茅盾和鲁迅二人在“革命文学”论争过程中结成事实上的盟友关系一致。从茅盾与鲁迅的长期合作来看，二人的关系是非常稳固的，绝不至于达到像《文坛阴谋：茅盾利用傅东华暗伤鲁迅》所言“结怨结仇”的地步。在回顾现代文学作家研究的时候，有研究者曾提出“充分汲取已有研究经验、规避已有研究教训”[①] 的警醒。黄恽的《鲁迅与茅盾的矛盾》依据的是日伪时期《远东》杂志的花边新闻资料，未加辨析地接受并进行宣传，这无疑给研究者带来严肃教训，那就是，任何“重写”“重评”“重说”都需要全面而充分的证据链支撑。我们认为，日伪政权时期《远东》杂志刊载的文章将《译文》停刊解读为茅盾与鲁迅的明争暗斗，这不符合《译文》停刊事件的真相，也偏离了茅盾与鲁迅长期合作的事实。《译文》停刊前的“增加稿酬和印张”事件已经反映了编辑者与出版商的经济利益冲突，而文化生活出版社拟推出的“译文丛书”与生活书店正在发行的“世界文库”构成了同业竞争更是将这种冲突白热化。在生活书店方面提出撤销黄源主编职务后，鲁迅“摔筷离席”“手撕已签合同”“让黄源重签合同”，这些不愿委曲求全的举动无疑也加速了《译文》的停刊，因此《译文》停刊是必然与偶然的统一。茅盾与鲁迅有较为深

① 李斌：《四十余年来郭沫若研究的进展及可能》，《贵州师范大学学报（社会科学版）》2020 年第 6 期。

厚的左翼合作，并且二人的合作是稳定和持续的。茅盾不仅在《读〈呐喊〉》和《鲁迅论》中高度评价鲁迅的文学创作成就，而且在《从牯岭到东京》《读〈倪焕之〉》《关于“创作”》中对鲁迅参与文艺论争进行声援。在《译文》停刊前，鲁迅和茅盾共同执笔终刊号的《前记》。在《译文》停刊后，“译文丛书”第二本即为茅盾所译的《桃园》，鲁迅曾亲自校阅该译著。《译文》复刊的新1卷第1期就发表了茅盾所译《世界的一日》。这些证据都表明，《译文》停刊也没有直接影响到鲁迅与茅盾的交谊。

（原刊《南方文坛》2021年第5期）

茅盾佚文《“自由主义者”之一例》述论

许龙波[①]

茅盾是我国著名的作家、文学评论家和社会活动家，为中国近现代文化事业的发展做出了杰出的贡献。笔者在阅读出版于新加坡的《风下》周刊时，发现茅盾曾在该刊发表多篇文章，其中《“自由主义者”之一例》一文系首次发表，而且未见登载于其他刊物。经过进一步查证，发现此文不仅在新、旧两版的《茅盾全集》[②]中均未被收入，而且在《茅盾年谱》《茅盾大事年表》[③]和《茅盾生平著译年表》《茅盾著译书目》[④]等有关茅盾研究的资料中亦未见有所记载，属于茅盾的集外文。因涉及茅盾的文学创作、茅盾与南洋的文化交流、茅盾对国民党政权的认识等重要文学史和文化史问题，故而有必要对这篇佚文做相应的介绍和考察。

---

① 作者单位：北京师范大学历史学院中国近代文化史研究所。

② 旧版为1984—2006年人民文学出版社陆续出版的40卷《茅盾全集》、两卷《茅盾全集·补遗》以及1卷资料索引。新版为2014年黄山书社出版的42卷《茅盾全集》。

③ 查国华：《茅盾年谱》，长江文艺出版社1985年版。万树玉：《茅盾年谱》，浙江文艺出版社1986年版。唐金海、刘长鼎：《茅盾年谱》，山西高校联合出版社1996年版。《茅盾大事年表》，载余连祥《逃墨馆主——茅盾传》，浙江人民出版社2006年版。

④ 查国华编《茅盾生平著译年表》和《茅盾著译书目》均收录于2014年出版的《茅盾全集》第42卷。

一

《“自由主义者”之一例》发表在1948年2月28日出版的第115期《风下》周刊上，署名“茅盾”，全文共3800余字。兹照录如下：

这里所讲的“一例”是我所见所闻的无数“例”中，最典型性的一个。当然，这无数例中的“自由主义者”都是要加括弧的；如果不怕噜嗦而加以注脚，应当是这样的几种方式：

“自封”的自拉自唱的自由主义者，

“我”既是“自由主义者”，因而“我”可以反对别人而别人则不可以反对“我”的自由主义者，

以“我”的自由主义为武器，从而对别人的自由加以干涉，或宣布别人一律是反自由，或除“我”以外别无真货的自由主义者，

黑白，丑美，是非，好恶……都应由“我”自由解释的自由主义者，对虎狼噬人则认为“肚子饿了，情有可原”，而对泥腿要求翻身则勃然大叫“过火”的自由主义者。

诸如此类，不胜枚举，总而言之，都是要加括弧的自由主义者。但我得声明：虽然当今之世，加括弧的自由主义者如此之多，而我仍然深信，不用加括弧的自由主义者亦复不少，在我见闻的范围内也可以举出一打以上的例子，对于不用加括弧的自由主义者，我当然是敬重的。

现在书归正传，且看这一个最典型的要加括弧的自由主义者。我所以要郑重地介绍他，无非因为他是上述各种带括弧的方式的总和，他是集大成的。

时间尚在抗战，地点是大后方的所谓“战时海军根据地”。

提起这“战时海军根据地”，不可不有几句说明。

感觉锐敏的读者看到这七个字又是带括弧的，不免要会心地一笑，或者更联想到战时在贵州万山丛中曾经隐蔽着一个堂堂的

海军学校，因而以为此所谓“战时海军根据地”者，大概也躲在什么山坳子里；然而我不能不代为负责声明；“根据地”虽然确确实实在山坳子里，但也确确实实是背山面水的。这水也确确实实不是旱了个把月就会消灭的泥沼，而是浩浩荡荡的长江。再说，战时保藏在万山丛中的“海军学校”拥有舰艇是否仅属模型之类，因为未作实地调查，在下未便乱说，可是这所谓“根据地”却确实是有“海军”的。尽管有些要求过高的观察者认为三五条幸而免于炸沉而且逃上了峡江，在这里抛锚的船只，碍难称之为“海军”，然而“中立而又公正”的观察家依然承认：既得免于炸沉又得免于被俘，且公然逃脱而又经历千辛万苦，通过了天下有名险恶的峡江，这就是难能而可贵；至于常年抛锚，罪亦不在“舰只”，君不见江面仅宽如许，英雄奈无用武之地，而况抛锚至于七八年之久竟不闻锅炉朽烂而重劳修理，这难道不是值得夸耀的？最后，数量上，三只五只，固然好像少了一点，但“三五成群”，古有成语，既成了群，你不称之曰“海军”那又称它什么呢？

这就是“战时海军根据地”之所以名正而言顺的各种理由。

不过，话也得说回来，因为仅仅只有“三五成群”的舰只而已，又因为此“三五成群”者派它们走私则水道不熟，派他们护航则又冥顽不灵，结果是惟有聊加保存以备将来博物馆之急需，所以舰内舰外，一切从简，以至这个“海军根据地”除了偶有一二水兵在街头买菜，外来的观察者是很难嗅到“海军”味的。外来观察者一眼就看到了的，却是“中央”与“地方”之分治。

因为这一个小地方也有“老镇”和“新市区”的区别。老镇是“民族形式”的，从街道，房屋，店铺的装璜，直到居于斯，歌哭于斯，老死于斯的市民生活方式。

“新市区”是洋化的。街不曰街，而名曰“路”；无数的路，长者里许，短者数丈，而皆拥有了全国沦陷各省各都市的尊称，不足则又冠之以“三民”“五权”“复兴”“建国”诸美名。房屋的建筑是所谓“抗战式”的——俨然洋房，说得诗意一点，就是法国风或者西班牙风的小别墅了。占有这些（几乎全部）所谓“抗战建筑”的，则是政府机关的“防空季节”的办事处，公教人员的眷属，第四五流的投机商人（下江佬）的外室；而当然，也不会缺少特种人物。

老镇有“如一”若干人，而“新市区”则赫然有一座公立医院。谁要是看了那建筑的外形而怀疑他是一座医院，那他这个人的眼界未免太高。

老镇的居民的身份证是由“县”发给的，“新市区”的居住者的身份证则是由“市”发给的。

老镇有镇长，一位本地袍界的大爷，他是统治者，在他自己的范围内。“新市区”也有一位镇长，很不凑巧，他是一位“阿拉同乡”，出身不可深考，识字不多，面目可憎，但想来他一定有点小小手法。“中立而公正的观察者”也一定会替他叫屈，因为以他那样的长才俯就这样一个小事而实际权力赶不上老镇的那位同僚。他不能像那位“大爷”似的成为自己地面上的得心应手的统治者。“新市区”的内容太复杂了，对于那些特种人物他当然不能不买账，对于若干小有背景的公家人，他亦不能太随便，甚而至于打算小小敲诈一下那几个在此置有外室的第四五流的投机商人的时候，他也不得不用迂回曲折“不伤感情”的方法。因此，真正屈服于他治权之下，可以随他喜欢要怎样就怎样的，恐怕只有寥寥可数的那几家小铺子，饭馆，杂货店，成衣铺。当然也应该算进那些逢二四又来赶场的乡下佬。

本文要介绍的最有典型性的所谓“自由主义者”，他的“大本营”就在老镇与“新市区”之间，可是，既不属于老镇，也不属于“新市区”，俨然成为这山坳子里的第三种势力。根据“半官方”统计，老镇“大爷”统治下的人口，约千数百，“新市区”的“阿拉同乡”该管的总也有一千上下，那位“第三势力”的“自由主义者”拥有的“群众”则有七八百。这一种数字充分表示出“第三势力”的不可轻视。

这位“自由主义者”的大本营是一所私立中学。

照一般情形说，抗战时期在大后方办个把中学，简直是名利双收，一本万利。然而“中立而公正的观察者”一致认为这位“自由主义者校长”应作别论。

他仍然不为名。他是老牌的留学生，十多年来，以科学家姿态出现，不但名满乡邦，亦几几乎在全国的科学界中时或被人提到的了。

而且他当然亦不为利。这有事实证明：他当着校长的，不支薪，也不支车马费，简直是澈底义务。有些“破坏”他的人说，他以学校名义，向大人先生们募捐其数可观，更有些不曾见过世面的人指摘他每月为了筹募学校经费，而奔走省城与特别市，光是旅费和应酬，每月所化就等于该校全体教员两个月的薪俸，但是，明白实际情形的人就知道这些指摘不能成立。旅费和交际费数目虽然庞大，却是从募捐所得项下开支的，并不从学校拿钱；募捐所得虽复可观，却要支付旅费和交际费，时或不够，还得校长掏腰包垫上，因此，学校尽管沾不到捐款的光，而捐款之未落荷包，却也是铁一般的事实。

原谅校长之贤劳的人，每每说：这是校长的自由主义作风之一端。

既是自由主义者，当然主张“民主”，校长对学校经济情形，自来就很公开。会计是校长的内亲，收支账目，当然一清二白。校长确实从未用过学校一个小钱。学生缴的膳费全部用于学生的伙食去了，伙食太坏么？只要学生同意增加膳费，校长是极端赞成改好的。学生缴的学费全部用来支付教员的薪俸了，校长常常苦口婆心劝导学生多出些学费，以便提高教员的待遇。职员的薪俸差不多全部落空了，（学生固然也交了杂费，可是杂费得支应灯火茶水校役工薪伙食等等开销，所余有限，）因而职员们的待遇最差，幸而他们都是校长的亲信，托定了牺牲的精神来追随校长，在校长伟大人格感召之下，虽然清苦一点却从无怨言。

有一次的公开经济会上，若干“不近人情”的学生既要求改善伙食，又不肯增加膳费，于是校长有点生气了，他训斥这几个斤斤于口腹之欲的生徒，连颜子“一瓢饮，一箪食”，而“不减其乐”的故事也忘记了，不配做他的学生，同时却也“批评”自己的德性未孚，校内竟还有未受感化的学生。校长是博学而又善辩的，他从“夫子之道”又说到佛家言；他说，佛徒还不惜以身喂虎狼呢，食无肉又算得什么？同学们来校是为求学，为养成伟大人格，怎么天天嚷吃得不好呢！校长虽以科学起家，现在却是佛学的虔信者，每次训话，一定要宣扬佛学一番。

既是“自由主义者”，自然对于国民党政府是不满意的。校长训话最精彩的地方就是坚持思想自由，学术自由，“我学校可以不办，教育部或党部要干涉我办学的宗旨，我是不答应的!”这一番话，当然屡次博得学生们的热烈掌声。对于教员们，校长就说：“本校待遇赶不上别的学校，可是本校思想是自由的。”当自由思想和饿肚子发生了矛盾，教员们啧有繁言的时候，坚持自由思想的校长便只好牺牲那位自由思想的教员。校长之坚持自由思想，而鄙视待遇之改善，到了这样可惊的程度：每学期终了，除掉极少数追随校长有年的关系不平常的教员而外，其余几乎全换了新的，聘书只写半年，成为定例。而按照校长所订章程，聘期半年的教员只能拿四个半月薪水；有些“不够”自由思想的教员曾经做过统计，以为校长的坚持“自由思想”，对于教员的肚子虽有不利，而对于学校却是有利的：学校一年之内两次新聘百分之八十的教员，实际付给教员的薪水是九个月。差额的三个月薪水当然不是校长落了腰包，可是教员们之受损失却是不可否认的事实。

曾经有过不通时务的教员当他的面蝉联了两个学期，每学期都得一个新聘书，而薪水实得九个月的时候，找到会计员问这笔账怎样算的。会计员却不慌不忙给他看了校长手订的章程，并且说：“本校章程如此，合则留不合则去，这就是自由主义啦!”

抗战时期大后方的中学生有不少是为了逃避兵役而来的。他们对于一学期换一次教员实在并不关心；他们对于校长的“自由主义”作风，在某些方面，当然是拥护的。例如：学校不管学生在校外的行动，甚至也可以不“干涉”学生在校内的行动，只要学生不多“管”校方的事。特务和袍哥在校内打架，按照校长的“自由主义”，当然亦只好由他们去。最大的一次打架，两方面各有外面来的帮手，有刀有枪，参加人数一二百以上，惊动了老镇镇长，不得不以“大爷”身份出面调解，可是校方抱的还是“自由主义”！

说者谓“战时海军根据地”两大势力之间而能有这位校长的第三势力存在之余地，基本上还是靠他的“自由主义”[1]。

《风下》周刊是胡愈之在南洋华侨的支持下创办的一份以政论为主，包括文艺、书刊评介等内容的综合性期刊。该刊创刊于1945年12月，由新南洋出版社发行，1948年因殖民地政府颁布“紧急法令”而被迫停刊，在两年半的时间里，一共出版了132期。当时众多的文化界人士，如茅盾、郭沫若、陶行知、黄炎培、何其芳等纷纷为《风下》提供稿件。名家荟萃，保证了刊物的质量，《风下》逐渐成为一份极有影响的刊物。据胡愈之回忆，“办了一年，许多华侨刊物停办了，《风下》却坚持下来并得到了发展”[2]。茅盾的这篇文章是“本刊特约专稿”。茅盾严格遵守了“特稿专投”的原则，未向其他刊物投出该文；复因《风下》在新加坡出版，且主要在南洋地区发行，所以这篇文章长久以来未被学者注意到。

二

茅盾和胡愈之是浙江同乡，两人均出生于1896年，在青年时代就建立起深厚的友谊。1914年，刚满18岁的胡愈之投考商务印书

---

① 茅盾：《“自由主义者”之一例》，《风下》第115期，1948年2月28日。

② 胡愈之：《我的回忆》，载《胡愈之文集》（第6卷），生活·读书·新知三联书店1996年版，第395页。

馆，并顺利成为商务印书馆编译所的练习生。翌年，胡愈之成为《东方杂志》的编辑。1916 年，茅盾从北京大学预科毕业后，经其表叔介绍，到商务印书馆编译所英文部工作，与胡愈之成为同事。茅盾和胡愈之都热衷于此时洪波涌起的新文化运动。胡愈之曾说："那时《新青年》出版，报上一见广告就得马上去买，晚一点就买不到了。在买《新青年》时，常常可以碰到沈雁冰。那时一些报纸的副刊已用白话文了，我和沈雁冰都喜欢写白话文，写了文章就用笔名投到《时事新报》副刊《学灯》和《民国日报》副刊《觉悟》去登载。'五四'时期我和沈雁冰是提倡白话文最力的两个人。"① 共同的文化追求，让两人成为亲密的朋友。1920 年，茅盾、胡愈之和郑振铎等人发起成立文学研究会，积极推进新文学运动。两年后，茅盾与胡愈之等人还发起成立了"妇女问题研究会"。

1925 年"五卅"惨案发生后，茅盾和胡愈之不仅亲自参加示威游行，还充分利用自身特长，揭露帝国主义国家的暴行。茅盾将自己的见闻写成《五月三十日的下午》《暴风雨——五月三十一日》《街角的一幕》等纪实性散文。胡愈之发起成立了上海教职工救国同志会，并到各学校、团体演讲。值得一提的是，当时上海的报馆大都设在公共租界内，"五卅"运动爆发后，租界当局严格管控报刊言论，以致上海报纸一时无法发声。为了打破租界当局的新闻封锁，将"五卅"惨案的真相公诸世人，上海学术团体对外联合会于当年 6 月 3 日创办了《公理日报》。新报的出版发行需要人手，茅盾、胡愈之便一同加入该报的编辑中。叶圣陶的儿子叶至善曾说："近几年我问父亲，他只记得《公理日报》是商务印书馆编译所的一班朋友编的，郑振铎、沈雁冰、胡愈之诸先生出力最多，当时很受读者欢迎，甚至拥护。"②《公理日报》虽然只坚持了短短 22 天，但打击了帝国主义国家的嚣张气焰，教育了民众，促进了民族自觉，为中国人民争取民

---

① 胡愈之：《我的回忆》，载《胡愈之文集》（第 6 卷），生活·读书·新知三联书店 1996 年版，第 324—325 页。

② 叶至善：《五卅运动中的〈公理日报〉》，《出版史料》1982 年第 2 期。

族独立做出了贡献。此外，胡愈之还在《东方杂志》第22卷上推出“五卅事件临时增刊”，“增刊”刊登了3万多字的《五卅事件纪事》。可以说，“五卅”时期并肩与帝国主义国家战斗的经历进一步升华了二人的友谊。

1931年，在了解到胡愈之有加入中国共产党的意向后，茅盾介绍胡愈之与时任中共临时中央政治局委员的张闻天会面。1932年10月，胡愈之出任《东方杂志》主编，向茅盾约稿。为支持好友的工作，在胡愈之任主编的5个月中，茅盾为《东方杂志》撰写了9篇文章，其中一篇刊登在日后多次被学术界提及的1933年新年特大号《梦想的中国》上。尤值一提的是，胡愈之在1921—1922年曾热衷于评介文艺问题，1923年后就与文艺界渐渐疏远了。不过，有两次例外：一是1933年11月胡愈之写了《介绍〈子夜〉》刊登在《东方杂志》上；二是1934年茅盾主编《文学》杂志，胡愈之出任编委。

不难看出，这两次“例外”均与茅盾相关，可见两人的关系非同一般。

抗战全面爆发后，茅盾和胡愈之又一同投身到抗敌御侮的洪流中。1937年8月5日，茅盾和胡愈之等人致电张伯苓，对遭受日机轰炸的南开大学表示慰问，“并望转至同人，盼为国努力，抗敌到底”①。1937年，鲁迅先生纪念委员会准备编辑出版《鲁迅全集》，胡愈之和胡仲持兄弟负责全集的出版发行工作。考虑到文化推广，胡愈之决定将书编印成普及本和精装纪念本，以便更多的人能读到鲁迅的作品。可印刷资金让人犯难，胡愈之想到了预约推销的办法，即先向有经济实力的读者推销《鲁迅全集》，让他们预交书款，待资金到位后，再行印刷。战时，大量国人携资转移到香港、武汉、广州等地，胡愈之于是亲赴香港推销。在香港，胡愈之邀请进步资本家、开明人士和国民党要员参加茶话会，在茶话会中向他们介绍《鲁迅全集》的情况。当时，在香港主编《文艺阵地》的茅盾积极协助胡愈

---

① 茅盾等致张伯苓电（1937年8月5日），载梁吉生、张兰普编《张伯苓私档全宗（中）》，中国档案出版社2009年版，第1035页。

之推销。上海《文艺》旬刊曾作如是报道："五月十二日，他和巴金、胡愈之二氏，以鲁迅先生纪念委员会的名义，在粤招待文化界同人茶叙，商讨协助《鲁迅全集》出版之办法。"① 在茅盾等人的帮助下，胡愈之在香港的推销工作取得了很好的效果，为《鲁迅全集》的出版募集了大量资金。1938 年 6 月 15 日，《鲁迅全集》普及本出版；8 月 1 日，精装版问世。

抗战后期，社会上谣传胡愈之在南洋因病逝世，茅盾在得知这个消息后悲痛地写下了《悼念胡愈之兄》。他说："愈之兄的噩耗，来的如此突兀，我不愿信，但又不能不信；好多天内，我总觉得像在做梦，有点昏昏然!"② 胡愈之夫妇回到新加坡后，创办了《风下》周刊，沈兹九特地致信茅盾告知近况，并向茅盾约稿。面对老友的要求，茅盾欣然应允，并向胡愈之表达自己的喜悦之情道："一年前谣传兄等不幸消息，友朋震惊悲痛之情见于文字；去秋始知兄等无恙，则狂喜之余又恐仍是谣传。但最近则见兹九嫂来信，悲喜之情，于焉确定为大喜，人望所归，有若此也。"③ 茅盾的一悲一喜，分明是真情流露。

在近代中国急剧的变动中，茅盾和胡愈之形成了朋友加同志的情谊。茅盾为《风下》撰写文章亦为情理之中的事。从 1946 年到 1948 年，茅盾一共在《风下》上发表了 18 篇文章。当时，胡愈之等人依托新南洋出版社和《风下》周刊，办了"青年自学辅导社"。辅导社选取高质量时事评论文章和文艺作品进行点评，然后刊登在《风下》的"自学辅导读本"栏目中，以供南洋华侨青年自学。胡愈之选取了茅盾的《黄昏》和《白杨礼赞》作为青年学习的范本。所以，茅

---

① 《茅盾、巴金、胡愈之在粤协助发行》，《文艺》第 1 卷第 1 期，1938 年 6 月 5 日。此文收录于北京鲁迅博物馆鲁迅研究室编《鲁迅研究资料》（15），天津人民出版社 1986 年版，第 73 页。

② 茅盾：《悼念胡愈之兄》，载《茅盾全集》（第 12 卷），黄山书社 2014 年版，第 251 页。

③ 茅盾：《致胡愈之》，载《茅盾全集》（第 37 卷），黄山书社 2014 年版，第 275 页。

盾总共有20篇文章刊载于《风下》周刊。

三

茅盾在《“自由主义者”之一例》的开篇就说“自由主义”是要加括弧的，即是说文章要谈的并不是真正的自由主义。紧接着，茅盾将“自由主义者”分成了两类：第一类，自称“自由主义”，可实际上站在“自由主义”的对立面，以“自由主义”之名排斥异己、行专制之实的人；第二类，站在权力阶层立场的“自由主义”者，处处维护权力阶层的利益，对底层民众缺乏应有的关怀，用茅盾的话说就是“对虎狼噬人则认为‘肚子饿了，情有可原’，而对泥腿要求翻身则勃然大叫‘过火’的自由主义者”。

接下来，茅盾交代了事情发生的时间和地点——在抗战大后方的“海军根据地”，一所位于峡江流域的山坳里的私立学校。经查，中国的河流中并无峡江，只有以峡江命名的江西省峡江县，可见这篇文章并非写实，而是根据一些素材创作的。文中的主要人物是私立学校的校长，一个以“自由主义者”自居，实际上却打压自由言论、克扣教职工工资的人。粗看起来，文章是批判校长的“自由主义”作风和“民主”行径；细究其实，茅盾是另有所指。在笔者看来，茅盾笔下校长的原型就是蒋介石，文中草绳灰线，暗藏了诸多信息。

其一，校长。蒋介石曾任黄埔军校的校长，黄埔系的毕业生多以“校长”称呼蒋介石，以示自己是嫡系。蒋介石也乐于接受这个称呼，因为可以利用“一日为师终生为父”的传统文化理念，培植自己的亲信势力。抗战爆发后，蒋介石还曾兼任迁移至重庆的国立中央大学校长。

其二，文中三次提到“中立而公正”的观察者（家）。根据上下文不难看出，这些观察者得出的结论明显有悖于事实，与“中立而公正”的定位不啻天渊。茅盾在此是讽刺蒋介石，因为“中立而公正”首尾两字组合起来恰是蒋介石的名——“中正”。

其三，“阿拉同乡”。“阿拉”是浙江宁波方言，意思是“我们”。清末民国，大量宁波人到上海谋生，“阿拉”于是也成为上海方言中的一种表述。茅盾是浙江人，对于省内各地的方言是熟悉的，在他的小说中就出现了大量浙江方言①。“阿拉同乡”的意思是“我们同乡”。文中“新市区”镇长是“阿拉同乡”，那到底是谁的同乡？而蒋介石是宁波奉化人。茅盾所指就很明显了。这个“阿拉同乡”，“出身不可深考，识字不多，面目可憎，但想来他一定有点小小手法”。在此，茅盾是暗指国民党官员的无能以及国民党官场中的“运作”风气。

除了文字表述上的证据以外，从校长的习惯和作为，我们亦可见其为蒋介石的化身。

首先，校长笃信佛学，每次训话，都要宣扬佛学。蒋介石在他的遗嘱中说道：“自余束发以来，即追随总理革命，无时不以耶稣基督与总理信徒自居。”② 事实上，蒋介石并非“束发”时就信奉基督教，他成为基督徒是在1928年以后。不过，蒋介石信教后以基督信徒自居，大体符合事实。在他的多次演说中，更是频频言及“上帝”。在当时国人的眼里，蒋介石就是一个不折不扣的基督徒，茅盾是知晓这一点的，只不过把基督换成了佛学。

其次，校长与学校的经济关系。这个指向更为明确。“会计是校长内亲”，国民党政府的财政大权长期由孔祥熙和宋子文把持，孔祥熙是蒋介石的大姐夫，宋子文是蒋介石的小舅子，他们是名副其实的“内亲”。在孔、宋二人执掌财政大权的时期，国民党政府在经济上虽然有所改革，也在一定程度上促进了国民经济的发展，但经济发展的成果大部被统治阶级鲸吞，孔、宋二人“近水楼台先得月”，根本谈不上“一清二白”。“校长确实从未用过学校一个小钱”更是对蒋介石的莫大讽刺。蒋介石确实未曾支取薪水，但他的所有花费无一不

---

① 钟桂松：《茅盾小说中江浙方言俗语的运用》，《浙江学刊》1985年第2期。

② 吕芳上主编：《蒋中正先生年谱长编》（第12卷），台湾“国史馆”、中正纪念堂、中正文教基金会2015年版，第805页。

是来源于国民。学费征收需要依据规则，按年度或学期定额收取。文中提到校长“劝学生多缴学费”，不就是暗示当时国民党政权频繁加税吗？跟随校长的职员就是指国民党政权的仆从。茅盾说：“职员们的待遇最差，幸而他们都是校长的亲信，托定了牺牲的精神来追随校长，在校长伟大人格感召之下，虽然清苦一点却从无怨言。”在国民党政权统治下，获益最多的就是这批人，他们是与“牺牲精神”“清苦”相对立的人，茅盾的意思不言自明。

再次，校长在训话中，屡屡声言“坚持思想自由，学术自由”，可是“当自由思想和饿肚子发生了矛盾，教员们啧有繁言的时候，坚持自由思想的校长便只好牺牲那位自由思想的教员”。蒋介石在训话中多次言及“自由、民主”，要爱护民主人士，可实际上则言行不一，对于不同政见缺乏包容。1946 年 2 月 10 日，重庆各界民主人士为庆祝政协成功闭幕，在较场口广场开庆祝大会。可是，当群众团体陆续入场后，国民党特务竟然毒打李公朴、郭沫若、马寅初等文化界进步人士。更有甚者，这年 7 月 11 日和 15 日，国民党特务在昆明暗杀了民主人士李公朴和闻一多。茅盾得悉李公朴和闻一多被害的噩耗后，悲愤地写下了《四天之内》，声讨国民党的暴行。在文中，茅盾说：“四天之内，中国的反动分子暗杀了两位民主战士，这种血腥的恐怖手段当然是企图威吓民主人士。可是这也告诉了中国乃至全世界的人民：反动派最后的希望唯有依仗暴力，而且是‘掩耳盗铃’的暗杀。”①《四天之内》完稿后，茅盾把文章同投给了《华商报》和《风下》周刊。在《“自由主义者”之一例》中，茅盾敛住了《四天之内》的锋芒，用“只好牺牲”的字眼来痛斥蒋介石政权暗杀民主人民的残暴行为。

最后，茅盾提到，校长不管学生在校内外的活动，甚至放任特务和袍哥在校内打架。这其实是影射蒋介石置民众于不顾，悍然发动内战的行径，“特务”和“袍哥”则指横行在中国的外国势力。

《“自由主义者”之一例》是一篇讽喻散文。茅盾采用暗喻的方

---

① 茅盾：《四天之内》，《风下》第 36 期，1946 年 8 月 10 日。

式，将时间放在抗战期间，通过讽刺小人物“校长”来批判崇信“自由主义”的蒋介石。文中虽未直接言蒋，却处处有蒋。在茅盾的笔下，奉行“自由主义”的“校长”是绝难长久的。不宁唯是，校方有时甚至需要“老镇镇长”来调节矛盾。这里的“老镇镇长”是与“新市区镇长”并存的社会管理力量，即是说，在国民党政权的统治下，存在着诸多难以控制的旧式力量。可见，国民党政权没有稳固的统治基础，时刻面临崩解之危。事实上，在茅盾这篇文章发表一年后，国民党就在“三大战役”中惨败了。在这一期的《编后记》中，胡愈之这样说道，《“自由主义者”之一例》“是本刊特约茅盾先生撰写专稿的第一篇，以后陆续还有。为了适合本刊读者的水准起见，我们已去信请茅盾先生写得更明快一点”①。可见，胡愈之意识到当时南洋华侨的文化水平不高，在理解茅盾作品上存在难度。胡愈之的认识是符合事实的。茅盾在文中将时空和人物都虚拟化了，读者需要充分了解国内局势以及蒋介石个人的情况，再结合茅盾的春秋笔法，方可理解文中深意。非如此，读者便难以把握文章的主旨。总的来看，这篇文章为我们提供了丰富的历史文化信息，自有其独特的价值，从中我们可以窥见当时知识分子对国民党政权的看法以及他们为启迪民众所做的努力。

四

1948 年 3 月，《风下》刊登了茅盾的《吉霍诺夫访问记》②。在《编后记》中，胡愈之指出：“茅盾先生寄来了第二篇特约专稿，这就是本期发表的《吉霍诺夫访问记》，茅盾先生来信说，不久他还有第三、第四……篇寄来。”③ 可惜在短短的 3 个月后，《风下》就宣告停刊，南洋读者没能等来后续的茅盾“专稿”。《“自由主义者”之一

---

① 《编后记》，《风下》第 115 期，1948 年 2 月 28 日。

② 这篇文章后来收入 1948 年开明书店出版的《苏联见闻录》。

③ 《编后记》，《风下》第 117 期，1948 年 3 月 13 日。

例》一文体现了茅盾对于现实政治的思考。他以书写“自由主义者”的方式表达了对国民党政权的不满与唾弃。这对于学界研究茅盾的文学创作以及了解第二次国共内战时期知识分子的政治心态具有重要的意义。

（原刊《现代中国文化与文学》2021 年第 3 辑）

论茹志鹃《高高的白杨树》的茅盾眉批本*

——兼及“十七年”时期茅盾眉批实践的价值及意义

张元珂**

摘 要 《高高的白杨树》是茹志鹃的第一部文集。该书出版后，茹志鹃即赠送茅盾一册。茅盾以传统眉批方式对之边读边评，从而生成了该文集的另一个版本：茅盾眉批本。这部留有茅盾亲笔勾画、点评痕迹的特殊版本，为认识与研究20世纪五六十年代茅盾的审美趣味和文学批评思想提供了典型案例。本论文首先梳理该版本的点评情况，并由此出发，对茅盾在“十七年”时期的眉批实践作系统研究，认为：茅盾的这些点评立足于具体文本，并从一己阅读体验出发，不仅对其创作得失做出客观评价，还以此为出发点，指出五六十年代文学创作的弊端，故与同时代那些歌功颂德的文学创作或评论相比，茅盾文学评点的文学史意义显得尤为突出和重要。从动机来看，茅盾把批注当作一种重新建构自我与文学关系的对话方式，是表达自我艺术观与审美趣味的隐秘通道。茅盾在眉批中所展现的艺术趣味和独立思想，至少表明“十七年”时期的文学批评并非铁板一块，特别是像茅盾这样身兼国家要职和评论家的文学界要人，其文学评论的思想与风格也并非完全失去个体的独立。

---

* 本文系国家社科基金项目“中国新文学作品版本发掘、整理与研究”（项目编号：17BZW185）阶段性成果。

** 作者单位：中国艺术研究院《传记文学》编辑部。

关键词 茅盾；茹志鹃；点评；眉批本；“十七年”

早在1949年之前，茹志鹃（以下简称“茹”）就有作品发表，但真正实现由战士向作家的彻底转换则发生于20世纪50年代。共和国成立后，她利用一切机会下基层（工厂、农村），体验生活，搜集素材，为写作打下了坚实的基础。应该说，20世纪50年代是其“作家意识”充分形成且创作取得重大成就的时期。这一时期，她虽然自觉将角色设定为“文化战士”“毛泽东的文化兵”，但她的文学实践与主流模式不一样，从而使得其在“十七年”时期因与众不同而成为“独特的这一个”。《高高的白杨树》中的15篇作品就是这种意识与实践的成果。茹在“十七年”时期的脱颖而出以及文学地位的取得，都与茅盾的及时发现、阐释与不遗余力的提携分不开。1959年9月，茹的第一部文集《高高的白杨树》由上海文艺出版社初版（分精装和平装两种），被列为《上海文艺丛书》之一种，内收小说10篇：《关大妈》《妯娌》《在果树园里》《新当选的团支书》《百合花》《高高的白杨树》《澄河边上》《如愿》《鱼圩边》《黎明前的故事》，散文5篇：《生命》《美丽的事业》《在社会主义的轨道上》《运动场边》《收获时节》。1978年9月再版时，《生命》《美丽的事业》《运动场边》3篇被抽出，并附有《重印后记》。茅盾于繁忙的国务工作间隙以传统眉批方式对之边读边评，从而生成了该文集的另一个版本：茅盾眉批本。[①] 这个眉批本，即茹志鹃《高高的白杨树》初版本中经茅盾批阅过的所有短篇小说，还加上杜鹏程中篇小说

① 古代作文竖着写，书籍字行为竖排，纸张上方留有空白，因“空白”处位置恰似人面部眉毛所在处，故称“眉批”。或者说，眉批，即在书页上方空白处写下的批语。这是有关“眉批”最初的定义。现代作文横着写，书籍字行多为横排，除眉批外，又盛行在纸张左侧空白处写批语。在茅盾批阅过的40多册文学书籍中，批语多记于上述两位置，故被笼统地称为“眉批”。后来这些经由眉批过的书籍陆续交付出版，故而生成了另一种全新的版本——“茅盾眉批本”。“十七年”时期以眉批方式从事阅读和文学批评，并自成一体的，似只有茅盾一人。

《在和平的日子里》眉批本，被列为“中国现当代文学茅盾眉批本文库”之一种予以出版。①

《妯娌》：“总觉得犹有斧凿的痕迹”

《妯娌》完稿于1955年6月，茅盾（以下简称：“茅”）评价道：“此篇用两代妯娌的思想上的不同，衬托新社会的新风气、新人，笔墨干净，形象生动，但不知为何，总觉得犹有斧凿的痕迹。小的一辈并没写好。赵二妈比红英和小兰子都写得好。”（第33页）很明显，茅对这篇小说的肯定仅限于对其创作动机以及描写效果的肯定，而对表现效果则基本持否定态度。或者说，茅认为茹在“写什么”方面是紧跟时代，合乎历史发展需要的，但在“怎么写”方面不尽如人意。其实，对“写什么”的强调——塑造社会主义新人物，书写社会主义新风貌，表达社会主义新主题——是对那一代作家的共同要求，故茅类似点评可以用来评介“十七年”时期主流作家及其作品的共有属性，至于“笔墨干净，形象生动”则也只是笼统说辞，因而也并无实际意义。他真正想表达的是后一点，即“有斧凿的痕迹”，“小的一辈并没写好”。

茅忠实于自己的阅读体验，并将之予以精准表达，好就是好，不好就不好，但他又不能对导致这种阅读体验之因由予以充分解释。茅说：“不知为何，总觉得犹有斧凿的痕迹”，难道果真“不知为何”吗？当然不是。他在点评《在果树园里》时说：“笔墨比上一篇尤其流利，上篇多用‘对衬句’（或‘联句’），（用红笔划了线的），觉得腻，此篇没有。”（第43页）。由此可表明，正是那些“对衬句”或“联句”让他“总觉得犹有斧凿的痕迹”。茅所谓“用红笔划了线的”即指以下5句：

---

① 中国现代文学馆编：《中国现当代文学茅盾眉批本文库3：中短篇小说卷》，中国国际广播出版社1996年版。文内出现的页码皆引自该书，不再一一作注。

(1)“早在一个月前，就喜得干活不知累、吃饭也不知饱的了……”(第23页第一段第四行)

(2)“年轻人总是这样，一天新，两天好，日月过久了，也难免不吵吵闹闹的。……妯娌俩客客气气；到了头十天上……那就是你的孩子吃了两碗饭，我的孩子才吃了一碗半……你只给婆婆衲了双小鞋底，滴滴拉拉的小事情……”(第25页第四段)

(3)“赵二妈还是呆呆的坐在床沿上，还是在这么掉过来喜欢一起，倒过来忧愁一阵……”(第27页第二段第三行)

(4)“平时他们也没有十分亲热的地方，而且又是这么你盯我的错，我盯你的错……”(第29页第五段第四行)

(5)“红英看了，也没高兴，也不见怪，只是淡淡地说道：……”(第29页倒数第三段)

以上下划线部分是茅用红笔特意标出来的地方，其特点是：它们都是一些词语、短语或小句，且都是对称句或叠词，并作为长句的某一成分而存在。但茅不满意于这种句式表达法，说“觉得腻”。我们知道：汉语长句能负载较大的信息量；句式长短搭配，如调配适当，句子便富有流动感；如用排比、对偶，则极易突出某种气势。在这个短篇中，茹在句式选择上虽多用长句，且单个句子负载的信息量较大，但由于在长句中屡屡嵌入对称句，其在句式上的刻意雕琢异常明显。而且，由于对称句的嵌入，长句内部原有节奏被突然打乱，其杂糅、突兀与滞涩会引发读者语言体验上的不适感。我想，这可能也就是为什么让茅觉得“有斧凿的痕迹”的重要原因了。

如果说大量对称句的运用让茅“觉得腻”，“有斧凿的痕迹”，那么，他所谓“小的一辈并没写好”则更多导因于对“社会主义新人”的概念化理解与扁平化塑造。在《妯娌》中，赵二妈代表的是从旧社会走进新社会的老派人物，红英和小兰子是社会主义新青年的代表，在此，新与旧、先进与落后的对比以及优劣评判在写作之前就已经先入为主地预设好，但由于作者对赵二妈形象、性格、思想的熟悉程度要远甚于后者，而对后者的理解又多停于概念层面，故就出现了

“小的一辈并没写好”“赵二妈比红英和小兰子都写得好”的局面。说白了，作者对红英这类典型（社会主义新人形象）尚缺乏艺术上的把握能力。其实，这不仅是茹一人的不足，也是那一代作家都要面临的问题。由于他们对工农兵形象及其生活的隔膜，又由于国家意识形态的强力规训，他们除了依循政治意识要求并直接进行简单图解外，在艺术上的探索与实践的空间也相对狭窄。

《在果树园里》：“文笔较为清丽”

《在果树园里》完稿于 1957 年 11 月 19 日。小说以“我”为视点，讲述高国英从童养媳逐渐成长为农业合作社技术骨干的故事，展现了社会主义制度下青年劳动者的崭新形象和精神风貌。其实，在“十七年”时期，这样的内容与主题原本司空见惯，人物形象也并不新颖，但小说的讲述视点、讲述方式、描写方法以及语言风格因带有突出的个人风格而备受关注；另外，茹的小说善以细节描写和场景再现见长，而从大处着眼，从小处落笔，以小显大，又常显示了其在艺术构思上的不同寻常。这个短篇堪称这方面的代表作。

茅对这个短篇所做出的评点共有 3 处：

（1）第 34 页左下：写得生动。

（2）第 35 页右上：写得生动。

（3）第 43 页：此篇在结构和人物描写上都可以说无懈可击。笔墨比上一篇尤其流利，上篇多用“对衬句”（或“联句”），（用红笔划了线的），觉得腻，此篇没有。文笔较为清丽。

茅说第四、五两段“写得生动”，也即对有关山中景物、果园情景以及与高国英相遇场景的描写的由衷赞赏；又由于采用移步换景法，加之流畅的文笔，故描写并不单调。至于“文笔较为清丽”，则是从风格学上做出的评定。茅充分肯定了小说在篇章构思与人物塑造上的艺术实践，认为“在结构和人物描写上都可以说无懈可击”，因而比《妯娌》写得好。应该说，茅的评价不低，但又的确不夸大其词。一方面，小说写“我”快到黎明农业社时突然迷失方向，故只好边走边打听，故事也就在这个过程中徐徐展开，既而逐渐引出小说的主人翁，其中有巧遇，有误会，有回忆，有呼应。因而，小说在结构上的确下了一番功夫。另一方面，小说在整体上按线性时间展开，但叙述节奏异常舒缓，在这个过程中，作者又不急于呈现人物的面貌，也不急于揭示故事的结局，而且，人物出场介于隐显之间，人物来来去去又留有诸多余味。更重要的是，小说虽旨在反映新时代之光、伟、正，但绝不正面强攻，而将之落实于人物具体的言行和心理，并且让人察觉不出明显的宣教意味。这绝非一般手笔。单从这一点上来看，茹的短篇小说在“十七年”文学格局中堪称另辟蹊径、自成一脉。

《新当选的团支书》：“写得风趣盎然”

汉语是我们的母语。以汉语文字（符号）为载体的现代小说语言形式及其表达效果都是极其繁丰而多元的。无论语意、语象呈现方式，还是语式、语调实践效果，往往都显示了其独有的特性。而汉语文学向来重视语言在修辞层面上的实践，无论是作为微观修辞的修辞格（如比喻、夸张、象征、反复、对仗），还是作为宏观修辞的一整套技法实践（如各类描写、各种讲述、各种结构方式），在各体文类中都可轻易找到诸多经典案例。具体到微观修辞层面，叠字、对称句、细节描写、动作描写等都是中国古典诗文和小说最常用的语言修辞。古典文学批评特别观照这个层面上的展开情况及表达效果，而现代文学批评则注重整体性分析和逻辑推演，而弱化或忽略这种细枝末节上的具体实践。茅的点评尤其观照语言的微观层面。以下是茅对《新当选的团支书》所做的点评。

（1）第 44 页正上边：此篇比上两篇都好些。

（2）第 44 页左上：写叶川。

（3）第 45 页右上：写的轻灵如画。

（4）第 45 页第四段：打了一个 ×，并有“写什么”字样。

（5）第 46 页左上：细致。

（6）第 46 页左下：打了一个 ×，并有“写小保”字。

（7）第 47 页右边：叠字多用，有时会加强气氛，但也有时也觉得单调。

（8）第 53 页上边：小保这个人物写得可爱。

（9）第 53 页下边：写得风趣盎然，篇末点出小何因为自己对群众的觉悟程度估计太低，自感惭愧，用字不多，但感动力强。这是从一桩小事反映大时代（工人支援农村，加强工农联盟，农村水利建设，工人觉悟程度高等等），行文新清有风趣而教育意义之重大则融化在其中。

茅的点评小到具体的词句运用，大到谋篇布局、语言风格、思想价值的考量，充分照顾到了小说思想与艺术的方方面面。除（1）为总评外，其他皆为是针对某一句式、某一修辞法或表达效果所做出的随感式评判。茅的点评格外对单词或单句的表达效果予以重点关注：

> （1）何斐仙，人都叫她小何。自当选了团支书后，好几个晚上都不安稳，翻过来觉得担子重，掉过来还是觉得担子重。不过她想的结论，倒都是积极的，决心要把工作做好。
>
> （2）小何正打算另想办法，忽见黑板边的窗子里，呼呼的跳出两个人来。
>
> （3）……报告是做好准备的，而且小何怕站在讲台上手没处放，还准备了一条小手帕。
>
> （4）外面，蓝天像一汪静静的湖水，半钩残月还挂在西边，厂里那个突起的大烟囱，黑魆魆的天空划出自己的轮廓。一阵风吹来，凉飕飕的十分清爽。

茅对上述 4 处分别用“对称的句子”“写得轻灵如画”“细致”“叠字多用，有时会加强气氛，但也有时也觉得单调”点评。他特别注重对用词用字、句式句法表达效果的评判。这种批评显然与古典文学批评方式有着更多的相似性。茅的点评好处说好，坏处说坏，一是一，二是二，绝不勉强。无论肯定（比如：“小宝这个人物写得可爱”“写得轻灵如画”“写得风趣盎然”“用字不多，但感动力强”），还是否定（比如：“写什么”“但也有时也觉得单调”），都可看出茅个人的阅读喜好和审美趋向。

茅的点评侧重微观层面，也着眼于整体效果。他认为《新》“行文新清有风趣”，且有重大教育意义，因而又好于《在果树园里》和《妯娌》。在此，茅的评价标准既关涉小说的思想价值，也充分考虑到艺术价值，如此评价是合乎文本实际的。

《高高的白杨树》：“抒情诗一样的风格”

“十七年”时期，茹以对众多女性形象的塑造和在艺术实践上的另辟蹊径而著称。在彼时历史条件下，要塑造出一个既带有时代精神又避免陷入概念化、理念化窠臼的人物形象，并不容易做到。那么，茹是如何做到的呢？我觉得至少有：写自己熟悉的生活；注重细节描写；塑造熟悉的人物，避开英雄人物，只塑造形形色色的小人物；以小写大，以情感人，即通过对小人物基本人情、优美人性，特别是其理想追求的描画反映大时代主题；构思新颖别致，不落俗套；结构上前后呼应，浑然一体；语言清新俊逸，有诗一样的质地。《高》比较充分地体现了这些特征，茅评价道：

> 此篇非常好，第一是设想新奇，不落俗套，“我”要找的那个爱珍始终不出场，但是，也叫爱珍的小姑娘、小凤儿等，却都是写爱珍。现实的和理想的，结合得那么好。第二是结构完整而又流利，处处有照应。第三是抒情诗一样的风格。（第 86 页）

茅的评价基本以“写法”（谋篇构思、人物塑造、文内呼应、语言风格）优劣为判定依据，是立足于个体审美和艺术感知而得出的结论。这种评判与结论不受制于政治意识形态先入为主的影响，因而是较为纯粹的文学批评。

茅对《高》的评介格外关注其细部实践：

第 64 页左：先写大姐。

第 65 页：以上写得极有感情。

第 66 页左上：简单几笔画出农村新气象。

第 66 页左下：再写大姐，生动如画，如闻其声。

第 67 页右上：婉转缠绵，耐咀嚼。

第 67 页右下：奇事突起，和上下文女歌声遥遥相应。

第 68 页：写得好，有声有色，是夜间初看。

第 69 页：急转而下，但仍然离奇莫测。

第 72 页左：以上写小姑娘爱珍，很好。这是白天细看。

第 73 页：处处照顾到“大姐”。

第 75 页：又写大姐。

的确，对人物心理世界的精雕细摹，对细节和环境描写的格外重视，对人、事、物及其关系细腻的体察力和诗意的表现力，都充分表征了其与中国文学传统割舍不断的承继关系。茹的小说所特有的抒情诗风格更是引发茅阅读上的强烈共鸣。在评价《百合花》时，他说：“我以为这是我最近读过的几十个短篇中间最使我满意，也最使我感动的一篇。它是结构谨严，没有闲笔的短篇小说，但同时它又富于抒情诗的风味。”① 而在《高》中，他又一次一体会到了这种气质，并把这看成小说在艺术实践上取得成功的重要标志之一。当然，这种气质不仅指向语言实践，而是语言风格、人物形象、主题立意、结构艺术等诸多要素合力生成的一种总体格调。格调就是小说的精神，而这格调与精神和中国文学的传统渊源相继。

《澄河边上》：“眼光直注全局”

茅对《澄河边上》也喜爱有加：“《澄河边上》写自然环境、故事发展，都紧密相扣，前呼后应；既写戎马仓皇、也写宜人风物；全篇节奏有起有伏。而这一切只用七千余字，笔墨之精炼即

① 茅盾：《谈最近的短篇小说》，《人民文学》1958 年第 6 期。

此可知。”[①] 茅的评论侧重于小说艺术实践，并不涉及小说的思想内容。而在对《澄》的眉批中，茅的点评与之稍有出入：

（1）第87页：只写渡河一事，然而波澜壮阔，眼光直注全局。用几个小插曲写出了人民的坚决打反动派，也写出了这一小部队的革命乐观主义。

（2）第88页：如画。

（3）第89页：简洁，有声势。

（4）第90页左上：写河水。

（5）第90页左下：写水涨。

（6）第96页：夹写好。

在（1）中，茅赞赏其以小见大的修辞意识与实践——以不同寻常的艺术构思（“只写渡河一事”“眼光直注全局”）和宏大的时代主题（“人民的坚决打反动派”“革命乐观主义”），侧重于从主题学角度肯定《澄》的思想价值。若考虑到茹当时曾因专写小人物、小事件而遭受批判，茅的此类阐释真可谓“及时雨”，如果没有茅的大力推介，茹的出道或可大受拘囿。在（2）—（6）中，茅称赞其细节处理能力，尤其赞赏茹在这篇小说中所展现出的语言描写能力（“如画”“简洁，有声势”“夹写好”）。这些点评既观照全局，又聚焦细部，其阅读时的欣悦之情跃然纸上，由此也可以清晰地显示茅对《澄河边上》的认知上的微妙发展过程。

《如愿》：“开头一句，便颇幽默”

茅对《如愿》的点评只有一处：即“开头一句，便颇幽默。”（第100页）他大概对小说第一句话——“昨夜，何大妈做了许多春梦，一个接一个，真是春梦婆婆，演不完的悲欢离合。”——中的“春梦婆婆”一词情有独钟。茅从中读出了“幽默”，自是感由心发，

① 茅盾：《读书杂记》，《茅盾全集》第27卷，黄山书社2014年版，第53页。

虽只是针对某一细部所做的评说，但实乃让人眼前一亮。因为在“十七年”时期，文学中的“幽默”要素几近绝迹，不仅周作人、林语堂、梁实秋、钱锺书等开创的“幽默文学”已销声匿迹，而且即便是立足于非本体的微观修辞实践也被时代主潮冲刷殆尽。茹在语言实践上偶然表现出的幽默倾向也显示了茹及其小说在“十七年”文学现场中新颖别致的一面。

从上述评点来看，茅的眉批或长或短，既有肯定，也有否定，完全不拘一格，自由而随意，而阅读之认真、细致足见其对茹及其小说创作的重视与欣赏。但茅的评点也有其局限性，似乎“眉批”这种传统的文学批评方式只聚焦文本的修辞层面，而不触及作家的精神内核和文本的更深层问题，从而在整体上缺乏深入、有效的阐释。当然，这不是茅一人的局限，是他所在位置与时代语境使然。其实，在“十七年”时期，作为文学批评家的茅除评点过《高高的白杨树》外，还以眉批方式评点很多青年作家的作品，从而形成了一个极为罕见的文学批评现象。

茅自青年时期就有做眉批读书的习惯——从他眉批过的 20 册《史记》中，我们大可“充分领略茅盾阅读、学习的专心、钻研、刻苦精神和某些方法。”① 这一习惯一直伴随其终生。20 世纪 50 年代，官居要职的茅忙于国家政务，工作之余从事文学批评，发现并扶植了茹志鹃、杜鹏程、乌兰巴干、郭小川等一大批青年作家。这种以老带小、以名家引领非名家，并取得卓著成绩的做法被奉为文学史上的一段佳话。事实上，对茅而言，国务活动何其繁杂，“评点”这种古典文学批评范式在文体上的不拘一格、实践中的自由和随意，反而成了他从事文学批评活动的最为便捷、实际、有效的手段。这批眉批本就是在这种状态下被“生产”出来的。它们最早展出于 1991 年 3 月在茅盾故居举行的“茅盾逝世十周年纪念座谈会”，1996 年 7 月由中国国际广播出版社以“中国现当代文学茅盾眉批本文库”为丛书名出版，第一辑包括长篇小说卷：杨沫《青春之歌》和乌兰巴干《草原

① 万树玉：《茅盾的〈史记〉眉批》，《人民日报》2013 年 12 月 16 日。

烽火》；中短篇小说卷：杜鹏程《在和平的日子里》和茹志鹃《高高的白杨树》；诗歌卷：阮章竞《漳河水》《迎春橘颂》、田间《田间诗抄》、闻捷《河西走廊行》、郭小川《月下集》。其中，韶华的长篇小说《浪涛滚滚》（茅盾点评本）早在1991年就由中国青年出版社出版。从茅的眉批实践来看，首先，他以对小说家的创作经验和理论家的独到眼光，对《青春之歌》《在和平的日子里》《浪涛滚滚》等作品的点评自是切中肯綮。无论在《青春之歌》中对小说细节描写、结构布局、历史真实等方面的或褒或贬的评判，[①] 在《浪涛滚滚》中对人物性格刻画、故事情节经营、环境风景描写等方面存在问题的指陈，在《在和平的日子里》中围绕小说人物形象和情节所做出的一系列精彩点评，[②] 还是在小说集《高高的白杨树》中对作者在构思和风格上别具一格的艺术实践的由衷赞赏，都充分显示了茅作为小说批评家（专业读者）的非同寻常处。其次，他以扎实的古典文学素养和几十年以来的新诗阅读经验，对《漳河水》《迎春橘颂》《田间诗抄》《河西走廊行》等诗集所做出的点评也恰到好处，特别是当论及创作得失时常多有令人发省之处。比如他对郭小川诗歌的点评："长诗不能不换韵，而换韵服从于内容之发展"（评《代行检讨的故事》），"有意学习古典诗与民歌而未能'化'，时露生硬之迹，又追求形式上的独创而未能得心应手，时露矫揉造作之态。"（评《月下》）可谓深入诗歌肌理，或批或否，毫不掩饰。更难能可贵的是，茅盾的点评并未受到主流意识形态的直接干扰，而是始终忠实于自己的阅读体验，或肯定或否定，或批评或欣赏，皆率性而为。无论对《漳河水》悲凉遒劲诗风和多样艺术手法的肯定、对《望星空》瑰丽想象和情感表达的欣赏，还是对《迎春橘颂》《致大海》《阳关遗址》《古城晚眺》等诗歌"音韵不协""想象贫乏""内容贫乏"或

---

① 参阅张元珂《〈青春之歌〉茅盾眉批杂议》，《文艺报》2014年6月23日。

② 参阅张元珂《〈在和平的日子里〉茅盾眉批本刍议》，《文艺报》2017年6月23日。

"没有新的意境"的指责或批评，都可显示茅盾对诗歌艺术的虔诚心态和不乏真知灼见的大家风范。总之，在"十七年"时期，茅的评点展现了另一种全新的文学批评范式。

评点是独具中国传统的文学批评方法，其表现方式多种多样，既可眉批、题头批、回批、夹批，也可旁批、文末批。这些评点形式是在古代经学、训诂学、诗话注释、选本注解等多种学术因素影响下逐渐形成的，故就其源头而言，"文学评点中的总评、评注、行批、眉批、夹批等方式，是在经学的评注格式基础上发展起来的。"① 古代评点本中常见圈点、勾画，其中，文学性质的圈点是在古代读书句读标志的基础上进一步发展起来的。其原因不难理解：因为"句读与评点当然分属语法与鉴赏两个不同的系统，但两者关系相当密切"，所以"当句读方式由语法意义扩大至鉴赏意义时，文学性质的圈点也就产生了"。② 但真正自觉的文学评点兴于宋，③ 不仅圈点在官刻书和文人笔记中被普遍使用，而且以读书圈点为基本形式特征的文学批评传统也初步形成。如果说朱熹、黄庭坚等人的标注读书法初步显示了宋代文人的批评个性，刘辰翁批阅《世说新语》标志着中国古代小说批评的正式起步，那么，在此后几百年间，金圣叹评点《水浒传》，毛宗岗评点《三国演义》，张竹坡评点《金瓶梅》，脂砚斋评点《红楼梦》，都是标志这种批评方法迈向极盛时期的经典案例。至晚清，特别是伴随新文化运动的兴起，现代文学批评理论、方法的渐趋生成，这种既"评"（评论、评说）又"点"（圈点、点画）的古典文学批评方法也逐渐式微。但"式微"并不代表彻底消失。比如，韦韬（茅盾之子）曾捐赠给茅盾故居40多种茅盾评点（采用"眉批"形式）过的文学作品，就充分表明，评点这种文学批评样式在

---

① 吴承学：《评点之兴——文学评点的形成和南宋的诗文评点》，《文学评论》1995年第1期。

② 吴承学：《评点之兴——文学评点的形成和南宋的诗文评点》，《文学评论》1995年第1期。

③ 在宋代，雕版印刷、活字印刷术的发明与推广，无疑为宋代由写本向刻本发展打下了坚实的物质基础。此时期，"圈点"在宋版书中被普遍使用。

新文学史上依然有着自身存在的空间和样态。

茅的评点是针对具体文本的自由评论，既有句下勾画和文字圈点，也有具体详细的文字评论。批注方式不拘一格，有总评，有建议，有主张。茅盾眉批本显然与古代文学评点传统一脉相承。“茅盾作为一个具有深厚艺术修养的文学巨匠，在诗歌的眉批中时常发挥想像，巧妙地将中国古典诗歌以画理入诗、融绘画于诗情的高妙笔法运用于自己的诗歌点评中，使他的评语充满表意的形象性，有效地唤起读者的视觉经验，加深对诗歌作品的理解。”[①] 同时，他又在传统评点基础上融入了新质素，据此，有学者认为茅是“中国最后一位文学批注大师”，“最具有传统色彩的中国当代作家”，“将文学批注提高到了一个前所未有的新高度”，“创造了文学批汴的新模式”，“极大的丰富了茅盾文学生涯里中晚期的实际内容，填补了一段空白”。[②] 其实，评点作为一种有着深厚历史传统的文学批评方式，在百年新文学史上总是在边缘处以边缘的身份一直存在着。其典型方式主要有：一、个人对话式，即评论者以读者身份针对某一作品的主题、艺术、修辞所展开的独立自主的评判，并把自己对于文本、历史和时代的认知经验灌注其中。这是最具中国传统特色的评点活动。其中，那些不以出版为目的的文学名家的评点，其价值与意义更显得非同寻常。20世纪50年代末60年代初，茅以眉批方式对杨沫、郭小川、田间、茹志鹃等青年作家的最新作品所作的评点，即为典型的个人对话式评点。依托于“读”，聚焦于“悟”，停留于“思”，并且边读边划，率性而评，这既是典型的古文人的读书方式，同时，也是带有突出“中国化”“民族化”特色的文学批评活动。二、在公开的学术研究活动中，继续以一种文学批评范式而存在。比如，龚明德的《〈太阳照在桑干河上〉修改笺评》[③] 就是从作品版本与异文变迁角度所展开

---

① 蔺春华：《论文本细读在茅盾文学批评中的重要地位——重读〈中国现当代文学茅盾眉批本文库〉》，《浙江传媒学院学报》2017年第1期。

② 舒乙：《总序》，载《中国现当代文学茅盾眉批本文库》，中国国际广播出版社1996年版。

③ 湖南人民出版社1984年初版。

的带有文本评点性质的学术研究的产物。而金宏宇的《边城》汇校本和张桂兴的《骆驼祥子》汇校本基于版本和文本演变史的梳理、汇校与集成,[①] 虽然省去了“批阅”这一环节，但其实践方式也可归入该范畴之内。三、在文学经典教育与普及领域以大众读本、学生读本方式存在。比如，被教育部指定为必读经典书目的《边城》《平凡的世界》《女神》《骆驼祥子》等作品大都有点评本。这说明，中国传统文人的评点传统，在推进文学经典化过程中也做出了重要贡献。总之，通过这一简单梳理和归纳，我们也大可看出，茅及其眉批实践在中国当代文学批评史上所具有的重要地位。即他将中国古典文学批评传统带入“十七年”，并以其率性、卓越的文本实践而独树一帜。包括文学批评在内的中国当代文学史肯定会被不断重写，若以此而论，笔者认为，茅的评点是切近文学本体的审美实践（迥异于当时的“社会—政治批评”的批评实践），当然也应当作为纯粹文学史的一部分而载入史册。诚如贺仲明所说：“建构以文学为中心的文学史，是文学史真正完成‘历史’使命的必备前提，也是建立起真正科学的中国现当代文学传统的重要基础，具有急迫的意义和价值。”[②] 因此，单就此而论，茅的文学史地位确有再次被予以认定和阐释的必要。

茅的这些评点立足于具体文本，并从一己阅读体验出发，不仅对其创作得失做出客观评价，还以此为出发点，对 20 世纪五六十年代文学创作弊端予以指正。比如诗歌创作中的想象困乏、内容肤浅、手法单一、对外来艺术形式的食洋不化等问题，小说创作中人物形象概念化、情节设计经不住推敲，以及有些内容有违历史真实等问题，故与同时代那些歌功颂德的文学创作或评论相比，茅盾文学评点的文学史意义显得尤为突出和重要。从动机来看，茅盾把批注当作一种重新

① 《边城》（汇校本）2009 年长江文艺出版社初版；《骆驼祥子》（汇校本）2019 年齐鲁书社初版。

② 贺仲明：《建构以文学为中心的文学史——对于中国现当代文学史建设的思考》，《中国当代文学研究》2020 年第 2 期。

建构自我与文学关系的对话方式，它是表达自我艺术观与审美趣味的隐秘通道。因为并未打算公布于众，故他的点评才如此褒贬分明。茅在眉批活动中所展现的艺术趣味和独立思想，至少表明“十七年”时期的文学批评并非铁板一块，特别是像茅这样的身兼国家要职和评论家的文学界要人，其文学评论的思想与风格也并未完全失去个体的独立性。

（原刊《现代中文学刊》2021 年第 5 期）

茅盾1979年访谈视频的镜头内外

王士杰

摘　要　1979年秋，美籍华人学者时钟雯专程赴京，访问茅盾等5位中国著名作家并拍摄纪录影片《回春曲》。由于茅盾存世影视资料极少，这段可睹其容、能闻其声的视频尤显珍贵。本文将访谈茅盾的七分多钟视频转换为文字实录，试述其价值，追溯其拍摄前后，并介绍《回春曲》在当年的影响。

关键词　茅盾；纪录片；《回春曲》；时钟雯；中国现代文学

1979年秋天，一位美籍华人学者专程回到中国，拍摄了一部名为《回春曲》的纪录片，内容包括采访中国现代文学巨匠茅盾。当时约请茅盾在家中接受访谈，留下音容传神的镜头，十分珍贵。这部片子在国内未见流传，询问北京茅盾故居纪念馆负责人，其答复说："这个真没有，我发现有关茅盾先生的影像记录很少，不知怎么回事儿。"笔者查阅中国现代文学馆网站，见"馆藏通典/视频档案资料/茅盾"页面目录，有《美籍华人时钟雯访巴金/茅盾/丁玲/曹禺/艾青》的翻录件1份，但不对外开放。

机缘凑巧，笔者妻家有位亲戚长辈时钟霏，在游览茅盾故乡乌镇时说起：她的姐姐时钟雯曾于1979年专程采访过茅盾，拍摄了专题纪录片《回春曲》，并说可以分享《回春曲》的视频，以供观看研究。

《回春曲》概况及茅盾访谈内容

"文革"结束，拨乱反正，改革开放起步，中国大地奏响回春之曲。美国乔治·华盛顿大学时钟雯教授决定回国寻访几位历经坎坷而迎来春天的著名作家，摄录影像制成纪录片，作为乔治·华盛顿大学中国文学研究和教学的资料影片，并在文化界播映。

《回春曲》摄录茅盾、巴金、曹禺、丁玲、艾青5位著名作家的访谈内容和工作学习场景。相关人员在后期制作时还辑入五四时期、抗战时期、解放区时期、土改时期的珍贵镜头，还插入电影《林家铺子》的一些镜头。

在《回春曲》导语部分，时钟雯配音旁白："我听到了中国文学艺术开放的消息，就在1979年从美国回到中国，想了解一些作家的情况。我最想要访问的就是代表五四运动精神的作家，其中包括——巴金，广受读者欢迎的小说家；茅盾，名作家和文艺界领导人士；丁玲，一个多彩多姿的女作家；曹禺，影响很大的剧作家；艾青，中国的革命诗人。"

对茅盾的访问在北京东城区交道口后圆恩寺胡同13号茅盾寓所进行。采访当日天气晴好，宾主就在院中露天的花架前，面朝摄影机对坐交流。

笔者所见茅盾访谈视频已经过时钟雯剪辑，片长7分多钟，包含以下内容（据画面及声音实录）：

表4　　茅盾访谈视频

	画面	声音
1	北京前门附近街景//北海公园//时钟雯沿胡同走向茅盾寓所大门//进大门来到庭院//与茅盾招呼握手//院中花架前入座//开始交谈	时钟雯画外音： 茅盾住在北京，北京是中国的首都，也是文化中心，市区优美，大多数有名的作家都住在这里。茅盾的房子是在一个朴实的小胡同里，一进门就看到一个宽大优美的院子。如果说巴金是从感情上写他个人的经历，茅盾则是很客观地描写中国广大方面。他最有名的小说《子夜》是描写1931年日本侵略前的中国。

续表

	画面	声音
2	茅盾谈话的特写镜头（间隔穿插资料镜头：战火、灾民、军警镇压民众、外国军队行进在上海外白渡桥、论战各方代表人物的照片）	茅盾： 这个小说所写的是，1929 年世界的经济危机爆发了，也影响了中国，这些资本主义国家都想把危机转嫁给中国，因此加紧对中国的经济侵略。当时有个论战，叫作中国社会性质的论战，在中国社会性质的论战中有三派，一派是革命派，另外一派是“托派”，还有一派是中国资产阶级的经济学者。在当时情况下，后面两派所说的道路是走不通的，而前边一条道路是讲得很正确的。
3	茅盾、时钟雯两人交谈	时钟雯画外音： 茅盾的主要思想是，革命是一定会发生的，这也是他的小说《林家铺子》的主题。
4	茅盾谈话的特写镜头	茅盾： 我的家乡乌镇，乌镇就是像《林家铺子》里所写的那样一个镇，相当繁荣，但当时已面临农村经济的破产。
5	电影《林家铺子》镜头（林老板在柜前招呼生意，生意清淡）	（《林家铺子》电影同期声） 时钟雯画外音： 《林家铺子》在 1959 年拍成电影。
6	茅盾谈话的特写镜头	茅盾： 所以，乡镇上的这一些小铺子，它主要的买主是农民，而农民因农村经济破产而已经没有钱来买东西。林老板是很精明、很能够做生意的，但是他还是挽救不了他的命运。
7	电影《林家铺子》镜头（在林铺存钱的乡下老太，向林老板索要利息过年）	（《林家铺子》电影同期声） 时钟雯画外音： 在林老板店里存钱的都是乡下人，但是他连这些人的利息都付不出。

续表

	画面	声音
8	茅盾谈话的特写镜头	茅盾： 那么，这一方面农民破产、农民没有购买力，所以这些小铺子日子难过；另一方面呢，上海“一·二八”之后，全国掀起了抵制日货的风潮。
9	电影《林家铺子》镜头（镇上的年轻人摇着小纸旗进行抗日游行）	（《林家铺子》电影同期声）
10	茅盾谈话的特写镜头	茅盾： 镇上的国民党官员等一些人，乘机向这些铺子敲诈。实际上这些铺子卖的都是日本货，是日本向中国倾销的产品，镇上的这些“党棍子”就借这个机会进行敲诈。
11	电影《林家铺子》镜头（林老板女儿随众人围观艺人表演，被某官员看上//官员托人向林老板传话……）	（《林家铺子》电影同期声） 时钟雯画外音： 林老板最大的打击，是一个地方上的官员在新年热闹时看上了他的女儿，他想要林的女儿做姨太太，最后林老板没有办法，只好在夜里带着女儿逃走了。在他店里存钱的人都非常恐慌，穷人们的绝望加强了茅盾的信愿，他认为这样的社会一定要改革。
12	镜头切换茅盾在新中国成立后的一组照片	时钟雯画外音： 茅盾从1949年到1965年是第一任文化部长，在“文化革命”期间，他不但失去部长的职位，而且连说话和写作的自由都没有。1976年以后他又继续工作，他认为“作家们应该有写作的自由”。
13	茅盾谈话的特写镜头	茅盾： 这个，大家根据个人所看到的来写，写出来到群众中去考验，看群众觉得什么是最欢迎的。要百花齐放，大家都来写，你不要有任何限制，任何题材你随便怎么样（写）都可以。

续表

	画面	声音
14	茅盾、时钟雯两人交谈。 镜头叠化：茅盾的小孙女丹丹（沈丹燕）参与交谈，时钟雯与之英语问答	时钟雯画外音： 在“文化革命”中，茅盾被迫和家里的人分散，现在他们又团聚了。 时钟雯：（英）“你好！你叫什么名字呀？” 茅盾小孙女：（英）“我叫丹丹。” 时钟雯：（英）“你多大了？” 茅盾小孙女：（英）“我10岁了。” ……
另外	在《回春曲》丁玲访谈部分的开头有一个镜头： 在茅盾寓所院内，时钟雯、茅盾的儿媳陈小曼、孙女丹丹，3人朝前院大门走，边走边聊（应是访谈后送别）…… 镜头切换为大街上众多的青年人……	时钟雯画外音： 当我见到茅盾的孙女丹丹和她妈妈，当我走在年轻女孩的身边的时候，就想到中国妇女各方面的巨大变化……

视频的珍贵价值

《回春曲》摄下的这段影像，让我们有幸一睹晚年茅盾的风采。作为现代文学巨匠、国家文化领域的领导人之一，茅盾留下的照片不少，但照片毕竟是静态的、无声的。虽然另外还有录音资料甚至电影资料，但多为出席会议、作报告、参加活动等，或是有声音无画面，或是有画面无声音，比不上《回春曲》让我们见其面、闻其声——那么从容、那么亲切、那么近距离。所以说，茅盾晚年的这段视频弥足珍贵。

在访谈中，茅盾热情地回答着时钟雯的提问，态度谦和，平易近人，娓娓道来，亲切自然，不愧大家风范。特别是他那浓重的浙江乌镇口音，尤令故乡人听来倍感亲切。

视频虽短，解读的空间却是不小：

茅盾晚年身体欠佳，“文革”十年处境维艰，那段时间所拍的照片是一位苍老、羸弱、落寞的长者。而此刻，他心情开朗、精神焕发，良好的心境折射的是时代背景：国家的春天、文艺的春天让茅盾春风满面。

茅盾对自己作品《子夜》《林家铺子》的回顾和解读，延续着他一以贯之的现实主义创作主张——关注社会、为人生而艺术，对社会的剖析、对人物性格的把握精辟而凝练，对自己作品的价值，他充满自信。

关于创作题材的广泛性，关于百花齐放、百家争鸣的文艺方针，关于对作品的检验标准和评判方法，茅盾鲜明地亮出自己的观点。这是基于他几十年的创作实践，基于他对此前整个文艺创作状况的深刻反思，与他在20世纪五六十年代的有关发言、撰文所持的观点一脉相承，更与他在春回大地之际的思考和主张同出机杼——1977年冬，茅盾应邀出席《人民日报》座谈会，作了《贯彻双百方针，砸碎精神枷锁》的发言；1978年春，应约为《红旗》杂志撰写《漫谈文艺创作》一文；1978年5月参与“真理标准大讨论”，撰写《作家如何理解实践是检验真理的唯一标准》一文。而在接受时钟雯的访谈之后不久，1979年11月3日，茅盾又在中国文学艺术工作者第四次代表大会上作《解放思想，发扬文艺民主》的讲话，可谓言之谆谆，语之切切。

透过镜头，我们可以真切地看到茅盾柔中有刚的性格特征：话不过激，但不失原则立场。这让人感受到他经历“文革”坎坷之后不计个人得失“向前看”的宽广胸怀。

《回春曲》所录茅盾影像是珍贵的研究资料，更是音容笑貌见性情、人格魅力显担当的传世档案，应该珍藏，尤宜相关纪念场馆应播映展示，让更多人分享。

时钟雯联系及访谈茅盾的经过

时钟雯（1922—2014），安徽人，在上海长大，1945年毕业于上海圣约翰大学，留学美国，1955年获杜克大学英语文学博士学位。她至哈佛大学做博士后研究，1965年执教于乔治·华盛顿大学，后任该校东亚系主任。其代表作有《窦娥冤》全本英译，书名 *Injustice to Tou O（Tou O Yuan）：A Study and Translation*，剑桥大学出版社1972年出版；《中国戏剧的黄金时代：元杂剧》（英文），书名 *The Golden Age of Chinese Drama：Yüan Tsa－chü*，普林斯顿大学出版社1976年出版。两书均得到中外专家好评，后一种中译本于1991年由山西人民出版社出版。

1979年4月16日至5月16日，中国社会科学院代表团访问美国，费孝通、钱锺书等为代表团成员。[①] 访问期间时钟雯与钱锺书曾晤面叙谈。该年6月底，时钟雯致信钱锺书，请他向茅盾引荐并转达致茅盾的一封信，提出9月赴北京时登门拜访的愿望。由此引出茅、钱两位名人之间的唯一一次通信：钱锺书于该年7月15日致信茅盾，[②] 并附时钟雯6月30日之函[③]；茅盾于7月20日复信钱锺书[④]，表示欢迎时钟雯来访。（关于茅、钱两位因时钟雯来访而互致信函一事，可以参阅北塔的解读。[⑤]）

几乎同时，茅盾又收到时钟雯的另一封直接来信（该信未公开

① 中国社会科学院访美代表团：《访美观感》，中国社会科学出版社1979年版。

② 上海图书馆中国文化名人手稿馆编：《尘封的记忆——茅盾友朋手札》，文汇出版社2004年版，第292页。

③ 上海图书馆中国文化名人手稿馆编：《尘封的记忆——茅盾友朋手札》，文汇出版社2004年版，第290页。

④ 上海图书馆中国文化名人手稿馆编：《尘封的记忆——茅盾友朋手札》，文汇出版社2004年版，第292—293页。

⑤ 北塔：《茅盾与钱锺书交往解读》，《传记文学》2018年第3期。

发表），随即于7月21日复信[①]：

钟雯大姊：

日前从钱锺书先生转来大函，并拟于今年九月间来北京时与我相见，俾聆教益，不胜欢迎，已函钱先生转告。顷又得大函，并附剪报，甚感关怀。

您译《桃花扇》，真不简单，想见对中国诗词素有研究，无任钦佩。能否见惠一册，如果方便的话。

我在北京寓址：北京交道口南三条十三号。此函寄上海时濯江先生转，想可早到。匆此即颂

大安！

沈雁冰　七月二十一日

这是茅盾得知时钟雯来访的请求之后，除请钱锺书转函欢迎之外，直接回信向她表示欢迎之意，并告知北京寓所地址。信中提及“译《桃花扇》”之语系“译《窦娥冤》”之误，缘于钱锺书致茅盾引荐信中之笔误。信末提及的“时濯江先生”，系时钟雯父亲。由此不妨推测：茅盾信中所说的“顷又得大函”很可能是时钟雯托其父时濯江转寄，故茅盾也把复信托由“上海时濯江先生转”。

1979年10月7日下午3时至5时，时钟雯及摄影师等在茅盾居所访问茅盾[②]。访谈总体很成功，但技术上遇到了问题，以致初拍、再拍两次登门，幸得茅盾热心支持、积极配合，问题迎刃而解。具体经过已无法得知，但我们可从时钟雯1979年10月9日致茅盾信[③]中阅知大概：

---

① 上海图书馆中国文化名人手稿馆编：《尘封的记忆——茅盾友朋手札》，文汇出版社2004年版，第290—291页。

② 茅盾：《茅盾全集》第41卷，黄山书社2014年版，第730页。

③ 上海图书馆中国文化名人手稿馆编：《尘封的记忆——茅盾友朋手札》，文汇出版社2004年版，第291页。

茅盾先生：

我非常感谢您让我们来访问。

您的谈话深入浅出，十分精彩，那天我们都极高兴，觉得访问非常成功。可是昨天一听录音带，大为失望。因为这个影片将来预备在文化界放映，质量要特别好，所以由中国文化部批准后，我从美国特为请来了一位专业电影摄影师。但因人手不够，所以请文化部的一位陪同代为录音，他对美国职业性录音机不熟习，在录音过程中，错按了一个机钮，结果中间您最精彩的谈话没有录出。

今天文化部代表和我商量了半天，觉得十分为难。无疑的您是中国现代最重要的文学家，这部片子如没有您，就大为逊色。但我们也深知您现在极忙，一方面写《回忆录》，一方面又有很多如政协等重要职务。商量结果，现在向您作以下的请求：

（一）准许我们再访问，限于半小时（三时至三时半，绝不超过时间），日子请您选择：最好是十月十三日或十五日。

（二）所问问题当限于以下几个：

1. 您对早期作品《子夜》的看法

2. 写《林家铺子》的过程（您所提到这个故事本叫《倒闭》等，很有趣）

3. 您对现在文坛上“伤感文学”的看法

虽然这个片子的宗旨是在推进中美文化交流，但是这样麻烦您，实在抱歉得很，请您多原谅！

时钟雯　电话 55—8331　北京饭店 2104 号

十月九日

显然，茅盾接受了再度采访拍摄的请求。10 月 13 日下午 3 时至 4 时，时钟雯等再次访问茅盾，[①] 访谈的气氛一仍其前：愉快祥和。如果细观视频即可发现，无声镜头中的茅盾穿着中山装，有声镜头中

① 茅盾：《茅盾全集》第 41 卷，黄山书社 2014 年版，第 732—733 页。

的茅盾穿着呢大衣还围着围巾。细节不细，这体现了茅盾克服困难（气候、身体等因素）对采访者的理解和支持，其情令人感佩。

当然，重新补拍对影片最后剪辑定稿肯定有不小的损失，因为第二次采访的内容和时间进行了压缩，而第一次采访的精彩内容却因无声而未能较多采用，这不能不说是一个遗憾。

茅盾赠诗时钟雯

茅盾非常重视时钟雯的专程来访，对她为中美文化交流所做出的贡献尤为赞赏，对她的学术造诣和成就给予很高评价，为此专门题诗相赠：

赠时钟雯教授

考证精深元杂剧，雅兼信达窦娥冤。
交流文化开新路，继起之人莫忘源。

该诗写于1979年9月接受采访之际，1980年6月茅盾又将该诗写成条幅赠予时钟雯，并在诗后题跋：

赠美国华盛顿大学时钟雯教授并庆贺其介绍元杂剧于世界此盖前人绝少尝试之壮举也 茅盾 时年八十又四 一九八〇年元月北京

诗后的这段跋在后来出版的茅盾诗词集中，表述略有不同，这里系据时钟雯之妹时钟霏提供的题诗照片所录。另外，茅盾这首诗的草稿手迹原件，现藏于他故乡的桐乡市档案馆，笔者曾有幸目睹。

茅盾是大作家，同时又是出色的翻译家，早年办杂志积极译介外国文学，还翻译了多种西方文学作品，其译作，努力做到“信达雅”。他对文学作品的翻译，尤其是中国古代文学经典的英译，使他深知个中甘苦。时钟雯作为美籍华人学者，对于我国元代杂剧的研究考证精深而卓有成就；翻译元代著名剧作家关汉卿的《窦娥冤》更是“雅兼信达”。对此，茅盾由衷赞扬，他还对加强中国文学经典的对外译介，寄予殷切期望。

就这样，一位是文坛长者，一位是后起之秀，他们为中华文化的传承而共鸣、为中外文化的交流而建立友谊。此后，时钟雯与茅盾及其家人一直有联系交往。

述 余

之一，时钟雯访问5位中国作家的纪录片最后做得相当成功，其英文片名为 *Retune from Silence*（《从沉寂中归来》）。由于该影片的拍摄经费来自美国一个非营利基金的资助，所以摄制成片后主要作为研学资料使用，被知名大学的图书馆及美国政府机构收藏。该影片曾在美国非营利的公共电视台（PBS）播出，PBS 在美国全国各地有 300 多家分台，一般位于大学校园或社区，在学界影响很大，时钟雯也因此而名闻一时。1980 年代初该影片还曾经在中国中央电视台播出，片名被译为更适合中国观众习惯的《回春曲》。

本文作者所见《回春曲》，系时钟雯之妹时钟霏女士借予的 VCD 光碟。其内容并非《回春曲》最初的形态，而是经过制作人时钟雯剪辑压缩，作为“多媒体交互中文教材”，由美国哥伦比亚大学出版社于 2002 年出版。

该 VCD 光碟题为 Learn Chinese from Modern Writers（向现代作家学习中文）。系 An Interactive Multimedia Language Program（一项互动型多媒体语言计划）；Intermediate and Advanced Levels（适用于中级和高级水平）；Copyright：Dr. Chung - wen Shi，Producer，2002（版权：制作人时钟雯博士，2002 年）；Funded by the National Endowment for the Humanities（受“国家人文学科捐赠基金”资助）。

光碟内含 6 个片段：（一）介绍，片长 1 分 08 秒；（二）茅盾，片长 7 分 08 秒；（三）巴金，片长 7 分 20 秒；（四）曹禺，片长 5

分46秒；（五）丁玲，片长9分12秒；（六）艾青，片长8分47秒。以上共计39分21秒。鉴于本文的选题视角，《回春曲》中其他4位作家的访谈内容宜另行撰文解读。

之二，据时钟霏介绍，她曾就《回春曲》询问过当时协助拍摄的上海科教电影制片厂赵尚元。赵说：该纪录片是用16毫米电影胶片拍摄的，在上海科教电影制片厂内部放映过，此后影片就带回了美国，没有留底。时钟霏还讲了与拍摄有关的一个花絮：当年应时钟雯邀请来中国拍摄此片的摄影师叫包勃，他接受此任务时非常兴奋，当时就把自己的汽车卖了，贴补来中国的费用。后来时钟霏前往美国探访姐姐时钟雯时，还曾见到包勃，并一起合影留念。

之三，关于前后两次接受时钟雯访谈的情形，茅盾在他1979年的日记中正巧有比较详细的记载。说“正巧”是因为茅盾并不连续记日记，常有间断、空白，而此事刚好被记录下来，真可谓巧也。摘录如下：

> （10月7日）下午三时半，时钟雯来拍电影，至五时完毕。拍电影的美国人是时钟雯从美国请来的，在上海已拍了巴金，在京还将拍丁玲、艾青，这都是通过文化部批准的。今日同来者就有文化部一干部，略通英语，本来已经布置好，还要拍书房，但因文化部干部的岳父（一个资本家）将参加荣毅仁（他是中国对外国投资合作公司的董事长）今晚宴请一批在京的外国及港、澳资本家，此文化部的干部要参加这个宴会，硬说时间不够，临时取消了拍书房的预定，其实时间尽够，宴会是七时开始的。总之，这个干部官气十足，时钟雯等不敢得罪他。倘使当时我知道这个情形，我就主张拍，看这干部如何摆架子。可惜是时钟雯等都去了以后小曼才告诉我的。现在有些中级干部官气十足，令人有“阎王易见，小鬼难当”之感。①
>
> （10月13日）下午三时，时钟雯及美国电影摄影师包勃来

① 茅盾：《茅盾全集》第41卷，黄山书社2014年版，第730页。

补拍上次录音不好的两部分，一为关于《林家铺子》的，二为关于《子夜》的（因为上次管录音的是文化部的工作人员张某，他并没完全明白美国录音机的复杂情况，其中的两段，他错按了一个钮)。仍在上次的院子里（即前面第一个院子)，但是今天阴冷，我只好内穿丝绵袍，外罩厚大衣，至四时完毕。①

（原刊《现代中文学刊》2021 年第 5 期）

① 茅盾：《茅盾全集》第 41 卷，黄山书社 2014 年版，第 732—733 页。

七　茅盾研究事辑

2020—2021 年茅盾研究事辑

2020 年

7 月，茅盾研究年鉴编辑部、浙江传媒学院茅盾研究中心联合发起“茅盾研究年度学者、茅盾研究年度新锐学者”（2018—2019）评选活动，评选结果：茅盾研究年度学者：杨扬、李永东；茅盾研究年度新锐学者：妥佳宁、雷超、田丰。

10 月，周娇燕著《英语世界的茅盾研究》由中国社会科学出版社出版。该书系英语世界中国文学的译介与研究丛书之一，以英语世界的茅盾研究为研究对象，在文本细读的基础上对英语世界茅盾作品的译介、研究成果进行细致系统的梳理和研究，评介从西方文化的视域解读茅盾及其作品的译介及研究情况，以期能为国内的茅盾研究乃至现当代文学研究提供参考和借鉴。

12 月 12 日，中国茅盾研究会第十二届年会在广西桂林以线上线下结合的形式召开。

会议由中国茅盾研究会主办，广西师范大学文学院/新闻与传播学院、广西高校人文社科重点研究基地桂学研究院承办。广西师范大学党委常委、统战部部长黄海波，中国茅盾研究会会长、上海戏剧学院副校长杨扬，广西师范大学文学院/新闻与传播学院党委书记刘立浩出席开幕式并先后致辞。开幕式由广西师范大学文学院/新闻与传播学院教授、桂学研究院院长黄伟林主持。中国茅盾研究会会长杨扬教授在致辞中指出：桂林是茅盾生活和战斗过的地方，现今在山水甲天下的这座历史文化名城举办该届年会，这将在茅盾研究会的历史中留下值得珍视的册页。

开幕式后，杨扬会长向大会通报了研究会年度财务情况和增补研究会理事的事宜。

会议组织了两组大会主题发言。第一组大会发言由浙江传媒学院茅盾研究中心赵思运教授主持。陕西师范大学文学院赵学勇教授、西南大学文学院李永东教授、广西师范大学文学院/新闻与传播学院刘铁群教授、海南师范大学文学院王学振教授等分别就“茅盾‘鲁迅研究’的影响及批评史价值”“茅盾抗战书写的移步换形”“茅盾旅桂期间短篇小说的史料问题”“茅盾与抗战文学的内迁书写”等作主题发言，青岛大学文学院吕周聚教授进行了评议。第二组大会发言由武汉大学文学院樊星教授主持。赵思运教授、吕周聚教授、上海师范大学中文系朱军博士、南京大学中国新文学研究中心董卉川博士后等分别就“关于茅盾日记中的两则电影批评”“《子夜》的空间叙事模式”“茅盾、胡适、李长之论五四”“左翼诗剧的体裁范式”等作主题发言，海南师范大学文学院毕光明教授进行了评议。

会议期间还以线上线下相结合的形式组织了分组讨论，与会专家学者还围绕“茅盾与桂林抗战文学”“茅盾与左翼文学”“茅盾作品新读与版本考辨”“茅盾研究与中国现代作家研究的进展与变化”“茅盾研究的再估价”等议题展开了热烈的讨论，其中所涌现的新材料、新观点、新方法、新角度等得到了不少与会专家的肯定。

会议闭幕式由广西师范大学文学院刘铁群教授主持。武汉大学文学院樊星教授、商丘师范学院教师教育学院刘骥鹏教授、中南民族大学文学与新闻传播学院陈啸教授、郑州师范学院尹诗副教授等代表两个小组分别介绍了分组讨论情况。茅盾研究会会长杨扬教授作了年会总结。他高度评价了该届年会在会议组织和学术研讨中的新收获。他指出，此次年会以线上线下相结合的形式顺利举行，这是茅盾研究史上第一次，也是新形势下出现的研究新状态。该届年会出现了年轻学者踊跃参与、研究论题颇有新见、学术含量更具深广度的好气象。经典作家和经典作品值得而且应该不断被研究，这也是茅盾研究作为学术研究经典的长久生命力所在。学术研究无止境，他希望学界同仁持续努力，加强交流，携手同心共同推进新时代的茅盾研究。

2021 年

1 月 15 日，茅盾研究会原副会长、中国现代文学馆原副馆长、著名学者吴福辉同志于加拿大因病去世，享年 82 岁。

吴福辉同志 1939 年 12 月 9 日生于上海，祖籍浙江镇海。1961 年开始发表作品。1978 年考入北京大学中文系现代文学专业，师从王瑶先生。从 1981 年起参与中国现代文学馆筹备工作。吴福辉是中国作家协会会员，曾担任《中国现代文学研究丛刊》主编、中国现代文学研究会常务副会长、茅盾研究会副会长、河南大学博士生导师等，在中国现代文学研究领域成就卓著，代表作有《中国现代文学三十年》（合著）、《沙汀传》、《带着枷锁的笑》、《中国现代讽刺小说的初步成熟》、《乡村中国的文学形态》、《现代病态知识社会的机智讽刺》、《大陆文学的京海冲突构造》、《都市漩流中的海派小说》、《中国现代文学发展史》（插图本）等。

中国茅盾研究会在唁电中表示，吴先生在中国现代文学史的编撰与建构，海派等文学流派的开拓与发掘，茅盾、沙汀等作家的研究与提升等诸多方面建功甚伟。吴先生不但是新时期以来中国现代文学学科发展史上的重要学者和重要组织者，也是中国茅盾研究的领军人物与资深学者，他的去世，是中国现代文学研究界的重大损失，更是中国茅盾研究界的重大损失。

3 月 27 日是茅盾逝世 40 周年纪念日。下午，由中国茅盾研究会、左联纪念馆主办的纪念茅盾逝世四十周年座谈会在左联会址左联纪念馆召开。

中国茅盾研究会会长、上海戏剧学院副院长杨扬，上海市委党史研究室一处处长吴海勇，上海图书馆历史文献中心主任、研究馆员黄显功，上海鲁迅纪念馆副馆长乐融，华东师范大学中文系主任、教授文贵良，复旦大学马克思主义学院教授朱鸿召，上海师范大学中文系教授杨剑龙，上海交通大学中文系教授符杰祥，左联会址纪念馆馆长何瑛等专家学者，以及茅盾的亲属孔海珠，左联盟员周文之女周七康等出席了此次会议，与会人员围绕“茅盾与中国共产党以及左翼文学”这一主题进行了深入探讨，共同追忆茅盾同志的爱国情操和文学成就。

茅盾先生是中共早期党员之一，他的笔名“茅盾”是在上海虹口景云里诞生的，并由此走向中国文坛。1930 年 5 月，茅盾由日本回来后加入左联，于 1931 年和 1933 年两次出任左联秘书处书记，并创作了《林家铺子》《子夜》《秋收》等大批左翼文学作品，对左联和左翼文化运动的发展作出了重要贡献。

3 月 27 日上午，“致敬文学巨匠传承红色基因”主题活动在浙江省桐乡市茅盾纪念馆举行，并举行了学生志愿者聘任仪式。

活动现场，桐乡市乌镇中学学子带来精心改编的《可爱的故乡》朗诵，共同回顾茅盾在革命和文学上取得的成就，感悟茅盾著作中的传统文化内涵和爱国情怀。2021 年 2 月，来自乌镇中学的 18 名学生利用寒假时间担任志愿讲解员。现场，9 名学生正式被聘任为茅盾纪念馆志愿讲解员，共同传播、弘扬茅盾的文学成就和革命精神。随后，馆方向乌镇中学赠送了两套《文课墨迹》和一批《乌镇 · 茅盾》丛书。桐乡县文化馆原摄影干部李渭钫还为大家深情讲述序厅中的《西江月 · 故乡新貌》两首词的由来。

3 月，茅盾著、钟桂松改编、吴浩然绘《霜叶红似二月花》《虹》由江西高校出版社出版，32 开本。这是继江西高校出版社 2019 年 6 月出版《春蚕》（茅盾著、钟桂松改编、吴浩然绘）之后的又一次以漫画形式进行茅盾传播的有益尝试。

3 月，李友云著《百年巨匠 · 茅盾》由文物出版社出版。该书博采众长，图文并茂，在结合大量前人研究著作和回忆录等文献的基础上，深入挖掘史料，将茅盾一生的行迹履历与他的文学创作和革命活动相结合，将茅盾一家的光辉事迹和他个人的奋斗历程做了详细介绍。

5 月，中国茅盾研究会会刊《茅盾研究》第 16 辑《经典作家的方方面面》、第 17 辑《经典形成的历史》由华东师范大学出版社出版。

这标志着中国茅盾研究会会刊连续出版走向常态化，加强了学术成果的交流，凝聚了学会力量。会刊收录了中国茅盾研究会学者撰写的论文多篇，内容涉及茅盾创作综论、小说研究、文艺思想研究、生平与思想研究、编辑与出版研究等领域，充分展现了新时代茅盾研究的学术成就，也反映出国内学者在茅盾研究的广度、深度上进一步拓展的发展趋势。

5 月，北塔著《“信”者“信史”也——茅盾书信研究》由云南人民出版社出版发行。

这是关于茅盾书信研究的第一部专著，系诗人翻译家、中国现代文学馆研究员北塔主持的中国作家协会重点扶持项目“茅盾书信研究”的结项成果。中国茅盾研究会原副会长钟桂松在序中说：“北塔先生的《“信”者“信史”也——茅盾书信研究》是一部研究十分扎实的学术著作。这部著作，以它别具一格的选题和旁征博引、纵横捭阖的解读，填补了茅盾研究的空白，是茅盾研究史上有学术高度，有历史厚度，有根有据，可读可赏的著作。”

5 月，赵思运、蔺春华主编的《茅盾研究年鉴 2018—2019》由中国社会科学出版社出版。

《茅盾研究年鉴（2018—2019）》系浙江传媒学院茅盾研究中心与浙江省桐乡市文化和广电旅游体育局联袂主持的大型系列文献之一。该年鉴全面呈现了茅盾研究领域的最新成果，凸显出最活跃的茅盾研究队伍的弘毅身影，精心遴选出茅盾研究领域的重要论著、论文，以及期刊、报纸、学位论文的要目索引，梳理了 2018—2019 年茅盾研究大事记，为文史专家和文学爱好者提供了重要资料，以便更好地传承茅盾精神。

6 月，桐乡市档案馆编《茅盾手迹——我走过的道路（1896—1926)》（全三册）由商务印书馆出版。宣纸，线装，12K。

这是茅盾回忆录手稿首次出版面世。桐乡市档案馆馆藏的茅盾回忆录手稿，连同其他 1000 余件珍贵茅盾档案，是由茅盾儿子韦韬于 2007 年捐赠的。茅盾回忆录手稿，是茅盾回忆录《我走过的道路》写作的初稿。这些整理的手稿，是茅盾回忆录整体中的有机部分，其中还有茅盾在韦韬、陈小曼根据茅盾口述录音和查找资料以后整理的手稿，弥足珍贵。茅盾回忆录《我走过的道路》从幼年开始，至一九四八年冬，共 36 章。此次出版的《我走过的道路》手稿，为手稿的一八九六年至一九二六年部分，自第一章《我的家庭与亲人》至第十一章《中山舰事件前后》，分上、中、下三册整理出版。为展现手稿本来的面貌，手稿全部采用原大印刷。桐乡市档案馆还请钟桂松先生写了《茅盾回忆录诞生记》一文，作为书中序言。

7 月 10 日，纪念茅盾先生逝世 40 周年全国学术研讨会在乌镇拉开帷幕。

来自全国各地的茅盾研究专家 100 余人共襄学术盛会，赓续茅盾文脉，传承经典文化。大会由中国茅盾研究会、桐乡市人民政府、浙江传媒学院联合主办，浙江省传播与文化产业研究中心协办，桐乡市文化和广电旅游体育局、浙江传媒学院文学院、浙江传媒学院茅盾研究中心承办。浙江传媒学院党委委员、副校长杨荣耀，中国茅盾研究会会长、上海市作家协会副主席、上海戏剧学院副校长杨扬，桐乡市人民政府副市长徐剑东先后致辞。开幕式由浙江传媒学院学科建设与研究生管理处处长张邦卫主持。

杨扬回顾了近年中国茅盾研究会的工作情况。自 2016 年以来，研究会共出版四辑会刊《茅盾研究》，发表数百篇关于茅盾研究的最新成果。此外，中国茅研会在桐乡、重庆、贵阳、青岛、桂林等地举办过多次重要的学术会议，产生了广泛影响，培养了大批年轻学者，成果和活动被《文艺报》《文学报》等重要媒体报道。

孔海珠、钟桂松、王嘉良、陈福康、杨剑龙、耿传明等知名学者分别以“近半个世纪前的访谈——乡里乡亲点滴谈茅盾”“茅盾在拨乱反正时期的历史贡献”“我的茅盾研究之路与思考”“茅盾对郑振铎的评价”“茅盾访问苏联的媒体视阈”“茅盾小说中的他者叙事”为题目做了大会主题报告。主题报告由中国茅盾研究会会长杨扬主持，《探索与争鸣》杂志主编叶祝弟做了精彩的学术评议。

下午的3个论坛围绕着“茅盾左翼思想与红色文化遗产研究”“茅盾的经典化建构与反思”“茅盾与江南文化元素研究”“茅盾世界影响力研究”“茅盾研究中的史料与文献整理”等主题展开学术研讨。王卫平、贾振勇、北塔、方维保、吕周聚、闫浩岗、余连祥、赵思运、蔺春华、刘永丽、欧家斤、叶炜、巫小黎、朱军、张连义、袁红涛、董卉川等50多位学者展开了学术论剑。分论坛汇报由中国茅盾研究会副会长贾振勇主持，安徽师范大学文学院教授方维保、河北大学文学院教授阎浩岗、中国海洋大学文学与新闻传播学院副教授徐晓红分别作为分论坛代表做了交流汇报。最后，中国茅盾研究会会长杨扬进行会议总结。

7月10日晚，中国现代文学馆研究员、诗人北塔做客云直播系列讲座“桐乡记忆”第15期，讲述自己的最新成果《“信”者“信史”也——茅盾书信研究》。

茅盾书信中有很多值得挖掘的历史信息，对中国现代文学研究、茅盾研究、中国现代出版研究、现代翻译研究等都有着一定的参考价值。北塔的新著《“信”者“信史”也——茅盾书信研究》，便是茅盾书信研究的第一部专著。该书选取了茅盾与蔡元培、钱钟书、巴金、俞平伯、赵朴初、施蛰存等中国现代文化名人的通信，进行深入细致的考证研究和文化解读。云直播系列讲座“桐乡记忆”由中共桐乡市委宣传部、桐乡市文化和广电旅游体育局主办，桐乡市市图书馆、梧桐阅社承办。

7 月 30 日，“最美的一课”纪念茅盾 125 周年诞辰公开课活动在浙江省桐乡市茅盾纪念馆成功举办。

2021 年是茅盾先生 125 周年诞辰，也是建党 100 周年，在茅盾先生的故乡——世界互联网大会永久举办地桐乡市乌镇镇，小提琴演奏、朗诵表演、知识问答等各类精彩纷呈的活动让孩子们充分感受了经典文化的魅力，收获了一趟不一样的暑假体验。

活动当天，孩子们和青年小提琴演奏家肖航辰、浙江广电主持人超超共同带来了精彩的小提琴演奏和朗诵表演。行云流水般的琴技吸引了观众驻足欣赏，而由小朋友们带来的改编自茅盾先生的散文《白杨礼赞》的朗诵表演，更是为小提琴演奏带来了升华。互动问答环节将活动的气氛推向了高潮。与茅盾先生生平事迹等有关的各类提问深深地吸引了孩子们，他们踊跃参与趣味竞猜互动，答题成功的小朋友还获得了非常有学习和纪念价值的互动小礼品。活动还设置了“隔空寄语”环节，孩子们纷纷在现场发放的信纸上，或写下想对茅盾先生说的话语，或是分享此次活动的心得体会，精心折好后投入收信箱，完成了具有课堂仪式感的一幕。

在活动的最后，桐乡市文化和广电旅游体育局、桐乡市文学艺术界联合会为参与公开课的学生颁发活动证书。同学们通过这次公开课活动，深入了解“文学巨匠”生活化的一面，茅盾一生的成长、奋斗历程折射出中国革命征程的艰难、困苦和取得成功的来之不易，进一步增强同学们的历史责任感和民族自豪感。

此次活动由桐乡市文化和广电旅游体育局、桐乡市文学艺术界联合会主办，桐乡市茅盾纪念馆和浙江旅游信息中心有限公司承办，活动采用了线上直播和线下活动相结合的方式，打破了空间、地域和时间的限制，全网累计获得超过 20 万次点击播放量。

7 月，李标晶主编的《茅盾年谱》由浙江大学出版社出版。

该书系“浙江省文化工程”重大项目《浙江现代文学名家年谱》系列作品之一种。《茅盾年谱》以谱牒学为学术方法，对茅盾一生的生活、工作及创作进行了全面而详细的记录，反映其文学思想及影响力。该书共由3部分组成。第一部分为家世简表、谱主照片等有关材料；第二部分为年谱正文和少量插图，图片配发在正文相应部位，以便形成文图互证；第三部分为谱主的后世影响，主要包括正文未及的谱主身份、价值的确切定位及相关悼念、纪念活动以及谱主的全集出版、著作外译、谱主研究会的成立、重要研究成果等，均予以择要展示。

7月始，举办纪念茅盾先生125周年诞辰手迹展巡展。

茅盾先生是中国历史最深切的见证者、参与者、书写者之一。他的一生留下了大量手迹，这些手迹成为我们国家极其珍贵的文化遗产。为了更好地赓续茅盾文脉，传承茅盾遗产，中国茅盾研究会、中国现代文学馆、浙江传媒学院、桐乡市档案馆主办了纪念茅盾先生125周年诞辰手迹展巡展。7月11日上午，茅盾先生手迹展在浙江传媒学院桐乡校区图书馆举办。浙江传媒学院副校长姚争、中国茅盾研究会会长杨扬、中国现当代文学馆副馆长计蕾分别致辞。在开幕式上，举行了桐乡市档案馆编、商务印书馆出版的《茅盾手迹——我走过的道路（部分）》首发仪式。

纪念茅盾先生125周年诞辰手迹展巡展先后在浙江传媒学院桐乡校区（2021年7月11日至9月28日）、苏州市吴江区（2021年10月）、中国现代文学馆（2021年12月至2022年4月）举行，由桐乡市文化和广电旅游体育局，浙江传媒学院茅盾研究中心、图书馆，吴江区南社研究会和盛泽镇社会事业局先后分别承办。

10月18日，《现代中文学刊》2021年第5期（总第74期）在上海出版。该期设置了“茅盾诞辰一百廿五周年纪念”专栏，发表了《大萧条与茅盾的江南书写》（刘春勇）、《“大众化”实践、〈讲话〉南渐及文艺制度设想——新见茅盾佚文〈文艺工作的现实性，计划性，和组织性〉校读》（刘锐）、《向外介绍中国现代小说进展：茅盾英文佚文考述》（黄芳、庄舒雯）、《论茹志鹃〈高高的白杨树〉的茅盾眉批本——兼及“十七年”时期茅盾眉批实践的价值及意义》（张元珂)、《茅盾1979年访谈视频的镜头内外》(王士杰)等5篇文章。

12月14—17日，中国作家协会第十次全国代表大会在京举行，茅盾的现实主义精神再度引起关注。14日，习近平总书记在大会报告中引用了茅盾的一段话。茅盾说："一个做小说的人不但须有广博的生活经验，亦必须有一个训练过的头脑能够分析那复杂的社会现象，尤其是我们这转变中的社会，非得认真研究过社会科学的人每每不能把它分析得正确。"中国茅盾研究会会长杨扬教授，作为第十次作代会上海代表团代表，现场聆听了习总书记的发言。在接受媒体采访时，杨扬教授指出，这段话是一位现实主义作家对自己创作经验的一个清晰的表述。这一经验，对于我们在新世纪开展文艺创作，依然有积极意义。这意义最基本的精神特征，就是文学艺术家要将创作经验与理论学习结合在一起，用理论来提升自己的生活经验，形成思想形态的东西。

12月25日，叶子铭、沈卫威合著的《茅盾传》内部印行，以作纪念和学术交流使用。全书共13章，后附沈卫威的纪念文章《纪念我的老师》、叶子铭先生的夫人汤淑敏女士撰写的《后记》。该书大约在1989年2月动笔，1990年四五月间由沈卫威写出初稿，叶子铭进行修改，停止修改的时间应该是1990年年底或1991年年初。据《后记》介绍，汤淑敏女士在2021年6月，先后发现叶子铭与弟子沈卫威合著的《茅盾传》旧稿约3章、全部修改稿（中间有缺页）及打印好的校样，共12章。沈卫威补写了第十三章。最后附了该书的叶子铭手迹影印。

12月25日，中国茅盾研究会换届选举圆满完成。

25日，中国茅盾研究会第九届第一次会员代表大会暨第九届理事会第一次会议在上海顺利召开。会议由华东师范大学中文系协办，主会场设于华东师范大学。会议采取线上线下相结合的方式进行。来自全国各高校、科研机构、出版行业的会员代表共百余人参加了此次会议。中国作家协会社会联络部副主任李晓东、一级主任科员饶秋晔参会。全体参会代表审议并表决通过了《中国茅盾研究会第八届理事会工作报告》《中国茅盾研究会第八届理事会财务工作报告》和新修订的《中国茅盾研究会章程》。

大会审议并表决第九届理事会理事建议人选名单。经问卷星匿名投票，大会选举上海戏剧学院副院长、上海市作家协会副主席杨扬担任会长，贺仲明、贾振勇、李永东、李跃力、文贵良、杨联芬、赵思运7名理事担任副会长，文贵良兼任秘书长，刘铁群、刘永丽、吕周聚、谢晓霞、阎浩岗、俞敏华等14位理事担任常务理事，钟海波、陈思广等48位会员担任第九届理事会理事。

八 论文索引

2020—2021年博士学位论文索引

蔡杨淇：《子夜》经典化问题研究，暨南大学中国现当代文学专业，博士学位论文，2020，指导教师：贺仲明

李延佳：现实、主义与艺术——茅盾小说中的自我、创造性及其困境研究，山东师范大学中国现当代文学专业，博士学位论文，2021，指导教师：贾振勇

连正：茅盾小说在日本的译介与研究，河北大学文学院中国现当代文学专业，博士学位论文，2021，指导教师：阎浩岗

程伟：茅盾文学批评研究（1949—1966），天津师范大学中国现当代文学专业，博士学位论文，2021，指导教师：刘卫东

2020—2021 年硕士学位论文摘要

【1930 年前后茅盾小说中的小镇叙事研究】

作者：肖迪，指导教师：文贵良，华东师范大学中国现当代文学专业，硕士，2020。

20 世纪 30 年代的中国社会处于剧烈的动荡与不安之中，政治形势混乱，经济遭受危机，整体危机四伏。中国现代文学一直固守着城乡二元对立的结构模式，对小镇的存在有意无意地忽略，然而这些中国内陆地区的小镇不仅经历了中国转型期的阵痛，也见证了历史和文化的变迁。

小镇因其特殊的地理位置，成为都市与乡村的中转站，茅盾塑造的小镇空间较之其他作家的，更加具有开放性，小火轮和铁路连接起上海与小镇，工业化浪潮和商品经济也随之而入，我们能看到小镇涌现很多新式物件，这些“风景”改变了古老小镇的面貌，一方面带来了文明的气息，另一方面，传统并未就此沉寂下去，传统与新潮在小镇空间里不断拉扯。风景有“常”也有“变”，工业文明与传统中国激烈的碰撞，给普通民众带去了灾难与欢欣。

开放多元的小镇必然会带来极强的社会流动性，这也是茅盾小镇叙事的特点之一。作家主要塑造了几类人物，分别是小镇商人、知识分子、小市民阶层和乡绅，这些人物在都市、小镇与农村之间来回穿梭流动，以小镇为轴心，辐射影响着都市与农村。他们的流动不仅包括水平的空间流动，更包括垂直的阶层流动。茅盾非常关注经济问题和经济关系，农村经济破产之时，除了对农民施以关切之外，茅盾更加关注小镇商人群体的出路，小镇商人既包括吴荪甫、唐子嘉这样的商业大亨，也包括林老板这样的普通小镇商人群体，面对经济危机、纷乱的战争局势和买办阶层，他们最终都不得不走向失败的结局。知识分子是茅盾作品中的重点群体，随着时代的发展，小镇青年走入都市接受新式教育，他们面临更加艰难的抉择。知识分子处在返乡与离乡夹缝中艰难生存，他们的社会流动也并不成功。小市民阶层要么固守原地，要么就是因为逃难和谋求职业发展进入都市，但因为个人力量太过于微薄，他们往往依附于从小镇走出来的企业家。对乡绅的态度茅盾是一分为二的，对吴荪甫或者钱良材，他的态度是褒奖的；对土豪劣绅，茅盾则一律予以批判，这些人虽然短期内可能获得利益，但他们的算盘最终仍会落空。

茅盾的小镇叙事显示出极强的政治色彩，在作家看来，革命既是造成社会流动性不断提高的原因，更是作者探索的解决失败问题的途径。革命的小镇中弥散着各式各样的谣言，政治局势混乱不堪，保卫团、县政府、县党部、土匪以及共产党同时存在于基层社会，农民极易受到煽动发起革命或者暴动，革命青年有满腔斗志、新式的做派和坚韧的信仰，然而他们软弱、缺少机智、犹豫不决，终于让革命成为部分投机者的幌子，带来了社会更深重的灾难，革命事业也因此大受打击。面对理想主义的破灭和革命的信仰，小镇在高潮与低回之间来回穿梭，作家因此陷入了严重的矛盾和动摇之中，并最后确定了革命的信念。

茅盾为中国现代小镇文学书写了浓墨重彩的一笔，他既继承了前辈们的传统，同时也别有新意，对后来的作家产生了重要的影响。他构筑的小镇世界勾连起都市和乡村，不管是在革命发展还是经济联通上都扮演着先觉者的角色，反映出江浙小镇的特点和中国社会在近代的艰难转型，更融汇了作家对20世纪三十年代中国历史现实的思考，承载了茅盾深刻的历史文化意识。

【论茅盾小说中的女性身体书写】

作者：王琴，指导教师：刘永丽，四川师范大学中国现当代文学专业，硕士，2020。

在茅盾的小说中，女性身体蕴含着丰富的意义，女性身体以个体也以群体的身份参与小说对时代、社会的诠释。本文意在对茅盾小说中女性身体书写的方式进行探究，以此挖掘作家在女性身体书写背后的诉求，作者对社会、革命、女性命运的思考。文章在此基础上进一步考察茅盾小说中女性身体书写的转变，通过女性身体书写的变化，反映作者对社会时代变化的思考，继而探究茅盾小说中女性身体书写的独特性，女性身体书写的文学史意义。

第一章绪论部分阐述选题意义、研究状况及研究思路。

第二章主要考察茅盾女性身体书写的时代语境及个人选择。茅盾作为男性作家，选择以女性身体为小说书写对象是时代语境与个性选择双向的结果。

第三章主要考察茅盾小说中女性身体的呈现方式及其表达的意义。本章主要从三个方面进行论述，第一，作为启蒙话语下个性解放的个体身体，打破传统贞操观，拒绝被男性启蒙者带领，以更加强硬的姿态反抗男权专制。这些在启蒙思潮引领下觉醒的女性，构成了对男性启蒙者引领的五四个性解放的反思。第二，革命环境下的女性身体作为一种社会的身体，承载着巨大的社会意义。茅盾的小说通过对女性身体的呈现，深入揭示女性身体与革命的关系，以女性身体在革命环境中的沉浮凸显作家对“大革命”历史的“另类”反思。第三，在茅盾小说中，还存在凸显女性性别特征的身体，不同于时代、社会中作为个体与群体的女性身体，具有女性专属特征的女性身体，涉及了商品消费社会对女性的物化、生育与女性意识的觉醒、女性在时代变化中的地位变迁、社会对女性解放的反映等，体现茅盾本人对女性命运的审察、思考。

第四章主要对茅盾整个创作时期女性身体书写的转变进行分析。早期小说中的身体书写带有女性独特的感性经验。到20世纪30年代《子夜》中的身体具有资本主义钱色交易的物品化属性，女性身体成为都市中的商品，丧失了主体性。后期小说中的身体书写是在抗日战争时期完成的，对女性身体的展现让位于对时局变化的展现。这些身体的书写转变反映了社会时代的变化，通过身体的书写变化反映出作者对社会时代的思考。同时这种转变也是茅盾的创作由感性渐趋理性，逐渐注重现实主义创作手法的体现。

第五章分析茅盾女性身体书写的文学史意义。作为男性作家的茅盾，在女性身体书写上具有其独特性。小说中凸显女性性征的“形体曲线”、“颓废”式的女体描写、“肉体美”的身体观、女性身体情欲的表达等特征在女性身体书写的文学史上具有独特的意义，身体书写并不是20世纪90年代以来的新书写策略。

【茅盾书信研究（1919—1949）】

作者：李婷婷，指导教师：郭国昌，西北师范大学中国现当代文学专业，硕士，2021。

茅盾作为中国现代文学史上极其重要的作家，其文学地位很高，文学成就很大，具有相当独特的学术研究价值。目前，学术界对茅盾的研究是比较全面且深入的，取得的成果也是斐然的。但随着近几年中国现代文学史料研究的不断发展，以及对文献学研究方法的大量运用，史料学研究、文献学研究已经逐渐成为中国现代文学研究的一个重要方面。而茅盾研究也顺应这种整体研究趋势，转向了对茅盾的书信研究。目前，学术界对现代作家书信的研究大多停留在发现和研究佚信上，就茅盾书信研究而言，学术界多从未收录至《茅盾全集》中的佚信角度入手，以一封或多封还未公开面世的茅盾书信为阐释对象，根据书信具体内容进行相关具体的论述。或者是学术界使某一封茅盾书信以辅证身份参与文学研究，直接或间接证明某一观点。实际上，这种研究仅能对茅盾进行局部片面的研究，并不能对茅盾做出一个整体全面的判断与评价。

本文聚焦茅盾书信的系统性研究，致力于探讨茅盾书信中展现的重要文学问题，发掘出茅盾书信的独特功能，呈现茅盾的全面复杂的形象。文章力求以扎实的茅盾书信重构历史现场，还原历史事实，全面客观地对茅盾的文学思想、文学生活、文学形象作出全面的呈现。本论文除了绪论、结语以外，主体部分由4个章节构成：第一章是从五四时期、左联时期、抗日战争及战后时期3个阶段，对现存的茅盾书信进行系统论述，从整体上形成对茅盾书信的全面认识和整体把握。第二章是把现存且公开的1919—1949年茅盾书信从类型上划分为论学书信和普通书信。并且本章通过对这两种类型的茅盾书信的系统整理和分析，发现新旧文学交锋、文学翻译、文学报刊编辑、西北文化交流4个文学活动。第三章是以茅盾书信为典型，分析并探讨书信功能，发掘茅盾书信在开展文学批评、提携文坛后辈、梳理人际脉络、还原历史现场4个方面上的意义与价值。第四章是从数量庞大的书信中发现两位“茅盾”。一个是“文化界”的茅盾，他具有作家、评论家、翻译家和编辑家等多重身份，在文学创作、文艺论争、文学翻译和现代报刊的编辑上，扮演着重要角色，发挥着重要作用；另一个是“凡尘间”的茅盾，他以儿子、丈夫、父亲和朋友的身份游走在现实生活中，与普通人一样，处理家中琐事，叮嘱儿女冷暖，惦念茶米油盐酱醋茶。茅盾书信不仅生动再现了茅盾的文学生活和家庭生活，还让我们看到了一个有血有肉、生动鲜活的茅盾。

【茅盾“十七年”（1949—1966）文学思想研究】

作者：刘璐，指导老师：周燕芬，西北大学中国现当代文学专业，硕士，2020。

本文以茅盾“十七年”文学理论与批评为研究对象，研究茅盾在1940—1950年代的思想转变、多重身份和多元立场，以期对他“十七年”时期的文学主张有更为明晰的认知。

引言部分介绍选题缘起和意义，以茅盾“十七年”（1949—1966）为核心对茅盾研究现状进行述评，针对现有研究的缺憾提出研究思路和方法。

第一章，以1942年的毛泽东《在延安文艺座谈会上的讲话》发表至1949年的时代转折为切入点，考察茅盾在社会变革之际的行动线索，考察国统区文人思想立场分化背景下茅盾对《讲话》的接受状况，从而认识茅盾1940—1950年代文学理念和文学批评的演变情况。

第二章，讨论“茅盾文学思想的复杂性”。“茅盾后期”主要从事理论工作，鲜活的生命个体身份被显要的文化官员身份遮蔽，理论批评家身份比作家身份更受关注。在政治文化意识压倒启蒙主义思潮的语境中，本章探讨茅盾文化官员身份后潜隐的生命个体意识、理论批评家身份下潜隐的作家意识，以及时代共名主题下潜隐的启蒙意识。

第三章对茅盾“十七年”（1949—1966）的主要理论批评文本进行解读，包括《夜读偶记——关于社会主义现实主义及其它》《关于历史和历史剧——从〈卧薪尝胆〉的许多不同剧本谈起》和茅盾有代表性的作家作品评论。

结语部分，从现代文学向当代文学的转折关系、茅盾复杂的话语体系和多重身份等角度来对茅盾“十七年”文艺思想进行新的解读，重新厘定“茅盾后期”的文学贡献和学术价值，从而考察茅盾在20世纪中国文学中的地位和价值，以“同情之理解”走近茅盾、理解茅盾。

【茅盾早期小说研究话语分析】

作者：张绿漪，指导教师：肖百容，湖南师范大学中国现当代文学专业，硕士，2020。

茅盾在1927—1930年的早期小说具有独异特质，不仅由于这些作品创作时受到作者家国和事业的离散情绪影响而具有独特的审美意蕴，更因为这个时期的创作也揭示了茅盾走上写实主义、革命历史主义之外另一条道路的可能性。茅盾早期小说在不同时期遭逢了不同的评价和阐释，形成众声喧哗的研究图景。文学批评作为一种话语形式，能够展现不同时代的精神内涵和价值标准，在看似中性的叙述背后，体现的是学者意识形态、知识结构，乃至背后深层的话语权力语境。

有鉴于此，论文将茅盾早期小说的研究流变看作不同时期不同权力在知识领域进行建构和实践的活动，从社会维度的启蒙话语、意识形态维度的政治话语、学者个人维度的审美话语3种话语表达范式出发，探求大陆与英语世界茅盾研究的异同、互动和背后深层的文化机制影响。

第一章主要论述了茅盾小说研究中在不同时期生成与交融的启蒙话语。本章指出启蒙具有的现实性正适应了“五四”前后的中国语境，这种关注当下、关注个体的时代诉求也反映在了早期研究之中。不仅如此，本章研究中期学者在强势政治话语缝隙中流露出的个人化的表达，以及研究后期学界再度回溯到体察个性、人性的启蒙视角，体现着20世纪茅盾研究中的启蒙话语在精神层面的内在一致性。

第二章主要论述了茅盾小说研究中政治话语在学术领域权力的生成，以及权力对知识的建构。先天带有政治色彩的进化论话语深刻影响了文学批评，成为政治话语进行建构的先导。20世纪40年代直到新中国成立初期，官方对于茅盾及其作品的定位奠定了茅盾作品的评价规格，并通过带有国家意志的文学史书写强化了学术研究的认识。学者专著呈现的政治倾向，更显示出政治话语向个人领域的蔓延。

第三章主要论述了茅盾小说研究中审美话语的构成和流变。审美话语注重作品的艺术特质，具体体现为对象征艺术手法、心理分析、人物形象等方面的研究。国外茅盾研究作为一种参照，影响了晚近研究的方法选择和思路，显示出这一时期审美话语建构知识的努力。

借由话语理论在学术层面的应用，论文在茅盾早期小说研究的学术表达中提炼出话语隐性的存在，以此分析在不同时代不同的知识体系，和话语力量强弱的变化。

【茅盾短篇小说观研究】

作者：饶倩倩，指导教师：费团结，陕西理工大学中国当代文学，硕士，2020。

作为文学大师，茅盾不仅创作了大量的文学作品，而且发表了数量颇丰的文学评论、理论文章和研究论著。在茅盾的文艺观中隐含着一套自成体系的短篇小说理论观念。茅盾的文论文章为其短篇小说观的发掘和呈现，提供了丰富的理论资料，从而可以从不同角度全面、系统地研究茅盾的短篇小说观。

从历时性的角度考察茅盾短篇小说观的发展演变，大致以新中国成立为时间界限分为前后两个不同的阶段。新中国成立前茅盾短篇小说观的文学主张完成了从“为人生”到为无产阶级的思想转换，提倡的创作内容从题材、人物到主题都以多样化为主导，倡导的创作方法从外来的自然主义逐渐过渡到本土化的现实主义。新中国成立后茅盾短篇小说观的文学主张则由为无产阶级转向为社会主义，提倡的创作内容主要集中在鲜明的时代题材、人物和主题上，倡导的创作方法经历了社会主义现实主义到革命现实主义与革命浪漫主义“两结合”的复杂历程。茅盾新中国成立前后短篇小说观的演变，其原因主要是时代文艺思潮的影响和茅盾自身政治抱负的驱使。

从共时性的角度来看，茅盾的短篇小说观主要由构思观、结构观、人物观、语言观、风格观等理论要点构成。茅盾重视短篇小说写作前的选材、剪裁等构思过程，主张短篇小说采用截取生活横断面的结构样式；强调短篇小说应以人物为主，人物可分为主次人物和典型人物，人物塑造可运用心理描写、言行刻画、环境渲染等多种方法。茅盾还提倡使用口语，重视风格创新。

茅盾短篇小说观的形成是多种因素作用的结果。中国传统文学文化的继承与发展，是茅盾短篇小说观产生的重要基础；外国现代文学文化的引进与学习，则是它的直接来源。茅盾政治活动家的身份决定了其对短篇小说政治功能的选择，期刊编辑的身份成就了其短篇小说阅读经验与理论思考的融合，批评家的身份促进了其短篇小说创作的理论审视，作家的身份则完成了其短篇小说观的理论运用与反思。

茅盾短篇小说观具有独特的价值。从短篇小说创作方面来说，茅盾的短篇小说观既指导了茅盾自身的短篇小说创作，同时也对其他现当代作家的短篇小说创作具有一定的影响和促进作用。从短篇小说理论方面来说，茅盾对现实主义创作方法的推崇、对人物性格的重视和对作家个人文学风格的强调等理念无疑丰富了20世纪中国短篇小说理论。

茅盾短篇小说观也存在政治化、单一化和理论意识缺乏等不足之处。茅盾的短篇小说观对于新世纪的中国短篇小说创作无疑仍有一定的指导和启示作用，对于中国化的短篇小说理论建设也仍有重要的参考价值。

【茅盾文学理论视域下的文学创作实践研究】

作者：迪理努尔·奥布力喀斯木，指导教师：卢兆旭，喀什大学中国少数民族语言文学专业，硕士，2020。

茅盾是中国文学史上的“重量级”作家，也是成就斐然的文学理论家。茅盾的文学理论成果不仅对当时的文学创作和文学实践产生了重大的影响，对今天的文学创作同样有着无法替代的价值。在茅盾的文学理论中，在不同时代背景下所做的文学实践是非常值得我们去重新认识和了解的。茅盾文学理论指导下的文学实践具有独树一帜的理论内涵和文学内涵，同时带有鲜明的时代性特征。这突出表现为对文学的艺术、思想价值的关注，兼顾了文学性和政治性，以及与时代同行的先进性。茅盾的文学理论凸显出的文学实践是具有科学性和先进性的，茅盾的文学理论定位是为个体，为社会，为时代服务，这些特质毫无疑问是其文学理论的本质。对于本质属性和文学创作实践的双重追求，也代表了茅盾作为文学理论家和文学家的双重身份，其代表作《子夜》就是文学理论与文学创作实践的结合体，是社会剖析小说的经典范例，在那个时代具有很强的指导意义，也深刻影响了中国现代小说创作的风貌，影响了那个时代的小说创作实践，代表着社会分析小说的最高成就。当下我们审视茅盾的文学创作与文学理论可以对现代文学历史有更加清晰的认识，回到历史原点客观审视茅盾的历史地位。

本论文一共分为 4 个部分。第一部分是阐述茅盾在五四运动时期、革命文学时期以及新中国成立以后的文学理论和文学创作。第二部分分析了茅盾在文学理论指导下所创作的社会剖析小说，探讨他的代表作《子夜》与文学理论的关系，论述了《霜叶红似二月花》等作品中创作实践与文学理论的结合。第三部分是茅盾文学理论在儿童文学、报告文学、乡土与城市的实际运用。第四部分是总结茅盾文学理论在我国文学实践中的卓越贡献，他的文学理论不仅填补了文学实践上的一大空白，还丰富了文学实践的发展和运用，对我国的文学理论和文学实践具有深远的影响和重大的意义。

【社会语言学视角下的《子夜》称谓语研究】

作者：刘亚宁，指导教师：周伟红，河北师范大学语言学及应用语言学专业，硕士，2020。

本论文以《子夜》中关于人的称谓语为研究对象，从社会语言学的角度出发，通过对文本中的称谓语进行归类分析，以及从情景语境的角度探究称谓语在语言交际中会受到哪些因素的影响，最后探究出20世纪30年代的社会环境特点。

第一部分为绪论。在这一部分中，笔者主要对文章的选题缘起和意义、研究对象的确定过程、研究现状、研究内容、研究方法、研究重难点和创新点以及语料来源等作了详细的解释说明，其中研究现状部分，主要从专著称谓语、专书称谓语、非专书称谓语、《子夜》中的称谓语研究4个方面进行描写和分析，对学界的研究成果有了初步的了解。

第二部分为《子夜》中称谓语概述。这一部分对《子夜》中所包含的称谓语进行了归类分析。首先根据称谓语的使用范围与对象将其分为亲属称谓语和社会称谓语两大类别。在亲属称谓语中，以自己为参照，将亲属人物划分为长辈、同辈和晚辈，将亲属称谓语划分为晚辈对长辈的称谓语、长辈对晚辈的称谓语和同辈之间的称谓语。在社会称谓语中，根据人们在社会中是否将亲属之间使用的称谓语延伸到社会中，将社会称谓语分为拟亲属称谓语与非拟亲属称谓语。在拟亲属称谓语中仿照亲属称谓语的归类情况，将其分为晚辈对长辈的称谓语、长辈对晚辈的称谓语和同辈之间的称谓语。在非拟亲属称谓语中，将称谓语按照其来源与含义分为文化、经济和军政3种类别。

第三部分为情景语境中的语域理论与称谓语的相关研究。这一部分以韩礼德情景语境研究中的语域理论为依据，探究不同事件的话语范围、多样性的话语基调、不同的话语方式对称谓语的制约与影响。此处对《子夜》中称谓语在交际中的使用情况进行分析，有助于人们在日常生活中更好地进行交际活动。

第四部分为通过称谓语看当时的社会特点。这一部分是在前文所分析的《子夜》中所包含的称谓语类型与影响使用因素的基础上，在社会语言学理论支撑下来窥探20世纪30年代的中国社会尤其是中国上海地区在文化、经济和政治等方面所表现的社会特点。

第五部分为结语。首先，总结了本论文的研究内容，包括《子夜》中所包含的称谓语情况、在交际活动中影响称谓语使用的相关因素以及20世纪30年代的社会特点。其次，简要阐述了本论文的研究结论对于日常交际活动以及特定社会时期相关研究的作用。最后，指出了本论文的不足之处。

【茅盾序跋研究】

作者：熊杰，指导教师：肖百容，湖南师范大学中国现当代文学专业，硕士，2021。

作为中国现当代文学史上著名的翻译家、作家、批评家和编辑家，茅盾在他60多年的文学生涯中创作了大量序跋文章。这些内容丰富、形式多样的序跋，既是他文学活动的见证，也是他不同时期思想变化的载体。序跋作为“副文本”的重要组成部分，对文本有着重要的阐释作用。因此本文以茅盾的序跋为研究对象，通过对茅盾序跋的梳理，归纳作者的文学观念、探究茅盾序跋与文本之间的互文关系、发掘茅盾序跋的特色与价值。

本文绪论部分通过对古今序跋研究的比较，说明序跋研究在现当代文学研究中的不足；通过对当前茅盾研究和茅盾序跋研究的对比，发现茅盾序跋研究的不足，强调茅盾序跋研究的必要性。

第一章对茅盾的序跋进行分类。按照茅盾序跋写作对象的不同分为4类，包括为其译作写的序跋、为其创作写的序跋、为他人作品写的序跋、为编辑报刊写的序跋等。并对各类序跋的主要内容作了介绍，为接下来的研究奠定基础。

第二章基于第一章的分类，从茅盾的各类序跋中挖掘其中所包含的文学观念。独到的翻译观、开放的编辑观、严谨的创作观、严肃的批评观和理性的读者观五位一体构成这一章的主要内容。

第三章探究茅盾序跋与文本之间的互文关系。从自序跋和他序跋中选取具有代表性的篇目，分析序跋的“副文本性”对于捍卫文本意图的重要意义，并对序跋与文本之间的裂隙、序跋对文本的误读等问题进行探究。

第四章总结茅盾序跋的特色和价值。茅盾序跋的特色主要表现在文本与序跋之间一对多的关系、代序跋的灵活运用、落款形式多样兼具叙事性等三个方面。序跋也是茅盾人生经历、思想变化、文事交往、作品版本变迁的见证，具有重要的史料价值；同时他在序跋中对于小说、散文、戏剧的精彩论述也有重要的理论价值，对文学创作、研究都有一定的指导意义。

茅盾序跋既是映照茅盾人生的一面镜子，也是通往其文学世界的一座桥梁。研究茅盾序跋能够拓宽茅盾研究的视域，为当下的茅盾研究提供一些新的思路。

【抗战时期茅盾小说中的“重庆形象”研究】

作者：马泽鑫，指导教师：谢应光，西华大学马克思主义理论专业，硕士，2021。

茅盾作为中国现代文学大家，曾在抗日战争时期先后两次前往重庆，重庆因此成为茅盾抗日战争时期作品的重要表现对象。这些小说创作的背景、主题、人物形象塑造等方面都与战时重庆中社会各个阶层的生活状态、思想行为等有着密切关系。对这些小说的发掘和呈现能够从不同的角度全面、系统地反映出茅盾心目中的“重庆形象”。

本论文主要从5个方面展开。第一，抗日战争时期重庆作为陪都的社会背景。战时的重庆依靠地理优势，从一个内陆山城转变为全国抗日战争的“司令台”。随着国民政府迁都重庆后，重庆逐渐成为当时的政治、经济、文化中心，身份的转变吸引着大量的战争移民从全国各地纷纷迁至于此。

第二，茅盾在重庆期间的主要经历、活动。与那些主动前往重庆的文人不同，茅盾是带着中共中央的任务前往重庆的，目的是在文化层面制约国民党。因此这种目的和他在重庆时的社会活动、所见所闻共同深刻地影响了其小说中所构建的“重庆形象”。

第三，茅盾小说中的“重庆形象”。在环境形象中，茅盾认为重庆的雾是具有象征意义的，浓雾下的重庆社会是畸形的、病态的。而在文化形象中，茅盾所构想的重庆形象通过小说的内容情节、人物形象刻画等方面反映出当时的重庆具有“政治隐喻”和“意识形态功能”两种作用，带有非常强烈的政治色彩。

第四，茅盾在作品中所塑造的“重庆形象”是多种因素作用的结果。马克思主义的一些方法及原理对茅盾小说的创作提供指导作用；党的文化工作的需要决定了茅盾对小说政治功能的选择，是其构建小说中“重庆形象”的前提；茅盾在重庆的生活体验则直接决定了茅盾小说中的“重庆形象”；而国共两党对茅盾的不同态度进一步加深了茅盾对重庆的厌恶。

第五，从政治角度来说，茅盾以重庆为背景创作的小说具有独特的价值。他通过运用革命现实主义创作方法，将真实的“重庆形象”展现在世人面前，一方面深刻地批判国民党政府的血腥残暴和腐败无能，另一方面又同情在国民党政府统治下的普罗大众。但这些小说也存在“主题先行”的创作基调以及政治化、单一化等不足之处。

【《白杨礼赞》的教学研究】

作者：吴沙琪，指导教师：荣维东，西南大学教育硕士：学科教学（语文），硕士，2021。

面对一篇选文，“教什么”与“怎么教”的问题一直是语文教学中讨论的重点，即“教学内容”与“教学形式”的选择与确定问题。在初中语文教材中，散文是主要的文体，教学中存在诸如教学模式单一、教学内容不能体现文本特性进而导致教学效率低等现象，对学生语文素养发展不利，因此推进对散文教学的研究是应有之义。作为现代散文的名篇，《白杨礼赞》是茅盾 1941 年在重庆写的一篇托物言志散文，具有丰富的文学鉴赏、文化育人价值，从 20 世纪 40 年代选入教材至今，其教学内容与形式在不断发生变化，在新的教学环境下，对于这一篇、这一类散文该教什么、如何教的研究是必要的。论文主要运用了文献分析法、教材分析法、课例分析法，以《白杨礼赞》的教学为核心，分析其教学价值，再以时间为线索，梳理各个时期典型课例并归纳其特点，从中获得这类散文的教学启示。最后以语文核心素养下的人才发展需求为指导，旨在培养学生语用、思维等多维能力，进行了多路径教学设计。

论文一共有 5 章。首先，文章在绪论部分分析了本研究的缘由，主要是从散文教学的重要性与研究的必要性、《白杨礼赞》的文本价值、核心素养理念下的语文教学追求等几个方面展开论述。本文还从关键词入手，进行了文献梳理，确定了研究目的与方法等内容。教材是语文教学的重要载体，文章第二部分以教材为研究对象，对《白杨礼赞》进行了文本教学价值的梳理与分析，包括对教材文本的解读和教材的内容分析，这其中涉及对 20 世纪 60 年代至今选编了《白杨礼赞》一文的诸多版本教材的对比分析，主要包括选文系统、练习系统以及助读系统，从而确定统编版教材中选文的价值，并发现选文在教材中的历史演变规律。第三章以时间为线索，依据一定标准选取较典型课例，纵向梳理分析从 20 世纪 70 年代至今对《白杨礼赞》这一篇课文的教学情况，分析其在教学目标、教学内容与过程、教学方法的选择方面的特点，发现其规律与存在的问题。第四章以《白杨礼赞》这一篇教学课例的研究为依托，从案例的优缺点中总结经验以及从散文到托物言志散文的教学这两个角度，对托物言志散文这一类的教学提出建议，推动这一类散文的教学。这主要有从托物言志教学的整体把握入手，在设计教学时要抓住托物抒情，体现“类性”“篇性”；从教学的具体内容来看，从物象特征的分析中，挖掘审美因素；从“物”“志”描写中，理清行文思路；对于作者情感的把握，要品读赏析物语，由物体悟情志；以读悟情，促进“志”理迁移。第五章基于这一类散文的教学建议，以核心素养下的语文教学为背景，结合语文学术研究成果，从定篇、例文、群文阅读和学习任务群的视角，对《白杨礼赞》进行多路径教学设计，为核心素养背景下的选文教学方式选择提供参考。

文章通过对这一篇文本教材、教学以及这一类散文教学的相关研究，得出结论：核心素养背景下的单篇教学面临着变革挑战和多元选择的困惑，而根本不变的是——要基于新的教育目标，灵活地选择和使用文本，科学合理地确定教学内容，选择适宜的教学方式、方法。

2020—2021 年报刊茅盾研究论文要目索引

现代作家的文化类型对比——以茅盾、巴金和老舍为例，作者王星，《科技资讯》2020/01/03

时代的背面——论《蚀》三部曲中的传统闺秀形象，作者张佳滢，《名作欣赏》2020/01/10

《子夜》文学史意义新探——谈其“阶级分析和生活化表达相结合”的构思方法及其文学影响，作者刘江，《乐山师范学院学报》2020/01/15

论茅盾与中国近代戏剧改革，作者张新雪，《巢湖学院学报》2020/01/25

人性视野中的《子夜》新论，作者吕周聚，《首都师范大学学报（社会科学版）》2020/02/05

个人主义者的悲剧——重读茅盾的《腐蚀》，作者阎浩岗，《首都师范大学学报（社会科学版）》2020/02/05

茅盾在日本的创作，作者钟桂松，《国际人才交流》2020/02/06

基于主位推进模式的散文翻译研究——以茅盾的《白杨礼赞》及其英译版为例，作者赵月，《现代交际》2020/02/15

美国黑人作家休士秘密会见鲁迅的事实与谎言——兼补“左联”活动及茅盾与宋庆龄生平一项缺漏，作者张钊贻，《鲁迅研究月刊》2020/02/15

“革命文学”论争与茅盾的革命文学话语再造——以 1928 年前后茅盾的政治和文学思想为中心，作者覃昌琦，《海南师范大学学报（社会科学版）》2020/02/15

性别视阈中的《野蔷薇》，作者石万鹏、刘传霞，《文艺评论》2020/02/15

《子夜》的版本流变与修改述论（一），作者陈思广，《现代中文学刊》2020/02/18

茅盾：用《子夜》冲破黑暗的左翼文学家，作者妥佳宁，《传记文学》2020/03/05

“文”与“像”：茅盾作品社会人文之互文建构，作者陆健锋，《电影评介》2020/03/30

在“人生”与“艺术”间摇摆——茅盾选集本篇目变化探析，作者王棋君，《现代中国文化与文学》2020/03/31

普实克的茅盾研究，作者徐从辉、廉诗琦，《汉语国际教育研究》2020/03/31

从现实主义艺术论看《子夜》，作者崔欣，《名作欣赏》2020/04/10

由茅盾手稿案谈手稿的作品类型认定，作者刘桢、马治国，《科技与法律》2020/04/10

茅盾给女婿萧逸的那些信，作者钟桂松，《上海采风》2020/04/14

茅盾“国民文学论”新探，作者文浩、薛勤，《湖南工业大学学报（社会科学版）》2020/04/15

启蒙与革命——茅盾如何创作《虹》，作者季可盈、张均，《写作》2020/04/15

茅盾与陆文夫，作者钟桂松，《苏州杂志》2020/04/15

《子夜》的版本流变与修改述论（二），作者陈思广，《现代中文学刊》2020/04/18

苦难辉煌：茅盾在广东，作者韩帮文，《同舟共进》2020/05/01

1917—1927 年间茅盾外国散文译介特点浅析，作者沙成，《参花（上）》2020/05/02

《子夜》及茅盾短篇小说的讽刺形象和讽刺艺术，作家王卫平，《辽宁师范大学学报（社会科学版）》，2020/05/20

茅盾与孔另境交往二三事，作者杨迎平，《新文学史料》2020/05/22

在认同与规避之间——论茅盾《子夜》对左拉《卢贡·马加尔家族》的借鉴与改写，作者龙其林，《文艺论坛》2020/06/01

浅谈《子夜》的空间生产，作者黎启康，《文学教育（上）》2020/06/05

精湛的写作技艺 独特的审美价值——浅析茅盾《白杨礼赞》的美学特征，作者黄金，《中学教学参考》2020/06/09

20 世纪 30 年代茅盾的“五四”新文化运动阐释，作者刘贵，《广西社会科学》2020/06/09

制度化译者行为视角下的茅盾“农村三部曲”英译研究，作者任东升、郎希萌，《外国语文研究》2020/06/15

乌镇之于茅盾，不止是子夜，作者陈富强，《文化交流》2020/06/15

《子夜》的版本流变与修改述论（三），作者陈思广，《现代中文学刊》2020/06/18

革命语境下“晚年茅盾”文学创作中的现实主义追求，作者李燕英，《阴山学刊》2020/06/20

《子夜》中的灯光书写，作者冉小琴，《连云港师范高等专科学校学报》2020/06/25

《腐蚀》的出版及版本变迁，作者陈蓉，《新疆教育学院学报》2020/06/30

茅盾与马克思主义文学理论的中国化，作者黄念然、王诗雨，《西北大学学报（哲学社会科学版）》2020/07/03

论衡、重估与拓展——凝眸《茅盾研究年鉴（2016—2017）》，作者张连义，《文艺报》2020/07/08

理性之言，率性而发：关于茅盾《读〈北京人〉》，作者李青，《晋城职业技术学院学报》2020/07/15

王统照致茅盾信札及其他，作者宫立，《绵阳师范学院学报》2020/07/15

意图的言说与文本的意味——《子夜》主题新论，作者陈思广、曹雪冬，《江汉论坛》2020/07/15

关联理论视角下茅盾小说《报施》王际真英译本探析，作者黄勤、刘倩茹，《天津外国语大学学报》2020/07/20

《子夜》与1930年上海丝业工人大罢工，作者张全之，《中国文学研究》2020/07/23

经典化的游离——从茅盾《霜叶红似二月花》的经典化谈起，作者蔡杨淇，《中国文学研究》2020/07/23

风景与茅盾的战时中国形象建构，作者李永东，《天津社会科学》2020/07/23

新世纪以来茅盾研究著作评析，作者王卫平，《山东师范大学学报（社会科学版）》2020/07/25

绚烂中有哀伤——《创造》中的身体书写，作者郑世琳，《名作欣赏》2020/08/10

昭和前期（1926—1945）日本对《蚀》的译介与研究，作者连正、阎浩岗，《中国现代文学研究丛刊》2020/08/15

《子夜》的版本流变与修改述论（四），作者陈思广，《现代中文学刊》2020/08/18

中国现代长篇工人运动小说的杰作——重评《子夜》对工人运动的书写，作者张全之，《西南大学学报（社会科学版）》2020/08/24

文学地理视域中的“西北书写”——以茅盾《新疆风土杂忆》《白杨礼赞》为中心，作者李继凯、胡冬汶，《中国现代文学论丛》2020/08/31

巴蜀神话的地理属性——以茅盾“北中南”神话地理分类来看，作者何中华，《长江丛刊》2020/09/15

民国时期书信作品的流传与翻译——以茅盾译作为中心的考察，作者陆志国，《外国语文》2020/09/25

《子夜》的版本流变与修改述论（五），作者陈思广，《现代中文学刊》2020/10/18

论茅盾的《淮南子》研究及学术史意义，作者高旭，《南昌大学学报（人文社会科学版）》2020/10/20

文学评论的“中介”作用——茅盾等现代评论家之于当代的借鉴意义，作者金鑫，《鞍山师范学院学报》2020/10/20

茅盾《野蔷薇》中的女性意识与叙事艺术，作者谢镇宇，《牡丹》2020/10/25

分歧与异质：茅盾视野下的战国策派，作者李金凤，《现代中国文化与文学》2020/10/31

胡风与茅盾的论争探析，作者魏邦良，《绥化学院学报》2020/11/05

性别与审美“盲视”？——茅盾《作家论》之再思辨，作者侯敏，《聊城大学学报（社会科学版）》2020/11/15

第三届鲁迅、郭沫若、茅盾研究高端论坛在乐山成功举办，作者陈瑜，《郭沫若学刊》2020/12/15

茅盾作品在俄罗斯的译介与研究，作者王玉珠，《国际汉学》2020/12/20

百年中国儿童文学演进史中的茅盾，作者王泉根，《江淮论坛》2020/12/25

“五四”时期写实主义与自然主义概念之辨析——以陈独秀与茅盾为讨论中心，作者王雨佳，《现代中国文化与文学》2020/12/31

从实业与金融到民族资产阶级与买办阶级——《子夜》成书前的文献谱系还原，作者妥佳宁，《励耘学刊》2020/12/31

性别诗学视域下《虹》之思想意蕴探析——兼论秦德君在《虹》创作中的作用，作者钟海波，《长安学术》2020/12/31

试论茅盾《子夜》的语言艺术及翻译研究，作者何阳映雪，《作家天地》2021/01/08

台港暨海外学者文学史著作中的郭沫若、茅盾书写，作者古大勇，《现代中国文化与文学》2021/01/31

由情至理：茅盾小说《腐蚀》的电影改编，作者程伟，《齐鲁师范学院学报》2021/02/01

1949年后的茅盾与儿童文学——从“童心论”说开去，作者程伟，《河北民族师范学院学报》2021/02/15

茅盾1950年代佚简佚文及相关史实考释，作者肖进，《新文学史料》2021/02/18

重读茅盾的《创造》《动摇》，作者许子东，《现代中文学刊》2021/02/18

《子夜》的版本流变与修改述论（六），作者陈思广，《现代中文学刊》2021/02/18

论《子夜》中金融资本的虚幻性与主体重构，作者刘世浩，《大连大学学报》2021/02/25

从《子夜》“吴赵之争”探讨30年代中国的产业空心化及成因，作者成燕，《文教资料》2021/02/25

茅盾笔下的女性选择——以《幻灭》和《动摇》中的女性为例，作者王洁静、倪涛，《新纪实》2021/02/28

“第三届鲁迅、郭沫若、茅盾研究高端论坛”学术总结发言，作者李斌，《郭沫若学刊》2021/03/15

不断争论中的《子夜》——兼及经典意义之再思考，作者侯敏，《郭沫若学刊》2021/03/15

“牯岭时刻”与作家“茅盾”的诞生，作者苏心，《中国现代文学研究丛刊》2021/03/15

茅盾叙事视野的转换之开端——《大泽乡》中的学术与政治，作者尹捷，《中国现代文学研究丛刊》2021/03/15

革命的“断裂”与茅盾的“矛盾”言说——茅盾长篇小说《虹》之未完成探因，作者陈思广、任思雨，《天津社会科学》2021/03/23

茅盾：像白杨树那样伫立着，作者杨扬，《文艺报》2021/03/29

茅盾1938年四则佚文佚简辑释，作者田丰，《现代中国文化与文学》2021/03/31

在历史、人性与文学审美间——茅盾长篇小说《蚀》的删改探析，作者陈思广、党文静，《现代中国文化与文学》2021/03/31

《子夜》的版本流变与修改述论（七），作者陈思广，《现代中文学刊》2021/04/18

茅盾笔下的女性形象分析，作者李灿阳、赵永锋，《今古文创》2021/04/26

从茅盾佚作看旧体诗词与现代小说创作精神历程的互渗关系，作者妥佳宁、赵埼燚，《河北民族师范学院学报》2021/05/15

茅盾的科学翻译刍议，作者刘金龙、傅敬民，《中国科技翻译》2021/05/15

茅盾的思想演进与俄苏文学资源（1919 年—1949 年），作者侯敏，《天津师范大学学报（社会科学版）》2021/05/19

茅盾早期创作与女性主义，作者杨联芬，《厦门大学学报（哲学社会科学版）》2021/05/20

中共地下读书会对左翼文学经典化的促进——以《子夜》为案例，作者郭帅，《新文学史料》2021/05/22

茅盾与夏衍作品的上海书写比较，作者左怀建、马扬，《晋阳学刊》2021/05/25

亦慈亦严：茅盾的母亲陈爱珠，作者张守涛，《同舟共进》2021/06/01

茅盾的文学转译观探究，作者刘金龙、高云柱，《上海翻译》2021/06/03

秘密大营救与茅盾夫妇二三事，作者胡新民、巫育章，《源流》2021/06/05

论茅盾 1930 年代短篇小说的互文书写，作者张霞，《西华师范大学学报（哲学社会科学版）》2021/06/08

“铁军”与茅盾小说中的革命战争——军事史视角下的左翼知识分子精神历程考察，作者妥佳宁，《西南民族大学学报（人文社会科学版）》2021/06/10

“中国民族资产阶级没有出路”？——重读茅盾的《子夜》，作者许子东，《名作欣赏》2021/06/10

探索中国文学现代化道路的先行者——有关茅盾先生文学成就的

思考，作者杨扬，《文艺报》2021/06/18

论茅盾的传统知识分子情结——以《蚀》《子夜》为例，作者张连义，《未来传播》2021/06/20

重读《夜读偶记》兼论茅盾的现实主义文学观，作者甘传永，《戏剧之家》2021/06/21

现代小说农民形象差异及其嬗变略论——以茅盾《春蚕》管窥，作者李明，《上海视觉》2021/06/30

"恋爱"的隐喻——20 世纪 20 年代政党政治与茅盾早期小说中的情欲叙事，作者殷鹏飞，《现代中国文化与文学》2021/06/30

裂变与重组：茅盾南下与战时中国文坛，作者张武军、邱迁益，《福建论坛（人文社会科学版）》2021/07/05

巴金和茅盾小说词汇计量风格学研究，作者沈威、吴玉容，《四川文理学院学报》2021/07/10

浅析茅盾《少年印刷工》中的人文社情，作者贝雅娜、郭雅婧、叶蓉，《浙江万里学院学报》2021/07/15

茅盾对匈牙利文学的译介与传播（1921—1925），作者陈思研、尹晓琳，《长春理工大学学报（社会科学版）》2021/07/15

左翼典范工人运动叙述与《短裤党》《子夜》的意义时差，作者方维保，《齐鲁学刊》2021/07/15

王嘉良：在 20 世纪中国文化语境中理解茅盾，作者何晶，《文学报》2021/07/15

"走出去"悖论与文学交流的系统特性——以二战后东西德的茅盾研究为例，作者范劲，《小说评论》2021/07/16

茅盾写《鲁迅论》，作者林传祥，《百年潮》2021/08/04

《子夜》中吴荪甫商业悲剧的成因探析，作者赵秀敏，《散文百家（理论）》2021/08/15

论茅盾与中国现代报告文学，作者郭志云，《荆楚理工学院学报》2021/08/25

《林家铺子》文学价值赏析，作者杨超，《今古文创》2021/08/30

茅盾：闯出广阔而深邃的现实主义道路，作者杨扬，《光明日报》2021/09/01

《译文》停刊前后鲁迅与茅盾的交往关系考察，作者吴旭、罗长青，《南方文坛》2021/09/05

叶君健“精品再创造”翻译思想阐释——以茅盾“农村三部曲”英译为例，作者李奕、刘军平，《西安外国语大学学报》2021/09/06

两位文学老人的对话——浅谈《茅盾姚雪垠谈艺书简》，作者姚海天，《文艺报》2021/09/08

论茅盾的乡村社会书写：《泥泞》与《春蚕》，作者王芷晨，《汉语言文学研究》2021/09/15

启蒙与审美：《子夜》的现代性张力，作者张辉，《中国现代文学研究丛刊》2021/09/15

鲁、郭、茅的文学选择与中国文学现代转型的三种范式，作者黄健、卢姗，《天津师范大学学报（社会科学版）》2021/09/20

论茅盾“作家论”批评的特征，作者马蔚，《唐山师范学院学报》2021/09/20

论《子夜》《骆驼祥子》关于“乡下人进城”的书写对比，作者付静梅，《美与时代（下）》2021/09/25

茅盾长篇小说“未完成”原因新探，作者王卫平，《现代中国文化与文学》2021/09/30

茅盾佚文《“自由主义者”之一例》述论，作者许龙波，《现代中国文化与文学》2021/09/30

茅盾论写作，作者王冠，《快乐语文》2021/10/01

永远闪烁的文学之光——《子夜》导读，作者王庭宏、王蔚蔚，《初中生必读》2021/10/01

如何文学？怎样革命？——论茅盾的革命文学观，作者吕周聚，《绵阳师范学院学报》2021/10/15

论新文学中的法治省思——以鲁迅、茅盾、巴金、老舍、曹禺为中心，作者董燕，《中国现代文学研究丛刊》2021/10/15

茅盾：广大土地上，到处有坚强不屈，作者刘一叶，《重庆日报》

2021/10/15

文人相亲的典范——茅盾与叶圣陶二三事，作者钟桂松，《苏州杂志》2021/10/15

《子夜》的版本流变与修改述论（八），作者陈思广，《现代中文学刊》2021/10/18

茅盾故居，作者陈丹，《现代中文学刊》2021/10/18

大萧条与茅盾的江南书写，作者刘春勇，《现代中文学刊》2021/10/18

叶浅予版《子夜》插图的多重解读，作者赵宇、田兆耀，《山西大同大学学报（社会科学版）》2021/10/18

“大众化”实践、《讲话》南渐及文艺制度设想——新见茅盾佚文《文艺工作的现实性，计划性，和组织性》校读，作者刘锐，《现代中文学刊》2021/10/18

向外介绍中国现代小说进展：茅盾英文佚文考述，作者黄芳、庄舒雯，《现代中文学刊》2021/10/18

论茹志鹃《高高的白杨树》的茅盾眉批本——兼及“十七年”时期茅盾眉批实践的价值及意义，作者张元珂，《现代中文学刊》2021/10/18

格雷戈里夫人戏剧在中国的接受——以茅盾的译介为中心，作者翟月琴，《中国比较文学》2021/10/20

试论茅盾小说《蚀》《虹》中“时代女性”背负的悲剧色彩，作者钱蓉升，《新纪实》2021/10/28

《腐蚀》：一部张扬理想人性的教育小说——兼论文本中的鲁迅元素，作者赵焕亭，《鲁迅研究月刊》2021/10/31

茅盾与挪威文学，作者徐晓红，《后学衡》2021/10/31

茅盾著译中的基督教人物形象到底是正面还是负面，作者北塔，《后学衡》2021/10/31

茅盾与“五四”精神，作者田丰，《后学衡》2021/10/31

否定茅盾思潮批判，作者欧家斤，《后学衡》2021/10/31

回忆茅盾与北大五四文学社，作者邹士方，《文艺报》2021/

11/05

“市民文学”的玄机——茅盾延安之行的精神轨辙，作者郭鹏程，《中国现代文学研究丛刊》2021/11/15

精湛的写作技艺 独特的审美价值——读茅盾的《白杨礼赞》，作者胡春艳，《语文天地》2021/11/15

现代男性面对女性主体性获致的复杂心态——《伤逝》与《创造》的平行阅读，作者杨新刚，《东岳论丛》2021/11/15

茅盾不怕被骗，作者乔凯凯，《恋爱婚姻家庭（月末）》2021/11/20

《子夜》中民族资本主义经济市场运作蠡测，作者吕炎，《美与时代（下）》2021/11/25

在锦云里，茅盾首次使用“茅盾”笔名，作者朱少伟，《联合时报》2021/11/26

茅盾的“文艺民族形式论”管窥，作者文浩，《中国文化研究》2021/11/28

名人记录中的国家形象：茅盾、叶圣陶和巴金出访日记中的观影书写，作者张一玮，《成都师范学院学报》2021/11/30

《“信”者，信“史”也——茅盾书信研究》的独特价值，作者刘永丽、王琴，《中国现代文学研究丛刊》2021/12/15

纪实与想象：郭沫若与茅盾的长江三峡书写，作者张建锋，《郭沫若学刊》2021/12/15

像茅盾那样关心文艺创作，作者涂石，《文学报》2021/12/17

从茅盾《动摇》看民国士绅阶层的构成与权力，作者成燕，《文学教育（上）》2021/12/20

人文与经济：乡土叙事的两个视角——废名《竹林的故事》与茅盾《春蚕》比较阅读，作者朱小倩，《参花（下）》2021/12/25

四民社会的解体与茅盾的“农村三部曲”，作者罗维斯，《励耘学刊》2021/12/31